·国家社会科学基金项目"二十世纪以来日本学者的宋诗研究"（11BZW047）

·国家社会科学基金重大项目"二十世纪以来日本学者中国古典诗学研究目录汇编与学术史考察"（20&ZD288）

跨文化视阈下日本学者的宋诗研究

邱美琼 胡建次 著

KUAWENHUA SHIYUXIA
RIBEN XUEZHE DE
SONGSHI YANJIU

中国社会科学出版社

图书在版编目（CIP）数据

跨文化视阈下日本学者的宋诗研究 / 邱美琼，胡建次著 . —北京：中国社会科学出版社，2020.12

ISBN 978-7-5203-7547-4

Ⅰ. ①跨… Ⅱ. ①邱…②胡… Ⅲ. ①宋诗—诗歌研究 Ⅳ. ①I207.227.44

中国版本图书馆 CIP 数据核字（2020）第 237954 号

出 版 人	赵剑英
责任编辑	刘 艳
责任校对	陈 晨
责任印制	戴 宽

出　　版	中国社会科学出版社
社　　址	北京鼓楼西大街甲 158 号
邮　　编	100720
网　　址	http://www.csspw.cn
发 行 部	010-84083685
门 市 部	010-84029450
经　　销	新华书店及其他书店
印刷装订	三河弘翰印务有限公司
版　　次	2020 年 12 月第 1 版
印　　次	2020 年 12 月第 1 次印刷
开　　本	710×1000　1/16
印　　张	23.25
插　　页	2
字　　数	383 千字
定　　价	128.00 元

凡购买中国社会科学出版社图书，如有质量问题请与本社营销中心联系调换
电话：010-84083683
版权所有　侵权必究

目　　录

引　言 …………………………………………………………… (1)

第一章　日本学者宋诗研究的历史进程 ………………………… (6)

第二章　日本学者宋诗研究的内容与特征 ……………………… (25)
　　第一节　日本学者宋诗研究的内容 …………………………… (25)
　　第二节　日本学者宋诗研究的特征 …………………………… (50)

第三章　日本学者对宋代诗人诗作个案的研究 ………………… (62)
　　第一节　梅尧臣诗歌研究 ……………………………………… (62)
　　第二节　欧阳修诗歌研究 ……………………………………… (77)
　　第三节　苏轼诗歌研究 ………………………………………… (87)
　　第四节　黄庭坚诗歌研究 ……………………………………… (106)
　　第五节　陆游诗歌研究 ………………………………………… (117)

第四章　日本主要宋诗研究者的学术贡献 ……………………… (135)
　　第一节　吉川幸次郎的宋诗研究 ……………………………… (135)
　　第二节　小川环树的宋诗研究 ………………………………… (164)
　　第三节　横山伊势雄的宋诗研究 ……………………………… (196)
　　第四节　山本和义的宋诗研究 ………………………………… (208)
　　第五节　浅见洋二的宋代诗学研究 …………………………… (227)
　　第六节　内山精也的宋诗研究 ………………………………… (244)
　　第七节　池泽滋子的宋诗研究 ………………………………… (271)

第五章　日本宋诗研究的展望 …………………………………………（285）

主要参考书目 ……………………………………………………………（290）

附录　日本学者宋诗研究的主要论著论文 ……………………………（297）

后记 ………………………………………………………………………（369）

引　言

　　世界上没有两片完全相同的树叶，我们也找不到两处相同的民族、地域文化。这种不同，不但没有阻隔文化间的交流，反而促进了文化间的交流、互动与认同。这种交流、互动与认同的开展，又促使双方文化在保留独特性的同时得到长足的发展与变迁，使人类的文化更加丰富多彩而繁荣昌盛。

　　在此，我们拟以日本学界的宋诗研究为切入点，来认识两国学者研究的成果，研究过程中展现的文化差异，以及学术的交流、互动与认同。

　　二十世纪以来，日本的宋诗研究得到有效展开。日本学者秉持倡扬学术、促进本土文化发展与中日文化交流的宗旨，从其独特的文化传统与同属汉字文化圈平台的视点出发，对我国的宋诗进行了卓有成效的研究。在一百多年的研究进程中，涌现出一大批卓有成就的学者，如仓田淳之助、吉川幸次郎、小川环树、西野贞治、荒井健、前野直彬、上野日出刀、村上哲见、松川健二、横山伊势雄、山本和义、塘耕次、吉井和夫、石本道明、内山精也、浅见洋二、森博行、西冈淳、池泽滋子、三野丰浩、绿川英树等。跨地域与国度的文化与学术传统使日本学者能够转换角度，以新的角度去审视中国古代诗歌（当然也包括宋诗），打量中国的文明。他们的宋诗研究因此呈现出许多亮点，体现出富于特色的研究路径。梳理和总结异邦学者对这一中国断代诗歌的研究史，评述他们的研究历程、学术成就、研究特征等，有助于进一步拓展与深化宋诗研究，也可为我国古典诗学研究提供参照与借鉴，更好地促进中日文学研究界的交流与对话。

　　关于日本学者的宋诗研究，目前，有国内学者王水照、顾伟列、宋红、许总、张哲俊、牟玉亭、王丽娜，日本学者山本和义、池泽滋子、内山精也等人的相关论说。顾伟列《日本汉学界的宋诗研究》，以评介吉川幸次郎《宋诗概说》、前野直彬《宋诗鉴赏辞典》等成果为主，梳理了异域语境中"他者"在宋诗研究方面的大致历程及所涉方面，总结出其不少方面的成就与特征；王水照在《日本宋学研究六人集·前言》中扼要介绍了内山精也、浅见洋二等人在研究选题、学术思路与考察方法等方面的特征；宋红《黄庭坚诗在日本》在介绍黄诗在日本的版本及流传情况的同时，主要介绍了日本学者在黄诗文献整理方面的成就；张哲俊《吉川幸次郎研究》设专节介绍了吉川幸次郎对唐宋诗的研究；许总《扬弃悲哀，拓展视野——评吉川幸次郎〈宋诗概说〉》评述了吉川幸次郎对宋诗的研究；牟玉亭《中国宋代文学与日本文学》提及吉川幸次郎与小川环树对苏轼的研究；王丽娜《欧阳修诗文在国外》也述及吉川幸次郎与入谷仙介对欧阳修诗歌的研究。在日本学者方面，山本和义《小川环树先生和宋代文学》介绍与评述了小川环树在宋代文学特别是苏轼研究上取得的成就；池泽滋子参撰曾枣庄主编的《苏轼研究史》一书，承担"日本苏轼研究史"部分，简要介绍了苏轼文学从镰仓时代至今在日本的接受与研究状况；内山精也《1980年代以降日本的宋代文学研究——以词学与诗文研究为中心》一文，较全面地介绍了近30年来日本宋代文学研究的队伍构成、活动状况与主要成果，包括选译著作、译文、影印资料、单行著作及研究论文等，对日本宋诗研究资料的盘点甚为全面丰富。

　　已有成果对本课题研究有筚路蓝缕之功，但也毋庸讳言，从其量与质上来看，大多显得较为薄弱，往往流于泛论，亟待进一步拓展充实与深化完善。其主要表现有：1. 已有成果多专注于对日本少数知名学者研究的述论，对其他学者及近年来很多后起之秀的研究鲜有涉及。前者如小川环树、西野贞治、荒井健、村上哲见、松川健二、横山伊势雄、山本和义、塘耕次等，后者如吉井和夫、石本道明、浅见洋二、内山精也、森博行、西冈淳、池泽滋子、三野丰浩、绿川英树等；2. 已有成果多关注日本学者对苏轼、黄庭坚的研究，对其他宋代诗人研究则少有详论，如梅尧臣、欧阳修、杨万里、陆游等；3. 已有成果不仅数量很少，且甚为零碎，不够全面与系统，几斑难窥全豹；4. 已有成果大多是一些扼要的述论，深度有所欠缺，对于日本学者宋诗研究的历程、内容、特点、得失、方法、学术取向，其研究受哪些文化因素影响，有什么值得借鉴的东西，诸如此类问题的论述，大多不够深入与透辟。

　　因此，笔者选择"跨文化视阈下日本学者的宋诗研究"作为研究论题，拟从以下三方面展开研究：一是勾勒日本宋诗研究的学术历程，考察其主要内容及研究特征；二是以宋代重要诗人及日本主要宋诗研究者为考察点和绾接线索，探讨二十世纪以来日本学界的主要宋诗研究成就，论说其研究观念与方法、学术思路与取向等；三是考察日本宋诗研究活动的开展、研究论题的择选与切磋、学术团队的形成与维系等相关情况。这是极有理论和现实意义的。首先，全面系统地考察梳理和探讨总结汉学重镇日本的宋诗研究，这本身就拓展了宋诗研究的学术史空间维度，是极有价值和意义的；其次，日本学者的宋诗研究在学术取向、研究选题、学术思路、研究方法、所得见解、所存在问题诸方面都有其独到之处，这无疑有益于从不同维面拓展与深化我们对宋诗艺术世界的认识；再次，细致深入地考察探讨日本学者宋诗研究的历程、成就、特征与不足，这有益于在中外学术交流与比照的视野中进一步拓展与深化我国本土的宋诗研究；最后，作为海外中国古典文学学术史研究的有机组成部分，"跨文化视阈下日本学者的宋诗研究"之学术论题的开展，填补了一个领域学术史研究的空白，有助于增强日本汉学史乃至域外汉学史研究的完整性与丰富性。

　　本论题研究的主要内容如下：1. 日本学者宋诗研究的历史进程。根据日本学者一百多年来对宋诗研究的演变发展情况，将其历史进程大致界划为缓慢起步期（二十世纪前半期）、稳步发展期（二十世纪五十年代）、渐次展开期（二十世纪六七十年代）、持续繁盛期（二十世纪八十年代以降），对各时期的具体研究状况包括不同论题的开展与有序推进等予以细致梳理和归纳总结。2. 日本学者宋诗研究的内容与特征。在内容方面，重点概括评说日本学者在宋诗研究领域所取得的成绩，主要包括：选编译注，一般综论性研究，诗人诗作个案研究，诗歌别集、选集与总集研究，诗学史实考论研究，诗人诗作传播与接受研究，日中比较诗学研究等；其特征主要体现为：重视基础资料建设；文本细读与语言分析；论题选择的精与专；开阔的视野与发散的思维。3. 日本学者对宋代诗人诗作的研究。主要考察日本学者对梅尧臣、欧阳修、苏轼、黄庭坚、杨万里、陆游等人的研究。从他们对宋诗材料的发掘、整理与考辨，对诗人创作与社会文化思潮联系的探讨，对诗作艺术表现及多维度诗学价值取向的研究，对诗人诗作在当时代及后世的传播接受的考察等方面加以展开。4. 日本主要宋诗研究者的学术贡献。主要考察：吉川幸次郎对宋诗地位、分期、特点、唐宋诗之别的研究，小川环树对宋诗人构成、宋诗流变及苏诗佚注的研究，前野直彬对宋诗史与宋诗形式的研究，横山伊势雄对宋代诗人诗作及诗学命题的研究，山本和义对苏诗文献的研究，池泽滋子对丁谓、吴越钱氏文人及宋代诗人与宋代文化关联的研究，浅见洋二对唐宋诗学中关于诗与绘画、诗与风景、诗与现实、诗与历史、诗与作者、诗的"内部"与"外部"关系的研究，内山精也对宋诗文献的整理及对宋代士大夫诗歌创作与诗歌观的研究。5. 日本学者宋诗研究展望。一是提出二十世纪日本学者宋诗研究尚留下不少工作，如基本文学史料的整理还是有薄弱点，作家研究范围较窄，有关文学现象、事件和文学史阶段的研究较为缺乏等；二是展望二十一世纪日本学者宋诗研究的发展趋势，传统的延续方面有宋诗文献研究、士大夫诗歌研究、日中诗歌比较研究等，新兴的文学增长点有以风格流派为特征的文学群体研究，诗迹研究，即文学地理学研究，以文化为背景的综合研究等。这既是日本新兴的文学增长点，也是和我国本土研究相互影响、互动的结果。6. 吸收目录学学术史撰写方式，对日本宋诗研究的主要学者撰写简介与成果概述，编写日本宋诗研究的重要论著论文索引，作为论稿附录，为进一步研究提出门径。

　　本论题研究的基本思路为：1. 全面收集日本学者宋诗研究的文献材料；广泛阅读有关论文、论著，做到博观在先，征实为基；深入理解其中所蕴含的诗学见解、研究特色，努力将研究建立在扎实的文献基础之上；2. 立足百余年来日中两国学术兴替流变的基本事实，对日本宋诗研究的历史进程与基本内容，进行梳理爬抉，条分缕析，勾画其演变发展轨迹，努力将考察置放到历史语境与对不同时期、不同学者研究特色的探寻中去；3. 努力从域外汉学研究的宏观视野对日本学者的宋诗研究作出判评与定位，着重对其研究论题、发表见解及所体现特色进行探讨，阐说其在域外汉学研究中的位置、价值与意义；4. 努力将翻译介绍式变为综合探索式，凸显"研究"的意味，使"日本的宋诗研究"不仅仅是一种资源（我的研究对象）、一种话语（宋诗研究的形态之一），更是一种具有认知价值的介质（通过它我得到答案）和具有示范意义的方法（对国内的研究做出启示）。

　　本论题在研究中，遇到不少困难。一是论题研究点多面广，涉及众多学者与研究基地、研究论题，要全面且有所深入，实属不易；二是日本宋诗研究文献译介到我国的甚少，在日本也是零星散落于各大学与研究机构,搜集起来较为棘手;三是日本学者宋诗研究的内容丰富、方法多样,异见纷呈,交流频繁,既要彰显其研究共性,又要对其学术创见性、独特性作出判评,这不太容易。虽然笔者已做出努力,但论述中一定存在不少错误和疏漏,敬请方家批评指正。

第一章

日本学者宋诗研究的历史进程

日本学者二十世纪一百多年来对宋诗研究的历程，大致可界划为四个时期：缓慢起步期（二十世纪前半期）、稳步发展期（二十世纪五十年代）、渐次展开期（二十世纪六七十年代）和持续繁盛期（二十世纪八十年代以降）。本章在总体检视二十世纪以来日本学者宋诗研究成果的基础上，从历时性角度，梳理日本学者宋诗研究的发展轨迹，展示各时期具体研究在不同的社会政治、思想文化中的展开，及其呈现出的研究特色。

一 缓慢起步期：二十世纪前半期

二十世纪前半期日本学者对中国文学的研究要追溯到明治维新。明治维新是日本近代社会的开端，也是日本脱离亚洲向西方看齐的过程。在国家全面文明开化的氛围下，学术界也开始引进西方的科学方法，倡导建立具有客观性的知识。对中国的研究开始脱离传统汉学研究的哲学、史学、文学范畴，纷纷追求自身学科的独立性，于是出现了在方法论上持实证主义的"支那学（中国学）"。支那学在学术源流上受到以法国中国学①为代表的中国学以及清朝的考证学的影响，在研究方法上较为注重学术的严谨性。这个学派的代表人物内藤湖南可以说是中国问题研究的大家，他在研究了十九世纪末到二十世纪前半期中国的变化后，明确断言中国的君主制将灭亡，共和制将到来。他把中国宋代以后的历史划归近代，肯定了近代平民的运动。内藤湖南严谨而科学的研究，为"支那学"的发展作出了突

---

① 法国中国学是海外中国学（又称国际汉学）学科的先驱，它有着良好的学术传统，出现了许多世界知名的中国学家，如谢和耐、巴斯蒂夫人、程抱一、白吉尔夫人等，他们的研究涉及面广，作风严谨，深深影响了海外中国学。可参看曹景文、郝兰兰《法国中国学研究的历史和现状》，《淮北煤炭师范学院学报》2005年第4期。

出贡献，并对后来的中国学产生了很大影响。

在日本文化学术史上，一般把在此之前的对中国文化的研究称为"传统汉学"，而把近代对中国文化的研究称为"支那学（中国学）"。因此，二十世纪前半期，日本开始了"传统汉学"向"近代中国学"的转型。在这个过程中，中国文学研究也逐渐从汉学中独立出来，成为一门专门的学科。

首先，中国学作为一门学科在日本高等教育和科研机构中得以确立。最早是东京帝国大学（今东京大学）于1903年将以前的"汉学科"分为"支那哲学"与"支那文学"两个学科。1912年，在中国和印度度过了近6年研究生活的盐谷温副教授回国主持东京大学的中国文学课程，东京大学的中国文学研究从此焕发出新的光彩。与此同时，1906年，京都帝国大学（今京都大学）在文科大学内，设立"支那语学支那文学"讲座，并从1908年起，由狩野直喜教授主持该课程，京都大学亦逐步成为中国文学研究的重镇。此外，其他私立学校，如早稻田大学（前身是东京专门学校），在1890年，由坪内雄藏（逍遥）建议，创办文学科。1918年，由于新的"大学令"①，进行机构改组，在文学部中，分为哲学科（内有东洋哲学专攻）、文学科（内有支那文学专攻）和史学科，研究更加具体细致。② 从此，日本对中国文学的研究，脱离了传统经学的羁绊，而成为近代文化中一门独立的学科。

其次，各个不同层次和领域的学术团体的组成，图书馆和文库的设立，有关学术刊物的涌现等，既是日本近代中国学确立的标志，也成为中国学得以展开的社会基础。比如，支那学会于1907年成立，这是京都大学文学部中国研究者的团体。1925年后，东洋史研究会、支那哲学史研究会、中国语学研究会、中国文学会先后成立。这些带有一定专门性质的学会，在沟通信息、切磋学问、组织专业队伍等方面起到了不可忽视的作用。

随之而来的是，这一时期的学术研究也发生了巨大的变化。在日本的

---

① 指1918年日本颁布的《大学令》，承认公立和私立大学并存，并设大学预科。所谓"新"，是对于1886年制定的《帝国大学令》而言，该"大学令"将东京大学改为帝国大学，同时，制定了《师范学校令》《小学校令》《中学校令》和《学位令》，以立法的形式，规范了日本的教育体系。这些法令被统称为《学校令》。

② ［日］早稻田大学编：《早稻田大学七十年志》（非卖品），早稻田大学1952年版。

"传统汉学"时期，学者们的研究几乎完全依靠从中国传入的文献，他们闭门学习，伏案读书，皓首穷经，偶有所得，则撰写成篇。他们之中几乎没有人到过中国，更不用说其他了。他们的研究基本上是依靠中国文献所提供的"文化框架"，融入日本本土文化的"神道"作为内核，再凭借个人的积累与智慧，发出自成一家之言。而"近代中国学"作为日本近代研究中"世界文化"的一部分，在这个学科形成之初，它的主要的、重要的研究者大多有过留学经历，到过欧美一些国家，也有到过中国的，接受过欧美文化与中国文化的熏陶，相应地，也都逐步养成了把自己对中国文化的认知和研究与世界融通的观念。"中国学"的研究，其中很多观念与方法，既受到日本本土文化语境的影响，也有欧美文化特别是欧洲文化的变异因子。

但是，随着二战的爆发，日本开始了侵华战争，上述日本中国学研究的良好发展势头几欲被生生浇熄。战中及战后两国政治与军事的对立，又人为地隔断了研究人员间的往来与文化上的交流，这对资料的获取和中国学研究的深入开展造成了极大困难，导致日本中国学研究日渐衰微。

因此，在世纪之交的初期，日本的中国文学研究是比较热闹的，但后半段则较为冷清。对于宋诗研究来说，则更加寥落，属于缓慢的起步期。具体来看，这一时期与宋诗研究相关的中国文学研究主要体现在以下几方面。[①]

1. 翻印与评释中国有代表性的作家作品

从 1897 年开始，到二十世纪初，近藤元粹等人陆续出版了中国历代文学大家如陶渊明、杜甫、王维、孟浩然、白居易、韩愈、林逋、欧阳修、苏轼、高启等人的集子。其中，与宋诗有关的是：《林和靖诗集》（青木嵩山堂，1897 年）、《苏东坡诗醇》（青木嵩山堂，1907 年）、《陆放翁诗集》（青木嵩山堂，1909 年）、《欧阳文忠公诗集》（青木嵩山堂，1911 年），另外还有久保天随的《支那文学家评释全书》（1908 年开始），井口驹北堂对陶渊明、杜甫、苏东坡著作的注释（1907—1910 年），如《苏东坡诗集评释》（井口驹北堂书店，1910 年），等等。这些著作，主要是为日本人创作汉诗，而选取中国诗坛上的大家名作进行评释，以示典范作用的。

---

① 这一时期还有很多中国文学研究的内容、成果以及中国文学研究的大家，因与本论题"宋诗研究"关系较远，下文未述及。

可以说，近藤元粹等人致力于中国诗的评释，对于中国古典文学研究是功不可没的。但从近代学术的角度来看，这些评释作为世纪初中国文学研究转型过渡期的产品，更多的是因袭了前此研究的模式，即把"鉴赏"作为主体模式来研究中国文学。这种模式，既缺乏对文学发展的总体环境的探讨，也缺乏从中引出的理论价值的认识，像五山文化时代以来刊出的《唐诗选》《三体诗》《古文真宝》《唐宋八家文》等，都属于此类。所以，这个时期被吉川幸次郎称为近代中国文学研究的"注释时代"①。

2. 出版人物传记著作

关于人物传记，韦勒克、沃伦在《文学理论》中提出："从作者的个性和生平方面来解释作品，是一种最古老和最有基础的文学研究方法。"②这种研究方法与孟子提出的、中国文学批评与研究常常使用的"知人论世"方法是一致的。它主要是一种本于作者传记对作品进行解释的批评与研究方法，虽然应用的领域不限于文学，但最为倚重它的还数文学研究。

日本学者在此方面尤为擅长与热衷。其研究成果有：国府犀东的《文天祥》（正教社，1897年）、吉田宇之助的《王安石》（民友社，1903年）、上村忠治的《苏东坡》（春秋社，1939年）、佐伯富的《王安石》（富山房，1941年）等。还有非常引人注目的弘文堂书店1948年出版的《中华六十名家言行录》系列，当时，正值著名学者青木正儿六十大寿，铃木虎雄等诸大师为之撰文60篇，综论中华人物，结集成书为《青木正儿博士还历纪念·中华六十名家言行录》，其中包括吉田清治的《范仲淹》、小川环树的《范成大》、今田哲夫的《陆游》、中田勇次郎的《姜夔》等。这成为日本的中国文学研究史上一大盛事，也为后来的中国文学研究奠定了重要基础。

3. 撰写文学史著作

如果说，评释性著作与传记性著作只是中国文学研究的一个个的点，尚未有系统性，那么，文学史著作的撰写就是日本学者对中国文学的系统性认识的集中体现了。

在世纪之交，日本出版的中国文学史著作为数不少，主要有：古城贞吉的《支那文学史》（经济杂志社，1897年；中译本名为《中国五千年文

---

① ［日］吉川幸次郎：《吉川幸次郎全集》（第17卷），筑摩书房1984年版，第392页。
② ［美］雷·韦勒克、奥·沃伦：《文学理论》，刘象愚、邢培明、陈圣生、李哲明译，生活·读书·新知三联书店1984年版，第68页。

学史》,上海开智公司,1914 年)、大町桂月等的《支那文学大纲》(大日本图书,1897 年),笹川种郎(临风)的《支那文学史》(博文堂,1898 年),中根淑的《支那文学史》(金港堂,1900 年),久保天随的《支那文学史》(人文社,1903 年),高獭武次郎的《支那文学史》(1907 年),儿岛献吉郎的《支那大文学史(古代篇)》(富山房,1909 年)、《支那文学史纲》(富山房,1912 年),等等,很是繁盛。事实上,不仅在日本,在欧美国家也有大量文学史著作出版[1],也就是说,文学史的撰写,在当时并不仅仅是一国之中个人的兴趣爱好或行为,而确确实实是一种全球性的学术风气。

在这些文学史著作中,以古城贞吉的《支那文学史》影响最大。在古城贞吉的中国文学史著作出版之前,还有末松谦澄的《支那古文学略史》和儿岛献吉郎编写的《支那文学史》,但二人此时出版的著作,都还没有写到秦汉以后。所以,古城贞吉的《支那文学史》被称为日本第一部比较系统的、具有现代意义的中国文学史。古城贞吉的《支那文学史》共分九篇,再加上"序论",共十个部分。"序论"概括地论述中国文学的一般性问题,包括国民性、中国文字的性质、中国的社会地理环境和文学的关系、政治体制及儒家思想的影响、皇家贵族和文学、文学者的特性等;余下的九篇,大致以时代为序,内容如下:支那文学的起源、诸子时代、汉代文学、六朝文学、唐代文学、宋代文学、金元间文学、明代文学、清代文学。

其他中国文学史的撰述也各有特色,我们就不一一列举了。总体而言,他们这种文学史研究与传统的文学研究有了明显不同,他们能够从个别文学作品的鉴赏和评释中挣脱出来,把文学研究自觉地纳入史学研究的范畴,用西方现代编史的方法与体例来审视、编纂和评论历史上的文学现象,建立起以历史演进为线索的总体文学研究,这可以说是日本学者对中国文学研究迈向近代意义的第一步。

4. 河上肇的陆游研究

这一时期,对于宋诗研究的杰出人物是河上肇。河上肇作为亚洲最早的马克思主义经济学家、《资本论》的杰出研究者,他的理论与著作,曾

---

[1] 可参看郭延礼《19 世纪末 20 世纪初东西洋〈中国文学史〉的撰写》,《中华读书报》2001 年 9 月 19 日。

对马克思主义在中国的传播，产生过广泛的影响。他不仅在政治经济学和唯物史观方面具有杰出的贡献，而且在中国古典文化方面有丰厚的修养。他十分关心日本中国学的发展，据小岛祐马等人回忆，"支那学社"刚刚成立时，准备刊出《支那学》，但出版上遇到了困难，河上肇于是在暗中疏通，使出版社接受了《支那学》的出版。①

河上肇对中国古代诗歌的研究，其成绩主要集中于《陆放翁鉴赏》。此书的编撰始于1941年，出版于1949年，由三一书房分上、下两册出版。1984年，当岩波书店刊出《河上肇全集》时，《陆放翁鉴赏》又被收为全集的第二卷。该书可以说是日本汉文学史上陆游研究的第一部专著，其主要内容如下："放翁鉴赏之一——六十岁前后的放翁诗""放翁鉴赏之二——六十后半的放翁诗""放翁鉴赏之三——古稀的放翁诗""放翁鉴赏之四——八十四岁的放翁诗""放翁鉴赏之五——放翁词二十首、续二十首""放翁鉴赏之六——放翁绝句十三首和译，附杂诗七首""放翁鉴赏之七——放翁诗话三十章"。

《陆放翁鉴赏》是一种译评体，每一首诗都有日译文，河上肇通过"评语"，表现自己对陆诗的品评，这些品评已不限于对陆诗进行一般性的解说，有些还注重对中国经典文化的译述和诠释，致力于中国深层文化的探讨。河上肇对陆游诗作的选择和评价，体现出其独具特色的诗歌观，具体的本书下文有专节论述。

总之，这一时期是日本中国学研究的转型期，也是中国古代文学研究中开始有史的意识时期。这时期的著述，虽程度上有所不同，就其整体而言，以评述为主，研究的成分不多，主要是对中国的文学作品和作家加以介绍。这在当时，确实有倡导中国文学研究的作用，但谈不上科学性的研究。真正对中国文学用现代的科学方法加以系统研究，是在稍后的时期。

二 稳步发展期：二十世纪五十年代

日本在第二次世界大战中的失败，宣告了明治中期以来近代中国观念的破产，日本的旧"中国学"家，虽然曾经以空前的规模，展开了对中国的研究。但是，这种研究对于中国历史发展的必然道路，对于中国社会的

---

① ［日］小岛祐马：《〈支那学〉创刊当时的事ども》，青木正儿：《〈支那学〉发行と私》，《支那学》第十卷"小岛·本田二博士还历纪念"特别号，1942年4月。

基本结构，对于中国的文化传统和民族感情，对中国当代革命政党和革命运动，都未曾作出正确的结论，因此，战争的失败，实际上也就宣告了旧"中国学"的终结。

所有的终点都会是一个新的起点。二战之后，在美国督导下的日本民主化道路的进程中，汉学和支那学日渐衰微，代之而起的是新兴的中国学。日本学者开始对中国进行更深层次的探讨，使中国学研究在多个方面得到拓展。首先是作为国家科学研究指导机关的"日本学术会议"（俗称"学术国会"）撤销了"支那研究特别委员会"。对中国研究的相关规划，分别由"日本学术会议"第一部中的文学、哲学、史学、教育学、心理学、社会学，第二部中的一般法学、公法学、民事法学、刑事法学、政治学，第三部中的经济学、商学、经营学的委员来承担；其次，为了实现国家对"中国学"研究方向的控制和体现对研究的支持，改变了战前由政府直接操纵研究机构的办法，改组为学会形式的松散联合。1947年6月，在外务省的全面支持下，原"日华协会"改组为"东方学会"，其会员由各大学、研究院所中研究中国问题、朝鲜问题、蒙古问题、印度以及东南亚问题、中亚问题、西亚问题、日本问题的学者组成，其中研究中国问题的学者占多数，研究领域包括历史、社会、经济、民族、民俗、思想、哲学、宗教、文学、语言、艺术、考古等，涵盖了人文科学和社会科学的各个学科。1949年10月，"日本中国学会"创立，以此为标准，"中国学"的名称逐步替代了"支那学"。这一名称的改换，反映了越来越多的研究者，怀揣着重新认识中国的强烈愿望，开始了重新探索中国学研究的新道路。学会的本部设在东京汤岛的孔子庙[①]，这本身就很有深意，意味着它具有战前日本汉学、支那学的传统的侧面，因此研究的成果仍然以中国古典研究为中心。1951年5月，"现代中国学会"成立。与"日本中国学会"不同的是，它以对现代中国的关注为出发点，涉及中国的政治经济和

---

① 东京汤岛孔子庙，又称汤岛圣堂，位于东京文京区一丁目，1690年由德川五代将军纲吉创建，当时作为讲授、传播以孔子为代表的儒学和祭祀孔子的场所。1797年德川幕府直辖的中心学校——昌平坂学问所也设立于此，成为德川时代研究学问和进行教育的基地。明治时代初期，日本文部省、国立博物馆、东京师范学校（今筑波大学）、东京女子师范学校（今御茶水女子大学）均设立于此，是日本近代教育的发祥地。它至今还是日本传播东方传统文化的重要基地。日本的"斯文会"每年在此举行数十次讲座，其内容包括《论语》《孟子》《庄子》《周易》《史记》《唐诗》《三国志》《红楼梦》等，主讲人多为日本各大学名誉教授、文学博士、学术名流，听众有青年学生、公司职员、退休老人、家庭主妇等，成为传播中国文化的一片绿洲。

思想文学，是一个综合性的现代中国学会。1992年后，因为与中国等国际交流日益频繁，其名称改为"日本现代中国学会"，并逐渐发展为有关现代中国研究学会中规模最大、历史最悠久的团体之一。"日本现代中国学会"对中国古典文学研究的最大贡献就是反思战前的中国研究，创立新的研究方法，提倡用现代意识去认识古典、研究古典，并且应用中文阅读中国古典。①

同时，日本汉学研究界与世界汉学研究界的联系明显加强。像"东方学会"和美国"东方学会"的联系，日本学者山本辰郎、山本澄子、坂野正高和费正清等的诸多联系，他们还共同编有《日本对近代中国的研究：有关19和20世纪的历史与社会科学研究书目题解》一书。② 日本的《东方学》杂志上，设有"海外东方学界消息"栏目，几乎每期都登载由石田干之助主笔撰写的介绍美国"东方学会"情况的文字。③ 日本"东方学会"的"国际东方学者会议"从1956年开始举行，此后每年召开，成为日本汉学研究者和世界汉学研究者联系的一个重要窗口（当然，日本的东方学不仅仅是汉学）。1960年，日本的中国学会等和韩国、台湾建立了汉学联系，并在台北召开了有关会议。

不仅如此，日本学界还积极参与国际共同研究。如1953年以后，国际汉学界有编纂《宋史提要》的研究计划，日本的青山定雄参与此研究，为日本方面的代表。1954年，欧美设立了宋史提要编纂会（Song Project），日本汉学界也参加了这一总体的研究。1957年出版《宋史研究文献目录》（东洋文库），1961年出版《宋代文献研究提要》（东洋文库），1968年出版《宋代史年表（北宋）》《宋人传记索引》（东洋文库）。此后，日本出版了《宋代文集索引》（东洋史研究会，1970年）、《宋代研究文献目录3》（东洋文库，1970年）、《宋会要研究备要目录》（东洋文库，1970年）等，也都是这一研究的延续。

可以说，日本的中国学研究与世界中国学产生了方方面面的联系，但

---

① ［日］濑户宏：《二战后日本的中国研究——以日本现代中国学会为中心》，《国外理论动态》2012年第6期。

② ［美］费正清：《费正清中国回忆录》，陆惠勤等译，知识出版社1991年版，第462—463、557页。

③ 石田先生去世后，《东方学》依然保持此栏目，介绍海外东方学情况。从1998年的第96辑开始，栏目改名为"内外东方学界消息"。

我们也可以看出,在这一多方的联系网络中,有一个很大的缺陷,那就是和中国大陆的联系明显处于非常贫乏的状态,这实际上是冷战态势在日本中国学研究中的反映。

当然,东方学也好,中国学也好,都更多地注重历史研究、语言学研究,文学研究仅仅属于附庸的地位。但这些研究趋向以及研究方法都影响到对中国文学的研究,尤其是参与国际汉学界编纂《宋史提要》的研究计划,直接影响到日本学者在文学研究领域对宋代文学的关注。而1954年京都大学创办的《中国文学报》,则标志着中国文学研究从中国学研究的附庸独立成为一门重要的学问。

对于宋诗研究来说,也开始了它的新纪元,日本中国文学研究中正式有"宋诗"的标目,并呈良好态势稳步发展。

1. 吉川幸次郎率先垂范,进行宋诗研究

吉川幸次郎是继狩野直喜、铃木虎雄、青木正儿之后京都大学文学部的顶梁柱,也是五十年代以来日本中国文学研究的主要代表人物。著名史学家贝冢茂树在"悼辞"中说他"继承了恩师狩野直喜先生的学风,年轻时便脱颖而出,后来成为中国学界的泰斗"[①]。

吉川幸次郎自己曾说过:"我对于中国的事象,也是想要发掘永恒的内容。"[②] 正是这种对于中国文化的热爱与追求,使吉川幸次郎的研究充满了感情与独特的选择。

吉川幸次郎对于宋诗的研究,源于他大学时代对宋词的爱好与研究,正式开始于五十年代。他的第一篇宋诗研究的文章是《关于宋诗》(《墨美》10,1952年3月),这时的吉川只是觉得讲文学史必须要涉及宋代部分。后来又陆续写了《诗人与药铺——关于黄庭坚》(《学事诗事》,1957年)、《宋诗的情况》(《学事诗事》,1959年),并于1959年在"日本中国学会第十一届学术大会"上作了《宋诗的地位》的报告,同时产生了把宋诗作为研究课题的愿望,于是研读了《宋诗钞》和一些选本、相关诗歌批评,参考厉鹗的《宋诗纪事》、丁传靖的《宋人轶事汇编》,写出宋诗研究专著《宋诗概说》(岩波书店,1962年),成为中国之外宋诗研究中影响最大的论著之一,后有多种译本,如郑清茂的同名中文译本(台北联经出

---

① [日] 日本东方学会编:《东方学》(第61辑),1981年,第199页。
② [日] 吉川幸次郎:《吉川幸次郎全集》(第一卷),筑摩书房1984年版,第710页。

版社，1977 年、1988 年），李庆的中文译本《宋元明诗概说》（中州古籍出版社，1987 年；复旦大学出版社，2012 年），还有 Burton Watson 的英文译本 *An Introduction to Sung Poetry*（Cambridge，Mass：Harvard University Press，1967）等。

吉川幸次郎对宋诗以及元明诗的开拓性研究，不仅学术界评价甚高，他自己也很是自得的，他曾说他的《宋诗概说》《元明诗概说》"对于想要了解中国文明，尤其是中国文学的人来说，是首先应看的书的一种"，至少"在现在还没有其他类似的书。中国也好，日本也好，都没有"。①

2. 不少日本学者开始了宋诗研究的试水工作

在吉川幸次郎的影响下，不少日本学者开始了宋诗研究的试水工作。这主要是源于吉川幸次郎和小川环树主编的《中国诗人选集》丛书的编注工作，丛书中有很多是宋代诗人的诗歌选集，虽然出版时间有的延伸到了六十年代，但研究工作始于五十年代。通过这一丛书的编写，实际上培养出了一支中国诗歌的研究队伍，后来这些作者大多成为研究的中坚力量和专家，如小川环树、筧文生、清水茂、一海知义、荒井健等。

除此之外，横山伊势雄、小仓正恒、斋藤勇、凤见章、小西甚一、中田勇次郎、菅谷军次郎、船津富彦等都撰写了有关宋诗研究的论文，开始了宋诗研究的试水工作。如横山伊势雄《试论禅对宋代诗论的影响》（《汉文学会会报》18，1959 年 6 月），小仓正恒《苏东坡的心境》（1—3）（《雅友》2—4，1951 年 6—10 月），斋藤勇《朱子的诗》（《东京女子大学学报》，1951 年 7 月），凤见章《陆放翁的田园诗》（《农民文学》4，1951 年 12 月），小西甚一《中世纪表现意识与宋代诗论》（《国语》1—1，1951 年 10 月），《良基与宋代诗论》（《语文》14，1955 年 3 月），中田勇次郎《宋代的闺秀诗人》（《东方文艺会报》14，1955 年 6 月），菅谷军次郎《宋明清三朝的诗坛与诗派》（《宫城学院女子大学研究论文集》11，1957 年），船津富彦《围绕〈六一居士诗话〉的各种问题》（《东洋文学研究》6，1957 年 12 月）、《〈沧浪诗话〉渊源考》（《东洋文学研究》7，1959 年 2 月）等，所论都切中宋诗研究的重要问题，可谓出手不凡。

3. 介绍中国大陆的宋诗研究成果

这时期中日关系虽然还处于冷战态势中，学术界也冻结往来，但还是

---

① ［日］吉川幸次郎：《吉川幸次郎全集》（第一卷），筑摩书房 1984 年版，第 713 页。

有学者做破冰之举。少数日本学者撰文介绍中国大陆的宋诗研究成果，希望通过他们的宣传和推介，让日本学界能及时了解整个宋诗研究的发展和进步。

主要从事这项工作的是小川环树。他一连撰写了三篇相关论文：《欧小牧的〈爱国诗人陆游〉》（《中国文学报》7，1957年10月）、《钱锺书的〈宋诗选注〉》（《中国文学报》10，1959年4月）、《朱东润的〈陆游传〉》（《中国文学报》13，1960年10月）。《爱国诗人陆游》《宋诗选注》《陆游传》这几部书在中国本土也算得上是新中国成立以来比较早的宋诗研究著作了，几部著作以翔实的史料、严密的考证著称，问世后，广受读者欢迎，数十年来，曾影响了几代学人。小川环树慧眼独具，非常及时地介绍了这几部作品，他特别重视钱锺书的《宋诗选注》，曾经说："宋代文学史的许多部分，也将由于本书的问世而不得不重新认识和改写了。"① 小川环树的介绍，使海外学者能获知研究对象本土研究的状况，突破自我的小圈子，达到与本土研究的交流。

三 渐次展开期：二十世纪六七十年代

二十世纪六十年代以后，由于日本经济的起飞，在日渐丰厚的经济支撑下，日本的汉学研究向各个领域展开，有了很大发展，宋诗研究也丰富多样，为后一阶段的兴盛奠定了基础。

此时期日本汉学研究的主体状况如下：

一是汉学研究蔚为大观。随着日本经济的发展，日本汉学研究大为兴盛。很多大学纷纷设立中国哲学、文学、语言学、历史学科目，开展中国语言文学讲座，汉学书也开始大量出版。梁容若在《中日文化交流史论》中以具体的数据展示了日本此期的汉学研究情况："据文部省全国大学一览统计，1963年共有五百九十一所（计大学二百七十所，短期大学三十二所，国立大学七十二所，公立三十四所，私立一百六十四所，有研究所者一百零三所），设有中国哲学文学语言历史科目的，国立大学七十多所里有六十所。有中国语文讲座的就更多了。所以知名的汉学者，绝没有失业改业的，汉学书较战前更有广大的读者层。"②

---

① ［日］小川环树：《风与云——中国诗文论集》，周先民译，中华书局2005年版，第268页。

② 梁容若：《中日文化交流史论》，商务印书馆1985年版，第97页。

二是加强了与世界各国汉学界的联系。日本在经济发展的基础上，以邀请及招聘的方式，加强与世界各国的交流。从六十年代起，日本对于外国研究者和相关文化人士的邀请、招聘就不断增多，比如可称为日本汉学界对外联系窗口的"东方学会国际会议"，自从1965年以来，每年召开一次，每次邀请30多个国家的学者、留学生，人数达300—400人，实际到达者为100人左右。

三是出现了以地域性为主的研究态势。到了第二次世界大战以后，由于日本帝国大学的改制、各地区出现的新的国立和私立大学吸收了大量的研究力量，使原来占有"霸主"地位的帝国大学的学术地位发生动摇，出现了以地域性为主的研究态势。汉学研究中心除了京都大学外，新添了东京大学。这两个汉学研究中心，整体来看，东京大学的研究较恢宏，较现实，致力于寻找新材料，接受新风气，政治气氛始终浓厚；京都大学的研究则较扎实，探寻研究深入，合作性强，看法比较长远而超然，求真、求是的意味较多。除了以上两个汉学研究中心以外，东京的东京教育大学（前身为东京高等师范学校，东京文理科大学）、早稻田大学、东洋大学、明治大学、国学院大学、大东文化学院，仙台的东北大学，福冈的九州岛大学、广岛大学（前身为广岛高等师范学校），京都的龙谷大学、大谷大学，也都有悠久的汉学研究历史，搜罗保存有可观的中国文化典籍，聘请过不少著名教授，培养出不少汉学人才。

在这种大趋势下，宋诗研究的队伍不断壮大，研究内容更加丰富多样，涌现了不少令人瞩目的成果。

1. 宋诗研究的队伍开始壮大

上一阶段孕育的小川环树、筧文生、清水茂、一海知义、荒井健等学者，在此期发挥了领军作用，表现出锲而不舍、为学问而学问的精神。仓田淳之助、近藤光男、前野直彬、辛岛骁、今关天彭、青木正儿、入谷仙介、竺沙雅章、泽口刚雄、佐伯富、金冈照光、山本和义、石川忠久、市野泽寅雄、合山究等学者也加入了宋诗研究的队伍，阵容更加强大，前辈学者继续发光发热，新人更加努力奋发，通俗专门，兼筹并顾。如佐藤保，他在此期发表了《〈渭南文集·剑南诗稿〉版本考》（《中国文学研究》2，1961年12月），这是他学生时代的作品，也是他早期的代表性论说。这反映出他对宋诗的关注，以后的《宋诗》（明治书院，1978年）以及参加编写《宋诗鉴赏辞典》，撰写《士大夫的诗——宋诗刍议》，大都可以从这里找到根源。

2. 出版不少大型的古典文学基本书籍

外国人研究中国文学的最大困难，是获取相关资料的困难，购买书籍、阅读材料都不容易。东京与京都的很多文库都收藏了不少中国的古籍，但毕竟获取不易，阅读上也有一些困难。大量整理的中国古典文学集本的出版，解决了学者们的内心渴望。这类文学集本，除上文提到的《中国诗人选集》《中国诗人选集二集》外，还有《汉诗大系》（共24卷）、《中国诗人选》（共36册）、《中国古典选》（共10卷）、《筑摩丛书》（共360册）、《中国人物丛书》（共12册）、《中国文明选》（共15卷）、《中国古典文学大系》（50余卷）、《中国古典文学全集》（30余卷）、《中国诗文选》（共23册）、《和刻本汉诗集成》（共20册）等大型丛书，其中包含了不少宋诗方面的集本。另外，还有《宋诗鉴赏辞典》这样的普及读本，以及断代诗选的《宋诗》《宋诗选》《宋·元·明·清诗集》等，宋诗大家梅尧臣、王安石、苏轼、黄庭坚、陆游、朱熹等人的各种选注本都有出版。

3. 学术视野更加开阔，研究方法更加多样

这一阶段，日本学者的研究中，除了传统的编选译注、文本细读分析、材料考辨与版本校勘外，也非常注重文学与宗教、思想、民俗的关系，常常将文学研究置放于具体的政治、经济、文化背景中，结合时代思潮和诗歌历史来考察文学现象，因而常常有自己独到的见解。

其中，运用传统研究方法的成果如：佐伯富的《宋代文集索引》（东洋史研究会，1970年），泽口刚雄的《唐宋诗鉴赏》（福村社，1969年），前野直彬主编的《宋诗鉴赏辞典》（东京堂书店，1977年），佐藤保编注的《宋诗（附金）》（明治书院，1978年），小川环树、仓田淳之助编的《苏诗佚注》（明德社，1968年），等等。

运用新的研究方法的成果有：吉川幸次郎的《宋诗概说》（岩波书店，1962年），小川环树的《宋代诗人及其作品》（《宋诗选》，筑摩书房，1968年3月），竺沙雅章的《苏轼与佛教》（《东方学报》36，1964年10月），仓光卯平的《苏东坡诗所表现出的对宗教的倾心》（《西南学院大学文理论集》6—2，1966年2月），村上哲见的《思想的人与行动的人——朱子与辛弃疾》（《人类知识遗产月报》，1979年8月），等等。如小川环树在《宋代诗人及其作品》中，分析黄庭坚的《演雅》诗时，提出这首诗

有两点值得注意,"一是他对生物的精细观察,二是他关于这些生物生活目的的追问"①,认为这体现出宋诗人对自然特有的强烈的好奇心和对事理的深刻怀疑态度,个中原因有二:一是因为到了宋代,有关自然物的观察、记述从药物学里独立了出来;二是与宋代园艺学的发达有关系,而最主要的在于宋人的思想,"宋人的思想有个特点,就是对生物的生活行为也要刨根问底,追究它们对这个世界所具有的意义",这种探索,就是"格物致知"。②

可以说,此期的宋诗研究是取得了较大成就的,这为后一阶段的兴盛奠定了坚实的基础。

四 持续繁盛期:二十世纪八十年代以降

二十世纪八十年代以来,科学技术的发展,特别是互联网技术的开发利用,为海外学者的中国文学研究提供了十分有利的条件。其中,以中国研究资料数字化所创造的条件最优越。比如:在美国,有关中国学研究的专业网站有 60 多个,稍微大一点的中国学研究机构大都建立了网站;在澳大利亚,国家图书馆将澳大利亚国立大学、悉尼大学、墨尔本大学、莫纳什大学、莫尔多克大学、格里菲斯大学和昆士兰大学 7 所大学的中日韩文资料统一起来编目、规范数据,使学者可以通过全国书目网方便地检索馆藏中日韩资料。很多国家的中国学研究界也纷纷将中国学研究资料数字化。在中国,也同样建立了大量学术研究网站及研究数据库。互联网的迅速发展,使学术信息传播和学者之间交流变得越来越频繁,中国学研究得以持续繁荣发展。

随着国际中国学的发展,日本的中国学也迎来了高潮。由于改革开放政策的实施,中国经济取得了飞跃的发展,日本的中国学研究也因此得到了从政府到民间的广泛重视,1996 年,日本政府曾将有关中国的研究课题列为国家级重大课题。③ 从研究领域上看,已经突破了过去那种以文史哲为重点的局面,扩展到了中国社会的政治、经济、文化、教育、宗教、社

---

① [日] 小川环树:《风与云——中国诗文论集》,周先民译,中华书局 2005 年版,第 169 页。
② 同上书,第 170 页。
③ 文部科学省重点领域研究课题"现代中国的结构变动(1995—1998 年)",由早稻田大学政治与经济学院教授毛里和子主持。

会、外交、艺术、军事、环保等各个领域。日本的中国学家从不同的侧面客观地研究中国，对中国的研究呈现出多元化趋势，特别是沟口雄三的多元化研究视角让我们耳目一新。

其中，日本的中国古典文学宋诗研究也呈现出不少新特点，即随着研究手段的更新、获取资料的无限便利，宋诗研究队伍不断更新与壮大，研究领域不断拓展，研究内容呈多元化趋势。

首先，我们突出感受到的是研究队伍的更新与壮大。八十年代以降，我们可以明显感觉到从事中国古典文学研究的老一代学者正在退出历史舞台，新一代研究者如雨后春笋般成长起来。以1996年为例，在日本的中国学会名册上的学者中，日本大正年间出生，仍在一线从事研究的，实际上连百分之一都不到。三十年代前半期出生的学者，也大多退出了日本国立大学的一线岗位。主要的人物，大多是六十年代以后成长起来的学者。新一代的学者大部分到中国留过学，有较好的中文会话能力，又到过西方一些国家留学或进修，受西方现代研究的思想影响较大。具体到宋诗研究阵营中，"宋代诗文研究会"的成立、《橄榄》等学术杂志的编辑刊发，使研究的队伍除了以上特点外，还有更为集中与稳定的特征。

"宋代诗文研究会"，其前身是1984年成立的早稻田大学中国文学会的"宋诗研究班"，研究班最初主要由研究生和部分本科生组成，研究方式为"会读"，即沿袭吉川幸次郎主持《尚书正义》研究会时采取的集体研讨方式，后来，这个方式也在东京和京都等地的史学、文学等研究会中普遍采用。读书会的工作和其他的研究相比，最大的不同，是它进行了有组织的联合研究作业。当时，"宋诗研究班"选择了钱锺书的《宋诗选注》作为研读文本，并于1988年4月创刊《橄榄》，刊登研究班的译读成果。1990年10月，"宋诗研究班"的成员在全国范围内募集宋代文学的研究同仁，成立"宋代诗文研究会"，从早稻田大学"中国文学会"中独立出来，从此不断发展，会员数达90余名，成为此一阶段宋诗研究的核心力量。"宋代诗文研究会"的主要活动是每月一次的"会读"，每年一次的"谈话会"。首次活动安排好各成员的研读任务，"会读"活动时宣读研读成果，其他成员发表意见，都能做到知无不言，言无不尽。"会读"以后，担当者根据集体讨论的结果进行修改，在下次的读书会上再次确认。这些研读成果在《橄榄》杂志上以连载的方式或集中某一辑发表，后来加以整理，成为一部书刊行。除此之外，"宋代诗文研究会"的领导者还经常邀请中国本土的研究者进行讲座，也经常组织人员参加诸如"宋代文学学会""宋代文学学术研讨会"等我国举办的学术会议。诸多活动的开展，既反映了日本学者对宋代文学研究的热情，也使学者们拧成一股不容忽视的研究力量，相比于以前，研究力量更为集中，研究领域也较为稳定了。

其次，在研究思路上，深受内藤湖南"宋代近世说"的影响。"宋代诗文研究会"的成立，学者们相互间的联系进一步加强，并且能够在一个时期内围绕一个主体内容共同研究，打破了前此宋诗研究者各自为战的局面，容易形成共同的研究宗旨与内容。此一时期学者们的研究，撇却各自原有的研究选题，从其研究内核来看，或多或少地受到了内藤湖南"宋代近世说"的影响。

日本京都学派的主要奠基人之一内藤湖南提出了著名的宋代近世说，并且构想了以唐宋转型论为核心的完整的宋史观。内藤湖南以他作为社会政治活动家和学者的双重身份，构筑了自己独特的"内藤史学"。"内藤史学"包括"中国史三分法"（"内藤假说"）、"中国文化中心移动说"与"中国史料的整理研究"三个方面，可以说，囊括了内藤湖南一生从事中国学研究的主要内容。其中，"中国史三分法"是内藤湖南在日本中国历史研究领域内第一次提出的系统的中国历史分期理论，透过这一理论，表现了内藤湖南中国史观的基本核心，它在日本中国学界存在着至今仍然起着作用的深远影响。内藤湖南的"中国史三分法"，又有人称为"内藤假说"。内藤湖南首次试图依照中国历史的内容来描述中国历史的进程——当然，他是以自己的"中国文化史观"来理解中国历史的内容的。据此，内藤湖南把中国自盘庚迁殷起，直至清代结束的漫长的历史，划分成"上古"、"中古"（中世）、"近世"三个时期以及"上古"至"中古"、"中古"至"近世"两个过渡阶段。其"近世"即包括宋元明清四大历史时期。他认为，这一时期的基本特征，便是君主独裁政治的建立及其与之相应的中国官僚群体的最后形成和庶民（平民）的出现以及与君主独裁政治的对立。基于这一形势而形成的近世文化，开始出现了平民主义倾向。他提出，进至近世，也就是中国文化史的老年期，中国知识分子的心态更加圆熟，如老年人那样，向往返璞归真，崇尚自然，厌弃烦琐，特别渴求心境的宁静和生命的延续，偏好文学和艺术，而对于政治和军事等劲头不足。在内藤湖南"宋代近世说"的理论引导和影响下，宋代的整个学术文化都成为了日本学者研究的重点对象之一。日本的一批中青年学者近二十年来一直关注于宋代文学的研究,并产生了不少的研究成果。2005年由王水照先生主编、上海古籍出版社出版的"日本宋学研究六人集"丛书,是他们研究成果的集中展现。这套丛书,正如王水照先生在"前言"中所指出的,虽没有直接宣称以"宋代近世说"为指导原则,但仍然可以清晰地看出其"在研究思路上的传承和嬗变,学术精神上的衔接和对话"①。

再次,在研究内容上,越来越专门化。随着对中国古代文学研究的发展,研究内容更为广泛与深细,学者的研究也较为专门,多专注于宋代诗歌与文学的研究,与前辈学者涉猎多方、在广泛领域都有建树,有很大不同。这之中,有松川健二专注于宋明思想诗的研究,② 横田辉俊专注于苏轼研究,③ 越野三郎专注于陆游研究,④ 横山伊势雄专注于宋诗与诗论的研究,⑤ 山本和义专注于苏轼诗研究,⑥ 浅见洋二专注于中国诗学尤其是唐宋诗学的研究,⑦ 内山精也专注于苏轼及其周围士大夫的文学研究,⑧ 池泽滋子专注于丁谓研究、吴越钱氏文人群体研究,⑨ 等等。

最后,在研究的方法上,越来越丰富。这与我国本土宋诗研究的繁盛是相关联的。七十年代后期,我国的古典文学研究可以说是一个拨乱反正期,学者们开始全面清算"文革"流毒的遗害,反思文学研究走过的弯路小道,力图建构出具有中国特色的现代化色彩的文学研究体系。虽然坚冰破解非一日之功,但至八十年代,文学研究开始见出现代的曙光,开始启航远行。不少学者在继承传统的基础上,尝试内容上的拓展、方法上的创新、领域上的开辟。宋诗的研究也如一夜春风化入,千树万树开始盛开。众多问题进入热烈的讨论,如宋诗与唐诗的评价问题、宋诗的文学史地

---

① [日] 内山精也:《传媒与真相——苏轼及其周围士大夫的文学》,朱刚、益西拉姆译,上海古籍出版社2005年版,第9页。
② [日] 松川健二:《宋明的思想诗》,北海道大学大图书刊行会1982年版。
③ [日] 横田辉俊:《天才诗人苏东坡》(《中国诗人——其诗与生涯》11),集英社1983年版;有谭继山中文译本,万盛出版社1983年版。
④ [日] 越野三郎:《陆放翁——诗传》,3A网络出版社1996年版。
⑤ [日] 横山伊势雄:《宋代文人的诗与诗论》,创文社2009年版。
⑥ [日] 山本和义:《诗人与造物——苏轼论考》,研文社2002年版。
⑦ [日] 浅见洋二:《距离与想象——中国诗学的唐宋转型》,金程宇、冈田千穗译,上海古籍出版社2005年版;《中国的诗学认识——从中世到近世的转换》,创文社2008年版。
⑧ [日] 内山精也:《传媒与真相——苏轼及其周围士大夫的文学》,朱刚、益西拉姆译,上海古籍出版社2005年版;《苏轼诗研究——宋代士大夫的构成》,研文社2010年版。
⑨ [日] 池泽滋子:《丁谓研究》,巴蜀书社1998年版;《吴越钱氏文人群体研究》,上海人民出版社2006年版。

位、宋诗与明清诗的关系、宋诗的特征等。具体的诗歌评论方面，则又牵涉到宋诗史上许多作家作品，有的纠正错误，为古人评反；有的提出问题，引起讨论；有的补充新证，深化研究。一些思想活跃，学贯中西的学者率先从新的视角入手，运用新的方法，并将它与传统的手法结合起来研究宋诗，取得了令人耳目一新的成果。而在这一时期，大型断代诗歌总集《全宋诗》的编纂工作也由北京大学古文献研究所启动了，历经12个寒暑，在1998年的岁末，《全宋诗》72册终于全部出齐了。它全面展现了有宋一代的诗歌面貌，为广大研究者提供了文献文本，为整理、传播优秀传统文化并使中国文化走向世界发挥了重要作用。这些方面，深刻影响到日本的宋诗研究，使其不断繁盛。

首先，在实证研究的基础上，开始引进宏观研究，一些学者能从社会、文化、心理等角度对诗歌史上的现象进行挖掘，既寻求历史渊源，又探索演进轨迹，考察一代诗风之变，表现出一定的深度和广度。当然，宏观研究对其他学科而言并不是多么新颖，但对古典文学研究，对习惯于实证的日本学者而言，这就是一种新变。并且宏观研究概念本身，人们的认识存在着分歧，有些学者在操作的时候也往往堕入玄虚空洞、华而不实之境，但对习惯于实证的日本学者来说，这根本不成问题，他们一旦把宏观的视野与微观的考察结合起来，就产生了一批角度新、内容新、思想深邃、眼光宏通、理据充足、见解独到的论著。

其次，是一些西方文学批评方法的引入。像系统论研究法、心理学研究法、原型批评研究法、符号学研究法等文艺学研究方法，开始被日本学者尝试性运用于古典文学研究。这些批评方法引入古典文学研究，其优长显而易见，其弊端也可想而知，单一研究方法的运用往往会割裂文学对象审美效应的多样复杂性。基于日本学者的谨慎性，他们的运用并未像我国一样形成热潮，所以并不见其弊端的显露。

最后，文化批评研究法走进古典文学领域。文化批评研究法区别于其他文艺学方法，它的特点是把文学放在文化的整体中，在大的文化背景下来观照、探讨文化整体中文学与其他文化相互间的关系、影响。这一方法与宏观思潮正相契合，故一开始便为许多研究者所喜爱，许多论著探讨宋诗与哲学、宗教、美学、伦理、心理、风俗、地域、艺术的关系，这一研究势头正旺，大大激活了宋诗研究。不少著作与论文由此催生，上海古籍出版社出版的《日本宋学研究六人集》丛书可以说是个中代表。

总体来看，在这一时期内，日本的汉学界发生了相当显著的变化，就总的趋势而言，令人感到，日本汉学原有的特点在渐渐消失，研究的体制、内容、视点、材料、方法等方面，都朝着"国际化"方向在变化；而随着中国本土《全宋诗》的编纂出版以及日本国内宋史的研究，日本的宋代文学研究，在这一时期得到了较大的开展，并且日渐繁盛起来。

第二章

日本学者宋诗研究的内容与特征

二十世纪以来，日本学者对中国古典诗学进行了卓有成效的研究，在海外汉学界首屈一指，实为翘楚，对我国古典诗学研究界也产生了很大的影响。这之中，他们的研究在时段分布上明显地体现出不平衡的特征，最显著地集中于唐代，其次为魏晋六朝，汉以前和宋以后都属于相对比较薄弱的环节。其中，在对宋以后诗学的研究中，又以对元明诗学的研究最为薄弱，对清代诗学的研究次之，对宋代的研究则相对为多，但都属于涉足尚不太多的领域，预示着日本中国古典诗学研究的未来空间还有待开掘。本章对二十世纪以来日本学者的宋代诗学研究的内容与特征进行清理盘点。

第一节 日本学者宋诗研究的内容

一 选编译注工作

日本学者对宋代诗学的研究首先体现在对诗人之作的选编译注上。选编译注工作，在日本学者的中国古典文学研究中，有着天然的文字上的便利，是其传统的研究方式，也是其研究工作的起点。其主要著作有：土屋弘《苏诗选详解》（明治书店，1917年），岩垂宪德、释清潭、久保天随译注《国译苏东坡诗集》（国民文库刊行会，1928—1930年），大槻彻心选译《详解苏东坡诗集》（京文社书店，1943年），河上肇《陆放翁鉴赏》（三一书房，1949年），铃木虎雄《陆放翁诗解》（弘文堂书店，1950—1954年），笕文生注《梅尧臣》（岩波书店，1962年），小川环树注《苏轼》（岩波书店，1962年、1983年），清水茂注《王安石》（岩波书店，

1962年)、一海知义注《陆游》(岩波书店,1962年)、荒井健注《黄庭坚》(岩波书店,1963年)、近藤光男选译《苏东坡》(集英社,1964—1968年)、前野直彬选译《陆游》(集英社,1964年)、辛岛骁、今关天彭选译《宋诗选》(集英社,1965年)、近藤光男选译《苏东坡》(集英社,1966年)、入谷仙介选译《宋诗选》(朝日新闻社,1967年)、小川环树选译《宋诗选》(筑摩书房,1967年)、仓田淳之助译注《黄山谷》(集英社,1967年)、金冈照光译《苏东坡诗集》(角川书店,1972年)、小川环树、山本和义选《苏东坡集》(朝日新闻社,1972年)、山本和义译注《苏轼》(筑摩书房,1973年)、仓田淳之助译注《黄山谷》(明德社,1973年)、石川忠久译《陆游诗集》(角川书店,1973年)、小川环树选译《陆游》(筑摩书房,1974年)、小川环树、山本和义选《苏东坡诗选》(岩波书店,1975年)、村濑石斋选、田能村孝宪订《苏东坡绝句》(汲古书院,1975年)、佐藤保编《宋诗(附金)》(明治书院,1978年)、山本和义译注《苏轼》(筑摩书房,1983年)、小川环树、本和义译注《苏东坡诗集》(筑摩书房,1983年)、小川环树《陆游》(筑摩书房,1983年)、一海知义、入谷仙介注《陆游·高启》(岩波书店,1984年)、村上哲见、浅见洋二《苏轼·陆游》(角川书店,1989年)、大野修作、松田光次、福本雅一选《黄庭坚集》(二玄社,1990年)、宋元文学研究会《朱子绝句全译注》(汲古书院,1991—1998年)、仓田淳之助译注《黄山谷》(集英社,1997年)、内山精也等译《宋诗选注》(平凡社,2004—2005年)、井波律子编著《中国名诗集》(岩波书店,2010年),等等,另外还有一些鉴赏集、鉴赏词典之类的,在宋诗的普及上做了很多有益的工作,产生了极大的反响。

二 一般综论性研究

这一领域研究成绩体现在著作与论文两个方面。吉川幸次郎、船津富彦、松元肇、筧文生、浅见洋二、高津孝、筧久美子等人创作有相关著作,如吉川幸次郎《宋诗概说》(岩波书店,1962年;1990年9月重版;2006年2月三版)、船津富彦《唐宋文学论》(汲古书院,1986年3月)、松本肇《唐宋的文学》(创文社,2000年9月)、筧文生《唐宋文学论考》(创文社,2002年6月)、浅见洋二《中国的诗学认识——从中世到近世的转换》(创文社,2008年2月)、横山伊势雄《宋代文人的诗与诗论》(创

第二章 日本学者宋诗研究的内容与特征

文社，2009年7月）、中尾健一郎《古都洛阳与唐宋文人》（汲古书院，2012年）、山本和义《理与诗情：中国文学的世界》（研文社，2012年7月）等。在我国翻译及结集出版的有：吉川幸次郎《宋元明诗概说》（李庆等译，中州古籍出版社，1987年），浅见洋二《距离与想象——中国诗学的唐宋转型》（金程宇、冈田千穗译，上海古籍出版社，2005年8月），高津孝《科举与诗艺——宋代文学与士人社会》（潘世圣等译，上海古籍出版社，2005年8月），笕文生、笕久美子《唐宋诗文的艺术世界》（卢盛江、刘春林编译，中华书局，2007年），蒋寅编译《日本学者中国诗学论集》（凤凰出版社，2008年）等，都是汇集了大量资料、功力深厚的实证性研究成果。

在论文方面，其成绩主要体现在荒木敏一、吉川幸次郎、中田勇次郎、菅谷军次郎、森克己、合山究、目加田诚、佐藤保、高桥明郎、植木久行、岩城秀夫、高津孝、高桥忠彦、和田英信、福田殖、后藤秋正、浅见洋二、内山精也、坂井多穗子、枯骨闲人、志野好伸、冈崎由美、中尾弥继等人的论说中。其研究论题有对宋诗总体演变发展的考察，有对宋诗不同特征的探讨，有对某一时期诗歌创作的研究，有对特定题材与形式诗歌的论说，有对不同创作主体与诗派的研究，也有对宋代诗学与地域、文化等关系的研究，还有对宋诗解释学的论究等。其主要论文有：荒木敏一《北宋时期殿试的试题与其变迁》（1950年），吉川幸次郎《关于宋诗》（1952年3月），中田勇次郎《宋代的闺秀诗人》（1955年6月），菅谷军次郎《宋明清三朝的诗坛与诗派》（1957年），森克己《宋代椠本的禁输与日本的流传》（1964年），合山究《雅号的流行与宋代文人意识的形成》（1969年3月）、《与赠答品有关的诗中所表现的宋代文人间有趣的交往生活》（1971年5月），目加田诚《宋诗的学问性》（1970年5月），佐藤保《宋诗中的女性形象与女性观——献给所爱女性的诗歌》（1982年3月），高桥明郎《关于西昆体的余派》（1984年），植木久行《唐宋田园诗词札记（上）——菜花、黄花、五辛盘、花信风》（1985年），岩城秀夫《瓶中梅的诗——宋人的美意识》（1985年7月），高津孝《北宋文学史的展开与"太学体"》（1988年）、《宋初行卷考》（1992年10月），高桥忠彦《宋诗中所表现的宋代茶文化》（1991年3月），和田英信《关于"平淡"——与唐诗和宋诗相关的几点内容》（1992年2月），村上哲见《贰臣与遗民——宋末元初江南文人的亡国体验》（1993年），福田殖《宋明道学诗的几个问题》（1994 年 1 月），后藤秋正《"荔枝"札记（承前）——以宋诗为中心》（1998 年 2 月），浅见洋二《面向史料论的文学研究——宋代文人的诗与诗学》（1999 年 8 月）、《文学的历史学——宋代诗人年谱、编年诗文集及"诗史"说》（2002 年）、《作者的梦、读者的梦——关于宋诗的解释学》（2005 年 3 月）、《"形似"的变容——从言语与物的关系看宋诗的日常性》（2005 年 6 月），内山精也《关于宋代文学》（2000 年），坂井多穗子《哀悼宠物的文学——从皮日休到梅尧臣》（2000 年），枯骨闲人《壶中天醉步——读中国的饮酒诗（20）：宋诗诸家（上、下）》（2001 年 5 月，2001 年 6 月），志野好伸《北宋初对韩愈的继承》（2005 年 9 月），冈崎由美《四川药市与唐宋文学》（2006 年 11 月），中尾弥继《关于蜡梅诗》（2002 年）、《关于宋代的酴醾诗》（2007 年 3 月），浅见洋二《宋代的宫廷文学》（2008 年 5 月），池泽滋子《北宋的文人与琴——关于王禹偁》（2009 年 9 月），森博行《"旧欢"与"清欢"：五代北宋文学的一个断面》（2010 年 2 月），中尾健一郎《北宋洛阳士大夫与唐代的遗构——以梅尧臣与司马光为中心》（2011 年），野村鲇子《〈四库提要〉对宋代总集的评价》（2012 年 3 月）等，都是视角独特、体察深细、论述精到之作。这些研究，都能独树一帜，既有对日本传统研究方法的继承，也有对外来观念与理论的兼收并蓄，力求在与外界的对话中寻找融合的视界。而研究者以这种开放的心态研究宋诗时，也就达到了一种意想不到的效果。

三 诗人诗作个案研究

这一领域研究所涉及的诗人在分布上突出地呈现出不平衡的特征，其研究对象主要集中于欧阳修、苏轼、黄庭坚、陆游等著名诗人，其中，又以对苏轼的研究为多，大致占诗人诗作个案研究这一领域论文数量的一半。

1. 欧阳修研究

欧阳修是北宋中期文坛诗文革新的领袖，有着极为崇高的地位。他对梅尧臣、苏舜钦的推崇，对太学体的反对，都在宋代文学的发展历史上起到了积极的推动作用。二十世纪以来，我国本土对欧阳修的研究，主要体现在两大方面：一是分析评价他的文学史地位，特别是在八十年代初期，还有一场关于欧阳修文学领袖地位的争论；二是探讨评析欧阳修诗文的思想内容、艺术特征与所取得的文学成就。而日本学者的研究，并未像我国一样，关注其文学史地位，更多地集中于对其生平、思想、诗歌渊源、诗歌特征、诗歌文本等的考察。

这些研究成绩主要体现在内藤戊申、清水茂、羽床正范、佐藤保、宇佐美文理、东英寿、保苅佳昭、小林义广、森山秀二、增子和男、井口博文、汤浅阳子、森博行、井泽耕一、绿川英树等人的工作中，以东英寿对欧阳修诗文的研究最为集中。其主要论文有：内藤戊申《论欧阳修》（1950年），清水茂《北宋名人的姻戚关系——关于晏殊与欧阳修等人》（1961年12月），羽床正范《宋代文人思想——论欧阳修》（1974年12月）、《欧阳修与梅尧臣——关于他们的形象》（1976年），佐藤保《欧阳修的诗》（1985年4月）、《欧阳修的诗（续）》（1986年4月），宇佐美文理《欧阳修的学问与艺术论》（1986年），东英寿《欧阳修贬谪夷陵与古文复兴运动》（1987年）、《欧阳修〈居士集〉的编纂意图》（1988年12月）、《论欧阳修的诗——着眼于"以文为诗"的特点》（1997年11月）、《欧阳修与尹洙》（1998年）、《洛阳时期的欧阳修》（1998年12月）、《南宋本〈欧阳文忠公集〉的形成过程》（2001年）、《关于天理本〈欧阳文忠公集〉》（2001年）、《关于欧阳衡〈欧阳文忠公全集〉——中华书局〈欧阳修全集〉的底本选择问题》（2001年12月），保苅佳昭《欧阳修与梅尧臣的酬唱诗——从二人酬唱诗看欧阳修（一）》（1989年9月），小林义广《欧阳修的生平与疾病》（1989年），森山秀二《欧阳修与西昆派——围绕杨亿评价的问题》（1990年11月）、《欧阳修的悼亡诗——围绕悼亡的问题》（1990年）、《论元刊本〈欧阳文忠公集〉》（2001年10月），增子和男《关于欧阳修诗的评价标准》（1990年12月），井口博文《论欧阳修所受沈约的影响》（1999年），汤浅阳子《"醉翁"之乐——欧阳修文学所表现出的吏隐》（1999年3月），森博行《欧阳修与邵雍——关于地上的仙界》（2002年1月），井泽耕一《王安石与欧阳修》（2004年3月），绿川英树《欧阳修的美丑意识及其表现——对韩愈诗"丑恶之美"的受容》（2005年12月），汤浅阳子《怪奇：欧阳修与苏舜钦对韩门文学的受容》（2008年3月），小林义广《欧阳修与母亲郑氏》（2009年），东英寿《欧阳修诗文集的决定版——洪本健〈欧阳修诗文校笺〉》（2009年11月）、《编写力作的背后——关于李之亮笺注〈欧阳修集编年笺〉的杜撰》（2010年1月）、《关于近年出版的三种欧阳修全集》（2010年3月）、《如何看待宋初的诗风：欧阳修的视点》（2013 年 3 月），等等，对欧阳修的生平、思想、诗歌渊源、诗歌特征、诗歌文本等都有探讨与辨析。

虽然研究论文不少，但相比于对苏轼的研究，论文、论著数量是远远不如的，显得较为薄弱。

2. 苏轼研究

在日本的中国古代文学研究中，宋代文学的研究是相对偏于冷落的，但苏轼研究却是这冷落领域中的"显学"。这主要因为苏轼是中国文学史上的奇才，他自己本身是一个多元的、复杂的社会思想的统一体，又在诗、词、文等文体上取得了极高的成就，因此成为了历代研究得最多的文学家，有关研究苏轼的论文论著可谓多如牛毛。日本学者对于苏轼的研究成果数量也是相对较多的，在日本学者对中国古代诗人的研究中，仅次于陶渊明、白居易、杜甫、李白 4 人，其成绩体现在著作与论文两个方面。

在著作方面，横田辉俊、池泽滋子、山本和义、内山精也各自有所贡献，其中，在日本出版的有：横田辉俊《天才诗人苏东坡》（集英社，1983 年 7 月），山本和义《诗人与造物——苏轼论考》（研文社，2002 年 10 月），内山精也《苏轼诗研究——宋代士大夫诗人的构成》（研文社，2010 年 10 月）；在中国出版的有：内山精也《传媒与真相——苏轼及其周围士大夫的文学》（朱刚、益西拉姆译，上海古籍出版社，2005 年 8 月），山本和义《诗人与造物——苏轼论考》（张剑译，中国社会科学出版社，2013 年 5 月）。

在论文方面，从事过苏轼诗学研究的日本学者甚多，其中，最为突出的几位研究专家是：小川环树、山本和义、西野贞治、横山伊势雄、仓田淳之助、村上哲见、石本道明、内山精也、浣本正史、汤浅阳子、池泽滋子、保苅佳昭。其研究内容涉及苏轼作为诗人的方方面面，大致来讲，从其人生经历、交友官历、思想情感、性格特征到诗作的不同题材、形式、艺术表现、主题内涵、审美特征及诗集的编纂、形成与传播，以及对同时代、异域及后世的影响等，无不触及。其主要方面有：

（1）一般通论性考察

这一维面研究论文主要有：小仓正恒《苏东坡的心境（1—3）》（1951 年 6 月，1951 年 9 月，1951 年 10 月），小川环树《苏东坡的文艺》（1954 年）、《诗中比喻的工拙与雅俗——苏东坡》（1955 年 4 月）、《苏东坡的文学——关于其多面性》（1990 年），早川光三郎《苏东坡与日本文学》

第二章 日本学者宋诗研究的内容与特征

（1954年7月），大西德治郎《论苏轼与白居易相通的性格》（1954年10月）、《东坡管见》（1955年4月），山本和义《苏轼诗论稿》（1960年10月）、《诗人与造物——苏诗札记》（1979年10月）、《诗人的长啸——苏诗札记》（1980年3月）、《造物的各异形态——苏诗札记》（1981年3月）、《苏轼的诗与人名》（1983年）、《苏轼诗中所表现的人生观》（1987年3月）、《苏东坡的"诗"——"理"与诗情》（1998年11月），仓光卯平《东坡诗中独特的色彩》（1962年）、《苏东坡诗中所表现出的对宗教的倾心》（1966年2月），竺沙雅章《苏轼与佛教》（1964年10月）、《苏东坡及其时代》（1998年11月），堤留吉《苏东坡与白香山（上、下）》（1964年3月，1965年3月），西野贞治《关于东坡诗王状元集注本》（1964年7月）、《关于苏东坡的思想渊源——特别围绕与白乐天的关系》（1964年12月），《论东坡诗与买田语》（1968年3月）、《苏轼与元祐党争漩涡中的人》（1972年1月）、《关于苏诗的注与年谱》（1986年12月），仓田淳之助《施宿编〈东坡先生年谱〉的发现》（1964年10月）、《诗与史学——论苏轼的思想》（1965年6月）、《关于东坡诗赵次公注》（1966年3月）、《苏东坡诗论》（1966年4月）、《〈苏诗佚注〉中〈东坡先生年谱〉与蓬左文库藏古钞本》（1985年4月），合山究《苏轼的文人活动及其要因》（1968年5月）、《苏东坡的自然观》（1974年）、《苏东坡文学的"以俗为雅"》（1974年5月），村上哲见《诗与词之间——苏东坡》（1968年1月）、《苏东坡书简的传来与〈东坡集〉诸本的系谱》（1977年4月）、《苏东坡与陆放翁》（1982年11月）、《从诗中看苏东坡的书法论》（1990年），横山伊势雄《论苏轼的隐逸思想——以与陶渊明的关系为中心》（1969年3月）、《诗人之"狂"——苏轼》（1975年6月）、《苏轼诗的修辞——譬喻、拟人法、典故》（1979年3月）、《宋代文人的游戏——关于苏轼的诗》（1983年）、《苏轼与黄庭坚——自然主义与古典主义》（1987年9月），中村文峰《关于东坡居士》（1972年12月），朝仓尚《苏轼作品小论——关于苏诗素材与苏公堤、西湖诗》（1977年3月），岩城秀夫《梅花与返魂——论苏轼表现在诗中的再起的决心》（1978年10月），藤田一美《诗作的虚构与意味——从苏轼〈前赤壁赋〉入手》（1979年3月），佐伯富《苏东坡及其名声》（1982年11月），吉井和夫《苏轼诗中所表现的桃花源与仇池》（1983年3月）、《两足院本〈东坡集〉初探》（1986年12月）、《两足院本〈东坡集〉校勘记（1、2）——东坡和陶诗

（上、下）》(1986年，1988年)，石本道明《苏东坡与屈原——以苏东坡留滞荆州时期的作品为中心》(1987年5月)，泷本正史《扬雄〈酒箴〉与苏轼》(1987年5月)、《苏轼买田考》(1989年)、《苏轼诗中的韩愈——以贬谪黄州时期为中心》(1993年)、《苏轼的自然观》(2002年)，长尾秀则《苏东坡"题跋"小考》(1990年3月)，大地武雄《苏东坡与赤壁》(1990年11月)，田中正树《苏轼的"顺"、"逆"思想——"三教合一"论的核心》(1990年)，水谷诚《关于苏轼诗中的避讳韵字——以〈礼部韵略〉之"韵略条式"为中心》(1992年10月)、《苏轼诗中的上、去通押——以其韵字声母的考察为中心》(1993年10月)、《对〈苏轼诗中的上、去通押〉一文的订补》(1994年10月)，藤善真澄《与成寻有关的宋人——成寻与苏东坡》(1993年3月)，内山精也《"东坡乌台诗案"流传考——关于北宋末至南宋初士大夫对苏轼作品的收集热》(1996年3月)、《"东坡乌台诗案"考（上、下）——北宋后期士大夫社会中的文学与传播手段》(1998年7月，2000年12月)、《苏轼的文学与印刷传媒——同时代文学与印刷传媒的邂逅》(2001年12月)、《东坡风气与东坡现象》(2002)、《苏轼及其时代》(2002年2月)，汤浅阳子《苏轼的观物》(1996年4月)、《苏轼的归田与买田》(1997年4月)、《苏轼诗歌对佛教典故的受容——以〈维摩经〉、〈楞严经〉为中心》(1999年10月)、《苏轼诗中对诗僧的评价——以释道潜为中心》(2000年3月)、《苏轼诗对禅语的受容》(2001年3月)，长谷川光昭《苏轼试论——对小川译文的疑问》(1995年2月)，池泽滋子《苏轼与琴》(1996年10月)、《关于苏轼的"痴"——以对顾恺之的"痴绝"为中心》(1999年12月)、《苏轼与棋》(2004年)，近藤一成《东坡的犯罪——"乌台诗案"有关背景考察》(1997年5月)，中田伸一《苏轼与李常——关于黄州寒食诗写作的背景与初期的传承》(1998年3月)，保苅佳昭《关于苏轼的诗、画、食》(2002年2月)、《关于苏轼与苏辙关系的诗词》(2005年12月)，正木佐枝子《苏轼自号"东坡"的意味》(1996年12月)，丰福健二《苏轼的题跋与〈东坡外集〉》(1997年3月)，末葭敏久《关于次韵诗中的韵字——以苏轼"和陶诗"为中心》(2000年4月)、《关于〈苏洵苏轼诗检索〉》(2003年1月)、《关于覆宋本〈东坡先生和陶渊明诗〉》(2004年)，长谷川泰生《宋代禅林对苏轼的评价——以作为文学家的苏轼为中心》(2000年)，野村鲇子《苏东坡与乳母》(2001年)，枯骨闲人《壶中天醉

第二章 日本学者宋诗研究的内容与特征

步——读中国饮酒诗（19）：苏轼》（2001年4月），中原健二《苏轼与"羽扇纶巾"》（2001年7月），河村晃太郎《苏东坡与文同》（2002年3月）、《苏东坡的绘画与诗文》（2005年4月），救仁乡秀明《日本中世绘画中的陶渊明与苏轼》（2002年），矢渊孝良《苏东坡的酒与艺术（1）》（2003年3月），加纳留美子《夜雨对床——苏轼兄弟的关系》（2009年），古井和夫《苏东坡与罗汉信仰》（2011年）、《关于三苏出生的俗谣》（2012年）等。

（2）不同时期与类别诗作研究

这一维面研究论文主要有：小川环树《苏东坡古诗用韵考》（1956年），田中克己《海南岛时期的苏东坡》（1954年12月），寺冈谨平《苏东坡的海南岛之贬谪》（1954年6月），西野贞治《论苏轼及其门下诸人的游戏诗》（1965年6月）、《苏轼任职杭州通判时期的交友》（1970年3月），仓田淳之助《关于东坡的戏谑诗》（1972年），合山究《苏轼的和陶诗（上）——与陶渊明的关系》（1965年7月），横山伊势雄《关于苏轼的政治批判诗》（1972年6月）、《论苏轼〈南行集〉中的诗》（1973年6月），山本和义《黄州时期的苏轼与〈赤壁赋〉》（1982年11月），今场正美《扬州时期苏轼的和陶诗》（1984年7月）、《惠州时期苏轼的和陶诗》（1985年1月）、《海南岛时期苏轼的和陶诗》（1986年1月），石本道明《"乌台诗案"前后苏轼的诗境——关于〈楚辞〉意识》（1989年2月）、《御史台下狱中的苏轼——精神的动摇与黄州》（1990年10月）、《贬谪黄州时期的苏轼——从"杜门"到"自新"》（1992年1月）、《东坡咏竹诗管窥——以黄州时期为中心》（1992年10月），内山精也《论苏轼再仕杭州时所作的诗——苏轼诗论的声音》（1986年6月）、《苏轼次韵诗考》（1988年6月）、《苏轼次韵诗考序说——以其在文学史上的意义为中心》（1989年）、《苏轼次韵诗考——以其诗词间所表现的次韵的异同为中心》（1992年10月），泷本正史《论苏轼的"河豚"诗文》（1989年）、《关于苏轼的悼亡诗》（1991年）、《论苏轼的"怪石"诗文》（1994年），汤浅阳子《苏轼的自然描写——关于任职杭州通判时期的诗》（1993年4月）、《苏轼的吏隐——以任知密州时期为中心》（1994年4月），末葭敏久《关于苏轼的和陶诗》（1998年10月），加藤国安《苏轼岭海时期的"悟达"诗学》（1998年9月），保苅佳昭《苏轼咏写超然台的诗词——以熙宁九年诗祸事件而论》（1999年10月），和田英信《苏轼的咏画诗（1）——

以熙宁年间为中心》（2003年4月），山口若菜《苏轼的"自新"记录——关于黄州三年间的"正月二十日"诗》（2005年）、《论苏轼有关打鼾的诗》（2006年10月），西上胜《"闲人"与自然观赏——关于苏轼在黄州时期的题跋》（2007年2月），山上惠《关于苏轼左迁黄州时期的诗——以外甥安节的送诗为中心》（2010年），和田英信《苏轼的咏画诗——以元祐年间为中心》（2011年4月），加纳留美子《苏轼咏梅诗考——梅花的"魂"》（2011年），池间里代子《苏轼作品中对饮食的描绘》（2011年10月），原田爱《苏轼"和陶诗"与苏氏一族：苏轼给子孙后代留下的东西》（2012年）等。

(3) 具体诗作论析

这一维面研究论文主要有：山本和义《苏轼岭外诗考》（1974年10月）、《苏轼〈望湖楼醉书〉诗考》（1976年）、《〈南行集〉中的苏轼诗——苏诗札记》（1983年3月）、《洋川园池诗考——苏诗札记》（1985年3月），村上哲见《东坡诗札记——关于〈郑州西门〉》（1986年5月），松川健二《关于苏轼〈故周茂叔先生濂溪〉诗》（1979年），石本道明《关于苏轼的蟠溪祷雨》（1986年2月），内山精也《苏轼"庐山真面目"考——关于〈题西林壁〉的表现意图》（1996年10月），泷本正史《关于苏轼〈石芝〉诗》（2001年5月），保苅佳昭《关于苏轼贬谪黄州时所作的〈江城子〉》（1996年11月），杉下元明《苏东坡〈春夜〉诗的受容——以俗文艺为中心》（2001年2月），川合康三《关于苏轼〈舟中夜起〉诗》（2004年3月）等。

3. 黄庭坚研究

黄庭坚是宋代诗文风貌和发展成就的杰出代表。由于文勋卓著，生前就已和当时文坛盟主苏轼并称"苏黄"，后来被列入江西诗派的"三宗"之首。由于他自成一家、独步千古的文学成就，为历代学人所瞩目，自宋以降，接受、研究黄庭坚的言论就层出不穷。新中国成立后，由于其颇具争议的诗歌理论，引起研究者的不断讨论，而其研究也由此不断展开和深入。

在日本研究界，却不存在这些争议，学者们主要集中于对其思想、诗歌艺术、诗法等方面的探讨。这一方面研究成绩主要体现在渡边益雄、仓田淳之助、荒井健、横山伊势雄、塘耕次、大野修作、野岛进、大桥靖、中田勇次郎、大平桂一、石原清志、内山精也、神鹰德治、山口谣司、高芝麻子、加藤国安等人的手中。其主要论文有：渡边益雄《松尾芭蕉与黄山谷》（1949年9月），仓田淳之助《黄山谷的性格》（1968年），荒井健《关于黄山谷〈演雅〉诗》（1969年9月），横山伊势雄《黄庭坚诗论考——以用典论为中心》（1971年3月）、《苏轼与黄庭坚——自然主义与古典主义》（1987年9月），塘耕次《黄山谷与超俗》（1979年12月）、《汴京时期的黄山谷》（1990年3月）、《黄庭坚的晚年》（2003年3月），大野修作《黄庭坚诗中对"物"的思考——格物与题画诗》（1982年9月）、《〈黄庭坚集〉中的诗文之体》（1983年9月）、《论黄庭坚诗中出现的"名人"——"换骨夺胎"法之辨》（1995年6月），野岛进《论黄山谷诗歌中的超俗思想（上、下）》（1988年，1988年），大桥靖《论蜡梅诗——以黄山谷为中心》（1989年12月）、《论黄山谷之贬谪黔州》（1991年9月），中田勇次郎《黄庭坚传记研究》（1994年3月），大平桂一《芭蕉与黄山谷》（1998年4月），石原清志《中国诗对中世中期歌论的影响——黄山谷的诗风》（1998年3月），内山精也《黄庭坚与王安石——黄庭坚心中的另一师承关系》（2001年12月），神鹰德治、山口谣司《〈黄山谷诗集注〉外集及别集注所引白氏诗文的本文》（2002年），高芝麻子《关于黄庭坚〈六月十七日昼寝〉创作年代的考察》（2004年1月），浅见洋二《黄庭坚诗注的形成与黄㽦〈山谷年谱〉——以真迹、石刻的活用为中心》（2008年），加藤国安《黄庭坚诗释析：年谱、世系与到十七岁为止的足迹》（2009年）、《黄庭坚〈外集〉、〈外集诗注〉、〈外集补〉考：与宫内厅内阁文库藏宋元刻本的关联》，（2011年）、《黄庭坚诗释析（二）：叔祖、叔父的隐士咏》（2012年）等。

这些研究，缺乏专著，论文数量也不是很多，所论说的面也不太广，相对于黄庭坚在文学上取得的成就、在文学史上的地位是远不相称的，是有待加强的。

4. 陆游研究

陆游是南宋时期著名诗人，他一生创作诗歌无数，今存有9000多首。陆游诗歌题材广泛、内容丰富，取得了突出的成就，历来研究者甚众。在日本学界，也得到了不少研究者的关注，取得了不少成果。这些研究成绩主要体现在著作与论文两个方面。著作方面有：村上哲见的《圆熟诗人陆游》（集英社，1983年6月），市河宽斋的《陆诗考实——本传年谱》（朋友书店，1996年5月），越野三郎的《陆放翁——诗传》（3A网络出版社，

1996年12月）等。

在论文方面，其成绩主要体现在今田哲夫、古岛琴子、凤见章、田中佩刀、佐藤保、一海知义、前野直彬、小川环树、田森襄、铃木三八男、横山伊势雄、石川忠久、佐藤仁、尾形国治、入谷仙介、村上哲见、西冈淳、石本道明、小田美和子、野原康宏、森上幸义、三野丰浩、盐见邦彦、森博行、涉泽尚、中村孝子、中岛贵奈、后藤秋正、筧文生、佐藤菜穗子、甲斐雄一、滨中仁等人的手中，其中，又以一海知义与三野丰浩的研究较为集中。其主要论文有：今田哲夫《杜甫与陆游》（1947年10月），古岛琴子《陆放翁的爱国之心》（1951年12月），凤见章《陆放翁的田园诗》（1951年12月），田中佩刀《陆游诗中所表现的社会现实》（1955年3月）、《陆游与夫人唐氏》（1995年1月）、《关于陆游诗的相关考察》（1999年9月），佐藤保《〈渭南文集·剑南诗稿〉版本考》（1961年12月），一海知义《放翁与杜甫》（1962年10月）、《村医者、寺子屋、村芝居——陆放翁田园诗札记（1）》（1981年12月）、《陆放翁诗三则（1—3）》（1988年）、《陆放翁读陶诗小考》（1983年10月）、《〈陆诗考实〉探访琐记》（1992年）、《市河宽斋的〈陆放翁年谱〉》（1998年10月）、《河上肇与诗人陆游》（1999年），前野直彬《陆游心目中的杜甫》（1962年10月），小川环树《诗人的自觉——陆游的情况》（1962年10月），田森襄《诗人与词——白居易和陆游》（1966年3月），铃木三八男《陆游的诗》（1969年10月），横山伊势雄《陆游诗中的"愤激"与"闲适"》（1969年9月），石川忠久《陆游年谱》（1973年），佐藤仁《朱熹与陆游》（1976年），尾形国治《红叶与陆游》（1976年10月），入谷仙介《陆游与萤》（1981年4月）、《关于陆游梦诗的相关考察》（1983年10月）、《夔州时期的陆游》（1986年10月），村上哲见《苏东坡与陆放翁》（1982年11月）、《陆游〈剑南诗稿〉构成及其形成过程》（1983年10月）、《再论陆游〈剑南诗稿〉——附〈谓南文集〉杂记》（1986年12月），西冈淳《〈剑南诗稿〉中的诗人形象——"狂放"诗人陆放翁》（1989年10月）、《诗人与理想——陆游与独隐》（1994年）、《陆游咏写的人——对命运的共同感受》（2000年3月）、《陆游咏怀诗初探》（2002年1月），石本道明《陆游〈醉中吟〉初探——任职蜀中时的诗与心情》（1990年4月），小田美和子《陆游诗中的"愁破"二字》（1992年10月），野原康宏《陆游研究书志（1）》（1992年），森上幸义《对陆游诗中

第二章　日本学者宋诗研究的内容与特征

"痴顽"的考察》（1995 年）、《陆游诗中的"散才"、"散人"——退却的美学》（1995 年），三野丰浩《成都时期陆游与范成大的交游》（1996 年10 月）、《雨之诗人陆放翁》（1998 年 2 月）、《淳熙五年的陆游、范成大、杨万里》（1999 年 2 月）、《陆游与杨万里的诗歌唱和（上）》（2000 年 2 月）、《〈剑南诗稿〉中收录陆游绝句的情况》（2005 年 7 月）、《〈宋诗选注〉收录陆游诗作的情况》（2005 年 12 月），盐见邦彦《陆游"纪年"诗考》（1997 年 12 月），森博行《陆游诗所表现出的"太平"景象——陆游晚年的一个侧面》（1999 年 3 月），涉泽尚《"菰"之本草学：陆游诗所咏菰草考序说》（2005 年），中村孝子《关于陆游的茶诗》（2005 年 12 月），中岛贵奈《六如与陆游》（2005 年 12 月），后藤秋正《关于陆游的"柳暗花明"——兼论先行用例》（2006 年），笕文生《陆游与晁氏》（2007 年 3 月），佐藤菜穗子《陆游的私事》（2007 年 3 月），三野丰浩《关于陆游的梅花绝句》（2008 年 1 月）、《〈宋诗钞〉收录陆游六言绝句的情况》（2009 年 2 月），甲斐雄一《陆游赴任严州与〈剑南诗稿〉的刊刻》（2011 年 3 月）、《陆游之入蜀国及其同时代的评价：以宋代对杜甫诗的评价为线索》（2011 年），滨中仁《市河宽斋著〈陆诗考实〉入蜀诗卷释文》（2011 年 3 月）等。

对于陆游的研究，既有专著，论文数量也较多，所论及的范围也比较广，应该说还是非常有成就的。

5. 其他诗人诗作研究

对宋代其他诗人诗作的研究成绩也体现在著作与论文两个方面。在著作方面，在我国出版的有：池泽滋子《丁谓研究》（巴蜀书社，1997 年），宇野直人《柳永论稿》（张海鸥、羊昭红译，上海古籍出版社，1998 年），池泽滋子《吴越钱氏文人群体研究》（上海人民出版社，2006 年）。

在论文方面，其涉及的宋代其他诗人主要有：钱易、杨亿、丁谓、范仲淹、苏舜钦、梅尧臣、晏殊、王安石、程颢、邵雍、参寥子、苏辙、秦观、陈师道、晁端友、陈与义、朱淑真、李清照、朱熹、杨万里、范成大、宇文虚中、朱弁、张九成、张载、林逋、洪皓、洪迈、成寻、洪适、刘克庄、"永嘉四灵"、蔡温、郭祥正、王正功、汪元量、辛弃疾、姜夔、真山民，这之中，又以对梅尧臣、王安石、邵雍、朱熹、杨万里、范成大的研究相对较多。

其主要论文，对钱易的研究有：池泽滋子《钱易试论——〈西昆酬唱集〉周边文人研究》（2002年12月）；对杨亿的研究有：高田和彦《杨亿诗论——〈武夷新集〉与〈西昆酬唱集〉》（1988年11月）；对丁谓的研究有：东英寿《关于西昆派文人丁谓——以与王禹偁古文运动的关联为中心》（1991年9月），池泽滋子《丁谓与〈西昆酬唱集〉》（1998年10月）；对范仲淹的研究有：福田殖《关于范仲淹的几个问题》（1989年12月）；对苏舜钦的研究有：北野元美《苏舜钦诗论——兼及对其个性的考察》（2004年10月）；对王禹偁的研究有：池泽滋子《北宋的文人与琴——关于王禹偁》（2009年9月）；对林逋的研究有：伊藤达欧《林逋的诗风——以"平淡"为中心》（1988年2月），森博行《林逋梅花诗考——诗话与文学》（1998年3月），宇野直人《关于林和靖〈山园小梅〉诗中的鸟与蝶》（2000年3月），丹羽博之《白乐天与林和靖》（2000年1月），井波律子《中国的隐者（6）——林逋》（2000年6月）；对梅尧臣的研究有：筧文生《梅尧臣论》（1964年10月），羽床正范《欧阳修与梅尧臣——关于他们的形象》（1976年），河口音彦《梅尧臣与晏殊》（1987年3月）、《梅尧臣的晚年》（1989年3月），森山秀二《梅尧臣的悼亡诗》（1988年3月），坂井多穗子《关于梅尧臣的赠受品诗》（2001年）、《送别与食——以梅尧臣〈送苏子美〉为中心》（2002年12月），绿川英树《文字之乐——梅尧臣晚年的唱和活动与"乐"的共同体》（2002年10月），大西阳子《寓意死亡的日常风景的具体化表现——以梅尧臣为例》（2002年10月），汤浅阳子《论梅尧臣诗的"平淡"》（2006年3月）、《梅尧臣的咏鸟虫诗》（2007年3月），水津有理《梅尧臣〈武陵行〉中叙事的技法》（2008年4月），坂井多穗子《梅尧臣对"谑"的喜好——以"谑"字的用例为中心》（2009年1月）、《梅尧臣后半生的交友诗——关于裴君与宋敏修》（2009年）；对晏殊的研究有：清水茂《北宋名人的姻戚关系——关于晏殊与欧阳修等人》（1961年12月），河口音彦《梅尧臣与晏殊》（1987年3月）；对王安石的研究有：东一夫《关于王安石评价系谱的考察》（1959年3月），安藤智信《王安石与佛教——以隐居钟山时期为中心》（1966年11月），森山秀二《关于王安石以诗首二字为篇题的若干问题考察》（2005年3月），木田知生《王安石的晚年——半山园与完林寺》（1993年3月）、《王安石与佛教的问题》（1995年7月），砂山稔《王安石与道教——以对"太一"信仰的关联为中心》（1998年10月），木村直子《王安石的咏史诗——从其人物评价为视点》（1998年4

第二章　日本学者宋诗研究的内容与特征

月），汤浅阳子《王安石诗作对唐诗的受容》（2003 年 3 月），井泽耕一《王安石与欧阳修》（2004 年 3 月）；对司马光的研究有：中尾健一郎《司马光与欧阳修》（2009 年 1 月），宇野直人《葵花寄寓的诚意：司马光的场合》（2010 年）；对程颢的研究有：柳濑喜代志《被伪装的教材——〈偶成〉诗的周围》（1989 年）；对邵雍的研究有：上野日出刀《邵雍的生涯与诗》（1968 年）、《邵雍诗中的陶渊明》（1981 年 9 月），森博行《邵雍与"太平"——"芳草"余论》（1996 年 3 月）、《欧阳修与邵雍——关于地上的仙界》（2002 年 1 月）、《元结与邵雍——关于地上的仙界》（2002 年 3 月）、《邵雍诗中所表现的对白居易（前）的受容与批判》（2004 年 2 月）、《邵雍诗中所表现的对白居易（后）的受容与批判》（2005 年 2 月）、《对作为隐者的白居易批判之诗——关于邵雍〈放言〉诗》（2006 年）、《邵雍诗中所表现出的养生术》（2006 年 4 月）、《关于邵雍的〈洗竹〉诗：邵雍与白居易、陈献章的关联》（2008 年 9 月）、《邵雍诗的韵律——关于〈旋风吟二首〉》（2009 年 6 月）、《道德坊中第一家——邵雍"安乐窝"的所在地》（2010 年 3 月）、《朱敦儒词中的邵雍》（2011 年 4 月）；对参寥子的研究有：西野贞治《关于诗僧参寥子》（1994 年）；对苏辙的研究有：石冢敬大《苏辙与屈原——以制科为中心》（2005 年 11 月），原田爱《苏辙对苏轼"和陶诗"的继承》（2011 年）；对秦观的研究有：矢田博士《青蚕吐秋丝——秦观"秋日"、"青蚕"辨》（2005 年 12 月），后藤淳一《词人之诗——以秦观〈春日〉为例》（1998 年 12 月）；对陈师道的研究有：横山伊势雄《陈师道的诗与诗论》（1967 年 6 月）；对晁端友的研究有：矢田博士《晁端友年谱略稿》（1995）；对陈与义的研究有：横山伊势雄《论陈与义的诗与诗法》（1989 年 1 月），中尾弥继《关于陈与义的南渡》（2005 年 7 月）；对朱淑真的研究有：水元日子《朱淑真的〈断肠词〉与〈断肠诗集〉》（1983 年），村越贵代美《才女的哀叹——论朱淑真的"忧愁"主题》（1995 年 3 月），小林彻行《闺秀诗人的系谱（5）——宋代才媛李清照与朱淑真》（1997 年 8 月）；对李清照的研究有：小林彻行《闺秀诗人的系谱（5）——宋代才媛李清照与朱淑真》（1997 年 8 月），松尾肇子《李清照形象的变迁——关于其再嫁》（2003），西上胜《家庭的情景——关于李清照〈金石录后序〉》（2003 年 2 月）；对朱熹的研究有：斋藤勇《朱子的诗》（1951 年 7 月），佐藤仁《朱子斋居感兴诗管见（1）》（1963 年 5 月）、《朱熹与陆游》（1976 年），上野日出刀《论朱子的诗》（1974年10月），村上哲见《思想的人与行动的人——朱子与辛弃疾》（1979年8月），松川健二《关于朱熹〈鹅湖寺和陆子寿〉》（1980年8月），宇野直人《朱晦庵的人物群像及其思想的一个侧面——奏、疏、书、诗》（1988年）、《朱子诗作活动中所体现出的陶渊明观》（2006年3月），水元日子、鹫野正明、宇野直人《哲学家的侧面——朱子的诗与诗论》（1988年），花城可裕《朱熹〈偶成〉诗与蔡温——关于〈琉球咏诗〉及〈伊吕波歌并诗文缀〉所载蔡温的汉诗》（1999年11月），福田殖《关于朱子的道学诗》（2002年）；对杨万里的研究有：横山伊势雄《杨万里的诗论与诗——以其近体诗为中心》（1991年1月），西冈淳《杨诚斋的诗》（1990年10月）、《杨万里〈朝天续集〉札记》（2003年3月）、《接伴使：杨万里的旅程与诗——〈朝天续集〉的世界》（2004年3月）、《杨万里〈朝天续集〉札记（续）》（2004年3月），三野丰浩《淳熙五年的陆游、范成大、杨万里》（1999年2月）、《范成大与杨万里的诗歌唱酬》（1999年12月）、《陆游与杨万里的诗歌唱和（上）》（2000年2月），盐见邦彦《杨万里诗歌的口语表现》（2000年7月），朴美子《杨万里诗中对"荷"的表现及特征》（2006年3月），坂井多穗子《杨万里的喜雨诗》（2013年）；对周必大的研究有：小林义广《关于宋代吉州周氏一族——以周必大为中心》（2010年）；对范成大的研究有：西冈淳《范成大的诗风——以组诗为中心》（1995年），大西阳子《范成大的纪行诗——以与纪行文〈石湖三录〉的关联为中心》（1992年6月），山本和义、河野绿《范成大〈四时田园杂兴〉抄解》（1994年9月），青山宏《范成大参加科举考试时期的诗作》（1995年3月），三野丰浩《成都时期陆游与范成大的交游》（1996年10月）、《淳熙五年的陆游、范成大、杨万里》（1999年2月）、《范成大与杨万里的诗歌唱酬》（1999年12月）、《关于范成大的〈鄂州南楼〉诗》（2009年7月）；对宇文虚中的研究有：小栗英一《徽宗时的宇文虚中》（1975年12月）、《靖康之变前夜的宇文虚中》（1976年12月）；对朱弁的研究有：小栗英一《朱弁论》（1985年）；对张九成的研究有：松川健二《张九成〈论语百篇诗〉——充满禅味的思想诗》（1994年）；对张载的研究有：大岛晃《"水与冰的比喻"试探（上、下）——张载诗歌比喻的渊源》（1985年，1985年）；对洪皓与洪迈的研究有：铃木靖《洪皓与洪迈》（1990年2月）；对成寻的研究有：藤善真澄《与成寻有关的宋人——成寻与苏东坡》（1993

年3月）；对洪适的研究有：铃木敏雄《论南宋洪适〈拟古十三首〉的拟作效果》（1993年）；对刘克庄的研究有：中砂明德《刘后村与南宋士人社会》（1994年3月）；对"永嘉四灵"的研究有：三野丰浩《论"永嘉四灵"的七言绝句》（2007年3月）、《赵师秀的五言律诗〈雁荡宝冠寺〉与〈薛氏瓜庐〉》（2007年7月）、《〈宋诗精华录〉中收录徐照作品的情况》（2008年7月）、《〈宋诗钞〉中收录徐玑七言绝句的情况》（2008年8月）；对蔡温的研究有：花城可裕《朱熹〈偶成〉诗与蔡温——关于〈琉球咏诗〉及〈伊吕波歌并诗文缀〉所载蔡温的汉诗》（1999年11月）；对郭祥正的研究有：内山精也《李白后身郭祥正与"和李诗"》（2003年12月）；对王正功的研究有：户崎哲彦《关于成语"桂林山水甲天下"的用典出处——王正功的诗与范成大、柳宗元的评论》（2003年1月）；对曾几的研究有：三野丰浩《〈宋诗精华录〉中收录曾几作品的情况》（2008年2月）；对刘辰翁的研究有：奥野新太郎《元代文学中的"采诗"——围绕刘辰翁佚稿〈兴观集〉〈古今诗统〉》（2009年）、《刘辰翁的评点与"情"》（2010年）；对郑思肖的研究有：大西阳子《狂士是忠臣吗——郑思肖的执着与南宋遗民》（2009年7月）；对汪元量的研究有：稻垣裕史《关于汪元量〈湖州歌〉九十八首》（2004年4月）；对辛弃疾的研究有：村上哲见《思想的人与行动的人——朱子与辛弃疾》（1979年8月）、《关于辛弃疾的官历》（2006年3月），村越贵代美《退守的英雄——辛弃疾》（2002年10月）；对姜夔的研究有：村上哲见《南宋文人——姜白石》（1979年6月）；对真山民的研究有：上野日出刀《真山民诗管见》（1965年3月），三上知昭《关于真山民》（1969年9月）。

从以上内容可以看出，在20世纪，日本学者对宋诗的研究越来越广泛深入，也越来越重视文本研究，而且已经涉及宋代各个时期、各种题材的诗歌。但在对宋诗艺术的研究方面，还显得有些浅显单薄，宋诗本质性的特征还有待进一步提炼概括。

四 诗歌别集、选集与总集研究

一般来说，别集是指个人的诗文汇编，选集是指将作者部分有代表性的文章收集整理后，按内容或年代出版的多卷或单卷本；总集相对于别集而言，合收两个以上作家之作品，形式上可以是选集、全集、丛刻等。这些集本都保存了作家的诗、词、曲、散文作品，是认识和研究作家文学成就的主要材料。可以说，一部中国文学史，实际是作家作品及文学流派史，作家是因其作品而传的，文学流派也是同样靠同一风格或创作倾向的作品得以成立，所以，这些集本具有重要的文献价值、文学史价值，是文学研究的重要基础。

　　日本学者对于这一研究基础是十分重视的，也涌现了不少研究成果。这一方面研究的著作有：筧文生、野村鲇子《四库提要宋代总集研究》（汲古书院，2013年1月）；论文方面成绩更为丰富，花房英树、佐藤保、西野贞治、山田太吉、黑川洋一、合山究、山本和义、水元日子、大野修作、村上哲见、高津孝、吉井和夫、高田和彦、村越贵代美、东英寿、清水邦一、内山精也、池泽滋子、玉城要、小林义广、神鹰德治、山口谣司、西冈淳、石冢敬大、斋藤茂、土肥克己、后藤淳一等人做出了不少相关考察。其论及的主要诗歌别集有：杨亿《武夷新集》，欧阳修《欧阳文忠公全集》《居士集》，寇准《寇准诗集》，苏轼《东坡集》，黄庭坚《黄庭坚集》《外集》《外集诗注》《外集补》，惠洪《石门文字禅》，陆游《剑南诗稿》，朱淑真《断肠诗集》，郭祥正《青山集》，杨万里《朝天续集》，范成大《石湖大全集》，赵师秀辑《二妙集》《杨文节公集》《南岳唱酬集》；主要诗歌选集有：《江湖风月集》《三体诗》；主要诗歌总集有：《文苑英华》《乐府诗集》《南行集》。其研究内容，主要围绕诗歌别集、选集与总集的编纂与形成过程、版本、注本、校勘与流传、内中有关史实及选编特点等内容而展开。其主要论文有：花房英树《关于〈文苑英华〉的编纂》（1950年12月），佐藤保《〈渭南文集·剑南诗稿〉版本考》（1961年12月），西野贞治《关于东坡诗王状元集注本》（1964年7月），山田太吉《关于〈江湖风月集〉》（1970年3月），合山究《苏东坡书简的传来与〈东坡集〉诸本的系谱》（1977年4月），山本和义《〈南行集〉及其周边——苏诗札记》（1982年3月），水元日子《朱淑真的〈断肠词〉与〈断肠诗集〉》（1983年），大野修作《〈黄庭坚集〉中的诗文之体》（1983年9月）、《惠洪〈石门文字禅〉的文学世界》（1989年10月），村上哲见《陆游〈剑南诗稿〉构成及其形成过程》（1983年10月）、《再论陆游〈剑南诗稿〉——附〈渭南文集〉杂记》（1986年12月），高津孝《关于蓬左文库〈王荆文公诗笺注〉》（1985年1月），吉井和夫《两足院本〈东坡集〉初探》（1986年12月）、《两足院本〈东坡集〉校勘记（1、2）——东坡和陶诗（上、下）》（1986年，1988年），高田和彦《杨亿诗论——

〈武夷新集〉与〈西昆酬唱集〉》(1988 年 11 月)、《关于〈西昆酬唱集〉中所收咏史诗〈宋玉〉》(1990 年 7 月)、《关于杨亿〈武夷新集〉所收的诗——创作时期与作品特征》(2003 年 3 月),村越贵代美《关于〈朱淑真集〉的两种版本——冀勤女士的介绍》(1988 年 12 月),东英寿《欧阳修〈居士集〉的编纂意图》(1988 年 12 月)、《南宋本〈欧阳文忠公集〉的形成过程》(2001 年)、《关于天理本〈欧阳文忠公集〉》(2001 年)、《关于欧阳衡〈欧阳文忠公全集〉——中华书局〈欧阳修全集〉的底本选择问题》(2001 年 12 月),清水邦一《〈寇准诗集〉校勘试稿》(1989 年),内山精也《郭祥正〈青山集〉考(上)》(1990 年 10 月),池泽滋子《丁谓与〈西昆酬唱集〉》(1998 年 10 月),玉城要《关于赵师秀辑〈二妙集〉——姚合、贾岛的评价及相关内容》(2001 年),小林义广《论元刊本〈欧阳文忠公集〉》(2001 年 10 月),神鹰德治、山口谣司《〈黄山谷诗集注〉外集及别集注所引白氏诗文的本文》(2002 年),西冈淳《杨万里〈朝天续集〉札记》(2003 年 3 月)、《接伴使:杨万里的旅程与诗——〈朝天续集〉的世界》(2004 年 3 月)、《杨万里〈朝天续集〉札记(续)》(2004 年 3 月),石冢敬大《三苏〈南行集〉卷名考》(2004 年 12 月)、《三苏〈南行集〉内实考》(2006 年 12 月),斋藤茂《关于〈杨文节公集〉》(2004 年 3 月),土肥克己《关于宋元时期建阳与庐陵的分集本出版》(2005 年 1 月),后藤淳一《〈南岳唱酬集〉成书考》(2005 年 12 月),浅见洋二《"焚弃"与"改定"——围绕唐宋时期别集的编纂与定本的制定》(2007 年 2 月),户崎哲彦《范成大〈石湖大全集〉的亡佚与〈石湖居士诗集〉的形成》(2007 年 10 月)、甲斐雄一《关于王十朋编〈楚东唱酬集〉——与南宋初期政治状况的关联》(2007 年),石冢敬大《二苏〈岐梁唱和诗集〉考(上)》(2008 年 12 月),原田爱《苏轼文集的编纂与苏过》(2008 年),浅见洋二《黄庭坚诗注的形成与黄㽦〈山谷年谱〉——以真迹、石刻的活用为中心》(2008 年),东英寿《关于周必大原刻本〈欧阳文忠公集〉第一百五十三卷》(2011 年),加藤国安《黄庭坚〈外集〉、〈外集诗注〉、〈外集补〉考:与宫内厅内阁文库藏宋元刻本的关联》(2011 年),野村鲇子《〈四库提要〉对宋代总集的评价》(2012 年 3 月),汤浅阳子《苏轼〈南行集〉考》(2013 年 3 月)等。

这些研究,主要重在考论,廓清诗歌文本的编撰史实、编纂背景,而对于其编纂特点、集本的批评特征及其价值、集本的传播及影响等诸方面的宏观探讨较为缺乏。

五　诗学史实考论研究

作史实考论是日本学者的一大传统，也是其优长所在。这一领域研究成绩主要体现在船津富彦、仓田淳之助、丰福健二、横山伊势雄、猪口笃志、吉田隆英、村山吉广、高桥均、芳村弘道、中森健二、高津孝、山内春夫、内山精也、后藤淳一、森博行、盐井克典、泽崎久和、盐见邦彦、汤浅阳子、高畑常信、长尾直茂、石冢敬大、松尾幸忠、户崎哲彦等人的工作中。其考论的内容甚为多样，不一而足。其主要论文有：船津富彦《〈沧浪诗话〉渊源考》（1959 年 2 月），仓田淳之助《关于诗话辑本》（1974 年 10 月），丰福健二《关于〈六一诗话〉的原文》（1981 年 2 月）、《〈六一诗话〉的形成》（1983 年 10 月），横山伊势雄《"风雩言志"考——关于朱熹的文学与哲学的统一》（1982 年 3 月），猪口笃志《〈庐山高〉志疑》（1982 年），吉田隆英《唐宋拜月考》（1982 年 10 月），村山吉广《王质〈诗总闻〉考略》（1982 年 9 月），高桥均《和刻本〈汉诗集成〉所收〈苏东坡绝句〉、〈名公妙选陆放翁诗集〉的底本》（1983 年 5 月），芳村弘道《关于〈韵语阳秋〉的传本》（1988 年 11 月），中森健二《葛立方传考》（1989 年 3 月），高津孝《宋元评点考》（1990 年 3 月），山内春夫《"湘南（潇湘）"考——文学作品与宋迪〈八景图〉》（1992 年 3 月），内山精也《王安石〈明妃曲〉考（上）——围绕北宋士大夫的意识形态》（1993 年 3 月）、《王安石〈明妃曲〉考（下）——兼及北宋中期士大夫的意识形态》（1995 年 5 月）、《宋代八景现象考》（2001 年 10 月）、《姑苏纪游——当涂郭祥正关系遗迹调查报告》（2002 年 12 月），后藤淳一《秦观年谱考（上、中之 1、中之 2）》（1993 年 10 月，1994 年 10 月，1995 年 10 月）、《〈南岳唱酬集〉成书考》（2005 年 12 月），森博行《"芳草"考（3）——邵雍与"芳草"》（1995 年 10 月）、《林逋梅花诗考——诗话与文学》（1998 年 3 月），盐井克典《对所谓"汉籍纸背文书"及书籍版刻过程的考察——以宋版〈王文公文集〉为例》（1996 年 12 月），泽崎久和《内阁本〈庐山记〉所收诗的本文及其校异与所存在的问题》（1997 年），盐见邦彦《宋代"纪年"诗考》（2000 年 2 月），汤浅阳子《钟山的情景——王安石诗考》（2002 年 3 月），高畑常信《海南岛与广东省的苏东坡遗迹》（2003 年），长尾直茂《"换骨夺胎"考》（2005 年 12

月），石冢敬大《三苏〈南行集〉内实考》（2006 年 12 月），松尾幸忠《关于北宋时期出版物所见诗迹的观点》（2006 年 3 月）、《关于南宋地方志中所见诗迹的观点》（2006 年 12 月），户崎哲彦《范成大〈石湖大全集〉的亡佚与〈石湖居士诗集〉的形成》（2007 年 10 月），等等，大多能钩稽史料作详赡的考论，文献翔实，析论深入，又不拘陈说，锐意创新，既提出问题也解决问题。

六 诗学理论与批评接受研究

这一领域研究大致可分为三个方面：一是诗学思想与批评观念研究；二是对具体诗人诗作的批评接受研究；三是诗作技巧论研究。其中，以第一个方面研究内容为多。

1. 诗学思想与批评观念研究

这一维面研究成绩体现在著作与论文两个方面。相关著作有：船津富彦《中国诗话研究》（东京八云书店，1977 年 2 月），横田辉俊《中国近世文学评论史》（溪水社，1990 年 9 月），浅见洋二《中国的诗学认识——从中世到近世的转换》（创文社，2008 年 2 月），横山伊势雄《宋代文人的诗与诗论》（创文社，2009 年 7 月）。在论文方面，其成绩主要体现在杉本行夫、小西甚一、友枝龙太郎、船津富彦、横山伊势雄、阿部兼也、合山究、伊藤正文、荒井健、羽床正范、林田慎之助、黑川洋一、冈本不二明、丰福健二、樱田芳树、增子和男、水元日子、鹫野正明、宇野直人、高桥明郎、江口尚纯、松尾肇子、近藤正则、兴膳宏、和田英信、大野修作、浅见洋二、西冈淳、绿川英树、东英寿、内山精也等人的研究中，以船津富彦、横山伊势雄、高桥明郎、和田英信、浅见洋二的研究较为集中。其涉及的诗学理论批评论题主要有：宋代士大夫的诗歌观，宋代诗画一体观，宋三家的"尚意论"，"兴趣"美的本质，欧阳修的文学理论，梅尧臣的诗论，王安石的文学观，曾巩的文学理论，苏轼的文学思想与诗画论，陈师道的诗论，陆游的诗论，杨万里的诗论，朱熹的文学论，严羽的诗学，吕本中的《江西诗社宗派图》，程大昌的《诗论》，姜夔的《诗说》，等等。其主要论文有：杉本行夫《关于诗歌"兴趣"美的本质》（1951 年 8 月），小西甚一《中世纪表现意识与宋代诗论》（1951 年 10 月），友枝龙太郎《从〈诗集传（国风）〉所看到的朱子思想》（1956 年 6 月），船津富彦《围绕〈六一居士诗话〉的各种问题》（1957 年 12 月）、

《〈沧浪诗话〉渊源考》(1959年2月)、《关于东坡的诗画论》(1961年3月)、《关于诗话》(1967年9月)、《〈苕溪渔隐丛话〉札记》(1973年12月)、《围绕欧阳修诗论的几个问题》(1984年3月)、《关于诗话》(1988年),横山伊势雄《试论禅给宋代诗论的影响》(1959年6月)、《关于诗话中看到的宋人评论意识》(1961年1月)、《关于梅尧臣的诗论》(1965年6月)、《关于宋代诗论中的"平淡之体"》(1966年6月)、《陈师道的诗与诗论》(1967年6月)、《〈沧浪诗话〉研究》(1967年3月)、《〈沧浪诗话〉——抒情传统的恢复》(1981年4月)、《杨万里的诗论与诗——以其近体诗为中心》(1991年1月)、《宋代诗歌及诗论中的"意"——以苏轼为中心》(1992年),阿部兼也《苏东坡文章观的一个侧面》(1966年6月),合山究《宋代文艺中的"俗"概念——以苏轼、黄庭坚为中心》(1967年5月)、《苏轼的文学思想——"性命自得"与"自然随顺"》(1967年2月)、《关于吕本中〈江西诗社宗派图〉》(1970年5月),伊藤正文《关于诗话》(1972年5月),荒井健《〈沧浪诗话〉与〈潜溪诗眼〉——宋代诗论札记》(1973年2月),羽床正范《对宋代诗画一体观的考察》(1974年8月),林田慎之助《朱子的文艺论》(1974年7月)、《严羽的诗学》(1983年10月),黑川洋一《论〈唐书·杜甫传〉中的"传说"》(1976年3月),冈本不二明《语言与身体——朱熹的文学论》(1979年10月),丰福健二《关于〈六一诗话〉的原文》(1981年2月)、《〈六一诗话附录〉札记(上)》(1983年3月)、《〈六一诗话附录〉札记(中)》(1984年3月)、《〈六一诗话附录〉札记(下)》(1985年3月)、《欧阳修、司马光、刘攽的诗话著作》(2004年10月),樱田芳树《严羽〈沧浪诗话〉——传统的回归及其再构成》(1981年4月),增子和男《欧阳修文学理论中的"理"——以诗话为中心》(1983年6月),水元日子、鹫野正明、宇野直人《哲学家的侧面——朱子的诗与诗论》(1988年),高桥明郎《欧阳修的文学理论——关于〈梅圣俞诗集序〉(1、2)》(1988年1月,1989年1月)、《苏轼"穷"与"工"的理论》(1993年)、《曾巩的文学理论》(1997年5月),江口尚纯《关于程大昌〈诗论〉》(1989年3月),松尾肇子《关于姜夔〈诗说〉》(1990年),近藤正则《王安石的文学观——关于其初期诗的"志常在民"》(1991年12月),兴膳宏《从诗品到诗话》(1993年10月)、《欧阳修〈六一诗话〉在宋代诗话中的意义》(1998年10月),和田英信《唐宋诗比较论的确立与〈沧浪诗话〉》

(1995年11月)、《欧阳修〈诗话〉的表现形式》(1999年4月)、《诗话的确立及其变容》(2000年),大野修作《宋三家的"尚意论"》(1998年),浅见洋二《面向史料论的文学研究——宋代文人的诗与诗学》(1999年8月)、《诗来自何处？为谁所有？——有关宋代诗学中的"内"与"外","己"与"他",以及"钱"、"货"、"资本"概念的讨论》(2001年)、《论"拾得"诗文及"诗本"、"诗材"、"诗料"——以杨万里、陆游为中心》(2002年),西冈淳《陆游的诗论》(1999年9月),绿川英树《"成熟"与"老"的诗学认识——从杜甫到欧、梅》(2001年10月),东英寿《欧阳修〈六一诗话〉的文体特色》(2005年),内山精也《宋代士大夫的诗歌观——从"苏黄"到江湖派》(2005年12月),须山哲治《关于〈沧浪诗话〉"兴趣"论的先行研究》(2008年)、《〈沧浪诗话〉的"兴趣"——以"兴"概念为中心》(2010年),奥野新太郎《刘辰翁的评点与"情"》(2010年),须山哲治《关于宋代诗论中"兴"的意味——以〈沧浪诗话〉"兴味"的理解为线索》(2011年)等。

2. 对具体诗人诗作的批评接受研究

这一维面研究论文不多,主要体现在黑川洋一、合山究、若槻俊秀、兴膳宏、西冈淳、森博行、宇野直人等人的手中,其研究论题主要围绕对陶渊明、杜甫、白居易、韩愈及宋代当时代诗人陆游的批评接受而展开。主要论文有:黑川洋一《论中唐至北宋末年对杜甫的接受》(1970年12月),合山究《朱熹的苏学批判——序说》(1972年),若槻俊秀《朱子的韩愈观》(1994年3月),兴膳宏《〈岁寒堂诗话〉的诗人论——以杜甫与白居易为中心》(1996年7月)、《〈岁寒堂诗话〉对杜诗的评论》(2000年3月),西冈淳《杨诚斋的放翁观——酬唱诗及其周边》(2001年3月),森博行《邵雍诗中所表现的对白居易(前)的受容与批判》(2004年2月)、《邵雍诗中所表现的对白居易(后)的受容与批判》(2005年2月),宇野直人《朱子诗作活动中所体现出的陶渊明观》(2006年3月),汤浅阳子《北宋中期杜诗的受容》(2010年)、《北宋时期对李白诗歌的批评》(2011年)等。

3. 诗作技巧论研究

这一维面研究论文也不多,主要体现在谷川英则、古田敬一、船津富彦、大野修作等人的手中。其主要论文有:谷川英则《对句中语词的情绪价值——以〈诗人玉屑〉"唐人句法"为中心的考察》(1954年6月),古田敬一《关于诗话中所见"的对"、"切对"》(1955年9月)、《关于诗话中所见的虚实对》(1956年10月)、《诗话中所看到的对句批评——奇对、工对、佳对》(1958年8月)、《诗话中有关对句的批评——奇对、工对、佳对》(1968年)，船津富彦《北宋时期诗话关于典故运用的论说》(1978年3月)，大野修作《论黄庭坚诗中出现的"名人"——"换骨夺胎"法之辨》(1995年6月)。

七　日中比较诗学研究

这一领域研究内容主要体现在两个维面：一是考察宋代文学与苏、黄等作为典范诗人对日本文学的影响；二是考察宋代诗学著作、批评体式与日本文学及文学批评的联系与影响。前一方面论文主要有：渡边益雄《松尾芭蕉与黄山谷》(1949年9月)，早川光三郎《苏东坡与日本文学》(1954年7月)，近藤启吾《朱子感兴诗与若林强斋感兴诗讲义》(1966年6月)，小西甚一《芭蕉与唐宋诗》(1977年)，石原清志《中世歌论与江西诗派——黄山谷的诗风》(1988年12月)、《中国诗对中世中期歌论的影响——黄山谷的诗风》(1998年3月)，大平桂一《芭蕉与黄山谷》(1998年4月)，池泽一郎《新井白石与宋诗——白石汉诗中所见苏轼、唐庚、王安石的影响》(1999年1月)，一海知义《河上肇与诗人陆游》(1999年)，西冈淳《市川宽斋〈宽斋遗稿〉与唐宋诗人》(2005年3月)，丹羽博之《王之敬"青毡"逸话与唐宋诗和日本文学》(2007年)，中岛贵奈《六如与宋诗：景与诗、诗人的关系》(2008年10月)、《关于六如上人的咏蛙诗：宋诗受容与日本化》(2008年12月)，池泽滋子《永井禾原与苏轼——以〈来青阁寿苏诗〉为中心》(2009年1月)，石本道明《日本对宋代诗文受容的分期——以折本珍重期为中心》(2011年1月)，池泽滋子《关于向山黄村的寿苏诗》(2012年7月)。后一方面论文主要有：芳贺幸四郎《中世纪文学论的新展开与宋代诗话》(1953年3月)，小西甚一《良基与宋代诗论》(1955年3月)，增田欣《良基诗歌论与〈诗人玉屑〉——以"字眼"说为中心》(1956年12月)，国崎望久太郎《〈沧浪诗话〉对近世歌论的影响》(1960年6月)，冢越义幸《芭蕉与〈诗人玉屑〉——关于杜甫的受容》(1989年3月)，清水彻《〈诗人玉屑〉对伊藤仁斋诗论的影响》(2003年)，和田英信《中国诗话与日本诗话》(2006年4月)，土肥克己《歌的倾向与宋元时期的体裁论》(2006年10月)。

日本学者在中日诗歌的比较研究中,既看到了二者的同,也看到了二者的异,特别是明治维新后,二者间的不断疏离。但在大多数中国学研究者的理解中,中国文化对日本文化有着良好的影响,而随着现代化发展进程的势不可当,日本对中国文化的学习与继承则渐趋失落,其文化中的优良因子也渐趋失去。因此,他们希望通过对中国学的研究,从中国文学中摄取与日本相异的因素,通过对中日文化差异部分的诠释,获得一种对于自身文化互补互渗的他者途径。可以说,对他们而言,中国文学不仅是研究对象,也是方法,为了解决日本的问题,他们重新找到了中国文学,希望在认识中国文化的道路上,发现了治疗本国问题的重要因素,即意图通过对中国文学的研究从外部了解中国,经由中国再返回自我和思考自我。

　　值得提及与补充的是,日本学者对宋代诗学的研究在范围上还涉及诗经学、楚辞学、文选学、诗社及《乐府古题要解》研究等内容。在诗经学研究方面,其论文有:井泽耕一《〈毛诗正义〉与王安石的〈诗义〉——唐至北宋经书解释的展开》(2007年12月),种村和史《稳健的内容——苏辙〈诗集传〉在北宋诗经学史上的位置(兼及与欧阳修〈诗本义〉的关系)》(2007年3月)、《稳健的内容——苏辙〈诗集传〉在北宋诗经学史上的位置及其三小序对汉唐诗经学的认识(补订)》(2008年3月),在楚辞学研究方面,其论文有:林田慎之助《朱熹〈楚辞集注〉的著作动机——站在楚辞评价的历史上》(1963年5月),山根三芳《〈楚辞集注〉中所表现的朱熹的思想》(1967年12月),竹内实《〈楚辞集注〉——〈离骚·九歌·渔父〉》(1973年);在文选学研究方面,其论文有:森野繁夫《宋代的李善〈文选注〉》(1982年7月),向岛成美《论李善——其事迹及附注〈文选〉的方法》(1991年),冈村繁《重修北宋国子监本〈李善注文选〉序说》(2007年2月);在对诗社研究方面,其论文有:横田辉俊《关于月泉吟社》(1958年9月);在《乐府古题要解》的研究方面,其论文有:中津滨涉《关于吴兢〈乐府古题要解〉》(1971年10月),增田清秀《吴兢〈乐府古题要解〉(并记)——唐代的古乐府解题书》(1975年3月)。这些内容,在论文数量上都比较少,并未建构出具有一定规模的研究领域,故我们不作过多述及。

　　总结日本学者的宋代诗学研究,可以看出:他们在选编译注、一般通论性研究、诗人诗作个案研究、诗歌别集、选集与总集研究、诗学史实考论研究、诗学理论与批评接受研究及日中比较诗学研究等方面都取得了程度不同的成绩。他们的研究成果,从不同的视点与维面上拓展、丰富或深化了对宋代诗学的研究,对我国古典诗学研究界具有重要的参照与借鉴意义。

(说明:本节涉及论著论文颇多,为了行文简洁,论文均未标明出处,详见本书稿附录。)

第二节　日本学者宋诗研究的特征

中国学研究是一项很富于挑战意味的工作,研究者不仅需要站在本民族的立场上,以自己的眼光来透视剖析,而且需要站在被研究对象的立场上,以自己的观念来理解接受。

日本学者对宋诗的研究也是如此。可以说,就研究的全面性、系统性而言,日本的宋诗研究尚不能与我们自己的研究相比。尽管如此,我们必须承认,他们的研究仍然有着特殊的意义与价值。首先,它从一个特殊的角度,把中国的古代诗歌作为一种异质文化的产物或表现来进行考察,而这是我们自己无法做到的。其次,它所采用的方法也与我们惯常使用的有别,而新方法的引入往往可以将研究导向新的层面,在我们司空见惯、习焉不察的地方有所发现。由此形成的看法、得出的结论无论与我们同或不同,都会给我们的研究提供有价值的东西,或印证我们已有的观点,或推翻我们既定的看法,或提醒我们注意到研究的不足,或启发我们尝试新的思路。即使是一种误解,也可能促使我们去分析其产生的原因,进而深化我们对问题的认识。

在本节,笔者尝试着揭示日本学者在研究过程中所表现出来的特色,选取的独特视角,以及富于特色的研究方法,希望能为中国学界的研究思路与研究视野带来些许启发。这些特征有些并不是宋诗研究的领域所独有的,是整个中国文学研究呈现出来的,但笔者更多关注的是宋诗研究方面,是以宋诗研究为中心来考察的。

一　重视基础资料建设

日本研究中国古典文学可谓是基础坚实,资料工作做得细致充分,研究工作比较广阔和深入。在资料整理、文献发掘方面,成绩是巨大的,有些方面，甚至超过了我国的水平。

日本学者的资料建设，主要包括汉籍藏书情况的整理与出版、文人传记的撰写、诗集的编选与翻译，以及新发现资料的考辨等。

1. 汉籍藏书目录编制与汉籍出版

在文化交流中，书籍充当着不可或缺的角色。在古代，日本人就热衷于从中国引入典籍，日本文人、僧侣、商人等均会携带大量中国书籍回国。日本历史上留存下来大量汉学资料，年代久远，流传广泛。这些典籍藏于各种图书馆、文库，其中皇家藏书有宫内厅书陵部，公家藏书有国家公文书馆（内阁文库）东洋文库、足利学校遗迹图书馆、金泽文库、蓬左文库，私家藏书有静嘉堂文库，大学藏书有东京大学东洋文化研究所、京都大学人文科学研究所，寺院藏书则更多了，几乎全国各地的名山大刹都有珍典秘藏，如日光轮王寺天海藏、京都东福寺等，这是其他国家汉学研究无法比拟的条件之一。

大多数的汉籍藏书情况，都编制有索引工具书，如《图书寮汉籍善本目录》《内阁文库汉籍分类目录》《金泽文库古籍目录》等，还有东洋学文献中心编印的《日本的汉籍搜集——汉籍目录集成》（1961年）、《汉籍丛书所在目录》（1966年）。专注于宋代的有：宋史提要编纂协力委员会编的《宋人传记索引》（东洋文库，1968年），佐伯富编的《宋代文集索引》（东洋史研究会，1970年），东洋文库编的《宋代研究文献目录》（1970年）、《宋会要研究备要目录》（1970年）等。有了这些目录，就给广大研究者了解日本现存汉籍的状况提供了捷径。

其他作家个体的文集索引，研究目录，如佐伯富编的《苏东坡全集索引》（汇文堂书店，1958年）、京都读书会编的《施注苏诗索引》（1976年）、村上哲见编的《陆游〈剑南诗稿〉诗题索引》（1984年）、吉井和夫编的《苏轼研究目录（论文之部）》（1981年）等，也为研究者提供了了解的途径。

此外，日本学者还利用日本现存的古籍刻印本、抄本、和刻本，在校勘学上也作出了一些突出成绩。如由著名的书志学者长泽规矩也编辑出版的几部大型汉籍和刻本总集。其中有《和刻本汉籍文集》七十种全二十册别册一册，《和刻本汉籍诗集》全六十种十册，以及《和刻本汉籍随笔集》和《明清俗语辞书集成》等，收罗宏富，印制精美，为广大研究者研究、使用这些书提供了方便。

2. 文人传记与年谱的撰写

文人传记以简明的文字展现作家的生平履历、重要创作活动、作品传播与接受、交游结社等信息，是文学研究重要文献材料。日本学者在此方面尤为擅长与热衷。有关宋代作家的传记有：国府犀东的《文天祥》（正教社，1897年），吉田宇之助的《王安石》（民友社，1903年），上村忠治的《苏东坡》（春秋社，1939年），佐伯富的《王安石》（富山房，1941年）等。还有非常引人注目的弘文堂书店1948年出版的《中华六十名家言行录》系列，当时，正值著名学者青木正儿六十大寿，铃木虎雄等诸大师为之撰文60篇，综论中华人物，结集成书为《青木正儿博士还历纪念·中华六十名家言行录》，其中包括吉田清治的《范仲淹》、小川环树的《范成大》、今田哲夫的《陆游》、中田勇次郎的《姜夔》等。此外还有梅原郁的《文天祥》（人物往来社，1966年）、竺沙雅章的《苏东坡》（人物往来社，1967年）、三浦国雄的《王安石——浊流砥柱》（集英社，1985年）、佐藤仁的《朱子——少年易老学难成》（集英社，1985年）、越野三郎的《陆放翁——诗传》（3A网络出版社，1996年）等。

对于人物的历史研究，除传记外，年谱也是很重要的。年谱能够记录谱主生平事迹的点滴，能够全面地展示谱主的生活，谱主与同时代人物的交往。下文将要提到的《中国诗人选集》《中国诗人选集二集》等大型系列丛书，大部分都附录有作家年谱，如《陆放翁年谱》《陆游年谱》等，也有单列的年谱，如池泽滋子编撰的《丁谓年谱》《钱惟演年谱》等，保存了大量原始材料，与学术论著互为补充。

3. 诗集的编译与赏鉴

诗歌选本较之全集更为短小精悍，一册在手，包罗诸作，往往能比各家的全集文集更流行，更有作用。而中国古典诗歌的辉煌灿烂，也为日本人编译诗歌选本提供了极其丰富的材料。

从1897年开始，到二十世纪初，近藤元粹等人陆续出版了中国历代文学大家如陶渊明、杜甫、王维、孟浩然、白居易、韩愈、林逋、欧阳修、苏轼、高启等人的集子。其中，与宋诗有关的有：《林和靖诗集》（青木嵩山堂，1897年）、《苏东坡诗醇》（青木嵩山堂，1907年）、《陆放翁诗集》（青木嵩山堂，1909年）、《欧阳文忠公诗集》（青木嵩山堂，1911年），另外还有久保天随的《支那文学家评释全书》（1908年开始），井口驹北堂对陶渊明、杜甫、苏东坡著作的注释（1907—1910年），如《苏东坡诗集评释》（井口驹北堂书店，1910年），等等。此后连续出现了不少大型的丛书，如《中国诗人选集》（共36卷）、《汉诗大系》（共24卷）、《中国诗人选》（共36册）、《中国古典选》（共10卷）、《筑摩丛书》（共360册）、《中国人物丛书》（共12册）、《中国文明选》（共15卷）、《中国古典文学大系》（50余卷）、《中国古典文学全集》（30余卷）、《中国诗文选》（共23册）等，其中包含了不少宋诗方面的集本。出版这些集本，往往集中了一批有成就的学者，译文严谨，注解以及所附插图、地图、年表、索引，评介性的概说和前言都有很高的质量，值得研究者参考。此外还有《朱子绝句全译注》（宋元文学研究会，汲古书院，1991—1998年）、《宋诗选注》（宋代文学读书会，平凡社，2004—2005年）这样的读书会成果面世。大量整理的翻译的诗歌集本的出版，解决了学者们的研究与学习的渴求。

整理、编译诗歌集本让读者能更迅捷地到达文化的彼岸，诗歌的赏鉴则让读者能更深入地感知彼岸的文化。中国的古典诗歌，以最优美的形式记录下了我们这个民族过去的微妙而丰富的心灵世界，诗歌赏鉴可以沟通古今，也可以沟通中外，使古典诗歌存活于我国现代读者中，也存活于世界各国的爱好者中。日本的诗歌赏析读本如河上肇的《陆放翁鉴赏》（三一书房，1949年）、铃木虎雄的《陆放翁诗解》（弘文堂书店，1950—1954年）、泽口刚雄的《唐宋诗鉴赏》（福村社，1969年）、野直彬主编的《宋诗鉴赏辞典》（东京堂书店，1977年9月）等，都是广受欢迎的诗歌赏鉴之作，也是连接中日人民心灵的桥梁。

4. 新发现资料的考辨

王国维曾经提出"二重证据法"，即利用地下出土的考古资料和传世文献相互印证，来论证中国历史问题，这个古史研究的不二法门，也可以用于中国文学史研究。

日本学者对于新发现资料的热忱和关注，是其他国家的学者很难望其项背的，这使得他们在中国学领域取得不少成绩。如小山环树、仓田淳之助（编）的《苏诗佚注》（京都大学人文科学研究所，1965年），一是揭载出日本帝室图书寮所藏的宋刊本中的南宋施元之、顾禧《注东坡先生诗》；二是从五山僧人太岳周崇的《翰苑遗芳》中辑出有10万字左右《王状元集百家注分类东坡先生诗》中所未收的赵次公注；三是附录了仓田淳之助在京都一家旧书店购得的久佚的施宿编《东坡先生年谱》。又如：杉村英治《有关市河宽斋的〈陆诗考实〉》(《东洋文化》,1973年10月),介绍东京大学所藏市河宽斋的手写本《陆诗考实》,证实了此书的存在,之后,一海知义《〈陆诗考实〉探访琐记》,进一步予以证实。再如:吉井和夫调查了京都建仁寺塔头两足院所藏的宋本《东坡集》(残本,存53卷),发表论文《两足院本〈东坡集〉初探》(《神田喜一郎博士追悼中国学论集》,1986年12月),考证了该本的版本源流与校勘价值。这个本子,在中国各图书馆既无传本,各种目录书也无著录,尤为珍贵。吉井和夫还发表了《两足院本〈东坡集〉校勘记——东坡和陶诗》(《文艺论丛》1986年,1988年),出示了两足院本《东坡集》中苏轼和陶诗的校勘记。

总之,对工具书和基础材料工作的重视,这不仅是日本汉学的特点,也可以说是日本汉学的传统。大量的目录、索引、辞典、影印资料,不仅为日本的中国学学者提供了研究的利器,也为世界的中国学学者的研究提供了方便。

二 文本细读与语言分析

文本细读原指二十世纪西方文论中的一个重要流派——语义学,这一流派将语义分析作为文学批评的最基本的方法和手段,其中文本细读是语义学对文本进行解读的重要方法和显著特征。其基本特征是:以文本为中心,重视语境对语义分析的影响,强调文本的内部组织结构。我们此处所用的文本细读,仅指以文本为中心进行解读,在某种程度上也不妨有文学批评语境下文本细读的以上特征。

二十世纪以来日本学者的宋诗研究,虽有研究方法众多的特点,但依然保持着"实证"为研究基础的学术传统,除特别重视文献资料的建设外,也相当注重文本的解读。他们的研究,第一步往往是对文本的细读,强调反复阅读、细读精读原著,由此而兴起的各种读书会"《尚书正义》研究会""读苏会""读游会""读黄会""宋代诗文研究会""江湖诗派读书会"等就是明证。

蔡毅曾介绍,名古屋南山大学以苏轼研究专家山本和义为首组织了个"读苏会",会员们以日本五山时代禅僧笑云清三编撰的《四河入海》为基本读本,一起对苏轼诗作逐首研读,并一一翻译成现代日语。为了准确把握文意,他们采取"串讲"方式,担当者分段剖析,其余会员补充,也可以提出异议,在这种"细嚼慢咽"中,读出作品的细微之处与特有的风味。蔡毅认为："不仅是串讲解释，日本特有的汉文训读，即按照日语文法调整原文的语序并施加注音的阅读方法，作为日人对诗文句意的理解记录，也足资参证。"① 笔者曾参加的"江湖诗派读书会"大体也是如此。

这种把古代传统的笺注赏读与现代的审美分析结合起来的品读方式完成了从实证到审美的文学作品的解析过程，实现了传统话语和现代话语的成功对接。

与文本细读相关的一个特征是语言的分析。文本细读本就源于语义学，因此其主要特征就是语言分析。韦勒克、沃伦《文学理论》引贝特森语："我的论点是，一首诗中的时代特征不应去诗人那儿寻找，而应去诗的语言中寻找。我相信，真正的诗歌史是语言的变化史，诗歌正是从这种不断变化的语言中产生的。"② 文学是语言的艺术，是借助语言来塑造形象，反映社会生活的一种独特的艺术，语言的特性也必然要渗透到文学当中。当我们研究文学时，也就必须从语言入手。再者，虽然日本与我们同属汉字文化圈，但中国文学对他们而言，还是外国文学，当人们面对他国的文学时，首要解决的问题，也是感兴趣的问题，便是语言了。

因此，日本学者研究中国文学，产生了很多从语言的角度研究的成果。如谷川英则《对句中语词的情绪价值——以〈诗人玉屑〉"唐人句法"为中心的考察》（1954年6月），古田敬一《关于诗话中所见"的对"、"切对"》（1955年9月），小川环树《苏东坡古诗用韵考》（《京都大学文学部五十周年纪念论集》，1956年），古田敬一《中国文学的对句艺术》（广岛大学文学部中国文学研究室，1957年）、《关于诗话中所见的虚实对》（1956年10月）、《诗话中所看到的对句批评——奇对、工对、佳对》（1958年8月）、《诗话中有关对句的批评——奇对、工对、佳对》（1968年），船津富彦《北宋时期诗话关于典故运用的论说》（1978年3月），大野修作《论黄庭坚诗中出现的"名人"——"换骨夺胎"法之辨》（1995年6月）等。

日本学者对于作品语言的研究是比较细密的，除了和我们同样的对于作品语言特点的分析研究之外，还有一个很值得重视的方面，就是对于文学作品中的用语形成史的研究。小川环树《苏东坡诗文用语之研究》（《各

---

① [日] 蔡毅：《日本汉籍与唐诗研究》，《华南师大学报》2005年第1期。
② [美] 雷·韦勒克、奥·沃伦：《文学理论》，刘象愚、邢培明、陈圣生、李哲明译，生活·读书·新知三联书店1984年版，第186页。

个研究及助成研究报告集录（昭和二十九年度）哲·史·文学编》，1954年）、小田美和子《陆游诗中的"愁破"》（《中国中世文学研究》23，1992年10月）、森上幸义《对陆游诗中"痴顽"的考察》（《东洋文化》75，1995年）、后藤秋正《关于陆游的"柳暗花明"——兼论先行用例》（《札幌国语研究》，2006年）等。

三 论题选择的精与专

日本中国学研究的一个突出特点是论题的精与专。日本的学者教授多数都只研究某一本古籍、某一个人物或某一个主题。随着对中国古代文学研究的发展，研究内容更为广泛与深细，学者的研究也较为专门，多专注于宋代诗歌与文学的研究，与前辈学者涉猎多方、在广泛领域都有建树，有很大不同。这之中，有松川健二专注于宋明思想诗的研究，[①] 横田辉俊专注于苏轼研究，[②] 越野三郎专注于陆游研究，[③] 横山伊势雄专注于宋诗与诗论的研究，[④] 山本和义专注于苏轼诗研究，[⑤] 浅见洋二专注于中国诗学尤其是唐宋诗学的研究，[⑥] 内山精也专注于苏轼及其周围士大夫的文学研究，[⑦] 池泽滋子专注于丁谓研究、吴越钱氏文人群体研究，[⑧] 等等。而各种读书会，看名称也知道，是一个团队，专力于某一作家或某一本书的研究。

日本学者的研究较之中国大陆，很少受政治因素或意识形态的干扰，也不特别强调古代文学的现实意义与类似的意见，在一定程度上保持了学术研究的相对独立性。对于中国古代文学，他们更倾向于作一种历史的研究，以认识其本来面目为研究目的。因此，他们凭借着自己的兴趣，专注

[①] ［日］松川健二：《宋明的思想诗》，北海道大学大图书刊行会1982年版。
[②] ［日］横田辉俊：《天才诗人苏东坡》（《中国诗人——其诗与生涯》11），集英社1983年版；有谭继山中文译本，万盛出版社1983年版。
[③] ［日］越野三郎：《陆放翁——诗传》，3A网络出版社1996年版。
[④] ［日］横山伊势雄：《宋代文人的诗与诗论》，创文社2009年版。
[⑤] ［日］山本和义：《诗人与造物——苏轼论考》，研文社2002年版。
[⑥] ［日］浅见洋二：《距离与想象——中国诗学的唐宋转型》，金程宇、冈田千穗译，上海古籍出版社2005年版；《中国的诗学认识——从中世到近世的转换》，创文社2008年版。
[⑦] ［日］内山精也：《传媒与真相——苏轼及其周围士大夫的文学》，朱刚、益西拉姆译，上海古籍出版社2005年版；《苏轼诗研究——宋代士大夫的构成》，研文社2010年版。
[⑧] ［日］池泽滋子：《丁谓研究》，巴蜀书社1998年版；《吴越钱氏文人群体研究》，上海人民出版社2006年版。

于一个问题或一些小问题，甚至一句话、一个字，多方征引，反复辨析，进而总结出某些有规律性的东西。所以有些论题的精与专显得小、琐屑，但研究却很实在，也很深入。

日本学者就是这样，以一以贯之的主题，一人甚至一个团队，集中力量，攻坚克难，逐渐夯实研究基础，以点带面地拓展学术涉猎范围，构建知识体系，最终实现知识视野的广博。

四　开阔的视野与发散的思维

日本学者一方面重视原典批评，以绵密的材料考证和文本细读见长，同时又充分关注文学与一定时期政治、经济、哲学思潮和文人心态的关联，有着开阔的视野与发散的思维，成为日本的中国古典文学研究者显著的特点。文化批评研究与中日文学比较研究是其重要体现。

首先，我们看文化批评研究方面。

文化批评研究法区别于其他文艺学方法，它的特点是把文学放在文化的整体中，在大的文化背景下来观照、探讨文化整体中文学与其他文化相互间的关系、影响。许多论著探讨宋诗与哲学、宗教、美学、伦理、心理、风俗、地域、艺术的关系，这一研究势头正旺，大大激活了古典文学研究。像吉川幸次郎的《宋元明诗概说》，就常常把诗人诗作放在具体的政治、经济、文化背景中，放在时代思潮和诗歌历史系统中进行考察，因而常常有自己独到的见解。特别是二十世纪八十年代以来，这一方法与我国兴起的宏观研究思潮正相契合，一开始即为许多研究者所喜爱。而随着中日两国学者交流的日益频繁，不少此类著作与论文由此催生。

我们先来看看我国国内，王水照主编的《宋代文学通论》就是其中的代表。该书从文体、体派、思想、题材体裁、学术史五个方面对宋代文学的特征、状态、成就及创作主体和宋代文学学术史研究的历史和未来进行了深入探讨和全面考察。其突出特点是作者的学术视野常常从文学转移到当时的政治经济状况、社会历史变迁、学术思想演化、宗教习俗的影响、士人心态的建构、审美情趣的转移等。正如其绪论中所说的："文学是一种社会现象，必然受到政治、经济、文化等历史条件的制约，作为文学创作主体的作家，也不可能在完全封闭自足的心理结构中进行创作，必然接受社会环境、时代思潮、文坛风气和深刻影响。在制约和影响文学发展的多种因素和条件中，作为物质文明和精神文明综合成果的文化，无疑是关系最直接、层次最深的因素。从文化的角度探讨文学特点的形成和历史地位的确立,或许是一个较佳的切入点。"① 以文化为切入点,深刻揭示了宋代文学中浓郁的淑世精神、人文精神、忧患意识,重理敛情的思辨色彩以及重传统典范又尚创新自立的创作心理。站在历史的高度,用大文化的视野对宋代文学与宋型文化中的问题一一道来,其研究范围触及哲学、政治、文学、经济、地理、宗教、艺术、心理等领域,多点透视,反复观照,使研究的对象在内涵、范围、特征、发展、影响等方面纤微毕显,呈现无遗。《宋代文学通论》的意义不仅在于创新了一种研究方法,还在于建立了一种研究范式,深刻影响了此后的古典文学研究。

这种研究,也影响到周边国家的中国古典文学研究,特别是日本。上海古籍出版社曾出版了由王水照先生主编的"日本宋学研究六人集"丛书,这个"六人集"丛书可以说是这种研究氛围影响与催生出来的。六人集分别是:内山精也《传媒与真相——苏轼及其周围士大夫的文学》、东英寿《复古与创新——欧阳修散文与古文复兴》、保苅佳昭《新兴与传统——苏轼词论述》、高津孝《科举与诗艺——宋代文学与士人社会》、浅见洋二《距离与想象——中国诗学的唐宋转型》、副岛一郎《气与士风——唐宋古文的进程与背景》。王水照在丛书前言中说:"我和这六位作者都有直接或间接的学缘关系,有的相识已达二十年之久。"② 这种学缘关系,固然是一个重要方面,更重要的是其内容,王水照在丛书前言中隆重地推出了内藤湖南的宋代近世说,他说:"我们重提'内藤命题',从某种意义上说,不仅仅为了求证'宋代近世说'的正确与否,其个别结论和具体分析能否成立,而主要着眼于学科建设的推进与发展。一门成熟的学科,既要有个案的细部描述与辨析,更需要整体性的宏观叙事,其中应蕴含有一种贯穿融会的学理建构,即通常所说的对规律性的探索。由于对'以论带史'、'以论代史'学风的厌恶,'规律性''宏观研究'的名声不佳,甚至引起根本性的怀疑。但不能设想,单靠一个个具体的实证研究,就能提升一门学科的整体水平。纲举才能目张,'内藤命题'关心宋代社会的历史定位,关心其时代特质,关心社会各个领域的新质变化等等,就

---

① 王水照:《宋代文学通论》,河南大学出版社1997年版,第1页。
② [日]内山精也:《传媒与真相——苏轼及其周围士大夫的文学》,朱刚、益西拉姆译,上海古籍出版社2005年版,第11页。

为宋代研究提供了这样一个'纲'。"① 他认为，内藤湖南的宋代近世说，以关心宋代社会的历史定位、时代特质，关心社会各个领域的新质变化为核心，是宋代研究"纲"。而这"六人集""并非以宋代的整个学术文化为论题，也不径直宣称以'宋代近世说'为指导原则，但我们仍可看出在研究思路上的传承和嬗变，学术精神上的衔接和对话"，② 是文化批评的重要研究成果，展示了日本古典文学研究的特点与趋势。

当然，文化批评在文学研究中被广泛运用，除了文化生态的演变外，也与自身的优势有关。其一，文化批评从观念上调整了研究者的视角，这种视角并且是整合式的，像政治、历史、哲学、艺术、风俗、宗教、地理等因素，都可以作为观照文学的一种向度；其二，文化批评从方法上改进了研究者的手段，这种手段是综合的，古今中外一切先进的科学方法都可以"拿来"为我所用。

其次，我们看中日文学比较研究方面。

中国文学对日本文学的发展有着深刻的、巨大的影响。日本学者们把研究中国文学对日本文学的影响作为比较文学的一大课题。1930年，水野平次发表《白乐天与日本文学》（目黑书店），是为日本学者的中日比较文学的先驱。此后，陆续发表了太田青丘的《日本歌学与中国诗学》（弘文堂书店，1958年）、丸山清子的《源氏物语与白氏文集》（东京女子大学文学会，1964年）等比较文学著作。特别是小岛宪之发表的后来获得了学士院奖的著作《上代日本文学与中国文学——以出典论为中心的比较文学的考察》（塙书房，1962年），显示了日本比较文学的实绩。小岛宪之的著作副标题特别标明是"以出典论为中心的比较文学的考察"，强调文学的比较要以"出典"来考察，他在书中就实践了这样的观点，即比较文学不能以主观臆断办法来对比、推测两国文学在思想内容上的关联与承传，也不能与民俗学、神话学相混淆，只能以一国作品具体语句在另一国作品中的出典探求为出发点，从这些出典中考察所受到他国文学的影响及两者的交流关系，这样才更能显示出该国文学的独创性。

随着日本宋诗研究的兴起，中日文学比较研究在宋诗研究中也取得了不少成果。主要论文有：渡边益雄《松尾芭蕉与黄山谷》（1949年9月），

---

① ［日］内山精也：《传媒与真相——苏轼及其周围士大夫的文学》，朱刚、益西拉姆译，上海古籍出版社2005年版，第9页。

② 同上。

早川光三郎《苏东坡与日本文学》（1954年7月），近藤启吾《朱子感兴诗与若林强斋感兴诗讲义》（1966年6月），小西甚一《芭蕉与唐宋诗》（1977年），石原清志《中世歌论与江西诗派——黄山谷的诗风》（1988年12月）、《中国诗对中世中期歌论的影响——黄山谷的诗风》（1998年3月），大平桂一《芭蕉与黄山谷》（1998年4月），池泽一郎《新井白石与宋诗——白石汉诗中所见苏轼、唐庚、王安石的影响》（1999年1月），一海知义《河上肇与诗人陆游》（1999年），西冈淳《市川宽斋〈宽斋遗稿〉与唐宋诗人》（2005年3月），丹羽博之《王之敬"青毡"逸话与唐宋诗和日本文学》（2007年），中岛贵奈《六如与宋诗：景与诗、诗人的关系》（2008年10月）、《关于六如上人的咏蛙诗：宋诗受容与日本化》（2008年12月），池泽滋子《永井禾原与苏轼——以〈来青阁寿苏诗〉为中心》（2009年1月），石本道明《日本对宋代诗文受容的分期——以折本珍重期为中心》（2011年1月），池泽滋子《关于向山黄村的寿苏诗》（2012年7月），等等。

铃木修次在他的著作《中国文学与日本文学》（东京书籍社，1978年）中曾引用"不识庐山真面目，只缘身在此山中"的诗句，来形象地说明比较文学的意义。我们学习分析日本学者这些比较文学的论著论文，对于研究我们自己的文学，无疑会得到不少补充与启发。

日本学者宋诗研究的内容与特征，乃至整个日本中国学研究的特征，不是孤立产生的，它受到各方面的影响：

首先是世界汉学的影响。在每一个时期，日本的中国学都和世界汉学界有着联系，最初是法国，接着是德国，在战后的一个时期，也多少有苏联的影响，但主要是美国。我们在每个时期日本中国学研究，都可以看到国际汉学的影响。

其次是中国学术研究的影响。在二十世纪的中日文学研究界，有一种很微妙的相互影响关系。这主要表现在研究的论题上，在日本盛行的一些研究，经过一定的时期，或者在同时，也会成为中国学术界关心的问题。比如，内藤湖南近世说、苏轼乌台诗案与传媒，等等。这固然和两国学者的交流有关，但在深层，也有着相互刺激心理关系。当然，中国本土的研究，是日本中国学的重要起源。离开了中国本土的发展，离开了中国大量文献及对文献的整理，日本中国学是不可能形成和发展的。

最后是日本自身学术传统的继承。明治以来，虽说日本"脱亚入欧"，但是，在中国学研究方面，原来江户时期的学术传统，原来的研究成果，仍然被以各种不同的方式继承着。我们本节论及的前三个特点，都是其传统研究方法的传承与创新。

文学创作是一个复杂的多元的系统工程，相应地，文学研究也应该有开放的视野、多元的思维、多样的方法，仅用一种角度、一种思维、一种方法是不能揭示出文学这个系统工程中创作、发展、传播、接受的种种规律的，我们期待有更加丰富多彩的研究来承传、阐释、光大我们的文学遗产。

第三章

日本学者对宋代诗人诗作个案的研究

二十世纪以来日本学者对宋代诗人诗作个案的研究取得了很大的成就。本章从个案分析研究入手，重点解读日本学者对梅尧臣、欧阳修、苏轼、黄庭坚、陆游的研究。从他们对宋诗材料的发掘、整理与考辨，对诗人创作与社会文化思潮联系的探讨，对诗作艺术表现及多维度诗学价值取向的研究，对诗人诗作在当时代及后世的传播接受的考察等方面加以展开。

第一节 梅尧臣诗歌研究

梅尧臣是北宋诗人，在诗坛上声望很高，他和苏舜钦齐名，被称为"苏梅"，又和欧阳修是好友，都是诗歌革新运动的推动者。他的诗歌多方面地反映社会生活，风格平淡朴素，而又含蓄深刻，北宋的诗人欧阳修和稍后的王安石、刘敞，以及更后的苏轼都受到他的熏陶。刘克庄曾称其为宋诗的开山祖师。作为宋诗"开山祖师"的梅尧臣，确实对宋诗诗歌题材、思想内容以及诗风的转变具有重大的影响，并奠定了宋诗的特质，他的诗歌理论和实践为宋诗开拓了一条新的道路，形成了不同于唐诗的新面目。

梅尧臣的文学地位在文学史上早有定论。从 1918 年谢无量的《中国大文学史》到二十世纪九十年代由孙望、常国武主编的《两宋文学史》都认为他是宋诗的开山祖师，为宋诗开辟了新的道路。

梅尧臣在日本也颇受关注，京都诗仙堂所列 36 位诗人中就有他。根据日本学者林罗山在 1643 年所写的《诗仙堂记》记载，诗仙堂创建人是

第三章　日本学者对宋代诗人诗作个案的研究

1583年出生的石川丈山，他是日本著名的文人和书法家，受中国文化影响很深，喜爱中国文学，能写汉诗。他辞官后建诗仙堂，将中国诗人36位的小像刻在壁上，并各写诗1首于像侧。36位诗人中，宋代有陈与义、黄庭坚、欧阳修、梅尧臣、林逋、邵雍、苏舜钦、苏轼、陈师道、曾几，唐代有寒山、杜牧、李贺、刘禹锡、韩愈、韦应物、储光羲、高适、王维、李白、杜审言、陈子昂、杜甫、孟浩然、岑参、王昌龄、刘长卿、柳宗元、白居易、卢仝、李商隐、灵澈，南朝有鲍照，晋代有谢灵运、陶潜，汉代有苏武。

在日本，主要有两位学者对梅尧臣进行过比较全面、专门的研究，一是笕文生，一是绿川英树，其他学者也有一些研究。他们的研究主要有以下内容：诗歌选译与作品研读、生平与交友研究、诗歌题材研究、诗歌的风格与艺术特征研究及诗歌理论研究。

一　诗歌整理、选译与作品研读

八十年代以前的梅尧臣诗歌研究以诗歌整理、选译与作品研读为主。这时期的整理研究，除了夏敬观的注外，我国内地与日本都差不多是在六七十年代起步。

关于梅尧臣的作品集，朱东润作于晚年的《朱东润自传》中说："宋代就有若干不同的版本，国内都没有传下来。传下来的都是出于绍兴十年六十卷本。这个本子应当算是比较完备的，但是其混乱的情况也非常突出。这个本子失传了，传下来的是嘉定十六年残宋本，就是这个残本，国内也久无知者，直至1928年张元济到日本，看到内野皎亭家藏本，1940年影印本出，始为广大读者所知。"[①] 在梅尧臣集的整理方面，我国本土的夏敬观和朱东润先生做了大量工作。夏敬观曾校注梅尧臣诗，前两卷见于1936年《艺文杂志》，他在《梅宛陵集校注序》中说："夫宛陵诗在宋固已显矣，历元明至清，特趋沉寂。宋诗若半山、东坡、山谷、后山、简斋，莫不有为之诠注者，几于家诵户籀；独于宛陵诗，未尝有探索蕴积，阐其宗风，以告当世学人者。"[②] 夏敬观又根据对梅尧臣诗的研究，按照分体的方式，选取梅诗378首编制整理出《梅尧臣诗》，于1940年由（长

---

① 朱东润：《朱东润自传》，人民文学出版社2009年版，第467页。
② 《附录十六·夏敬观梅宛陵集校注序》，朱东润编年校注：《梅尧臣集编年校注》，上海古籍出版社1980年版，第1179页。

沙）商务书馆出版，这是梅尧臣诗最早的选注本，所选数量达梅诗的十分之一。朱东润著有梅尧臣研究的系列著作，有《梅尧臣传论》《梅尧臣诗选》《梅尧臣评传》《梅尧臣集编年校注》等。他的《梅尧臣诗选》（人民文学出版社，1980年），在全面研究梅尧臣著作的基础上，从《宛陵集》中精选出最能代表梅尧臣文学主张和艺术风格的佳作420余首，注释部分不但注释字句，而且为作品系年，是一部颇具特色的选本。同年由上海古籍出版社出版的《梅尧臣集编年校注》，作于1960—1965年，辗转于1980年才出版。朱东润经过认真的考订，共搜集梅尧臣诗歌三十卷2983首，拾遗一卷27首。他将梅尧臣全部诗文赋重新编年，按照梅尧臣三十年的创作经历，分年编为三十卷，每卷前有这一年的诗人经历、时代背景简介，使读者能够将作品和时代密切地联系起来。在注释方面则以夏敬观《梅宛陵集校注》为基础，在作品的年代考证方面作了大量补注，对诗文涉及的人物也作了详细笺释。在校勘方面，他主要使用残宋本30卷，残宋本所缺的另30卷则用明万历本，校记没有主观地进行改动，而是谨慎地注明某本作某字，而对诸本相同但有疑问之处，则存夏敬观、朱祖谋、冒广生等人之说。该书校注精审，为现行梅集最优的版本。

与此同时，日本同行也开始关注梅尧臣，对其作品进行整理。其中主要是筧文生译注的《梅尧臣》（《中国诗人选集二集》3，岩波书店，1962年10月），全书主要选注梅尧臣诗60多首，书前解说介绍梅尧臣的生平、诗歌内容和风格、诗集版本，书末附梅尧臣年谱，为日本梅尧臣研究的开拓性著作。筧文生译注的《梅尧臣》一书出版后，梅尧臣才逐渐引起学术界人们的注意。两年后，筧文生又发表了《梅尧臣略说》和《梅尧臣诗论》两篇论文，考辨分析梅尧臣的生平事迹，穿插对梅尧臣诗歌题材内容及诗论，主要关注其平淡诗论，使梅尧臣在日本的研究进入一个新的发展阶段。

日本学界对于梅尧臣作品的研读，主要是东京大学中国语中国文学研究室的学者们。2001年4月，《东京大学中国语中国文学研究室纪要》发表了一系列关于梅尧臣作品的文章，如白井澄世《〈鲁山山行〉的第二联与第三联：围绕"随处改""迷"的表现》、山崎蓝《〈鲁山山行〉以前有关鲁山的诗文》、宇都健夫《关于唐宋诗中的野情——读梅尧臣〈鲁山山行〉》《从生物学角度看〈鲁山山行〉中的"熊"》、荒木达雄《"熊""黑"的相互作用读梅尧臣〈鲁山山行〉》、梶村永《〈鲁山山行〉中的

"云":与鸡声关系的开始》、户仓英美《开山——读梅尧臣〈鲁山山行〉》、大山洁《关于"熊升树"的"升"——读梅尧臣〈鲁山山行〉》等,这是一组研读梅尧臣《鲁山山行》的成果,其中还有千叶贵的《梅尧臣的生涯与〈梅尧臣集〉的版本》,应该算作梅尧臣作品赏读的一个总论性文章。梅尧臣《鲁山山行》原诗为:"适与野情惬,千山高复低。好峰随处改,幽径独行迷。霜落熊升树,林空鹿饮溪。人家在何许?云外一声鸡。"这是首五律,写鲁山行的野景、野趣,突出表现山林的幽静和山行者的愉悦心情。日本学者选择这首诗进行赏读,可见尤其相近的爱好。遗憾的是,没见到这个赏读活动的后续文章,不知是活动没继续还是笔者资料的缺失。

二 生平与交友研究

关于梅尧臣的生平研究,主要有朱东润的《梅尧臣传》。① 该著将梅尧臣一生分为九个时期,结合诗文史事,生动地描述了梅尧臣的身世遭际,剖析了他作为宋诗"开山祖师"在诗歌创作上的特色和成就,也记载了他与当时文坛名流唱和往来的趣闻逸事,史料翔实丰富。另外,单篇论文有吴孟复《梅尧臣事迹考略》(《安徽大学学报》1998年第2期)、李一飞《梅尧臣早期事迹考》(《文学遗产》2002年第2期)考证了梅尧臣的生平事迹。

在日本,筧文生对于梅尧臣生平也有不少研究。首先是在他译注的《梅尧臣》书前有解说介绍梅尧臣的生平,然后又在论文《梅尧臣略说》②里系统介绍。

《梅尧臣略说》首先分析梅尧臣所处的历史时期,认为梅尧臣生活在北宋最幸福的时代。他说:"梅尧臣生活在真宗、仁宗二朝,实际上他活跃的时候,和在位41年的仁宗朝的治世大体一致。仁宗于他21岁时即位,诗人59岁死后三年仁宗去世。这个仁宗时代,对外虽然东北有契丹的压迫,西北有西夏的侵入,不断为异民族的攻势而烦恼,但是,总体上可以说是较为平稳的时期。""稍稍晚一点,王安石实行的数种改革成为开端,所谓新法党和旧法党的深刻争斗还没有起来。""不管怎样,诗人生活在北

---

① 朱东润:《梅尧臣传》,中华书局1979年版。
② 该文选入卢盛江编译的《唐宋诗文的艺术世界》,中华书局2007年版,第259—275页。

宋最幸福的时代，这是这个皇帝谥号为仁宗的原因。"① 接着，笕文生据欧阳修所撰的《梅圣俞墓志铭》，介绍梅尧臣的家世及其家庭状况。

然后主要考辨分析梅尧臣自13岁起的生平经历，并将这些经历与他的诗歌活动对应起来。主要有：13岁离开故乡来到叔叔梅询处；26岁时，和太子宾客谢涛的女儿结了婚；天圣九年（1031），29岁时从安徽省转任河南即洛阳主簿；31岁转任河阳县的主簿，翌年去南方任江西省德兴县的知县；此后是长期的地方官生活；55岁时，经欧阳修推荐，担任国子监直讲，翌年即嘉祐二年（1057）在知贡举欧阳修之下被选为考试委员之一；嘉祐五年（1060）四月十七日，梅尧臣染上了疫病，那场疫病席卷了汴京，也击倒了他，二十五日，他停止了呼吸。

相对应的相关诗歌活动则是：从爱好诗文的叔父那里接受了诗的辅导；通过谢氏，实际和欧阳修、王安石、黄庭坚联系起来了，加入到新兴官僚阶层的行列；受到时任洛阳留守钱惟演的关注，也和欧阳修开始交往，这是一个时机，他在此时作为诗人而出名；这段时间对于决定他今后文学的方向却有值得注意的意义，现在留存的他的诗，也是从这时开始的；共同走过18年辛苦日子的最心爱的妻子谢氏的死去，倾注于他生活的一点一滴中对妻子和子女的深厚感情，成为了他诗歌的主题之一；以这一年为契机，北宋初年曾经流行过的美文和西昆体风的诗完全衰微了，而改变为欧阳修所主张的达意的文章，作为一个考试委员，梅尧臣后来也被苏轼和曾巩他们称为先生；诗人永远地停止了他的创作。

最后，笕文生概括了诗人的一生："梅尧臣的一生，作为官吏并没有什么辉煌的经历，既没有左迁的不幸遭遇，也没有被卷入战乱。可以说，几乎没有左右他一生的划时代的事件。就此意义而言，他的一生过得最为平凡普通。因而他的诗多从身边的日常生活选取题材。诗不仅是一部分知识阶级的东西，也作于广大庶民之中。如果考虑到宋以后的这一风潮，那么可以说，梅尧臣已成为代表北宋开始的诗人，他的出现，可以说是一个很重要的象征。"②

笕文生对梅尧臣生平的解说，梳理诗人的生活轨迹，清晰明了，更重要的是能够结合诗人创作来写，所以读者在了解诗人生活轨迹的同时，也

---

① ［日］笕文生、笕久美子：《唐宋诗文的艺术世界》，卢盛江编译，中华书局2007年版，第261—262页。

② 同上书，第265页。

把握了诗人的创作轨迹，明白了诗人创作特征形成的原因。筧文生在《梅尧臣略说》的其他部分，也是结合梅尧臣生平来分析他的诗歌创作，但诗歌创作的内容分量更多了，主题依然是突出他的诗歌题材的日常性。

此外，还有河口音彦写的《梅尧臣的晚年》（《宇部国文研究》20，1989年3月），探讨其晚年的生活与创作。

关于梅尧臣的交游方面，著作方面主要有台湾学者刘守宜的《梅尧臣诗之研究及其年谱》。① 《梅尧臣诗之研究及其年谱》虽详于梅尧臣诗歌，但也于梅尧臣交游着力不少，其中分欧阳修及河内诸友、交往较密者、交往较疏者、方外人士四个方面介绍梅尧臣交游的总体状况，很是详备。单篇论文有张仲谋《梅尧臣、欧阳修交谊考辨》（《徐州师范学院学报》1992年第4期）、李之亮《关于梅尧臣交游的几个问题》（《中州学刊》2001年第6期）等，主要集中于梅尧臣与欧阳修的关系。陈公望《梅尧臣二题》（《牡丹江师范学院学报》1994年第2期）则论说到梅尧臣与钱惟演、范仲淹的交往，视野拓展得较为开阔些。

在日本，论说到梅尧臣的交游的著述并不多。筧文生的《梅尧臣略说》介绍梅尧臣生平时，说到他29岁任洛阳主簿时，受到钱惟演的关注，也和欧阳修开始交往。在文章的另一处也说道："北宋一代文学的领袖欧阳修和他成为终生不变的朋友，对他来说是最大的幸福。还有和他齐名的诗人苏舜钦，当时第一流的学者刘敞同样是学者兼散文家而知名的尹洙，这些人都是他亲密的朋友。对于诗人更为幸运的，他有苏轼、苏辙兄弟，曾巩、王安石等人这样的弟子，这些弟子都是下一代文学的中坚。前面的三个人，是他担任考试官的时候进士及第的。王安石听过梅尧臣讲授诗的古典《诗经》。"② 将梅尧臣交往的友人一一点到，并没有进一步展开。

此外，还有河口音彦《梅尧臣与晏殊》（《宇部国文研究》18，1987年3月）、坂井多穗子《关于梅尧臣的赠受品诗》（《中唐文学会报》8，2001年）、《梅尧臣后半生的交友诗——关于裴君与宋敏修》（《东洋大学中国哲学文学科纪要》17，2009年）等，也论说梅尧臣的交游，交游人物拓展到晏殊、裴煜、宋敏修等。

---

① 刘守宜：《梅尧臣诗之研究及其年谱》，（台北）文史哲出版社1980年版。
② ［日］筧文生、筧久美子：《唐宋诗文的艺术世界》，卢盛江编译，中华书局2007年版，第271页。

三 诗歌题材研究

梅尧臣的诗歌题材占重要比例的主要是送别诗、赠答唱和诗、纪游诗和咏物诗,现实题材、人文意象、悼亡吊挽诗等也有不少,影响很大。

目前我国学术界多就梅尧臣某个方面的题材来进行研究,如梅尧臣的边塞诗、纪游诗、咏物诗等,如张廷杰《论梅尧臣的边塞诗》(《宁夏大学学报》1998 年第 1 期)、吴大顺《论梅尧臣观照山水的基本范型》(《怀化师专学报》1999 年第 6 期)、李朝军《论梅尧臣的自然灾害题材诗赋》(《贵州师范大学学报》2011 年第 1 期)等,不见整体把握的论说,影响也不大。

影响比较大的观点是朱东润《梅尧臣诗的特点》与章培恒、骆玉明主编的《中国文学史》中的观点。朱东润《梅尧臣诗的特点》分期讨论梅尧臣的诗,认为梅尧臣诗作的战斗性是非常强烈的,而他"从一个仁厚乐易的诗人转化为矛头高举的战士",这是与他遭遇的环境、敌人的进攻以及统治阶级的腐朽直接相关的,梅尧臣"对统治阶级的腐朽是无所顾惜的","从另一方面看,也就必然对于人民表现深刻的同情","敢于暴露深刻的感情","敢于作辛辣的讽刺"。[①] 比较注重梅尧臣干预政治、反映社会现实和民生疾苦的作品。这固然是梅尧臣诗歌题材的一类,但由于受当时政治因素的影响,文学史研究往往是以社会历史评判为标准的,因此对这方面内容特别强调,而忽略了其他方面。

在日本的话,基本不受我国这种评判标准影响,对这类题材,日本学者少有关注,即使有论说到梅尧臣的社会政治类题材的诗,评论也较为中肯,如笕文生《梅尧臣略说》:"他的诗决不是只经常注目于家庭之中。作为地方官,他到过很多地方,他忠实地描写了他所见到的贫穷的农民和渔民的生活。""他的诗,记录了他所亲眼看到的事实。正是这一点,它是写实的,包含着实感,问题没有被抽象化。但是,他的社会诗对于当时的政府,对于人民贫穷的生活弃而不管的政治,不太直接进行抨击。他过于意识到自己是作为为政者之中一个地位很低的人,过于意识到自己不管怎么做也无能为力。"[②] 肯定社会诗的同时,还是认为社会诗"不太直接进行抨

---

① 朱东润:《中国文学论集》,中华书局 1983 年版,第 233—250 页。
② [日] 笕文生、笕久美子:《唐宋诗文的艺术世界》,卢盛江编译,中华书局 2007 年版,第 270 页。

第三章 日本学者对宋代诗人诗作个案的研究

击",不像朱东润说的那样"对统治阶级的腐朽是无所顾惜的","敢于作辛辣的讽刺"。

章培恒等人的《中国文学史》则注重梅尧臣写个人日常生活的琐碎事务,书中道:"政治题材只占梅尧臣全部诗作中的一小部分。他的诗歌内容非常广泛,而且是有意识地向各种自然现象、生活场景、人生经历开拓,有意识地寻找前人未曾注意的题材,或在前人写过的题材上翻新,这也开了宋诗好为新奇、力避陈熟的风气,为宋诗逃脱出唐诗的笼罩找到一条途径。譬如他写破庙、写变幻的晚云,写怪诞的传说。写丑而老的妓女,甚至写虱子、跳蚤,写乌鸦啄食厕中的蛆……"又说:"在以琐碎平常的生活题材入诗时,很容易显得凡庸无趣味,于是梅尧臣常以哲理性的思考贯穿其中,加深了诗歌的内涵,使之耐人寻味……这也是宋诗在热情减弱以后,向其他方向发展的一个途径。"① 这个观点无疑是切中梅尧臣诗歌题材的最突出特点的,发论也是较为新颖的。但是这部文学史出版于1996年,大大晚于日本学者的发布时间,这同样是因为受到我国文学研究长期以来以社会历史评判为标准的影响。

对这类题材,日本学者是比较关注的。笕文生发表于1964年的《梅尧臣略说》就多方论说。一是将这种题材特点与梅尧臣的生平结合起来考察:"他的一生过得最为平凡普通。因而他的诗多从身边的日常生活选取题材。"② 二是与他的诗歌主张结合起来:"他从日常琐碎的生活当中发现东西,用这样认真的眼光捕捉人间的感情,然后原原本本地把这种感情表现出来,他用这样的写法实践他的诗歌主张。"③ 三是说明其诗歌史意义:"他这样从日常生活中作诗的方法,给诗歌带来了这样一种倾向,就是有时把以往诗人不歌咏的东西,从常识来看难以成为诗歌题材的东西,有意识地带入诗中。"④ 可见,笕文生是特别重视梅尧臣诗歌的日常生活化的,认为这是传统诗歌题材的拓展与重大转变。

吉川幸次郎在《宋诗概论》中也说:"最能构成他的诗歌特征的,是扩充题材、扩充方法的愿望,使他那敏锐的诗的目光向着日常的家庭生

---

① 章培恒、骆玉明:《中国文学史》,复旦大学出版社1996年版,第334页。
② [日]笕文生、笕久美子:《唐宋诗文的艺术世界》,卢盛江编译,中华书局2007年版,第265页。
③ 同上书,第266页。
④ 同上书,第268页。

活、友情生活，并深入进去一直渗透到以往诗人的视线未曾到达的细部。"① 充分肯定梅尧臣在诗歌题材方面的开拓。

横山伊势雄赞成笕文生、吉川幸次郎的观点，他在《关于梅尧臣的诗论》（《汉文学会会报》24，1965年6月）中说："梅尧臣以所谓平淡的诗风开宋诗风气之先，这是一般文学史界的评价；但他的诗决非只有平淡一面。吉川幸次郎博士归纳宋诗的特点，有叙述性（散文化）、紧贴生活（题材的扩大）、社会连带性（作为社会的良心而普遍创作政治批判诗）、哲学性（表达理知）、悲哀的扬止、平静的获得，等等。宋诗的上述公约数性的特色，梅诗基本上程度不等地都具备。"②

前野直彬完成于1975年的《中国文学史》也持同样的观点："梅尧臣（圣俞）可称为日常的诗人。因为未由科举而入仕，虽然作为诗人的令名非常之高，而至晚年却不得不甘于低级地方官的位置，在翻不了身的生涯中，他不断地细致观察着生活的种种细节，对家庭的关心尤其强烈，从中年时失去发妻之后，他近乎执拗地倾诉对亡妻的追忆及对遗孤们的思虑。又，历来不在诗歌中歌咏的卑小的事物，例如虱子等，他也有意识地采入，加以人世间的批评性议论。"③

还有其他一些论文，论及梅尧臣诗歌题材的其他方面。有关其悼亡题材的有：坂井多穗子《哀悼宠物的文学——从皮日休到梅尧臣》（《中唐文学会报》7，2000年）、森山秀二《梅尧臣的悼亡诗》（《汉学研究》26，1988年3月）、大西阳子《寓意死亡的日常风景的具体化表现——以梅尧臣为例》（佐藤保、宫尾正树编《悲哀——与死相关的中国文学》，汲古书院，2002年）等；有关其咏物题材的有：坂井多穗子《梅尧臣论：咏物的视角》（奈良女子大学，2002年7月）、汤浅阳子《梅尧臣的咏鸟虫诗》（《人文论丛·三重大学人文学部文化学科研究纪要》24，2007年3月）等；还有汤浅阳子《梅尧臣的绘画鉴赏》（《人文论丛·三重大学人文学部文化学科研究纪要》21，2004年3月）论及梅尧

---

① ［日］吉川幸次郎：《宋元明诗概说》，李庆等译，中州古籍出版社1987年版，第62页。
② ［日］横山伊势雄：《关于梅尧臣的诗论》，《汉文学会会报》24，1965年6月；见中文译本《梅尧臣的诗论——兼正梅尧臣"学唐人平淡处"之论》，张寅彭译，《苏州大学学报》1996年第2期。
③ ［日］前野直彬：《中国文学史》，骆玉明、贺圣遂译，复旦大学出版社2012年版，第120页。

臣的咏画诗。

绿川英树的完成于 2002 年的博士学位论文《梅尧臣与北宋诗坛研究》①以一章的篇幅分析梅尧臣诗歌的题材，内容包括：一、讽谕诗，认为围绕着当时的社会现实和庆历党争，梅尧臣诗中有不少讽谕、社会题材的作品，作者主要讨论了这些作品的艺术特征；二、禽言诗，作者主要探讨这种诗歌题材的艺术渊源及对北宋诗坛的影响，从而确定梅尧臣禽言诗的文学史意义；三、悼亡诗，作者从因袭性和创新性的角度将梅尧臣的悼亡诗和前代作品进行比较；四、人文意象诗，作者分析梅诗中人文意象的使用情况，并和苏轼、黄庭坚的同类作品进行比较。根据绿川英树在论文前的规划，应该是对梅尧臣诗歌题材的一个全方位扫描，很有研究价值，惜在其公开的学位论文中未见相关内容。

四　诗歌的风格与艺术特征研究

关于梅尧臣诗歌的风格，自古以来就争议颇多。有学者认为他的诗歌闲适淡远，追求一种平淡自然的诗风，有其诗"写诗无古今，唯造平淡难"（《读邵不疑学士诗卷》）为证，这似乎说明梅尧臣在诗歌创作的过程中力求简易平淡。

也有人不这么认为，例如朱东润。他在《梅尧臣诗的评价》中说："他的目标是李白、杜甫、韩愈；他的志愿是手执长戈大戟，在诗坛作一位出生入死的战士。世间有这样的平淡诗人吗？没有的。""因此把尧臣作品归结为平淡，不但不符合梅诗的实际情况，也是违反尧臣的主观要求的。"②这和他在梅尧臣诗歌题材上注重干预政治、反映社会现实和民生疾苦的作品是一致的，原因也是因为受当时政治风气、文艺思潮的影响。

在日本，则没有这种影响，学者们普遍认可梅尧臣诗歌风格的平淡。笕文生《梅尧臣略说》在引用了梅尧臣《答中道小疾见寄》诗后说："诗本来应该是歌吟情性，也就是歌吟从心中涌现出来的感情，没有必要那样徒劳地大声叫喊。其内容也应该平淡，容易理解而且明快流畅。在这一点上，他说他自己一早一晚都亲近六朝的陶渊明。在这里，情性和平淡，尤

---

① ［日］绿川英树：《梅尧臣与北宋诗坛研究》，博士学位论文，南京大学，2002 年。
② 《续论一》，朱东润编年校注：《梅尧臣集编年校注》，上海古籍出版社 1980 年版，第 27、29 页。

其是平淡,是他的主张的核心。"① 筧文生还提到后世对梅尧臣诗歌平淡风格的评价:"他的诗的平淡特点,有时被后世的人作为反面议论的对象。南宋的大哲学家朱熹批评梅尧臣的诗不是平淡而是枯槁,也就是粗糙没有情趣(《朱子语类》卷139)。现代文学家钱锺书也论述说梅的诗平易但常常缺少力度,淡泊但常常缺少诗味(钱锺书《宋诗选注》)。"② 并且认为这些批评在某种程度上是很恰当的。横山伊势雄虽然同意筧文生的观点,但他指出:"他的诗决非只有平淡一面。……梅尧臣的诗,如前所述,确是经历了种种磨难之后方才到达平淡之境的",认为梅尧臣是兼愤俗入世与闲适出世的两面性诗人,宋代这类诗人颇多,梅尧臣是先驱。③ 前野直彬在《中国文学史》也认为:"用克制的语言,平易地表现真实的感情,即所谓'平淡'是他刻意追求的诗境。这正像他亲密朋友欧阳修比喻的'譬如妖韶女,老自有余态','初如食橄榄,真味久愈在'。乍一看枯燥无味的外貌底下,深藏着敏锐的感觉与认识。通过梅尧臣,宋诗的题材显著地扩大了,并获得了平淡的表现。"④ 不管细节如何,他们都是肯定梅尧臣诗歌的风格为平淡。

在我国本土,像日本学者这样认定梅尧臣诗歌的平淡,并从多个角度来论说的局面,是直到二十世纪八十年代才有。如陈光明的《论梅尧臣诗歌的平淡风格》,认为梅尧臣诗歌的风格是平淡,但是他的平淡不是那种怡然物外的"平淡"或"幽淡",而是继承了现实主义优良传统的平淡,他"力图用平淡朴素的语言,创造出平淡隽永的意境,收到耐人寻味的艺术效果,以达到'刺美'现实的目的"⑤。张福勋的《看似寻常最奇崛,成如容易却艰辛——梅尧臣诗"平淡"发微》则认为梅尧臣诗歌的平淡实属"枯淡",是外枯中膏、似淡实美,自有其不同于一般人的特点。⑥ 有的学者则认为"平淡"不能概括梅诗风格的全貌。如秦寰明的《论梅尧臣诗

---

① [日]筧文生、筧久美子:《唐宋诗文的艺术世界》,卢盛江编译,中华书局2007年版,第266页。
② 同上。
③ [日]横山伊势雄:《梅尧臣的诗论——兼正梅尧臣"学唐人平淡处"之论》,张寅彭译,《苏州大学学报》1996年第2期。
④ [日]前野直彬:《中国文学史》,骆玉明、贺圣遂译,复旦大学出版社2012年版,第120—121页。
⑤ 陈光明:《论梅尧臣诗歌的平淡风格》,《湘潭大学社会科学学报》1984年第2期。
⑥ 张福勋:《"看似寻常最奇崛,成如容易却艰辛"——梅尧臣诗"平淡"发微》,《内蒙古师大学报》1990年第3期。

歌的艺术风格》,认为以"平淡"一词来概括梅尧臣诗的风格,过于宽泛,不够妥帖,实际上应该以"拙朴苦淡"四字来表述,并且在这种基本风格外,还有着"劲峭苦硬"和"冲和恬淡"两个不同的方面。① 艾思同的《论梅尧臣的诗风》则认为梅尧臣诗歌风格是分阶段的,"早期的诗风是平淡的,发展到中期则变为雄肆古硬,后期显得圆熟和乐",中期的诗风才是代表他一生创作的基本风格。②

直到二十一世纪初,日本学者间还未消退这种讨论热度。如绿川英树的博士学位论文《梅尧臣与北宋诗坛研究》(南京大学,2002 年)、汤浅阳子《论梅尧臣诗的"平淡"》(《人文论丛·三重大学人文学部文化学科研究纪要》23,2006 年 3 月)等。绿川英树的论文《梅尧臣与北宋诗坛研究》第二章《北宋前、中期"平淡"论剖析》,专门讨论梅尧臣的"平淡",其侧重点在于诗学理论,因此我们在下部分内容中讨论。

事实上,梅尧臣的诗歌还有清丽、雄奇、怪巧等方面的艺术特征,霍松林在他写于 1959 年的《谈梅尧臣诗歌题材、风格的多样性》中就提出,"有些评论家却把他全部诗作的艺术风格归结为'平淡',这是有片面性的",梅尧臣的诗歌除"平淡"之外,还有"怪巧""雄浑""发扬蹈厉"之作。③ 日本学者绿川英树在他的博士学位论文《梅尧臣与北宋诗坛研究》的第五章《梅尧臣与黄庭坚》中,按照黄庭坚对梅尧臣的论述,从押韵、句法、立意三个方面分析两者"怪巧"(或"怪恶")诗风的异同。

最后,绿川英树在论文小结里还说道:"梅尧臣的'平淡'诗人形象扎根于人们(包括梅尧臣生前)的意识中,所以讨论梅诗往往被'平淡'所覆盖。而且到了后代,特别是借着苏、黄的言论,陶渊明或'王孟韦柳'作为'平淡'的典范意义更加强化,同时梅诗本身的地位随之逐渐降低了。""梅尧臣的学杜、学韩等'怪巧'风格的追求,也被黄庭坚等元祐诗人超越,后来居上。因此在后代读者看来,梅尧臣这方面的诗学贡献在黄庭坚的高峰之下反而不显著了。"④ 分析梅尧臣"平淡"与"怪巧"在后世越来越微弱的动态影响过程,并揭示个中原因,感慨这是"先驱者之

---

① 秦寰明:《论梅尧臣诗歌的艺术风格》,《南京师大学报》1986 年第 2 期。
② 艾思同:《论梅尧臣的诗风》,《山东大学学报》1996 年第 5 期。
③ 霍松林:《唐音阁论文集》,河北教育出版社 2001 年版,第 282—292 页。
④ [日]绿川英树:《梅尧臣与北宋诗坛研究》,博士学位论文,南京大学,2002 年,第 70 页。

悲哀"。

五 诗歌理论研究

梅尧臣是诗人,同时也是诗论家。他的诗歌理论没有集中性论述,而是散见各处。蔡镇楚将《续金针诗格》《梅氏诗评》及从梅尧臣诗文中辑录的诗话八则编纂在一起,称为《梅尧臣诗话》,收入《宋诗话全编》中,是梅尧臣诗论的一个集中展示。蔡镇楚概括梅尧臣的主要论诗主张:"一是重'诗骚'传统,以诗歌为'因事''因物'而作;二是注重诗歌之形象和意境之含蓄,强调'状难写之景如在目前,含不尽之意见于言外';三是主艺术风格之'平淡',认为'作诗无古今,惟造平淡难'。"①

其中,平淡理论影响最大,讨论者众多。可以说,"平淡"是宋人对唐诗的巨大变革,也是宋代诗人创新求变的终极追求。梅尧臣以他的诗论和创作实践,开启宋代"平淡"诗风新局面。

较早关注到梅尧臣的日本学者筧文生、横山伊势雄、前野直彬都在论说梅尧臣诗歌的平淡风格时,也涉及梅尧臣的平淡诗论,筧文生、前野直彬都偏重于梅尧臣诗歌的风格,我们这里着重介绍横山伊势雄的研究。

横山伊势雄在 1965 年发表《关于梅尧臣的诗论》,文章首先申论了梅尧臣"因事有所激,因物兴以通"的传统诗学观,指出梅尧臣的"平淡"是对阮籍、陶渊明的倾慕,而不是学唐人之平淡;阐述了梅尧臣平淡诗论的内涵特点,最后得出梅尧臣是兼愤俗入世与闲适出世的两面性诗人的结论。他说:"从梅尧臣开始,持续出现了很多论及'平淡'的诗论。其要旨为:年轻时贪婪地什么都吸收,但随着年龄的成长而慢慢结晶成品的,只是其中的精华部分,诗的这种成熟过程与果实的成熟过程相似,而果实外皮粗硬,内质味美的结构形态,也是诗的理想的形态。排除华丽的表现,取用平易质朴的语言,不着斧迹地将内面所含之不尽深意表现出来。达到此等艺术境地的诗,便称得上平淡之诗了。此种典型,可以从陶渊明、柳宗元的诗求之。"② 横山伊势雄根据梅尧臣的相关论说,归结出其"平淡"诗论的要旨。横山伊势雄还从情感表现的角度,探索"平淡"的达成:"他一方面从传统的诗意识出发,同时更倾心于新的表现手法的探

---

① 吴文治:《宋诗话全编》,江苏古籍出版社 1998 年版,第 147 页。
② [日] 横山伊势雄:《梅尧臣的诗论——兼正梅尧臣"学唐人平淡处"之论》,张寅彭译,《苏州大学学报》1996 年第 2 期。

第三章　日本学者对宋代诗人诗作个案的研究　　75

索,在这种努力中诞生了平淡之体。沉醉在激情之中引吭高歌,以文章之美作为第一义的信条等,平淡超越了这种作法,以冷静的眼,耐心地注视着对象,把握其真实,通过透明般的文章,来实现与读者面对面地交流的愿望。平淡一方面是一种高度透明的表现,一方面又含有深幽的内容。这或许可用'水深而底不露'来比喻吧?"① 横山伊势雄指出,平淡要求创作者冷静地观察,真实地反映;但平淡不是简单的透明,它"一方面是一种高度透明的表现,一方面又含有深幽的内容"。

这种透过其表看其里的论说,我国学者也有不少。如吕美生在《梅尧臣的诗论及其创作》中也说:"他所谓的'平淡',其实是要求'平淡'其表,'邃美'其里的。就是以极朴素的语言和高超的艺术技巧,体现深刻隽永的思想感情,从而给读者以韵味无穷的艺术感染力。"② 同样地,王顺娣《梅尧臣的平淡诗观》也是从这两个方面来论说,她认为"梅尧臣的平淡观主要体现在两个方面:一是'文字出肝胆',就语言形式而言,指通过精心构思求得语言的'工'。必须指出,'工'并不意味着极尽怪僻生诞之能事,更包括推陈出新而求得语言的'工';二是'因吟适情性',从内容方面说,指通过向《诗经》风雅传统的复归,令诗歌具有反映现实、发挥美刺的功能。只有这两个方面的对立统一,才能'到平淡',产生如食菱芡、橄榄般的苦味回甘、咀嚼不尽的'平淡'美"③。王顺娣的论说,不是透过其表看其里,而是特别强调这两方面紧密结合,才能产生"平淡"美:"两者关系密切,合之则美,离之则伤。结合得好,就能产生诗歌的平淡美。反之,如果顾此失彼,就会破坏诗歌的平淡美。"④

绿川英树的博士学位论文《梅尧臣与北宋诗坛研究》第二章"北宋前、中期'平淡'论剖析",则是通过梳理"平淡"论的历史演变来确定梅尧臣"平淡"论的内涵。他说,钟嵘《诗品》曾以"淡乎寡味"来批评玄言诗。后来,这源于老庄思想的"淡"一词在文学评论中有所演变,甚至被用作贬义。到了中唐,韩愈和白居易将"平淡"作为褒义的文学批

---

① [日]横山伊势雄:《梅尧臣的诗论——兼正梅尧臣"学唐人平淡处"之论》,张寅彭译,《苏州大学学报》1996年第2期。
② 吕美生:《梅尧臣的诗论及其创作》,《古代文学理论研究丛刊》第2辑,上海古籍出版社1980年版,第259页。
③ 王顺娣:《梅尧臣的平淡诗观》,《社科纵横》2008年第8期。
④ 同上。

评术语，直至北宋梅尧臣的"平淡"观念的形成。他认为，梅尧臣的"平淡"风格内涵和前人的"平淡"不同，主要有如下两点：（一）不仅有平易闲淡的一面，而且有古硬苦涩的一面，并且蕴含着经过千锤百炼后形成的"老成"境界；（二）首次把"平淡"和陶渊明诗直接联系起来，推动宋人对陶渊明的典范意义的确立。

梅尧臣对诗歌艺术的意境创造作也是极为重视的，他提出"状难写之景，如在目下，含不尽之意，见于言外"的诗歌意境论，学者们普遍认为是其平淡理论的延续。横山伊势雄在分析他的平淡论时说："表现与内容同样重要，只有在表现方面有新创造的，方为诗人；将难以描写的对象表现得仿佛在眼前一般，同时又含有不尽探意的诗，方为好诗。"① 横山伊势雄认为，在意境创造上，梅尧臣强调以生动传神，形神并重，达到真实自然而夺造化之巧。

我国学者吕美生在《梅尧臣"平淡"诗论再探》中也提出："梅尧臣把诗分为'善'与'至'两种境界，'意新语工，得前人所未道者'，只是达到了'善'的境界，尚未获得'平淡'之'韵'，'状难写之景，如在目前，含不尽之意，见于言外'，方才算达到了'至'的境界——诗之极致，始算进入'平淡'之'韵'的审美范畴。"② 认为"意新语工"是"平淡"的"善"的境界，只有"状难写之景，如在目前，含不尽之意，见于言外"才是"平淡"之"韵"，是"至"的境界。他进一步指出"梅尧臣的'平淡'之'韵'，仿佛预见性克服了以后可能出现的两种偏向：其一是吕本中的'诗岂论多少，只要道尽眼前景致耳'（《童蒙诗训》）；其二是司马光的'古人为诗贵于意在言外，使人思而得之'（《温公续诗话》）。从而为严羽的'诗有别才，非关书也，诗有别致，非关理也'的理论，提供了有益的'思想资料'"。并以此认定梅尧臣讲究"韵"的"平淡"诗论，在中国诗论史上有着承前启后的历史贡献。

此外，关于梅尧臣的诗论，还有绿川英树的论文《"成熟"与"老"的诗学认识——从杜甫到欧、梅》，③ 文中提出了梅诗中"老"的概念及源

---

① ［日］横山伊势雄：《梅尧臣的诗论——兼正梅尧臣"学唐人平淡处"之论》，张寅彭译，《苏州大学学报》1996年第2期。
② 吕美生：《梅尧臣"平淡"诗论再探》，《学术界》1987年第5期。
③ ［日］绿川英树：《"成熟"与"老"的诗学认识——从杜甫到欧、梅》，《中国文学报》63，2001年10月，第101—148页。

流，指出欧、梅在杜甫所确立的此一概念上加以深化，并结合作品，借分析梅氏晚年唱和诗的特色、次韵诗的增加，来说明唱和活动带来的快乐，颇有新意。

第二节　欧阳修诗歌研究

欧阳修诗歌在镰仓（1185—1333）、室町（1336—1573）时期就传入日本，当时日本兴起以五山诗僧作为代表的汉文学活动，称为"五山文学"。五山诗僧主要受宋代诗歌的影响，像欧阳修、苏轼、黄庭坚、陆游等人的诗作都成为了他们研习与模仿的对象。江户末期，日本著名诗人山本北山（1752—1812）亦大力提倡宋诗，他的《作诗志彀》一书，极力鼓倡清新性灵之说，反对以唐宋定优劣，认为宋诗之所以值得提倡，是因为欧阳修、苏轼等人能够不蹈袭唐人而大变旧法。[①] 这种鼓倡一直影响着日本学界的诗歌研究。进入二十世纪以来，日本学者关于欧阳修诗歌的研究，更是成果丰硕，在宋代诗人诗作研究中可谓蔚为大观。这主要体现在欧阳修诗歌材料的整理、选译，欧阳修的生平、思想研究，欧阳修诗歌的艺术特色研究及欧阳修诗论研究四个方面。

一　诗歌选译与文集的考订

欧阳修诗歌材料中，较早出现的是有关欧阳修诗歌的选译本。1967年，朝日新闻社出版《宋诗选》（《新订中国古典选》，入谷仙介选译），其中选译了欧阳修与柳永、王安石、苏轼、黄庭坚、李清照等16位宋代诗人的诗词，入谷仙介在序文中提出，宋诗是理性优于感性的诗，一旦认真读了宋诗的人，就能够懂得深刻的人道主义的道理，获得丰富的人生智慧，用理性来修正、淳化感情。喜欢思索的人，面对复杂的人生，更要阅读宋诗，只读唐诗而不读宋诗的人，可以说是还没有完全理解诗歌艺术的人。后来又有保苅佳昭对欧阳修诗歌的译注，如《欧阳修诗译注稿（1）》（《橄榄》，1990年10月）、《欧阳修诗译注稿（2）》（《橄榄》，1991年）。

---

① ［日］山本信有：《作诗志彀》，见池田四郎《日本诗话丛书》第八卷，东京文会堂书店1919年版。

可见，在日本，单独完整的欧阳修诗歌选注本还未出现，前者是宋诗的选本，后者保苅佳昭的译注也是对钱锺书《宋诗选注》中欧阳修诗歌的译注。

同样地，我国本土在这一时期也没有出版过完整的欧阳修诗歌选本或注本。1985 年，安徽人民出版社出版过施培毅的《欧阳修诗选》，其中错讹很多。[①] 欧阳修诗文兼选兼注的版本不少，但涉及的欧阳修诗歌并不多，如陈晓芬、曾枣庄、蔡斌芳、林冠群、宋心昌等选注赏析本，注释欧诗 10 余首至 30 余首不等，多数为重复选注。注释欧诗最多、最详的有三个选本：陈新、杜维沫《欧阳修选集》选注诗 186 首，李德身《欧梅诗传》选注欧诗 133 首，王秋生《欧阳修苏轼颍州诗词详注辑评》选注欧诗 130 首，但所选多为短诗，综合其数量，也不及全部欧诗的三分之一。直到 2012 年，中华书局出版刘德清、顾宝林、欧阳明亮笺注的《欧阳修诗编年笺注》才弥补了欧阳修诗歌研究中的这一缺憾。《欧阳修诗编年笺注》是继南宋周必大等人编纂欧诗之后，再一次全面整理与综合研究，也是宋代以来第一部编年体的欧诗注本。现当代的欧诗研究与整理，无论是北京大学中文系的《全宋诗》，还是李逸安的《欧阳修全集》、洪本健的《欧阳修诗文集校笺》等，都是凭依旧本，未改变原书格局，一些编年讹误也未作全面订正。《欧阳修诗编年笺注》则认真考订每一首欧诗的"编年"，统一按照创作时间，将全部欧诗编成 16 卷，极为有利于欧阳修诗歌的研究与阅读。

日本学者还对欧阳修文集予以了考订，这个研究内容显然是日本学者的强项。欧阳修声名显赫，其文集屡经刊刻，宋时即有汴京、浙、闽、蜀等多种刊本，但由于种种原因，[②] 错讹不少。后周必大请诸门客重新编校，凡经六载，成《欧阳文忠公集》。此本一出，则成欧阳修集最后定本，以后欧阳修集诸本，皆出于此。日本学者东英寿长期从事欧阳修研究，他从历代书目出发，系统整理了欧阳修文集的历史及现存版本，考察其源流及其中可能存在的各种问题，撰写了一系列文章予以论说，如《南宋本〈欧阳文忠公集〉的形成过程》（《人文学科论集》，2001 年）、《关于天理本〈欧阳文忠公集〉》（《中国文学论集》，2001 年），对日本天理大学图书馆

---

① 详情可参胡守仁《对施培毅〈欧阳修诗选〉注释的意见》，《江西社会科学》1983 年第 3 期。

② 如欧阳修喜反复检查修改作品，但其声名太盛，往往未改定即传播出去，又有手抄或木版印书之误等。

所藏《欧阳文忠公全集》作了考证，指出现在中国包括台湾所藏的南宋本《欧阳文忠公集》都是残本，只有天理大学附属图书馆所藏的南宋本《欧阳文忠公集》一百五十三卷大抵与南宋时代保留的原形同。同时，他的《关于欧阳衡〈欧阳文忠公集〉——中华书局〈欧阳修全集〉的底本选择问题》（《橄榄》，2001年12月）、《李逸安点校的〈欧阳修全集〉及其底本选择问题》（《东方》，2002年）等又讨论了中华书局校点本《欧阳修全集》（李逸安点校，中华书局，2001年）所用的欧阳衡本存在的问题。此外，东英寿还有《欧阳修〈居士集〉的编纂意图》（《中国文学论集》，1988年12月）一文，从欧阳修66岁时与子欧阳发等编定《居士集》来探究欧阳修排佛之志是否出现变化，亦很具启发意义。

另外，关于欧阳修诗文的文本，有森山秀二的相关论述，主要论文有：《关于欧阳修的文本及其形成过程》（《立正大学教养部纪要》，1993年）、《论元刊本〈欧阳文忠公集〉》（《经济学季报》，2001年10月），考察了有关四部丛刊本《欧阳文忠公集》的种种问题。对于欧阳修的一些重要诗篇，也有考辨性论述，如小金井东云《欧阳修的〈日本刀歌〉》（《文科》，1938年），猪口笃志《〈庐山高〉志疑》（《大东文化大学汉学会志》，1982年）等，充分体现出日本学者重视材料考证和文本细读的特点。

二 家族、生平、交游与思想意识研究

欧阳修在进入仕途后，先后在中央和地方任职，又多次被贬，多次被起用，经历坎坷，思想情感复杂，引发了中外学人探究的兴趣。小林义广《欧阳修及其生涯和宗族》一书[①]即是这方面的力作。宋史研究专家小林义广对北宋初期的谱牒进行了系统、专门探讨，借此考察欧阳修的生涯及与家庭、宗族的多方关系。对于这一问题，小林义广还撰有不少论文，如《欧阳修的生平与疾病》（《东海史学》，1989年）、《关于宋代吉州欧阳氏家族》（《东海大学纪要》，1995年）、《欧阳修的后半生与宗族》（《东海大学纪要》，1998年）、《欧阳修与母亲郑氏》（《名古屋大学东洋史研究报告》，2009年），等等。关于欧阳修的生平，还有内藤戊申《关于欧阳修》（《羽田博士颂寿纪念东洋史论丛》，1950年）及东英寿《欧阳修贬谪夷陵与古文复兴运动》（《中国文学论集》，1987年）、《洛阳时期的欧阳修》

---

① ［日］小林义广：《欧阳修及其生涯和宗族》，创文社2000年版。

(《人文学科论集》，1998年12月）等文论及。在我国，关于欧阳修的生平传记则出现于2007年，黄进德的《欧阳修评传》[①]，时间晚了几年，但内容更为充实全面，该书以时为经、以事为纬，从"欧阳修的时代""欧阳修的家世和生平""欧阳修的政治思想与实践""欧阳修的经学见解""欧阳修的史学观和史学成就""文章为一代宗师"几方面，全面展示了北宋文坛领袖欧阳修饱经忧患、守正不阿的一生，并对其的政治、文学、经学和史学思想及其在其他各个领域中取得的成就进行了评价。其中，最大的不同在于，小林义广是史学专家，较多从史学角度考察欧阳修的生平，而黄进德则是古典文学研究方面的学者，其在欧阳修文学方面的成就评述不少，于欧阳修文学研究更为切合。

日本学者还有不少论述探讨欧阳修交游、考察与同僚、同仁的关系的，如清水茂《北宋名人的姻戚关系——关于晏殊与欧阳修等人》（《东洋史研究》，1961年12月）、羽床正范《欧阳修与梅尧臣——关于他们的形象》（《北九州岛大学文学部纪要》，1976年）、东英寿《欧阳修与尹洙》（《鹿大史学》，1998年）、井泽耕一《王安石与欧阳修》（《关西大学中国文学会纪要》，2004年3月）、中尾健一郎《司马光与欧阳修》（《日本文学研究》，2009年1月）等，借此考察欧阳修的性格、政见与文学观。像欧阳修与尹洙，他们的关系非同一般：他们政见一致，被政敌视作"朋党"；文学志趣相投，共同倡导古文运动；平日诗酒往来，亲密无间。在古文创作方面，尹洙承柳开、穆修开辟的道路，又开启欧阳修的创作，以迥异于流俗的作品，开拓出古文创作的新天地。对此，东英寿做了深入的探讨。又如欧阳修和王安石，虽然性格差异比较明显，对诗文审美价值取向各有侧重，但二人的人生经历颇为相似，因此，他们选择的题材十分相近，但由于地位、个性和命运结局的不同，两人诗文的风格、气度、成就和影响又有较大的差异。井泽耕一的《王安石与欧阳修》比较了二人的同与异，进一步深化了欧阳修研究。这些论述，从发表时间与探讨内容来看，都显得较为零散与孤立，没有形成探研的气氛，更无论交集了。能够较为集中研究欧阳修文学交游的，我国有不少论述涉及，如周建军《从师友交游看欧阳修的文学成长道路》（《长江学术》2008年第2期）、陈斌《天圣、明道间欧阳修洛阳交游考述》（《郑州大学学报》2008年第2期），

[①] 黄进德：《欧阳修评传》，南京大学出版社2007年版。

前者论述欧阳修文学成长道路中,胥偃、钱惟演、谢绛、尹洙、梅尧臣、苏舜钦等人起到过的关键作用,后者探讨欧阳修交游的"群体性""文学性"特点,从而透视洛阳交游对欧阳修日后的政治生涯及其成为文坛领袖的影响。这种探索,更侧重于将其交游置放于欧阳修文学创作及文学发展的动态中考察,清晰展现出其历史轨迹。

欧阳修的思想意识也是日本学者的关注点。北宋的仁宗、英宗及神宗初期是理学的酝酿和初创阶段,也是禅学向儒学靠拢,通过援儒证佛来寻求新的发展的时期。处在这一时期的欧阳修,其思想中有强烈的儒学复兴愿望,又受到禅学教义的沾溉,对理学的形成有着导夫先路的作用。对于欧阳修复杂的思想意识,羽床正范《宋代文人思想:论欧阳修》(《北九州岛大学文学部纪要》,1974 年),土田健次郎《欧阳修试论——理·人情·自然·简易》(《中国——社会与文化》,1988 年)进行了较为全面的研究;近藤正则《欧阳修对孟子的受容——其经学复古与排佛论基调的中心》(《东洋文化》,1988 年),汤浅阳子《"醉翁"之乐——欧阳修文学中所表现出的吏隐》(《人文论丛·三重大学人文学部文化学科研究纪要》,1999 年 3 月)则分别对其儒学思想、隐逸思想进行了深入探讨。这样的探讨,我国学者也有类似论说,并没有太多的异见。

三 对欧阳修诗歌的多方论说

欧阳修在诗歌创作方面卓有成就,无论是题材的开拓,还是艺术风格的拓展。日本学界对此亦进行了很多探讨。较早论及欧阳修诗歌的题材与艺术特色的是吉川幸次郎。吉川幸次郎撰有《宋诗随笔》《宋诗概说》及《宋诗的情况》专门讨论宋诗。《宋诗随笔》是他撰写《宋诗概说》时的笔记,载于 1961 年 7 月 29 日至 31 日的《朝日新闻》,后收入《吉川幸次郎全集》;《宋诗的情况》出于《学事诗事》,发表于 1959 年,后收入《中国诗史》。其中,《宋诗概说》对欧阳修诗歌的论说最为集中。吉川幸次郎认为,欧阳修诗具有三大特点,一是有平静、内省之美,二是对悲哀与兴奋心情的抑制,三是题材的拓展,尤其相对唐代而言。[1] 佐藤保也从总体上论述了欧阳修的诗,他撰写了《欧阳修的诗》(《御茶水女子大学中国文学会报》,1985 年 4 月)、《欧阳修的诗(承前)》(同上,1986 年 4

---

[1] [日] 吉川幸次郎:《宋诗概说》,岩波书店 1962 年版,第 82—83 页。

月）两文，讨论了欧阳修诗与李白、杜甫、韩愈诗的关系，对欧阳修诗分阶段予以论说，并考察了其政治生涯对于诗歌创作的影响，尤为全面具体。惜未见后续之文，有意犹未尽之感。

从诗学渊源来探论欧阳修诗歌的有，森山秀二《欧阳修与西昆派——围绕杨亿评价的问题》（《沼尻博士退休纪念中国学论集》，汲古书院，1990年），汤浅阳子《怪奇：欧阳修与苏舜钦对韩门文学的受容》（《人文论丛·三重大学人文学部文化学科研究纪要》，2008年3月）等。前者从欧阳修对杨亿的评价入手，探讨欧诗与西昆体的关系，我国的学者也有相同论述，如杨阳辉《欧阳修与西昆体——兼及宋初诗坛概况》（《湛江海洋大学学报》2003年第6期），文中也说欧阳修固然反对西昆派的"移此俪彼，以为浮薄"，但也认可杨亿"真一代之文豪"，认为他对西昆体诗人及诗歌既有批判也有首肯，而其诗歌是源于西昆体的。刘磊《论西昆派后期诗风对欧梅诗歌革新的意义》（《厦门教育学院学报》2004年第4期）也探讨了西昆诗风对欧阳修诗歌创作的影响，尤其是钱惟演、谢绛对欧诗创作的影响与启示作用。汤浅阳子的文章，则探讨欧阳修与苏舜钦对韩门文学的学习与受容，认为其最大成果便是诗歌风格的"怪奇"，在这点上，我国的研究更为丰富与深入，如杨国安认为欧诗源自唐代韩愈、李白，欧诗对韩诗既有继承又有发展，他说"欧阳修是宋代最早倡导学习韩愈诗歌的诗人"，欧对韩诗的传承，既包括具体诗句的引用、诗篇的模仿，句法、章法的散文化和议论化等，也在于他对韩诗中所包含的一些宋诗因子的发现与光大，欧诗因此变得更加平民化、生活化和世俗化。[①]

从分类的角度论说欧阳修诗歌的主要有保苅佳昭、森山秀二、森博行等。保苅佳昭《欧阳修与梅尧臣的酬唱诗——从二人酬唱诗看欧阳修（其一）》（《橄榄》，1989年9月）从酬唱诗来考察欧阳修；森山秀二《欧阳修的悼亡诗——围绕悼亡的问题》（《立正大学教养部纪要》，1991年）从悼亡诗来探析欧阳修，他认为，较之密友梅尧臣，欧阳修的悼亡诗在质和量两方面都要逊色，这与欧阳修的为人也是有关系的，因此，森山秀二还特别在文中描述欧阳修在梅尧臣请他为亡妻写墓志铭时的反应，分析欧阳修的心理及为人，颇有意味。还有森博行《欧阳修与邵雍——关于地上的

---

① 杨国安：《师法、变异与重构——欧阳修对韩诗的学习及其文化史意义》，《河南大学学报》2004年第6期。

仙界》(《大谷女子大学纪要》,2002年1月)则从欧阳修与邵雍描写的具足完满的人间仙境来探讨他们的观物思想及其诗文的意义。在我国,探讨欧阳修与梅尧臣酬唱诗是有不少的,而对欧阳修的悼亡诗、仙境诗的探讨还未见到,这里可以见出日本学者研究的特殊之处与对作品的细读功夫。

关于欧阳修诗歌的艺术特色,日本学者论述并不多,除前面提到总论欧阳修的吉川幸次郎、佐藤保外,仅见前野直彬、东英寿论及。他们都在欧阳修诗歌的"以文为诗"上着力进行了论说。前野直彬编《宋诗鉴赏辞典》前面有一节《宋诗的历史》,概说宋诗发展历程及各时段代表诗人,其中谈到欧阳修时,他说,欧阳修古体诗和他的散文一样结构紧凑、逻辑缜密,"长诗型的古诗,总是构筑着与其散文一样审慎严密的理念"[①]。东英寿《论欧阳修的诗——着眼于"以文为诗"的特点》(《人文学科论集》,1997年11月)也从"以文为诗"的角度来探论欧阳修诗歌的艺术特色。确实,欧阳修的诗歌最为突出的是其两大特点——以文为诗和以议论为诗,日本学者的论述可谓切中肯綮。这方面,我国研究者也有不少探讨,较之日本学界的研究,应该说更为细致深入,角度也较为多样。如谷曙光《论欧阳修对韩愈诗歌的接受与宋诗的奠基》一文,从欧阳修诗歌与韩愈诗歌的关系入手,具体分析了欧诗"学韩"、"似韩"与"变韩"的三个历程,探讨"以文为诗"在欧诗中的具体表现,检讨其学韩的"得"与"失",进而肯定欧诗学韩"对宋诗风格的形成起了奠基性的作用"。[②]

另外,在我国学界还有不少论文对欧阳修诗歌作品的阶段性进行研究,这个内容日本的学者没有任何涉及。众所周知,作家的创作思想与艺术风格随着时间推移与阅历增长会不断变化,因此对作家作品分阶段进行研究,是古代文学研究的传统方法。这在欧阳修诗歌研究领域也有体现,其研究的重点,主要集中在欧阳修在滁州、夷陵与颍州期间的诗歌创作上。如金启华、谭庆龙、郭春林、萧世民对欧阳修滁州诗歌的研究,分析它们所表现的心态与情趣;[③] 李剑亮等则对欧阳修夷陵时期的诗歌进行研

[①] [日]前野直彬:《宋诗鉴赏辞典》,田德毅译,吉林教育出版社1987年版,第98页。

[②] 谷曙光:《论欧阳修对韩愈诗歌的接受与宋诗的奠基》,《北京师范大学学报》2005年第3期。

[③] 详见金启华、谭庆龙《论欧阳修守滁时的诗文》,《盐城师专学报》1997年第2期;郭春林《从滁州诗歌创作看欧阳修中年时期的贬官意识》,《广西社会科学》2005年第7期;萧世民《论欧阳修之贬滁州》,《吉安师专学报》1997年第2期。

究，揭示夷陵贬官对欧阳修政治成长、诗文成熟的重要作用；[①] 施培毅、韩酉山、魏玉侠分析欧阳修颍州诗作，认为颍州是欧诗创作不可忽视的重要阶段。[②]

笔者以为，欧阳修诗歌最为精彩的是以近体为主的短篇之作，这类诗作语言浅近自然，意脉流畅连贯，对确立宋代平易自然的诗歌风格有开创之功，惜乎研究欧诗者鲜有论及。当然，随着日本学界宋诗研究的不断发展与深入，这样的成果一定会越来越多。

四 围绕《六一诗话》的各种问题

欧阳修不仅擅长诗歌创作，还善于论诗。他在《梅圣俞诗集序》中提出诗"穷者而后工"的论点，发展了杜甫、白居易以来的诗歌理论，对当时和后世的诗歌创作产生过很大影响。他的《六一诗话》是中国诗学史上的第一部诗话，以随便亲切的漫谈方式品评诗歌，成为一种论诗的新形式。这些因素，极大地引发了日本学者对欧阳修诗论的研究兴趣，船津富彦、兴膳宏、丰福健二、和田英信、增子和男、高桥明郎、绿川英树等人，撰写了不少文章予以论说。

船津富彦发表的相关论文有：《围绕〈六一居士诗话〉的各种问题》（《东洋文学研究》，1957 年 12 月）、《〈六一居士诗话〉对后世诗话的影响》（《中国诗话研究》，东京八云书房，1977 年）、《围绕欧阳修诗论的几个问题》（《东洋学论丛》，1984 年 3 月）等。船津富彦是国外学者中最早对中国诗话进行系统研究的，是诗话研究领域的主要奠基人之一。他对欧阳修《六一诗话》的研究，涉及其源流、版本、形式、对后世诗话影响的诸问题，同样是较早而且较全面的。

兴膳宏《欧阳修〈六一诗话〉在宋代诗话中的意义》（《日本中国学会创立五十年纪念论文集》，1998 年 10 月）一文认为，欧阳修《六一诗话》因缺乏理论性、系统性，常常被人们轻视，事实上，正是因为它驳杂

---

① 详见李剑亮《欧阳修贬谪夷陵时的创作活动及其创作思想》，《大连教育学院学报》2000 年第 2 期。

② 详见施培毅《欧阳修的"颍州诗词"》，《江淮论坛》1980 年第 5 期；韩酉山《欧阳修颍州聚星堂燕集赋诗考述》，《江淮论坛》1999 年第 4 期；魏玉侠《走向自然领悟人生——论欧阳修前期的自然观》，《学术月刊》1994 年第 4 期；汪国林《试论欧阳修的颍州情结与颍州书写》，《毕节学院学报》2011 年第 10 期。

第三章　日本学者对宋代诗人诗作个案的研究

的性质，而开启了一种新的诗歌品评形式。兴膳宏高度评价了欧阳修《六一诗话》在体式上的创新。

丰福健二对欧阳修《六一诗话》的研究，秉承了日本学者最为传统的做法，先从材料的考辨、版本的校勘做起。他首先译注了《六一诗话》，从1979年起，发表有《〈六一诗话〉译注》（1—5）（《武库川国文》，1979—1982年）5篇译注，然后对《六一诗话》的原文及附录进行考论，发表有《关于〈六一诗话〉的原文》（《武库川女子大学纪要》，1981年2月）、《〈六一诗话〉的形成》（《小尾博士古稀纪念中国学论集》，汲古书院，1983年10月）、《〈六一诗话附录〉札记》（《武库川国文》，1983—1985年）上、中、下3篇。其中《〈六一诗话〉的形成》一文，把《六一诗话》和欧阳修其他的笔记作品《笔说》《试笔》《杂书》《归田录》等进行比较，从而得出结论：《六一诗话》原是《归田录》的一部分，后欧阳修加以改订而别成一书的。后丰福健二又将考察范围进一步扩大，撰写了《欧阳修、司马光、刘攽的诗话著作》（《中国中世文学研究》，2004年10月），比较辨析同时期的《六一诗话》《温公续诗话》《中山诗话》三部诗话著作，分析其著述意识，凸显各自的特点。

和田英信则从表达形式的角度，将欧阳修《六一诗话》置于诗话发展的历史中进行考察。他的《欧阳修〈诗话〉的表达形式》（《御茶水女子大学中国文学会报》，1999年4月）一文认为，中国学者往往将《六一诗话》与笔记作品《本事诗》《云溪友议》视为一类，其实不然，《本事诗》和《云溪友议》的作者是置身于场景外记录故事的，而《六一诗话》的作者则出入于场景的内外，使之成为一种新的表述方式，这种新的表述方式导引着宋代诗话走向兴盛。他又有《诗话的确立及其变容》（《村上哲见先生古稀纪念中国文人的思考与表现》，汲古书院，2000年）一文，继续肯定欧阳修《六一诗话》的这种表述方式，认为它能更好地传达出创作与接受现场的各种具体面貌，唤起传达与接受的强烈互动。

此外，还有增子和男《欧阳修文学理论中的"理"——以其诗话为中心》（《中国诗文论丛》，1983年6月），高桥明郎《欧阳修的文学理论——关于〈梅圣俞诗集序〉（1、2）》（《香川大学教育学部研究报告》，1988年、1989年），绿川英树《"成熟"与"老"的诗学认识——从杜甫到欧、梅》（《中国文学报》，2001年10月）、《欧阳修的美丑意识及其表现——对韩愈诗"丑恶之美"的受容》（《神户外大论丛》，2005年12月）

等文论说到欧阳修的诗论。其中,《欧阳修文学理论中的"理"——以其诗话为中心》一文,分析了《六一诗话》出现频率较高的"理""义理"的诗学内涵,认为它们作为诗的评价标准具有务实的性质,与程朱之学中的"理"完全不同。《"成熟"与"老"的诗学认识——从杜甫到欧、梅》一文又考察了欧阳修诗论中的"老",认为"老"这一诗学概念由唐代杜甫确立并渐趋稳定,宋初的欧阳修与梅尧臣进一步深化,并加入了"清新"这一因素,使"老"而"清新"成为宋诗的理想风格,并影响至后世诗坛。

应该说,日本学者对欧阳修诗论的研究成果是丰硕的,其论说的维面也是多样的,充分发挥了日本学者的研究特长,在《六一诗话》的源流、版本方面用力颇深。他们的研究有两方面值得注意:一是肯定《六一诗话》的表现形式,如兴膳宏认为正是《六一诗话》驳杂的性质开启了一种新的诗歌品评形式,和田英信则从《六一诗话》作者能够出入于场景内外,使之成为一种新的表述方式,并指出这种新的方式导引着宋代诗话走向兴盛;二是丰福健二比较辨析同时期的《六一诗话》《温公续诗话》《中山诗话》三部诗话著作,分析其著述意识,凸显各自的特点。这可以说是日本学者在独立研究的基础上,发出的自己的声音。但日本学者的研究尽管很深、很细,但缺乏一个系统的研究,在这方面,我国本土的相关成果显示出不同的特色。如对《六一诗话》的研究,彭玉平《话体文学批评的肇端——重估〈六一诗话〉的诗学地位及价值》从四个方面论说其诗学地位及价值:著述体式的创格意义、批评特色的彰显功能、理论内容的传承作用、专业研究的史料价值,极为全面而系统。[①] 对欧阳修的诗学思想,也有不少全面系统的论断,如黄宝华、文师华从重新确立儒家的文学价值观、揭示诗歌表现的人格境界的内涵、建基于人格境界的诗歌风格论三方面进行论述,[②] 既深入开掘,又全面系统。

综上可见,日本学者的欧阳修诗歌研究十分重视资料的搜集整理,他们总是尽可能地将研究建立在一个牢固可靠的基础之上。其次是具有强烈的学术的自主意识,日本学者研究欧阳修诗歌,研究的是中国的文学遗产,却并不迷信盲从中国学者的结论,不管是材料的考辨还是论理的提

---

① 彭玉平:《话体文学批评的肇端——重估〈六一诗话〉的诗学地位及价值》,《安徽师范大学学报》2002 年第 3 期。

② 黄宝华、文师华:《中国诗学史》(宋金元卷),鹭江出版社 2002 年版,第 54—65 页。

出，他们总是以自己的认识、自己的考察来阐说、研究欧阳修诗歌。这些，与我国学者的研究相映生辉互为补充、完善，构筑欧阳修诗歌的研究历史。

第三节 苏轼诗歌研究

王国维说："三代以下之诗人，无过于屈子、渊明、子美、子瞻者。此四子者苟无文学之天才，其人格亦自足千古。"[1] 确如王国维所说，此四位文学家既以高尚的人格在中国历史长河中光芒万丈，也以天才般的文学才华照耀了我国的文学星空。这种光芒也照耀到了邻国日本，学界对此四人的研究相比我国其他文学家而言，是更为丰富多彩的。

苏轼诗在镰仓、室町时代即传入日本，当时日本兴起以五山诗僧为代表的汉文学活动，称为"五山文学"，苏轼诗中的禅学意味得到五山诗僧的喜爱，五山僧人瑞溪周凤的《脞说》、太岳周崇的《翰苑遗芳》、桃源瑞仙的《蕉雨馀滴》、万里集九的《天下白》等，都是对苏轼诗歌文本的注释，还有笑云清三编撰的《四河入海》，是苏轼诗注的集大成之作。这种对苏轼诗的喜好一直延续，特别是二十世纪以来，日本学者关于苏轼诗的研究取得了很大的成绩，在宋代诗人诗作研究中可谓独占鳌头。较早的苏诗注释书有近藤元粹编《苏东坡诗醇》（青木嵩山堂书店，1907年1月）、《苏东坡诗集评释》（井口驹北堂书店，1910年），土屋弘编《新释评注苏东坡诗选》（有朋堂书店、鼎堂书店，1911年）、《苏诗选详解》（明治书店，1917年），岩垂宪德、释清潭、久保天随译注的《国译苏东坡诗集》[2]（《续国译汉文大成》，国民文库刊行会，1928—1930年），矢板重山《苏东坡》（三乐书房，1935年10月），大槻彻心选译《详解苏东坡诗集》（京文社，1943年）。其中《国译苏东坡诗集》是以我国清代乾隆五十八年刊本《苏文忠公诗合注》为底本的全部苏诗的译注，贡献巨大。此后便沉寂了近二十年，六十年代以降，苏诗研究成一时之盛，论著、论文成果引人注目。这主要体现在苏诗材料的整理、选译，苏轼的生平、思想研

---

[1] 王国维：《文学小言》，《教育世界》第139号，1906年12月。
[2] 此书后作为《苏东坡全诗集》，日本图书中心1978年重印。

究，苏诗本体研究及苏轼诗论研究四个方面。

一　苏诗材料的整理、选译

二十世纪以来日本学者的苏轼诗研究最为显著的便是苏诗材料的整理、选译，这应该是对于异国文学接受与研究的一项最基本也是最有必要的工作。其内容主要包括：启蒙性选译本丛书、单行本、日本独有的研究资料的整理与刊刻。

首先，是启蒙性选译本丛书、单行本的整理与刊刻。

二战以后，日本的中国古典文学研究呈兴盛之势，这一时期的研究仍保持着以"实证"为基础的学术传统，特别重视文本资料的发掘整理和文本的训解注译，刊行了多种有关中国古典诗歌的大规模的启蒙性选译本丛书。其中，苏轼诗的收录情况如下：

1. 小川环树译注《苏轼》（上、下），收录于吉川幸次郎、小川环树监修的《中国诗人选集》第二集（岩波书店，1962年3月），此书后又出修订版（岩波书店，1983年）；2. 近藤光男选译《苏东坡》，收录于二十四卷的《汉诗大系》（集英社，1964—1968年）；3. 近藤光男选译《苏东坡》，收录于《中国诗人选》（集英社，1966年）；4. 金冈照光译《苏东坡诗集》，收录于《中国的诗集》（角川书店，1972年）；5. 小川环树、山本和义选译《苏东坡集》，收录于十五卷的《中国文明选》（朝日新闻社，1972年）；6. 山本和义译注《苏轼》，收录于二十三卷的《中国诗文选》（筑摩书房，1973年）；7. 小川环树、山本和义选译《苏东坡诗选》，收录于"岩波文库"（岩波书店，1975年）；8. 村上哲见、浅见洋二的《苏轼·陆游》，收录于《中国古典鉴赏》（角川书店，1989年）；9. 近藤光男的《苏东坡》，收录于《中国名诗鉴赏》（小泽书店，1996年）；等等。

这些丛书型的注译之作，以集合的优势，推动着苏轼诗的接受与研究。其中，尤其值得提出的是"岩波文库"丛书，这是一套非常廉价的丛书，单本购价从收入比来看，仅相当于在我国使用1元人民币，同时这也是一种携带十分方便的袖珍型丛书，人们称之为"口袋书"，它的存在，和我们国家的一些唐诗宋词三百首的一些本子那样，使读者范围超越了中国文学的研究者以及爱好者，直至一般书籍阅读者，极大地普及了中国古典文学（苏轼诗）的受众。

除上述系列丛书外，还有一些单行本，如村濑石斋选、田能村孝宪订

《苏东坡绝句》(汲古书院，1975 年)，久保天随、释清潭、岩垂宪德译注《苏东坡诗集》(1—6) (日本图书中心，1978 年)，此书为国民文库刊行会在 1928—1930 年刊行收入《续国译汉文大成》的《国译苏东坡诗集》的重印，在 2000 年、2002 年第三次、第四次印刷，责任者排名为岩垂宪德、释清潭、久保天随；《苏文忠公诗合注》(中文出版社，1979 年)；小川环树、山本和义译注《苏东坡诗集》(1—4) (筑摩书房，1983—1990 年)；大野修作、吉井和夫、藤原有仁校注《苏轼集》(二玄社，1988 年、1990 年)；石川忠久编《苏东坡》(日本放送出版协会，1990 年)；等等。

其次是日本独有的苏轼诗研究资料的整理与刊刻。日本学者非常重视对日本所据有的中国古典文献的搜集整理，在苏轼诗研究资料方面，第一种是"苏诗佚注"。现存的宋人注苏诗，除零星所存的赵夔注之外，很多注不见于著录，但在南宋多有人提及，每称其详。小川环树、仓田淳之助辑编《苏诗佚注》(同朋舍，1965 年；明德社，1968 年)，其中一是有南宋施元之、顾禧《注东坡先生诗》，即日本帝室图书寮所藏的宋刊十行本《东坡集》《东坡后集》；二是赵次公注。南宋初年赵次公的苏诗注为现存的宋人注苏诗最早的，五山僧人太岳周崇的《翰苑遗芳》中，保存了大量在《王状元集百家注分类东坡先生诗》中所未收的赵次公注，仓田淳之助和小川环树从中辑出约 10 万字。三是《东坡先生年谱》。《苏诗佚注》附录了施宿编《东坡先生年谱》的影印本。此谱久佚，1963 年仓田淳之助在京都一家旧书店购得，并于 1965 年影印于《苏诗佚注》后，始公之于世。1981 年，复旦大学顾易生将其带回中国，1984 年王水照又将其附录于《苏轼选集》(《中国古典文学名著选集》，上海古籍出版社)，后又收入《宋人所撰三苏年谱汇刊》(上海古籍出版社，1981 年)。

另外还有西野贞治《关于东坡诗王状元集注本》(《人文研究》，1964 年 7 月)、《关于苏诗的注与年谱》(《神田喜一郎博士追悼中国学论集》，1986 年 12 月)，仓田淳之助《关于东坡诗赵次公注》(《御茶水女子大学人文科学纪要》，1966 年 3 月)、《〈苏诗佚注〉中〈东坡先生年谱〉与蓬左文库藏古钞本》(《御茶水女子大学中国文学会报》，1985 年 4 月) 等论文论及至苏诗的佚注情况。

第二种是古本重刻。一是"和刻本汉诗集成"系列。"和刻本汉诗集成"影印了日本江户时代 (1603—1867) 的一些汉诗善本，亦即我国宋、元、明时期的一些刊本和钞本，非常珍贵。该系列往往是一集多种版本。

关于苏诗的有长泽规矩也编《增刊校正王状元集注分类东坡先生诗》(汲古书院，1975年)、《东坡先生诗集》(新王注本)(汲古书院，1976年)，还有高桥均的论文《和刻本〈汉诗集成〉所收〈苏东坡绝句〉、〈名公妙选陆放翁诗集〉的底本》(《汲古》，1983年5月)介绍了"和刻本汉诗集成"中所收《苏东坡绝句》的底本情况。这些资料，对中日两国苏轼诗的文献整理、版本校勘、传播流变等方面的研究均极有帮助。二是抄物系列。抄物是指日本室町时代中后期至江户时代汉籍、日本书籍、佛典的假名讲义和听课记录整理。至今保存的抄物数量颇多，内容有繁也有简，有以文言为主的，也有接近口语的；有讲述者亲笔书写的，也有听讲者笔录的。关于苏轼诗歌的是其诗注的集大成之作，笑云清三编撰的《四河入海》。中田祝夫编《抄物大系》(勉诚社，1970—1977年)，收入了《四河入海》；冈见正雄、大冢光信主编《抄物资料集成》(大阪清文堂，1971—1976年) 也收入了《四河入海》。

第三种是对"两足院本"的研究与介绍，这项工作主要由大谷大学的吉井和夫承担。吉井和夫调查了京都建仁寺塔头两足院所藏的宋本《东坡集》(残本，存53卷)，发表论文《两足院本〈东坡集〉初探》，(《神田喜一郎博士追悼中国学论集》，1986年12月)，考证了该本的版本源流与校勘价值，认为其不属于通行的七集本系统，而是现存唯一的全集系统的宋本，并详细地论述了它的特征。这个本子，在中国各图书馆既无传本，各种目录书也无著录，尤为珍贵。吉井和夫还发表了《两足院本〈东坡集〉校勘记——东坡和陶诗》(《文艺论丛》，1986年、1988年) 上、下两文，出示了"两足院本"《东坡集》中苏轼和陶诗的校勘记。

其他有关苏诗文献考辨的有：横山伊势雄《论苏轼〈南行集〉中的诗》(《汉文学会会报》，1973年6月)，山本和义《苏轼岭外诗考》(《入矢教授、小川教授退休纪念中国文学语学论集》，1974年)、《苏轼〈望湖楼醉书〉诗考》(《南山国文论集》，1976年)、《〈南行集〉中的苏轼诗——苏诗札记》(《南山国文论集》，1983年3月)、《苏轼的诗与人名》(《ちくま》，1983年)、《洋川园池诗考——苏诗札记》(《南山国文论集》，1985年3月)，朝仓尚《苏轼作品小论——关于苏诗素材与苏公堤、西湖诗》(《冈山大学教养部纪要》，1977年3月)，松川健二《关于苏轼〈故周茂叔先生濂溪〉诗》(《北海道大学人文科学论集》，1979年)，吉井和夫《苏轼诗中所表现的桃花源与仇池》(《文艺论丛》，1983年3月)，村上哲见《东坡诗札记——关于〈郑州西门〉》(《东洋学集刊》,1986年5月),高畑常信《海南岛与广东省的苏东坡遗迹》(《香川大学国文研究》,2003年),川合康三《论苏轼〈舟中夜起〉诗》(《文艺论丛》,2004年3月),山口若菜《苏轼的"自新"记录——关于黄州三年间的"正月二十日"诗》(《筑波中国文化论丛》,2005年),石塚敬大《三苏〈南行集〉卷名考》《三苏〈南行集〉内实考》(《国学院中国学会报》,2004年12月、2006年12月),末葭敏久《关于覆宋本〈东坡先生和陶渊明诗〉》(《中国中世文学研究》,2004年),等等。

可以说,日本学者对苏轼诗歌的文本的整理等是颇下功夫的,不管是选译、出版、文本发掘,还是具体诗作考辨,都作出了喜人的成绩,为苏轼诗歌的研究奠定了坚实的基础。但比较全面而经典的文本还是没有,学者们研究时所据文献还是我国中华书局1982年出版的孔凡礼点校本《苏轼诗集》,由此亦可见各国研究文献之互通有无。

二 苏轼的生平、思想研究

苏轼的一生坎坷波折,又颇具传奇意味,其思想以儒为主,融合佛老,进退行藏,无施不可,这些均造就出其作品内容的复杂性,因此苏轼的生平、思想研究,也成为了日本苏轼研究的热点。

关于苏轼的生平,首先有人物传记著述,包括:上村忠治《苏东坡》(春秋社,1939年8月),幸田露伴《苏子瞻、米元章》(《露伴全集》16,岩波书店,1950年),竺沙雅章《苏东坡》(人物往来社,1967年7月),田中克己《苏东坡》(研文出版社,1983年3月),横田辉俊《天才诗人苏东坡》(集英社,1983年7月),该书收入丛书"中国的诗人——其诗与生涯"。此外,合山究还翻译了林语堂的英文版《苏轼评传》,书名为《苏东坡》(明德社,1978年;讲谈社,1986年、1987年),译者将原书未标明出处的引文与典故以"译者注"的方式予以补加,使这部传记著作不仅是译介作品,而且具备了研究资料的价值。

为苏轼作传,二十世纪以来,最早的当数林语堂《苏东坡传》,原著为英文,题为 *The Gay Genius*: *Life and Times of Su Tungpo*(Greenwood Press,1971年),在我国大陆出版的是张振玉译本,由百花文艺出版社2000年出版。其他还有:曾枣庄《苏轼评传》(四川人民出版社,1984年);王水照、崔铭《苏轼传:智者在苦难中的超越》(天津人民出版社,2000年);

王水照、朱刚《苏轼评传》(南京大学出版社,2004年)。这些传记,不论出自哪个国度,都展示了苏轼一生不平凡的际遇,乐观豁达、清逸旷远的人格精神,及其不凡的艺术成就,表明了人们对苏轼的无限景仰之情。

大概是文学批评中"知人论世"的影响以及时代的因素,在我国五六十年代的苏轼研究中有大量的论述对苏轼进行了人格的评价及对苏轼的政治立场的定性,并且毫无例外地以他对王安石变法的态度为依据进行,形成"王安石坐标",[①] 此后则是在做突破"坐标"的努力。这类评论,明显贴上了我国政治话语本位的评论标签,在日本学界是没有的,不仅没有贴上中国政治话语本位的评论标签,连日本政治话语的评论标签也没有,体现出日本学者相对独立的研究领域与氛围。

在苏轼的人生历程里,影响其个人以至同时士人的大事,莫过于"乌台诗案"了。在日本,关于这一诗祸的论文有:横山伊势雄《关于苏轼的政治批判诗》(《汉文学会会报》,1972年6月),石本道明《"乌台诗案"前后苏轼的诗境——关于〈楚辞〉意识》(《国学院杂志》,1989年2月)、《御史台下狱中的苏轼——精神的动摇与黄州》(《汉文学会会报》,1990年10月),内山精也《〈东坡乌台诗案〉考——围绕北宋末至南宋初士大夫间的苏轼文艺作品收集热》(《横滨市立大学论丛》,1996年3月),近藤一成《东坡的犯罪——"乌台诗案"有关背景考察》(《东方学会创立五十周年纪念东方学论集》,1997年5月),内山精也《"东坡乌台诗案"考——北宋后期士大夫社会中的文学与传播手段》(上、下)(《橄榄》,1998年7月、2000年12月)等。横山一文,虽然不是专以"诗案"为论述对象,但苏轼政治批判诗主体正是"诗案"的各篇,因此讨论主题基本围绕"诗案",考察其政治思想内涵,以及对苏轼一生的影响;石本二文,更多的是从文学的立场来研究,通过"诗案"作品的分析,考察苏轼在被捕到出狱期间心态的变化。而近藤的文章则着眼于事件的社会意义,关心其在法制方面的内涵。内山精也后二文则接承他前文从传播的角度来考察,"把这一事件与印刷媒体之间发生了深刻关系的事实作为焦点,以此为最大的关键点,重新分析这个事件","重新论述存在这一事件背后的士

[①] 参看羊列荣《20世纪中国古代文学研究史》(诗歌卷),东方出版中心2006年版,第429—431页。

第三章　日本学者对宋代诗人诗作个案的研究

大夫社会内部的有关言论与政治的诸多问题"。① 内山精也从传播学的角度，以此事件为线索，探讨了政治与传媒、文学的关系。这是个比较新颖的研究角度，在我国，关于"乌台诗案"的研究也主要集中于相关背景及对苏轼精神与诗歌创作的影响，仅见周宝荣《从"乌台诗案"看苏氏兄弟的出版活动》(《河南科技大学学报》2003 年第 3 期) 一文，从出版传播的角度论说，提出："乌台诗案"是以印本书的盛行为文化背景的；《钱塘集》的雕印刊行是北宋中期民间出版空前活跃的表现，也反映了印刷出版业初步繁荣阶段管理上的失控；遭受诗祸的苏轼、苏辙深刻反思了他们的著述与出版活动，这是苏辙生前未刊行其集子的重要原因。元祐年间，"痛定思痛"的苏轼、苏辙在外事活动中均遇到了宋朝书籍外流的问题，这一现象激发他们对政府的出版管理政策进行认真的思考，并提出一些建议。当然，内山精也与周宝荣的文章还是专注点各不相同的，前者专注于印刷媒体的普及与民间出版业的兴盛，后者则专注于政府的出版管理政策的问题。

此外，幸田露伴《苏东坡与海南岛》(《露伴全集》16，岩波书店，1950 年)，田中克己《海南岛时期的苏东坡》(《帝冢山学院短期大学研究年报》，1954 年 12 月)，寺冈谨平《苏东坡的海南岛之贬谪》(《雅友》，1954 年 6 月) 又考察了苏轼被贬海南以及对他的影响；竺沙雅章《苏东坡及其时代》(《中国月刊》，1998 年 11 月)，内山精也《苏轼及其时代》(《文人之眼》，2002 年 2 月) 从考察时代背景入手论及苏轼；小仓正恒连发三文《苏东坡的心境》(1、2、3) (《雅友》，1951 年 6 月、9 月、10 月) 分析苏轼的心态；西野贞治《苏轼任职杭州通判时期的交友》(《人文研究》，1970 年 3 月)、《苏轼与元祐党争旋涡中的人》(《人文研究》，1972 年 10 月)，河村晃太郎《苏东坡与文同》(《关西大学中国文学会纪要》，2002 年 3 月)，合山究《苏轼的文人活动及其要因》(《九州岛中国学会报》，1968 年 5 月) 论及苏轼的交友及文学活动；横山伊势雄《诗人之"狂"——苏轼》(《汉文学会会报》，1975 年 6 月) 论及苏轼的个性特征。这些著述，大处着眼于时代背景，小处又关注诗人具体的生存方式，如人际关系、交游酬和、家居生活、行迹细节等小环境，使研究落实

---

① [日] 内山精也：《"东坡乌台诗案"考——北宋后期士大夫社会中的文学与传播手段》，《橄榄》1998 年 7 月。

到更切实的认识和透彻的理解上。

关于苏轼的思想,日本学者主要探论其儒、佛、道思想与归隐思想。关于前者的有:仓田淳之助《诗与史学——论苏轼的思想》(《东洋史研究》,1965 年 6 月),竺沙雅章《苏轼与佛教》[《东方学报》(创立三十五周年纪念论集),1964 年 10 月],仓光卯平《苏东坡诗所表现出的对宗教的倾心》(《西南学院大学文理论集》,1966 年 2 月),田中正树《苏轼的"顺"、"逆"思想——"三教合一"论的核心》(《文化》,1990 年)。这方面的论说,无论从发表时间上还是所论内容上,都未有什么交集的痕迹,相对地,关于苏轼归隐思想的论说,倒是形成了几个论说焦点:一是主要集中于其对白居易"吏隐"的继承与否,主要论文有:西野贞治《关于苏东坡的思想渊源——特别围绕与白乐天的关系》(《日本中国学会报》,1964 年 12 月),大西德治郎《论苏轼与白居易相通的性格》(《国语》,1954 年 10 月),横山伊势雄《论苏轼的隐逸思想——以与陶渊明的关系为中心》(《东京教育大学文学部纪要》,1969 年 3 月),汤浅阳子《苏轼的吏隐——以任知密州时期为中心》(《中国文学报》,1994 年 4 月)等;二是苏轼之"买田"与归隐的关系,主要论文有:西野贞治《论东坡诗与买田语》(《人文研究》,1968 年 3 月),竺沙雅章《北宋士大夫的徙居与买田——以东坡尺牍为主要资料》(《史林》,1971 年),泷本正史《苏轼买田考》(《研究集录》,1989 年),汤浅阳子《苏轼的归田与买田》(《中国文学报》,1997 年 4 月)等;三是从苏轼的自号"东坡"来考察其归隐心理,主要论文有:中村文峰《关于东坡居士》(《中国文学论考》,1972 年 12 月),正木佐枝子《苏轼自号"东坡"的意味》(《中国文学论集》,1996 年 12 月)等。

关于苏轼的儒、佛、道思想与归隐思想,在我国的论述是相当多的,仅简单地在学术期刊网上搜索,数量就有近 1000 篇,仅此可想见论说之丰富,其中还形成了争辩。例如,文研所编的《中国文学史》说苏轼的思想是"融合了儒、道、佛的大杂烩"[①],李庆皋撰文《苏轼思想"大杂烩"论辩》指出,"苏轼思想并非是'杂烩'一锅,而是有变化的",在"乌台诗案"以前,苏轼的思想以儒家为主;黄州时期,佛老思想占据了主导地位;从元祐元年开始,苏轼"长期埋在心底的建功立业,致君尧舜的儒

---

① 中国科学院文学研究所编:《中国文学史》(二),人民文学出版社 1962 年版,第 583 页。

家思想被唤醒，又占据了上风"；到桑榆暮年，又遭到贬谪，他这一时期的思想又一次地大颠倒，佛老思想又升帐为主帅，儒家思想则退居次位。[①] 谢桃坊则认为不能说苏轼的思想是儒释道杂糅的，它"是以'外儒内道'的形式将它们统一起来的。无论在黄州和以后在岭海，作为苏轼信仰的基本思想还是儒家的思想"[②]。更多的学者则认为，苏轼思想的"杂"铸造出的是一种新的文化品格，如王水照《苏轼的人生思考和文化性格》(《文学遗产》1989 年第 5 期)、张毅《清旷之美——苏轼的创作个性、文化品格及审美取向》(《文艺理论研究》1992 年第 4 期)、常为群《论苏轼的人生态度及儒道释的交融》(《南京师大学报》1992 年第 3 期) 等，将对苏轼思想的研究上升到对其文化品格及审美取向的考察。

三 "吾生如寄"：关于苏轼诗歌对人生与生命本源的探讨

苏轼为中国古代文人中的一大奇才，他的诗一如其人，道博、思深、才高、语新。关于苏轼诗歌内容与艺术特征的研究，相应地也十分丰富多彩，并基本上贯穿于日本近百年苏轼研究之始终，且随着时代的演进而不断深入。

在诗歌的内容上，源于苏轼对社会历史人生盎然的兴趣、深切的体悟，其诗中不断叩问的主题便是人生与生命的本原、存在性状、存在品质及价值等，从一个新的角度和高度提出了自己的理解，这也成为苏轼诗最为打动人的因素。日本学者对苏轼诗歌的这类内容表现出极大的兴趣，山本和义、吉川幸次郎、小川环树、内山精也等都有非常精彩的探论。

山本和义《苏轼诗论稿》中抓住苏轼诗中多次出现的"吾生如寄"诗句，[③] 探讨苏轼诗中对人生的思考，他说：人生短促如暂寄世间的思想，

---

① 李庆皋：《苏轼思想"大杂烩"论辩》，《辽宁师大学报》1987 年第 3 期。
② 谢桃坊：《苏轼诗研究》，巴蜀书社 1987 年版，第 91 页。
③ 在苏轼诗集中共有 9 处用了"吾生如寄"，分别是：《过云龙山人张天骥》："吾生如寄耳，归计失不早。"《罢徐州往南京马上走笔寄子由五首》："吾生如寄耳，宁独为此别。"《过淮》："吾生如寄耳，初不择所适。"《和王晋卿（并叙）》："吾生如寄耳，何者为祸福。"《次韵刘景文登介亭》："吾生如寄耳，寸晷轻尺玉。"《送芝上人游庐山》："吾生如寄耳，出处谁能必。"《谢仲适坐上送王敏仲北使》："吾生如寄耳，送老天一方。"《和陶拟古九首》："吾生如寄耳，何者为吾庐？"《郁孤台·再过虔州，和前韵》："吾生如寄耳，岭外亦闲游。"还有用到"寄"的诗句，如《至济南，李公择以诗相迎次其韵二首》："宦游到处身如寄，农事何时手自亲。"《答吕梁仲屯田》："人生如何不乐，任使绛蜡烧黄昏。"《临江仙》词："小舟从此逝，江海寄余生。"《次韵子由所居六咏》其四："萧然行脚僧，一身寄天涯。"《别海南黎民表》："我本海南民，寄生西蜀州。"

古已有之，因此，乍见之下，这类语句给人以悲观之感。但是在苏轼这里，"吾生如寄"并非通向厌世，而是导向了相反的主张：在短暂的一生里，人应该去追求幸福，不，应该说幸福是无处不在的。唯其如此，他才会说："人生如寄何不乐。"[1] 山本和义认为苏轼的"吾生如寄"与一般的悲叹人生短暂不同，苏轼是积极地承受人生的诸多不如意，并力图扬弃人生的悲哀，他把一切顺逆之境相对化，乐观地接受并认同上天给予的任何境遇。吉川幸次郎《中国诗史》中列有《关于苏轼》一篇，他接承山本和义之论，继续关注苏轼诗对人生的思考，认为苏轼诗"从心所欲地表现自己广博而丰富的才能，不自我限制，在宋诗中，是规模最大的"。"通过从多种角度观察人生的各个侧面的宏观哲学，他扬弃了悲哀。"并细致地从哲学层面探讨苏轼扬弃悲哀的观点的形成过程：首先，苏轼以《周易》阴阳交合、无往而不复以及《庄子》万物齐一等宏观哲学为思想资源，"把人生看作如搓合的绳子"，"忧愁和喜悦也就是互相制约的，把这看作是人生，就是循环哲学"。其次，苏轼"明确地承认悲哀是人生不可避免的要素，是人生必然的组成部分，而同时把对这种悲哀的执着看作是愚蠢的"，"儒家的理想主义，容易使人幻想一个完善的社会，一个因此没有悲哀的人生"，苏轼则"洞察到，既然希望与命运、个人与社会之间经常存在着矛盾，那么悲哀也就是人生的必然内容"，这是"苏轼独创的新的想法"；再次，人们多视人生为短暂瞬间，所谓"人生如寄""人生几何"，苏轼则"把人生看作是一个漫长的时间过程，比起把人生看作是短暂的时间过程的态度来，会产生较少的悲哀与绝望，而产生较多的希望"；最后，悲与喜构成了人生的波动，那么主体就应主动反抗或顺随波动，"主体持续的反抗也就是人生。……委身于波动，这也是主体所作的抵抗"。[2]

"寄"作为一种对生命形态及其本质的认识，最早可见于《古诗十九首·驱车上东门》云："浩浩阴阳移，年年如朝露。人生忽如寄，寿无金石固。"诗中将人生与金石相比，强调生命的短暂，这可以说是"寄"的初始内涵。曹植沿续这种意绪，在《浮萍篇》中说："日月不常处，人生忽如寄。"白居易《感时》诗也云："人生讵几何，在世犹如寄。唯当饮美酒，终日陶陶醉。"从《古诗十九首》的汉末文人，到曹植、白居易，不

---

[1] ［日］京都大学文学部中国语学中国文学研究室：《中国文学报》1960年10月。
[2] ［日］吉川幸次郎：《中国诗史》（筑摩书房1967年版为底本），章培恒等译，安徽文艺出版社1988年版，第272—275页。

绝如缕地感慨着"人生如寄",以人生的短暂为缺憾,甚至因此表达人生该及时行乐的思想。但苏轼对"寄"的理解却并不仅着眼于人生的短暂,而且更敏感地意识到人生的偶然性,这一理解甚至因晚年的政治挫折及庄禅观念的强烈影响,发展成为人生的虚无认识。李泽厚在《美的历程》中说:"(苏轼)通过诗文所表达出来的那种人生空漠之感,却比前人任何口头上或事实上的'退隐''归田''遁世'要更深刻,更沉重。因为,苏轼诗文中所表达出来的这种'退隐'心绪,已不只是对政治的退避,而是一种对社会的退避;它不是对政治杀戮的恐惧哀伤,已不是'一为黄雀哀,涕下谁能禁'(阮籍),'荣华诚足贵,亦复可怜伤'(陶潜)那种具体的政治哀伤(尽管苏也有这种哀伤),而是对整个人生、世上的纷纷扰扰究竟有何目的和意义这个根本问题的怀疑、厌倦和企求解脱与舍弃。"[①] 王水照《苏轼的人生思考和文化性格》文中统计,苏轼诗集中共有9处用了"吾生如寄耳",按编年作了排列,其中熙宁十年1次,元丰2次,元祐4次,绍圣后2次,并指出:"苏轼以人生为流程的思想,对生活中可能遇到的挫折和困苦具有淡化、消解的功能,所以,同是'人生如寄',前人作品中大多给人以悲哀难解的感受,而在苏轼笔下,却跟超越离合、忧喜、祸福、凶吉乃至出处等相联系,并又体现了主体自主的选择意识,表现出触处生春、左右逢源的精神境界。"[②] 吴增辉接承乃师观点,在《"吾生如寄"与"此生安归"——苏轼晚年的精神困境与自我救赎》中说:"东坡体悟自然大道,随缘任运,无施不可,达到了庄禅哲学的高妙境界,似乎获得了真正的解脱与自由。而事实上,这种以被动服从外物为特征的生存哲学使东坡在消解人生苦痛的同时,又使其陷于无所依归的精神困境;使其获得自由感的同时,又形成人生如寄的飘泊感。晚年的苏轼因而不得不重新寻求精神归宿,并以对儒学的复归完成了其上下求索的精神历程。"[③]

这些,均揭示出了苏轼对人生的深刻体悟与见解,可以说是两国学者相同的英雄所见。

与之相关联的讨论还有对苏轼诗中"造物"的探讨。"造物",古人以

---

① 李泽厚:《美的历程》,天津社会科学院出版社2003年版,第146页。
② 王水照:《苏轼的人生思考和文化性格》,《文学遗产》1989年第5期。
③ 吴增辉:《"吾生如寄"与"此生安归"——苏轼晚年的精神困境与自我救赎》,《乐山师范学院学报》2013年第6期。

为天造万物，因此称天为"造物"，也引申指人的命运。苏轼在诗中多用到"造物"一词，如《维摩像唐杨惠之塑在天柱寺》："跦卧鉴井自叹息，造物将安以我为。"《甘露寺》："废兴属造物，迁逝谁控抟。"《越州张中舍寿乐堂》："不忧儿辈知此乐，但恐造物怪多取。"《次韵孙莘老见赠时莘老移庐州因以别之》："炉锤一手赋形殊，造物无心敢忘渠。"《韩子华石淙庄》："此身随造物，一叶舞澎湃。"《癸丑春分后雪》："从今造物尤难料，更暖须留御腊衣。"《八月十五日看潮五绝》："造物亦知人易老，故教江水更西流。"《次韵沈长官三首》："造物知吾久念归，似怜衰病不相违。"《司马君实独乐园》："持此欲安归，造物不我舍。"《百步洪二首》："但应此心无所住，造物虽驶如余何。"《与客游道场何山得鸟字》："书生例强狠，造物空烦扰。"《寓居定惠院之东杂花满山有海棠一株土人不知贵也》："也知造物有深意，故遣佳人在空谷。"《红梅三首》："也知造物含深意，故与施朱发妙姿。"《曹既见和复次其韵》："造物本儿戏，风嘘雷电笑。"《叶涛致远见和二诗复次其韵（涛颠倒元韵）》："那知非真实，造物聊戏尔。"《次荆公韵四绝》："细看造物初无物，春到江南花自开。"《赠梁道人》："老人大父识君久，造物小儿如子何。"一共达 32 处之多。① 小川环树《苏东坡其人其诗》中认为，苏轼"对反复运用同样的表现方法、同样的诗句并不忌讳。出现这样的情况，当然与他写诗时骏马注坡式的高速思维密切相关"②，因此他从苏诗中频繁使用的词汇"造物"来窥探苏轼对人生的体悟。他对苏轼将"造物"称为"小儿"颇感兴趣，认为这是因为苏轼"把人的命运、境遇，看成是某种超自然的存在所玩耍的游戏。那个创造并支配万物的超自然的存在，如同小儿一样天真烂漫，人类不过是这个

---

① 其余还有：《墨花（并叙）》："造物本无物，忽然非所难。"《海市（并叙）》："自言正直动山鬼，岂知造物哀龙钟。"《和人假山》："造物何如童子戏，写真聊发使君闲。"《次韵和王巩》："造物岂不惜，要令工语言。"《送欧阳辩监澶州酒》："由来付造物，倚伏何穷已。"《次韵王郎子立风雨有感》："愿君付一笑，造物亦戏剧。"《复次放鱼前韵答赵承议陈教授》："正似此鱼逃网中，未与造物游数外。"《次韵钱穆父会饮》："居官不任事，造物真见私。"《次韵吴传正枯木歌》："生成变坏一弹指，乃知造物初无物。"《次韵滕大夫三首》："且凭造物开山骨，已见天吴出浪头。"《次韵定慧钦长老见寄八首（并引）》："谁言穷巷士，乃窃造物权。"《同正辅表兄游白水山》："伟哉造物真豪纵，攫土抟沙为此弄。"《丙子重九二首》："老去各休息，造物嗟长勤。"《次韵子由月季花再生》："且当付造物，未易料枯荣。"《用前韵再和孙志举》："穷通付造物，得丧理本均。"

② ［日］小川环树：《风与云——中国诗文论集》，周先民译，中华书局 2005 年版，第 206 页。此文原载《苏轼》（《中国诗人选集二集》5），岩波书店 1962 年版。

第三章 日本学者对宋代诗人诗作个案的研究

造物主小儿游戏的产物，而且一直被其玩弄于手中。唯其如此，我们不能说人生在世无聊乏味了，因为人生又可以像小儿那样自由玩耍了。"① 山本和义接承老师小川环树的视点，继续在苏诗的"造物"上下功夫，以此来考察苏轼诗作的人生体验与自然观。他在《诗人与造物——苏诗札记》中说："造物对待诗人及其严厉，这是因为没有语言的造物，为了使诗人作出纯粹的诗来，为了完成美而强烈希望如此。"② 他又在《造物的各异形态——苏诗札记》中探讨了出现在苏诗中的"造物"的各种样态，并总结道："在一个诗人的世界中，造物如此多样的存在形式，意味着在他的世界中，没有既定的牢不可破的构造，即没有不可动摇的秩序。对于这个诗人来讲，世界还没有完全地脱离混沌的状态，因此他的诗中，造物才可能以各种面貌出现，而读者也能够从造物的各种样态中探索出诗人在这种混沌中顽强生活的痕迹来。"③ 内山精也的论文《苏轼"庐山真面目"考——关于〈题西林壁〉的表现意图》虽不是从"造物"一词着手，但也是探讨苏诗的人生体悟的。他从苏轼的一生和庐山文化史的两种面貌出发，来刻画苏轼庐山之行的意义，揭示《题西林壁》诗，尤其是"庐山真面目"诗句的表达意图，认为："苏轼的《题西林壁》是他置身于跟陶渊明相同的空间时，对陶渊明《饮酒二十五首》其五提出的'真意'，通过自问自答而最终作出的回答。"④ 他们的著述，将"栖居"哲学境界中苏轼的诗与人生揭示出来，引发了人们对苏轼诗的广泛关注。

日本学者关于苏轼诗歌内容特色的著述还有：佐藤佐太郎《及辰园往来——苏东坡杂感》（求龙堂书店，1976年4月），仓光卯平《东坡诗中独特的色彩》（《西南学院大学文理论集》，1962年），横山伊势雄《关于苏轼的政治批判诗》（《汉文学会会报》，1972年6月），岩城秀夫《梅花与返魂——论苏轼表现在诗中的再起的决心》（《日本中国学会报》，1978年10月），小川环树《苏东坡的文学——关于其多面性》（《书道研究》，1990年），山本和义《苏东坡的"诗"——"理"与诗情》（《中国月

---

① ［日］小川环树：《风与云——中国诗文论集》，周先民译，中华书局2005年版，第207页。
② ［日］山本和义：《诗人与造物——苏诗札记》，《学术界》1979年10月。
③ ［日］山本和义：《造物的各异形态——苏诗札记》，《南山国文论集》1981年3月。
④ ［日］内山精也：《传媒与真相——苏轼及其周围士大夫的文学》，朱刚、益西拉姆译，上海古籍出版社2005年版，第327页。

刊》，1998年11月）等，都有不少切中肯綮之论。

四 比喻·用韵·次韵等：对苏诗艺术的多样探讨

在诗歌的艺术特征方面，日本学者比较重视作品的语言艺术，其研究也是比较细密的，特别擅长对其作详细的历史溯源。同样地，对苏轼诗歌的艺术特征，日本学者特别关注到苏诗的比喻及用语用韵特征。

论说苏诗比喻的论文如小川环树的《诗中比喻的工拙与雅俗——苏东坡》，小川环树认为："中国诗与其它国家的诗一样，常常通过运用比喻构思而成；而这些比喻的是否工拙雅俗，又往往对全诗的价值起着决定作用。"他并对苏轼《新城道中二首》中"岭上晴云披絮帽，树头初日挂铜钲"的"披絮帽""挂铜钲"的比喻进行分析，考察其在苏轼作品中的运用情况、历史渊源，以及历代诗评家的评论，认为其特别新颖，联想奇特，给诗中注入了迥异的要素，破坏了诗的和谐之美，所以纪昀以"鄙""俗"来指责，是可以理解的，但这也说明，"宋代文人在文学领域里，也与在政治、哲学领域一样，大胆地求新求变，不愿走前人的老路"，他们的作品也许有些缺陷，只能说他们的尝试没能完全成功，但我们还是"对这些诗人大胆探索的勇气表示由衷的敬意"[①]。小川环树的论说，由小见大，从苏轼诗中的比喻运用，看到宋诗的特点，是在研究史上较早地肯定宋诗新变特征的，这是相当难能可贵的。之后，横山伊势雄也撰文《苏轼诗的修辞——譬喻、拟人法、典故》[②]对苏轼诗中的譬喻、拟人法、典故进行研究。

善于比喻，确实是苏轼诗的一个特色，在我国，相关论述颇多，比较有代表性的如：钱锺书在《宋代诗人短论》中说苏轼"在风格上的大特色是比喻的丰富、新鲜和贴切，而且在他的诗里，还看得到宋代讲究散文的人所谓'博喻'或者西洋人所称道的莎士比亚式的比喻，一连串把五花八门的形象来表达一件事物的一个方面或一种状态。这种描写和衬托的方法仿佛是采用了旧小说里讲的'车轮战法'，连一接二的搞得那件事物应接不暇，本相毕现，降伏在诗人的笔下"[③]。张三夕在《论苏轼诗中的空间

---

① ［日］小川环树：《诗中比喻的工拙与雅俗——苏东坡》，京都大学文学部中国语学中国文学研究室《中国文学报》，1955年4月。
② ［日］横山伊势雄：《苏轼诗的修辞——譬喻、拟人法、典故》，《中国文史哲学论集：加贺博士退官纪念》，讲谈社1979年版。
③ 钱锺书：《宋代诗人短论》，《文学研究》1957年第1期。

感》中提出，苏诗的比喻与诗人的空间感有关，"由于苏轼善于大小相形，善于缩小空间距离、打破空间界限，所以他能够把表面上最不相干的事物巧妙地联系在一起，创造出许多新奇的比喻"①。

对苏诗用语用韵研究的著述主要有：小川环树《苏东坡的诗文用语研究》[《各个研究及助成研究报告集录（哲·史·文学编）》，1953年、1954年]、《苏东坡古诗用韵考》(《京都大学文学部五十周年纪念论集》，1956年)，水谷诚《关于苏轼诗中的避讳韵字——以〈礼部韵略〉之"韵略条式"为中心》(《中国诗文论丛》，1992年10月)、《苏轼诗中的上、去通押——以其韵字声母的考察为中心》(《中国诗文论丛》，1993年10月)、《对〈苏轼诗中的上、去通押〉一文的订补》(《中国诗文论丛》，1994年10月)。水谷诚从音韵学的角度考察苏诗的用韵特征，小川环树则从诗歌创新的角度考证苏诗的用韵特征，他认为，苏诗用韵常常突破唐以来近体诗的"通用"范围，而更加接近当时的口头语。

与此相关，还有关于苏轼次韵诗的探讨，主要论文有：内山精也《苏轼次韵诗考》(《中国诗文论丛》，1988年6月)、《苏轼次韵诗考序说——以其在文学史上的意义为中心》(《早稻田大学大学院文学研究科纪要》，1989年)。内山精也突破了单纯从其用韵的角度考察，他首先对苏轼的唱和次韵诗作了详细的统计，提出在中华书局出版的孔凡礼校点本《苏轼诗集》中，从卷一到卷四十五，共计2387首古今体诗被编年编集，其中可以确认为次韵诗的至少有785首；接着考察了苏轼次韵诗的各种形态，确认了次韵诗在苏轼诗歌中的重大意义，并探讨了其次韵自作诗的手法，可谓细致、全面之极。在我国，有莫砺锋的《论苏轼苏辙的唱和诗》，他对苏轼次韵诗持有不同的看法，他说："苏轼非常善于写唱和诗，尤长于写次韵诗，他的不少次韵诗在艺术水准上反倒像是原唱。但就总体而言，苏轼的次韵诗中毕竟杰作不多，可见次韵唱和毕竟对苏诗的整体成就造成了不利影响。"② 之后，有李艳杰的《二苏唱和次韵诗研究》③，论文内容主要有三：一是对二苏次韵诗数量及创作阶段考察，并按不同阶段进行分析，概括其特点；二是对二苏次韵诗题材内容考察，并对次韵诗这种文学交往形式进行深层的创作动机分析；三是对二苏次韵诗艺术创作风格考

---

① 张三夕：《论苏轼诗中的空间感》，《文学遗产》1982年第2期。
② 莫砺锋：《推陈出新的宋诗》，辽海出版社1998年版，第117—118页。
③ 李艳杰：《二苏唱和次韵诗研究》，硕士学位论文，郑州大学，2007年。

察，探讨二苏次韵诗不同的创作方法与特征。他的考察更见全面与具体。

日本学者还对苏轼诗其他类别进行了探讨，如和陶诗、游戏诗、悼亡诗等。事实上，和陶诗亦为次韵诗的一种，但苏轼和陶诗数量众多，有109首之多，学者们往往抉出其进行专门研究。其相关著述有：合山究《苏轼的和陶诗（上）——与陶渊明的关系》（《中国文艺座谈会纪要》，1965年7月），今场正美《扬州时期苏轼的和陶诗》（《学林》，1984年7月）、《惠州时期苏轼的和陶诗》（《学林》，1985年1月）、《海南岛时期苏轼的和陶诗》（《学林》，1986年1月），末葭敏久《关于苏轼的和陶诗》（《中国学研究论集》，1998年10月）、《关于次韵诗中的韵字——以苏轼"和陶诗"为中心》（《中国学研究论集》，2000年4月），横山伊势雄《关于苏轼的和陶诗》（张寅彭译，《阴山学刊》1998年第2期）等。其中，今场正美将苏轼和陶诗与其生活履历结合起来，逐段考察其生活经历与和陶诗内容、特点的关系，具体而自成系列。横山伊势雄认为，苏轼的和陶诗创作，表明苏轼视陶诗为诗之极致，以及将自己当作陶诗真正传人的意识，苏轼的和陶诗，作为冷静地追求人类个性的生活方式的文学，是宋代古典主义文学的一个典型。

事实上，自从苏轼和陶诗一出，褒贬之语就随之而来。大体而言，古代评论者大都更为留意原诗与和诗之间的"似"或"不似"。近代以来的研究也基本上继承这些观点，并且早期研究对苏轼"和陶诗"较多地持否定性意见，如胡云翼在《宋诗研究》（1935年）中说，苏轼的"和陶诗"创作全是为了"卖弄才气"，"想和陶潜争胜"，但结果是"并不曾摸着陶诗的边际"。[1] 新中国成立后的一段时间里，苏轼"和陶诗"面临更为严厉的批判。如北京大学中文系1955级集体编著的《中国文学史》中说苏轼："有艰涩拖沓的毛病，逞才使气更是苏轼的一个缺点，和一下陶诗，便是四卷一百余首，难免有些硬诌凑数的。"[2] 显然，这种批评偏重于对表面形式的考察并未对作品的意旨作深入探析。八十年代以来，很多学者对苏轼"和陶诗"重新作出了较为公允的评价，如朱靖华在《论苏轼〈和陶诗〉及其评价问题》中提出，苏轼的"和陶诗"绝非模拟之作，而是"借渊明

---

[1] 胡云翼著，刘永翔、李露蕾编：《胡云翼说诗》，华东师范大学出版社2004年版，第172—173页。

[2] 北京大学中文系文学专门化1955年级集体编著：《中国文学史》（第二册），人民文学出版社1959年版，第400页。

第三章　日本学者对宋代诗人诗作个案的研究

之酒杯，浇自我之块垒"。① 后来更是有金甫暻的博士学位论文《苏轼"和陶诗"研究》全面而系统地对苏轼"和陶诗"进行研究，内容主要有：一是苏轼"和陶诗"的概念和范围、形式特征、流传过程；二是苏轼"和陶诗"的创作背景；三是苏轼"和陶诗"的内容分类与评析；四是苏轼"和陶诗"的艺术成就；五是苏轼"和陶诗"创作对诗人个体的意义及其文学史、文化史上的意义的思考。他的研究，正如他在文中所说的"能够纠正前人对苏轼'和陶诗'的一些偏见和以往研究的若干错误，并且给读者，尤其是想更为全面了解苏轼的'和陶诗'创作情况的读者，提供一些研究参照"②。

以上林林总总，列述了日本学者对苏轼诗歌艺术多样探讨，但其中缺乏一个重要的内容，那就是苏轼诗歌的"议论化"。可以说，读了苏轼诗歌，其中令人感受最为深刻的，便是他"议论化"的诗风。我国众多学者对此均作出过论说。如赵仁珪提出，就宋诗多议论来说，苏轼堪称宋诗的最高代表，其诗的"议论化"是有成就的，他不仅能自觉地、成功地借助形象来自然地表现自己的倾向性，而且其议论警辟透彻、富有哲理，或者幽默生动、富有讽刺性，或者故作翻案语与前人相颉颃。③ 谢桃坊也说："苏诗不仅有许多通篇的议论，而且这种议论成分还不同程度的渗透在抒情、叙事、写景的诗中。其论理精微、机锋锐利、自由灵活、妙趣横生，为诗歌增添了浓郁的哲理趣味。"④ 马德富却认为苏诗的"议论化"倾向有得有失，他说："知性元的强化、意的强化，由此而突破唐诗的结构模式，导致情景交融的和谐的削减和情理互渗的平衡的倾斜，苏诗的艺术成就与艺术特征根源于此，而失误也由于此。"⑤

五　"传媒与真相"：对苏诗传播与接受的考察

苏诗的传播与接受也是日本学者关注的热点，这是日本苏诗研究的特色。我国虽有相关专著问世，但与日本学者考察的视点并不相同，如王友胜《苏诗研究史稿》，专注于描述与论析苏轼诗歌研究的历史进程，对存

---

① 朱靖华：《苏轼新论》，齐鲁书社1983年版，第186页。
② 金甫暻：《苏轼"和陶诗"研究》，博士学位论文，复旦大学，2008年。
③ 赵仁珪：《苏轼诗的议论》，《北京师范大学学报》1983年第5期。
④ 谢桃坊：《苏轼诗研究》，巴蜀书社1987年版，第189页。
⑤ 马德富：《苏诗以意胜》，《文学评论》1989年第2期。

世的历代有关苏诗研究史料予以辑录、考辨和阐释,对其中一些重要的著作,如年谱、传记、选录、评点、注释和研究著作进行深入细致的研究;对历代研究者所体现出的学术思想、研究方法及文学观念亦做了初步探讨。①

在日本,关于苏诗的被传播,内山精也著述最丰,其论述有:《"东坡乌台诗案"流传考——关于北宋末至南宋初士大夫对苏轼作品的收集热》(《横滨市立大学论丛》,1996 年 3 月)、《"东坡乌台诗案"考(上、下)——北宋后期士大夫社会中的文学与传播手段》(《橄榄》,1998 年 7 月、2000 年 12 月)、《苏轼的文学与印刷传媒——同时代文学与印刷传媒的邂逅》(《中国古典研究》,2001 年 12 月)、《东坡风气与东坡现象》(《墨》,2002 年),其主要论文后结集收入《传媒与真相——苏轼及其周围士大夫的文学》(上海古籍出版社,2005 年)。内山精也吸纳融会接受美学、传播学等理论成果,从"乌台诗案"出发,考述印刷术作为新兴的传播媒体给文学带来的重大影响,同时论及宋代士大夫的心态和审美趋向,角度新颖,视野开阔。

关于苏诗的被接受,除长谷川泰生《宋代禅林对苏轼的评价——以作为文学家的苏轼为中心》(《花园大学文学部研究纪要》,2000 年)一文论述的是苏诗在本土的接受情况外,其他均论述其在日本的接受状况,如早川光三郎《苏东坡与日本文学》(《斯文》,1954 年 7 月),池泽一郎《新井白石与宋诗——白石汉诗中所见苏轼、唐庚、王安石的影响》(《明治大学教养论集》,1999 年 1 月),藤善真澄《与成寻有关的宋人——成寻与苏东坡》(《关西大学东西学术研究所纪要》,1993 年 3 月),杉下元明《苏东坡〈春夜〉诗的受容——以俗文艺为中心》(《和汉比较文学》,2001 年 2 月),池泽滋子《日本江户时代的苏轼研究》(《人文研究纪要》,2001 年),救仁乡秀明《日本中世绘画中的陶渊明与苏轼》(《东京国立博物馆纪要》,2002 年)等。特别值得介绍的是池泽滋子的研究,她参撰了曾枣庄主编的《苏轼研究史》(江苏教育出版社,2001 年)及著有《日本的赤壁会和寿苏会》(上海人民出版社,2006 年),前者介绍了关于苏轼文学从镰仓时代至今在日本的接受状况,后者以日本的"赤壁会"(始于江户时期,在壬戌年的七月既望或十月之望,模仿苏轼赤壁之游的雅会)和

---

① 王友胜:《苏诗研究史稿》,岳麓书社 2000 年版。

"寿苏会"（始于明治时期，在苏轼的生日举行集会）为中心，将活动时的诗文影印出来，生动地展示出日本人民对苏轼的接受情形。

六 "苏轼诗论的声音"：苏轼诗论研究

苏轼有关诗歌的理论观点十分丰富，早期主要继承和发挥了杜甫、白居易、韩愈、欧阳修以及其父苏洵的诗文理论，注重诗歌创作的社会功用，诗歌创作与欣赏同生活实践经验的关系，晚年则多推崇超然淡泊、高风绝尘的诗歌意境和风格，并多论及意境、神气、格韵、思致、至味、味外之味、豪放奇险与温丽精深、外枯而中膏、似淡而实美等诗歌审美范畴，作出了不少富于新意的阐发，丰富了古典诗歌美学。

日本学者在探论苏诗的同时，对其诗论亦予以了关注。其中较有资料意义的是丰福健二的《苏东坡诗话集》（朋友书店，1993年），因为苏轼没有诗论著作，其观点往往散见于他的诗、序跋、书简、杂记中，丰福健二将中华书局版《苏轼文集》卷六十八所收有关诗论的102篇进行译注，有益于日本学者对苏轼诗论的研究。

关于苏轼诗论的论文有：船津富彦《关于东坡的诗画论》（《东方学》，1961年3月），这是比较早的通论性著述；合山究《宋代文艺中的"俗"概念——以苏轼、黄庭坚为中心》（《九州岛中国学会报》，1967年5月）、《苏东坡文学的"以俗为雅"》（《中国文学论集》，1974年5月）则着眼于苏轼的"以俗为雅"；合山究《苏轼的文学思想——"性命自得"与"自然随顺"》（《中国文艺座谈会纪要》，1967年2月）、《苏东坡的自然观》（《目加田诚博士古稀纪念中国文学论集》，龙溪书舍，1974年），泷本正史《苏轼的自然观》（《新汉字汉文教育》，2002年），横山伊势雄《苏轼与黄庭坚——自然主义与古典主义》（伊藤虎丸、横山伊势雄编《中国的文学论》，汲古书院，1987年）等文考察苏轼的"自然"理论；横山伊势雄还有《宋代诗歌及诗论中的"意"——以苏轼为中心》（《中国文化——研究与教育》，1992年）一文，以苏轼关于"意"的用例为中心进行考察，认为"意"是宋代诗学中最为重要的关键词，而宋诗的特征正是体现在用"意"抑制"情"这点上。其他还有：高桥明郎《苏轼"穷"与"工"的理论》（《中国文化——研究与教育》，1993年），加藤国安《苏轼岭海时期的"悟达"诗学》（《东洋古典学研究》，1998年9月），分别探究苏轼的"穷工""悟达"诗论。

特别值得提出的是内山精也的一些论述，他撰有《论苏轼再仕杭州所作的诗——苏轼诗论的声音》(《中国诗文论丛》，1986年6月)、《宋代士大夫的诗歌观——从"苏黄"到江湖派》(《橄榄》，2005年12月)、《宋代士大夫的诗歌观——苏轼的"白俗"之评意味着什么》(《松浦友久博士追悼纪念中国古典文学论集》，研文社，2006年) 等文，着眼于宋代诗歌的演变，试图对宋代士大夫理想中的诗人的理念形态进行解说，并通过这种理念与实际状态的错位，来分析宋代诗歌史上重要的诗风变迁的发生，实为高屋建瓴之论。

此外，苏轼研究在日本还有另一种存在形式，这就是带有一定普及性的对其作品的研读活动："读苏会"。"读苏会"以苏轼研究专家山本和义为首，会员一起对苏轼诗逐首研读，并一一翻译成现代日语。主要的参考资料是日本五山时代禅僧笑云清三编撰的《四河入海》。这种定期的学术活动，团结了广大的苏诗研究者及爱好者，极大地推动了苏诗的研究与交流。

第四节 黄庭坚诗歌研究

缪钺《论宋诗》中曾说："论宋诗者，不得不以江西派为主流，而以黄庭坚为宗匠矣。"[①] 也许在宋代，苏轼的诗歌成就是超过黄庭坚的，但黄庭坚诗歌却更典型地体现了宋诗的特征，尽管这特征中有优长也有缺失。因此，他和苏轼一样照耀了中华的文学星空，并辐射到邻国日本。

黄庭坚诗歌在日本镰仓、室町时代即传入日本，当时日本兴起以五山诗僧为代表的汉文学活动，称为"五山文学"，黄诗中的禅宗趣味深得五山诗僧共鸣，学习讲解黄诗成为一时热潮，出现了几部黄庭坚诗歌的注本、选本。著名的有万里集九的《帐中香》，该书共二十卷、序一卷，由万里集九的门人笑云清三抄录成书。其体例为讲说大意、分段注释，并于黄庭坚诗中所涉及人物、时事、典故等，均广泛据引经、史、子、集和释氏书注解。其他如一韩智翊的《山谷诗抄》、月舟的《山谷幻云集》等，也是五山时期黄庭坚诗歌的注本、选本，于黄庭坚诗歌研究颇有参考价

[①] 缪钺：《诗词散论》，上海古籍出版社1982年版，第36页。

值。进入二十世纪以来，日本学者关于黄庭坚诗歌的研究更是成果丰硕，在宋代诗人诗作研究中蔚为大观。其内容主要体现在黄诗材料的整理、选译，黄庭坚的生平、思想研究，黄诗本体研究及黄庭坚诗论研究四个方面。

一 黄诗选译与"和刻本"、五山诗僧注释本的影印

黄诗材料的整理方面，首先要提到的是一些丛书型的注译之作。二战以后，日本的中国古典文学研究呈兴盛之势，这一时期的研究仍保持着以"实证"为基础的学术传统，特别重视文本资料的发掘整理和文本的训解注译，刊行了多种有关中国古典诗歌的大规模的启蒙性选译本丛书。黄庭坚诗歌的收录情况如下：一是吉川幸次郎、小川环树监修《中国诗人选集二集》（十五卷附录一卷），其中收录荒井健注《黄庭坚》（岩波书店，1963年）；二是吉川幸次郎、小川环树编集《汉诗大系》（二十四卷），其中收录仓田淳之助译注《黄山谷》（集英社，1967年）；三是青木正儿、目加田诚等编《汉诗选》（十五卷），收录了仓田淳之助译注《黄山谷》（集英社，1997年）。除系列丛书外，还有一些单行本，如仓田淳之助译注《黄山谷》（明德社，1973年），大野修作、松田光次、福本雅一选注《黄庭坚集》（二玄社，1990年）等。

黄庭坚的诗文集在众多宋人别集中可以说是保存比较完备的，但也很有必要整理，并根据现实需要选注的。在这点上，日本学者做的工作是比较完备的。同样地，在我国也有不少选本、注本出版。如潘伯鹰《黄庭坚诗选》（上海古籍出版社，1957年），陈永正《黄庭坚诗选》（生活·读书·新知三联书店，1980年），黄宝华选注《黄庭坚选集》（上海古籍出版社，1991年），这是二十世纪的注本，相比于日本，在数量上是明显有差距的。跨入二十一世纪，这方面工作得到长足发展，有选本如孔凡礼、刘尚荣选注《黄庭坚诗词选》（中华书局，2006年），吴言生、杨锋兵解评《黄庭坚集》（山西古籍出版社，2007年），朱安群、杜华平、叶树发译注《黄庭坚诗文选译》（凤凰出版社，2011年）；还有全集诗注如刘尚荣校点《黄庭坚诗集注》（中华书局，2003年），黄宝华校点《山谷诗集注》（上海古籍出版社，2003年）；还有全集的整理本，如刘琳、李勇先、王蓉贵校点《黄庭坚全集》（四川大学出版社，2000年），郑永晓《黄庭坚全集（辑校编年）》（江西人民出版社，2011年）等；至此不可谓不齐

备，尤其是郑永晓整理的《黄庭坚全集（辑校编年）》，校编者在前人整理成果的基础上，广泛搜集了历代黄氏文集、诗话、笔记、方志、碑刻、书法、谱录，及类书、杂著等资料，对黄庭坚的作品进行了十分翔实、细致的整理，内容包括辑录、校勘、编年等，是迄今为止收录黄庭坚作品有关资料最多的一部整理本。

其次，还有日本独有的黄庭坚诗歌研究资料的整理与刊刻。日本学者非常重视对日本所据有中国古典文献的搜集整理，在黄庭坚诗歌研究资料方面，主要是"和刻本"和五山诗僧注释本的影印。长泽规矩也主编《和刻本汉诗集成》丛书（汲古书院，1975—1976年），这套丛书将刊刻于日本的版本（即所谓"和刻本"）影印出版，在全套20辑之中，从第11辑至第16辑，为"宋诗篇"6册，收录了总计19位诗人的30种别集，其中黄庭坚集收2种。丛书所影印的都是江户时代（1603—1867）的善本，是颇为珍贵的诗学资料。至于五山诗僧注释本的影印刊行，主要有啸岳鼎虎的亲笔本黄庭坚诗注。啸岳鼎虎（1528—1599）是五山末期的禅僧，曾两次西渡明朝，当过京都五山的建仁寺和南禅寺的住持，在他60岁以后，应长州武将毛利辉元之请，赴山口开创了洞春寺。影印刊行的为他的亲笔本，名《山谷诗抄》（山口洞春寺刊，岩城秀夫、根山彻解题，2006年）；另外还有大冢光信编的《续抄物资料集成》（清文堂书店，1980—1992年），之中收入建仁寺两足院本《山谷抄》（据大冢氏的推定，为一韩智翃所撰）。但两种发行量都很小，其中《山谷诗抄》还注明为"非卖品"，因此，笔者很是希望有志者能将之整理刊行。

另外，还有神鹰德治、山口谣司《〈黄山谷诗集注〉外集及别集注所引白氏诗文的本文》（《文艺研究》，2002年），高芝麻子《关于黄庭坚〈六月十七日昼寝〉创作年代的考察》（《东方学》，2004年1月）等论文对黄诗文献进行考辨；佐藤浩一《钱锺书〈宋诗选注〉"黄庭坚论"译注》（《橄榄》，2001年12月），宋代诗文研究会《钱锺书〈宋诗选注〉所录黄庭坚诗译注》（同前），翻译注释了钱锺书《宋诗选注》中有关黄庭坚诗歌的内容。

可以说，日本学者在黄庭坚研究资料上很是着力，成果不少。而我国在这方面的成果也很丰硕，有些著作成为了研究者的必备资料。如傅璇琮在1960—1963年间编写的《古典文学研究资料汇编·黄庭坚和江西诗派卷》，全书70余万字，采录古籍540多种，凡有关黄庭坚生平事迹、趣闻逸事、作品评论考证、传播接受等方面资料，均予以辑录，有关黄庭坚研究方面的材料，几乎网罗殆尽，为研究者提供了十分翔实而丰富的文献参考资料。①再就是郑永晓的《黄庭坚年谱新编》，这部书长达49万字，作者在黄䎖编撰的《山谷先生年谱》30卷的基础上更进一步，将黄谱所忽略的师友交游情况详加考辨，对谱主早年的师友交游和壮年以后与苏轼、陈师道及苏门四学士等人的交游，都有详赡的考论，是一部翔实而严谨的年谱著作，为黄庭坚研究提供了更多的文献资料。

二 黄庭坚的生涯及其思想

黄庭坚以诗受知于苏轼，为"苏门四学士"之一，因此在政治上被归于旧党之列，其政治生涯也随着旧党的消长而升沉起伏，这深深影响到他的思想性格及诗歌创作。因此黄庭坚的生平、思想研究，也成为了日本学界黄庭坚研究的着重点。

较早介绍黄庭坚生平的是日本临济宗南禅寺派管长中村文峰的《关于黄山谷居士》（《中国文学论考》，1975年5月），他从禅者的角度介绍了黄庭坚的生涯；其次是塘耕次，他分别发表了《汴京时期的黄山谷》（《佐藤匡玄博士颂寿纪念·东洋学论集》，朋友书店，1990年）、《黄山谷的晚年——以书简资料为主》（《爱知教育大学研究报告》，1980年3月）、《黄庭坚的生涯》（《云雀野：丰桥技术科学大学人文科学系纪要》，1999年3月）、《晚年的黄庭坚》（《爱知教育大学研究报告》，2003年3月）等系列论文介绍各阶段的黄庭坚。大桥靖也撰有《论黄山谷之贬谪黔州》（《文艺论丛》，1991年9月），探论黄庭坚被贬谪到黔州的具体状况。市川桃子的短文《黄庭坚》（《河池师专学报》1994年第2期）也对黄庭坚的一生及诗歌、书法成就进行了精要的概括。

关于黄庭坚的思想与性格，仓田淳之助《黄山谷的性格》（《吉川博士退休纪念中国文学论集》，1968年），塘耕次《黄山谷与超俗：山谷札记》（《森三树三郎博士颂寿纪念东洋学论集》，朋友书店，1979年），野岛进《论黄山谷诗歌中的超俗思想（上）》（《汉文教室》159，1988年）、《论黄山谷诗歌中的超俗思想（下）》（《汉文教室》160，1988年）等文进行

---

① 由于受当时政治环境影响，被认为相关诗人违背文学发展潮流，不宜出版，因此此书在1964年付印后，一直压到1978年才出版。

探讨，特别关注黄庭坚不俗的思想与人生境界，展示了黄庭坚诗文境界的思想渊源。

也有学者就黄庭坚的生活与文学创作的关系进行研究，如吉川幸次郎《诗人与药铺——关于黄庭坚》(《中国诗史》，筑摩书房，1967年)、塘耕次《黄庭坚的文人生活与左迁》(《教养与教育：共通科目研究交流志》，2001年)等，特别是吉川幸次郎之文，从黄庭坚《书药说以遗族弟友谅》一文出发，抓住黄庭坚曾想开药铺一事谈起，认为黄庭坚年轻时"过分地承受着生活的辛劳"①，进而考察诗人的生活环境对诗歌的影响，切入点尤为新颖奇特。

对于黄庭坚的生平、思想与性格的探析，相比较而言，我国本土的研究更为系统全面。对于黄庭坚思想的探析，较早的是潘伯鹰，他在《黄庭坚诗选·导言》(作于1956年)中提出，黄庭坚思想之根源是传统儒学，但也接受了禅学的影响，使原来的思想起了过滤与升华作用，形成了他自己受用的一种思想，既非纯粹儒家，亦非纯粹禅学。由于是"导言"，潘伯鹰的论说较为简单。更加详细的当推黄宝华的《论黄庭坚儒、佛、道合一的思想特色》(《复旦大学学报》1982年第6期)，这可以说是新中国成立以来第一篇关于黄庭坚思想的专论。文中剖析了黄庭坚思想中的儒、佛、道因素及三者的关系以及黄庭坚思想对于处世、创作的影响，认为儒、佛、道合一是黄庭坚世界观的一个核心；儒、佛、道在黄庭坚那里不是简单的拼合，而是以儒为本，对道、佛有所吸收，有所改造；以儒为根本，融通道佛，最后形成了黄庭坚的独特人生观与处世哲学，即体儒家之道，达逍遥之境。因此他能做到内心是非善恶，泾渭分明，而外表随俗，与世委蛇。并且他这种思想制约着他的文艺思想，如提倡脱俗，着力描写怀才不遇、贫贱自守的知识分子的兀傲不平与追求解脱的精神面貌，以至形成其清新奇峭、古拗瘦硬的诗风。黄宝华还著有《黄庭坚评传》(南京大学出版社，2005年)，该书主要对黄庭坚的生平业绩做出了全面的述评，力图在广阔的历史文化背景上展现出不仅作为艺术家，同时也是思想家的黄庭坚的人生全貌。评传深入探讨了黄庭坚融合儒佛道的哲学伦理思想，揭示了他以心性论为核心重扬儒学，从而促进新儒学形成的历史贡献。在

---

① [日]吉川幸次郎：《中国诗史》(以筑摩书房1967年版为底本)，章培恒等译，安徽文艺出版社1988年版，第289页。

此基础上，评传还详尽地论述了黄庭坚的诗学理论与诗歌艺术，其他的艺术理论与创作成就，在其思想与艺术的联系中较好地阐释了他的理论与创作的特色与矛盾。此外，黄庭坚的传记还有邓子勉的《江西诗派第一人：黄庭坚全传》（长春出版社，2000年）、程效的《黄庭坚传》（广东人民出版社，2013年），这两部主要从黄庭坚的人生经历来写，也广泛涉及他的思想、文学成就、书法艺术等方面，为人们广泛深入地了解黄庭坚提供了各种观照角度。另外，杨庆存的《黄庭坚与宋代文化》，虽没有冠以传记之名，但它将黄庭坚作为剖析宋代文化的典型，从家学、生平、交游、思想、创作等方面来考察和分析黄庭坚多方面的文化实绩和创造历程，探索黄庭坚作品中的时代特色与艺术文化意蕴，也为人们研究黄庭坚提供了广阔的文化视野。

三 从比较和接受的角度探析黄庭坚诗歌的题材与艺术

傅璇琮曾经说："黄庭坚生活的年代，是宋代学术文化高涨的时期。诗歌、散文、书法、绘画、音乐、工艺，以及哲学、史学、音韵训诂等都发展到极高的水平。黄庭坚的博学，他的才情，他的诗歌艺术，需要从历史——文化的广阔背景去加以理解。"[①] 日本学界对于黄庭坚诗歌题材与艺术的研究也是多角度透视的，这种情况基本上贯穿于黄庭坚研究之始终，并且随着时代的演进而不断深入。

较早研究黄庭坚诗歌艺术的是土屋泰久，他发表论文《黄山谷的诗风及其时代》（《大东文化学报》7、8合辑，1942年），论说黄庭坚诗歌风格与时代风气的关系。此后则一直沉寂，直到二十世纪八十年代，研究成果逐渐增多，研究的维面也更为丰富。

从题材的角度考察黄庭坚诗歌艺术的有：大野修作《黄庭坚诗中对"物"的思考——格物与题画诗》（《鹿儿岛大学研究报告》，1982年9月），大桥靖《论蜡梅诗——以黄山谷为中心》（《大谷大学大学院研究纪要》，1989年12月），前者论说黄庭坚《演雅》诗中的"格物"倾向与题画诗观照立场的关系，后者以黄庭坚为主体考察中国诗歌中咏写蜡梅的诗作，可以说，都探入了黄庭坚诗歌的灵府。但这是远远不够的，黄庭坚诗

[①] 傅璇琮：《谈对黄庭坚诗的研究——〈黄庭坚研究论文集〉序》，《许昌师专学报》1990年第1期。

歌近 1900 首，其内容涉及的社会和人生的范围非常广泛，日本学者的这些研究只是散点的透视，谈不上系统与全面。在我国，对黄庭坚诗歌题材内容的认识则表现出阶段性特征。八十年代初期，发表的有关论文往往在详细论列黄庭坚诗歌题材时，着力挖掘其现实性、政治性、民主性的内容，并予以适当肯定，这实际上是受"政治标准第一"的影响。随着思想的解放，一些文章开始以较新的评判标准与价值尺度来衡量黄庭坚诗歌。如王士博的《黄庭坚评议》(《光明日报》1985 年 1 月 29 日)、黄宝华的《论黄庭坚儒、佛、道合一的思想特色》(《复旦大学学报》1982 年第 6 期)、《试论黄庭坚革新诗风的主张》(《黄庭坚研究论文集》，1985 年)等，提出黄庭坚诗歌内容聚焦于自我人格展示，价值在于高雅脱俗的精神追求，反映出中下层知识分子的生活状况和精神面貌。此后，讨论黄庭坚诗歌题材内容更加丰富多样，如讨论其禅趣谐趣、人格思想，甚至题画、咏茶、论艺等题材也得到了专题论述。

关于黄庭坚诗歌的艺术特色，学者们多从比较的角度来分析。吉川幸次郎将黄庭坚诗与苏轼诗比较，认为黄庭坚诗歌构思凝练，善从生活细微处感悟妙理，体察人生，运思刻入，"比苏轼的诗更具有诗人的集中"[①]。前野直彬《宋诗的历史》中将黄庭坚与杜甫作比较，认为黄庭坚诗歌句锻字炼，诗境较窄，"研学杜甫所致力倾心的'诗句之锻炼'，却排除其常见的感情波动和深刻咏叹"[②]。内山精也《黄庭坚与王安石——黄庭坚心中的另一师承关系》一文，主要探讨黄庭坚的师承关系，也在行文中比照王安石、苏轼、黄庭坚的诗歌艺术特征，揭示黄庭坚诗歌艺术尤为全面。他认为：1. 三人都是进士及第，博览强记，运用典故得心应手；2. 关于"夺胎换骨、点铁成金"的手法，"王安石多次使用'集句'的手法，苏轼曾尝试创作'集字'，并多用'隐括'一法"。此手法最终"作为黄庭坚的主张盛传于后世"；3. 黄庭坚、王安石多效法杜甫，苏轼则效法陶渊明更多；4. 苏轼长于古体，王安石、黄庭坚则于近体诗更为出色；5. 苏轼用字不尚苦心锻炼，王安石、黄庭坚则精于锻炼。[③]在比较中突出黄庭坚诗歌的特色，我国研究者也常用此方法，如莫砺锋就说："新奇工巧是王安石

[①] [日] 吉川幸次郎：《宋元明诗概说》，李庆等译，中州古籍出版社 1987 年版，第 99 页。
[②] [日] 前野直彬：《宋诗鉴赏辞典》，田德毅译，吉林教育出版社 1987 年版，第 100 页。
[③] [日] 内山精也：《传媒与真相——苏轼及其周围士大夫的文学》，朱刚、益西拉姆译，上海古籍出版社 2005 年版，第 494—500 页。

在诗歌艺术上的主要追求目标,而苏、黄却在追求新奇工巧的同时,更倾心于追求平淡之美。""苏、黄虽然同样追求生新,但在实际创作中表现出的面貌有所不同。若以唐诗为参照标准,那么黄诗的生新程度显然远过于苏诗,从而形成其瘦硬廉悍的独特诗风,同时也产生了奇险、生硬、不够自然等缺点。而苏诗则生而不涩,新而不怪,从而避免了黄诗的缺点。"①虽然都是比较,但目标却有些不同,吉川幸次郎、前野直彬、内山精也等人的比较,着眼点在于突出黄诗的特色,而莫砺锋的比较虽也突出了黄诗的特色,之中还暗含有优劣高下的区分,这可能是受了我国长期以来诗歌批评方式的影响。

　　日本学者也有从接受的角度来考察黄庭坚诗歌的艺术特色的,如渡边益雄《松尾芭蕉与黄山谷》(《国语与国文学》,1949年9月),大平桂一《芭蕉与黄山谷》(《文学》,1998年),石原清志《中世歌论与江西诗派——黄山谷的诗风》(《文学史研究》,1988年12月)、《中国诗对中世中期歌论的影响——黄山谷的诗风》(《佛教文学》,1998年3月)等,考察日本诗人或诗歌理论对黄庭坚的接受,这个内容我国目前还没有相关论述。其次考察中国诗人对黄庭坚的接受,如谷口匡《朱彝尊与黄庭坚》(《中国古典研究》,1996年12月),高桥幸吉《金末对黄庭坚的批判——以李纯甫、王若虚、元好问为例》(《橄榄》,2001年12月)、《金末元初文人论黄庭坚》(《民族文学研究》2004年第3期)等。其中,高桥幸吉的论述,通过梳理金朝末期的李纯甫、王若虚、元好问对黄庭坚的评价,展现金朝与南宋不同的文学思潮,又探讨元初文人对黄庭坚的论评,比较南北政权对立下文学潮流的差异,这对理解当时中国文学的全局具有不少价值。这方面内容,我国近年来研究不少,还有专著出版,有笔者的《黄庭坚诗歌传播与接受研究》(江西人民出版社,2009年),还有陈伟文的《清代前中期黄庭坚诗接受史研究》(中国人民大学出版社,2012年),全面系统地考察了黄庭坚诗歌的接受历程。

　　日本学界对黄庭坚诗歌的研究尤其值得注意的是对黄庭坚《演雅》诗的研究。黄庭坚的《演雅》是中国诗歌史上一首颇有创造性的奇诗,诗中咏及蚕、蛛、燕、蝶等43种动物,其认识并不基于自然,而是在古代典籍

---

① 莫砺锋:《推陈出新的宋诗》,辽海出版社1998年版,第37、78—79页。

的字里行间把握，全诗充满着故实与典故，诗作曾在南宋诗坛上引发了一系列的仿效作品。但是在我国的古代文学研究中，往往被学者们忽视。论及者仅有朱安群《黄庭坚诗词赏析集》（巴蜀书社，1990 年），袁行霈主编《中国文学史》（宋代卷），其他各种宋诗选本、鉴赏辞典、文学史著作都遗漏了此诗。① 相对而言，日本学者对《演雅》则非常重视，早在五山时期万里集久的《帐中香》（1596—1623 年间刊）中就有解说，后又有专书《山谷演雅诗图解》（1712 年刊）进行图说。二十世纪以来，日本学者前野直彬、小川环树、荒井健、大野修作都对《演雅》诗表现出极大的兴趣。前野直彬主编的《中国文学史》，篇幅不长，加上附录的索引和年表，也仅 344 页，却将《演雅》当作黄庭坚的代表作来讨论，并称之为黄庭坚"诗学的极限"。② 小川环树在《宋诗选》（筑摩书房，1967 年）的解说中，又以专节讨论《演雅》与宋代"格物致知"思潮的关系。之后，荒井健进一步撰写专文《关于黄山谷的〈演雅〉诗》（《橘女子大学研究年报》，1969 年 9 月），探讨《演雅》拟人法和格物的关系。大野修作也撰文《黄庭坚诗中对"物"的思考——格物与题画诗》（《鹿儿岛大学研究报告》，1982 年 9 月），论说黄庭坚《演雅》诗中的"格物"倾向与其题画诗观照立场的关系。

　　黄庭坚的诗歌艺术还有不少令人关注之处，如喜欢说教发议论，材料选择上喜欢在佛经、语录等杂书里找一些冷僻的典故，材料运用上力求变化出奇，章法上回旋曲折，绝不平铺直叙；修辞上善于出奇制胜，重视炼字造句，务去陈言，力撰硬语；声律上打破常规，多用拗句；等等。誉之诟之者甚多，国内学者研究众多，九十年代以来，持肯定意见的论说逐渐增多，比较全面系统的如吴晟《黄庭坚诗歌创作论》（江西人民出版社，1998 年），黄宝华《黄庭坚评传》中第七章"诗学理论与诗歌艺术"，笔者《黄庭坚诗歌传播与接受研究》中第一章"黄庭坚诗歌传播与接受的文本预结构"等。但日本的研究于此并不热闹，个中原因，内山精也在《1980 年代以降日本的宋代文学研究》一文中说："同苏轼一样被室町时代的五山僧所爱好的黄庭坚，战后的日本对他的研究却远少于苏轼。这恐怕是因为他运用典故的方法比苏轼更具暗示性、屈折性或飞跃性，其诗中

---

① 近年周裕锴有感于此，著文研究，文为《宋代〈演雅〉诗研究》，见《文学遗产》2005 年第 3 期。

② ［日］前野直彬：《中国文学史》，东京大学出版会 1975 年版，第 138 页。

较多难以理解的表达,令战后的日本读者敬而远之。"① 也许确实如此。

四 用典论与"夺胎换骨":黄庭坚诗论研究

黄庭坚诗论在宋代就产生了很大的影响,宋人诗话中多有征引。他注重诗歌语言的锤炼,提出了"以俗为雅""以故为新"的方法,也注重诗歌的典故运用,提出了"点铁成金""夺胎换骨"的用典论。这些诗法理论颇具争议性,历代对此褒贬不一。日本学者对此亦投注了相当的热情,进行探讨。

所见论述有:合山究《宋代文艺中的"俗"概念——以苏轼、黄庭坚为中心》(《九州岛中国学会报》,1967年5月),横山伊势雄《黄庭坚诗论考——以用典论为中心》(《东京教育大学文学部纪要》,1971年3月)、《苏轼与黄庭坚——自然主义与古典主义》(伊藤虎丸、横山伊势雄《中国的文学论》,汲古书院,1987年),大野修作《关于黄庭坚诗中出现的"名人"——"换骨夺胎"法之辨》(《女子大国文》,1995年6月),长尾直茂《"换骨夺胎"考》(《汉文学解释与研究》,2005年12月),内山精也《宋代士大夫的诗歌观——从"苏黄"到江湖派》(《橄榄》,2005年12月),等等。其中,横山伊势雄《黄庭坚诗论考——以用典论为中心》一文,着力考察黄庭坚的用典理论及其复合式的自然观,有很多独特的见解;大野修作《关于黄庭坚诗中出现的"名人"——"换骨夺胎"法之辨》认为,黄庭坚对"名人"式的专业技艺的肯定,带来了他对于诗歌造型美的倾倒,所以专一于"换骨夺胎"这一晦涩表达的诗法;内山精也《宋代士大夫的诗歌观——从"苏黄"到江湖派》则从宋代为士大夫社会这一角度考察黄庭坚诗论,从时代的言论环境去追寻黄庭坚诗论产生的基础,并由此深刻探析宋代诗歌观由"苏黄"到江湖派的嬗变。日本学者的论述在人们论述颇多的论题中发掘出了丰富而新颖的意蕴,对读者多有启益。

同样地,我国研究者也对黄庭坚诗论比较关注,主要聚焦于其"点铁成金""夺胎换骨"的理论,并且呈现出由褒少贬多至褒多贬少的阶段性特征。八十年代以前,大部分学者认为黄庭坚的诗歌理论是形式主义的,

---

① 刘扬忠、王兆鹏主编:《宋代文学研究年鉴(2006—2007)》,武汉出版社2009年版,第225—226页。

刘大杰、朱东润、敏泽均持此议。刘大杰在《黄庭坚的诗论》一文中说黄庭坚的诗论，"主要偏重于形式技巧方面"，"黄庭坚的文学思想，是重在形式的一方面，而不是重在内容的一方面"，是"把形式摆在首要地位"。①刘大杰《中国文学发展史》（古典文学出版社，1957—1958年）、复旦大学古典文学教研组《中国文学批评史》（上海古籍出版社，1964年）也持此观点。较晚出的敏泽的《中国文学理论批评史》（人民文学出版社，1981年）也说黄庭坚的诗歌理论是"代表一部分空谈哲理、闭门读书、脱离实际、脱离政治的士大夫阶层的趣味和风尚的""错误理论"。稍后，就有不少学者提出重新评价黄庭坚的诗歌理论，更多地持以褒扬的态度。如黄宝华师在《试论黄庭坚革新诗风的主张》中说："建国以来的文学研究基本上对他（黄庭坚）持否定态度。在论及其诗歌理论时，每每举其'点铁成金'和'夺胎换骨'两段话，似乎就是他的全部诗论，据此就判定他只是一个盗窃模拟的拙劣的诗匠、雕章琢句的'形式主义者'或'纯艺术论者'。这种简单化的做法无助于我们全面地认识黄庭坚、探讨其成就得失。"②周裕锴的《苏轼黄庭坚诗论之比较》也说："解放后的一些文学史和论著把黄庭坚的诗论简单地归结为'脱离现实'、'忽视思想内容'的形式主义诗论，显然不够全面。"③其后还有孙乃修《黄庭坚诗论再探讨》（《文学遗产》1986年第3期）、朱惠国《论黄庭坚的创新意识及其文学史意义（《宁波师院学报》1993年第3期）、杨庆存《黄庭坚"点铁成金""夺胎换骨"说新论》（《齐鲁学刊》1992年第1期）以及周裕锴和莫砺锋关于"夺胎换骨"法首创者的争论，等等，都很具启发意义。④正如傅璇琮所说："对于'点铁成金'、'夺胎换骨'，可以有种种争论，但人们不得不承认黄庭坚终其一生对诗歌语言进行了严肃而真诚的探索，他哪些探索是成功的，哪些探索是不成功，需要做细致的工作。"⑤

---

① 刘大杰：《黄庭坚的诗论》，《文学评论》1964年第1期。
② 黄宝华：《试论黄庭坚革新诗风的主张》，《徐州师范学院学报》1983年第1期。
③ 周裕锴：《苏轼黄庭坚诗论之比较》，《文学评论》1983年第4期。
④ 详见周裕锴《惠洪与换骨夺胎法——一桩文学批评史公案的重判》，《文学遗产》2003年第6期；莫砺锋《再论"夺胎换骨"说的首创者——与周裕锴兄商榷》，《文学遗产》2003年第6期；周裕锴《"夺胎"与"转生"的信仰——关于惠洪首创诗"夺胎法"思想渊源旁证的考察》，《成都理工大学学报》2010年第2期。
⑤ 傅璇琮：《谈对黄庭坚诗的研究——〈黄庭坚研究论文集〉序》，《许昌师专学报》1990年第1期。

对于黄庭坚诗论，我国还有系统全面的著作出版，即钱志熙的《黄庭坚诗学体系研究》（北京大学出版社，2003年），该书联系创作实践与理论批评两方面，深入探究根本说、情性说、兴寄说、学古说、法度说等黄庭坚诗论的重要范畴，并且将它们置于广泛的诗学史与文化史的背景中来把握，凸显黄庭坚诗论渊源浓厚而又创新独特的整体性格，为黄庭坚诗学理论研究之前沿著作。

黄庭坚是代表宋代文学风貌和发展成就的巨擘，由于文勋卓著，生前就已和当时文坛盟主苏轼并称"苏黄"，死后更是位列江西诗派"三宗"之首。尽管二十世纪以来日本学者关于黄庭坚诗歌的研究这样丰硕，但我们觉得于黄庭坚文学成就而言，还很不够，我们期待着更多的成果涌现。

第五节 陆游诗歌研究

梁启超《读陆放翁集》曾赞叹："亘古男儿一放翁。"确实，陆游作为南宋时期的"中兴四大诗人"之一，不仅在我国古代诗坛上影响深远，而且在日本诗坛上也占有一席之地。早在日本江户时期（1603—1867），文人们即表现出对陆游的崇敬之情。特别是当时的文坛领袖市河宽斋，他不仅极尽心力对陆诗进行注解诠释，撰写出《陆诗意注》《陆诗考实》，并且在创作中专意效仿陆诗风格，为陆诗在日本的传播作出了贡献。进入二十世纪以来，日本学者关于陆游诗歌的研究更是成果丰硕，在宋代诗人诗作研究中可谓蔚为大观。这主要体现在陆诗材料的整理、选译，陆游的生平、思想研究，陆诗本体研究及陆游诗论研究四个方面。

一 陆诗材料的整理、选译

陆游一生创作诗歌极为丰富，他在77岁时曾自称"六十年间万首诗"（《小饮梅花下作》）。据今人统计，陆游现存诗歌作品达9239首。然而，如此丰富的诗歌，一直以来都很少有人为之作注评、赏释，对于陆游诗歌材料进行整理、选译的也并不多。相对于我国本土来看，日本学者在这方面的研究并不逊色。其主要包含以下几类。

一是解释、鉴赏类的单行本著作，如河上肇《陆放翁鉴赏》（三一书房，1949年），铃木虎雄《陆放翁诗解》（弘文堂书店，1950—1954年），石川忠久《陆游100选》（日本放送出版协会，2004年）。其中尤具特色的是河上肇的《陆放翁鉴赏》（《河上肇全集》中名《放翁鉴赏》），对此，日本学者写过不少评论文章。[①] 河上肇是日本最早译介马克思《资本论》的学者，在日本侵华战争时期，他被迫隐居，并徜徉于古典汉诗的世界，以此为乐。1941年4月，他得到友人赠送的我国商务印书馆出版的《陆放翁集》全四册，欣喜不已，赋诗写道："放翁诗万首，一首值千金。"第二年又写了一首《放翁》的短诗，诗的小序说："日夕亲诗书，广读诸家之诗，然遂最爱《剑南诗稿》。"[②] 同时着手撰写出了日本汉文学史上的第一部陆游诗歌鉴赏——《陆放翁鉴赏》，其中选择评释的诗词共计有500余首，主体部分是诗歌鉴赏，还有部分词的鉴赏，诗歌的日译及陆游诗话等。诗歌鉴赏部分按年龄段为序编排，从五十八岁开始。这个编排形式蕴含着独特的意味，表示河上肇鉴赏陆游诗的主要目的是以晚年陆游为自己的榜样，如他在《放翁鉴赏之二·六十后半的放翁诗》"前言"中说："我今年已进入六十五岁，放翁在六十五岁之际究竟写了怎样的诗？在此之前，他的诗我已一首一首读了下来，迄今已读至放翁六十九岁末的诗。《古稀之年的放翁》已于前年写成，之后写的就是本集。六十五岁开始，不知不觉就会进入七十之年。我也想如此不知不觉地生活下去。"[③] 可以说，晚年河上肇撰写《陆放翁鉴赏》事实上是他与陆游诗歌之间产生了精神的相通，他是在陆游诗歌中汲取精神力量。笕久美子也在一海知义《陶渊明·陆放翁·河上肇》的《序》中说："世上确实存在一种超越时空的、属于中国和日本的、产生于人与人心灵深处的共鸣。"[④] 陆游诗歌为七百年后日本的河上肇所心慕力追，在一定程度上表明了优秀的文学作品没有国界，它能穿透历史、跨越空间，使异代或异域的人们相通相连，产生共鸣。后此书又由一海知义校注，于岩波书店2004年9月出版，足见其影响之著，也从一个侧面反映出中国文学域外影响的深度和广度。相对于河上

---

① 一海知义一人就发表相关文章达10篇之多，目录参见《一海知义教授古稀纪念著述目录稿（1955—1998年）》，自印本。
② ［日］河上肇：《诗歌集·诗话集·狱中手记》（《河上肇全集》第21卷），岩波书店1984年版，第78、89页。
③ ［日］河上肇：《放翁鉴赏》（《河上肇全集》第20卷），岩波书店1984年版，第85页。
④ ［日］一海知义：《陶渊明·陆放翁·河上肇》，彭佳红译，中华书局2008年版。

第三章　日本学者对宋代诗人诗作个案的研究

肇的《陆放翁鉴赏》，铃木虎雄的《陆放翁诗解》更为全面，其解说更针对普通大众的学习与理解。铃木虎雄选择《唐宋诗醇》所选陆游诗进行注释与解说，这是十分切中与重要的，因为《唐宋诗醇》这部号为御选的总集，不但为唐宋主要诗人权衡得失、评定次序，并且确定了陆游在唐宋诗家中是追配苏轼的南宋大宗的地位，也为读者指示了陆诗"感激悲愤，忠君爱国"的解读重点。2004年12月，又出版了石川忠久编选的《陆游100选》（日本放送出版协会），以文本与媒体结合的形式，推动着陆游诗在日本的传播，扩大了陆游诗歌的影响。

二是丛书型的注译之作。在我国，由于陆游诗歌用典不生僻、词语也不晦涩，因此从宋末到清末六百多年都没有出现过著名的注本，直到1930—1940年间出版多种注释本，这表明了选者、注者将陆诗推向更广泛读者的强烈愿望。而在日本，陆游诗歌的选注本大量出现于二战后。二战以后，日本的中国古典文学研究呈兴盛之势，这一时期的研究仍保持着以"实证"为基础的学术传统，特别重视文本资料的发掘整理和文本的训解注译，刊行了多种有关中国古典诗歌的大规模的启蒙性选译本丛书。陆游诗的收录情况如下：

一海知义注《陆游》（《中国诗人选集二集》8，岩波书店，1962年），前野直彬《陆游》（《汉诗大系》19，集英社，1964年），石川忠久译《陆游诗集》（《中国的诗集》9，角川书店，1973年），小川环树选注《陆游》（《中国诗文选》20，筑摩书房，1974年），一海知义、入谷仙介注《陆游·高启》（《新修中国诗人选集》7，岩波书店，1984年），村上哲见、浅见洋二《苏轼·陆游》（《中国古典鉴赏》21，角川书店，1989年），等等，这些丛书型的注译之作，以集合的优势，推动着陆游诗歌的研究。其中，尤其值得一提的是"岩波文库"本，这是一种非常廉价的丛书，单本购价从收入比来看，仅相当于我国的1元人民币，同时这也是一种携带十分方便的袖珍型丛书，人称"口袋书"，它的存在，使读者范围超越了中国文学的研究者以及爱好者，直至一般书籍阅读者，极大地普及了中国古典文学（陆游诗歌）的受众。还有长泽规矩也编《陆放翁诗集》（《和刻本汉诗集成·宋诗篇》5，汲古书院，1976年），这套丛书将刊刻于日本的版本（即"和刻本"）影印出版，这些和刻本都是江户时代（1603—1867）的善本，从中既可以窥见江户时代接受陆诗的情形，也是颇为珍贵的诗学资料。

三是关于陆诗材料的考论性论文。如佐藤保《〈渭南文集·剑南诗稿〉版本考》(《中国文学研究》,1961年12月)、杉村英治《有关市河宽斋的〈陆诗考实〉》(《东洋文化》,1973年10月)、村上哲见《陆游〈剑南诗稿〉的构成及其形成过程》(《小尾博士古稀纪念中国学论集》,1983年10月)、《再论陆游〈剑南诗稿〉——附〈渭南文集〉杂记》(《神田喜一郎博士追悼中国学论集》,1986年12月)、野原康宏《陆游研究书志(1)、(2)》(《未名》,1992年、1994年)、一海知义《〈陆诗考实〉探访琐记》(《未名》,1992年)、中岛和歌子《陆诗四首注释札记》(《读游会百回纪念文集》,2000年11月)、西冈淳《陆游蜀中乐府考》(《南山大学日本文化学科论集》,2008年3月),等等。其中,杉村英治、村上哲见之文堪称力作。杉村英治《有关市河宽斋的〈陆诗考实〉》,介绍东京大学所藏市河宽斋的手写本《陆诗考实》,证实了此书的存在,之后,一海知义《〈陆诗考实〉探访琐记》,进一步予以证实。村上哲见《陆游〈剑南诗稿〉的结构与形成过程》与《再论陆游〈剑南诗稿〉——附〈渭南文集〉杂记》,则是关于陆游别集的考证。前文详细考述了现行的《剑南诗稿》八十五卷本,认为卷十九以前为严州本,卷五十九以前为子虚的续稿,卷六十八以前为子遹的续稿,以下为遗稿,将各版本关系进行了梳理;后文则通过对北京图书馆所藏《剑南诗稿》宋本的调查,进一步予以补充解说。与此同时,村上哲见还编写了《陆游〈剑南诗稿〉诗题索引》(奈良女子大学中国文学会发行手抄本,1984年),大大方便了陆诗爱好者的学习与研究。

二 陆游的生平、思想研究

梁启超在《中国历史研究法》一书中,辟有"人的专史"篇,年谱和传记为其中的两章。也就是说,对于人物的历史研究,年谱和传记是较为重要的。其中,年谱详细记录谱主生平事迹的点点滴滴,能够全面地展示谱主的生平和活动,谱主和同时代文化人物的交往,其重要意义不言而喻。人物传记则是通过对人物的生平、生活、精神等领域进行系统描述、介绍的一种文学形式,它既能充分反映出主人公的曲折人生,也是人物资料的有效记录形式,对研究人物和历史、时代的变迁具有重要意义。一般来说,年谱基本上录而不述,传记略有论述,学术专著讲究论述阐发,年谱和传记可以保存更多的原始材料,正好和学术论著互补。

日本对陆游生平进行研究与介绍的作品亦主要是年谱与传记。最早试

第三章 日本学者对宋代诗人诗作个案的研究

图就陆游家世、生平、交游及创作情况进行综合研究的是江户时期的市河宽斋，他撰写了《陆放翁年谱》。其后，岩波书店推出的一海知义编译《陆游》（《中国诗人选集二集》，1962年）和角川书店推出的石川忠久编的《陆游诗集》（《中国的诗集》，1973年）均附有《陆游年谱》。一海知义还撰写了《市河宽斋的〈陆放翁年谱〉》（《日本中国学会创立五十年纪念论文集》，汲古书院，1998年），文章对市河宽斋的《陆放翁年谱》——日本人制作的最早的陆游年谱，进行了补充记载，并论述其学术价值。当然，陆游年谱的制作还数我国的为优良。清代即有钱大昕《陆放翁先生年谱》和赵翼的《陆放翁年谱》，相较而言，钱谱的规模过小，赵谱所录的事迹过略。解放后，最早制作陆游年谱的是欧小牧。他所编撰的《陆游年谱》草创于1942年，其后屡遭变故，数易其稿，终于在1958年由人民文学出版社出版。欧谱近19万字，对陆游一生86年的履历进行了考订，详细罗列重大事件与谱主行踪，并加按语考证本事和揭示证据。特别重视政治上的重大历史事件与诗人生平思想的密切联系，借此说明陆游的作品是如何反映了那个离乱的时代。1961年，中华书局上海编辑所出版于北山的《陆游年谱》。于谱在资料网罗的宏富和考订的详备方面后出转精、胜过前贤，把记叙的重点放在陆游的爱国思想与诗歌创作成就方面。年谱的正文，首为"时事"，以见谱主生活的社会政治背景；次为"谱文"，主要记录谱主的仕履变迁、政治活动、交游情况、家庭生活和创作情况；最后是"注文"，所占篇幅最多，主要是引述谱主的诗文和仕履、交游资料。该谱一改此前年谱纯客观记录的做法，把年谱、评传融为一体，内中又不乏自己的评论、分析。年谱后还附录有关资料及各家评论，具有很高的参考价值。于谱出版后，日本学者小川环树撰文《朱东润的〈陆游研究〉、于北山的〈陆游年谱〉》（《中国文学报》，1962年8月），将于北山的《陆游年谱》介绍给日本学界，促进了两国学者研究的交流与互动。在我国，对于谱的拾遗补漏之作也时有刊出。其中用力最勤的当数孔凡礼。他发表力作《陆游交游录》（《文史》第21辑，1984年）与《陆游家世叙录》（《文史》第31辑，1989年），其内容均为于谱未曾涉及，是陆游研究的大创获。

关于陆游的传记，日本较早进行撰写的是今田哲夫。他撰写的《陆游》1948年由弘文堂书店出版。当时，正值著名学者青木正儿六十大寿，铃木虎雄等诸大师即为之撰文60篇，综论中华人物，结集成书为《青木正儿博士还历纪念·中华六十名家言行录》，为日本的中国文学研究史上一大盛事，今田哲夫的《陆游》即为其中一篇。之后，又有越野三郎的《陆放翁——诗传》（3A网络出版社，1996年12月）。《陆放翁——诗传》从研究陆游诗的角度出发，将陆游的一生分为青春期的陆游、国境地带、山西之春、闲适的日子、晚年五个时期进行介绍分析。在我国，陆游的传记也不少，如胡寄尘编著《陆放翁生活》（全国图书馆文献缩微复制中心，1930年出版，2004年复制）、王进珊《爱国诗人陆游》（四联出版社，1954年）、齐治平《陆游传论》（上海古典文学出版社，1956年）、欧小牧《爱国诗人陆游》（上海古典文学出版社，1957年）、朱悌《爱国诗人陆游》（中华书局，1958年）、朱东润《陆游传》（中华书局，1960年）、曹济平《陆游》（少年儿童出版社，1961年）、张健《陆游》（河洛图书出版社，1977年）、郭光《陆游传》（中州书画社，1982年）、喻朝刚《陆游》（黑龙江人民出版社，1983年）、陈香编著《陆放翁别传》（国际出版社，1992年）、赵大民《陆游》（新蕾出版社，1993年）、王巫震《陆游》（秋海棠出版公司，1996年）、肖阳编写《陆游》（人民文学出版社，1997年）、欧明俊《陆游》（春风文艺出版社，1999年）、邱鸣皋《陆游评传》（南京大学出版社，2002年）、高利华《亘古男儿：陆游传》（浙江人民出版社，2007年）等，几乎是各个时代都有陆游传记出版。这之中，齐治平的《陆游传论》，本着知人论世而尚友古人的精神，先对陆游的家世、童年、婚姻悲剧、政治生涯、入蜀与参军、归隐生活及临终示儿等作了较全面的概述，着重展示他的崇高品质、坎坷遭遇和始终不渝的爱国激情。接着，又分诗学渊源、创作分期、思想内容和艺术成就等专题，对陆游的文学创作加以论述。指出，陆游的伟大在于他用诗歌反映了所处的时代，反映了自己强烈的爱国之情，因此不仅高出两宋诗家，即便在整个中国诗歌史上也是极其光辉的一页。朱东润的《陆游传》在陆游研究史上颇为著名，朱东润先生在这同一时期的另两部著作《陆游研究》和《陆游选集》，也正在交替撰写之中，所以该传以翔实的史料、严密的考证著称。朱东润先生将陆游的思想、感情、诗歌风格的转变等与历史现实相结合，生动地刻画出了陆游的忧国忧民、陆游的壮志难酬、陆游的不得不于晚年徜徉于家乡山水却又至死不忘国事的心态。高利华的新作《亘古男儿：陆游传》亦颇显功力，他将外在的时代、环境与陆游内在的个性、气质结合起来记叙分析，内容感人，结论令人信服。日本学者小川环树很是关注我国陆游传记的编撰,他发表了《欧小牧的〈爱国诗人陆游〉》(《中国文学报》,1957 年 10 月)、《朱东润的〈陆游传〉》(《中国文学报》,1960 年 10 月),将我国陆游研究的最新成果向日本学界予以推介,有效地推动了两国学者间的交流与互动。

关于陆游的思想,有古岛琴子《陆放翁的爱国之心》(《历史评论》,1951 年 11 月)、入谷仙介《夔州时期的陆游》(《中国诗人论——冈村繁教授退官纪念论集》,汲古书院,1986 年 10 月)、西冈淳《诗人与理想——陆游与独隐》(《爱媛大学法文学部论集》,1994 年)等文,对陆游的爱国思想、隐居思想均有论及。在我国,陆游的思想也一直是学界关注的热点,其中特别突出陆游的爱国思想,此外还涉及陆游的佛教思想、战略思想、军事思想、史鉴思想、北伐思想、伦理观、道学观等。早在二十世纪三四十年代,朱自清就对陆游的爱国思想大加褒扬,他在《爱国诗》(1943 年)中说"过去的诗人里,也许只有他才配称为爱国诗人"[1]。上述邱鸣皋的《陆游评传》,不仅对陆游的生平事迹进行了系统梳理与重新考订,而且深入分析了陆游的哲学思想、政治思想、重农思想和文学思想,全面展现了陆游的思想风貌。张乘健的《论陆游的道学观旁及其他》(《文学遗产》1997 年第 4 期)将宋代道学作为背景,深入探析陆游的道学思想;伍联群的《论陆游的佛教思想》(《船山学刊》2007 年第 2 期)认为陆游对佛教的涉及,一是因为宋代所具有的儒释道三家思想杂糅的时代风气,二是因为人生的坎坷和世路的艰难,使陆游不得不借助佛教自我解脱的精神追求来排遣胸中的苦闷,把儒家的外在社会要求内化为内心的恬淡与宁静。两国学者的论述起着相互促进、相互补充的作用。

关于陆游的文学交游,有三野丰浩《成都时期陆游与范成大的交游》(《日本中国学会报》,1996 年 10 月)、《淳熙五年的陆游、范成大、杨万里》(《爱知大学文学论丛》,1999 年 2 月)、笕文生《陆游与晁氏》(《橄榄》,2007 年 3 月)等文论及。三野丰浩两文,分别以淳熙二年至四年、淳熙五年为时间段落,从传记研究的角度详细论说陆游与范成大、杨万里之间的交流情况,并以陆游为中心,综合地推进着南宋三大家的研究。笕文生《陆游与晁氏》一文,则着力于厘清陆游与晁氏一族的各方面关系,

---

[1] 朱自清著,蔡清富等编选:《朱自清选集》(第二卷),河北教育出版社 1989 年版,第 291 页。

同时考察其对于文学创作的影响。对于此,我国学者也有不少研究,其中力作如孔凡礼《陆游交游录》(《文史》第 21 辑,1984 年),傅璇琮、孔凡礼《陆游与王炎的汉中交游》(《杭州师范学院学报》1995 年第 5 期)等,最为集中与全面的当数欧明俊《陆游研究》,其第二章"陆游交游考论"列陆游与朱敦儒、史浩、韩元吉、韩淲、杨万里、辛弃疾、刘过、赵蕃、张镃等人的交游,[1] 读者于此可作一全景式把握。

三 陆游诗歌内容与艺术特色研究

对于陆游诗歌的内容,其爱国主义精神一直是学界关注的热点。早在南宋,罗大经《鹤林玉露》中就说陆游的诗集"多豪丽语,言征伐恢复事"[2],清代吕留良在《剑南诗钞小序》中评价陆游"爱君忧国之诚,见乎辞者,每饭不忘"[3]。梁启超《读陆放翁集》云:"诗界千年靡靡风,兵魂销尽国魂空。集中什九从军乐,亘古男儿一放翁。"诗下自注云:"中国诗家无不言从军苦者,惟放翁则慕为国殇,至老不衰。"[4] 高度赞扬了陆游的爱国思想及其诗歌所表现出来的豪宕之气,认为它具有重铸"国魂"的意义。钱锺书也说近一百年来,"读者痛心国势的衰弱,愤恨帝国主义的压迫,对陆游第一方面的作品有了极亲切的体会"[5]。这"第一方面的作品"就是指陆游献"忠愤"的爱国主义诗篇。确实,在我国研究者的论说话语中,陆游诗歌最为突出的特征便是"爱国主义"精神。胡云翼在《宋诗研究》中说:"在被金人压迫偏安江表、风雨飘摇的南宋,陆游所开拓的,便是合拍那时代社会背景而起反应的爱国文艺。……爱国的诗篇在文学史上本不多觏,而以作品著名的爱国诗人也怕只有陆游一人了。"[6] 五十年代以后,由于政治性对文学批评的渗透,"爱国主义"又与"现实主义""人民性"结盟,成为最具能量的几个叙述话语。如张国光在《爱国诗人陆放翁和他的诗》中提出,陆游是一个"有宏大抱负的政治活动家""有爱国主义思想感情的民族战士",因为他接近人民,深刻同情人民,所以

---

[1] 欧明俊:《陆游研究》,生活·读书·新知三联书店 2007 年版。
[2] 罗大经:《鹤林玉露》,王瑞来点校,中华书局 1983 年版,第 71 页。
[3] 吕留良、吴之振选编:《宋诗钞·剑南诗钞》,中华书局 1986 年版,第 1819 页。
[4] 梁启超:《饮冰室合集·文集》之四十五《诗》,上海中华书局 1936 年版,第 4 页。
[5] 钱锺书:《宋代诗人短论》,《文学研究》1957 年第 1 期。
[6] 胡云翼:《宋诗研究》,商务印书馆 1933 年版,第 104 页。

第三章　日本学者对宋代诗人诗作个案的研究

他的诗具有丰富的"人民性"。①朱东润《陆游的思想基础》中说陆游诗"普遍反映了广大人民的要求",同时更能以他的爱国思想影响人民,让人民想到"自己对国家的责任"②,等等。之中,只有钱锺书指出陆游诗还有贴近日常生活的一面,他说:"他的作品主要有两方面:一方面是悲愤,要为国家报仇雪耻,恢复丧失的疆土,解放沦陷的人民;一方面是闲适细腻,咀嚼出日常生活的深永的滋味,熨帖出当前景物的曲折的情状。"③

日本学者对陆游诗歌思想内容的研究从一开始就不受我国传统及政治因素的影响,他们直接进入其情感与心态分析。如吉川幸次郎在《宋诗概说》中以充满热爱的激情来探讨陆诗,他说:"诗作的数量越到晚年密度越高。……其密度几乎像日记一样。"是什么驱使着陆游如此不间断地进行如此丰富的创作呢?吉川幸次郎对此进行了探究,其结论是陆游是个"行动型人物",其"行动型"不仅表现在创作上,而且表现在政治上:"陆游的作诗态度、政治态度之所以都是行动型的,是因为他是一个充满激情的人物。而且,越是经受挫折,他的激情就越是高涨。"陆游在政治上理想受挫,生活上迫于母命与唐婉离异,然而"挫折使他的激情更为昂扬,由此产生了许多感伤诗"④。也就是说,挫折是陆游诗歌创作的内驱力。由此,也凸显了陆游诗歌的独特性:"他的诗与过去的宋诗,尤其是北宋的诗相比,给人的印象全然不同。它已不否认悲哀,并坦率地流露了感伤。或者可以认为,感伤正是他那多如大海的诗歌的一般基调。"⑤吉川幸次郎认为敢于言表悲伤是陆诗的特色,这一特色远接杜诗精神,是中国古典诗歌抒情传统的延续,是"对过于冷静的北宋诗风进行反拨"。但是陆游并不一味地激动不已,这是因为他毕竟已是宋人,他已经从苏轼那里继承了宏观的哲学与抵抗的哲学,因此他认识到喜与悲是人生中的循环,主体唯有通过抵抗才能走完人生旅程,所以陆诗"既富于感伤,又不沉缅于感伤"。⑥吉川幸次郎从宋人达观哲学的层面解析陆诗中的理想色彩,展示出其独特而开阔的研究视域。从诗歌入手,研究陆游心态的还有:西冈

---

① 张国光:《爱国诗人陆放翁和他的诗》,《新建设》1955年第1期。
② 朱东润:《陆游的思想基础》,《光明日报》1957年7月19日。
③ 钱锺书:《宋诗选注》,人民文学出版社1958年版,第190页。
④ [日]吉川幸次郎:《宋元明诗概说》,李庆等译,中州古籍出版社1987年版,第118、119页。
⑤ 同上书,第119页。
⑥ 同上书,第124页。

淳《〈剑南诗稿〉中的诗人形象——"狂放"诗人陆放翁》(《中国文学报》,1989年10月),石本道明《陆游〈醉中吟〉初探——任职蜀中时的诗与心情》(《国学院杂志》,1990年4月),横山伊势雄(张寅彭译)《关于陆游诗的"愤激"与"闲适"(上)、(下)》(《古典文学知识》1998年第3期、1998年第5期)等。其中,西冈淳《〈剑南诗稿〉中的诗人形象——"狂放"诗人陆放翁》一文抓住陆游被后世评为"忧国诗人"和"闲适诗人"这两种称呼之间的落差,认为陆游诗歌中频繁地出现"狂"这一语词,这是解读徘徊于"忧国诗人"和"闲适诗人"这两极间的陆游心境的关键,作者并进一步详细论说了陆游"狂"的种种表现。横山伊势雄《关于陆游诗的"愤激"与"闲适"(上)、(下)》一文,首先明言自己是在钱锺书、一海知义、小川环树、朱东润等前论的触动下写成的,接着又说,一般认为陆游既是一位"忧国志士",又是一位"孤高隐士",因而陆诗具有"悲愤激昂"和"闲适细腻"两方面特色,但这两者之间有什么关联呢?所以他特别地探论了陆游的"愤激"与"闲适"之间的关系。横山伊势雄认为,陆游的"愤激",是指他对政治社会不公正的愤慨,是基于忧国之情,对政治现实所发的公愤,而非为个人不遇而来的私怨,此种公愤凝聚成"愤激之诗";而与此相对的"闲适之诗",则是日常性事务的投影,是诗人以平静的心情,深情地唱出的日常生活的欢乐与幸福之歌。这种单一的愤激或闲适的诗,在中国本来很多,但对于陆游来说,不论是他的早年还是晚年,即便处在相同的生活状况之中,"愤激"的诗与"闲适"的诗也还是相继出现,甚至有在数日间交替作出的状况,这是缘于诗人的心理大振幅摇荡:陆游本来是位"志士"型的诗人,所以作出"愤激"之诗;而几度的挫折又使他的能量沉潜于内部,从而结晶出"闲适"之诗。横山伊势雄先生的分析,深入刻抉,语语中的,剖析出陆游心理与诗歌创作的密切联系。由诗人的人生行程与客观行迹的考论,走向诗人主观创作心态的揭示,显示出多元发展和以文化为背景的综合研究趋向。

关于陆游的诗歌渊源,今田哲夫《杜甫与陆游》(《大华文艺》,1947年10月)、一海知义《放翁与杜甫》(《中国文学报》,1962年10月)、前野直彬《陆游心目中的杜甫》(《中国文学报》,1962年10月)等,探讨陆游与杜甫诗歌思想内容的内在关联。吉川幸次郎在《宋诗概说》中也说:"虽说他自很早就非常尊敬杜甫,但他五十岁前后在杜甫后半生诗的作地担任地方官的生活,更使他加速向杜甫靠拢。他的一万首诗中有一半

第三章 日本学者对宋代诗人诗作个案的研究

是七律，这是杜甫式的；而且，他在七律《感秋》诗中以'蟋蟀'、'梧桐'为例来点染自然烘托感情，像这种方法，也是杜甫式的，或是唐诗式的。"① 事实上，早在清乾隆十五年（1750）大学士梁诗正等人奉敕编集的《御选唐宋诗醇》就已将陆游与杜甫相联系，二十世纪三四十年代，柯敦伯《宋文学史》沿用这种看法，说："其感激悲愤，忠君爱国之诚，一寓于诗，酒酣耳热，跌荡淋漓，至于渔舟樵径，茶碗炉薰，或雨或晴，一草一木，莫不著为歌咏，以寓其意，此与甫之诗，何以异哉？"② 刘麟生《中国诗词概论》中也说："他的七古诗感时伤世，颇有老杜的气势。"③ 他们都将陆游与杜甫相提并论，给予陆游很高的待遇，但这种并论仅限于相似关系。到了五六十年代，随着对陆游诗歌"爱国主义精神"的不断强化，陆游与杜甫的关系就由相似性转为直接的继承关系了。李易在《陆游诗选》"前言"中说陆游"从前辈诗人的篇章中汲取了滋养和力量，从而在爱国主义的长流中激起了一个雄伟的汹涌澎湃的浪头"，他从屈原身上继承了"反抗误国的权臣、至死不悔的伟大精神"，从杜甫身上继承了"盼望朝廷克服地方割据势力，并揭露当时种种弊端的严正立场"。④ 即便是八九十年代，这种看法依然延续，程千帆在《两宋文学史》中说："陆游从杜甫和屈原身上分别汲取了现实主义和浪漫主义力量。而这种精神力量和创作方法又多方面地服务于爱国主义主题，与爱国的激情相结合。"⑤ 可见，在陆游与杜甫的关联中，他们的"爱国主义"精神被最大限度地凸显，这与日本学者将陆游与杜甫联系在一起是有所不同的。

陆游诗歌的渊源是多向的，因此，除上述继承杜甫爱国精神之论外，还有其他诗学渊源的论述。陈衍曾说"放翁无不学"⑥，朱东润更是列出了一长串名单：江西派诗人、陶渊明、王维、岑参、谢朓、孟浩然、李白、杜甫、白居易、苏轼、苏过等，认为这些人都对他有一定的影响。⑦ 同样

---

① [日]吉川幸次郎：《宋元明诗概说》，李庆等译，中州古籍出版社1987年版，第121页。
② 柯敦伯：《宋文学史》，商务印书馆1934年版，第112页。
③ 刘麟生：《中国诗词概论》，世界书局1933年版，第47页。
④ 李易：《陆游诗选》，人民文学出版社1957年版，前言。
⑤ 程千帆、吴新雷：《两宋文学史》，上海古籍出版社1991年版，第322页。
⑥ 陈衍：《石遗室诗话》，辽宁教育出版社1998年版，第254页。
⑦ 朱东润：《陆游的创作道路》，《文学研究》1957年第1期。

列举长名单的还有于北山、胡明等。①

日本学者还对陆游诗歌进行了分类研究，如入谷仙介《陆游与萤》（《野草》，1981年4月）、《关于陆游梦诗的相关考察》（《小尾博士古稀纪念中国学论集》，汲古书院，1983年），一海知义《村医者、寺子屋、村芝居——陆放翁田园诗札记（1）》（《近代》，1981年12月）、《陆放翁读陶诗小考》（《小尾博士古稀纪念中国学论集》，汲古书院，1983年），盐见邦彦《陆游"纪年"诗考》（《名古屋大学中国语学文学论集》，1997年12月），三野丰浩《雨之诗人陆放翁》（《爱知大学文学论丛》，1998年2月），西冈淳《陆游咏怀诗初探》（《学术界》，2002年1月），涉泽尚《"菰"之本草学：陆游诗所咏菰草考序说》（《福岛大学研究年报》，2005年），中村孝子《关于陆游的茶诗》（《橄榄》，2005年12月），三野丰浩《关于陆游的梅花绝句》（《言语与文化》，2008年1月）等，日本学者发挥他们擅长文本细读的优长，析分出陆游诗歌的多种类别，如梦诗、田园诗、咏怀诗、茶诗、纪年诗、读陶诗、梅花绝句等，还注重其与动物学、本草学的关系，如入谷仙介《陆游与萤》、涉泽尚《"菰"之本草学：陆游诗所咏菰草考序说》等。涉泽尚的论文，分别从陆游诗中所涉及的菰米、菰草及植物学上的菰来考察，指出其植物原形、功用及在陆诗中运用的意义，必要的还附图予以说明，② 其探讨是十分细致有趣的。但这些论文缺少一些集中的点，没有集中发力的内容。

在我国，对陆游诗歌进行分类研究的主要集中于他的纪梦诗与咏物诗，也有其他一些如咏茶诗、咏酒诗等。"中原未定，梦寐思建功业"（王士禛《带经堂诗话》评语），因此，陆游诗歌主要类别就是纪梦诗。清人赵翼《瓯北诗话》云："即如纪梦诗，核计全集，共九十九首。人生安得

---

① 于北山在《陆游对前人作品的学习、继承和发展》中指出，陆游的世界观和学术思想的基础在于儒家，并旁参老庄；诗歌艺术方面，《诗经》的现实主义和美刺精神，《楚辞》的现实主义和浪漫主义相结合的艺术风格和忠愤怨悱的爱国精神，乐府民歌的率性抒情、夸张想象、清新意境等，以及陶渊明、王维、岑参、杜甫、李白、白居易、梅尧臣、苏轼以及江西派诗人等，都对陆游产生不同程度的影响。见《淮阴师专学报》1980年第4期。胡明的《陆游的诗与诗评》也分析了李白、岑参、刘禹锡、陶潜、韦应物、梅尧臣、白居易、苏轼、许浑等诗人对陆游的影响，以为陆游诗的特征是"深山大泽，包含者多"（《御选唐宋诗醇》语）。见《社会科学辑刊》1988年第4期。

② ［日］涉泽尚：《"菰"之本草学：陆游诗所咏菰草考序说》，《福岛大学研究年报》2005年创刊号，第104—120页。

第三章 日本学者对宋代诗人诗作个案的研究

有如许梦！此必有诗无题，遂托之于梦耳。"① 事实上，陆游纪梦诗远不止此，据笔者统计，诗题含"梦"字计有148首，② 诗中涉及"梦"字的则有290余首。对此，有郑新华《梦幻文学的一朵奇葩》（《文史知识》1989年第1期）、黄益元《诗人的梦和梦中的诗人——陆游纪梦诗解析》（《铁道师院学报》1990年第2期）、章含《陆游的纪梦诗》（《西北师大学报》1995年第4期）、龙剑梅《人生安得有如许梦——浅论陆游的纪梦诗》（《湖南城市学院学报》2004年第5期）、梁必彪《陆游纪梦诗成因浅析》（《名作欣赏》2008年第12期）、曲嘉《陆游纪梦诗的理性思考》（《作家》2009年第6期）、吴可《模式与建构：试论陆游记梦诗的创作》（《延安大学学报》2013年第2期）等论文做了多方面的探讨。至于陆游咏物诗，如洪清云《陆游咏物诗研究》（福建师范大学2007年硕士学位论文）有较为全面系统的研究。其他如杨杰《思想的反射精神的折光——陆游梅花诗词初探》（《郑州大学学报》1984年第1期）、曾明《一树梅花一放翁——陆游咏梅诗探微》（《成都大学学报》1986年第1期）、荣斌《试论陆游的咏梅诗》（《天府新论》1996年第1期）、何玉兰《陆游在蜀"咏梅诗"刍议》（《内江师范学院学报》2005年第3期）、刘黎明《宋代茶俗与陆游咏茶诗》（《文史杂志》1998年第5期）等，对陆游咏梅诗、咏茶诗有论说，而新近出版的陆游研究专著欧明俊的《陆游研究》，其第三章"陆游诗研究"专门论说了陆游的咏酒诗、养生诗、风俗诗、闲适诗，也是深中肯綮之论。尽管这方面论说不少，相较于陆游诗歌的量大类丰，也还有不足，即如咏物诗而言，论说其所咏范围多以花（以梅为主）与茶两类居多，而其他的如蝉、布谷、子规、雁、燕、菊、兰、海棠、山茶花、太平花、松、柳、雪、剑等都很少，像日本学者关注的咏萤、咏菰之作，也未涉及。

日本学者还从语词的视点来考察陆游诗歌，这应该是外国学者研究中容易关注到的点。因为对于一种外国文学，人们首先敏锐地感受到的是语言上的差异，进而对其语词感兴趣。这方面的论文如森上幸义《陆游诗的

---

① 赵翼：《瓯北诗话》，霍松林、胡主佑校点，人民文学出版社1963年版，第80页。
② 如《初秋梦故山觉而有作》4首，《记梦》21首，《甲子岁十月二十四日夜半梦遇故人於山水间饮》2首，《梦断》1首，《梦海山壁间诗不能尽记以其意追补》4首，《梦回》1首，《梦中作》14首，《八月二十三夜梦中作》1首，《丙午十月十三夜梦过一大冢傍人为余言此荆轲》1首等。

一面：从诗中所见"乌"、"鸦"的视点》（《国语国文研究与教育》，1982年1月）、《对陆游诗中"痴顽"的考察》（《东洋文化》，1995年）、《陆游诗中的"散才"、"散人"——退却的美学》（《国语国文研究与教育》，1995年），小田美和子《陆游诗中的"愁破"》（《中国中世文学研究》，1992年10月），后藤秋正《关于陆游的"柳暗花明"——兼论先行用例》（《札幌国语研究》，2006年）等，这些论述善于以小见大，从陆游诗歌的用语频率及一些特定语词，来探究其心态与审美观，这也是与日本学者擅长文本细读有关的。

日本学者还对陆游交游与诗歌创作关系进行了研究，如西冈淳和三野丰浩。西冈淳发表了论文《陆游咏写的人——对命运的共同感受》（《兴膳教授退官纪念中国文学论集》，汲古书院，2000年）、《杨诚斋的放翁观——酬唱诗及其周边》（《南山大学日本文化学科论集》，2001年3月），考察了陆游、杨万里及其他同时代人在文学上的密切交流，以及他们的独特的诗歌观。三野丰浩发表《陆游与杨万里的诗歌唱酬》（《爱知大学文学论丛》，2000年2月），关注陆、杨往来的诗歌，并按时间顺序进行细致解读，剖析其互融互渗的艺术特征。

还有对陆游诗歌接受的研究，这主要体现在一海知义与三野丰浩两位学者的研究中，两人都发表了一系列论文来强化这一研究。一海知义主要研究日本学者河上肇对陆游的接受，所发表的论文有：《河上肇咏放翁诗》（《近代》，1977年5月）、《矛盾与实事：河上肇与陆放翁》（《文学》，1978年7月）、《河上肇的陆游研究》（《思想》，1979年10月）、《河上肇的诗歌与陆放翁》（《近代》，1988年6月）、《河上肇与诗人陆游》（《京都民报》，1999年5月23日）等。可以说，陆游诗歌在日本学界的广受关注，与河上肇的影响是密切相关的，这些研究论文的出现，于此可见一斑。另外，三野丰浩则关注中国本土陆游诗集、宋诗选本中对陆游诗歌收录、接受的状况，主要论文有：《姚鼐〈今体诗钞〉中收录陆游七言律诗的情况》（《爱知大学文学论丛》，2005年7月）、《〈剑南诗稿〉中收录陆游绝句的情况》（《言语与文化》，2005年7月）、《〈宋诗选注〉中收录陆游诗作的情况》（《橄榄》，2005年12月）、《〈宋诗别裁集〉中收录陆游七言绝句的情况》（《言语与文化》，2006年7月）等。这方面内容在我国本土研究中也是不多见的。

日本学者对陆游诗歌艺术的研究，并未见单篇专题论文的出现，在通论性的篇章中，也未见到。如吉川幸次郎《宋诗概说》，其中有列陆游的专节，但也未论说其诗歌艺术上的特征。在我国，倒是有一些专题论文探讨陆游的诗歌艺术，如于东新《沉郁悲怆　简淡古朴——陆游诗艺术风格论》（《内蒙古民族大学学报》2001年第5期）、黄连平《论陆游诗歌的艺术特色》（《焦作大学学报》2004年第4期）、《陆游诗歌艺术特色浅论》（《深圳大学学报》2005年第3期）、李建华《从晚年田家诗看陆游诗歌创作的艺术个性》（《佳木斯大学社会科学学报》2009年第5期）、宫臻祥与刘小龙《陆游"汉中词"艺术价值论略》（《广东技术师范学院学报》2013年第2期）、张逸《陆游诗歌艺术探源》（《青年文学家》2013年第4期）等，新近出版的欧明俊的《陆游研究》第三章也列第五节"诗艺琐论"专门论说陆游诗歌的艺术特征，但相比于对陆游诗歌内容的研究，还是少之又少。

综观日本学者对陆游诗歌内容与艺术的研究，呈现出由外在的社会历史状况的考察走向诗歌内部艺术规律的探寻，由诗人客观行迹的考论走向诗人主观创作心态的揭示的基本趋向，其研究愈见细致深入与异彩纷呈。

四　陆游诗论研究

陆游不但是生平万首诗的高产诗人，也是著名的诗论家，他的"工夫在诗外"、"文贵自得"、悲愤出诗、养气论等诗论见于其诗稿、文集、序论中，极富哲理性。

日本学者对陆游诗论研究的不是很多，但也有可贵的起步。主要论述有：西冈淳《陆游的诗论》（《南山国文论集》，1999年9月），浅见洋二《论"拾得"诗歌现象以及"诗本"、"诗材"、"诗料"问题——以杨万里、陆游为中心》（《橄榄》，2002年12月），该文又收入沈松勤主编的《第四届宋代文学国际研讨会论文集》（浙江大学出版社，2006年1月）。西冈淳《陆游的诗论》主要揭示陆游在诗歌创作中对"发愤著书"的重视及其强烈的内在表达的要求。浅见洋二《论"拾得"诗歌现象以及"诗本"、"诗材"、"诗料"问题——以杨万里、陆游为中心》一文列举陆游关于"拾得""诗本""诗材""诗料"等论诗诗句，如"眼边处处皆新句……今日偶然亲拾得"（《山行》）、"眼边好句等闲过，梦里故人时一来"（《入省》）、"故人久作天涯别，新句空从枕上来"（《戊辰立春日》）、"年光半付残编去，诗句时从倦枕来"（《九月初作》）、"野渡明丹枫，破驿吹黄榆。聊收作诗料,未用厌征途"(《莆阳昭武延平送兵渐集戏书》)、"山横翠黛供诗本,麦卷黄云足酒材"(《曾仲躬见过……》)、"天与诗人送诗本,一双黄蝶弄秋光"(《龟堂东窗戏弄笔墨偶得绝句》)等,并对陆游这些论诗诗句探寻其渊源,分析其创作时的状况、诗句的含义,考察诗人主体对外部世界与诗人意志间关系的认识及从中体现出来的诗学观。其搜检、分析之细致、考察角度之新颖,确令读者于慨叹之余而颇获启益。

在我国,研究陆游诗论的论文也不太多,主要有:黄海章《陆游诗论简评》(《学术研究》1982 年第 2 期)、高利华《陆游诗论平议》(《绍兴师专学报》1986 年第 4 期)、吴建民《评陆游的诗论系统》(《赣南师范学院学报》1996 年第 5 期)、刘桂华《创作实践出真知——论陆游的诗学思想》(《湖北理工学院学报》2013 年第 6 期)、刘吉宁《融现实与理想于一体——陆游诗论》(《黑龙江生态工程职业学院学报》2014 年第 5 期)等论文。其中,吴建民《评陆游的诗论系统》提出:陆游的诗论以自己的创作经验为基础,并吸收了传统诗学思想。陆游对诗歌创作、诗人修养及诗歌风格等方面都作了精辟的论述,从而构成了一个完整的诗论系统。陆游的诗论一方面真正解决了抒情诗创作与现实生活的关系这一重要理论问题,另一方面也有力地批判了江西派,并对宋代诗论具有一种纠偏拨正的作用。刘桂华《创作实践出真知——论陆游的诗学思想》也认为陆游的诗论涉及生活和诗歌创作的关系论、发生论、创作论、境界论、批评论等方面,极大地丰富了中国古代的诗学思想。

此外,陆游研究在日本还有另一种存在形式,那就是带有一定普及性的陆游诗歌作品研读活动——读游会。1993 年 4 月 17 日,日本的一些陆游爱好者在神户成立了陆游诗歌研读会(简称"读游会"),由一海知义主办,参加的成员有大学教师、博士生、硕士生、僧人、公司经理、一般职员、家庭主妇,也有中国留学生。他们除了来自大阪、神户之外,还来自北海道、金泽、广岛、冈山、东京、名古屋、京都、福井等地。以后一般每月一次,截止到 2006 年 11 月,已成功举办 150 回读游会。读游会所选用的课本为河上肇注释的《陆放翁鉴赏》一书。2000 年 11 月,读游会还编辑发行了《读游会百回纪念文集》。这种定期举行的活动,密切了广大陆诗研究者及爱好者的联系,促进了研读者的交流,也大大地推动了陆诗的研究。

综上可见,日本学者的陆游诗歌研究,以细密的材料考证与文本分析见长，又充分关注诗歌与一定时期政治、经济、文化与文人心态等的关联。他们对陆游诗歌与南宋政治、南宋诗歌发展、南宋诗歌的特点等都有深入的研讨，在基础性资料建设、鉴赏评析性推介、理论性阐释探讨等不同层面上，均有显著业绩可述。但是，从陆游诗歌研究的整体来看，除了陆游与河上肇以及其悲愤外，并没有形成其他的陆游诗歌的核心问题和观照重点，研究者们基本上各自为战，各说各话，没有产生有重大影响的论文或专著，这与陆游在文学上取得的成就及其在文学史上的地位是不相吻合的。

附："读游会"各回时间、作品、担当者一览（仅列 20 回，以窥一斑）

回数	时间	场所	作品名	担当者
1	1993 年 4 月 17 日	萨摩道场	《陆放翁鉴赏》其一	野原康宏
2	1993 年 5 月 15 日	萨摩道场	壬寅新春（《剑南诗稿》卷十四）	刘雨珍
3	1993 年 6 月 19 日	萨摩道场	春雨复寒遗怀（《剑南诗稿》卷十四）	林香奈
4	1993 年 9 月 18 日	萨摩道场	海棠（《剑南诗稿》卷十四）	小野秀树
5	1993 年 10 月 16 日	萨摩道场	八月十四日夜湖山观月（《剑南诗稿》卷十四）	中岛和歌子
6	1993 年 11 月 20 日	萨摩道场	草书歌（《剑南诗稿》卷十四）	佐藤菜穗子
7	1993 年 12 月 18 日	萨摩道场	短歌行（《剑南诗稿》卷十四）	丹羽博之
8	1994 年 1 月 29 日	萨摩道场	九月晦日作四首（《剑南诗稿》卷十四）	滨中仁
9	1994 年 2 月 19 日	萨摩道场	陶山遇雪觉林迁庵主见招不果住（《剑南诗稿》卷十四）	彭佳红
10	1994 年 3 月 19 日	萨摩道场	娥江野饮赠刘道士（《剑南诗稿》卷十四）	小柴博之
11	1994 年 4 月 23 日	萨摩道场	寓舍闻禽声·题莹师钓台图（《剑南诗稿》卷十四）	项青
12	1994 年 5 月 7 日	萨摩道场	春晚（《剑南诗稿》卷十四）	岩仓多江
13	1994 年 6 月 18 日	萨摩道场	夜意二首（《剑南诗稿》卷十四）	须崎英彦
14	1994 年 7 月 23 日	萨摩道场	夏夜四首之四（《剑南诗稿》卷十四）	野原康宏
15	1994 年 9 月 17 日	萨摩道场	居山（《剑南诗稿》卷十四）	中山文
16	1994 年 11 月 19 日	萨摩道场	秋兴二首之一（《剑南诗稿》卷十五）	刘雨珍
17	1994 年 12 月 17 日	萨摩道场	八月五日夜半起饮酒作草书数纸 秋雨渐凉有怀兴元三首之一（《剑南诗稿》卷十五）	林香奈

续表

回数	时间	场所	作品名	担当者
18	1995年3月18日	日中友好协会	秋雨渐凉有怀兴元三首之二 秋雨渐凉有怀兴元三首之三 (《剑南诗稿》卷十五)	小野秀树
19	1995年4月15日	日中友好协会	起晚戏作(《剑南诗稿》卷十五)	佐藤菜穗子
20	1995年5月20日	日中友好协会	饮村店夜归二首(《剑南诗稿》卷十五)	彭佳红

第四章

日本主要宋诗研究者的学术贡献

二十世纪以来日本的宋诗研究能够得到有效展开，与一大批学者的艰辛和努力是分不开的。他们秉持倡扬学术、促进本土文化发展与中日文化交流的宗旨，从其独特的文化传统与同属汉字文化圈平台的视点出发，对我国的宋诗进行了卓有成效的研究。本章从个案出发，重点解读吉川幸次郎、小川环树、横山伊势雄、山本和义、浅见洋二、内山精也、池泽滋子的宋诗研究，从微观上透视他们研究的内容、话语的特色及学术方法，以彰显他们在宋诗研究领域的学术贡献。

第一节 吉川幸次郎的宋诗研究

吉川幸次郎，号善乏，1904年（明治37年）3月生，卒于1980年（昭和55年）4月。文学博士、京都大学名誉教授、日本学士院会员、日本艺术院会员、文化功劳者、国家文化勋章、一等瑞宝勋章获得者。曾任东方学会会长，日本中国学会评议员兼专门委员、日本外务省中国问题顾问、日中文化交流协会顾问。为"京都学派"代表人物之一，著名中国学研究专家、杜甫研究专家、元杂剧研究专家。

1920年，吉川幸次郎进入京都第三高等学校文科甲类学习，学校简称"三高"，这是京都帝国大学的预科学校。在这里，吉川幸次郎与中国文化结缘，当时"三高"的名师青木正儿是狩野直喜的嫡传，他与本田成之、小岛祐马等人组织了研究中国文化的学社"丽泽社"。在这里，吉川幸次郎开始学中国语，初读唐诗，为杜甫诗歌而倾倒。

1923年，吉川幸次郎利用春假，游历了中国的江南。4月，升入京都帝国大学（今京都大学），选修中国文学，师从著名汉学家、"京都学派"创始人狩野直喜。狩野直喜与我国国学大师王国维有深交，并经其传授清儒的治学方法，从而确立了"京都学派"实事求是的学风。吉川幸次郎深得其精义。

1926年，升入京都帝国大学研究生院，研究方向选择了唐诗研究。

1928年3月底，吉川幸次郎随从狩野直喜，负笈来到北京，留学于他向往已久的北京大学，拜杨锺义为导师，受业于马裕藻、钱玄同、沈兼士、陈垣、朱希祖、马衡等先生，专攻中国音韵学。杨锺义精通考据学，对吉川幸次郎的治学态度有很大影响。留学期间，吉川幸次郎特别喜欢逛琉璃厂，是北京古书铺的常客。他还喜欢穿中国特色的长袍，讲话是一口的北京腔。他的游记文《来熏阁琴书店——琉璃厂杂记》《琉璃厂后记》曾写到此类内容。可以说，三年的留学生活，吉川幸次郎与中国文化结下了深厚的渊源，养成了无法释怀的中国情结。

1931年，吉川幸次郎回到日本，任教于母校京都大学，讲授《韩昌黎文集》。当时，京都大学附设的东方研究所，通过天津藏书家陶湘氏购进了将近三万册明清时期的线装古籍，由吉川先生负责整理与点校。他用四部分类法编成《东方研究所汉籍目录及作者书名索引》一书，此书一出，在学界可谓是一鸣惊人。

此后，吉川幸次郎主讲《毛诗正义》，并加以校勘，表现出深厚的学术功底。他还吸引了一些学人，每周以定期"会读"的方式，研究《尚书正义》。"会读"是吉川幸次郎的发明，这种方法废止了以前呆板的单独授课方式，老师和学生齐聚一堂，共读一部经典，逐字逐句，辨析字义，疏解义理，热烈讨论，集思广益，相互促进。这样读，虽然速度慢，但是所得甚多。"会读"时，吉川幸次郎用汉语朗读，因而研究员们都必须懂得汉语。"会读"吸引了不少参加者，研究《尚书》一时成为学术热门。此后他们还会读过唐诗与元曲，吉川的书房也因此相应地称过"唐学斋"和"诂典居"。

1939年，吉川幸次郎任东方文化研究所经学文学研究室主任，1945年任东方文化研究所商议员，1946年任文部省人文科学委员会委员，1947年任京都大学文学部教授，同年以《元杂剧的研究》获文学博士学位。1947年参加创刊《中国文学报》，此刊一般每年一期，至今已发行近80期，成为日本中国学研究的重要阵地。

1953—1954年，吉川幸次郎赴美国考察，在洛克菲勒基金会资助下，从事中国问题研究。1955—1956年，任《中国古典选》丛书（十卷本，朝日新闻社）主编；1955—1958年参加《世界大百科事典》（三十三卷本，平凡社）中国文学部分的编撰；1959—1961年参加《中国古典文学全集》丛书（三十三卷本，平凡社）的编译，主编第七卷《京本通俗小说·清平山堂活本》；1962年参加"《诗品》的综合研究"，具体负责"《诗品》的批评与它的对象的研究"；1965—1966年任《世界文学小辞典》（新潮社）的编集委员兼中国文学主编。

1967年，吉川幸次郎在人文科学研究所所长任内退休，改聘为名誉教授，获国家文化勋章。但他并没有终止自己的学术研究与活动，他于1970—1974年，参加《世界大百科事典》（三十三卷本，平凡社）中国文学部分的修订；1973年参加《中国讲座》（五卷本，筑摩书房）的编写，主编第二卷《旧体制下的中国》；1976年任《中国古典名著·总解说》（自由国民社，1998年）的总指导；1977年与小川环树一起完成《中国诗人选集》（三十三卷本，岩波书店）的编辑工作。

从吉川幸次郎的治学、研究经历与主要学术活动看，他广从名师，博专结合，视野开阔，毕生爱好中国学，成就了他中国文学研究的杰出事业。

吉川幸次郎对于宋诗的研究，源于他大学时代对宋词的爱好与研究，正式开始于五十年代。他的第一篇宋诗研究论文是《关于宋诗》（《墨美》10，1952年3月），这时的吉川只是觉得讲文学史，必须要涉及宋代部分。后来又陆续写了《诗人与药铺——关于黄庭坚》（《学事诗事》，1957年）、《宋诗的情况》（《学事诗事》，1959年），并于1959年在"日本中国学会第十一届学术大会"上作了《宋诗的地位》的报告，同时开始了把宋诗研究作为主要研究课题的工作。他研读《宋诗钞》和一些选本、相关诗歌批评，参考厉鹗的《宋诗纪事》、丁传靖的《宋人轶事汇编》，写出了宋诗研究专著《宋诗概说》（岩波书店，1962年），成为中国之外宋诗研究中影响最大的论著之一，后有多种译本，如郑清茂中文译本（台北联经出版社，1977年、1988年），李庆中文译本《宋元明诗概说》（中州古籍出版社，1987年），还有Burton Watson英文译本 *An Introduction to Sung Poetry*（Cambridge, Mass.: Harvard University Press, 1967）等，受到各国中国学研究者的重视。吉川幸次郎本人也很看重自己的《宋诗概说》，他曾说：

"我时常对新近的学人说，如果可以再授予一次新制度的文学博士要把此书作为学位论文申请学位。这完全不是玩笑。"① 可以说，《宋诗概说》是吉川幸次郎的代表性著作了。

吉川幸次郎在《宋诗概说》及其他相关论述中，对宋诗的地位、宋诗的分期、宋诗的特点、唐宋诗之别及宋诗人个案研究等方面，均提出了自己独到的见解。

一　关于宋诗的地位

对于宋诗地位的思考，是吉川幸次郎从事宋诗研究的开端，也是其宋诗研究的基础与动力。这种对宋诗的重视，甚至早于我国。

在我国，直至二十世纪上半段，人们对宋诗的评价受时代思潮影响，常将其与唐诗比较，往往有任意轩轾的情况，宋诗研究也曾一度偏冷。像二十世纪三十年代出版的陆侃如、冯沅君的《中国诗史》（上海大江书铺，1930年），在唐诗之后直接宋词和元曲，有意将宋诗给忽略过去。尤其有意思的是此后出版的胡云翼的《宋诗研究》，这是二十世纪第一部关于宋诗的系统研究专著。该书开篇的第一章便是"唐诗与宋诗"的评价问题。胡云翼说："只要我们拿大多数的作品去归纳比较，唐宋诗的鸿沟，便立显在我们面前。诚然我们不敢说唐优宋劣的话，但是在唐诗里面许多伟大的独具特色，在宋诗里面却消灭掉了。"并分析宋诗：1. 消灭掉了唐代那种悲壮的边塞派的作风，因宋时国势衰弱，诗坛也和时代一样地没有了英雄气；2. 消灭掉了唐代那种感伤的社会派的作风，到了宋代变成了太平笙歌的天下，没有了能够深刻感人的悲剧诗；3. 消灭掉了唐代那种哀艳的闺怨宫怨的作风，老实忠厚的宋代诗人，根本不像唐人那般爱写女性和爱情；4. 消灭掉了唐代那种缠绵活泼的情诗的作风，宋人的不懂得写喜剧的艳情诗，犹之乎他们不喜欢作悲剧的宫怨闺怨诗一样。从而得出结论："在唐诗里面，有令人鼓舞的悲壮，有令人凄怆的哀艳，有令人低徊的缠绵，有令人痛哭的感伤，把我们读者的观感完全掉在一个情化的世界里面去。宋人诗似乎最缺乏这种狂热的情调，常常给我们看着一个冷静的模样，俨然少年老成，没有一点青春时期应有的活泼浪漫气，全不像唐人的

---

① ［日］吉川幸次郎：《吉川幸次郎全集・第十三卷宋篇自跋》，筑摩书房1974年版，第633页。

要说什么就说什么的天真烂漫。这是唐宋诗显著的分歧点，也就是宋诗的缺点。"① 这是很值得注意的事，研究宋诗却先从宋诗的缺点谈起，以唐诗的优长来较宋诗的短缺，这种看问题的方式和态度，既是当时研究者意识的一种普遍反映，也是对宋诗研究极为不利的一种倾向。

五十年代，出版了钱锺书的《宋诗选注》。钱锺书是宋诗研究的大家，《宋诗选注》可以说是五十年代宋诗研究的最大收获。他在书的序言部分说："瞧不起宋诗的明人说它学唐诗而不像唐诗，这句话并不错，只是他们不懂这一点不像之处恰恰就是宋诗的创造性和价值所在。""凭藉了唐诗，宋代作者在诗歌的'小结裹'方面有了很多发明和成功的尝试，譬如某一个意思写得比唐人透彻，某一个字眼或句法从唐人那里来而比他们工稳，然而在'大判断'或者艺术的整个方向上没有什么特著的转变。"他虽然认为宋人的习气是"资书以为诗"，认为"把末流当作本源的风气仿佛是宋代诗人里的流行感冒。嫌孟浩然'无材料'的苏轼有这种倾向，把'古人好对偶用尽'的陆游更有这种倾向；不但西昆体害这个毛病，江西派也害这个毛病，而且反对江西派的'四灵'竟传染着同样的毛病。"因此，他说严羽批评宋诗"以文字为诗，以才学为诗，以议论为诗"，是"公允的结论"。② 但他也强调："整个说来，宋诗的成就在元诗、明诗之上，也超过了清诗。我们可以夸奖这个成就，但是无须夸张、夸大它。"③ 钱锺书终于能较为理智地看待宋诗，正确定位宋诗在诗歌史上的地位，提出不能以唐诗之长来衡量宋诗，从而贬低宋诗。他虽然认为宋诗依旧有各种"毛病"，但他的评说减小了唐宋诗之间的落差，为宋诗挣来了一席地位。

这种良好的评价倾向在我国没有继续下去，接过宋诗研究接力棒的是日本的吉川幸次郎。吉川幸次郎于1959年在"日本中国学会第十一届学术大会"上所作《宋诗的地位》的报告，以及他后来对宋诗的深入研究和充分肯定，一改自宋代严羽以来的唐后无诗之说，极大地影响乃至改变了中国诗学的主流看法，至二十世纪下半段，宋明清诗学研究成为国际显学，吉川可谓有开创之功。1962年，日本岩波书店出版吉川幸次郎的《宋诗概说》，这在中国大陆宋诗研究几近空白的二十世纪六七十年代，可谓

---

① 胡云翼：《宋诗研究》，上海商务印书馆1933年版，第7—10页。
② 钱锺书：《宋诗选注》，人民文学出版社1958年版，第13—20页。
③ 同上书，第11页。

是横空出世了。

吉川幸次郎的《宋诗概说》，极为肯定宋诗的地位。他主要从以下两方面进行考察：一是确立宋诗在宋代文学中的地位。吉川幸次郎认为，宋代文学中，诗、文、词均盛，所以既有"唐诗、宋词、元曲，一代有一代之胜"的熟语，也有"唐诗宋文"之说，把词或文作为宋代文学标志。吉川幸次郎认为，欧阳修、王安石、苏轼等既是古文家，又是大诗人，"这并不意味着对诗的忽视"，"在人们的意识中，最富艺术性的语言，仍然是韵文的诗"。① 这是与宋文比较而言；就宋词来说，词被称作"诗余"，是诗的支流，宋诗内容之丰和数量之巨均超越宋词，宋文学的主流"归根结底还是普通的诗"，并且宋人最重要的感情"是寄托在诗中而不是词中"，"这是宋代本身的意识，也是现在的客观判断"。② 这是与宋词比较而言。因此，宋诗与当代的主要文学体式——文和词相比较，依然占据着无可替代的重要地位。二是确立宋诗在中国诗歌史上的地位。吉川幸次郎从他认为的宋诗的显著特征"悲哀的隔断"入手，认为"悲哀的隔断一直支配着后代的诗"，"不管元、明、清的各个诗人是否有意识的祖述宋诗，他们的诗不像唐诗那样歌咏悲哀则都和宋诗相同"。③ 吉川此论着眼于中国诗史的发展长河，认为宋诗在中国诗歌史上代表新的发展方向，它继往开来，又另辟蹊径，自成特点，并且不断地泽及后世。这是从传承与创新的角度肯定宋诗的地位。

吉川幸次郎不仅肯定宋诗的地位，还通过共时与历时的比较来确立宋诗的地位，这就使宋诗的领地更为稳固了，而且这种分析角度也是颇为新颖的。这点，在我国本土并未达到，学界主要还是从内容与艺术上进行分析与肯定。如朱大成《论宋诗的历史地位》说，"评价一代诗歌，第一要看它的内容，然后再衡量其艺术成就，这是无产阶级文学工作者公认的原则"④，因此他之后沿用这两个"原则"来论宋诗的历史地位；聂焱《还宋诗以应有地位》也说，"与唐诗比较，宋代大量诗歌更深刻反映了自己所处时代的政治、社会状况"，"宋诗与唐诗比较第二个显著特点是多角度

---

① [日] 吉川幸次郎：《宋元明诗概说》，李庆等译，中州古籍出版社1987年版，第9页。
② 同上书，第10页。
③ 同上书，第37—38页。
④ 朱大成：《论宋诗的历史地位》，《社会科学辑刊》1980年第4期。

反映了社会前进的步伐","宋诗的第三个特点是对唐诗品评艺术继承与发展"。①

二 关于宋诗的分期

宋诗,既有作为风格特征的"宋诗"的含义,也有作为一代文学面貌的"宋(代)诗(歌)"的含义,这是两个部分重合却并不完全相同的概念。若把它作为中国诗歌史上一种风格的代表,通过一句或几句概括性很强的话描述宋诗,将它同唐诗的风格特征区别开来,是可以的,但是再往前迈进一步,用来概论整个宋代诗歌,那就不见得恰当了。若把它作为一代文学面貌的指称,其发展有着三百余年的历史,仅以"宋诗"称之,也是比较笼统的。因此,或从诗歌风格嬗变出发,或从文学史的立场出发,将宋诗划分为若干不同时期而加以比较深入的研究,从而从总体上把握宋诗的全貌,就显得十分重要了。宋诗的分期,成为了宋诗研究上的重要问题。

我国本土对宋诗的分期目前也还没有达成共识,既有从时间而分的,也有从体派而分的,概括而言,大约有三种情形:一是四分法,将宋诗分为北宋前期、北宋后期、南宋前期、南宋后期,这是参考陈衍《宋诗精华录》的分法。而陈衍《宋诗精华录》又是仿南宋严羽《沧浪诗话》、明代高棅《唐诗品汇》对唐诗的分期方法;二是六分法,大体参照方回《送罗寿可诗序》中的说法,划分为六个阶段:宋初学晚唐的三体,欧、苏、梅等学李、杜和韩愈诗,王、苏、黄、陈各具特色,开宗立派,南渡初陈与义为诗坛代表,乾、淳以降,尤、范、杨、陆最为杰出,嘉定后为永嘉四灵和江湖派。三是按流派划分为七个阶段:西昆体,革新派与苏、梅、欧、王,苏轼与苏门六君子,江西诗派,江西派的新发展与陈、杨、范、陆,永嘉四灵和江湖派,爱国诗派。

吉川幸次郎的宋诗分期自成一说。他从时间而分,划出了六阶段。他的《宋诗概说》,以"序章"《宋诗的性质》为宋诗综论,一至六章分六阶段论述:北宋初过渡期、北宋中期、北宋后期、北宋末南宋初的过渡期、南宋中期、南宋末期,以此提出了他对宋诗的分期。这改变了我国宋诗研究中传统的比照唐诗研究分为初盛中晚四期或由此衍生为八期的分期

---

① 聂焱:《还宋诗以应有地位》,《沧桑》2003 年第 1 期。

法。而与我国的同类分期法比较，又可以发现，吉川幸次郎所分阶段与方回《送罗寿可诗序》一样，都是六个阶段，所对应的时期也基本等同，但不同的是，吉川幸次郎明确标示了北宋初、南宋初为"过渡期"，这体现了吉川幸次郎对这两个时期性质的确定，也加强了对文学历史上过渡时期的文学现象的研究。对于北宋初过渡期，他认为，宋朝开国并不意味着新诗风的开启，宋初近60年只是宋诗过渡期，"在诗的世界中，爱好并祖述唐诗，特别是最后时期的晚唐诗"[①]，真正的"宋诗"尚未形成；北宋末南宋初的过渡期，他认为，这一时期是"政治史的灰暗时期，也是文学历史的低潮期"，"早已没有大诗人，有的只是小诗人"，诗人们继承大诗人的风格不易，新的方向也尚未确立。[②]

将"北宋初""南宋初"作为"过渡期"的提出，凸显了吉川幸次郎对诗歌过渡时期风格嬗变的关注。同时，在吉川幸次郎的分期论说中，常常可见其对当时政治状况对诗歌影响的分析以及诗歌流派传承的梳理，体现了他对诗歌发展内部、外部因素的同等重视，也表现出对阶段与整体、文学演进与社会演变关系的强调。但他的《宋诗概论》主要着眼于对宋诗的面貌进行介绍，因此在宋诗的分期问题上并未多作停留，有关宋诗分期的标准、各期特征均未探讨。当然，在相同时期，基本上没有哪国的学者作出论说。直到二十世纪八十年代，关于宋诗的分期，我国学者的讨论日渐多了起来，并且越来越呈现出多元化的态势。如同样将宋诗划分为六阶段的陈植锷的《宋诗的分期及其标准》，文中首先提出了宋代诗歌发展期划分的六个原则"体现宋诗自身发展的特点""打破旧史王朝体系的框架""兼顾诗歌风格流派的演变""重视作家活动年代的顺序""辨识前人成说的正误""注意社会文化背景的影响"，然后参酌以上六个原则，将宋诗分为六个时期：（1）沿袭期：由太祖建隆元年至仁宗天圣八年，七十余年；（2）复古期：由仁宗天圣九年至嘉祐五年，凡三十年；（3）创新期：由仁宗嘉祐六年至徽宗建中靖国元年；（4）凝定期：由徽宗建中靖国二年至南宋高宗绍兴三十一年，凡五十年；（5）中兴期：由高宗绍兴三十二年至宁宗庆元六年前后，凡五十年；（6）飘零期：由宁宗嘉泰元年至元初，历时近百年。[③] 宋诗分期原则的提出，增强了宋诗分期研究的科学性，而每一

---

① ［日］吉川幸次郎：《宋元明诗概说》，李庆等译，中州古籍出版社1987年版，第42页。
② 同上书，第111—113页。
③ 陈植锷：《宋诗的分期及其标准》，《文学遗产》1986年第4期。

期亦以沿袭、复古、创新、凝定、中兴、飘零来标示，不仅揭示出该时段的特征，也由点到线地构筑成宋诗嬗变的繁复历程。

三　论宋诗的特点

关于宋诗的特点，一直以来，人们总是把南宋严羽在《沧浪诗话》中概括的"以文字为诗，以才学为诗，以议论为诗"当成定论，从议论、才学、文字等方面来考察宋诗的特征；或者以明代袁宏道称赞欧、苏等诗人"于物无所不收，于法无所不有，于情无所不畅，于境无所不取"作为宋诗特征；或者清代吴之振说宋人之诗变化于唐，"皮毛落尽，精神独存"，翁方纲说宋诗妙境在实处，其精诣"全在刻抉入里"；等等。这些固然是不错的，但并不仅限于此。吉川幸次郎以"他者"的眼光，在《宋诗概说》中提出了有别于我国普遍观点的看法，颇为中肯且新人耳目。

可以说，对宋诗特点的论说，是吉川幸次郎《宋诗概说》中最为着力的，因为这也关系到宋诗地位的确立等问题。吉川幸次郎提出的宋诗的特点主要有：叙述性、与生活的紧密联系、社会责任感、哲理性、悲哀的扬弃等。

第一是宋诗的叙述性。吉川幸次郎认为这是宋诗"以文为诗"的突出表现。他在《宋诗概说》中说："宋诗中有叙事性很强的诗，这是以知性自矜的诗。在过去的文学中用散文叙述的内容、题材，在宋人往往用诗来吟咏，这就是过去中国批评家所说的'以文为诗'。"[①] 在我国传统诗学观念中，一直比较重视诗歌抒情言志性，而忽略诗歌的叙事性，这导致历代诗歌研究者在认识上的偏颇。而吉川幸次郎作为异国学者，显然没有受这种观念的影响，首先指出的就是宋诗的叙事性。

事实上，诗歌由唐代到宋代，是一个大的转变。对此，前人有诸多讨论，如唐诗主情，宋诗主理；唐诗以丰神情韵胜，宋诗以思理筋骨胜；等等。宋诗确实在唐诗之外再辟蹊径，生新创造，成就与地位可与唐诗双峰并峙。自从严羽在《沧浪诗话》中提出宋诗的异质在于"以文为诗，以才学为诗，以议论为诗"，人们便普遍认同宋诗之变化亦在于此，这确实是个非常精辟的论断。但应该也有其他的观照角度，比如，从叙事的角度入手，同样也可以见出宋诗之创变。在这一创变趋势中，宋诗的叙事较之唐

---

① ［日］吉川幸次郎：《宋元明诗概说》，李庆等译，中州古籍出版社1987年版，第10页。

代有着怎样的不同？宋诗人写作过程中往往采取怎样的叙事处理？看重哪些因素？追求什么样的叙事效果？等等，在解答这一系列的问题的探索中，同样可以为唐宋诗的差别研究提供一个新的认识角度，并可以由此来正面审视宋诗的审美特征。

吉川幸次郎即抓住了宋诗的叙事性这一审美特征，并由此窥见宋人在题材等方面的创新。他说："这种关于珍贵器皿的叙述，不过是宋诗所叙述的内容的一斑，类似的题材，如叙述名画、珍贵的食物、奇怪的动物、罕有的事件等等，各种各样的诗都有。在别的方面，许多宋代诗人还有叙述长途旅行的经过、一天游览的历程、与朋友的会面、酒宴以及其他交游活动的长诗。""在唐诗中不是没有这样的先例……但这种倾向在唐诗中不是普遍的，在宋诗中却很普遍。"[①] 一般来说，文用以叙事、诗用以抒情，这是历来两者在表现功能上的划分，但是宋人别出心裁地打破了两者之间的藩篱，凡是适合散文叙述的题材，也用诗歌来表现。我国国内论"以文为诗"，大多将关注点集中于宋诗人将散文章法、句法、字法引入诗中，使宋诗的结构、描写以及语言呈现出散文化的倾向。吉川幸次郎则从内容、题材上来探讨宋诗的"以文为诗"，这在当时确实比较独特。

吉川幸次郎还提出形成这一特征的各种文学性因素，如宋代散文的发达与宋代诗人创作的心理动机。他说：这和"宋代文学中散文也很发达有关。可以这样认为吧，作为散文家培养成的素质，也移入到诗歌中，因而容易形成上述那种诗"。"但是更根本的原因在更深处。以往以抒情为主的诗，屡屡陷入空虚的抽象，对此进行反省或者反拨，这才是内在的因素。不满足于仅仅表现出内心冲动的定点，这就是宋代的诗人。他们为了寻求刺激情绪高涨的东西，努力把目光引向外界，去发现新的题材，作详细的叙述。或者题材并非是新的，但改吟咏态度为叙述性的，不只是概括地描绘对象的顶点状态。"[②] 吉川幸次郎认为，由于宋代散文的发达，形成文人特定的文学素养，他们将之运用到诗歌的创作中，从而形成具有散文特征的叙述性诗歌。但更重要的是，宋代诗人不满足于以诗抒情，他们希图用诗歌表现更多的内容，并将其完整地叙述出来，这形成了宋诗的叙述性特征。

---

① ［日］吉川幸次郎：《宋元明诗概说》，李庆等译，中州古籍出版社1987年版，第12页。
② 同上书，第13页。

吉川幸次郎进一步提出，正是宋诗人这种着意叙述的心理，促成了宋代诗人多产的现象。他说："一个诗人有千首以上的作品存世，莫如认为是常态，其原因之一，就是诗人要把射向外界的目光所见的一切，都无所遗漏地写成诗吧。"① 吉川幸次郎此意是说，宋代诗人的擅长叙述，使他们能够将所见所闻都写成诗歌，这样作品就增多了，因此，宋代诗人相较于前代诗人普遍高产。

吉川幸次郎不仅总论宋诗时提出这一特点，在论述宋代诗人时个体也贯穿了这个观点。他论欧阳修时，即认为指出欧阳修诗歌的一个突出特点即在于"题材的扩张"和"叙述的意欲"，欧阳修诗中"叙述的意欲向着各个方向扩张题材"，"即使表现以往诗人惯用的题材，也有态度的扩张，夹杂着基于广阔视野的叙述，而叙述又往往伴随着哲理。就是说，是欧阳修在建立了序章中叙述的那种宋诗的典型性质的基础"。② 可以说，吉川幸次郎切实地把宋诗的叙述性贯穿于其对宋诗的整个研究内容了。

第二是宋诗与生活的紧密联系。这其实也属于宋诗在题材方面的开拓问题。吉川幸次郎认为，因为宋诗人着意叙述的心理，所以他们把射向外界的目光所见的一切，都无所遗漏地写成诗。而这种关注的目光中，也有不那么特别的事物，即日常生活，宋诗人关切生活细节，将"普遍的、日常的、和人们太贴近的生活内容""大量地写成诗歌"，所以"宋诗比起过去的诗，与生活结合得远为紧密"。③ 吉川幸次郎进一步指出，宋诗题材的积极动机是以任何一个人都能接触到的日常事物作为诗歌的题材，贴近生活的宋诗趣味就产生于此，还产生了以往的诗中没有的新意。

在中国文学的历史进程中，诗曾经被赋予过特殊的使命，人们依照对这种使命的理解，在诗歌理论和创作实践上提出了"诗言志"与"诗缘情"的主张。虽然"言志"与"缘情"分流异趋，却也有共同点，那就是自从魏晋以来，尤其是南北朝以后，都有越来越脱离普通的社会生活与日常生活的倾向。隋唐之后，诗歌虽然开始较多地关注社会、政治生活，但还是被限制在一定的表现范围内。事实上，并没有人明确地指出或规定过诗歌的取材范围，但在唐人的潜意识中，是存在一个限定的，他们受着

---

① ［日］吉川幸次郎：《宋元明诗概说》，李庆等译，中州古籍出版社1987年版，第13—14页。
② 同上书，第53页。
③ 同上书，第14页。

传统观念的支配，很少去表现平凡世俗的、日常具体生活状态和过程，而宋人却打破了这个局限，大量地表现这些内容，这是对诗歌表现领域的一个大拓展。

吉川幸次郎很是重视宋人的这一拓展，他不仅总论宋诗的这一特点，而且以具体诗人为例详细分析，他说："和欧阳修一起开创了宋代新诗风的梅尧臣的作品，最早显著地表现了这一特点……梅尧臣以后的诗人，也显著地具有这一倾向。"① 还以苏轼《小儿》、王安石《酬冲卿月晦夜有感》、秦观《田居四首》等诗作为例，具体分析其所展示的各种日常生活。在他的《宋诗二首》中，曾分析梅尧臣《设脍示坐客》的日常生活趣味。诗歌说："汴河西引黄河枝，黄流未冻鲤鱼肥。随钩出水卖都市，不惜百金持与归。我家少妇磨宝刀，破鳞奋鬐如欲飞。萧萧云叶落盘面，粟粟霜卜为缕衣。楚橙作虀香出屋，宾朋竞至排入扉。呼儿便索沃腥酒，倒肠饫腹无相讥。逡巡瓶竭上马去，意气不说西山薇。"据《避暑录话》载：诗人梅尧臣嗜食生鱼，客居东京时，他家中有一位斫脍高手，士大夫们"以为珍味"，欧阳修等人"每思食脍，必提鱼过往"，② 梅尧臣也曾以《设脍示坐客》一诗记录他以生鱼脍大宴宾朋的事，其中"萧萧云叶落盘面，粟粟霜卜为缕衣"句，吉川幸次郎认为这是将鱼切成鱼片，把萝卜切成细丝，与日本生鱼片的做法相同。这正是梅尧臣诗生动地描绘了日常生活细节，是诗歌充满了生鱼片与萝卜丝的香味，有着浓郁的生活气息。吉川幸次郎认为："像这样的诗，在此前的中国，原则上还没有出现过。有一种恶评以为这是忘却了诗歌本来的抒情任务，使诗歌散文化。宋诗生动地描写生活，竟然引起了这种评论。再一次反复强调，宋诗作为11世纪的诗歌在世界文学史上也足以引起注意。我以为在日本的诗歌之中，以这样的方式与生活紧密联系，要等到江户末期诗人平贺元义、橘曙览的时代。"③ 对宋诗的日常生活性评价颇高。

吉川幸次郎并从历时比较的角度，突出宋诗与生活的紧密联系，他说："这种与日常生活的贴近，也是中国诗从很早起就有的现象。最初的《诗经》三百篇所歌咏的，大多是日常的素材。六朝的陶渊明，唐代的杜甫、白居易更为细微地记叙了自己的家庭及其周围的情况，但最为细微的

---

① ［日］吉川幸次郎：《宋元明诗概说》，李庆等译，中州古籍出版社1987年版，第14页。
② 叶梦得：《避暑录话》卷下，《丛书集成初编》本。
③ ［日］吉川幸次郎：《吉川幸次郎全集》（第十三卷），筑摩书房1984年版，第225页。

描写是在宋诗中出现的。"①

吉川幸次郎并且分析了宋代产生这种题材特征的原因,他说:"关于这一点,我们仍然应该重视其内在的原因,即宋人向外的目光,首先注意从身边寻找更多地反映现实的素材。不过也应当考虑还有其他的原因促使了宋诗这一特点的发展,那就是宋代人们的生活环境,与从前中国人的生活环境具有划时代的区别,而接近我们现代人。"② 认为宋人诗歌与生活有密切的联系,除了他们注意从身边的生活寻找诗歌素材外,他们的生活环境发生巨大变化也是重要原因。所以宋人在他们诗歌中反映都市的道路状况,生活中的柴米油盐以及租赁住房,也反映农村生活的复杂,这些生活都很具现代性,比如诗中提到的"邸店",就如现在的定期百货集市一样。

可见,吉川幸次郎对宋诗的日常性是相当重视的,他在《中国文学史》一书中,将中国文学与西方文学和日本文学进行比较,提出中国文学有七大特色,其中之一便是文学内容的日常性,并且认为"由于文学历史进展缓慢,所以中国文学留意于他国文学所忽略的,创作出他国文学所没有的精心撰构之作"。③

第三是宋诗中的社会责任感。这一方面倒是我国学者关注得较多的,人们一般称之为宋代文人的"淑世情怀",主要从儒学思想的角度来认识。淑世情怀指的是积极入世的情怀,其主要表现是忧国忧民。《易经》里有句大家都熟悉的话:"天行健,君子以自强不息。"在我国古代,知识分子大都具有一种强烈的忧患意识,这种忧患意识,使他们把自己和民族、国家、天下联系起来,意图通过"修身、齐家、治国、平天下"来实现自我的生命价值。这种价值观渗透到他们的诗歌创作与评判中,使得评判一位诗人是否伟大,长期以来有一个非常重要的标准,那就是看他是否关注社会现实,是否关注国家民族命运。以此衡量,宋人不乏伟大诗人的典范,范仲淹的"先天下之忧而忧,后天下之乐而乐"(《岳阳楼记》),更是闪耀着理想的光辉,跳动着民族的脉搏,成为历代仁人志士鞭策、警戒、完善自我的行为指南。

吉川幸次郎也认为,"宋人的目光不仅仔细注意着家庭或家庭周围的

---

① [日]吉川幸次郎:《宋元明诗概说》,李庆等译,中州古籍出版社1987年版,第17页。
② 同上。
③ [日]吉川幸次郎:《中国文学史》,陈顺智、徐少舟译,四川人民出版社1987年版,第28页。

这些身边的事物，企图遍及他们的各个角落，对社会、国家——人类的大集团，其感觉之敏锐也是前所未有的"①。确实如此，宋代特别重视文化，重用文人治国，甚至宋太祖还主张"宰相须用读书人"②，"欲武臣尽读书，以通治道"③，他的这些倡导被其后代君王奉为祖宗家法，"三百年待士大夫不薄"④。宋代的文人士大夫政治热情普遍高涨，多有兼济之志。除范仲淹"先天下之忧而忧，后天下之乐而乐"外，张载的"为天地立心，为生民立命，为往圣继绝学，为万世开太平"（《西铭》），苏轼的"凡可以存存而救亡者无不为，至于不可奈何而后已"（《韩魏公墨妙堂记》），等等，也非常激荡人心，内中所体现的勇于担当的气度、民胞物与的情怀、百折不挠的精神，都可以说是无愧前人并光耀来者的。

吉川幸次郎比较了各时期的文学创作，说：" '人处于众人之中'、'不应该只顾自己而漠然于世'，这种社会意识，也是从很早起就被看作是中国文学的使命了。最早的《诗经》、唐诗中的杜甫、白居易的作品，都是社会的良心所在。只是迄今为止的诗作，这种意识尚未普遍，到了宋代，至少是大家的诗，就成为普遍的存在。没有写过对社会和政治加以批评的作品的诗人，莫如说是罕见的。"⑤ 认为宋人的社会责任感更为普遍与强烈。

吉川幸次郎又从社会文化发展、诗人生平的角度来考察宋诗的社会责任感，他说："不用说，这是因为长期培养起来的中国的人道主义，至宋代达到了一个划时代的新阶段。与此同时，作为次要的原因，是诗人多数出于市民，熟知一般人的生活。""他们对大众福祉的关心，即作为政治家的责任，也更加切实了。"⑥

第四是宋诗的哲理性。吉川幸次郎在《宋诗随笔》中说："说理被认为是宋诗的缺点，但宋诗的说理具有着积极贴近现实的欲望，这个欲望朝着两个方向伸展，这形成了宋诗的特征。一个特征是批判的精神，尤其对

---

① ［日］吉川幸次郎：《宋元明诗概说》，李庆等译，中州古籍出版社1987年版，第18页。
② 李焘：《续资治通鉴长编》卷七，影印文渊阁《四库全书》本。
③ 脱脱等：《宋史》，卷一《太祖本纪一》，影印文渊阁《四库全书》本。
④ 同上。
⑤ ［日］吉川幸次郎：《宋元明诗概说》，李庆等译，中州古籍出版社1987年版，第18—19页。
⑥ 同上书，第19页。

政治是如此。……另一个特征是深切地吟诵在日常生活中发现的人生乐趣。"① 因此，吉川幸次郎紧扣前文所论特征，一路道来，说宋代诗人"既然对社会现实进行了比以往更加细致、或者比以往更加广阔的审视，那么进一步切实地考虑所谓人是什么，应该如何生活，则是当然的"。这时候，诗人就必须使用论理性的语言，也就形成了人们常说的"以议论为诗"，或"以理为诗"，这是"以宋成为中国哲学的成熟期为背景的"。② 吉川幸次郎接着勾勒了理学的发展历程，列举了很多宋诗人与哲学家的关系，进而提出："诗人也处于热爱哲学的时代氛围中，或者本人在诗的业绩以外，就另有著作为哲学家的业绩。"③ 当然，在这种情况下，宋诗具有哲理性也就不言而喻了。

吉川幸次郎接着分析了陆游的《蟠龙瀑布》和苏轼的《题西林壁》，更好地说明宋诗的哲理意味。对于陆游的《蟠龙瀑布》，他串讲诗歌内容后说："所谓'物'指外物、环境。水不过是因环境而被动地被赋予了形而已。因为是在高处，所以就按照自然之势落到了低处，它本来并不是打算能动地与石头争吵。退之，即唐代的韩愈在给友人孟郊的文章中说，所有的物体发出鸣响，只是因为失去了平衡。可是在这一点上他也是一个见解狭隘的人，这种说法未免牵强。事实并非如此，这瀑布雷鸣般的响声也完全是环境所造成。人也是这样。古来的伟人们最初都期望过躬耕得食的平静生活，只是由于'意气'，即人与人精神的接触，有时感激、兴奋，'邂逅'——偶然地成就了'功名'。"④ 对于苏轼的《题西林壁》，他说："哲学的道理不光是用这种长诗（指陆游的《蟠龙瀑布》）来表现的，也屡屡寄托在许多律诗绝句中。例如苏轼有名的绝句《题西林壁》便是如此。""这是苏轼寄寓于庐山的认识论。"⑤ 吉川幸次郎细致的文本分析说明，宋诗的哲理是诗人"日常生活中发现的人生乐趣"，是他们对事物的独特体认，而不是来自书本的陈旧哲理。

关于宋诗的哲理性，我国学者通常称之为"理趣"，论说颇多，大多数和吉川幸次郎一样，是从积极的角度探索其与日常生活和社会现实密切

---

① ［日］吉川幸次郎：《吉川幸次郎全集》（第十三卷），筑摩书房1984年版，第214页。
② ［日］吉川幸次郎：《宋元明诗概说》，李庆等译，中州古籍出版社1987年版，第20页。
③ 同上。
④ 同上书，第21页。
⑤ 同上书，第22页。

贴合的。例如：张毅认为"理趣是由形与神、情与理结合而产生出来的，已不是单纯的物理，更不是二程所说的那种除情去欲的抽象性理"[①]；葛晓音说理趣是"孕含在诗歌感性观照和形象描写之中的哲理"[②]；阎福玲认为理趣是"抽象的思辨色彩的理便与活生生的事物具象完全融合为一"[③]；等等。基本上认为理趣是哲理性与形象性的高度融合，其区别于理致、理障的关键就是形象与生机，它渗透在各种题材中，从而成为宋诗区别于唐诗的一大特色。这个特色，它的丰富内涵，它的多样表现方式，它源自什么样的时代环境和文化氛围，都得到了学界较好的探讨，因此，吉川幸次郎提出的宋诗哲理性在我国几乎没有回应，而下一个论题，就完全不一样了。

第五是宋诗中悲哀的扬弃。这是吉川幸次郎《宋诗概说》中提出的一个核心观点。吉川幸次郎认为，一方面，宋代生产的发展促进了社会分工的细化；另一方面，哲学的发达又促使理性思辨的深化。两者都使宋人能冷静地看待多变的人生和复杂的社会，他们的人生态度因理性而更加达观，从而产生新的人生看法，即悲哀的扬弃。他认为："这才是宋诗最重要的性质，并且是宋诗对过去的诗所作的最大改变。"[④]

吉川幸次郎接着梳理中国诗歌史上情感基调的嬗变历程：先秦诗歌以《诗经》为代表，主流是一种乐观的情调；汉魏六朝诗歌一变而为绝望与悲哀；唐代诗歌开始扬弃悲哀，但没有彻底清算；宋代诗歌完成了对悲哀的扬弃。他说："通观宋人的诗，首先给人的感觉是悲哀的诗少。有的即使吟咏悲哀，但也留有某些希望，不是走到绝望。"这是因为"宋人多视角的观察使他们明白地感到是人生不是只有悲哀的部分，而通过哲学来弄清楚这个问题，又成为人们的一种信念"[⑤]。借助于哲学的沉思，宋代诗人看人生就更加通达。

---

① 张毅：《宋代文学思想史》，中华书局1995年版，第114页。
② 葛晓音：《论苏轼诗文中的理趣——兼论苏轼推重陶王韦柳的原因》，《学术月刊》1995年第4期。
③ 阎福玲：《禅宗·理学与宋人理趣诗》，《中州学刊》1995年第6期；其余还可参见陈文忠《论理趣——中国古代哲理诗的审美特征》，《文艺研究》1992年第3期；张思齐《从中西诗学比较看宋诗的理趣》，《文学遗产》2002年第1期；陶文鹏《苏轼山水诗的谐趣、奇趣和理趣》，《江汉论坛》1982年第4期；张文利《哲理与诗性的完美结合——论宋代理趣诗》，《四川大学学报》2003年第3期；胡建次《论理趣》，《西北民族大学学报》2004年第1期。
④ ［日］吉川幸次郎：《宋元明诗概说》，李庆等译，中州古籍出版社1987年版，第22页。
⑤ 同上。

第四章　日本主要宋诗研究者的学术贡献

吉川幸次郎高度评价这一特征，他说："这在文学史乃至思想史上，是一个非常大的改变。尤其特出的、成为转变中心的诗人是苏轼。把人生看成是漫长的持续，看成是默然的抵抗，这种情况似乎只有凭借苏轼博大的人格，才有可能出现。"①

吉川幸次郎并分析产生这一特征的根源，他说："这一种乐观和宋代哲学的立场不是无关的。我是哲学史的门外汉，但我看到宋代哲学家们的命题之一，就是在于恢复古代式的乐观。所谓古代式的乐观，就是儒家经典所表现的这一态度：与解说人的命运相比，它更多地解说人的使命。"②

在吉川幸次郎述、黑田洋一所编《中国文学史》（岩波书店，1974年）第六章中也有相似的论说，书中列举杜甫和苏轼各自作为唐诗、宋诗的代表进行比较，说明唐诗人对于作诗有一种悲壮感人的、富于青春气息的执着追求，而宋诗人则像写日记一样写诗，他们对待事物的态度比较随缘与达观。

对于吉川幸次郎提出的宋诗这一特点，我国学界的回应是比较多的。首先是许总以"扬弃悲哀"为题，详细介绍与高度评价吉川幸次郎的《宋诗概说》；③此后则有程杰、陈节、王磊、熊海英、李明等人以此为话题，展开对宋诗特色的论说。

程杰探讨宋人扬弃悲哀的物质文化基础，他认为：从宋代的政治环境来看，宋代右文的政策使士人际遇优渥，这是宋人扬弃悲哀之音的物质基础；统治者倡导的复雅颂圣之风和朝野上下的逸乐风气也为当时的文化环境奠定了基调。④

陈节、王磊认为，宋人其实是最深沉地感受到了悲哀的，但他们并不在诗中表现悲哀，这是由于理性的张扬与词的代偿作用。陈节说："宋代诗人不可能不感受悲哀与悲剧意识。说宋诗扬弃了悲哀，只是看到它的一种表象。宋代诗人之所以不将悲哀当作重要的主题，是因为他们有着特殊的文化、文学的背景。一方面他们自觉地将社会责任、人生感触纳入理性

---

① ［日］吉川幸次郎：《宋元明诗概说》，李庆等译，中州古籍出版社1987年版，第23页。
② 同上书，第25页。
③ 许总：《扬弃悲哀　拓展视野——评吉川幸次郎著〈宋诗概说〉》，《文学遗产》1988年第3期。
④ 程杰：《诗可以乐——北宋诗文革新中"乐"主题的发展》，《中国社会科学》1995年第8期。

思考的范畴,另一方面又有善于驱遣言情的词体,宣泄万端牢愁,故此宋诗能表现出一种冲和平淡、旷达超脱的风貌。"① 王磊说:"宋代积贫积弱、内忧外患,朝廷昏庸无能、世间民怨沸腾,每位有志之士都感前途暗淡、仕途无望!当宋代诗人在回望唐代那诗歌繁盛的境况时,谁人不感生不逢时、时运不济呢?其实宋代文人并不缺乏悲哀的心态,悲剧的时代赋予他们的是更痛彻、更深沉的悲哀。但诗歌历经千年发展至宋代,却将悲哀的成分减少,形成了中和淡然的风格!之所以如此,其原因是纷繁复杂的。""这与宋代独特的文化背景有关,他们将社会责任、人生情感与理性思考结合使宋诗具有了扬弃悲哀的特色。""宋诗悲哀情绪的扬弃,还受益于词的繁荣,在宣泄怨悱情绪方面,宋词起到了至关重要的作用。"②

熊海英、李明则从哲学观念的层面揭示宋诗扬弃悲哀的思想基础。熊海英说:"吉川先生认为是宋人达观的人生态度、乐易精神改变了诗歌悲哀惆怅的底色,诚为不易之言。不过,以此形而上之哲学思想为主导,对宋人的诗歌观念与创作实践作具体的辨析,以充分揭示宋诗情感基调转变的影响因素与相关表现,这一方面的研究论证似仍有深入空间。"因此,他从"扬弃悲哀,否定'穷愁之诗'"与"告别苦吟,诗可以乐"两个层次对宋诗扬弃悲哀进行申述。③ 李明则从宋人尚"气"的角度来考察,他说:"宋人多崇尚豪迈刚健之'气',在面对人生的各种困顿忧患时,都力求保持'气'的刚健完全,从而扬弃悲哀。这和宋人的'气'论思想对前代的突破有关。前代的'气感'观念的理论基础是容易随外物相感而动的自然'血气';而宋人以养炼而成的'浩然之气'超越之,能够以'志'帅'气',不易为忧患所动,发而为诗也归之于正。""从而,宋人面对忧患,能够做到不率尔使动于辞气;即是发之于诗,也不会流于过度的悲哀。这就是宋诗能够扬弃悲哀的原因之一。"④

第六是宋诗表现上的特征。韦勒克、沃伦《文学理论》中曾引贝特森的一句话:"我的论点是,一首诗中的时代特征不应去诗人那儿寻找,而应去诗的语言中寻找。我相信,真正的诗歌史是语言的变化史,诗歌正是

---

① 陈节:《论宋诗的扬弃悲哀》,《中国韵文学刊》1999 年第 2 期。
② 王磊:《略论宋诗之悲哀的扬弃》,《文学界》2010 年第 6 期。
③ 熊海英:《扬弃悲哀 诗可以乐——宋人的乐易精神与宋诗情感基调的转变》,《人文论谭》2009 年第 1 辑。
④ 李明:《"气"与宋诗之"对悲哀的扬弃"》,《科学·经济·社会》2014 年第 4 期。

从这种不断变化的语言中产生的。"①

吉川幸次郎很敏感地捕捉到了宋诗在语言表现上的特点，以区别于唐诗，他说："由于趋向叙述和论理的意欲，与使用定型的律诗和绝句相比，有着更喜爱使用自由韵律的古诗的倾向。"②

一般来说，先秦两汉魏晋时期的古诗，它们的语言与散文的语言以及日常的语言在形态上并无多大差异，而在语序的使用、虚词的运用、音律的不讲究等方面，诗文都比较相同。但是，从谢灵运、谢朓、沈约等人对诗歌语言改造以后，就与散文以及日常语言分而驰之了，意象开始变得密集凝练了，虚词渐渐从诗歌歌词中消失，声律开始形成模式，等等，到了唐代，这一整套诗歌语言形式完全成熟，并且定型了下来。诗人们则"二句三年得，一吟双泪流"（贾岛《题诗后》）、"吟成五字句，用破一生心"（方干《感怀》），完全为语言形式所奴役。因此，宋人再一次地"陌生化"，在格律上有向古诗回归的倾向，语言上也大力改革，散文的语言以及日常的语言又回流到诗歌中。

这个回流，其实在杜甫、韩愈诗中就已显现。在杜甫以虚字入诗和以拗句入律的时候，在韩愈、孟郊以"钩章棘句，掐擢胃肾"的"横空瘦硬语"写诗的时候，也许他们并不是自觉地要对诗歌语言进行新一轮的革新，但至少显示了对诗歌语言的俗套不满，这种不满，在宋人达到了极致，因此"宋诗不是这样。诗嫌恶流于美文，或者特意要写成非美文性的。用语也避免华丽，力求质实，甚或使用过去公认会破坏诗的调和的、过于质实的语言。譬如过去已成为散文用语而不入诗的辞汇，宋人也大胆地移入诗中。而由此使读者感觉到阻力，从而增加了诗的重量"。"这样的话语以及表现，被称为'硬语'。所谓'硬语'，原来是唐代韩愈就自己富于此类表现的诗而言的一个词，在宋诗中非常地泛滥。这不是一种给人以柔软印象的话言，而是给人以硬直印象的语言。如加上形容词，又说成'横空硬语'、'盘空硬语'等等。"③

除"硬语"外，宋诗大量使用俗语、口语，"俗语、口语入诗的量，到了宋诗也比唐诗多。经常作为例子被提出的，是南宋的大家杨万里。俗

---

① ［美］雷·韦勒克、奥·沃伦：《文学理论》，刘象愚、邢培明、陈圣生、李哲明译，生活·读书·新知三联书店1984年版，第186页。
② ［日］吉川幸次郎：《宋元明诗概说》，李庆等译，中州古籍出版社1987年版，第33页。
③ 同上书，第34页。

语、口语本来是给人以柔软印象的语汇,与'硬语'的癖好似乎相矛盾,其实并不矛盾。在通常是忌避入诗的语言这一点上说来,还是一种硬语"①。吉川幸次郎认为,从忌避入诗的角度来说,俗语、口语也算是诗歌语言运用的"硬语"了。

宋诗人如此的语言改革,除对俗套的不满外,还有什么动因呢?那就是"趋向叙述和论理的意欲"了。吴乔《围炉诗话》说:"宋人作诗,欲人人知其意,故多直达。"② 宋人希望人们读诗时要品出里面的日常趣味,品出里面的"理",品出里面的"意",沟通作者"我"与读者"你",③ 因此总是想方设法地给读者以暗示、启发,甚至苦心孤诣地、半明半白地、半推半就地说出那"理"与"意",变唐人"表现"的诗为"表达"的诗,而这种表达务必扫清阅读障碍,语言的日常化、通俗化成为诗歌创作的必要条件。

宋诗表现上的特征除了语言上的重要表征外,还有次韵与集句。吉川幸次郎说:"还有,在与表现有关的现象中,宋诗中的'和韵'也是引人注目的。这就是使用和已写成的诗相同的韵脚作诗。"④

"即使对长篇的古诗也屡屡有次韵之作。如果原诗是四十行,因而有二十个韵脚字的话,那么'次韵'的诗作也要使用同样的二十字,并要分别出现在同样的场所,象是一种纵横字谜。似乎中国语言原本就有类于文字游戏的一面因而具有容易形成文字游戏的性质。所以倘若实际尝试一下,并不象预想的那么困难。"⑤

"宋人其他的发明中,还有一种叫'集句',不过还不频繁。这是把古人的诗句,尤其是唐人的诗句,从各处挑选出来拼合在一起,作为自己的诗。据认为北宋革新的政治家王安石就是其创始者,南宋亡国之际抵抗运动的领袖文天祥是其喜好者。"⑥

和韵、次韵和集句,是中国古代诗歌创作中非常独特的形式,其内涵

---

① [日] 吉川幸次郎:《宋元明诗概说》,李庆等译,中州古籍出版社1987年版,第34页。
② 郭绍虞:《清诗话续编》,富寿荪校点,上海古籍出版社1983年版,第473页。
③ 此处借用 [俄] 罗曼·雅各布森(Roman Jakobson)《语言学与诗学》(Linguistics and Poetics)中的理论,书中称,诗歌语言涉及"我"(说话者)、"你"(听话者)及"它"(内容或事物)。
④ [日] 吉川幸次郎:《宋元明诗概说》,李庆等译,中州古籍出版社1987年版,第34页。
⑤ 同上书,第35页。
⑥ 同上。

吉川幸次郎已经表述了，它们的创作需要文人对原诗原句有深入的理解，自身有驾驭诗歌语言的能力，因此是极现才学的，也即是严羽所说的"以才学为诗"。宋代文人既有打破传统诗歌抒情言志功能的创作意识，又有丰富的才学底蕴，还有斗才角力、消遣娱乐之意，因此创作出了大量的和韵、次韵诗和集句诗，成为宋诗极有特色的种类，丰富了宋诗的体式，也成为了传统诗歌领域中的奇葩。

四 论唐宋诗之别

可以说，唐诗是中国诗歌史上的巅峰，宋诗是在唐诗之后再造的辉煌。这古代诗歌史上的两大高峰，其风格特征却大相径庭，因此，成为两大醒目的标志，以致宋以后诗歌史上宗唐祧宋，纷争不绝，唐宋诗之争从而形成诗学史上一大公案，而后世诗歌艺术风貌虽有变化，却在总体上不出乎这两大范式。因此探论唐诗、宋诗，或宋以后诗歌者，都不可避免地要论及唐、宋诗风的差异。

吉川幸次郎论宋诗，也避免不了这个问题，他在《宋诗概说》中也深入地探讨了唐宋诗的差别。吉川幸次郎认为，前文所述的宋诗的叙述性、与生活的紧密联系、社会责任感、哲理性都是有别于唐诗的，"叙述的诗或者具有这一倾向的诗在唐诗中并本是没有，杜甫、韩愈、白居易便有若干此类作品，这在前面已经说到，但不如宋诗那样普遍"。"在宋诗中成为诗人义务的社会责任感，也是从唐代杜甫、白居易那里发展而来的，但这在唐代并不是所有诗人的义务。""杜甫、韩愈、白居易的诗反映唐代的现实最多，但即使读伟大的杜甫的诗，也不象读了宋代小诗人的诗后了解宋人的状况那样清楚地了解唐时人们的家庭生活、都市生活、农村生活的状况。""唐诗几乎不谈论哲学。这不是说唐人没有哲学。例如杜甫说的'易识浮生理，难教一曲违'，就是他自己琢磨出来的哲学，而且在杜诗的深处常有这种致使世界普遍调和之心。但杜甫很少用这种显露的、直接的语言来谈论，而想要使诗全体成为其哲学观的象征。宋人则是显露地、直接地、大量地谈论哲学。"[①]

但是，吉川幸次郎认为"更微妙、因而更重大的差别是有无悲哀的扬弃"。"宋人的诗扬弃悲哀。与此相对，唐人的诗并不扬弃悲哀而是富于悲

---

① [日] 吉川幸次郎：《宋元明诗概说》，李庆等译，中州古籍出版社1987年版，第26页。

哀。就连有志于从悲哀中脱离的诗人杜甫也被说成是'一生愁'。到唐的末期,即所谓'晚唐'的小诗人,诗歌与其说是表现悲哀,莫如说是表现绝望,象是专以此为自己的职份。"① 接着,他通过对唐代杜牧《九日齐山登高》与宋代陈师道《九日登高》的文本细读分析,说明"唐人的诗是燃烧着的。诗的诞生,是在匆忙走向死亡的人生中的贵重的瞬间。凝视着这一瞬间,并倾注入感情。感情凝聚、喷泄、爆发。所注视的只是对象的顶点。在这里就产生了唐诗的激烈性。它的表现是集中的,但视线的面较狭窄"。宋诗则不同,"诗人视人生为漫长的持续,对漫长的人生有多角度的考察和思虑,具有宏观的眼光。眼睛不只是盯着诗诞生的瞬间,也不只是注视着对象的顶点。而是广阔地环望周围。因此诗是平静的,或者是冷静的——至少以此为其底色"②。所以宋诗中不仅悲哀题材的作品很少,即使表现悲哀,也能够客观、冷静地对待,在理性的逻辑之中,仍能透漏出希望之光。

宋诗的"平静"特色,在唐宋诗之比较中得以凸显。"过去的诗,特别是唐诗的激情,时或成为造作的激情,陷入陈套之中,使人感到幼稚。从对此的反拨这种消极的动机也会产生平静。但有意识地追求平静,足以取得更积极的效果为目标的。即依据平静的心境,多角度地、周到地、细腻地把握和表现人世的多方面的情状。"③ "唐诗是酒,容易使人兴奋,可是不能成日成夜地喝;宋诗是茶,不象酒那样令人兴奋,它给人带来平静的喜悦。"④

"这并非光是在茶和酒上纠缠,说起来还不光是诗的事,而是显示了唐代文明和宋代文明普遍性的差异。首先,唐人专心于文学,宋人则把哲学和文学共同作为文明的课题,以此宏大地规定了全体文明的方向。直至细微的现象,也有各种不同。与唐代陶器是三彩相对,宋是青瓷、白瓷。在建筑、庭园方面也表现出差异。既是伟大的文明批评家又是哲学家的朱熹说,唐的'殿庭'即宫殿的庭院里,间种花柳,是故杜诗有云:'香飘合殿春风转,花覆千宫淑批移',又言:'迟朝花底散';而'国朝'即宋

---

① [日] 吉川幸次郎:《宋元明诗概说》,李庆等译,中州古籍出版社1987年版,第27页。
② 同上书,第29页。
③ 同上书,第31—32页。
④ 同上书,第32页。

的朝庭中,'惟植槐揪,郁然有严毅气象'。"①

吉川幸次郎探讨唐宋诗之别时,从文化发展、创作心态、诗人素养、哲学基础等多个角度予以分析,很是令人信服。

五 宋诗人个案研究

吉川幸次郎《宋诗概说》一至六章分六阶段论述宋代诗歌的发展演变,往往兼及诸家诸派,表现出一种宏通的态度,同时又对钟情的诗人独具慧眼,周详备至地一一论说,读来颇感足意。

众多诗人中,吉川幸次郎特别重视开先河的诗人或过渡时期承前启后的诗人。在北宋,吉川幸次郎首推欧阳修、梅尧臣,认为他们是宋代诗风的开创者。他说:"成为新诗风中心人物的是欧阳修和梅尧臣。两人是密友。作为诗人,梅尧臣来得出色;但要说影响力,是欧阳修大。"② 欧阳修作为文坛领袖确实影响广泛,吉川指出欧诗特点一是平静,"这不是单纯的平静,恐怕是具有自觉地从无反省的悲哀的沉溺中脱离出来的这种积极意义的平静";二是"由这种对悲哀的兴奋加以抑制的心境所带来的视野的扩张。这首先形成题材的扩张。……扩张并不局限于题材。即使表现以往诗人惯用的题材,也有态度的扩张,夹杂着基于广阔的视野的叙述,而叙述又往往伴随着哲理"。③ 欧阳修善于用平易的手法来表现他所感知的生活,诗作自然亲切,富于知性,正是吉川幸次郎所论定的"平静"。同时,欧阳修又常常在诗中发表议论,说古论今,即是诗论家所说的"以议论为诗"。以议论为诗并非发端于欧阳修,但他的诗长于将议论与抒情、叙事结合,融合无间,在当时无疑是一种"扩张",是对西昆体流弊的反拨。这既是题材的扩张,也是视野和思路的扩张,因此吉川说"这不是单纯的平静"。在这里吉川紧紧地扣住了宋诗特点以及欧阳修对宋代诗风的开创而论,运思尤为缜密。

对于梅尧臣,吉川总结他的功绩一是创立"平淡"诗风,二是题材的扩充,善于从日常生活中摄取素材。他列举梅尧臣的咏虱之诗,说明梅诗以虱子为吟咏主体并作细腻描绘,主旨在于借其生存状态引出人生思考与哲学理趣,这种作法开创了宋诗题材的日常化、世俗化的先河,是宋诗

---

① [日]吉川幸次郎:《宋元明诗概说》,李庆等译,中州古籍出版社1987年版,第33页。
② 同上书,第50页。
③ 同上书,第52—53页。

"以俗为雅"的开端。梅尧臣"扩充题材、扩充方法的愿望使他那敏锐的诗的目光向着日常的家庭生活、友情生活,并深入进去一直渗透到了以往诗人的视线未曾到达的细部"①。

南宋诗人中,吉川幸次郎很是重视陈与义。他认为陈与义是过渡期重要作家,在他的诗里,"欧阳修的叙述,苏轼的大胆,黄庭坚的晦涩,已经看不到"。南渡后又专意学杜,诗风一变。这是因为陈与义"自觉地意识到,苏、黄的时代已经结束了,同样是祖述杜甫,也必须做出新的努力"。②

吉川幸次郎最为钟情的两位宋诗人是苏轼和陆游,其论述尤为详尽。吉川幸次郎分论诸诗人,一般是每人一节,而苏轼一人独占三节,因为在吉川看来,苏轼是"宋诗的第一伟人",原因主要在于苏轼能够积极地摆脱宋以前中国诗歌以悲哀为基调的抒情传统,有意识地创造宽广的意境,以达观的哲学,从容地观察人生的风云变幻。这对于宋诗的别开生面起了关键性作用。他说:"宋以前的诗,以悲哀为主题,由来已久;而摆脱悲哀,正是宋诗最重要的特色。使这种摆脱完全成为可能的是苏轼。……到了苏轼,才是完全自觉的、积极的。"③ 而这种积极的扬弃源于苏轼伟大的人格及其哲学思想。吉川从苏轼诗中寻绎、归纳出四个哲学层面,来详细分析苏轼扬弃悲哀的心理机制:第一,苏轼汲取《周易》的循环论以及《庄子》的"齐物"观作为自己的思想根基,把人生看作是"搓合的绳子","人生的离别和其对立面团聚像循环一般相互交错","忧愁和喜悦也就是互相制约的,把这看作是人生,就是循环哲学";④ 第二,苏轼"明确地承认悲哀是人生不可避免的要素,是人生必然的组成部分,而同时把对这种悲哀的执着看作是愚蠢的","儒家的理想主义,容易使人幻想一个完善的社会,一个因此没有悲哀的人生",而苏轼则洞察到:"既然希望与命运、个人与社会之间经常存在着矛盾,那么悲哀也就是人生的必然内容",这是"苏轼独创的新的想法";⑤ 第三,一般人们认为人生是一个短暂的瞬间,常常感叹"人生几何",苏轼则"把人生看作是一个漫长的时间过

---

① [日]吉川幸次郎:《宋元明诗概说》,李庆等译,中州古籍出版社1987年版,第62页。
② 同上书,第114页。
③ 同上书,第82页。
④ 同上书,第87页。
⑤ 同上书,第87—88页。

程",这"比起把人生看作是一个短暂的时间过程的态度来,会产生较少的悲哀与绝望,而产生较多的希望";① 第四,承接以上的观点,可以说,悲与喜事实上构成了人生的种种波动,人们应该主动地反抗或顺随波动,因为"主体持续的反抗也就是人生。……委身于波动,这也是主体所作的抵抗"。② 在分析这几个苏轼的宏观哲学层面时,吉川总是不遗余力地列举苏轼诗作,细致分析,很有见地。

陆游为吉川幸次郎所钟情,原因在于他是宋诗史上第二个高潮的代表诗人、中国诗史上最多产的作家、充满激情的诗人,可能吉川最为看重的还是最后一方面吧。吉川说陆游"诗作的数量越到晚年密度越高,……其密度几乎像日记一样"③。他把陆游称作是"行动型人物",认为其"行动型"不仅表现于创作方面,而且表现在政治态度上,"陆游的作诗态度、政治态度之所以都是行动型的,是因为他是一个充满激情的人物。而且,越是经受挫折,他的激情就越是高涨"。"挫折使他激情更为昂扬,由此产生了许多感伤诗。"④ 也就是说,吉川认为挫折是陆游作诗的内在动力。吉川并继续他评宋诗扬弃悲哀之说,认为陆游对此是一个"反拨":"他的诗与过去的宋诗,尤其是北宋的诗相比,给人的印象全然不同。它已不否认悲哀,并坦率地流露了感伤。"⑤ 这一特点是杜甫诗歌精神的承传,但他"并不像杜甫那样一味地激动不已,沉浸在自身和世事两方面的异常悲哀之中。这是因为他毕竟是宋人,尽管他自己并没有自觉地意识到,但他已经从苏轼那里继承了宏观的哲学与抵抗的哲学"⑥。所以陆游诗歌"既富于悲哀,又不沉缅于感伤"。⑦ 吉川幸次郎准确到位的分析,使读者切实地感受到陆游的内心律动及其诗歌中的理想色彩。

六 研究的主要特点

章培恒在《中国诗史》的重版前言中说:"就我们看来,吉川幸次郎先生把古今中国文学作为一个连续的、发展变化的整体来研究的宏观视

---

① [日]吉川幸次郎:《宋元明诗概说》,李庆等译,中州古籍出版社1987年版,第91页。
② 同上。
③ 同上书,第118页。
④ 同上书,第118—119页。
⑤ 同上书,第119页。
⑥ 同上书,第121页。
⑦ 同上书,第124页。

野，在书中从'人'的角度对诗人心态的细微剖析，对各个时代作品的内容与形式的独到见解，以及在全书中显现出来的一贯的人格精神，至今仍多有值得我们学习参考之处。"① 确实，吉川幸次郎的中国诗学研究取得了较高的成就，总结其经验，反思其方法与特点，对我国本土的诗学研究是不无裨益的。

1. 宏观的视野，文明的打量

吉川幸次郎学养深厚，对中国学术文化中的许多重要方面都有一定的涉猎或研究，因此，他总是能以打量异国文明的目光，从大文化背景上进行论说，政治制度、文化思潮、生存环境、诗人心态等，都是他综合考虑、深入考察的内容。

作为异国学者，能够以对他国文化的旁观体验来冷静地看待中国文学，这是外国研究者的天然长处。吉川幸次郎对此也有清楚的认识，他说："日本人的中国研究往往能够发掘中国人自己反而不容易注意的中国文明的历史与状态。不只是现代的研究者如此，江户时代儒学式的研究者也是如此。"② 他在《宋诗概说》中同样显示出了这种文明打量的目光，归结起来，主要体现在如下几个方面：日常生活、市民身份、唐宋诗歌的文明基础对比，这些成为了吉川幸次郎解读宋诗的主要突破口。其中，吉川幸次郎论宋诗书写的日常生活与唐宋诗歌的文明基础对比前文已有相关论述，此处我们看看他对宋代诗人身份的关注。

吉川幸次郎认为宋代"诗人多数出于市民，熟知一般人的生活"③，其中列举的有：王禹偁是山东钜野面粉店主的儿子，欧阳修出于贫穷的地方事务官家庭，苏轼的家庭是四川开绸布店的，这些市民出身的，"辛辛苦苦由科举及第而成为大官的诗人"，在诗中充满了"对于大众福祉的关心，即使作为政治家的责任，也更加切实了"，④ 也就是说，宋诗的现实主义倾向是由诗人的身份地位决定的。而宋诗的哲学性、论理性也与此有关。说理论述是诗歌表述宋人哲学的一种方式，在吉川幸次郎看来，宋诗中宋人

---

① [日] 吉川幸次郎：《中国诗史》，章培恒、邵毅平、骆玉明等译，复旦大学出版社2001年版。
② [日] 吉川幸次郎：《海保元备〈渔村文话〉解说》，见《吉川幸次郎全集》（第二十七卷），筑摩书房1984年版，第238页。
③ [日] 吉川幸次郎：《宋元明诗概说》，李庆等译，中州古籍出版社1987年版，第19页。
④ 同上。

哲学的核心是诗人带有市民身份的乐观,正是由于这种小乐观,使得宋诗的主要特质——"悲哀的扬弃"得到呈现,这正是宋代诗人对此前诗作的重大改造。

2. 细微的心态剖析与体验

吉川幸次郎总是从"人"的角度出发,进行细微的心态剖析,从而对各个阶段作品的内容与形式有独到见解。这也使《宋诗概说》全书显现出其一贯的人格精神,充满了新鲜的生命力和很强的感染力。《宋诗概说》的整个序章"宋诗的性质"如标题一样,主要任务是分析体悟宋诗的质性,辨分其迥异于唐诗的特征。这些关于宋诗质性的标题大致可以归纳为:叙述性、日常性、社会性、哲理性、扬弃悲哀。前三者吉川幸次郎归为现实主义倾向,后二者分属哲理层面与情感层面,也就是说,吉川幸次郎对宋诗的认知由现实、哲理、情感三要素构成,其中,情感体验则是贯穿全部的基线。

在对具体诗人诗作的分析中,情感的体验与分析也是随处可见的。如对欧阳修的诗,吉川幸次郎将其特点归纳为:"一是平静",这是"具有自觉地从无反省的悲哀的沉溺中脱离出来的""积极意义的平静";二是"抑制的心境带来的视野的扩大"。① 在这里,"平静""抑制悲哀"当然是属于表述情感的语汇。他论梅尧臣也说,最能构成梅尧臣诗歌特征的是"扩充题材、扩充方法的愿望,使他那敏锐的诗的目光向着日常的家庭生活、友情生活,并深入进去一直渗透到以往诗人的视线未曾到达的细部"②。分析王安石《强起》诗也是这么注重情感的体验,他写道:"在冬夜的卧室里,耿耿不能入睡。当时的王安石对仁宗皇帝末年沉滞的政治气氛心灰意冷,加上要照顾夫人和孩子的病,经常度过不眠之夜。这时,传来独轮车'咕隆咕隆'从街上走过的声音,不知谁家的年轻人比我上衙门还早,就行走在布霜的路上。于是,叹息道:'天还未亮,就……'"③ 吉川幸次郎对他称为"宋诗的第一伟人"苏轼的诗歌,情感的体验与分析是最为深刻的。在他看来,苏轼天性自由,人格温厚,从心所欲的表现,广博丰富的才能,中断了诗歌中对悲哀执着的

---

① [日]吉川幸次郎:《宋元明诗概说》,李庆等译,中州古籍出版社1987年版,第52—53页。
② 同上书,第62页。
③ 同上书,第19页。

久习，使转向为对人生抱希望的态度。这个内容前文已涉及，这里不多赘言。

对于南宋诗人，吉川幸次郎认为，在净是小诗人的这个时期，陈与义是最堪读的诗人，他"特别具有特征的，是对于光线变化的感觉"，①这依然是吉川幸次郎情感体验式的解读方法，这种方法能够帮助他以及读者更为深入诗中去感受诗人细微的情绪流动。而对于陆游，这位激情式人物的诗歌，吉川幸次郎将其基调定位为"感伤"，也有苏轼"隔断悲哀"的因素，等等。

吉川幸次郎从情感体验的角度出发，进行细微的心态剖析，特别关注诗作中诗人所表现的细微情绪，对各个阶段所作的诗歌提出深入独到的见解，使整个研究显现出一以贯之的情感精神，充满了生命感受与感染力量。

3. 多向度的比较

比较法在我国诗学史上，是常见的方法。在两类或两类以上的诗人、诗作或诗歌现象之间的比较，可以比优劣、比高下，也可以比特点、比异同，后者似更能揭示诗歌的本身特点。我国诗歌批评史上的诗论家往往在前者上用力，形成不少文学史公案，如"李杜优劣""唐宋诗优劣"等。吉川幸次郎更侧重于后者，常常进行多向度的比较，比性格、比情感、比文明，在比较参照中，凸显诗人诗作的特点，并试图提出问题、解决问题。如他比较黄庭坚与苏轼，他说黄庭坚的诗"比苏轼的诗更具有诗人的集中。诗中所表现的性格也不是苏轼的开放豪迈，而是内向的。他所喜爱、追求的，是一种十分静寂的境界"②。又如将陆游与杜甫、苏轼比较，说陆游"并不像杜甫那样一味地激动不已，沉浸在自身和世事两方面的异常悲哀之中。这是因为他毕竟是宋人，尽管他自己并没有自觉地意识到，但他已经从苏轼那里继承了宏观的哲学与抵抗的哲学。不过，作为对北宋诗的反拨，他又不像苏轼那样经常提到那种哲学"③。

吉川幸次郎对于唐宋诗之别的比较更为引人注目。唐宋诗之别，现代

---

① [日]吉川幸次郎：《宋元明诗概说》，李庆等译，中州古籍出版社1987年版，第114页。
② 同上书，第99页。
③ 同上书，第121页。

第四章　日本主要宋诗研究者的学术贡献

学者钱锺书、缪钺都有精彩的论述，① 而吉川幸次郎的解读，则更带有异国学者对中国文明打量的目光。他对内藤湖南的"唐宋变革说"极为认同，认为唐宋文明及分别作为它们的背景的生活、文学之间，是存在着一条不可逾越的鸿沟的。因此，他在以打比喻的方式来凸显这两个时代诗歌的差异后说："这并非光是在茶和酒上纠缠，说起来还不光是诗的事，而是显示了唐代文明和宋代文明普遍性的差异。首先，唐人专心于文学，宋人则把哲学和文学共同作为文明的课题，以此宏大地规定了全体文明的方向。直至细微的现象，也有各种不同。与唐代陶器是三彩相对，宋是青瓷、白瓷。在建筑、庭园方面也表现出差异。既是伟大的文明批评家又是哲学家的朱熹说，唐的'殿庭'即宫殿的庭院里，间种花柳，是故杜诗有云：'香飘合殿春风转，花覆千宫淑批移'，又言：'迟朝花底散'；而'国朝'即宋的朝庭中，'惟植槐楸，郁然有严毅气象'。"② 认为茶和酒不过是喻体，对于这种差异应该从文明的角度予以解释。

吉川幸次郎在《宋诗的情况》中提出，唐诗充满了激情，悲哀成为表现激情的素材；宋诗则抑制了激情悲哀，崇尚冷静、平静的激情。《诗人与药铺——关于黄庭坚》中又说："唐诗的特色是高贵华美，即精神向外发出灿烂的光辉，与此相反，宋诗的特色则是苦涩，即精神向内的沉潜。"③ 比较唐宋诗人情感的不同，唐诗"激情"，宋诗"平静"。在吉川幸次郎的宋诗研究中，"情感体验"与"文明打量"是相互交织的，从而使得他的宋诗研究能够深入诗歌意绪深层次之中，论说也就更带有人的生动色彩，别具特色。

我国致力于研究吉川幸次郎的学者张哲俊，对吉川幸次郎的比较研究

---

① 钱锺书："唐诗、宋诗，亦非仅朝代之别，乃体格性分之殊。天下有两种人，斯分两种诗。唐诗多以风神情韵擅长，宋诗多以筋骨思理见胜。……人各有禀性，各有偏至，发为声诗，高明者近唐，沉潜者近宋。"（见《谈艺录》，中华书局1984年版，第2页。）缪钺："唐诗以韵胜，故浑雅，而贵酝藉空灵；宋诗以意胜，故精能，而贵深折透辟。唐诗之美在情辞，故丰腴；宋诗之美在气骨，故瘦劲。唐诗如芍药海棠，秾华繁采；宋诗如寒梅秋菊，幽韵冷香。唐诗如啖荔枝，一颗入口，则甘芳盈颊；宋诗如食橄榄，初觉生涩，而回味隽永。譬诸修园林，唐诗则如叠石凿池，筑亭辟馆；宋诗则如亭馆之中，饰以绮疏雕槛，水石之侧，植以异卉名葩。譬诸游山水，唐诗则如高峰远望，意气浩然；宋诗则如曲涧寻幽，情境冷峭。唐诗之弊为肤廓平滑，宋诗之弊为生涩枯淡。虽唐诗之中，亦有下开宋派者，宋诗之中，亦有酷肖唐人者；然论其大较，固如此矣。"（见《诗词散论》，上海古籍出版社1982年版，第36—37页。）
② ［日］吉川幸次郎：《宋元明诗概说》，李庆等译，中州古籍出版社1987年版，第33页。
③ ［日］吉川幸次郎：《中国诗史》，章培恒等译，安徽文艺出版社1988年版，第289页。

有着很高的评价,他说:"吉川的一生都在运用比较文学的研究方法,他的问题意识与具体研究或以日本文学、西方文学作为参照,或以中国文学作为参照,总是从比较参照之中提出问题并试图解决问题,这是吉川学术的方法论特征。这一方法使他发现了诸多被人忽视的新现象和新问题,也取得了令人瞩目的成就。比较文学的方法使吉川具有了开放的研究意识,他的开放意识是他不断提出新问题的动力。"①

当然,吉川幸次郎作为日本学者,他对中国古典诗歌研究的成果《宋诗概说》,毕竟还是有着一些"隔"的感觉,也有一些论说不到的地方,如佛、道思想对宋诗影响甚著,吉川幸次郎对此就几乎没有涉猎;② 另外,吉川幸次郎将宋诗的具体表现特征概括为"硬语""次韵""集句"三种形式,也是较为片面的。但从总体上看,他对宋诗的全面系统的研究,眼光独到,新见迭出,即使在现在我国宋诗研究已经很是成熟的时候,也很有学习、参考与借鉴的价值。

第二节　小川环树的宋诗研究

小川环树,字士解。1910 年(明治 43 年)10 月生,卒于 1993 年(平成 5 年)。文学博士、京都大学名誉教授、日本学士院会员、中国古典诗歌研究专家。曾任日本中国学会理事长、评议员兼专门委员,东方学会理事,日本中国语学会会员、日本言语学会会员,主要从事汉语语言学与中国古代诗歌研究,与吉川幸次郎一起被称为战后日本研究中国文学的双璧。

小川环树被视为日本的第三代代表性学者,他上承铃木虎雄、小岛祐马、仓石武四郎等,下启清水茂、兴膳宏、户川芳郎、小南一郎、高田时雄等中坚力量,在京都学派的谱系中是不可忽视的重要人物。他著作宏

---

① 张哲俊:《吉川幸次郎研究》,中华书局 2004 年版,第 35 页。
② [日] 吉川幸次郎曾撰文《苏轼文学与佛教》,作于 1960 年,早于《宋诗概说》,但他写《宋诗概说》时却把这观点给忘了或放弃了。吉川幸次郎在他的"跋"中也提到《宋诗概说》的这一缺失:"宋诗和佛教,特别是与禅宗的关系很密切。据看过我稿子的小川博士的指教,宋诗和道教也有十分密切的关系。我对于这两种宗教所知甚少,尽管小川氏给予指教,还是不敢贸然谈论这些问题。——作为叙述不完整的方面,是我感到不安的第二点。"(《宋元明诗概说》,中州古籍出版社 1987 年版,第 150 页。)

富，对中国文史哲的研究范围自先秦直至现当代，而在唐宋文学研究方面建树尤多，对汉语语言学亦有精深研究。兴膳宏选编的五卷本《小川环树著作集》，是我们了解其学术成就的最佳窗口。其主要经历如下：

1929 年考入京都帝国大学（今京都大学）文学部，师从青木正儿、小岛祐马、仓石武四郎、铃木虎雄等学习中国语言学和中国文学。

1932 年 3 月，以《论〈儒林外史〉的结构与内容》毕业于京都帝国大学文学部中国哲学文学专业。

1932 年 4 月，进入京都帝国大学研究生院继续深造，同时编辑京都帝国大学所藏汉集目录。

1934 年春，获日本文部省奖学金资助，来到中国北京留学，成为北京大学、中国大学的旁听生。师从语言学家罗常培，学习魏建功、吴承仕、孙人和、钱玄同等人的课程。

1935 年 9 月，小川环树接受仓石武四郎的建议，将留学的地点改为苏州，主要学习苏州方言，准备从事中国语言学研究。其间曾拜访章炳麟。

1936 年，回到日本。1938 年，开始任教于东北帝国大学（今东北大学），历任讲师、副教授、教授。

1940 年，与仓石武四郎共同校订《毛诗抄》并出版。

1950 年开始，任教于京都大学文学部，讲授中国语言学和中国文学。

1951 年，以论文《元明小说史的研究》获文学博士学位。

1951 年至 1959 年，与吉川幸次郎共同编校《中国诗人选集》（共十六集，岩波书店）。

1962 年至 1963 年，与吉川幸次郎共同编校《中国诗人选集二集》（共十五集，岩波书店）。

1969 年，当选日本中国学会理事长。

1974 年，在京都大学执教 24 年后退休。就任京都产业大学外国语学部教授，任立命馆大学研究生院与佛教大学文学部客座讲师。并继续着自己的学术研究与活动，主持了两个中国文学方面的研究会，一是研究苏轼诗的"读苏会"，二是研究中国语言学的"均社"，直至重病时才停止。

1975 年，主编出版《唐代的诗人》（大修馆书店），集中日本 32 位学者合作完成，汇集传、墓志、序跋、随笔杂记等各种资料，注释翻译，将现存唐代诗人的传记资料作了初步的整理。

1978 年，两次访问中国。第一次与桑原武夫、桥本峰雄、司马辽太郎等人同行至中国旅行,足迹遍及上海、苏州、南昌、庐山、广州等地。第二次是受中国社会科学院邀请,作为唐宋文学研究者访中团团长访问中国。见到了李荣、刘坚、钱锺书、余冠英等学者。

1980年,出席台北"中研院"所召开的"国际汉学会议",作《陆游诗及其家学》的学术报告。

1989年,因为在学术上的巨大贡献,被选为日本学士院会员。

从小川环树的治学、研究经历与主要学术活动看,他广从名师,博专结合,视野开阔,毕生爱好中国语言与文学,成就了他中国文学研究的杰出事业。而他对宋诗的涉及与研究可以说在一定程度上源于对学界重视唐诗研究的反拨。宋诗研究在很长的一段历史时期内都没有得到足够的重视,像他的前辈狩野直喜、内藤湖南等,都对宋诗研究没有兴趣,极少论说。小川环树在少年时也受到传统评说的影响沉迷于唐诗,但是随着阅读视界的不断开拓,有一段时间他反而开始轻视《唐诗选》等选本,认为中国应该有更为"高级"的诗。他曾谈到自己的这种转变,他说:"想法虽然很幼稚,但这种心情却将我导向了宋诗。"[①] 于是,他热情高涨地投入了宋诗研究的行列。

小川环树从事与宋诗相关的研究当始于《范成大》的撰写,该文收入《中华六十名家言行录》(弘文堂书店,1948年)。当时,正值著名学者青木正儿六十大寿,铃木虎雄等人即为之撰文60篇,综论中华人物,结集成书为《青木正儿博士还历纪念·中华六十名家言行录》,成为日本学界中国文学研究史上一大盛事,小川环树的《范成大》即为其中一篇。小川以后又陆续写成《苏东坡的诗文用语研究》(《各个研究及助成研究报告集录》,1953年)等文,开始了宋诗的研究。

小川环树在宋诗研究方面所取得的成就,主要体现在宋诗文献整理,论宋诗人的构成、宋诗的题材取向、宋诗的艺术特色、宋诗的流变,苏轼、陆游诗个案研究及对我国宋诗研究成果的推介等方面。

一 对宋诗文献的整理与翻译

文献与文学的关系是相当密切的。在日本,有着丰富的中国文学文献

[①] [日]小川环树:《我的收获——写完〈唐诗概论〉》,《小川环树著作集》(第二卷),筑摩书房1997年版,第189页。

的典藏，也有着丰富的文献整理的经验，文献的发掘和整理形成了一个良好的学术传统。小川环树在研究宋诗的同时，特别注重宋诗文献的整理，在这方面取得了骄人的成绩。例如：译注《梅尧臣》《苏轼》（上、下）收录于吉川幸次郎、小川环树监修《中国诗人选集第二集》（岩波书店，1962年）；译注《宋诗选》收录于《世界文学大系》（筑摩书房，1967年），又收录于《筑摩丛书》（筑摩书房，1967年）；与山本和义选译《苏东坡集》收录于十五卷的《中国文明选》（朝日新闻社，1972年）；译注《陆游》收入《中国诗文选》（筑摩书房，1974年）；与山本和义选译《苏东坡诗选》收录于"岩波文库"（岩波书店，1975年）；与山本和义译注《苏东坡诗集》（1—4）（筑摩书房，1983—1990年）；等等。

其中，《宋诗选》（《筑摩丛书》本）在1963年筑摩书房《世界文学大系》的基础上进行了一些修补，于1967年收入《筑摩丛书》重新刊行。该书共选译了宋诗200余首，估计是带有小川环树的个人爱好偏向，其中的写景诗与感伤诗偏多。

小川环树与弟子山本和义合作译注的《苏东坡诗集》（1—4），可以说是其贯注毕生心血的作品。关于苏诗译注，除各种选注外，曾刊行过一个全译本，即岩垂宪德、释清潭、久保天随译注的《国译苏东坡诗集》（全6册，国民文库刊行会，1928—1931年），该书的注释仅对冯应榴注进行训读（即"訓読み"，以日语固有的发音来读出汉字，与该汉字本身的字音有很大的不同），没有现代口语的翻译，这对以后的读者来说，学习与理解有些困难，急需新的译本出现。而这时，吉川幸次郎正在全译杜诗，他向小川环树推荐全译苏诗，小川接受了这一极富学术价值的提议，在他从京都大学退休之后即在山本和义的协助下开始这项翻译工作。该诗集按冯应榴辑注的《苏文忠公诗合注》编排顺序，对苏轼全部诗作进行译注，以历代主要苏诗版本和孔凡礼校注的中华书局本《苏轼诗集》来校勘，并参考笑云清三编的《四河入海》等日本古注进行校订和译注。其中，校订注解所用的书大致罗列其下：1.《东坡集》四十卷、《东坡后集》二十卷，清光绪三十四年（1908）涃阳端氏刊本《东坡七集》本；2.《施注苏诗》四十二卷，清康熙三十八年（1699）刊本；3.《王状元集注分类东坡先生诗》二十五卷，影印宋刊本；4.《东坡续集》十二卷，《东坡七集》本；5.《重编东坡先生外集》八十六卷，明万历三十六年（1608）序刊本；6.查慎行《补注东坡先生编年诗》五十卷，清乾隆二十六年（1761）刊本；

7. 冯应榴《苏文忠诗合注》五十卷，清乾隆五十八年（1973）序刊本；
8. 王文浩《苏文忠诗编注集成》四十六卷，清道光二年（1822）刊本、清光绪十四年（1888）浙江书局重刊本；9.《苏轼查注补正》四卷，清光绪十四年（1888）刊本；10.（日）僧笑云清二编《四河入海》二十五卷，昭和四十六年（1971）大阪清文堂影印四册、昭和四十五年（1970）至四十七年（1972）东京勉诚社影印十二册；11.（日）岩垂宪德、释清潭、久保天随译注《国译苏东坡诗集》六册，昭和三年（1928）至五年（1930），东京《续国译汉文大成》文学部第十三、十四、十五、十六、十七上下；等等。这较之以前各种苏诗选注来说，一是全，二是学术价值高。遗憾的是，该集因小川环树的去世，或者还有出版方面的原因，刊行被中断。《苏东坡诗集》仅仅出版到了1990年的第四卷，所收的苏诗也到元丰元年（1078）夏的作品为止。内山精也近年从山本和义那里获得其授权的小川环树的手稿，准备将余下部分陆续刊登于他主编的《橄榄》上，现已揭载由山本和义补订的《苏东坡诗集补（1）》《苏东坡诗集补（2）》（《橄榄》第16、17辑，2009年、2010年），实为有功于学界之举。

小川环树最为人称道的是与仓田淳之助辑编的《苏诗佚注》（同朋舍，1965；明德社，1968年）。该书的价值主要体现在：一是展现了"苏诗佚注"。现存的宋人注苏诗，除零星所存的赵夔注之外，很多注不见于著录，但在南宋人多有提及，每称其详。《苏诗佚注》中编有南宋施元之、顾禧的《注东坡先生诗》，即日本帝室图书寮所藏的宋刊十行本《东坡集》《东坡后集》；二是辑录赵次公注。南宋初年赵次公的苏诗注为现存的宋人注苏诗最早的，五山僧人太岳周崇的《翰苑遗芳》中，保存了大量的在《王状元集百家注分类东坡先生诗》中所未收的赵次公注，小川环树和仓田淳之助从中辑出10万字左右；三是附录了施宿编的《东坡先生年谱》的影印本。此谱久佚，1963年仓田淳之助在京都一家旧书店购得，并于1965年影印于《苏诗佚注》，始公之于世。1981年，复旦大学顾易生把它带回中国，1984年王水照又将其附录于《苏轼选集》，后收入《宋人所撰三苏年谱汇刊》。这给宋诗研究者提供了极为珍贵的学术参考。

可以说，小川环树在基础较为薄弱的宋诗研究领域做了大量的基础文献整理与翻译工作，为深入的学术研究打下了坚实的基础。

二 论宋诗与唐诗的关系

我国的宋诗研究，在小川环树写作此文的同时或此前，学者们论宋诗，一般首论唐宋诗之争，少辨唐宋诗之别。"争"是作褒贬判断，"别"是作差别认识，二者要完成的目标是不同的。进入二十世纪初，学者们开始跳出传统唐宋诗之争的樊篱，发现宋诗的种种进步，开始作唐宋诗之别的讨论。如胡云翼《宋诗研究》，这是现代意义的第一部宋诗研究著作，它的开篇第一章就是"唐诗与宋诗"；钱锺书《谈艺录》的开篇第一节也是"诗分唐宋"；缪钺《论宋诗》写成于1940年，其关于唐宋诗之别的论述也相当精彩，后来学者论宋诗时每每祖述之。

在这种氛围中，小川环树投入到了宋诗研究中，他不仅直接甩掉唐宋诗之争的格套，而且步入宋诗"新鲜感"的探索中。他的前辈内藤湖南，提出宋代近世说，强调唐宋之间的巨大不同；铃木虎雄和青木正儿也于文学史分期方面将唐宋分列。而小川环树却更加注重唐宋诗的同一性，尽管他自述早期是为了逃离唐诗而倾向宋诗，但在深入研究、思虑成熟后，他有了新的体认。他说："宋诗确实有着唐诗没有的新鲜感。唐诗吸引读者的魅力的主要部分在于其'盛大'与'活力'。也就是最近的文学史家称之为'盛唐气象'的东西吧。……但是，这种'气象'在唐代过渡至宋代时曾经完全消失了吗？我不这么认为。宋代的诗人中，比如苏轼或者陆游等人，都以和唐代诗人不同的形式拥有着盛大气象。无视这一点，就会忽略掉中国诗歌历史的暗流。总之存在着一种超越唐诗与宋诗的差别，将二者连接在一起的东西。我自以为自己将爱好从唐诗转向宋诗时，也许其实还是行进在同一条道路上。"[①] 而他这种不割裂唐宋诗联系的观点一直贯穿于其宋诗研究之中。

他在《宋代诗人及其作品》中说："诗发展至唐代，其外部形态上的各种形式及规则已经完成并确定下来。一句诗的字数以五言或七言为原则，一首诗的句数则分为绝句（四句）、律诗（八句）和古体诗（长短不定）三类。宋诗不但在这些外形规范方面与唐诗完全一致，而且在平仄、押韵、对偶等细部规则方面也没有增加新的东西。这就是说，在诗的形式

[①] [日]小川环树：《我的收获——写完〈唐诗概论〉》，《小川环树著作集》（第二卷），筑摩书房1997年版，第190页。

方面，宋诗不过是唐诗的继续。"① 确定唐宋诗在形式方面的统一性。

当然，小川环树并没有交代将唐宋诗"二者连接在一起的东西"是什么，它主要是在表达不能因时代的变化，而生硬地割裂唐宋诗之间的联系，二者是既有差别又相互融合渗透的。我国学者钱锺书《谈艺录》即云："唐诗、宋诗，亦非仅朝代之别，乃体格性分之殊。天下有两种人，斯分两种诗。唐诗多以丰神情韵擅长，宋诗多以筋骨思理见胜。""曰唐曰宋，特举大概而言，为称谓之便。非曰唐诗必出唐人，宋诗必出宋人也。故唐之少陵、昌黎、香山、东野，实唐人之开宋调者；宋之柯山、白石、九僧、四灵，则宋人之有唐音者。"② 两位大学者的观点可相互参看。

三 论宋诗人的交往结盟及人员构成

自古以来，人与人之间交往的方式方法多种多样，其中简洁明快而又涵养深厚的，当数诗人之间的交往了。他们以诗会友，唱酬切磋，往往结成诗人群体，形成各种流派，深刻影响到诗歌创作风格与特征。宋代的诗人与诗歌创作在这点上表现得更为突出。王水照曾在给吕肖奂《宋诗体派论》作的"序"中说："研究宋诗的特质与艺术定位，可以而且应该有多方面的专题与方法。从宋诗的'体派'入手，就是一个较为切实而又存在很大学术空间的课题。"③

在小川环树的论说中，我们可以看到，他就是将宋诗人的交往结盟及人员构成作为其关注宋诗的首要任务的。他在《宋代诗人及其作品》里说："唐代也与唐以前一样，一直延续着作诗职业化的倾向。特别是唐的前半叶（760年以前），诗人围绕着提供资金的皇族等有权势者结成小团体的现象较为普遍。宋代则一举改变了这种局面，通常的情形是：诗人们以门人的身份投身到名声显赫的大诗人麾下，结成诗人群体。"④ 分析唐宋文学结盟的不同状况，认为其最大差别在于其性质，唐代所结团体是以政治、经济利益为主要诱因聚合起来的，因此群体的盟主是"提供资金的皇

---

① ［日］小川环树：《风与云——中国诗文论集》，周先民译，中华书局2005年版，第157—158页。
② 钱锺书：《谈艺录》，中华书局1984年版，第2页。
③ 吕肖奂：《宋诗体派论》，四川民族出版社2002年版，第1页。
④ ［日］小川环树：《风与云——中国诗文论集》，周先民译，中华书局2005年版，第159页。

族等有权势者";宋代文人群体是以文学为诱因聚合起来的,因此群体的盟主是"名声显赫的大诗人"。而溯其源流,"此种新格局并非由宋代开创,它肇始于唐代中叶以后,如韩愈(8世纪后半期)的友人及门人所形成的群体即为一例。不过直到宋代,它才由个别而一般。渐渐形成风气。比如苏轼的门人被大家称为'苏门四学士',或者'苏门六君子',他们的诗文也被结集印行"①。

由此,小川环树论说到文人的结社及流派形成的关系。文人结社在唐代已经萌芽,在宋代渐渐大盛,诗社数量众多、活动频繁,并因此产生了大量的文学作品。他说:"这股新风愈吹愈烈,就有了'诗社'的结成;接着又发展成了流派。12世纪的北宋末南宋初,中国诗歌史上的第一个诗派'江西诗派'的诞生,就是这股新风带来的标志性成果(此前也有对某几个诗人的集合体称某某派的,那些名称只是文学史为了叙述的方便概括所得,并非诗人自我标榜)。"② 小川环树论说诗人们的交往形式及其在宋诗诗派形成中的重要作用,认为诗社与诗歌流派与诗人团体皆有密切关系。

小川环树认为,诗社的大量形成,也加强了宋代文学市民化特色:"'诗社'作为写诗者的小团体,也纷纷出现。有迹象显示,在北宋末年,也就是十一世纪后半期,曾有当铺、酒店及女性用品杂货店的老板成为'诗社'的同仁(据《藏海诗话》)。这表明,诗人与市民在宋代打成一片了。"③ "这种情形在南宋则更加普遍"④,而其突出例证就是"江湖诗派"的形成与发展。

但不管怎么说,宋代诗人的主体构成还是具有文学、文化素养的官僚(士大夫)。他说:"从总体上看,在宋诗作者中,占有核心地位的是高级官僚。"⑤ 小川环树形象地描绘宋代诗人的构成:"作者与读者合起来可以画成一个三角形,其顶点是著名诗人,沿着底边排列的是无名诗人和广大读者。""这个三角形与宋代的社会构造有些相似,只是处在社会最下层的

---

① [日]小川环树:《风与云——中国诗文论集》,周先民译,中华书局2005年版,第159页。
② 同上。
③ 同上。
④ 同上。
⑤ 同上书,第160页。

不识字的农民（农民或雇工）可以不计在三角形的底边之内，但这个底边仍然是绵绵不断伸展开去的。当然，实际社会的底边远比文学的底边为大，不过和唐代相比，宋代文学的底边毕竟要长得多了。"① 这种构成，与唐代诗人完全不一样："唐代的文学参与者颇为局限于社会的某个层面，上层贵族与高级官员投身其中的还较少见，达官贵人不会作诗是很普通的现象。与之相反，宋代的高官中，不会作诗的倒是少数，即使根据其诗作水准还不能将其称作诗人。作诗在宋代已经被当作知识阶层的最一般的教养了。"② 小川环树认为，在宋代，具有文学、文化素养的官僚（士大夫）成为诗歌创作的主体，作诗在宋代也已被当作是知识阶层的一般修养，这是促使宋诗创作繁荣的主导因素。确实，宋代是文人广泛士大夫化的时期，知识分子普遍官僚化。因此，宋代诗人多兼政治家或学者，他们知识丰富，思辨能力强，因此造就了宋诗的学问性、哲理性特征，以议论为诗的风气也因此形成。

小川环树的这种观点直接导引了后来内山精也等人呼吁的以士大夫为中心的宋代文史研究。1999年3月，日本的宋史研究者在东京大学文学部召开过一次专题讨论会，题为"宋史研究者所见的中国研究之课题——士大夫、读书人、文人或精英"，呼唤以"士大夫"为中心的研究。此后，很多中青年学人陆续在此课题上发表研究成果，如内山精也就有《宋代士大夫的诗歌观——苏轼"白俗"之评的意味》③ 及续篇《宋代士大夫的诗歌观——从苏黄到江湖派》④ 等。

四 论宋诗的题材特色

宋诗在继承唐诗的基础上，发生了显著的新变，题材内容的选取上也有自己的特点，如抒写文人日常生活，在反映民生疾苦、内部政治斗争方面的扩展，深切的爱国忧民情绪等，可以探讨的内容很多。有意味的是，小川环树选取的考察角度是宋诗在恋爱题材上的缩减。他说："宋诗在题

---

① ［日］小川环树：《风与云——中国诗文论集》，周先民译，中华书局2005年版，第160页。
② 同上。
③ ［日］松浦友久博士追悼纪念中国古典文学论集刊行会：《松浦友久博士追悼纪念中国古典文学论集》，研文社2006年版。
④ ［日］宋代文史研究会：《橄榄》第13辑，2005年12月。

第四章　日本主要宋诗研究者的学术贡献

材内容方面有个特征，就是以恋爱为主题的诗比起唐诗来有明显的减少。""恋爱诗在宋诗里的地位就更加可怜，可以说被打发到一个小角落里了。在这个意义上，宋诗的抒情诗性质，比起唐诗来，可以说是既淡且弱了。"①

接着，小川环树探论个中原因，认为恋爱诗、爱情诗淡出宋诗的原因：一是"词"的兴起，词"以恋爱、爱情为主要内容，诗的某些功能也就为词让路了"②。也就是说，诗中的恋爱、爱情题材转到词里去了。二是宋人不再倾诉悲哀。意思是，因为恋爱、爱情题材往往伤感，所以不再倾诉悲哀的宋诗中不涉及这类题材。小川还因此探源溯流，梳理中国诗歌中感情基调的流变，认为："长期以来，不限于恋爱诗，倾诉悲哀也一直是中国诗的主题。"③ 到了宋诗，这一传统突变，不再倾诉悲哀构成了其鲜明的特色。此观点与吉川幸次郎同出一辙，小川的《宋代诗人及其作品》草成于1962年，而吉川的观点出于1962年写成的《宋诗概论》，可见两人学术上的相互影响并达成共识。

类似的观点，我国的宋诗研究者也有论说。如钱锺书在《宋诗选注》的"序"里说："宋人在恋爱生活里的悲欢离合不反映在他们的诗里，而常常出现在他们的词里。如范仲淹的诗里一字不涉及儿女私情，而他的《御街行》词就有'残灯明灭枕头欹，谙尽孤眠滋味。都来此事，眉间心上，无计相回避'这样悱恻缠绵的情调。"④ 就是说，钱锺书也认为宋人的爱情题材及心灵情感上的欢娱愁苦，大部分都转移到词里去了。

在这点上，中日两国学者有着共同的认识。

当然，小川环树之论，仅及一点，并不能足意。对于宋诗题材的特色与开拓，我国学者的不少论说更为全面。如朱刚的《从类编诗集看宋诗题材》，他就宋人按题材类编的两种集子进行统计，将宋诗题材的总体风貌概括："第一，'缘情'和'体物'的界限消失。这并不是指'感怀'与'咏物'之类的题材不再单独存在，而是说诗歌在取材上不受限制，并在意义指向和写作技巧上趋向两者的融合，这种融合对两种题材来说，各自

---

① ［日］小川环树：《风与云——中国诗文论集》，周先民译，中华书局2005年版，第160—161页。
② 同上书，第161页。
③ 同上书，第162页。
④ 钱锺书：《宋诗选注》，人民文学出版社1958年版，第7页。

都成为巨大的开拓,而终于使诗歌题材扩大至于'无所不包'的境地。第二,政治和社会问题题材的诗歌得到极大的发展。宋代诗人匡教护道的责任感,进入政治决策阶层的机会,和诗人本身与时局、社会问题的紧密联系,各方面都超过了唐人。……第三,诗歌成为士人风雅生活的必备内容,生活中随处而有的诗意都被发掘出来,非但名山大川,园囿楼观,甚至日常器具、坐卧行都被表现在诗里。……于是'诗料'的开发与句法的推敲本身成为艺术追求,诗不但是千古事业,而且就是生活。第四,关心政事和风流自赏,'言志'与'雅道'也并不互相隔绝,它们可以统一在同一个诗人身上,并呈现在他的诗集里。"[①] 他总结:宋人在诗中写到的题材,是消融了"缘情"与"体物"界限而范围极度宽广的自然、人文景观及士人日常生活的内容,这意味着诗就是生活本身,所以诗无所不在,诗的题材无所不包。

五　论宋诗的思想特色

关于宋诗在思想方面的特色,小川环树认为,最重要的一点就是向乐观主义哲学靠拢,这与上一方面内容是密切相关的。

对于宋诗的注重论事说理,南宋时期的严羽就提出过。小川环树所推重的钱锺书,在论述唐宋诗之别时也曾说"宋诗多以筋骨思理见胜",[②] 而实质上,宋诗的这种理智性就是乐观主义哲学具体表现,亦即吉川幸次郎提出的"悲哀的抑制",小川环树称之为"节度的感觉"。[③] 吉川幸次郎将中国文学史的思想划分为三个阶段:先秦文学的思想是乐观主义、汉魏六朝文学是悲观主义,宋代及以后文学是重返乐观主义。小川环树没有对中国文学史这么明确划断过,但他大体上也是这么考虑的。他忽略了先秦文学,直接进入六朝与唐代文学,他说,中国诗歌长期以来的主题就是倾诉悲哀,如曹植、阮籍、谢灵运、杜甫等,"他们凝视着人生的苦难与悲哀,并把这些苦难与悲哀表现在诗里",即使是那些风格特异的诗人,"如六朝的陶渊明(365—427)、唐代的李白、韩愈等人,倒不妨说属于异数。但韩愈曾说:'欢愉之辞难工,而穷苦之言易好也'(《荆潭唱和诗·序》),

---

① 朱刚:《从类编诗集看宋诗题材》,《文学遗产》1995 年第 5 期。
② 钱锺书:《谈艺录》,生活·读书·新知三联书店 2001 年版,第 3 页。
③ [日] 小川环树:《〈水浒传〉的文学》,见《小川环树著作集》(第四卷),筑摩书房 1997 年版,第 135 页。

可见他也认为倾诉悲苦比表现喜乐更容易产生优秀的作品"。①

宋代诗人却不是这样,如较早明确显示出宋诗特色的诗人欧阳修,他"对韩愈的诗也推崇之至,但并不欣赏杜甫的诗,因为他对一味沉溺于悲哀伤感的诗作甚为反感。可是他的散文,比如在《五代史记》(即《新五代史》)里能看到的,却不乏宣泄感伤之作;他的'词'也擅长抒发与体裁相称的感伤情绪。想来欧阳修是有意识地在诗与'词'之间划出明确的界限,尽可能不让那些应该放在'词'里的感情进入诗中,从而把诗与'词'在内容上完全分离开来"②。因此,他把恋爱"这类悲哀完全排挤出诗,迁徙入'词'。因此,他的诗作主题几乎全集中于友情与'闲适'方面。'闲适'是一种悠闲适意的心理状态,也就是说,他在诗里表现的是没有被悲哀异化的自在心情"③。

在小川环树看来,欧阳修是宋诗人中接近乐观主义哲学的代表。而他的这一接近经过其门人苏轼着力推动,使得乐观主义与诗歌联系更为紧密了,乐观主义不仅成为苏轼个人的诗歌特色,也成为了整个宋诗的感情基调。到了黄庭坚的诗歌创作,宋诗的乐观与理智则发展到了巅峰:"至此,宋诗向乐观主义哲学靠拢了。这种乐观主义在欧阳修的门人苏轼的诗里表现得最为彻底。它在构成苏诗特色的同时,很快也决定了宋诗的整体风格。"④"苏轼的诗里洋溢着明朗、健康的情绪,丝毫没有某些唐诗的忧郁苦闷的晦暗色彩。伴随着苏诗清脆明快的音调,我们看到的是他那明朗豁达的精神世界。"⑤"苏轼坚信人间自有善意,任凭风吹浪打,他也能泰然处之;并且心有余闲,品味人生的幸福;他从不向厄运屈服,从未被苦难压倒。他曾两次无辜获罪而被流放,但他的文学创作,恰在这两度流放期间放射出最耀眼的光辉。"⑥

小川环树并将苏轼与白居易比较,认为白居易虽自号"乐天",在被贬时还是作《琵琶行》来寄托自己沦落天涯的悲哀,而苏轼在流放黄州的时候从未写过这类情绪的作品,"他牢牢记住的是这片土地上陌生人的好

---

① [日]小川环树:《风与云——中国诗文论集》,周先民译,中华书局2005年版,第162—163页。
② 同上书,第163页。
③ 同上书,第163—164页。
④ 同上书,第164页。
⑤ 同上。
⑥ 同上。

意带给自己的欢喜"①。以对比的方式,凸显了以苏轼为代表的宋诗中的乐观主义思想。

小川这种对苏诗的深刻体悟,我们不禁联想到他的学生山本和义在《风与云——中国诗文论集》的"序言"中所说的:"先生晚年将极大心力倾注于对北宋文人苏轼的研究,或许就含有通过苏轼的博大胸怀和崇高人格来表现他上述感情的美好愿望。"② 山本和义所说的"上述感情",指的中日关系恶化时,小川正在中国,特别感动于中国人民的友善。至此,我们感到小川宋诗研究的一个特色:用心去体悟诗,带着爱好与感情去研究诗。

六 论宋诗中的民族主义感情与国民责任感

斯大林在《马克思主义和民族问题》中说:"民族是人们在历史上形成的一个有共同语言、共同地域、共同经济生活以及表现于共同文化上的共同心理素质的共同体。"③ 而每一个民族都有着自己与众不同的传统文化,这些传统文化决定了一个民族的特性。中华民族精神的特性可以概括为:团结统一、爱好和平、勤劳勇敢、自强不息。我国是一个统一的多民族国家,不同民族长期相互交流、融合,从而形成了中华民族共同的文化和民族心理,凝聚成团结统一的民族精神;中华民族还是个爱好和平的民族,这不仅表现为各民族之间平等交往、共同发展,也表现为与世界其他民族和平共处、友好往来;中华民族勤劳勇敢、艰苦奋斗,在人们的观念中,勤劳勇敢、艰苦奋斗不仅是陶冶性情、磨砺人格的重要环节,也是立身、持家、治国的根本;中华民族独立自主、不断进取、自强不息,这不仅是世世代代生生不息的力量源泉,也是激励我国人民不断开拓创新的不竭的精神能量。

小川环树认为,在宋诗中有着空前高涨的民族主义感情。根据小川环树的分析,其实就是中华民族团结统一、爱好和平、勤劳勇敢、自强不息精神特性统一的具体体现,而这种精神特性,小川环树认为是源于宋人的

---

① [日]小川环树:《风与云——中国诗文论集》,周先民译,中华书局 2005 年版,第 164 页。
② 同上书,第 4 页。
③ [苏]斯大林:《马克思主义和民族问题》,《斯大林全集》(第 2 卷),人民出版社 1953 年版,第 294 页。

第四章 日本主要宋诗研究者的学术贡献

大我的自觉。

小川环树先从张载《西铭》中的一段话谈起,他说:"张载从遥远的《庄子》那儿接过'天地一体'的思想,并更加具体地把天地间的万物与人类的关系比作一个大家庭内部的关系。乍听之下或被疑为大言空论,其实张载实有所指,表明的是民族主义主张。"① 这也是宋代哲学"大我的自觉"。小川这里是借用钱穆在《国学概论》提出的观点,钱穆认为六朝的哲学是小我的自觉,宋代的哲学则是大我的自觉。这个大我就是中华民族的主体意识,即团结统一、爱好和平的民族主义的思想。

这种思想在以前的诗歌中并不多见,小川环树认为:"在唐代曾被杜甫在诗中反复高扬过,但其它的诗人却不一定持有自觉的意识。这一意识后来鲜明地表现在韩愈的散文里,韩愈的坚决排斥佛教,主要就是从民族感情着眼的。"② 但是,"进入宋代,民族意识成为许多作家、诗人的共识,并且一有机会就在诗里顽强地表露出来。宋代文人一般对佛教都较有兴趣,但他们的民族主义热情却没有因此而减弱"③。"至南宋,诗人们的民族主义意识更是空前高涨。"④ 这里,小川环树表达的"民族意识",其内涵更多地指向爱国主义情感。

与此相关,还有宋代诗人的强烈的"国民责任感",亦即社会责任感。社会责任感与一般的心理情感有所不同,它属于社会道德心理的范畴,是思想道德素质的重要内容,指的是一种自觉主动地做好分内分外一切有益社会事情的精神状态。小川环树说:"张载的《西铭》所提出的思想里,还有一点很引人注目,这就是文章提出了一个全体国民的共同责任问题,即应该正视社会的黑暗面并进行反省。"⑤ 这种责任感就是"正视社会的黑暗面并进行反省",是从唐诗中接承而来,"唐诗中有不少作品在大是大非面前旗帜鲜明,揭露并抨击了社会中不公平、不公正的丑恶现象;宋代取法唐代,也不乏这类力作"⑥。接着他举王禹偁、王令、吕南宫、唐庚、吕本中、刘子翚、文天祥等宋代诗人诗作为例,详细分析这些诗歌的内涵,

---

① [日]小川环树:《风与云——中国诗文论集》,周先民译,中华书局 2005 年版,第 166 页。
② 同上书,第 166—167 页。
③ 同上书,第 167 页。
④ 同上。
⑤ 同上。
⑥ 同上。

仔细体悟其中蕴含的强烈的国民责任感。小川环树并提出:"倘若把宋诗当作补充历史记载的资料,人们或许不能满足;但是如果想了解宋代文人的精神生活,将宋诗弃置一边不去翻检则肯定不行。这里说的诗当然不只是限于那些社会诗的范围。南宋是一个半壁江山被金军践踏蹂躏的时代。山河破碎、生灵涂炭的现实,使得忧国忧民成为许多南宋诗的共同主题。与唐代后期的诗人相比,应该说南宋诗人的处境更悲惨,心境更悲凉。这种悲惨处境和悲凉心境,至南宋亡国时发展到了顶点。文天祥(1282 年卒)或许难以算作一流诗人,但他的《正气歌》气贯长虹,自有其被广泛诵读并流传久远的理由。他宁死不投降侵略者的伟大气节,正是被宋代文人对正义的坚强信念支撑着。"① 也就是说,宋诗不是记载历史的,但却是宋代文人精神、心理的真实写照,尤其是南宋末年的诗歌,它记载了南宋文人的悲惨处境以及忧国忧民的伟大情怀,感人至深。这之中,文天祥的诗作更是以其宁死不投降、对正义的坚强信念感动了一代又一代的读者。

七 论宋诗对自然的关心

"自然"一直都是文学书写的重要母题之一,中国古典文学也不例外。中国古典文学在本质上是有着人本主义特点的,但人毕竟脱离不了与自己生存息息相关的物质环境。人们即目所见、即耳所闻,都是自然之物,所书写的自然也就是自然之物了。袁行霈曾说过:"中国诗歌艺术的发展,从一个侧面看来就是自然景物不断意象化的过程。"②

小川环树也对"自然"这一母题比较偏爱,他在《"风景"在中国文学里的语义嬗变》里说:"对于中国的叙景诗或自然诗(landscape poetry nature poetry)的发展历程,我一直抱有浓厚的兴趣。体现在自然诗里的自然(nature)观念的变化,当然是一个值得研究的重要问题。"③ 其《〈宋诗选〉后记》中也说自己编译《宋诗选》时基本是根据自己的爱好来进行择选诗作的,而这个爱好使得他在重读校样时,"发现(本书中)叙景诗

---

① [日]小川环树:《风与云——中国诗文论集》,周先民译,中华书局 2005 年版,第 168 页。
② 袁行霈:《中国诗歌艺术研究》(增订本),北京大学出版社 1996 年版,第 2 页。
③ [日]小川环树:《风与云——中国诗文论集》,周先民译,中华书局 2005 年版,第 25 页。

第四章 日本主要宋诗研究者的学术贡献

特别多，而且太过感伤"①。他也将自己的这个偏好贯彻到了文学研究中。他的《风与云——感伤文学的起源》②《中国诗歌中"风景"的语义嬗变》③《大自然对人类怀有好意吗？——宋诗的拟人法》④ 几篇论文，⑤ 被认为是一个系列，因为它们研究的文学主题都是文学中的自然观。

在论述之中，他提出："在上古人类的世界观里，人类社会是以畏天为思想基础，以人为中心，按照一定的尊卑序列组织而成的。这时自然界全面介入人类社会的状况还没有出现，在自然与人的连接点上还存在着一些制约因素。"⑥ "汉以后的文学作品里所表现出来的自然观，在人与自然直接契合、融为一体方面，很明显更接近道家而不是儒家。"⑦ 可见，小川环树对中国文学自然观的研究，既往前追溯到先秦两汉的文学中，也后延至唐宋明清的文学中，体现出他试图勾勒中国古典文学中自然观历史演变的努力。

关于宋诗中体现出的对自然的关心，小川环树主要以黄庭坚《演雅》诗为代表进行论说。

黄庭坚的《演雅》是中国诗歌史上一首颇有创造性的奇诗，诗中咏及蚕、蛛、燕、蝶等43种动物，其认识并不基于自然，而是在古代典籍的字里行间把握，全诗充溢着故实与典故，诗作曾在南宋诗坛上引发了一系列的仿效作品。但是在我国的古典文学研究中，往往被学者们忽视。小川环树《宋代诗人及其作品》一文认为这首诗有两点值得注意："一是他对生

---

① ［日］小川环树：《〈宋诗选〉后记》，《小川环树著作集》（第三卷），筑摩书房1997年版，第463页。
② ［日］小川环树：《风与云——感伤文学的起源》，《东光》（第2号），弘文堂，1947年11月。
③ ［日］小川环树：《中国诗歌中"风景"的语义嬗变》，立命馆大学文学会：《立命馆文学》（第264号），1967年6月。
④ ［日］小川环树：《大自然对人类怀有好意吗？——宋诗的拟人法》，《无限》（第8号），政治公论社，1961年9月。
⑤ 这三篇论文，前二者在周先民译的《风与云——中国诗文论集》（中华书局2005年版）中，题目分别为《风与云——感伤文学的起源》《"风景"在中国文学里的语义嬗变》，后者在谭汝谦编译的《论中国诗》（贵州人民出版社2009年版）中题目为《自然对人类怀有好意吗？——宋诗的拟人法》。
⑥ ［日］小川环树：《风与云——中国诗文论集》，周先民译，中华书局2005年版，第13页。
⑦ 同上书，第14页。

物的精细观察，二是他关于这些生物生活目的的追问。"[1] 体现出宋诗人对自然特有的强烈的好奇心和对事理的深刻怀疑态度。小川接着探讨个中原因，他认为宋诗人对自然的关心，一是因为到了宋代，有关自然物的观察、记述从药物学里独立了出来，二是与宋代园艺学的发达有关系，而最主要的在于宋人的思想，他说："宋人的思想有个特点，就是对生物的生活行为也要刨根问底，追究它们对这个世界所具有的意义。"[2] 这种探索，就是"格物致知"。似乎还不足意，小川环树又列举杨万里、叶绍翁、周密等人诗作，进一步分析说明宋诗体现的对自然异乎寻常的关心。

小川环树还很注重文学中的自然对文学家深层心理揭示，因此他强调，文学中的风景并不仅表现了人们的自然观，甚至进一步表现人们的人生观。他在《自然对人类怀有好意吗？——宋诗的拟人法》一文中提出，理智性是宋诗的重要特色，这一点也表现在了自然观上。小川环树认为，宋代的诗人们在唐人的基础上更进一步，不仅与自然愈发亲密，而且充满了对自然的善意的信任。这是因为此时的人们感受到了人类文化的强大，在面对自然时也满怀自信，将之视为自己的驯服之物。宋诗中对自然景物多用拟人法，并且拟人后的自然景物对人多怀有善意，这就是人与自然关系越来越友好的表现之一。[3] 他举宋诗的代表诗人，同时也是乐观主义的代表诗人苏轼的诗句"东风知我欲山行，吹断檐间积雨声"为例。尽管将自然景物拟人，并描写它与诗人的互动并非新鲜的手法，但小川还是发现了宋诗所独有的特质。他用唐代贾至《春思二首》中运用了同样手法的"东风不为吹愁去，春日偏能惹恨长"一联与之对比，并指出："在贾至的诗中，已出现了拟人化的东风，但仍可注意到它对人的态度，还非属于善意性质。至于东坡的诗，东风已是善意性的存在，令人感到有深一层的亲切感。"[4] 宋代诗人满怀信赖感地描写了被驯服的自然。在小川看来，"（拟人法）与宋人的理容性思考并不矛盾，而是贯彻了他们思想中的乐观主义的一个侧面，大概是出于人类对文化对自然的优越感吧。如果说优越感有

---

[1] ［日］小川环树：《风与云——中国诗文论集》，周先民译，中华书局2005年版，第169页。
[2] 同上书，第170页。
[3] ［日］小川环树：《论中国诗》，谭汝谦、陈山诚、梁国豪译，贵州人民出版社2009年版，第77—83页。
[4] 同上书，第80页。原文见小川环树《小川环树著作集》（第二卷），筑摩书房1997年版，第44页。

些言过其实,那么至少可以说诗人们意识到了人类与自然的和谐"①。

"像小川环树博士多次指出的那样,宋诗屡屡把自然拟人化,把自然也拉入人的世界,是件趣事。"② 吉川幸次郎如此赞许道。

在小川环树之前,日本已经有学者对中国文学中的自然观进行研究,像青木正儿的《中国人的自然观》和小尾郊一的《中国文学中的自然与自然观》就是其中的代表。但是,他们的研究都存在一些不足。德国汉学家顾彬认为日本和西方的自然观研究都存在三大缺陷:一是材料丰富却缺少分析,使人不得要领;二是脱离社会的发展孤立地探讨自然观及其发展;三是没有把自然观形成过程中的重要时期(周与汉、六朝、唐)联系起来加以考察和理解。③ 小川环树的研究在前两点弊病上也不可避免地存在一些。

不管怎么说,小川环树对中国古代文学中的自然观这一问题的研究,能够在青木正儿等前辈的基础上独出己见,他的观点特别是对"风景"一词词义演变的考察,已被后来的研究者认同接受,其承上启下作用是不容忽视的。

八 论宋诗拟人法的广泛运用

在宋诗的艺术手法中,小川环树特别注意到的是拟人法。宋诗中拟人法的运用,很多人都关注到,小川环树的老师铃木虎雄也看到了,但是很不以为然,认为它野俚滑稽,是"古人在这方面的糟粕所在"。④

小川环树却自出新见,认为这也是宋诗中乐观主义精神的一种表现。他指出宋诗中对自然景物多用拟人法,且拟人后的自然景物对人多怀有善意,这一点在前文中也有提及。他说:"苏轼的诗常用拟人法,其实这也代表着宋诗的一个特色。"⑤ 他回顾了自先秦至唐的诗歌,认为其中很少有拟人法,只有在宋代才广为运用,"这类让自然物或非生物像人类一样带有感情的表现方法,唐诗中也有,可宋诗里却在在皆是,相当普遍。"小

---

① [日] 小川环树:《宋代诗人与作品概说》,《小川环树著作集》(第二卷),筑摩书房1997年版,第12页。
② [日] 吉川幸次郎:《宋元明诗概说》,李庆等译,中州古籍出版社1987年版,第39页。
③ [德] W. 顾彬:《中国文人的自然观》,马树德译,上海人民出版社1990年版,第4页。
④ [日] 铃木虎雄:《中国诗论史》,许总译,广西人民出版社1989年版,第222页。
⑤ [日] 小川环树:《风与云——中国诗文论集》,周先民译,中华书局2005年版,第164页。

川以苏轼诗句"倚山修竹有人家，横道清泉知我渴"为例，分析道："二句字面上说，沿山的竹林中有农民的家，穿路而过的清清泉水仿佛知道我想喝水。实际上他是通过描写自己从自然的善意里感到的喜悦，巧妙地表达了对热情留宿的农夫的感谢。""苏轼用他那颗真诚的心衷心地接受并感激别人带给自己的温暖，并通过拟人法，把这种心情一直扩展到自然物上面。"① 小川环树这里，把拟人法看成是人情感的物化或外化。那么，为什么宋诗人喜爱运用拟人法呢？小川环树说："这当然不是偶然的，因为它与宋人擅长的理性思考并不矛盾，而且可以说是他们思想里根深蒂固的乐观主义的一种表现。我感到拟人法正是从人类文化对自然所持的优越感里产生的。"② 亦即宋诗人喜爱运用拟人法与他们的乐观主义哲学是相关联的。小川环树另有《大自然对人类怀好意吗？——宋诗的拟人法》（《无限》8，政治公论社，1961年9月）一文，论及宋诗的拟人法，亦持同样观点。

　　小川环树的观点也许同时受了我国学者钱锺书的某些影响。小川环树特别推崇钱锺书，曾介绍并高度评价钱锺书的《宋诗选注》。钱锺书也很注重宋诗中的拟人法，在《宋诗选注》中，钱锺书多处评述这类诗句。如王禹偁《村行》的诗句"万壑有声含晚籁，数峰无语立斜阳"，正是运用了拟人法，才显得形象生动的。钱锺书就它成功的原因分析道："按逻辑说来，'反'包含先有'正'，否定命题总预先假设着肯定命题。诗人常常运用这个道理。山峰本来是不能语而'无语'的，王禹偁说它们'无语'或如龚自珍《己亥杂诗》说：'送我摇鞭竟东去，此山不语看中原'，并不反事实；但是同时也仿佛表示它们原先能语、有语、欲语而此刻忽然'无语'。这样，'数峰无语'、'此山不语'才不是一句不消说得的废话。……改用正面的说法，例如'数峰毕静'，就减削了意味，除非那种正面字眼强烈暗示山峰也有生命或心灵，像李商隐《楚宫》：'暮雨自归山悄悄。'"③ 十分精辟到位。小川环树同时是语言学家，估计对此体悟尤深。

---

① ［日］小川环树：《风与云——中国诗文论集》，周先民译，中华书局2005年版，第165页。
② 同上。
③ 钱锺书：《宋诗选注》，人民文学出版社1958年版，第8页。

九 论宋诗的流变

宋诗的创作者，宋诗的题材、质性均已定出，小川环树可以开始从容细腻地来讨论宋诗的几个关键人物了。因此，其《宋代诗人及其作品》最后的任务就是以各阶段代表诗人为中心，来探讨宋诗的流变。

我们知道，早在南宋初即有人开始讨论宋诗的流变与分期，如南宋初的张元干曾指出北宋诗有三次变化：首先是杨亿、刘筠诸人的西昆体，沿袭唐人；其次是欧阳修诸人继起，"文风丕变"；然后有苏轼及其门人黄庭坚等崛起诗坛，"诗法大振"。① 宋末严羽也认为宋诗有三变，只是阶段的划分与张元干不同。他认为"国初之诗，尚沿袭前人"；至苏轼、黄庭坚"始自出己意以为诗，唐人之风变矣"；"近世"永嘉四灵又学晚唐，"复就清苦之风"。② 宋末元初的戴表元，则认为宋诗有四次变化：最初"汴梁诸公言诗，绝无唐风"；梅尧臣出，"一变而为冲淡"；至黄庭坚崛起，"又一变而为雄厚"；到了永嘉四灵，再"一变而为清圆"。③

与戴表元同时的方回，也比较详细地论述过宋诗的发展过程。从他的论述中，我们可以抽绎出宋诗发展的六个阶段：一是宋初学晚唐的三体（白体、晚唐体和西昆体）；二是欧、苏、梅等诗人继出，"一变"而学李白、韩愈之诗，"晚唐于是退舍"；三是王安石、苏轼、黄庭坚、张耒和陈师道等各擅胜长，各立一宗；四是南渡之际，陈与义和曾几为诗坛"巨

---

① 张元干《芦川归来集》卷九《亦乐居士集序》："国初儒宗杨、刘数公，沿袭五代衰陋，号西昆体，未能超诣。庐陵欧阳文忠公初得退之诗文于东汉敝箧古文书中，爱其言辨意深。已而官于洛，而与尹师鲁讲习，文风丕变，寝近古矣。未几文安先生苏明允起于西蜀，父子兄弟俱为文忠公门下士。东坡之门又得山谷隐括律，于是少陵诗法大振。如张文清、晁无咎、秦少游、陈无己之流，相望辈出，世不乏才，岂无渊源而然焉。"

② 严羽《沧浪诗话·诗辨》："国初之诗尚沿袭前人，王黄州学白乐天，杨文公、刘中山学李商隐，盛文肃学韦苏州，欧阳公学韩退之古诗，梅圣俞学唐人平淡处。至东坡山谷，始自出己意以为诗，唐人之风变矣。山谷用工尤为深刻，其后法席盛行，海内称为江西宗派。近世赵紫芝、翁灵舒辈，独喜贾岛、姚合之诗，稍稍复就清苦之风。江湖诗人多效其体，一时自谓之唐宗。"（《历代诗话》下册，中华书局1981年版，第688页）

③ 戴表元《剡源文集》卷九《洪潜甫诗集序》："始时，汴梁诸公言诗绝无唐风。其博赡者谓之义山，豁达者谓之乐天而已矣。宣城梅圣俞出，一变而为冲淡，冲淡之至者可唐，而天下之诗于是非圣俞不为。然及其久也，人知为圣俞而不知为唐。豫章黄鲁直出，又一变而为雄厚，雄厚之至者尤为唐，而天下之诗于是非鲁直不发。然及其久也，人又知为鲁直而不知为唐，非圣俞、鲁直不使人为唐也，安于圣俞、鲁直而不暇为唐也。尔来百年间，圣俞、鲁直之学皆厌，永嘉叶正则倡四灵之目，一变而为清圆，清圆之至者亦可唐，而凡枘中捷口之徒皆能托于四灵，而益不暇为唐，唐且不暇为，尚安得古？"（文渊阁影印《四库全书》本）

擘";五是乾淳以来,"尤、范、杨、陆、萧"最为杰出;六是嘉定而降,"永嘉四灵复为九僧旧"。① 稍晚于方回的袁桷在《书汤西楼诗后》中也提出宋诗的发展经历了六个阶段,与方回有些近似。②

明代的胡应麟,对宋诗的研究用力颇多,虽然他没有系统地提出过宋诗发展过程的意见,但他在《诗薮》外编卷五中多次用"宋初""盛宋""南渡""晚宋"等时间概念来论宋诗,对后来仿效唐诗分期来为宋诗分期者不无影响。

至清代,有关宋诗发展、流变的意见渐多,如叶燮的《原诗》、宋荦的《漫堂说诗》和沈德潜的《说诗晬语》等,都有零星的论述。然而最富有启发性的,还是《四库全书总目提要》和全祖望的见解。《四库全书总目》卷一六五《云泉诗提要》③ 与卷一六七《杨仲宏集提要》④ 都说北宋诗历经三变,至南宋永嘉四灵出而又一变为小巧琐屑。这虽然未尽全面,但着眼于"变"来描述宋诗的历程,对后来研究宋诗流变者颇多启迪。全

---

① 方回《桐江续集》卷三十二《送罗寿可诗序》:"诗学晚唐,不自四灵始。宋划五代旧习,诗有白体、昆体、晚唐体。白体如李文正、徐常侍昆仲、王元之、王汉谋;昆体则有杨、刘《西昆集》传世,二宋张乖崖、钱僖公、丁崖州皆是;晚唐体则九僧最逼真。寇莱公、鲁三交、林和靖、魏仲先父子、潘逍遥、赵清献之父,凡数十家,深涵茂育,气势极盛。欧阳公出焉,一变为李太白、韩昌黎之诗,苏子美二难相为颉颃;梅圣俞则唐体之出类者也,晚唐于是退舍。苏长公踵欧阳公而起;王半山备众体,精绝句、古五言或三谢。独黄双井专尚少陵,秦、晁莫窥其藩。张文潜自然有唐风,别成一宗,惟吕居仁克肖。陈后山弃所学,学双井,黄致广大,陈极精微,天下诗人北面矣。立为江西派之说者,铨取或不尽然,胡致堂诋之。乃后陈简斋、曾文清为渡江之巨擘。乾淳以来,尤、范、杨、陆、萧,其尤也。道学宗师于书无所不通,于文无所不能,诗其余事,而高古清劲,尽扫余子,又有一朱文公。嘉定而降,稍厌江西,永嘉四灵复为九僧旧。"(文渊阁影印《四库全书》本)

② 袁桷《书汤西楼诗后》:"自西昆体盛,駢积组错。梅、欧诸公发为自然之声,穷极幽隐,而诗有三宗焉:夫律正不拘,语腴意赡者,为临川之宗;气盛而力夸,穷抉变化,浩浩焉沧海之夹碣石也,为眉山之宗;神清骨爽,声振金石,有穿云裂竹之势,为江西之宗。二宗为盛,惟临川莫无继者,于是唐声绝矣!至乾、淳间,诸老以道德性命为宗。其发为声诗,不过若释氏辈条达明朗,而眉山、江西之宗亦绝。永嘉叶正则,始取徐、翁、赵氏为'四灵',而唐声渐复。至于末造,号为诗人者,极凄切于风云花月之摹写,力孱气消,规规晚唐之音调,而三宗泯然无余矣。"

③ 《四库全书总目》卷一六五《云泉诗提要》:"宋承五代之后,其诗数变。一变而西昆,再变而元祐,三变而江西。江西一派,由北宋以逮南宋,其行最久。久而弊生,于是永嘉一派以晚唐体矫之,而四灵出焉。然四灵名为晚唐,实宗姚合一家,所谓武功体者是也。其法以清切为宗,而写景细琐,边幅太狭,遂为宋末江湖之滥觞。"

④ 《四库全书总目》卷一六七《杨仲宏集提要》:"宋代诗派凡数变,西昆伤于雕琢,一变而为元祐之朴雅。元祐伤于平易,一变而为江西之生新。南渡以后,江西宗派盛极而衰,江湖诸人欲变之,而力不胜。于是仄径旁行,相率而为琐屑寒陋,宋诗于是扫地矣。"

祖望《宋诗纪事序》①的看法与之近似,认为宋诗经历了六个阶段:先是有宋初西昆体盛行;庆历以后,欧、梅和苏舜钦诸公出,宋诗一变;其后王、苏、黄各树一帜,宋诗又一变;建炎以后,萧、杨、陆、范四大家并起称雄;至四灵崛起,宋诗又一变;至宋亡,宋诗又一变。全祖望的看法显然比四库馆臣的看法更周全,也更圆通,但所论萧、杨、陆、范诗歌各自的特点,则不太精到,尤其是说杨万里的诗"生涩",更不确切。

至近代,陈衍《宋诗精华录》中亦仿唐诗的四分法而将宋诗分为初盛中晚四期。② 这种分法,确实简便易行,但只是硬套唐诗,没有很好地去勾勒宋诗发展的曲折历程。

这些分期说各自考虑到时代、流派、诗体、诗风等多种因素,也对前代研究者的分期进行了一些修订和补充,使得宋诗的分期不断趋于合理,但研究者对一些问题的看法始终不能跳出原有的成见,而所持的分期标准又各不相同,很难取得一致的意见。

小川环树则是以诗人为中心,从诗歌历史活动的中心出发,来考察诗人与诗歌创作交替更迭的过程,以及由此引起的创作的盛衰涨落轨迹。对于宋诗流变中的几个关键人物,小川环树是颇为精心地选出的。他依据曾国藩《十八家诗钞》、乾隆御选《唐宋诗醇》,选出苏、陆,据王士禛《阮亭古诗钞》、姚鼐《五七言今体诗钞》,选出欧、王、黄,再加上北宋的梅,南宋的杨,形成欧、梅、王、苏、黄、陆、杨七家。他说"以欧、梅、王、苏、黄、陆、杨这七人为中心,略述宋诗诗风的流变,并拟在行文中随时论及其它诗人及流派"③。他然后一一描述宋诗的流变:宋初六十

---

① 全祖望《宋诗纪事序》:"宋诗之始也,杨、刘诸公最著,所谓西昆体者也。说者多有贬辞,然一洗西昆之习者欧公,而欧公未尝不推服杨、刘……庆历以后,欧、梅、苏、王数公出,而宋诗一变。坡公之雄放,荆公之工练,并起有声。而涪翁以崛奇之调,力追草堂,所谓江西派者,和之最盛,而宋诗又一变。建炎以后,东夫之瘦硬,诚斋之生涩,放翁之轻圆,石湖之精致,四壁并开。乃永嘉徐、赵诸公,以清虚便利之调行之,见赏于水心,则四灵派也,而宋诗又一变。嘉定以后,江湖小集盛行,多四灵之徒也。及宋亡,而方、谢之徒相率为急迫危苦之音,而宋诗又一变。"

② 陈衍《宋诗精华录》卷一:"此录亦略如唐诗,分初、盛、中、晚。吾乡严沧浪、高典籍之说,无可非议者也。天道无数十年不变,凡事随之,盛极而衰,衰极而渐盛,往往然也。今略区元丰、元祐以前为初宋;由二元尽北宋为盛宋,王、苏、黄、陈、秦、晁、强具在焉,唐之李、杜、岑、高、龙标、右丞也;南渡茶山、简斋、尤、萧、范、陆、杨为中宋,唐之韩、柳、元、白也。四灵以后为晚宋,谢皋羽、郑所南辈,则如唐之有韩偓、司空图焉。"

③ [日]小川环树:《风与云——中国诗文论集》,周先民译,中华书局2005年版,第173页。

年间，基本沿袭前代遗风；在欧阳修、梅尧臣、王安石手里，宋诗开始显露真正的特色，欧、梅等诗人合力实践，古体诗得到了新生，王安石则开启宋诗用典陌生奇警之先河；苏轼、黄庭坚是宋诗的代表诗人，他们的诗歌在用典、讲求句法篇法、奇警等方面均运用得无所不至，而成为后人公认的宋诗特征；南宋初期，江西诗派成立，为其鼎盛期，陈师道、陈与义的呕心沥血、刻苦作诗酷似黄庭坚，却无黄之奇警卓异；江西诗派风靡诗坛之后，不少诗人为突破江西诗派藩篱而不懈努力，陆游是其中的佼佼者；同时齐名的还有杨万里，也是位想独立于江西诗风之外的诗人，他以"在诗里大量使用俗语而著称"；陆游辞世后，诗坛上"风光不再，失去了往日的繁华。江西诗派细致而奇警的诗风已成过眼烟云，'四灵派'与'江湖派'你方唱罢我登场，先后主宰了诗坛"。"江西诗派那孤芳自赏的清高作风已经开始被以市民阶层为中心的读者群敬而远之了。"①

小川对宋诗流变的阐说，既重诗史的勾勒，又有对具体诗人诗作的研究分析，有点有线，实为一宋诗简史，体现出日本宋诗研究者强烈的"史"的意识。

相反地，在我国宋诗研究领域，新中国成立后的宋诗研究中，分期研究一直处于空缺期，人们对于宋诗的讨论，更重于从总体上概括宋诗的特点，将它与唐诗的风格区别开来。而如何从文学史的角度，把宋代诗歌依其自身发展演变过程，划分为不同的阶段进行较为具体深入的研究，则不太被重视。直到八十年代之后才引起普遍关注。这时才出现有胡念贻的《略论宋诗的发展》（《齐鲁学刊》1982年第2期）、陈植锷的《宋诗的分期及其标准》（《文学遗产》1986年第4期），还有许总的《宋诗史》（重庆出版社，1992年），它作为国内出版的第一部宋诗通史，对宋诗的发展阶段划分为了六期进行论说，开启了我国宋诗分期研究的新篇章。

十　对宋诗个案的研究：以苏轼、陆游诗研究为中心

在宋代的诗人中，小川环树对苏轼、陆游的研究最为投入，用功最勤。这除了对苏轼诗的爱好外，可能也与前文所提到的小川环树对中国人民的感情有关。

---

① ［日］小川环树：《风与云——中国诗文论集》，周先民译，中华书局2005年版，第188页。

1. 苏轼诗研究

小川环树对苏轼诗的研究除前文所述对苏诗的译注与对佚注的辑佚整理外，对苏诗的分期、艺术特征、用语用韵特征也予以了探讨。

（1）苏轼诗的分期。小川环树《苏东坡其人其诗》一文，揭载于《苏轼》（《中国诗人选集二集》5，岩波书店，1962年），后选入其论文集《风与云——中国诗文论集》（朝日新闻社，1972年）。该文首先介绍苏轼的成长环境及其人生经历，然后根据其诗风流变划分为三个阶段进行考察：

一是宋嘉祐四年（1059）至熙宁四年（1071），为诗人的青年期，"苏轼诗的特色此时已有所彰显，但很多作品尚未褪尽习作的痕迹"[1]。小川环树认为，此时的苏诗充满了年轻人的活力，并且深受长于五言诗的杜甫、梅尧臣等人影响，集中五言古诗较多，并且尚未摆脱向他们学习的痕迹，但在他所擅长的七言诗中已露出轻快诗风的端倪。

二是从宋熙宁四年（1071）冬至元丰八年（1085），这一时期，苏轼"经历虽然复杂坎坷，可他的诗风却越来越显得自由奔放。特别在知徐州以后，苏轼的诗歌艺术已日渐成熟，臻于化境"[2]。小川环树认为，苏轼的思想在这时期有所转变，开始向佛教靠拢。在流放中，苏轼对人生进行了深入的思考，这些思考沉淀在作品中，为他的诗歌带来了不同的色调。

三是从宋元祐元年（1086）至苏轼卒（1101），小川环树认为，这时期的前八年，苏轼诗作没有什么新的变化，后八年流放惠州、海南岛时期，在艺术上是更上层楼，内容上"深刻无比，充满了人性的光芒，把作者美好心灵完全呈现了出来"[3]。这时期，苏轼受到了陶渊明的极大影响，他的境遇虽然比起成熟期更加困窘，但诗中所显现的心境却更加澄明。

（2）苏轼诗的艺术特征。关于苏轼诗歌的艺术特征，小川环树除对前人所评的奇怪、奔险、雄豪表示认可外，特别注重的是其拟人法和比喻的运用。他认为，苏轼将拟人法这一艺术技巧"用到极致"，"这不仅拉近了

---

[1] [日]小川环树：《风与云——中国诗文论集》，周先民译，中华书局2005年版，第200页。
[2] 同上书，第201页。
[3] 同上书，第202页。

自然与自己的距离，而且也可以说有着呼吁人类亲近自然的意义"[①]。一般来说，探讨诗歌技巧、特征，人们往往对其如何运用及对后人的影响等方面来考察，小川环树却从人与自然的角度来探讨其意义，极富新意。他的《诗中比喻的工拙与雅俗——苏东坡》(《中国文学报》，1955 年 4 月)一文，从分析苏诗的比喻出发，探讨了宋诗的相关问题。他提出，苏诗的比喻确实联想奇特，但往往损害了诗的和谐，所以纪昀评为"鄙""俗"是有道理的。小川进而思考这种代表着宋诗艺术表现的特征对诗歌的影响，他认为，宋诗在表现上一般给人以强悍硬朗的印象，但过度用强，确实对六朝以来长期积淀形成的和谐安定的特质造成了某种损害。不过，这体现了宋人勇敢地寻求新的表现形式、不断进取的精神。

(3) 苏轼诗的用语用韵。小川环树对苏诗用语用韵研究的著述主要有：《苏东坡的诗文用语研究》(《各个研究及助成研究报告集录（哲·史·文学编)》，1953 年、1954 年)、《苏东坡古诗用韵考》(《京都大学文学部五十周年纪念论集》，1956 年)、《苏东坡其人其诗》。

小川环树对苏轼关于"造物"的人生感悟特别感兴趣，其《苏东坡其人其诗》认为苏诗中多次出现、最为引人注目的词汇就是"造物"，这蕴含着苏轼对人生的体悟。他说苏轼将造物称为"小儿"，是"因为他把人的命运、境遇，看成是某种超自然的存在所玩耍的游戏。那个创造并支配万物的超自然的存在，如同小儿一样天真烂漫，人类不过是这个造物主小儿游戏的产物，而且一直被其玩弄于手中。唯其如此，我们不能说人生在世无聊乏味了，因为人生又可以像小儿那样自由玩耍了"[②]。

小川环树的《苏东坡古诗用韵考》从诗歌创新的角度考证苏诗的用韵特征。他根据《唐宋诗醇》选录的 540 首苏诗用韵进行考察，得出结论：苏诗用韵常常突破唐以来近体诗的"通用"范围，并且仅在入声韵的诗作中无视 $-l$、$-k$、$-p$ 的区别自由地选择韵脚，这更加接近当时的口头语。因此，小川环树强调以后的宋代音韵研究中要重视古诗押韵对口语语音的反映。

2. 陆游研究

如果说苏轼是宋诗乐观主义特色的代表，那么小川环树所重点关注的

[①] [日] 小川环树：《风与云——中国诗文论集》，周先民译，中华书局 2005 年版，第 203 页。

[②] 同上书，第 207 页。

第四章　日本主要宋诗研究者的学术贡献

另一位诗人陆游则是宋诗爱国主义热情高涨的代表。钱锺书曾经说陆游："他看到一幅画马，碰见几朵鲜花，听了一声鹤唳，喝几杯酒，写几行草书，都会惹起报国仇、雪国耻的心事，血液沸腾起来，而且这股热潮冲出了他的白天清醒生活的边界，还泛滥到他的梦境里去。"① 小川环树对陆游主要考察了他生平的几个关节点、诗歌的主题、纪梦诗与自然观。

（1）关于陆游的生平。在陆游生平的问题上，小川环树认为，在当时主战派三次曾经占据上风的时期是值得注意的。一般人们关注的热点在于宋庆元六年（1200）至开禧三年（1207），这是主战派第三次占据上风时期。这时期，韩侂胄当政，陆游再度出仕，并为韩侂胄作《南园记》和《阅古泉记》，《宋史·陆游传》称朱熹之说"其能太高，迹太近，恐为有力者所牵挽，不得全其晚节"是有先见之明。② 朱熹在当时士大夫中有很大的影响，此后许多公私记载都指责陆游投靠奸臣韩侂胄，为求仕干禄而阿附权贵，陆游"晚节"问题成为人们的关注热点。朱东润在《陆游传》中也有比较明确的论述，他认为陆游与韩侂胄是因为共同的抗战立场才达成统一战线的。③ 小川环树对这一问题没有去深入探讨，只是表明他认同袁枚的观点，认为陆游是在忠告韩侂胄，并结合当时的伪学党禁，认为朱子学派对陆游的非难是出于偏见。也就是说，在这一问题上，小川环树是相信陆游晚节不亏的。

小川环树集中精力考证的是宋乾道五年（1169）至八年（1172），即主战派第二次占据上风时期。小川环树认为这是对陆游影响最深的时期。这三年期间，陆游充满希望地入蜀，后来成为了四川宣抚使王炎的幕僚，在军中任职，度过了短短八个多月"铁马秋风"的战斗生活，最后却不得不怀揣失望，惆怅地离开南郑（今陕西汉中）。在小川环树看来，四十八岁（1172）是陆游人生中的重大转折点，"他的爱国热情一有机会就会燃烧，可他反复品尝的却是一次遭受挫折的痛苦"，④ 说的就是这段经历。《剑门道中遇微雨》诗，写的就是他当时的心情。对于此诗，小川环树结合陆游的际遇，认为此时他失去了一生最大冒险的机会，"此身合是诗人

---

① 钱锺书：《宋诗选注》，人民文学出版社1958年版，第194页。
② 脱脱等：《宋史》卷三九五，影印文渊阁《四库全书》本。
③ 朱东润：《陆游传》，人民文学出版社2007年版，第214—216页。
④ ［日］小川环树：《风与云——中国诗文论集》，周先民译，中华书局2005年版，第185页。

未"是一种沉痛的自嘲。建功立业、收复失地的愿望破灭了,这对陆游来说是痛苦的,是不堪忍受的,此时自己的形象像极了唐代驴背上的诗人。衷情难诉,壮志难酬,因此他只能在抑郁中自嘲,在沉痛中调侃自己。不甘心以诗人终老,这才是陆游之所以为陆游。然而,小川环树却点出,这正是陆游产生了作为诗人的自觉的一刻。

(2)陆游诗歌的主题。小川环树将陆游诗歌的主题分为"动""静"两面,他认为:"陆游的诗有着相反的两面。一方面是所谓的爱国诗中的积极冒险精神,另一方面是对逃离世俗欲望的寂静境界的热爱之心。"① 钱锺书在《宋诗选注》中也将陆游作品分为两类,他说:"他的作品主要有两方面:一方面是悲愤激昂,要为国家报仇雪耻,恢复丧失的疆土,解放沦陷的人民;一方面是闲适细腻,咀嚼出日常生活的深永的滋味,熨贴出当前景物的曲折的情状。"② 他们两人的分类概括基本是一致的。接着,小川环树又在分类的基础上指出陆游在这两方面都是渊源的。他说,从家学的角度来看,陆游作为战士冒险性的一面直接受到了父亲陆宰的影响,而热爱自然的一面则继承自祖父陆佃,"他的祖父和父亲的政治学与自然学,在他身上结晶为了诗的透明的形态"③。在我国古代文学史上,历来更多地把陆游作为爱国主义诗人的代表,对陆游的研究也一直比较偏向于其斗士的一面。小川环树出于自己的审美偏好,对陆游"静"的一面关注较多,但他也提出,研究陆游必须对其激愤、闲适的两面都同等重视,因为陆游这两种特色的相互纠缠与其他诗人很是不同。

(3)陆游的纪梦诗。陆游的纪梦诗在他的作品中占有相当的分量,清代的赵翼在《瓯北诗话》中感叹道:"核计全集,共九十九首,人生安得有如许梦。此必有诗无题,遂托之于梦耳。"④ 赵翼感慨陆游纪梦诗之多,但他没想到的是,他的统计与准确数字相差甚远。以钱仲联校注的《剑南诗稿校注》(上海古籍出版社)统计,在陆游现存的全部9000多首诗歌中,凡在诗题中标出"纪梦""梦游""梦蜀"等整篇的纪梦诗有158首,

---

① [日] 小川环树:《静寂·默想·雨》,见《小川环树著作集》(第三卷),筑摩书房1997年版,第312页。
② 钱锺书:《宋诗选注》,人民文学出版社1958年版,第192页。
③ [日] 小川环树:《陆游》,见《小川环树著作集》(第三卷),筑摩书房1997年版,第418页。
④ 赵翼:《瓯北诗话》,霍松林、胡主佑校点,人民文学出版社1963年版,第80页。

诗题未现而在诗句中出现"梦"的有770余处，两者合计共有930首诗，占了其全部诗作的十分之一。这还不包括"黄粱""阳台""华胥""庄周蝶""邯郸枕"等未出"梦"字而有梦之实的数字。小川环树认为，陆游这类纪梦诗的内容是否真的来源于梦是无法进行确认的，但是赵翼的说法实质上是在肯定陆游纪梦诗写实的特点。他提出，陆游的纪梦诗按照主题大致可以分为抒发爱国热情、表达修仙心愿、描写想象风景、怀念故人四类，其中，爱国与修仙两类是陆游纪梦诗最常见的主题，也是陆游"动""静"两面的具现化表现。特别是一些修仙类主题的诗歌，大可不必与爱国主题归为一体，如在陆游纪梦诗中频频出现"华山"或者"华岳"的意象，中国学者李淡虹认为陆游曾经机密前往华山，[1] 如此说来，这类意象应该归属到爱国主题之下。小川环树却认为这种观点缺乏说服力，他以内容提及华山的《纪梦三首》为例，认为第一首的"药炉"、第二首的"西岩老宿"等都带有浓烈的道教色彩，所以华山在当时虽然是敌国的领地，但在陆游的纪梦诗中却与他的爱国情感无关，只是作为道家仙境的象征而出现的。[2]

（4）陆游的自然观。小川环树在陆游的个案研究上也是从他所一向关心的自然观入手的。他首先追溯了陆游在这方面的家学。他引证《宋史》中称陆游的祖父陆佃"精于礼家，名数之说尤精"之语，说陆佃的研究方法很接近近代科学，他的《尔雅新义》《埤雅》等著作可以看作博物学的书。陆游不仅熟读祖父的著作，继承了他客观观察大自然的科学态度，而且还有实际行医与编写《陆氏续集验方》的经验，这种深厚的医学造诣也说明了陆游对自然物具有细致的观察力。此外，小川环树还注意到了陆游诗学渊源上的儒学背景。他认为，陆游以曾几为师，也信守乃师的儒学。儒家早就要求"多识于鸟兽草木之名"，宋代程朱理学提倡的"格物致知"思想更是影响深远。陆游因此注重穷物性，探寻物理。他自己在《采药有感》中说："古人于物理，琐细不敢忽。我少读苍雅，衰眊今白发。……虽云力探讨，疑义未免阙。……穷理已矣夫，置觿当自罚。"体现出格物致知思想的影响，而陆游《小园》中的"晨露每看花万圻，夕阳频见树阴移"诗句最能表露他探寻物理的态度。

---

[1] 李淡虹：《陆游梦游黄河潼关太华诗初探》，《文史》第2辑，北京出版社1963年版。
[2] ［日］小川环树：《陆游的梦（其一）》，见《小川环树著作集》（第三卷），筑摩书房1997年版。

美国翻译家兼汉学家华生（Burton Watson）在分析《唐诗三百首》时说，较之英国诗歌，中国唐诗多用"木""花"等抽象词汇，而很少写出其品种，缺乏具体性。[①] 在小川环树看来，宋诗则具体得多。他认为，如果对宋诗进行同一考察的话，可以发现宋诗中的动植物远比唐代更为具体，而陆游堪称其中代表。小川环树说，陆游诗除了花木虫鱼的具体描写增多外，其中出现的自然物效应也有所变化：以前的诗人在写到自然事物时通常意识到的是它们能够驱邪或者有祈愿长寿的功能，即便是杜甫也还存在这种观念；但陆游诗却没有，如他著名的诗句"深巷明朝卖杏花"，是一种完全日常化的物象，没有任何神秘效用，而且其中的杏花很少在唐诗中出现。小川环树将这种描写范围的扩大称为"季节感的扩大"。[②] 小川环树总结说："陆游的自然观与众不同，因而他的诗学也就不同凡响。这大概是他平生肯下苦功、格物不已的明效吧。"[③]

小川环树还总结性论说了陆游诗歌的艺术魅力，他说："陆游终其一生都没有放弃过收复失地的希望，我们绝不能认为这种强烈主张与对神仙的憧憬是矛盾的。而且在他的精神上来说，全力投入文学创作是毫不应该否定的行为。就这一点而言，他与同时代的众多政治家，甚至学者们都没有站在同一条战线上。他叹息着与自己志同道合的人是多么稀少，却不愿意改变心意。"[④] 认为陆游在政坛与文坛感受到了双重的孤独，这成为了他的心理重负，诗作便成为了他宣泄这种情绪的重要途径。同时，他在田园题材的诗中，又以清朗明晰的态度书写了日常生活中的琐细的事物给自己带来的幸福，这种细腻对读者也极富感染力。这也是小川环树一贯认为的陆游诗歌的"动""静"两面，并且正是这两面——孤独感与幸福感的矛盾与冲撞，构成了陆游诗歌的艺术魅力。这个总结，体现了小川环树重视对文学家心理探索研究的特色。

---

① ［美］伯顿·华生：《中国抒情诗歌》，哥伦比亚大学1971年版。原文为：Burton Watson: *Chinese Lyricism: Shih Poetry from the Second to the Twelfth Century*, Columbia University Press, 1971。
② ［日］小川环树：《静寂·默想·雨》，见《小川环树著作集》（第三卷），筑摩书房1997年版，第324页。
③ ［日］小川环树：《诗风和家学——陆游的"静"》，见《小川环树著作集》（第三卷），筑摩书房1997年版，第300页。
④ ［日］小川环树：《陆游的梦（其一）》，见《小川环树著作集》（第三卷），筑摩书房1997年版，第300页。

十一 对我国宋诗研究成果的推介

小川环树热衷于宋诗研究事业,不仅自己投身研究,还积极地将我国宋诗研究的最新成果及时介绍给日本学界。如他撰写的《欧小牧的〈爱国诗人陆游〉》(《中国文学报》7,1957 年 10 月)、《钱锺书的〈宋诗选注〉》(《中国文学报》10,1959 年 4 月)、《朱东润的〈陆游传〉》(《中国文学报》13,1960 年 10 月)、《朱东润的〈陆游研究〉、于北山的〈陆游年谱〉》(《中国文学报》16,1962 年 8 月),等等。这在日中学术交流事实上不太可能的时代,如数九寒冬的一缕阳光,无比珍贵而温暖人心。

小川环树介绍的几部著作,在我们现在看来,都是经典性作品。其中,欧小牧《爱国诗人陆游》对陆游三期创作进行了重点描述;朱东润《陆游传》为其二十年心血的结晶,生动地描绘出陆游的坎坷人生及其昂扬的斗志、不衰的诗才;其《陆游研究》又对陆游诗歌风格作了精细的分体研究;于北山《陆游年谱》十易寒暑而成,亦是一部很有分量的著作,所以极具学习参照价值。小川的选择,可谓独具慧眼。

小川环树特别推崇钱锺书,认为读他的论文和著作的感觉,若用一个词来概括其特征的话,就是"学贯中西"。他高度评价钱锺书的《宋诗选注》,说:"宋代文学史的许多部分,也将由于本书的问世而不得不重新认识和改写了。"[1] 当时,在我们国内,《宋诗选注》出版不久即遭到批判,由于小川环树的高度评价,其批判也就停止了,钱锺书夫人杨绛在《我们仨》一书中也写道,"反右"的时候,《宋诗选注》成为了白旗,"后来因吉川幸次郎和小川环树等对这本书的推重",这面白旗才可以不拔了。[2] 小川环树对钱锺书的推崇,间接的是挽救了《宋诗选注》这部极富学术价值的书籍,直接的是深深影响了小川环树的学术研究,他曾多次自述自己的研究受钱锺书著作尤其是《宋诗选注》的启发。

十二 研究的主要特点

小川环树的宋诗研究成果卓著,也形成了自己的一些研究方法与特点,归纳、反思这些方法与特点,对我国本土的诗学研究是有参照意

---

[1] [日]小川环树:《风与云——中国诗文论集》,周先民译,中华书局 2005 年版,第 268 页。

[2] 杨绛:《我们仨》,生活·读书·新知三联书店 2004 年版,第 136 页。

义的。

1. 整体的文学史眼光

小川环树的宋诗研究，有重视文献、考证细致的特点，撰有不少考论性著述，如前所述的对宋诗文献的整理。但他在研究中一直装着大问题，有整体的文学史眼光。他的研究，既有文学史的观照，又有关于题材和表现技巧之开拓方面的探讨，还有社会政治、文人生活和艺术观念的研究，无论涉及的对象和内容如何，背后都有一种整体的文学史眼光和综合性的多元视角支持。如对黄庭坚《演雅》诗的研究，既对写作地点、诗句含义细致考校与分析，有从其探讨宋人的自然观与宋诗特点。再如他写到陈与义的苦吟，认为他："再次把苦吟当作了作诗的材料。这实际上有着'为诗而诗'的意味，这或许是诗的题材越来越窄所导致的必然结果吧。但同时也告诉我们，作诗这件事与诗人的生活越来越密切，成为其生活的一部分了。其实这也正体现了江西诗派的创作态度。"① 由个体的创作态度、技巧，到各时期的变化，转到诗歌创作诗材的选择，再到整个诗派的创作态度，由点而线，由线而面，无不体现了论者的整体观。

2. 多元的研究视角

小川环树汉学研究的范围，遍涉经、史、子、集，覆盖哲学、史学、文学、语言学等学科领域。当然，其最突出的成就还是体现在文学与语言学的研究中。小川环树曾说："调查其（诗语）的实际被使用的程度以及各个诗人（特别是唐人）对它们的使用频度，应该不失为一条寻绎某些诗人或某个时期的风格特色之共性的有效途径。"② 上文所提到的自然观宏观研究的系列论文中，就大多应用了语言学的研究，他通过"风""云"，以及"风景"等词语的语义嬗变，来对自然观的发展进行研究。这可能是因为小川环树首先作为一位外国的研究者，对于中国文学的天然敏感，再者，也是他作为一位语言学家，在中国文学研究中深厚的语言学功底的必然显现。兴膳宏也说他将语言研究内化到了自己的诗文研究之中。

小川环树还善于从时代背景、哲学思潮或语言技法的角度来研究考虑文学。如论宋诗的思想特色、宋诗的民族主义感情、宋诗对自然的关心等，都是从宋代哲学思潮来观照的；研究宋诗艺术技巧的拟人、比喻等，

---

① [日] 小川环树：《风与云——中国诗文论集》，周先民译，中华书局2005年版，第184页。

② 同上书，第92页。

则是从语言技法上来探讨的；在诗人个案研究时，常常联系时代背景来解读诗人作品，如对宋代景德年间诗歌的评述，小川认为"充满了安谧和暖的气息"，像魏野诗句所说的"闲惟歌圣代，老不恨流年"，小川分析其原因道："悲痛的主题已在他们的作品里销声敛迹，这应该与他们生活在有宋一朝最充实、最安定的时代有关。"①

3. 注重对文学家深层心理的探索

小川环树在介绍朱东润的《陆游研究》和于北山的《陆游年谱》时，非常赞赏二书的成就，但也遗憾地说："关于陆游心理深层的探究，两位都没有对此疑问给出解答。"② 事实上，对于文学家心理的深层探究，在小川环树的研究中并不仅仅限于陆游这个个案，而是他在中国诗歌研究上一以贯之的方向与追求。

小川环树在文学研究中特别注重深入探索文学家的心理，缘于他对诗的认识。他认为："人类的执着是非常可怕的东西。诗，尤其是优秀的诗，总是这种执着的结晶。"③ 持有这样的观点，在解读诗、研究诗的时候，就必然透过诗这个结晶来把握文学家内心的执念，这也成了小川环树必定会选择的研究路径了。

小川环树将这种对文学家深层心理的探索贯通到了每个个案与宏观的研究中。如对陆游，他借朱东润的《陆游传》来挖掘陆游的心理：陆游在官场中总是被孤立的（只有在四川的最初数年除外）。他大概受到了孤独感与压迫感的双重折磨，他难以忍受"现实"带来的压迫，对这种折磨的反弹力表现在诗中，便成为了那样激烈的"爱国诗"。这就是心理学上所说的追求补偿的一种行动吧。④

4. 深入的个案研究

小川环树很重视个案的研究，其中最突出的便是苏轼诗歌研究。关于苏诗，小川环树著有各种译注、选译，佚注的辑编，还有对诗歌创作的分

---

① ［日］小川环树：《风与云——中国诗文论集》，周先民译，中华书局2005年版，第174页。
② ［日］小川环树：《朱东润〈陆游研究〉、于北山〈陆游年谱〉》，见《小川环树著作集》（第三卷），筑摩书房1997年版，第507页。
③ ［日］小川环树：《关于谢灵运的〈初去郡〉——致小尾教授》，见《小川环树著作集》（第一卷），筑摩书房1997年版，第319页。
④ ［日］小川环树：《朱东润〈陆游传〉评》，见《小川环树著作集》（第三卷），筑摩书房1997年版，第89页。

期，艺术特征、用语用韵特征的分析等，非常全面与深入。他从京都大学退休之后，有更多的时间投入研究，他选择的还是给苏诗作译注，出版有四大册的《苏轼诗译注》，使研究更为深入。

还有其他诗人的个案研究也是如此，特别是讨论宋诗流变这一部分，他选择七位代表性诗人来带动对整个宋诗诗坛诗风流变的考察，以个案研究带动整体研究，他往往能在文学史的流变中把握诗人诗作的特质，在广阔的历史文化和文学史背景中把握具体诗人及相关问题，使具体问题的阐释达到不同寻常的深度，这样，个案研究的具体结论又反过来充实着对宋诗流变的宏观认识。

小川环树的宋诗研究是他各研究领域中用力最勤、用功最深的，这也许缘于他注重心理探究的研究方法与宋诗本身内省的特性、对自然景物的人格化的特质正好契合有关。李庆《中国汉学史》就说宋诗研究最能体现小川环树"独有的敏锐性、纤细性、色彩鲜丽和文人气质"。[①] 因此，小川环树在宋诗研究领域，既在基础文献整理与翻译工作上成绩斐然，又在深入的学术研究方面贡献卓著，他和吉川幸次郎一样对日本学术界的宋诗研究乃至中国古典文学研究的发展起到了至关重要的作用。

第三节　横山伊势雄的宋诗研究

横山伊势雄，1935年（昭和10年）1月生，卒于1997年（平成9年）6月，文学博士。日本中国学会会员、中国文化学会会员，主要从事唐宋诗与宋代诗学研究。

据新潟大学东亚学会所编《横山伊势雄先生略年谱》（《东亚——历史与文化》7，1998年3月），结合笔者了解的情况，略述其主要治学、研究经历与主要学术活动情况如下：

1958年，毕业于东京教育大学文学部，进入同校研究生院继续深造。

1959年，在东京教育大学汉文学会上作《比兴论的发展与象征诗》的报告。

1960年，东京教育大学研究生院文学研究科中国古典学专业硕士课程

[①] 李庆：《中国汉学史》（第三部），上海人民出版社2010年版，第557页。

修业期满。同年进入日本大学第三高等学校任教师。

1961年，在东京教育大学汉文学会上作《论〈沧浪诗话〉的问题》的报告。

1966年，于东京教育大学研究生院文学研究科博士课程修业期满。同时任东京教育大学文学部助手。

1967年，任东京教育大学文学部讲师。

1971—1974年，参编《大现代世界百科事典》（全二十卷，学习研究社）。

1975年，任东京教育大学文学部副教授。在东京教育大学汉文学会上作《论倪瓒》的报告。

1977年，东京教育大学统合入筑波大学后，任筑波大学文艺言语学系副教授；参与撰写前野直彬主编的《宋诗鉴赏辞典》（东京堂书店，1977年9月）；选注、鉴赏《唐诗鉴赏——珠玉百首选》（ぎょうせい，1978年7月）。

1979年6月，与高岛俊男、松浦友久、前野直彬等合作的《李白与杜甫》在尚学图书社出版。

1981年，任新潟大学法文学部教授。

1984年1月，与石川忠久、市川桃子合作编选的《中国古典诗聚花》（全十一卷）在尚学图书社出版；参撰市古贞次、野间光辰主编的《日本古典文学大辞典》（全六卷，岩波书店。第三卷：1984年4月；第四卷：1984年7月；第六卷：1985年2月）。

1987年9月，与伊藤虎丸合作编写《中国文学论》，在汲古书院出版。

1992年，任新潟大学人文学部部长。

1995年，任职于新潟产业大学。

横山伊势雄在东京教育大学学习硕士学位课程的时候，就开始研究宋代诗歌与诗学理论，他发表第一篇论文《试论禅对宋代诗论的影响》（《汉文学会会报》18，1959年6月）后，便一发不可收拾，不断地发表相关文章。这些后来都收录在其论文集《宋代文人的诗与诗论》（《东洋学丛书》，创文社，2009年7月）中。遗憾的是，横山没能看到此书的出版。

横山伊势雄在宋代诗歌与诗论方面的研究内容主要有：宋代诗论研究（包括宋代诗学综论、严羽《沧浪诗话》研究、其他诗人诗论研究）与宋代诗人诗作研究方面。

一 宋代诗论研究

宋代诗论比起唐代来，有了更多的发展，它的内容更丰富，形式更多样，论争更激烈。周裕锴《宋代诗学通论·引言》中说宋代诗学："既汇聚着传统的精髓，又折射着现代的光辉；它从唐诗学的印象感受、激情想象的氛围中走出来，以其哲学、政治、历史、宗教与文学相结合的诗性智慧，'与山石曲折，随物赋形，尽水之变'（苏轼语），呈现出丰富的文化内涵和清晰的理论形态。"① 横山伊势雄问学伊始，便对这个宝库抱以浓厚的兴趣，进行了深入细致的探讨。

1. 宋代诗学综论

在宋代诗学的综合性论述方面，横山伊势雄的论述主要有：《试论禅对宋代诗论的影响》（《汉文学会会报》18，1959年6月）、《关于诗话中看到的宋人评论意识》（《汉文教室》52，1961年1月）、《关于宋代诗论中的"平淡之体"》（《汉文学会会报》20，1966年6月）、《宋代诗歌与诗论中的"意"——以苏轼为中心》（《中国文化——研究与教育》50，1992年）等，其中，《关于宋代诗论中的"平淡之体"》一文为我国的张寅彭翻译，题为《从宋代诗论看宋诗的"平淡体"》，刊载于《文艺理论研究》1998年第3期。

横山伊势雄以上论述中最有特色的是《试论禅对宋代诗论的影响》《关于宋代诗论中的"平淡之体"》和《宋代诗歌与诗论中的"意"——以苏轼为中心》，都是对宋代诗论最质性东西的探讨。

禅宗的宗教体验与诗的审美体验颇有相通之处，如其随机性、超语言性及讲求妙悟等，宋代的诗论家往往受到禅学的濡染，喜爱借用禅学的一些观念来构建其诗论，形成极具特色的以禅喻诗。横山伊势雄抓住这一特征，在《试论禅对宋代诗论的影响》中论说了禅学对宋代诗论的种种影响。他认为：禅之观照、把握对象的态度，是一种以直觉（纯粹的心理活动）观物的态度。它舍去了理智的、判断的观念，而在一种忘我的境界中观物，此时方能领略到物的原始实相、自然之真意。将禅论导入诗论是宋代的一种流行病，如吴可的"凡作诗如参禅，须有悟门"（《藏海诗话》）、范温的"识文章者，当如禅家有悟门"（《潜溪诗眼》）等，层出不穷，到

---

① 周裕锴：《宋代诗学通论》，巴蜀书社1997年版，第3页。

严羽说"论诗如论禅,大抵禅道惟在妙悟,诗道亦在妙悟"(《沧浪诗话》),诗禅一致之论至此臻于极致。

至于平淡美,这是中国传统诗学中最具民族特色的观念,也是宋代文化儒、释、道哲学思想与宋代诗人心灵合一的产物。宋初的梅尧臣、欧阳修就开始以"平淡"论诗,梅尧臣在诗中多次提到"平淡",如"作诗无古今,唯造平淡难""因吟适情性,稍欲到平淡"(《读邵不疑学士诗卷》),欧阳修也以"平淡"论诗,《梅圣俞墓志铭》云:"其初喜为清丽闲肆平淡,久则涵演深远,间亦琢刻以出怪巧,然气完力余,益老以劲。"① 苏轼则说:"吾于诗人,无所甚好,独好渊明之诗。渊明作诗不多,然其诗质而实绮,癯而实腴,自曹、刘、鲍、谢、李、杜诸人,皆莫及也。"②"所贵乎枯淡者,谓其外枯而中膏,似淡而实美,渊明、子厚之流是也。若中边皆枯淡,亦何足道。"③ 等等。虽然宋代诗人对"平淡"所蕴含内容的理解也有不一致之处,在作品中所体现出的"平淡"也多姿多态,但不可否认的是,"平淡"是宋代诗人一致的审美追求。横山伊势雄对此展开讨论,也可以说是抓住了宋代诗学的根本。他在《从宋代诗论看宋诗的"平淡体"》一文中说:"任何艺术都是时代的产儿,具有那个时代所赋予的独特的风格样式。如果求之于宋代诗论,我认为这个时代样式就是'平淡'之论,就诗而言,就是'平淡之体'。"④ 他接着探讨了平淡的源流、形成、构造及其生成方式,认为,宋人所说的"以平夷恬淡为上"(《珊瑚钩诗话》)与庄子之论相仿佛,所以《庄子》一书是它的根基;平淡的诗"所立之坐标与激越的精神燃烧正相反对,是以静谧的、深邃的心灵作基盘,在与自己所惬意的对象的接触中产生出来的结果"⑤;宋代诗人"初学时一般先熟读古人诗,使之成为自家的囊中物,然后再形成一家之风格,平淡是在这一过程终了才能达到的境界。这种境界决不是轻易即能

---

① 欧阳修:《欧阳修全集》,中国书店1986年版,第235页。
② 苏辙:《子瞻和陶渊明诗集引》记,见陈宏天、高秀芳校注《苏辙集》,中华书局1990年版,第1110页。
③ 苏轼:《评韩柳诗》,见孔凡礼校注《苏轼文集》,中华书局1986年版,第2109—2110页。
④ [日]横山伊势雄:《从宋代诗论看宋诗的"平淡体"》,张寅彭译,《文艺理论研究》1998年第3期。
⑤ 同上。

获得的,只为那些渗透了长期人生结晶的诗作所具备"①。最后,他总结道:"这是一种很难轻易达到的老境之美,又需要有一个表里完全一致的难度极大的结构。表现方面的朴拙,具有随时滑向平易的危险性。而内在方面的深刻性,更需要诗人长时间的创作修业,需要具有深入自然及社会的洞察能力与思索能力;纵使悟入,也不能仅仅停留在半生不熟的状态。""平淡必须成立于紧张精神之深化与素朴之表现的微妙的均衡之上,其构造之一端偏于理,另一端则偏于平俗。"②

横山伊势雄对宋代诗论"平淡"的论说,层层展开,从现象到本质,又联系诗人诗作,以及与哲学、禅学的关联,极富理论色彩。

横山伊势雄的《关于宋代的诗与诗论中的"意"——以苏轼为中心》一文又将"意"视作宋代诗论的重要关键词,以苏轼诗的用例加以计量分析,指出:诗的传统是以"情"为源泉的,到了宋代,人们引进"意","意"给了"情"以方向性,同时通过"知"表现出来,宋诗的特征则由此形成。

此外,横山伊势雄还撰有《宋代诗人论李白与杜甫》(《汉文研究札记1·李白与杜甫》,尚学图书社,1972年5月)、《宋代诗人论白乐天——以苏轼为中心》(《汉文研究札记7·白乐天与〈白氏文集〉》,尚学图书社,1977年5月),力图从宋代诗歌批评来进一步认识宋代诗论。

2. 对严羽《沧浪诗话》的研究

横山伊势雄在写《试论禅对宋代诗论的影响》的同时,对严羽的"以禅论诗"特别感兴趣,因为他认为严羽诗论是诗禅一致的极致,从而深入地研究了严羽《沧浪诗话》的源流、所持观点及其对诗论史的贡献等。1961年,他在东京教育大学汉文学会上作《论〈沧浪诗话〉的问题》的报告,以后又发表了《〈沧浪诗话〉研究》(《东京教育大学文学部纪要》62,1967年3月)、《〈沧浪诗话〉——抒情传统的回归》(伊藤漱平编《中国古典文学作品选读》,东京大学出版会,1981年4月)等。

日本学界对严羽《沧浪诗话》的研究可以追溯到铃木虎雄所著《支那诗论史》(弘文堂书店,1925年),他在第三篇第一章对严羽《沧浪诗话》作了简单的介绍。铃木的学生青木正儿所撰《中国文学发凡》接踵其绪,

---

① [日]横山伊势雄:《从宋代诗论看宋诗的"平淡体"》,张寅彭译,《文艺理论研究》1998年第3期。

② 同上。

称宋代诗话"最得要领的是姜夔的《白石诗说》一卷和严羽的《沧浪诗话》一卷"①，他在《中国文学思想史》（岩波书店，1943年）中又对严羽诗论给予明清诗论的影响作了细致的探讨。但从单篇论文来看，除了高仓克己《严羽之诗论》（《立命馆文学》4，1938—1939年）、船津富彦《沧浪诗话源流考》（《东洋文学研究》7，1959年）外，就是横山伊势雄的《〈沧浪诗话〉研究》《〈沧浪诗话〉——抒情传统的回归》。横山伊势雄的《沧浪诗话》研究在该领域可以说是较早并且专门的了。

严羽《沧浪诗话》之所以为人们所广泛关注与讨论，主要在于它的以禅喻诗，以及"妙悟"说。②横山伊势雄的关注点却不仅仅在此，他将目光更多地投注到了严羽对"吟咏情性"的重申。他提出："严羽认为诗的本质纯粹在于抒情，所谓'诗者，吟咏情性也'，作为诗的原理，实在表达得十分简洁，似乎是不变的定理吧。"③认为严羽重申"诗者，吟咏性情"，突出地强调了诗歌固有的抒情艺术规律，是对抒情传统的回归。他接着从诗的原理、兴趣论、唐诗评价、宋诗批判、唐诗与宋诗之别等角度来探讨严羽《沧浪诗话》所持"性情"为诗歌之本的观点，认为严羽正是抱持"情性"这一立场，对唐诗——作为情热燃烧下的感性的产物，评价甚高，视李白、杜甫诗为巅峰；而宋诗——作为意志活动中的理性的产物，则成为批判对象。横山并分析严羽此种诗学观产生的原因道："严羽目睹了宋末持续不断的战乱，所以他认为只有像杜甫这样的诗人及其作品，才是当时最需要的。这是造成《沧浪诗话》这样一部极有体系的诗论

---

① ［日］青木正儿：《中国文学发凡》，郭虚中译，商务印书馆1936年版，第183页。
② 我国学者较早的论说如：朱维之在《中国文艺思潮史略》中说："到了严羽的《沧浪诗话》出，更主张妙悟，……这种风气实导源于唐末司空图。"（见朱维之《中国文艺思潮史略》，合作出版社1939年版，第114页。）对"妙悟"说之诗学渊源作了评述。朱东润的《中国文学批评史大纲》在肯定"沧浪论诗，重在辨别家数"的基础上，批评严羽"以禅喻诗"中以"妙悟"论诗为"以此教人，难于共喻"。（见朱东润《中国文学批评史大纲》，开明书店1944年版，第158—162页。）方孝岳的《中国文学批评》在肯定严羽的"妙悟""别材""别趣"是为救弊而发的基础上，批评严羽"但言境界而未言性情"。（见方孝岳《中国文学批评》，上海世界书局1934年版，第124—128页。）张长弓在《中国文学史新编》中说："《沧浪诗话》叙述颇有条贯，大抵以盛唐的诗作，主于妙悟。故用禅理说诗，自沧浪始。清初之神韵派，即本于此而演成。"（见张长弓《中国文学史新编》，开明书店1935年版，第165页。）钱锺书在《谈艺录》第八十四《以禅喻诗》中说："沧浪别开生面，如骊珠之先探，等犀角之独觉，在学诗时工夫之外，另拈出成诗后之境界，妙悟而外，尚有神韵。"（见钱锺书《谈艺录》，开明书店1948年版，第258页。）
③ ［日］横山伊势雄：《〈沧浪诗话〉——抒情的回归》，张寅彭译，《中国文学研究》1992年第3期。

之著,在唐宋诗的评价方面缺乏客观性,完全倒向唐诗的原因所在。不是作为批评家,而是作为诗人的立论,才会摆出这样鲜明的自家立场。"① 其分析真可谓鞭辟入里。

3. 其他诗人诗论研究

对于宋代其他诗人的诗论,横山伊势雄同样给予了较多的关注,他以系列论文的形式探讨了梅尧臣、王安石、苏轼、黄庭坚、陈师道、陈与义、杨万里等人的诗论,发表了《关于梅尧臣的诗论》(《汉文学会会报》24,1965年6月)、《陈师道的诗与诗论》(《汉文学会会报》26,1967年6月)、《黄庭坚诗论考——以用典论为中心》(《东京教育大学文学部纪要》82,1971年3月)、《王安石的诗与诗论》(《高校通信·东书国语》133,1974年9月)、《苏轼与黄庭坚——自然主义与古典主义》(伊藤虎丸、横山伊势雄编《中国的文学论》,汲古书院,1987年9月)、《论陈与义的诗与诗法》(《人文科学研究》74,1989年1月)、《杨万里的诗论与诗——以其近体诗为中心》(《镰田正博士八十寿纪念汉文学论集》,大修馆书店,1991年1月),等等。

在这些论述中,横山伊势雄特别善于抓住诗论家最为突出的一点,然后以此为轴心,论说他们诗学观的方方面面,像梅尧臣的平淡论、苏轼的自然论、黄庭坚的用典论、陈师道的学杜论、杨万里的师法自然论等。他论说梅尧臣的平淡论道:"平淡并不是简单平易、容易理解的表现之意,也不是以隐者心境、身边杂事为内容的意思,而是指在表现对象的基础上构成的作品全体所持之姿,是内容与表现调和成一体化的作品之谓。作为宋诗的一个样式,从梅尧臣开始,持续出现了很多论及'平淡'的诗论。其要旨为:年轻时贪婪地什么都吸收,但随着年龄的成长而慢慢结晶成品的,只是其中的精华部分,诗的这种成熟过程与果实的成熟过程相似,而果实外皮粗硬,内质味美的结构形态,也是诗的理想的形态。排除华丽的表现,取用平易质朴的语言,不着斧迹地将内面所含之不尽深意表现出来。达到此等艺术境地的诗,便称得上平淡之诗了。"② 他论陈师道的诗论说:"从《后山诗话》考察他的诗论,可以归结为如下一点:杜甫诗最高,

---

① [日]横山伊势雄:《〈沧浪诗话〉——抒情的回归》,张寅彭译,《中国文学研究》1992年第3期。
② [日]横山伊势雄:《梅尧臣的诗论——兼及梅尧臣"学唐人平淡处"之论》,张寅彭译,《苏州大学学报》1996年第2期。

应引为作诗之规范。"又说:"在他的诗论中,也全然不见那种为从来的诗人挂在嘴边的传统诗观,即诗必须是社会之良心的政治性诗论。这与开宋诗风气之先的梅尧臣不同,梅既是个感情之人,经常陷于微官贫困的烦恼之中,然仍时常意识到诗须以《大雅》为志。这更与始终保持着强烈儒家意识的杜甫不同。并不是说儒家意识对于诗歌是不可或缺的;但是,去掉了诗人赖以支撑的根本意识,再将其作为师范之对象,这样的师范是存在着问题的。陈师道一面有志于师范杜诗,一面却仅见到杜诗表现工致这一个方面,以至于为了追求诗语的高密度而始终未能超越模仿杜诗的程度。如果从文学史的角度而言,他的诗论虽然是由反省苏轼等的饶舌诗风发生的,但他的诗却并不见有超越其上的新发现,只是成为一个向唐诗回归的契机而已。另外,通过陈师道、黄庭坚等的继承杜甫形成了拘泥于炼字造句和过分讲究穿凿典故等所谓'点铁成金'、'换骨夺胎'之法的江西诗派。"①

上述二例,我们看出,横山伊势雄对各位诗论家诗学观的阐说并不拘于某一方式,而是根据需要,以各种方式与途径来凸显。如他对梅尧臣诗论是作纵深挖掘,而对陈师道诗论则偏于横向比较,都是为了更好地揭示其诗学内涵。

二 宋代诗人诗作研究

横山伊势雄对宋代诗人诗作的研究是与他对宋代诗人诗论研究相伴相生的,这从他论文往往以"诗与诗论"标目即可得知。除前文所列梅尧臣、王安石、黄庭坚、陈师道、陈与义、杨万里等人外,横山伊势雄格外考察的还有苏轼与陆游的诗歌作品。

横山伊势雄的诗人个案考察中,以苏轼为最多。主要论文有:《论苏轼的隐逸思想——以与陶渊明的关系为中心》(《东京教育大学文学部纪要》72,1969 年 3 月)、《关于苏轼的政治批判诗》(《汉文学会会报》31,1972 年 6 月)、《论苏轼〈南行集〉中的诗》(《汉文学会会报》32,1973 年 6 月)、《诗人之"狂"——苏轼的情况》(《汉学会会报》34,1975 年 6 月)、《苏轼诗的修辞——譬喻、拟人法、典故》(《中国文史哲学论集:加贺博士退官纪念》,讲谈社,1979 年)、《系风捕影——苏东坡的诗》

---

① [日]横山伊势雄:《陈师道的诗与诗论》,张寅彭译,《阴山学刊》1997 年第 2 期。

(《高校通信·东书国语》198，1980年7月)、《宋代文人的游戏——关于苏轼的诗》(《中国的古典·唐宋八家文（下）》31，1983年) 以及中文译文《关于苏轼的和陶诗》（张寅彭译，《阴山学刊》1998年第2期）等，关涉到苏轼及其诗歌的方方面面，我们略述一二。

横山伊势雄特别推赏苏轼诗作。他的《系风捕影——苏东坡的诗》一文，借用苏轼《与谢民师推官书》中所言："夫言止于达意，即疑若不文，是大不然。求物之妙，如系风捕影，能使是物了然于心者，盖千万人而不一遇也，而况能使了然于口与手者乎？"[①] 苏轼原文意思为：要把握住事物的微妙处，真如系风捕影一般艰难。横山用此来评价苏诗，认为他的诗就达到了系风捕影的难度与高度。其《诗人之"狂"——苏轼的情况》一文则通过苏轼诗中用到的有关"狂"的四句诗的创作情况与表现的苏轼的心态进行细致分析，并与杜甫的"狂"进行比较，提出："他把自己向来集中精力从事的政治活动定性为'狂'；把自己追求人生充实、生活欢乐的努力也定性为'狂'，或者称之为'懒拙'。这里面包含着对于疏远自己的政治智慧的'反话'的意味。"[②] 认为，杜甫的"狂"，只有从单纯的诗人的立场出发的含义，而苏轼的"狂"更偏向于含有新生活方式的扩大了的"文人"立场，其含义更为丰富与充实。他说："这种诗人之'狂'，存在着一个谱系，从中世诗人向近世诗人展开，逐渐地形成了文人意识。"[③] 充分说明了苏轼之"狂"的文化意义。横山伊势雄还特别欣赏苏轼的和陶诗，他在《关于苏轼的和陶诗》一文中提出，苏轼的和陶诗创作，表明苏轼视陶诗为诗之极致，以及将自己当作陶诗真正传人的意识，苏轼的和陶诗，作为冷静地追求人类个性的生活方式的文学，是宋代古典主义文学的一个典型。他接着从苏轼和陶诗的形式与内容两方面考察其性质，得出结论："苏轼的'和陶诗'，就诗的形式而言，在拟陶诗（体）的延长线上自然有其位置；如果稍夸张一点，可以说上述以陶渊明为对象的诸位诗人所有的种种类型，苏诗几乎全部囊括无遗；就本质而言，苏轼从熙宁四年（1071）开始的达30年之久的对于陶渊明的追慕之情，用和韵的形式表示出来，这里面存在着视陶诗为诗之极致的认识，存在着视自己为陶诗

---

① 苏轼：《苏轼集》（卷七十五），文渊阁影印《四库全书》本。
② ［日］横山伊势雄：《诗人之"狂"——苏轼的情况》，张寅彭译，见刘柏青、张连第、王鸿珠主编《日本学者中国文学研究译丛》（第五辑），吉林教育出版社1990年版，第189页。
③ 同上书，第190页。

真正传人的意识。"① 全面而深入地揭橥出苏轼的创作心态及其和陶诗的文学史意义。

横山伊势雄也十分钟情陆游的诗歌,他曾撰有《陆游诗中的"愤激"与"闲适"》(《汉文学会报》28,1969年9月),我国学者张寅彭将它译为中文,题为《关于陆游诗的"愤激"与"闲适"(上)》《关于陆游诗的"愤激"与"闲适"(下)》,发表在《古典文学知识》1998年第3期和第5期上。横山在《关于陆游诗的"愤激"与"闲适"》一文中,首先明言自己是在钱锺书、一海知义、小川环树、朱东润等前论的触动下写成的,接着又说,一般认为陆游既是一位"忧国志士",又是一位"孤高隐士",因而陆诗具有"悲愤激昂"和"闲适细腻"两方面特色,但这两者之间有什么关联呢?所以他特别地探论了陆游的"愤激"与"闲适"之间的关系。横山伊势雄认为,陆游的"愤激",是指他对政治社会不公正的愤慨,是基于忧国之情,对政治现实所发的公愤,而非为个人不遇而来的私怨,此种公愤凝聚成"愤激之诗";而与此相对的"闲适之诗",则是日常性事物的投影,是诗人以平静的心情,深情地唱出的日常生活的欢乐与幸福之歌。这种单一的愤激或闲适的诗,在中国本来很多,但对于陆游来说,不论是他的早年还是晚年,即便处在相同的生活状况之中,"愤激"的诗与"闲适"的诗也还是相继出现,甚至有在数日间交替作出的状况,这是缘于诗人的心理大振幅摇荡:陆游本来是位"志士"型的诗人,所以作出"愤激"之诗;而几度的挫折又使他的能量沉潜于内部,从而结晶出"闲适"之诗。

横山伊势雄的分析,从作品本体出发,以感发为纽带联结作品本体、创作主体和接受主体,调动了接受主体的美感神经,挖掘出作品的美感特征和审美意蕴,从而揭示创作主体的情感特征。这实际上是中国古代文论披文入情、动之以情鉴赏法具体运用。

三 研究的主要特点

横山伊势雄的宋诗研究成果卓著,也形成了自己的一些研究方法与特点,归纳、反思这些方法与特点,对我国本土的诗学研究是不无裨益的。

---

① [日]横山伊势雄:《关于苏轼的和陶诗》,张寅彭译,《阴山学刊》1998年第2期。

1. 整体观照

人们一般认为日本学者擅长考证，失于琐屑。事实上，擅长考证倒是对的，失于琐屑却是个错觉。日本学者的研究其实是很善于全面把握、整体观照的，只是他们在个体研究时注重全面掌握考辨材料，善于作深度挖掘而已。横山伊势雄的宋代诗人诗论研究更是善于全面把握、整体观照的代表。从形式上看，他用多篇论文的形式去逼近同一研究对象（宋代诗人诗论），这首先使他的研究富于整体感与系统性。从内容上看，他将诗人的诗歌与诗论联系起来，诗歌诗论与诗人生活经历联系起来，与时代思潮联系起来，与宋代诗学的发展联系起来，与整个诗歌发展史联系起来，将这层层关系聚合在一起观照，而又将之条分缕析地论说出来，在经与纬的交结中定位诗人诗论，尤具整体感。如他论说陈师道的诗与诗论时说："站在宋诗继承并发展了唐诗的立场展望宋诗的进程，大体可以分成五个阶段：第一，宋初以杨亿等的西昆体为代表的皮相模仿晚唐的诗；第二，欧阳修、苏轼等人一面继承唐诗的抒情性与表现法，一面发展出叙述性、哲理性、悲哀的扬止等新质的诗；第三，从黄庭坚、陈师道至江西诗派所作的更贴近唐诗，具有拟古典主义方向和性质的诗；第四，被称为南宋四大家的陆游、杨万里等人，以融合唐诗与以苏轼为中心的北宋诗为方向的诗；第五，被称为永嘉四灵和江湖派的诗人们模仿性地继承中晚唐作成的诗。""基于这样的认识，笔者曾经以梅尧臣为中心，论述了第一阶段向第二阶段的展开情况及第二阶段的诗所具有的宋诗性质。本稿则欲接着论述陈师道的诗与诗论，他与黄庭坚一起，乃是第二阶段向第三阶段转换的轴心人物，此种转换具有成为第三阶段诗创作方向的意义。"[①]确为高屋建瓴之论。

2. 知人论世

知人论世乃中国古代文论的一种观念，最早为孟子所提出。主要意思是文学作品和作家本人的生活思想以及时代背景有着极为密切的关系，因此要求人们在阅读欣赏或批评文学作品时了解作者的生活思想和创作的时代背景，才能客观地正确地理解和把握文学作品的思想与内容。横山伊势雄深得个中三昧，研究中每每从诗人生活的时代、生存状况、处世态度、心态等角度来考察诗人作品特色与诗学观。如前所引对严羽、陈师道、陆

---

① [日] 横山伊势雄：《陈师道的诗与诗论》，张寅彭译，《阴山学刊》1997年第2期。

游的论述，再如他论梅尧臣道："梅尧臣在贫穷之中度过自己的暮年。'常爱陶潜远世缘，阮家仍有竹便娟'（《依韵和马都官宿县斋》卷四十一），他借助友于诗酒和阮、陶二人的生活态度来超然世俗之外。他自己亦有与陶渊明相仿的想法：'我闻诚所惭，徒尔叨君禄。却咏《归去来》，刈薪向深谷。'（《田家语》）不过，他安于现状，始终没有中止居官的身份。他虽有追慕阮、陶又并不彻底的弱点，但却学取了阮、陶之诗法，开拓了'平淡'的诗体。"① 分析得十分到位。

3. 理论思辨

横山伊势雄一直以研究诗学理论为主，其论说诗人诗作或诗论亦极具理论思辨色彩。梅尧臣有一段著名的话："必能状难写之景如在目前，含不尽之意见于言外，然后为至矣。"（欧阳修《六一诗话》引）横山伊势雄分析道："表现与内容同样重要；只有在表现方面有新创造的，方为诗人；将难以描写的对象表现得仿佛在眼前一般，同时又含有不尽探意的诗，方为好诗。符合这一标准的理想的诗，梅尧臣找到了陶渊明。他曾经信奉诗应该批评社会，应该用实写矛盾世相的激进语辞来歌唱等主张；又与孔子'哀而不伤'的原则相违，公然在诗中作至哀之吟。但沉静下来回顾上述种种时，便悟出了昨日之非：'诗本道情性，不须大厥声。方闻理平澹，昏晓在渊明。'诗没有必要大声疾呼，过分讲究表现反而取消了内容。有深度的思想用不过度修饰的准确的言辞表现为好。"② 论说中，表现与内容、难与易、平淡与深邃、深度的思想与简易的表现等，一一道来，极富辩证色彩。

4. 辐射比较

比较是人们认识事物的基础，是人们认识、区别和确定事物异同关系的最常用的思维方法。比较研究法为各个科学研究领域的学者所乐于采用，其主要包括平行比较、渊源比较、辐射比较、中外比较等。根据宋代诗学群体性特征，横山伊势雄常常选用辐射比较来进行研究，即对研究对象的诗歌或诗学观辐射或被辐射的几人进行纵向或横向的比较，从同中之异的比较对勘中揭示研究对象的诗歌或诗学观的独特之处。如他论陈师道的诗："《寒夜》诗含有'留滞'、'艰虞'、'风帘'等杜甫诗语，表现手

---

① ［日］横山伊势雄：《梅尧臣的诗论——兼及梅尧臣"学唐人平淡处"之论》，张寅彭译，《苏州大学学报》1996年第2期。

② 同上。

法亦与杜甫相似，而他的一生，也同杜甫那与忧患相始终的一生相似。但是，比之于杜甫的更为普遍的忧患，陈师道的忧患则始终是个人的、内向的。他有诗吟'诗言志'云：'情生文自哀，意动足复份。'（《和魏衍元夜同登黄楼》卷六）如同心规制行动一样，他的诗，也就是为诗语原封不动地规定下来的心而已。苏轼的一生也经历了数度流配的大难，但他具有超越悲哀的精神的强韧性和应该克服悲哀的理智。而感情内向的陈师道则缺乏这些素养，这是陈师道的诗与杜甫的共同性多于苏轼的原因。"① 将陈师道与他所学的杜甫及同样受杜诗影响的苏轼进行比较，陈师道诗歌的艺术特征由此凸显出来。

第四节　山本和义的宋诗研究

山本和义，1936年（昭和11年）3月生，1958年于京都大学研究生院文学研究科中国语学文学专业硕士课程修业期满，师从吉川幸次郎、小川环树两先生。1972年任教于南山大学文学部，现为该校名誉校长，日本中国学会会员，主要从事唐宋诗歌尤其是苏轼诗研究。

山本和义在宋诗研究方面所获颇丰，先后撰写了不少相关的论文。他在1960年攻读硕士学位期间，发表了首篇有关宋诗研究的论文《苏轼诗论稿》（《中国文学报》1960年10月）。任职于南山大学之后，山本和义对宋诗砥志研思，孜孜不辍，又陆续写作了10余篇以苏轼诗文为主，偶涉其周边文人诗的研究论文。譬如《苏轼岭外诗考》（《入矢教授、小川教授退休纪念中国文学语学论集》，筑摩书房，1974年10月）、《苏轼〈望湖楼醉书〉诗考》（《南山国文论集》第1号，1976年10月）、《诗人与造物》（《学院》文学·语学编第27号，1979年10月）等，大部分已收录于《诗人与造物——苏轼论考》（研文出版，2002年）之中。是书由三部分组构而成，第一部分是有关苏轼诗的论文和短评，第二部分是有关《赤壁赋》的论文，第三部分是有关全部宋代文学的论文及其他，山本和义对宋诗研究的热衷之情可见一斑。实际上，山本和义不仅自己对宋诗乐而不厌，还充分激发了他人研习宋诗的积极性。他曾于战后与小川环树共同致

---

① ［日］横山伊势雄：《陈师道的诗与诗论》，张寅彭译，《阴山学刊》1997年第2期。

力于苏轼诗文的普及与启蒙，笃志践行，成效卓著，实属此领域之翘楚。而且，山本和义还与本土的中国古典诗词爱好者，组成了"读苏会"，定期而聚，逐首研读苏诗，并一一翻译成现代日语，以品其风格之飘逸轻雄，赏其气度之宽宏博大。"读苏会"主要的参考资料是日本五山时代禅僧笑云清三编撰的《四河入海》。此类学术活动，既为日本苏诗研究及爱好者提供了更多相互交流的机会，也推动了中国古典诗词在海外的传扬，于中日两国皆大有裨益。

山本和义的宋诗研究成就，主要体现在宋诗文献整理、宋诗的分期、宋诗的特色以及苏轼个案的研究等方面。

一 宋诗文献整理

古代文学研究的实现，在很大程度上需要依恃文献的搜集与整理。《毛诗序》言："诗者，志之所之也，在心为志，发言为诗。"[1] 情感的触动促使了诗文创作的发生，而诗文作品之所以能传诵不绝，大抵是借由文字的形式，书于竹帛之上，才得以留存千载。但是，古籍文本在传抄的过程中，难免出现脱衍、散佚、讹误等问题，委实有碍于古代文学研究工作的开展。故而，国内外古代文学研究的学者们对文献整理颇为重视。日本学者亦深谙其道，他们不单收藏着为数不少的中国古籍文献，在文献整理方面也形成了良好的学术传统。日本学者深知，中日语言、文化虽大相径庭，但还是有着不少差异，国人对中国古代诗文的解读必然不易，因此，他们在进行诗文研究的同时，也着意于诗文的文献整理与训解译注。譬如小川环树译注《梅尧臣》《宋诗选》《陆游》《苏轼》（上、下），近藤光男选译《苏东坡》，金冈照光译《苏东坡诗集》等，皆是如此。

山本和义也悉心毕力地进行了宋诗文献的整理，他与其他学者合译或自己个人译注的成果相继问世。如与小川环树选译《苏东坡集》，收录于15卷的《中国文明选》（朝日新闻社，1972年）；译注《苏轼》收录于23卷的《中国诗文选》（筑摩书房，1973年）；与小川环树选译《苏东坡诗选》，收录于"岩波文库"（岩波书店，1975年）；与小川环树译注《苏东坡诗集》（1—4）（筑摩书房，1983—1990年）；与大野修作、中原健二译

---

[1] 毛亨传，郑玄笺，孔颖达疏：《毛诗正义》卷一，《十三经注疏》本，中华书局1980年影印版。

注《宋代诗词》(角川书店，1988年)等。

其中，尤以山本和义与小川环树合作译注的苏轼诗作居多。小川环树先生对苏轼颇为敬慕，山本和义作为其高足，又主要从事苏轼研究，二人合舟共济，在苏轼文献整理方面成就显著。在这当中，最值得一提的是《苏东坡诗集》(1—4)的译注。苏轼作为北宋文坛的一代盟主，诗歌造诣堪谓千古独步，其诗于镰仓、室町时代传入日本之后，日本学界对其进行译注者，代不乏人。除了各种选译本之外，还曾刊行了全译本，即岩垂宪德、释清潭、久保天随译注的《国译苏东坡诗集》(全6册，国民文库刊行会，1928—1931年)，此书是对我国清代鸿儒冯应榴所著的《苏文忠公诗合注》进行了训读。《苏文忠公诗合注》一书共50卷，附录5卷，苏轼历代旧注大致皆汇于此，并且作者还对旧注作了考订与补正，是苏轼诗歌阅读与研究不可多得的文献材料。岩垂宪德、释清潭、久保天随三人对其训读，着实是有功于学界之举。不过，由于他们仅是做了训读的工作，而未进行现代口语的翻译，这对后世读者而言，仍存在较大的解读障碍。而小川环树与山本和义译注的《苏东坡诗集》(1—4)应需而出，便使此问题迎刃而解了。《苏东坡诗集》遵循冯应榴辑注的《苏文忠公诗合注》编排顺序，逐次对苏轼诗文作了译注，还依据历代主要苏诗版本以及由中华书局出版的孔凡礼校注的《苏轼诗集》进行校勘，并参考笑云清三编的《四河入海》等日本古注来校订与译注。是书的完整性与学术之高，各类苏诗选译本应是弗如。然而，遗憾的是，《苏东坡诗集》因小川环树先生逝世而刊行中断。内山精也不忍先生的呕心沥血之作湮没，遂经山本和义授权，获得了小川环树先生的手稿，之后，便将剩余部分陆续刊载于山本和义补订的《苏东坡诗集补(1)》，实乃学界之大幸。

二 宋诗的分期

作为中国古典诗歌史上两座不易逾越的高峰，唐诗的嬗变历程大致已有明确的时期划分，而宋诗的分期至今仍模糊不清。关于宋诗的分期，中日学界众说纷纭，莫衷一是。整体上来说，我国对宋诗时期的划分，约莫有以下三种看法：

一是四分法。宋末元初的戴表元对宋人诗风熟稔于心，深刻地察觉到宋诗发展的阶段性。他在《洪潜甫诗集序》中说："始时，汴梁诸公言诗绝无唐风；宣城梅圣俞出，一变而为冲淡；豫章黄鲁直出，又一变而为雄

第四章　日本主要宋诗研究者的学术贡献

厚；永嘉叶正则倡四灵之目，一变而为清圆。"① 近代的陈衍则作了更为明细的划分，他以唐诗分期为规摹对象，将宋诗亦划分为四个时期。据其《宋诗精华录》所载："此录亦略如唐诗，分初、盛、中、晚。吾乡严沧浪高典籍之说，无可非议者也。天道无数十年不变，凡是随之。盛极而衰，衰极而渐盛，往往然也。今略区元丰、元祐以前为初宋；由二元尽北宋为盛宋，王、苏、黄、陈、秦、晁、张具在焉，唐之李、杜、岑、高、龙标、右丞也；南渡茶山、简斋、尤、萧、范、陆、杨为中宋，唐之韩、柳、元、白也；四灵以后为晚宋，谢皋羽、郑所南辈，则如唐之韩偓、司空图焉。"② 后世所传北宋前期、北宋后期、南宋前期、南宋后期四分法，大抵借鉴于此。

二是六分法。此类分法最早见于方回《桐江续集》卷三十二《送罗寿可诗序》，序言中将宋诗的流变划分为六个阶段：宋初继晚唐遗风，诗有三体；欧、苏、梅诗学杜甫、韩愈，晚唐于是退舍；苏、王、黄、陈各以其技擅场，自成一家之宗派；陈与义为南渡之巨擘；乾淳以来，尤、范、杨、陆诗才超群拔萃；嘉定而降，永嘉四灵和江湖诗派各树一帜。清代全祖望《宋诗纪事序》亦将宋诗分为六个阶段：宋诗之始，西昆体最盛；庆历以降，欧、梅、苏诸公出，诗风为之一变；苏、王、黄各具炉锤，诗风又一变；建炎以来，萧、杨、陆、范匠心独具，各领风骚；永嘉四灵崛势而起，诗风又一变；逮至宋亡，悲苦之音顺势而发，诗风又一变也。

三是按照体派的流变来划分时期。张白山《宋诗散论》提出，宋诗可分为七个阶段：西昆体；革新派与苏、梅、欧、王；苏轼与苏门六君子；江西诗派；江西派的新发展与陈、杨、范、陆；永嘉四灵和江湖派；爱国诗派。王水照《文学通论》将宋诗分为四个阶段进行阐述：宋初宗唐三派，即白体、西昆体、晚唐体；宋调的成型，即新变派、荆公体、东坡体、江西诗派；宋调的反拨与变异，即四灵体、江湖派；最后是道学体和遗民诗派。

关于宋诗的分期，日本知名学者山本和义亦有其自己的见解。他在《宋代的诗》一文中，依照历史上的时代划分，大致将宋诗分为南宋与北宋，并进一步对各自作了三个时期的划分，即北宋前期、北宋中期、北宋

---

① 戴表元：《洪潜甫诗集序》，《剡源文集》卷九，影印文渊阁《四库全书》本。
② 陈衍：《宋诗精华录》，江西人民出版社1984年版，第5页。

后期、南宋前期、南宋中期、南宋后期,以便一一予以阐述。

刘勰《文心雕龙》云:"文变染乎世情,兴废系乎时序。"① 文风演变与当世社会有着密不可分的关系。山本和义在解说宋诗分期之时,皆以各个时段的社会背景为切入点,在概括其流变的阶段性态势的同时,也择取了典型诗人为例,以明其说。山本和义认为,北宋前期近六十年,王朝初建,时下未能为新王朝文化的生发提供"土壤","前朝遗风大行其道",三体以唐人诗风为规摹对象,且难以冲破藩篱,以致"还看不出宋诗的风格"。② 北宋中期,是"开辟新的时代文化(近世的文化)的时期,也是宋代诗风确立的时期"③。欧、苏、梅为其时诗坛的砥柱中流,三人诗文皆感时事而作,富有思想性,开启了"以文为诗""以议论为诗"的新诗风。北宋后期,"是北宋诗坛最繁盛的时期,优秀诗人辈出。宋代诗风最鲜明的体现就在这个时期"④。王、苏、黄、陈等人,凭借其独有诗观文法,自成一格,促就了诗坛异彩纷呈的景象。南宋前期,"这个时期被后人评为'文学史的峡谷',是小诗人时代"⑤。江西诗派学人,远祧杜甫,近习黄诗,一时声名大噪,后世受其诗风影响者,多有其人。南宋中期,"这是南宋诗坛最兴盛的时期"⑥。范、杨、陆、尤诸位名家,皆独辟一家之诗风,开创了宋诗发展的新格局。南宋后期,"这个时代是民间小诗人的时代,宋代理性的诗风退潮"⑦。永嘉四灵与江湖诗派,诗歌以澄怀抒性为主,风格简明浅显,推动了"宋调"的进一步演变。

在日本宋诗研究史上,吉川幸次郎也曾对宋诗分期发表过自己的真知灼见。吉川幸次郎的《宋诗概说》将宋诗按时间划分为六个阶段:北宋初过渡期、北宋中期、北宋后期、北宋末南宋初的过渡期、南宋中期、南宋末期。吉川幸次郎认为,时代的嬗变与诗风的形成并非一致,所以,宋初定鼎也并不意味着新诗风的必然衍生。北宋初,诗坛只是处于既熏沐前贤遗风,又力图祖述有自的"过渡"时期,特点鲜明的一代诗风尚未"孕育"而出。北宋末至南宋初期间,也是属于前人风格难以为继、新的诗风

---

① 刘勰著,黄霖编:《文心雕龙汇评》,上海古籍出版社2005年版,第148页。
② [日]山本和义:《诗人与造物》,张剑译,中国社会科学出版社2013年版,第294页。
③ 同上书,第295页。
④ 同上书,第296页。
⑤ 同上书,第297页。
⑥ 同上。
⑦ 同上书,第298页。

标向又还未确立的"过渡"阶段。因此,吉川幸次郎将"过渡期"也作为一个时段划分出来,力求更为明细地显示诗风嬗变的过程。

我们可以看出,山本和义与吉川幸次郎的宋诗分期大体类似。只是吉川幸次郎将北宋初与南宋初的"过渡"性直接以字样标示出来,而山本和义并未如此。但山本和义也注意到了,宋初诗歌与后世所言的"宋诗"的形成需要一个"过渡"的阶段。他在逐次阐说宋代诗歌发展态势时,便明确指出,宋代初期,宋诗风格还未凸显。厥后至宋代中期,真正的"宋代诗风"才得以确立。由此可见,山本和义对宋诗过渡时期风格的嬗变也给予了充分的关注。此外,山本和义的分期论述,往往将时代文化背景与诗风流变综合考虑,从中亦可窥见其对文学与社会关系的重视。

三 宋诗的特色

王国维的《宋元戏曲史·自序》称:"凡一代有一代之文学,楚之骚、汉之赋、六代之骈语、唐之诗、宋之词、元之曲,皆所谓一代之文学,而后世莫能继焉者也。"[1] 中国古典诗歌发展至唐朝,其文学成就已达至巅峰值域。文人墨客各尽其才,竞技驰骋于诗坛,名篇佳作比比皆是,一时蔚为大观。延展至宋代之际,诗歌上承晚唐余绪,然已是诗学式微,难继盛况。宋人要超逾前人,雄踞诗坛,必然要有新变。诚如南朝梁萧子显《南齐书·文学传论》中所言:"在乎文章,弥患凡旧,若无新变,不能代雄。"[2] 宋人对此自不待言,便转而另辟蹊径,形成了后世所共识的"以文字为诗"、"以才学为诗"、"以议论为诗"、重理趣的诗体风貌。宋诗借此跃居为诗歌史上与唐诗并峙的可供来者宗尚的典范,但也招致了不少的诟病,着实是褒贬迥异,难以定说。

关于如何评价宋诗特点的问题,南宋至晚清期间,文坛始终存在着两种截然不同的知见。尊宋者如吴之振曾谓:"宋人之诗,变化于唐,而出其所自得,皮毛落尽,精神独存。"[3] 都穆亦曰:"刘后村云:'宋诗岂惟不愧于唐,盖过之矣。'予观欧梅苏黄二陈至石湖放翁诸公,其诗视唐未可便谓之过,然真无愧色者也。"[4] 而贬宋者如陈子龙则嘲讽道:"宋人不知

---

[1] 王国维:《宋元戏曲史》,中国书籍出版社2016年版,第1页。
[2] 萧子显:《南齐书》卷五十二,上海书店1986年影印乾隆四年武英殿本。
[3] 吴之振:《宋诗钞·序》,《宋诗钞》卷首,中华书局1986年版。
[4] 都穆:《南濠诗话》,丁福保辑《历代诗话续编》本,中华书局1983年版,第1344页。

诗而强作诗，其为诗也，言理而不言情，故终宋之世无诗焉。"① 王夫之与其观点一致，认为"宋一代无诗"②。事实上，若以今日之诗学观念重新考辨以上两派的评论，应该来说，都是失之偏颇的。

宋诗是中国古典诗歌发展史上的一个重要阶段，凭借其独有的特点和艺术魅力，在文坛占据了一席之地，与唐诗相抗衡，实属不易。纵然其成就不如唐诗那般斐然可观，但能"以筋骨思理见胜"，独创一家之格，其风采足可炳耀文史，其风格特色也颇资津逮，具有一定的研究价值。

时移世易，随着宋诗"冷遇"境况的改善，世人对宋诗的审美心态也逐渐有了新的转变，在宋诗特色方面研精覃思者，不乏其人。如王水照的《宋代诗歌的艺术特点和教训》（《文艺论丛》第五辑，1978年），深稽博考地论述了宋诗散文化、议论化、以才学为诗的创作特点。张白山的《宋诗散论》（《文艺研究》，1982年），对宋诗的以文为诗、爱国主义和诗中有画三个特点作了论说。周少泉的《略论宋诗的成就将其特点》（《广州师范学院学报》，1983年），明确提出宋诗具有现实性、哲理性、奇趣性、通俗性、入画性的特点。匡扶的《宋诗的评价及其特色浅谈》（《光明日报》，1983年），对宋诗的现实性、爱国主义及其散文化、多议论、通俗化特征进行了分析。孙兰廷的《论宋诗之特色》（《河套大学学报》，2005年），主要是从现实性、哲理性、幽默性、诗情画意、以文字为师、以议论为主这几个方面探讨了宋诗的特色。文章之多，不一而足。

山本和义对宋诗特色也有自己的审视角度，他曾于《宋代的诗》一文中明确指出，宋诗有别于唐诗的特色主要体现在理性化、题材日常化以及自然的描写方式这三个方面，并逐次展开了论述。

其一，理性化。关于理性化，山本和义开明宗义地提出"理性是宋诗最显著的特色"。他注意到："宋人喜欢将本来适合用散文来表达的理论性的思索写成诗。"③ 这与南宋末严羽所谓的"以文字为诗，以才学为诗，以议论为诗"的看法一致，不过二人言辞中蕴藏的情感态度有霄壤之殊。另外，山本和义还留意到，虽然宋人作诗往往倾向于以高度理性的思维对其加以辨析，但并未弃却抒情言志的诗学传统，诗歌情感表露不避忌，抒情

---

① 陈子龙：《王介人诗余序》，《安雅堂稿》卷三，明末刻本。
② 王夫之：《姜斋诗话》，人民文学出版社1961年版，第156页。
③ ［日］山本和义：《诗人与造物》，张剑译，中国社会科学出版社2013年版，第289页。

诗、写景诗的佳作也为数不少，只是与唐诗的表现形式殊然有别，他认为："唐诗是释放人生各种机会中高扬的情感的场所，与之相对，宋诗没有很露骨地表现这种感情，甚至就连感情本身也成为思索的对象，存在着试图平静化、努力致密地展开论理的倾向。"① 而上述倾向为何会构成诗坛主流，山本和义也作出了自己的推测，即学问渊博的士大夫在其中起了主导作用。士大夫是宋代文学的主要引领者，他们的创作善于以理性的方式阐发议论、消弭愤懑、淡化情感，也偏好以诗歌的形式来表达原本适于散文文体的理性思索。如此一来，便"促使宋代哲学和史学取得显著发展的精神风土，诞生了这种诗，可以说堪称散文精神的理性也波及了诗的世界"②。这也就引出了山本和义所要论证的另外一个问题，即："这种诗的散文化现象，是否使宋代诗的世界出现了扭曲呢？"③ 山本和义对此持以否定的态度，"因为在其诗世界的另一端，作为纯粹抒情诗的词成为了有一定扩展的存在，诗世界在扩大的同时，更加丰饶化了。将表露抒情的、感伤的场所让给词，诗，特别是古诗可以看作是进一步的散文化了。诸如恋爱感情等几乎都是以词的形式来描写，宋诗则很少写这些，即是其佐证"④。所以，宋人作诗以优游不迫的理性心态节制情感，但并不意味着诗歌是缺乏情感的诉诸，它是时人对我国传统的诗学旨归作了理性的反思与反拨之后的状态。

其二，题材日常化。对于宋诗题材日常化特色形成的缘由，山本和义首先作了根源性的探讨，即创作主体心态意绪的调适。"进入宋代，诗人们的作诗活动变得日常化，就好像记日记、写信一般，被当作日常生活极其平常的事情，再也不是需要端起架子大张旗鼓地做的事情了。"⑤ 山本和义认为，宋人将作诗视为稀松平常之事，其对诗作题材的择取亦随之日常化。昔日难以勾动心弦的琐碎意象，在宋代诗人那里都足以澄怀遣兴，更能引发其创作的灵感。与之相类似的观点，我国学者缪钺先生的《论宋诗》中也曾论及，其谓："凡唐人以为不能入诗或不宜入诗之材料，宋人皆写入诗中，且往往喜于琐事微物逞其才技。如苏黄多咏墨、咏纸、咏

---

① ［日］山本和义：《诗人与造物》，张剑译，中国社会科学出版社2013年版，第289页。
② 同上书，第290页。
③ 同上。
④ 同上。
⑤ 同上书，第291页。

砚、咏画扇、咏饮食之诗,而一咏茶小诗,可以和韵四五次(黄庭坚《双井茶送子瞻》《以双井茶送孔常父》《常父答诗复次韵戏答》,共五首,皆用'书''珠''如''湖'四字为韵)。"① 可见,关于宋诗题材的日常化这一特色的认识,中日两国学者不谋而合。当然,题材的日常化也关涉到另外一个不能避而不谈的问题,就是诗人的诗学功底坚实与否。山本和义对此也有所阐述:"与生活密切相关的诗,稍不注意就会流于平板化,很难使读者的心绪高扬,这是它的一个缺憾。因为作为题材的日常生活缺乏起伏,生活者的心态大体上是平静的。要想使这种题材的诗能够诱发读者诗的感动,诗人必须具备凝视对象的锐利的眼光和纤细敏锐的感觉。"② 因此,在山本和义看来,宋诗中的上乘佳篇,皆是具备这般卓绝才能的诗人创作出来的。

其三,自然的描写方式。山本和义以为,宋人诗作题材的挖掘,更多的是将关注的目光投放于日常生活中的琐事微物之上,对自然的描写并不十分热衷,但其描写方式却能匠心独具,形成了以往诗中没有的特色。至于特色体现在何处,山本和义将其分为了两个层面进行论述:一是伴有博物学见解的描写自然的方式;二是拟人化的描写自然的方式。在伴有博物学见解的描写自然的方式方面,山本和义采取了举例论证的说理方法。文中托始于唐人与宋人的写花习尚之别,进而引出"中国的博物学知识自古是以本草学的形式蓄积而来,然而这种学问的性格是彻底地关注药效等有用性的侧面,与近代的博物学有很大的隔阂,也就是说,如果某物欠缺有用性的话,就不会被当作研究对象"③,但宋人并非如此的说法,再举苏轼《和子由记园中草木十一首》中的诗句为例,对其加以印证,增强了论述的力量。而在宋诗拟人化的描写自然的方式方面,山本和义则从先秦古籍《山海经》着手,鞭辟入里地探究出阻碍唐人为止的古人将自然拟人化的症结所在,即"古人认为,自然物在看不见的根底处,相当大的程度上也与由这种不能了解的理支配的世界相连,它们是与人类是存在距离的"④。以此为反面,山本和义继而阐述了宋诗中自然拟人化的根由,"宋人认为他们与自然共有一个理""自然变成了一种亲切的存在,即成为了可

---

① 缪钺:《诗词散论》,上海古籍出版社1982年版,第37页。
② [日]山本和义:《诗人与造物》,张剑译,中国社会科学出版社2013年版,第291页。
③ 同上书,第292页。
④ 同上。

能拟人化的存在"。① 这里，山本和义是将写作特色作为了折射世人自然观的媒介。延而伸之，抑或可用以观照历史图景中人类自然观的演变轨迹。

在日本学者当中，小川环树先生对宋诗的拟人手法也有所体认与知见。他回顾了先秦至唐的诗歌，以为其时诗歌中拟人手法罕见之至，而在宋代却是屡见不鲜。究其因，小川环树以为："这当然不是偶然的，因为它与宋人擅长的理性思考并不矛盾，而且可以说是他们思想里根深蒂固的乐观主义的一种表现。我感到拟人法正是从人类文化对自然所持的优越感里产生的。"② 可见，小川环树先生将宋诗的拟人法运用风潮的形成归根于宋人的乐观主义哲学，此类观点在小川环树先生的《大自然对人类怀好意吗？——宋诗的拟人法》一文中亦有深刻的体现。虽然小川环树与山本和义二人对宋诗拟人化的深层解读颇不一致，二人各执己见，但都给读者提供了另类的思考，也从不同的维度展现了宋诗拟人化手法蕴藏的人文底蕴。

山本和义对宋诗特色的研究，即便是分析世人所共识的宋诗特色，论述亦能不落前人窠臼，不拾他人耳食之言。从立论到阐释，有理有据，又循序渐进，将研究的笔触深入宋代的学术环境、时人的创作心态、审美意趣以及对自然界的感知等各个层面，所持观点皆能令人耳目一新，读来使受众获益匪浅。

四　个案研究：苏轼

苏轼，作为我国文学阆苑中的巨擘之一，纵是置身于百卉含英的北宋文坛，亦能以其昂霄耸壑之才，铸就独特的诗歌作品，开创一代风气之先，堪称宋代文学之集大成者。因此，他成为了现当代古典文学研究的重点与焦点。而苏轼在宋代诗史上处于承上启下的特殊地位，迄今为止，苏轼所存诗作 2700 余首被誉为是宋诗之冠冕，这使得苏诗研究成为苏轼研究中的重点论题，国内外学者皆策驽砺钝于此，取得了不凡的成就。

苏轼诗在日本也大受欢迎，早于镰仓、室町时期就传入日本。此时，

---

① ［日］山本和义：《诗人与造物》，张剑译，中国社会科学出版社 2013 年版，第 293 页。
② ［日］小川环树：《风与云——中国诗文论集》，周先民译，中华书局 2005 年版，第 165 页。

日本本土正兴起以五山诗僧为代表的汉文学活动，称为"五山文学"。五山诗僧对苏轼诗中蕴含的禅学意味格外青睐，便开始着手为其作注，五山僧人瑞溪周凤的《脞说》、太岳周崇的《翰苑遗芳》、桃源瑞仙的《蕉雨馀滴》、万里集九的《天下白》等，皆是苏轼诗歌的注释本，而笑云清三编撰的《四河入海》，更是苏轼诗注的集大成之作。随着苏轼诗歌在日本的传播范围的扩大，学者们对其研究的热衷之情亦与日俱增，特别是二十世纪以来，研究成果相继而出。较早的苏诗注释书有近藤元粹编《苏东坡诗醇》（青木嵩山堂书店，1907年1月）、《苏东坡诗集评释》（井口驹北堂书店，1910年），土屋弘编《新释评注苏东坡诗选》（有朋堂书店、鼎堂书店，1911年）、《苏诗选详解》（明治书店，1917年），岩垂宪德、释清潭、久保天随译注的《国译苏东坡诗集》①（《续国译汉文大成》，国民文库刊行会，1928—1930年），矢板重山《苏东坡》（三乐书房，1935年10月），大槻彻心选译的《详解苏东坡诗集》（京文社，1943年）。其中《国译苏东坡诗集》是以我国清代乾隆五十八年刊本《苏文忠公诗合注》为底本的全部苏诗的译注，学术价值之高自是毋庸赘述。其后近二十年，苏轼诗研究进入了寂寂少音的阶段，直至六十年代以降，才又逐渐呈现出繁盛的态势，专著文献、期刊论文竞相涌现，成绩粲然可观。

山本和义是二十世纪以来日本宋诗研究的第二代学者，在他的宋诗研究论文成果中，苏轼诗研究占据了绝大部分。诸如《苏轼诗论稿》（《中国文学报》13，1960年10月）、《苏轼岭外诗考》（《入矢教授、小川教授退休纪念中国文学语学论集》，筑摩书房，1974年）、《苏轼〈望湖楼醉书〉诗考》（《南山国文论集》1，1976年）、《诗人与造物》[《学术界》（文学·语学编）27，1979年10月]、《诗人的长啸》（《南山国文论集》4，1980年3月）、《造物的各异形态》（《南山国文论集》5，1981年3月）、《〈南行集〉及其周边》（《南山国文论集》6，1982年3月）、《〈南行集〉中的苏轼诗》（《南山国文论集》7，1983年3月）、《苏轼的诗与人名》（《ちくま》144，1983年）、《洋川园池诗考》（《南山国文论集》9，1985年3月）、《苏轼诗中所表现的人生观》（《南山国文论集》11，1987年3月）、《苏东坡的"诗"——"理"与诗情》（《中国月刊》9—11，

---

① 此书后作为《苏东坡全诗集》，日本图书中心1978年重印。

1998年11月）等，俱是山本和义对苏轼诗歌进行析毫剖厘之后的产物。实际上，山本和义之前的学者们，已经发表了不少关于苏轼诗歌内容研究的著述，但山本和义的研究的投注点皆是学者鲜少涉足的层面，抑或还留有较大的可填充空间，足供其尽骋所长。整体观之，可以发现，山本和义的研究主要着力于苏轼诗中的人生体悟、《南行集》的相关辨析、苏轼及其周边文人的社交唱和诗三个方面，篇章中所谈见解，均具新意。

1. 关于苏轼诗中人生与生命体悟的探究

诗歌是中国传统的一种抒情文体，它是创作者真实的生命体验的写照。而对于这种生命体验的认知，我国古人素来以"情志"二字概括，它成为了创作者生命体验最恰切的诠释。诗人借由诗歌形式折射自身的生命体验，也因"情志"托载其中，才方显诗歌生命的张力。因此，读者阅读过程中的审美感受，在一定程度上可以说，既是与诗人"情志"的共鸣，也是对作者生命体验的一种认知。但因阅读主体的文学素养、审美角度的不同，这种认知也是因人而异。正如面对道博、思深、才高、语新的苏诗诗歌，山本和义在品读之后，对其人生与生命体悟也形成了自己的独特之见。

苏轼的诗歌内容，基于他对社会历史人生皆有盎然的兴趣以及深切的体悟，其诗中一贯叩问的主题便是人生与生命的本原、存在性状、存在品质及价值等，而山本和义的论说正是立足于此。

山本和义于《苏轼诗论稿》一文，分为三部分，各个部分围绕着苏轼诗中数次出现的诗句，展开对苏轼人生体悟的探究。山本和义认为，"青山久与船低昂""吾生如寄耳"与"遇境即安畅"这三句，分别体现了苏轼看待事物的方法，对人生的理解以及"委顺的思想"。对于第一部分的问题，山本和义主要是透过苏诗的表现手法来深究其待物的态度。他认为，依照惯常诗歌创作思维来说，人作为万物之灵，当居于世间关系的主体地位，自然界的一切事物都是以人为中心来呈现各类的姿态。因此，在以往诗歌当中，诗人俱是以固定的视点看待事物，描摹于诗人笔端的万事万物只是为凸显静止的诗人服务。但苏轼却一反既往，他以复数的视点去观看，故而，纳入其诗中的万物被赋予了瞬息万变的灵动性，能随诗人的视点变化而自由变换姿态。山本和义对苏轼人生体悟最具见解性的论述当数第二部分。文中抓住苏轼诗中数次出现的"吾生如寄"诗句，① 展开对苏轼诗中人生体悟的探究。他说：人生短促如暂寄世间的思想，古已有之，因此，乍见之下，这类语句予人以悲观之感。但在苏轼这里，"吾生如寄"并非通向厌世，而是导向了相反的主张：在短暂的一生里，人应该去追求幸福，不，应该说幸福是无处不在的。唯其如此，他才会说"人生如寄何不乐"②。山本和义认为苏轼的"吾生如寄"与一般的悲叹人生短暂不同，苏轼是积极地承受人生的诸多不如意，并力图扬弃人生的悲哀，他把一切顺逆之境相对化，乐观地接受并认同上天给予的任何境遇。这也就自然而然地推导出了苏轼"委顺的思想"。苏轼一生，以儒、佛、道思想涵养心性，进退宠辱皆能自如。山本和义指出，苏轼将人生看作千变万化的东西，不必为人生中的灾难和幸福而烦恼。山本认为基于这种想法，苏轼超越了世俗的一切执着，不困于哀乐之事，不畏于顺逆之境，常怀"人生如寄尔"的心态，达到了"吾心淡无累，遇境即安畅"的高境。而且，苏轼无论处于何种新情势之中，皆能最大限度地挖掘其潜在的价值，此类处世的态度，堪称为"委顺的思想"。

山本和义除了揭示苏轼对人生的深刻体悟与见解之外，还对苏诗所言的"造物"做了一番讨论。"造物"，古人以为天造万物，因此称天为"造物"，也引申指人的命运。苏轼诗歌中"造物"二字，所现次数共达32处之多。山本和义的恩师小川环树先生曾留意到这一现象，他在《苏东坡其人其诗》中着眼于苏诗中频繁出现的"造物"一词，进而窥探苏轼的人生体悟。他对苏轼将"造物"称为"小儿"颇感兴趣，认为这是因为苏轼"把人的命运、境遇，看成是某种超自然的存在所玩耍的游戏。那个创造并支配万物的超自然的存在，如同小儿一样天真烂漫，人类不过是这个

---

① 在苏轼诗集中共有9处用了"吾生如寄"，分别是：《过云龙山人张天骥》："吾生如寄耳，归计失不早。"《罢徐州往南京马上走笔寄子由五首》："吾生如寄耳，宁独为此别。"《过淮》："吾生如寄耳，初不择所适。"《和王晋卿（并叙）》："吾生如寄耳，何者为祸福。"《次韵刘景文登介亭》："吾生如寄耳，寸晷轻尺玉。"《送芝上人游庐山》："吾生如寄耳，出处谁能必。"《谢仲谋坐上送王敏仲北使》："吾生如寄耳，送老天一方。"《和陶拟古九首》："吾生如寄耳，何者为吾庐？"《郁孤台·再过虔州，和前韵》："吾生如寄耳，岭外亦闲游。"还有用到"寄"的诗句，如《至济南，李公择以诗相迎次其韵二首》："宦游到处身如寄，农事何时手自亲。"《答吕梁仲屯田》："人生如寄何不乐，任使绛蜡烧黄昏。"《临江仙》词："小舟从此逝，江海寄余生。"《次韵子由所居六咏》其四："萧然行脚僧，一身寄天涯。"《别海南黎民表》："我本海南民，寄生西蜀州。"

② ［日］山本和义：《苏轼诗论稿》，京都大学文学部中国语学中国文学研究室：《中国文学报》1960年10月。

造物主小儿游戏的产物，而且一直被其玩弄于手中。唯其如此，我们不能说人生在世无聊乏味了，因为人生又可以像小儿那样自由玩耍了"①。山本和义对此观点心折首肯，并在老师小川环树研究的基础上，继续对苏诗的"造物"做深入的探讨，以探索苏轼诗作的人生体验与自然观。

山本和义在《诗人与造物》一文中，着重分析了"造物"与诗、诗人之间的关系。他说，没有语言能力的"造物"将自己的"无尽藏"馈赠给诗人，诗人以造物赠予的自然物象作为原始的素材，用"诗眼"审视与诗学语言加以"镕化"，赋予它们"碧水、清风、明月、翠竹"等具有诗意的雅称，最终创造出诗的国度，完成造物所期待的美。不过，造物的馈赠并不是"无偿"的，山本和义认为，造物者本性吝啬，为了迫使诗人创作出更加纯粹的诗，为了完美，有意使诗人穷困，换而言之，诗人"愈穷则愈工"，是造物者不顾诗人意愿而强加的结果。由此可窥知，没有语言能力的造物对诗即形成美的强烈渴盼。

与之相关联的对"造物"进行研讨的论文还有《造物的各异形态》一文。此中主要论述了出现在苏诗中的"造物"的各类形态。依山本和义之见，造物的诸相及其特征大抵呈现为以下几种样式：（1）命运的主宰者。人们被迫对其顺从，"但它的运作又并非是基于不可动摇的秩序即理的必然演绎，而是具有自由意志的拟人格的存在"②。（2）"无心"者。人格性淡薄，世人难以揣测其心意，造物与诗人亦是相离甚远。（3）"无物"者。此时造物不是具有人格的存在，而是化身为无意识的"理"。（4）"小儿"。随意摆弄江山风月与人的命运，或者更接近诗人，与诗人一同嬉戏。如上所述，造物是集多种形态于一身的复杂的存在，难以一言以蔽之。因此，山本和义概括道："在一个诗人的世界中，造物如此多样的存在形式，意味着在他的世界中，没有既定的牢不可破的构造，即没有不可动摇的秩序。对于这个诗人来讲，世界还没有完全地脱离混沌的状态，因此他的诗中，造物才可能以各种面貌出现，而读者也能够从造物的各种样态中探索出诗人在这种混沌中顽强生活的痕迹来。"③

山本和义的著述，在理解和把握苏轼诗歌意涵的同时，能够对其钩隐

---

① [日]小川环树：《风与云——中国诗文论集》，周先民译，中华书局2005年版，第207页。
② [日]山本和义：《诗人与造物》，张剑译，中国社会科学出版社2013年版，第64页。
③ 同上书，第76页。

抉微，深入挖掘其诗歌当中潜藏的人生体悟以及对造物的别样的看法，将苏轼的处世姿态与自然观逐一揭示而出，既丰富了苏轼的诗歌研究，又为读者展现了一个诗意栖息又高蹈境外的苏轼形象。

2. 关于《南行集》的相关辨析

《南行集》是《南行前集》与《南行后集》的统称，是苏洵、苏辙、苏轼三人诗文的合编之作。三苏研究，早于北宋之际便已肇其端，但论者们通常是选取零篇散章进行评骘，从整体上对《南行集》展开研究的学者并不多。究其原因，大抵是由于《南行集》中质朴苍劲的苏洵诗收录甚少，而当时笔力稍显不成熟的苏辙、苏轼的诗歌占据了大量的篇幅。直至当代，曾枣庄先生发表了《三苏合著〈南行集〉初探》(《文学评论》1984 年第 1 期) 一文，首次全面探讨了《南行集》的创作情况，该文从篇目、内容、三苏的文学理念与艺术特色等层面着手分析，为《南行集》研究开创了新的局面。距此 30 余载之后，刘亚文的《三苏〈南行集〉研究——重新审视一部特殊的纪行雅集》(西藏民族大学硕士学位论文，2016 年)，则对《南行集》的基本情况、内容、思想、艺术特色以及美学特质做了全面的探究。当然，期间也有部分偏爱苏轼诗歌的学者对《南行集》做了某个角度的研究。如徐宇春的《青年苏轼的人生思考》(《山西师大学报》2006 年第 2 期)，通过诗歌考察了苏轼的思想。张步中的《征鸿初起势，新蝉第一声——苏轼"南行诗"述评》(《淮阴师范学院学报》1998 年第 3 期) 则对苏轼"南行诗"的思想艺术特色及其对后来诗歌创作的影响进行了分析。孙植的《南行诗，苏轼诗歌思想艺术灵蕴的发轫》(《沧州师范专科学校学报》2003 年第 4 期)，探讨了苏轼"南行诗"的诗文内容与思想内容，以及该时期的苏轼诗歌的艺术个性特点。张文利的《雏凤试声，几声清亮几声拙——对苏轼南行诗的考察》(《西北大学学报》2006 年第 36 卷第 2 期) 主要是对苏轼"南行诗"的艺术得失作了论析。诸如此类的文章大略有数十篇，皆可添砖加瓦于《南行集》研究史。

相较国内学界，海外《南行集》的研究可谓是寥若晨星。日本学者横山伊势雄曾发表过《关于苏轼〈南行集〉的诗》(《汉文学会会报》第 32 号，1973 年) 一文，专门对《南行集》作了论述。而据山本和义所言，在日本学界内，除"横山氏之论外，尚未见到其他专门论述《南行集》的论文，吉井和夫氏的《苏轼研究文献目录》(论文之部，自印，1980 年)

第四章 日本主要宋诗研究者的学术贡献

亦未曾见"①。鉴于此，山本和义也开始着手于《南行集》的相关研究，并先后于1982年与1983年发表了两篇相关的论文。

山本和义的《〈南行集〉及其周边》，首先稽核了《南行集》的编集状况，接着大肆着墨地辨析了两个疑点：一是，《南行集》命名的由来；二是，《南行集》创作的意图。关于《南行集》命名的考察，山本和义曾将"南行"二字追溯至"诗三百"时期，他说，《毛诗·邶风》中的《击鼓》与《小雅·黍苗》篇，文中的"南行"俱属"向南旅行"之义。而三苏的旅行，始于眉山县，途经荆州，最终抵达京师开封。在地理纬度上来说，即便是眉山与荆州大致同处于北纬三十度，荆州算不上是位于眉山南部，但三苏启程之际，着实是向南行走了一段路程，因此命名为《南行集》。不过，山本先生自认为这一阐述并非是凿凿可据。其后，山本和义又对集名作了另外的推测，认为"南行"二字非是方向性的描述，而是含带了自荐的性质。韩愈写于江陵的《上兵部李侍郎书》，意在自荐，且书后附有《南行诗》一卷。苏轼有《上王兵部书》，亦是途经江陵时所作，而在此之际，《南行集》的编集也已功成事遂，三苏抵达京师开封，拜谒朝廷重臣欧阳修、梅尧臣等人之际，极大可能会将其作为求取举荐的力证。所以，山本和义将二者联系起来斟酌，便以为三苏的《南行集》之名乃是借用韩愈诗题而来，且赋予了它自荐的意义。针对第二个疑点，山本和义作了大胆的推测。依照其分析，三苏编集《南行集》的主要目的就是将其呈献给欧阳修与梅尧臣，且笃定他们二人会对此文集颇感兴趣。再者，纵览《南行集》，可以发现，苏轼的《至喜亭诗》和苏洵、苏辙创作的有关欧阳修左迁夷陵及其诗文②的十余篇作品，③皆是为投欧阳修所好而作。综上所述，山本和义最终得出的结论是，"《南行集》是苏轼等人预设了身在京师开封、等待三苏来京的欧阳修等为读者，从而不懈创作出来的成果"④。

---

① ［日］山本和义：《诗人与造物》，张剑译，中国社会科学出版社2013年版，第96页。
② 欧阳修其他诗文尚有《三游洞》《虾蟆碚》《黄牛峡祠》《和丁宝臣游甘泉寺》（以上《欧阳修文忠公文集》卷一）《至喜堂北轩手植楠木，呈元珍表臣》《夷陵岁暮书事》《夷陵书事寄谢三舍人》（同上书卷十一）等诗。
③ 计有：苏洵《三游洞》，苏轼《黄牛庙》《虾蟆碚》《游三游洞》《游洞之日，有亭吏乞诗，既为留三绝句于洞之石壁，明日至峡州，吏又至，意若未足，乃复以此诗传授之》《寄题清溪寺》《留题峡州甘泉寺》《夷陵县欧阳永叔至喜堂》，苏辙《三游洞》《寄题清溪寺》等。
④ ［日］山本和义：《诗人与造物》，张剑译，中国社会科学出版社2013年版，第111页。

山本和义对《南行集》的研究，不仅对其形式与编辑状况展开了整体性的考察，还专门就《南行集》中苏轼诗歌的个性层面进行了探讨。与横山伊势雄"检讨序文，探寻苏轼的文学观；检讨作品，考察与之后作品相连续的表现手法以及构成的特色"①的立场相对，山本和义选取了其他侧面着手研究。他的《〈南行集〉中的苏轼诗》，将关注点凝聚于苏轼《南行前集叙》中的"自发说"或"天真说"的诗文理念，并围绕该序文进一步探讨了"诗穷而后工"论对其观点的产生是否有濡染之效。山本和义指出，苏轼的《南行前集序》与欧阳修的《梅圣俞诗集序》写作的时间相差十余载，同时，三苏与欧阳修、梅尧臣之间又过从甚密，故而可以推测的是，嘉祐四年这个时期，苏轼应已品阅过欧公之序文，并对欧阳修所持的"诗穷而后工"论予以了高度的肯定。所以，"当时的苏轼已经具备接受欧阳修'诗穷而后工'论的基础，更何况'诗穷而后工'论本来就是可以包含在'自发说'或'天真说'之内的，可以看作是'自发说'最尖锐的形式，两者原本就不是对立的思想"②。此外，山本和义还择取了苏轼的《江上值雪效欧阳体限不以盐玉鹤鹭絮蝶飞舞之》与《竹枝歌》两首诗，分别作了条分缕析。他的这一做法旨在阐明，收录于《南行集》中的苏轼诗，绝非其序中所述"非勉强为之文也"，而是穷心毕智的力作。关于这点，我国学者王水照先生也有类似的见解，他曾以苏轼的《入峡》与《巫山》二诗为观照的对象，认为："或结构严谨，或用词凝练，表现出年青诗人刻意锤炼的功力。"③此观点的确与苏轼自我宣称的"非勉强所为之文"迥然不一。

山本和义是日本学界屈指可数的涉足了《南行集》研究的学者之一。平心而论，先生有关《南行集》命名与创作目的的推测，虽然逻辑上可通，部分观点也令人耳目一新，但都是缺乏文献资料作为有力支撑的推理性论证，应该有待进一步商榷。不过，毋庸置疑的是，山本和义的敢于怀疑的精神，当是值得研究者学习的。

3. 关于苏轼及其周边文人社交唱和诗的探讨

在苏轼的创作生涯中，诗歌唱和的活动始终贯穿于内，并出现了几大

---

① [日]横山伊势雄：《关于苏轼〈南行集〉的诗》，《汉学学会会报》第32号，1973年。
② [日]山本和义：《诗人与造物》，张剑译，中国社会科学出版社2013年版，第118页。
③ 王水照：《苏轼》，《中国古典文学基本知识丛书》本，上海古籍出版社1981年版，第8页。

高峰时期。苏轼的唱和诗基数庞大，现存的古今体诗总计有2387首，而其中唱和诗竟达1000余首之多。唱和诗是苏轼情思意绪的载体，是其诗学特征的外在显现，也是文坛崇扬贬抑态势的表征之一，应该来说，它具有不可抹杀的存在价值。然昔日之诗论者，囿于正统的诗观习见，对其苛责不已。南宋末诗论家严羽曾斥责道："和韵最害人诗，古人酬唱不次韵，此风始盛于元白皮陆，而本朝诸贤乃以此而斗工，遂至往复有八九和者。"① 严羽此评中的"本朝诸贤"当然包括宋代次韵唱和诗风中的主体人物苏轼、黄庭坚等人。金代王若虚则对苏轼指名道姓地说："次韵实作者之大病也。诗道至宋人，已自衰弊，而又专以此相尚。才识如东坡，亦不免波荡而从之。集中次韵者几三之一，虽穷极技巧，倾动一时，而害于天全者多矣。使苏公而无此，其去古人何远哉？"② 他们二人皆旗帜鲜明地表示了自己对宋诗"次韵"与"斗工"的否定态度。在他们的文学观里，"言志""缘情"才是诗歌正确的美学取向，而"次韵""斗工"的审美追求，则使诗歌沦为了社交遣兴的工具。事实上，若能站在更为广阔的文学界域内对其周思衡虑，不再将传统诗学强调的社会功用作为衡量诗歌的唯一标尺，那么，唱和诗作为一种表现生命的文学形式对苏轼个体的人生意义就可突显而出了。

山本和义对苏轼《和文与可洋川园池三十首》的解析正是如此。他打破了传统诗论的陈规旧习，将研究的目光聚焦于苏轼个体的诗歌艺术之上，试图探寻苏轼唱和诗对诗世界的拓展与丰富所做的努力。

山本和义的《洋川园池诗考》，择取了文同、鲜于侁、苏辙、苏轼四人共同题咏或唱和的湖桥诗、冰池诗、待月台诗和霜筠亭诗为轴心，逐一进行构会甄释。山本和义探究发现，鲜于侁、苏辙、苏轼，"三者虽然都是和诗，却不是和韵诗或者具有特殊形式的次韵诗"③，他们与力争形式上整齐划一，以增强文学认同感的唱和诗迥然有异，"在洋川园池的唱和时，形式上整齐的美不是诗人们追求的目标，诗人们尤其是苏轼，重视的是与生活情形相关的诗歌内容。另外，与白居易之间经常'次韵相酬'的元稹，开辟的那种多少包含游戏性的次韵做法，不是苏轼等人这次所期望

---

① 严羽：《沧浪诗话校释》，郭绍虞校释，人民文学出版社1961年版，第193—194页。
② 王若虚：《滹南诗话》，丁福保辑《历代诗话续编》本，中华书局1983年版，第515页。
③ ［日］山本和义：《诗人与造物》，张剑译，中国社会科学出版社2013年版，第153页。

的"①。另外，山本和义还将鲜于侁、苏辙、苏轼三人同题的唱和诗作了内部的比较，他指出，"苏轼在唱和时的态度，不同于鲜于侁、苏辙循规蹈矩地补充、加强文同原诗所构建的诗世界的方法，他激情澎湃甚至有点贪婪地要构建起与原诗不同的新的诗世界来"，"苏轼不是追求统一带来齐整美的诗人，而是努力使其作为诗人的个性茁壮成长，从而创造出丰富的诗世界，可以说他是与南朝宫廷诗人们隔阂最大的一位诗人。从这个意义上，他是开辟了中国近世文艺复兴的诗人"。② 山本和义对苏轼此类唱和组诗的评价如斯，其推崇之意尽显无遗。

山本和义关于苏轼及其周边文人的题咏唱和诗的研究，除了上文提到的《洋川园池诗考》之外，还有《洋川吏隐诗》。该文主要是对文同、鲜于侁、苏辙、苏轼四人的吏隐亭诗、野人庐诗、北园诗作了"吏隐诗"性质的品酌。关于"吏隐"一语，蒋寅先生曾谈及说："'吏隐'是反映和概括中国古代士人生活观念、生活方式的一个重要历史概念，它的形成是一个历史性的过程。"③ "吏隐"是中国古代士大夫阶层特有的一个话题，该词语源于何时，已不可确考。山本和义揣测，宋之问的《蓝田山庄》中"宦游非吏隐，心事好幽偏"当是"吏隐"一语的最早用例。其后，唐代杜甫诗中，"吏隐"一词已是屡见不鲜，这与我国蒋寅先生的观点不谋而合。接着，山本和义在文中还联系具体作品，对"吏隐"作了更为深层次的思考，在他看来，"吏隐"似乎是现实与理想的结合体，它具有官吏身份与隐士心态或状态二重性，正如当时的文同，知任于洋州之际，居住的公社庭园使其生发了隐逸的情感体验，并寄题邀其神会心契之友更唱迭和，诗歌皆体现了对"归隐"的向往之情。但"吏隐诗是站在由吏向隐过渡的犹豫阶段而成立的。原本吏隐就兼有吏和隐两个方面，由于它这种与生俱来的不彻底性，使它无法成为一种确切的存在状态，吏隐的世界是诗人们构建出来的"④。他们在现实生活中演绎着"吏"的角色，只能将洋州的公舍的庭园作为闲适场所，愉悦眼目、展览心情，以屏其功业之想，息其禄利之心，使其得到"隐"的精神慰藉。

---

① ［日］山本和义:《诗人与造物》，张剑译，中国社会科学出版社 2013 年版，第 154 页。
② 同上书，第 164—165 页。
③ 蒋寅:《中国古典诗歌中的"吏隐"》，《苏州大学学报》（哲学社会科学版）2004 年第 2 期。
④ ［日］山本和义:《诗人与造物》，张剑译，中国社会科学出版社 2013 年版，第 175 页。

在我国也有两篇关于苏轼《洋川园池诗》研究的论文，即陈长义的《俯仰不随人，健笔开新境——读苏轼〈和文与可洋川园池三十首〉》（《名作欣赏》，1993 年）和孙启祥的《苏轼〈洋州园池三十首〉的艺术特点及影响》（《陕西理工学院学报》2015 年第 2 期）。前者在鉴赏苏轼唱和诗之后，总结了苏轼的创作经验：一是具有独立与超越的意识，自辟蹊径；二是从不同角度摄取景物，恣意挥毫。后者则不吝笔墨地阐述了苏轼该组诗布局缜密、比拟精当、用典博洽、风格清新、意境深邃的艺术特点，以及其深远的社会影响。

以上三者的论文都是以苏轼的《洋川园池诗》为研讨对象，立论的角度大相径庭。山本和义偏向于考察苏轼别具一格的诗学经营，陈长义注重归纳苏轼独出机杼的作诗技法，孙启祥侧重于思索苏轼别具一格的创作特征。三人之文持之有故，言之成理，从各个层面探求了苏轼《洋川园池诗》熠熠生辉的魅力所在。

从山本和义刊行的苏轼诗歌译注，以及收编在《诗人与造物——苏轼论考》的学术论文来看，他的宋诗研究往往能以整体的史学与诗学眼光看待问题，旁征博引，也重视相关诗文与其论点的联系性，使其论述显得理据兼备。而且，山本和义就问题所提的观点每每新颖独到，笔墨纵横其间，多有高屋建瓴之论，足见其深厚的文化涵养，也为我国学者反观自身的研究观念与研究路径提供了参照与借鉴。

第五节　浅见洋二的宋代诗学研究

浅见洋二，1960 年（昭和 35 年）12 月生，文学硕士。1985 年于东北大学研究生院文学研究科中国学专业博士后期课程中退，曾任职于东北大学文学部、山口大学人文学部，现为大阪大学研究生院文学研究科教授。2003 年至 2004 年为美国哈佛燕京学社访问学者。日本宋代文学学会会长，日本中国学会会员、东方学会会员、中唐文学会会员、宋代诗文研究会会员，主要从事宋代诗学及中国诗学文本学、中国古代诗画关系论研究。

浅见洋二较早的著述是与村上哲见合作选注的《苏轼·陆游》（《中国古典鉴赏》21，角川书店，1989 年），这虽是资料性的工作，却成为他从事宋代诗学研究的开端。以后他大多进行诗学理论的思考，其成果大部分选入他的两部专著中。一是我国出版的《距离与想象——中国诗学的唐宋转型》（金程宇、冈田千穗译，上海古籍出版社，2005年12月），此书为复旦大学王水照主编"日本宋学研究六人集"之一种。王水照认为此书论题集中，作者"立足于对中国诗学史的总体把握和对批评术语的特有敏感，从一系列诗学的或与诗学相关的命题中，细致地推考和论证'中国诗学的唐宋转型'，令人颇获启迪"①。二是在日本出版的《中国的诗学认识——从中世到近世的转换》（创文社，2008年2月），在前书的基础上增添他后来的很多新论述。

以下我们分几个方面来看浅见洋二的宋代诗学研究成就。其实关于其研究内容的划分，笔者颇费踌躇，因为浅见的研究纵横穿贯，很难分割，但为了表述的方便，又不得不分而述之。最后，采取了一个简单的方法，根据浅见自己专著的分法，主要抽取其关于宋代诗学研究的内容来论说。

一 对宋代诗学中诗与绘画、风景关系论说的研究

诗与绘画、风景的关系本于苏轼对王维诗画的点评。苏轼在《书摩诘蓝田烟雨图》中说："味摩诘之诗，诗中有画；观摩诘之画，画中有诗。"这句话，是对王维诗歌与绘画艺术的赞赏，也谈到了诗歌和绘画的密切关系。诗人作诗，追求诗中寓含画意；画家绘画，也往往画中寓含诗情。苏轼之后，不少理论家都致力探索诗画之关系。宋代郭熙《林泉高致》中提出："诗是无形画，画是有形诗。"明代杨维桢也说："诗者心声，画者心画，二者同体也。纳山川草木之秀，描写于有声者，非画乎？览山川草木之秀，叙述于无声者，非诗乎？故能诗者必知画，而能画者多知诗，由其道无二致也。"② 清代的叶燮说："画者，天地无声之诗；诗者，天地无色之画。"③ 都是十分精辟的见解。此后，围绕着这两者关系及有关诗与自然、风景等关系问题产生了许多研究成果。这也成为日本学者的一个关注点。

浅见洋二在这方面发表了一系列的论文。如《"诗中有画"与"着壁

---

① ［日］浅见洋二：《距离与想象——中国诗学的唐宋转型》，金程宇、冈田千穗译，上海古籍出版社2005年版，第10页。
② 杨维桢：《无声诗意序》，见《东维子文集》卷十一，影印文渊阁《四库全书》本。
③ 叶燮：《赤霞楼诗集序》，见《已畦文集》卷八，影印文渊阁《四库全书》本。

成绘"——中国的诗歌与绘画》(《日本中国学会报》50,1998 年)、《中国诗与风景——关于"江山之助"》(《亚细亚游学》31,2001 年 9 月)、《"诗中有画"与"着壁成绘"——从两种王维诗评看中国古代的诗画论》(《唐代文学研究》11,广西师范大学出版社,2006 年)等,还有他收入《距离与想象——中国诗学的唐宋转型》一书中的有《"天开图画"的谱系——中国诗中的风景与绘画》《闺房中的山水以及潇湘——晚唐五代词中的风景与绘画》《关于"诗中有画"——中国的诗歌与绘画》《"诗中有画"与"宛然在目"——中国的诗歌与绘画》等。

关于诗与绘画的关系,浅见洋二和我国学者一样,大都从苏轼《题蓝田烟雨图》中评王维诗为"诗中有画"谈起。他在其专著《距离与想象——中国诗学的唐宋转型》的绪论对此发挥为很形象的提法,即"为绘画所囚禁的诗""为诗所囚禁的绘画"。他说:诗就是诗,不是绘画。但从某一时期开始,绘画进入(说得大胆些是侵犯)到诗歌的领域之中。也就是说,诗与绘画关系的历史,可以认为是诗的领域被绘画所侵犯的历史,换言之,就是诗歌逐渐丧失自身体裁纯粹性的历史。[①] 这种形象的说法,给读者留下了深刻的印象。

浅见洋二特别关注中国古代诗论中的"诗中有画"说。他首先追寻了"诗中有画"说的历史,他在《关于"诗中有画"——中国的诗歌与绘画》一文提出:"在中国,诗画同质艺术观的明确出现是在宋代。我们知道,将诗歌称作'有声画'、'无形画',将绘画称作'无声诗'、'有形诗'等说法的出现也是在宋代。"[②] 在《"诗中有画"与"宛然在目"——中国的诗歌与绘画》中,他又探讨了诗画同质艺术观出现的历史渊源:"这种艺术观很难想象是到了宋代才突然出现的。在宋代之前,人们认为诗歌与绘画具有怎样的关系呢?带着这样的问题意识,本文上溯至魏晋南北朝唐代时期,藉以探讨诗画比较论、同质论的形成过程,同时试图揭示中唐时期在其形成过程中所具有的划时代意义。"[③] 在《"诗中有画"与"着壁成绘"——从两种王维诗评看中国古代的诗画论》中,他又分析苏轼评王维诗"诗中有画"道:苏轼在这里从两个角度谈论了诗画同质论:

[①] [日]浅见洋二:《距离与想象——中国诗学的唐宋转型》,金程宇、冈田千穗译,上海古籍出版社 2005 年版,第 14 页。

[②] 同上。

[③] 同上书,第 138 页。

诗具有绘画的性质（"诗中有画"），画中包含诗的性格（"画中有诗"）。他认为，宋代的诗学观念与宋代以前的诗学观念之间，可能存在着认识结构迥异的断层，这正好能借自诗画比较论、同质论进行考察，在"诗中有画"与"着壁成绘"所显示的认识差别上找到这种显露的断层。浅见其他论述中国的诗歌与绘画的关系文章也有类似的观点。他认为，诗人们在自然美景面前会感叹"江山如画"，而在画中美景前又感慨"历历在目"，在山水诗中又凭着先前所看到的绘画说"诗中有画"，等等，人们在诗歌的审美愉悦中，总是不自觉地以自己先前所看到的绘画美景或凭借着想象美景来品味诗中景。

可见，浅见洋二的系列研究是为着在诗中寻找绘画性的诗学认识进行的不定期考察，讨论的是中国文人们是如何读诗、如何接受诗的问题，作者力图通过这些昭示出自己对中国诗歌研究的独特体认和学术智慧。

浅见洋二关于诗与绘画、诗与风景关系的探讨，在我国引起了很大反响，很多学者引述了他的观点，有赞同，也有一些细节上的商榷。如周裕锴说浅见洋二的系列研究"对中国古代风景、绘画与诗歌的观念作出极为详尽的探究，不仅考察了从六朝到唐宋诗中风景与绘画观念的发展，区别了'天开图画'的两种类型，而且讨论了以风景入诗的'诗景'概念的形成。这些论文材料如此翔实，构思如此巧妙，辨析如此精微，以至于在'逼真与如画'这一艺术模仿自然与自然模仿艺术的论题上，几乎让后来者再难置喙"[1]，给予了很高的评价，但也提出："'江山如画'因自然模仿艺术而暗示出对人为艺术的尊崇，即艺术高于自然；'江山即画'则因自然创造艺术而流露出对人为艺术的鄙弃，所谓'元非笔'、'本不言'，显然是说自然高于艺术。但是，在浅见洋二先生以辨析概念见长的论文中，却多少忽视了这种'如'和'即'的区别。"[2] 如龙迪勇也认为："这种观念史式的探讨固然是有意义的，但千万不能过头，否则就容易把一个普适性的问题转化成一个历史性的问题。"[3]

---

[1] 周裕锴：《风景即诗与观者入画——关于宋人对待自然、艺术与自我之关系的讨论》，《文学遗产》2008 年第 1 期。
[2] 同上。
[3] 龙迪勇：《时间性叙事媒介的空间表现》，《江西社会科学》2007 年第 4 期。

二 对宋代诗学中诗与现实关系论说的研究

关于宋代诗学中诗与现实的关系讨论，浅见洋二也是从苏轼的话语入手。苏轼在《书鄢陵王主簿所画折枝二首》中说："论画以形似，见与儿童邻。赋诗必此诗，定知非诗人。"① 围绕苏轼诗中提及的文艺创作中的形神关系问题，展开了一场旷日持久的论争，从苏轼的学生晁补之，到明代的杨慎、李贽，再到清代的袁枚、赵翼等都有评说。晁补之《和苏翰林题李甲画雁二首》云："画写物外形，要物形不改。诗传画外意，贵有画中态。我今岂见画，观诗雁真在。"② 杨慎《论诗画》云："此言画贵神，诗贵韵也。然其言有偏，非至论也。"③ 李贽《诗画》云："卓吾子谓改形不成画，得意非画外，因复和之曰：画不徒写形，正要形神在。诗不在画外，正写画中态。"④ 袁枚《随园诗话》云："东坡云：'作诗必此诗，定知非诗人。'此言最妙，然须知作此诗而竟不是此诗，则尤非诗人矣。其妙处总在旁见侧出，吸取题神，不是此诗，恰是此诗。"⑤ 赵翼《论诗》云："作诗必此诗，定知非诗人。此言出东坡，意取象外神。羚羊眠挂角，天马奔绝尘。其实论过高，后学未易遵。……吾试为转语，案翻老斫轮。作诗必此诗，乃是真诗人。"⑥ 等等。同样地，现当代的古代文论、画论研究史上，也有不少论说。这些讨论，多在于苏轼诗歌话语的含义及由此涉及的诗、画理论中形与神的关系问题。

浅见洋二所论却不是要参与这些论争，他是抓住其中蕴含丰富的语词"形似"，以此为切入点，来考察宋诗与现实关系的方方面面，并因此撰写了一系列的论文，如《距离与想象——中国的诗与传媒及作为传媒的诗》（《宋代社会的情报网络》，汲古书院，1998年3月）、《标题的诗学——沈约、王昌龄、司空图以及连接宋代"着题"论的诗》（《中国文人的思考与表现——村上哲见先生古稀纪念》，汲古书院，2000年7月）、《"形似"的变容——从语言与物的关系看宋诗的日常性》（《中国——社会与文化》

---

① 苏轼：《苏轼诗集》卷十六，王文诰辑注，孔凡礼点校，中华书局1982年版。
② 晁补之：《鸡肋集》卷八，影印文渊阁《四库全书》本。
③ 杨慎：《升庵全集》卷六六，商务印书馆1937年版。
④ 李贽：《焚书》，中华书局1961年版，第218页。
⑤ 袁枚：《随园诗话》，王英志校，凤凰出版社2011年版，第137页。
⑥ 郭绍虞、王文生主编：《中国历代文论选》（第三册），上海古籍出版社1980年版，第494页。

20，2005 年 6 月）等。

《标题的诗学——沈约、王昌龄、司空图以及连接宋代"着题"论的诗》（此文又题为《标题的诗学：论宋代文人的"着题"论及其源流》，见《新宋学》第 1 辑，上海辞书出版社，2001 年 10 月）一文，主要分析宋人诗论中关于诗题的看法与源流。浅见从苏轼画论的"形似"入手，然后将"着题"与论诗著作中的"形似"说相联系，从题目与内容的角度对"形似"说作出了新解释。他认为，一般来说，在诗的创作和接受上，标题占有不可轻视的位置。宋代诗人特别注重标题，因此在宋代，尤其南宋时期的诗论中，使用"着题"这一术语的议论比较多见。宋代的"着题"论，不仅停留于作诗技法上的议论，而且还围绕"形似""体物"等诗所具有的根本机能展开讨论。诗论家们通过诗的标题与本文的关系，分析到了诗歌如何反映现实的根本问题。他并从探究"着题"论中的形神关系，触论及从唐代中期开始经过宋代而生成、发展起来的"意境"说的相关问题，可以说，这对于"意境"说研究提供了新的视点。

苏轼诗中"形似"一语是用以论画，"论画以形似，见与儿童邻。赋诗必此诗，定知非诗人"四句的意思是指：如果是以形似来论画，那么这种艺术见识仅和儿童的看法接近；如果赋诗只贴合题目，停留在字面意义，那他一定不是一位真正的高明诗人。所以浅见上文由此生发，论诗文的"着题"问题。后来，他又追溯"形似"说在文学中的起源，由此进入到对宋诗特色的探讨，撰成《"形似"的变容——从语言与物的关系看宋诗的日常性》。关于宋诗的日常性，日本的吉川幸次郎、山本和义都有相关论说，我国学者也有不少考察，大多是从诗歌题材与创作场所的角度来探讨，浅见则联系"形似"这一文论概念予以考察，力图阐明宋诗"日常性"背后所隐藏的诗歌语言与事物之间的关系，以及宋人对于这种关系的认识。因此，浅见考察了六朝至唐代的"形似"论与宋代的"形似"论，提出其差异就在于宋代的"形似"论是以比较、探讨作品与作品所描写的现实世界关系的方式来论述"形似"的。这种"形似"论的变化，反映了宋人对诗与现实关系认识的变化。宋代，诗论家对诗歌的解读、鉴赏出现了新的倾向，即他们喜欢联系现实中的事物、现象去解释、欣赏诗歌所描绘的世界，如对"半夜钟""河豚诗"的讨论等。而众多的这类讨论中，诗作往往被指为"形似"的不完善，这里蕴含了宋人对诗与现实关系的认识：现实是多样的，因此诗歌语言与现实的对应关系也是不得不多样的。

正因为现实是多样的，诗歌语言与现实的对应关系也是多样的，所以"形似"就会出现功能不完善的情况，或者说是看上去好像功能不完善的情况。①

浅见的论说，深入浅出，以"形似"为视点，对一些文学批评中的小现象之来龙去脉进行细致考察，借此一斑而窥宋代诗学之全豹，深入挖掘出宋代诗学"形似"论中隐含的深层次内容。

三 对宋代诗学中诗与历史、作者关系论说的研究

提到诗与历史，人们首先想到"诗史"说。"诗史"说始见于孟棨《本事诗》。《本事诗·高逸第三》云："杜所赠二十韵，备叙其（李白）事。读其文，尽得其故迹。杜逢禄山之难，流离陇蜀，毕陈于诗，推见至隐，殆无遗事，故当时号为诗史。"② 从此以后，"诗史"便成了杜诗成就的重要评价，承传了杜诗这一创作意识和创作方法的也以"诗史"誉之。

至于"诗史"的含义，孟棨最初所称应该是指针对杜甫诗歌善陈时事的纪实性，所谓"推见至隐，殆无遗事"。到了宋代，杜诗学大盛，"诗史"说也被广泛接受，并充分肯定杜诗善陈时事的特点。比较著名的如欧阳修、宋祁《新唐书》给杜甫立传时说："甫又善陈时事，律切精深，至千言不少衰，世号'诗史'。"③ 与此同时，宋人还从诗歌阅读接受的角度，进一步挖掘诗歌后面潜藏的历史属性，以达到"知人论世"，更准确地阐释作品本意。因此，宋人尤其重视追寻诗歌本事、编写年谱及给诗歌编年等。

浅见洋二正是接承了宋人的接受学角度的"诗史"含义，他所论的宋代诗学中诗与历史关系是指中国古代诗歌作品接受过程中以诗为史，对诗进行历史化的解读而产生的诗歌现象或者诗学活动，以及从史料、史迹中勾勒出的具体诗作形成的历史（由草稿到定稿的制作过程），并由此中看到诗与作者的被"创造"与"创造"的关系，这里的"创造"并不是简单意义上的写，而是由有诗思到写出、到不断改定（甚至焚弃），最后成为定本的漫长过程。

---

① ［日］浅见洋二：《距离与想象——中国诗学的唐宋转型》，金程宇、冈田千穗译，上海古籍出版社 2005 年版，第 239—262 页。
② 丁福保辑：《历代诗话续编》，中华书局 1983 年版，第 15 页。
③ 欧阳修、宋祁：《新唐书》，中华书局 1975 年版，第 5738 页。

浅见洋二的《面向史料论的文学研究——宋代文人的诗与诗学》(《亚细亚游学7——特集：宋代知识分子的众生相》，勉诚社，1999年8月)一文可以说是这个系列研究的开始或曰论纲，此后，他撰写了《文学的历史学——宋代诗人年谱、编年诗文集及"诗史"说》(川合康三编《中国的文学史观》，创文社，2002年)、《诗与"本事"、"本意"及"诗谶"——论中国古代文学作品接受过程中的本文与语境的关系》(《中唐文学会报》9，2002年10月)、《"焚弃"与"改定"——围绕唐宋时期别集的编纂与定本的制定》(《立命馆文学》598，2007年2月；又见《中国韵文学刊》，2007年3月)、《黄庭坚诗注的形成与黄䇮〈山谷年谱〉——以真迹、石刻的活用为中心》(《东洋学集刊》100，2008年)、《从"校勘"到"生成论"：关于宋代诗文集的校注特别是苏黄诗注中真迹与石刻的利用》(《东洋史研究》68，2009年6月)，等等。

《文学的历史学——宋代诗人年谱、编年诗文集及"诗史"说》一文有中文版，题为《论"诗史"说——"诗史"说与宋代诗人年谱、编年诗文集编纂之关系》，发表在《唐代文学研究》(第9辑)上。在文中，浅见主要探讨宋代诗学观念中的"诗史"说，他提出："'诗史'这一术语，体现着诗既是文学作品同时又追求历史记述机能的文学观念，换言之，就是以'诗'为'史'的对文学作品的'阅读方法'。"①"'诗史'说是在文学作品的'诗作'中找到'历史'要素的文学观。一般'诗史'被理解为像史著那样来反映诗人生活的时代状况即反映'时事'的诗作。这虽是确切的理解，然而，正如第二节末尾部分曾经论述过的那样，仅仅是这样理解，则并不充分。要反复强调的是，'诗史'不单单是'史'，毕竟也是缘'诗'而'史'，这里，'诗人'的存在势必留下深深的影子。'诗史'之所以被叫做'诗史'，正是因为它伴随着'时事'忠实地反映了'诗人'的存在（例如诗人自身的'出处'＝阅历，诗人的'意'＝思想、心情）。可以认为，这种见解潜存于'诗史'说的核心。"②浅见从"古人怎样阅读诗作"的视点开始，继而论及"诗史"说和"年谱式思考"方法，由此说明宋代诗人年谱、编年诗文集的大量出现。最后，他总结道："必须注意的是，以杜诗为首的我们眼前的唐诗，经过了这个'文

---

① 唐代文学研究会编：《唐代文学研究》(第9辑)，广西师范大学出版社2002年版，第773—774页。

② 同上书，第784页。

学的历史学'盛行的时期而流传到我们的手中。其结果，宋代所确立的'文学的历史学'的文学观就不知不觉地进入我们阅读唐诗的视野之中。事实上，由'诗'见'史'的'阅读方法'在当今我们的唐诗研究领域中也被认为是主流。这一点在诸如作者的传记研究上，围绕着作品的写作时期的考证研究上都充分体现出来。可以说，对作品背后的作者的人生（'出处'）以及作品所反映的时代状况（'时事'）的阅读意向和态度，主导着这种研究方法。本文要指出的是，这种由'诗'见'史'的'阅读方法'，到了宋代才首次占据主宰地位。如果是这样，那么，或许也可以这样说：本文的考察是一种尝试，它试图从宋代诗学中挖掘我们的文学研究赖以确立或判定文学的知识结构，并从中探索我们的文学研究方法的历史起源。"[1] 浅见的论说，将我们习见的宋代诗人年谱、编年诗文集的编撰现象，变成了疑问，然后用"诗史"说这把钥匙去开启，很是发人深思。

如果说，上文讨论的是"由诗见史"的问题，那么《诗与"本事"、"本意"及"诗谶"——论中国古代文学作品接受过程中的本文与语境的关系》讨论的则是"以史证诗"的问题。本文亦有中文本，发表在《唐代文学研究》（第10辑）上。文章探讨的是：在唐宋时期，诗是怎样被阅读理解的，诗作的接受（阅读理解）过程中文本与语境的关系，以及中国文人对诗作的接受（阅读理解）方法。浅见从笔记中记载白居易、张祜二人初见时为了相互取笑而故意曲解对方诗意的故事，说明文本在部分地被阅读时，其语言所传达的意义是不确定的，由此联想到作品在阅读中的被误读或曲解，除了单纯的理解错误，大多数场合是由于作品脱离了本来的语境而被阅读的结果，这样读者就产生了探索"本事""本意"的强烈意愿，而满足读者这种意愿的，就是《本事诗》等一系列记述"本事"的笔记小说。接着，浅见又从"本事""本意"、文本与语境的角度来探讨"诗谶"的现象。最后，浅见说："我们要知道，文学作品其实有着非常脆弱的一面。用刚才举的《汉书·艺文志》的话说：文学或许只是'空言'。但正因为它是脆弱而不确定的'空言'，文学作品才需要有支撑它、补充它的语境（故事）。因为它不安于某一个故事中，才不断向读者要求有新的故

---

[1] 唐代文学研究会编：《唐代文学研究》（第9辑），广西师范大学出版社2002年版，第788页。

事。文学是非自律、脆弱不安的存在，就像我们的个人存在一样。但我们敢说，文学作品的魅力不正是在这里吗？"①

诗可"见史"，史可"证诗"，那么，诗歌自身的形成历史（制作过程）又是怎样的呢？浅见洋二的《"焚弃"与"改定"——围绕唐宋时期别集的编纂与定本的制定》《黄庭坚诗注的形成与黄𥬆〈山谷年谱〉——以真迹、石刻的活用为中心》《从"校勘"到"生成论"：关于宋代诗文集的校注特别是苏黄诗注中真迹与石刻的利用》等为我们解答了这一疑问。在《"焚弃"与"改定"——围绕唐宋时期别集的编纂与定本的制定》中，浅见洋二开宗明义地说："定稿过程中的'焚弃'（即摒弃作品）和'改定'（即修改作品）行为，就是文人将自己的作品确定为定稿并将其编入文集的自觉性姿态的具体体现。在本文中，笔者将以宋代为中心，同时也适当地将唐代以及更早的历史时期纳入视野之内，对这两种行为进行考察。由此试图揭示当时文人们对自己作品所抱有的态度，亦即作品和作者之关系的一个方面。"②接着，浅见列举很多诗人"焚弃"与"改定"的现象，分析其中缘由，认为："无论是'焚弃'还是'改定'，其行为的目的都是：如何将作品的'草稿'制成'定本'，如何制定最完善的'定本'。那么，在考察'定本'的制定过程时，比起'焚弃'来尤为重要的应该是'改定'吧。因为'草稿'一旦被'焚弃'，其走向'定本'的途径就断绝了；与此相对，'改定'则是以走向'定本'为目标而被选择的一条途径。"③后来，他又写了《中国诗学中的"近代"——"焚弃"与"改定"余说》（《创文》，2008年7月）以作补足。《从"校勘"到"生成论"：关于宋代诗文集的校注特别是苏黄诗注中真迹与石刻的利用》则在宋代一系列的诗文集中，以苏轼、黄庭坚的诗集所附注的注释文例，对其文献学、文学论上的特色进行考察。他认为，注释、校勘学到了宋代，特别是南宋时期，情况发生了很大变化，即对文人别集也加以注释，因为在宋代以前，基本上只局限于对《楚辞》《文选》等一部分总集进行注释。而更重要的变化却是校勘学把作者本人对自己作品的"改定"，也

---

① 唐代文学研究会编：《唐代文学研究》（第10辑），广西师范大学出版社2004年版，第593页。
② [日] 浅见洋二：《"焚弃"与"改定"——论宋代别集的编纂或定本的制定》，朱刚译，《中国韵文学刊》2007年第3期。
③ 同上。

就是把定本（最终稿、定稿）制定的过程也作为应该探讨的问题来看待。所以说："宋代的注释者，特别是苏轼、黄庭坚诗的注释者们，并不只是把作者的'草稿'及'真迹'当作'校勘'用的诸本之一来进行文字'异同'方面的比较、检讨，他们还通过这样的检讨，来考察作者如何反复'改定'自己的作品，如何确立一个定本（最终稿、完成稿），从而使'定本'的制定过程得以彰显。这种文学研究的方法，用今天的话来说，叫做'生成论'。苏轼、黄庭坚诗的注释者们，其所作为已经超越了从前的'校勘'学框架，而可以看作类似所谓'生成论'的文学研究方法的萌芽。"① 这对我们也是颇有启发性的。

"诗史"说作为中国诗学中的一个术语，本来是有其较为约定俗成的含义的，但到了宋代，"诗史"的说法渐渐成为宋人的口头禅，它的内涵和外延也开始逐步扩大，不仅限于善陈时事的纪实性，也指作者经历与情感的历史，也是浅见所提出的对诗进行历史化解读的阅读方法。对此，再看我国学者的论述，我们将会有个更清晰的认识。王兆鹏在《宋代诗文别集的编辑与出版》中说："宋人生前自编文集，一般要经过选择，不是有作必录，旨在求精。而生后亲属所编文集，则是有存必录，旨在求全。"② 周裕锴也提出："宋人在诗歌作品中比前人更多地发现了历史的因素，或者说比前人更善于从历史的角度来阅读诗歌。"③ 认为正是这种历史感的自觉，让"诗史观念"不断增强，精品意识退居其次，自编文集也开始显露出"求精"向"求全"转变的端倪，因为"'诗史'不仅是反映时代生活的文本，也是记载诗人由时代生活所激发的情感的文本；'诗史'不光是诗歌写成的社会史，而且是诗歌写成的心灵史"④。至于浅见将其进一步解读为诗歌生成的历史，虽与我国的"诗史"说有所偏差，但无损其文本生成史探讨的意义与价值。

四 对宋代诗学中诗的"内部"与"外部"关系论说的研究

关于宋代诗学中所论诗的"内部"与"外部"关系，浅见洋二撰写了

---

① [日]浅见洋二：《从"校勘"到"生成论"：关于宋代诗文集的校注特别是苏黄诗注中真迹与石刻的利用》，《东洋史研究》2009年6月，第69页。
② 王兆鹏：《宋代诗文别集的编辑与出版》，《华中科技大学学报》2004年第1期。
③ 周裕锴：《中国古代阐释学研究》，上海人民出版社2003年版，第233页。
④ 同上书，第235页。

《诗来自何处？为谁所有？——关于宋代诗学中的"内"与"外"，"己"与"他"，以及"钱""货""资本"概念的讨论》（《知识分子的众生相——以中国宋代为基点》，勉诚社，2001 年；中文本见《中国诗学》（第八辑），人民文学出版社，2003 年 7 月）、《关于"梦中得句"——中国诗学的"内"与"外"、"己"与"他"》（《中国读书人的政治与文学·林田慎之助博士古稀纪念论集》，创文社，2002 年 10 月）、《论"拾得"诗歌现象以及"诗本""诗材""诗料"问题——以杨万里、陆游为中心》（《橄榄》11，2002 年 12 月；中文本见《第四届宋代文学国际研讨会论文集》，浙江大学出版社，2006 年 1 月）、《作者的梦、读者的梦——关于宋诗的解释学》（《文艺论丛》64，2005 年 3 月；中文本见《长江学术》第八辑，2005 年 6 月）、《中国古代文人"卖诗""卖文"的诗学意蕴》（《中国学的十字路——加地伸行博士古稀纪念论集》，研文社，2006 年 4 月）等文来探讨。

在《诗来自何处？为谁所有？——关于宋代诗学中的"内"与"外"、"己"与"他"，以及"钱""货""资本"概念的讨论》一文中，浅见洋二首先指出："宋代在中国历史上具有重要的划时代意义，这在中国诗学史上也不例外。"[1] 接着说该文就是探讨"关于诗（文学）的内部与外部、自己与他者的关系问题，同时也是关于文学作品的归属和所有权问题"。"以这样的视点，对宋代诗学中关于自然认识的方法、成为宋代文人争论焦点的'用事''使事''补假'问题以及相关的'点铁成金''换骨夺胎''檃括''集句'等问题进行探讨。另外还将考察这些问题与货币、商品、资本等经济学概念之间的关系。"[2] 他认为，"从外部来的不过是诗的'本''材''料'，诗人要在它的基础上从内部进行创作"[3]。因此，诗从本质上来说，是从内部来的，所谓诗从外部来只不过重视诗材来源的一个说法。尽管如此，我们还是要重视宋代诗人关于"诗来自何处"的思考，因为"关于自然景物为诗提供素材的看法直到宋代才真正明确起来并得到广泛的普及"[4]，因此，"诗本""诗材""诗料"等词语出现的意义是值得重视的。浅见洋二认为，诗的内部与外部的关系问题还有"使用

---

[1] 蒋寅、张伯伟：《中国诗学》（第八辑），人民文学出版社 2003 年版，第 180 页。
[2] 同上。
[3] 同上书，第 181 页。
[4] 同上书，第 182 页。

他者语言"的方面，这主要在"'用事''使事''用典'即借用古籍典故的做法中显露出来的"。① 他说："诗或诗的语言是属于谁的呢？如果说诗是从内部生、内部来，那么此问题的答案只有一个：诗属于它的作者所有。这个问题也许太理所当然，不值一问。事实上，此类问题自古以来还没有从正面问起过，也就是说从来没有成为过问题。可是，在从六朝经过唐到宋的过程中，诗语言的归属、所有权问题日益成为诗学上的重要问题显露出来。"② 揭示出宋代诗学关于诗歌语言的归属、所有权问题讨论的诗学史意义。接着，浅见洋二又联想到宋代诗学中影响极大的黄庭坚提出的"点铁成金""换骨夺胎"理论，他不禁自问自答："那么，黄庭坚所提倡的、被王若虚视为'剽窃'的作诗法是什么样的呢？在那里，诗的自己与他者、内部与外部的关系问题是被如何捕捉的呢？"③ "'点铁成金''换骨夺胎'的诗法之所以风靡一时，当然在于其口号的感染力，但更重要的原因是它完全消除了使用他者语言所带来的罪恶感。这一诗法体现了二种鲜明的态度：不仅不禁忌、限制使用他者的语言，反而提倡把他者的语言积极地活用。"④ 而这种"活用"在宋代诗学里也有着特别的意义，他说："活用前人著作中语言的作法自古就有，但是，活用前人著作中的语言和把前人著作中的语言当作'素材'来看，这二者有必要区分开来。从宋代文人把他者语言视为'素材'的发言里，我们可以看到一个十分明确的、新的'读书'方式。"⑤

不仅是"点铁成金""换骨夺胎"把他者语言视为"素材"，"檃括""集句"诗法也是这样一种运用，"在宋代，把他者的作品、他者的语言作为自己创作的'材料'即'素材'进行活用的倾向已经非常突出"⑥。这样一种对他者的作品、他者的语言的使用，使人联想到商业社会的资本积累："通过用货币交换商品，形成并积累了资本；而资本的运用又使新的商品生产、流通——这一连串经济活动的影子，也渗入到宋代文人的文学思想中。这样想时就会发现，'资本'一词与'诗材''诗本''诗料'中

---

① 蒋寅、张伯伟：《中国诗学》（第八辑），人民文学出版社2003年版，第182页。
② 同上书，第183页。
③ 同上。
④ 同上书，第184页。
⑤ 同上。
⑥ 同上书，第185页。

的'材''本''料'原本是同义词。如上所述,如何从外部获得并积累'资本'='材料'、如何将其活用,已经成为宋代诗学的中心问题之一。"①"货币、商品和资本,其流通的特点是横跨一切领域。而作品的语言,以其与货币、商品和资本相同的姿态,冲破了内部与外部、自己与他者的界限而自由流通。可以说语言的这一运动,在宋代才作为重要问题浮现出来。"②

与这个问题相关联的还有"梦中得句"现象。"梦中得句"是一种很普遍的创作现象,它说明梦是创作灵感的一种特殊的表现形式,梦具有一定的创造力。浅见洋二也很重视这个现象。他在《关于"梦中得句"——中国诗学的"内"与"外"、"己"与"他"》中,引用《诗品》卷中谢惠连条引《谢氏家录》《南史》卷十九《谢惠连传》中记载的谢灵运在寤寐间见到谢惠连,得"池塘生春草"句,说"此语有神助,非我语也",③然后分析说,在这种情形里,作品的所有权、归属意识是动摇的。因为梦中的自己不是现实中的自己,所以也就不能完全认为梦中所得之句是自己的。诗不是从诗人内部、由诗人自身之手创作的,而是由存在于诗人外部、超越性世界中的某一存在带来的,"梦中"对诗人们来说构成了一种外部的世界。④

以上二文都是从如何把握中国诗学观念中诗人的内部世界与外部世界的关系、诗人本人与他人之间的关系的视点进行了考察,他的《论"拾得"诗歌现象以及"诗本""诗材""诗料"问题——以杨万里、陆游为中心》接承前二文,继续论列。浅见洋二认为,诗人们在歌咏自己的诗或是自己作诗行为本身的诗歌中,"诗""诗句"或是与此类似的词语经常会在诗中出现,这意味着诗或诗句作为应当纳入诗人自身视野之内的外部对象为人们所发现。对于诗人来说,"诗""诗句"之类原本是一种表现手段,其本身应当是透明的存在。但现在,它成为了诗人的表现对象,好像具有可以把握的实体对象一样出现在诗人的视野之中。他说:"诗或诗句是存在于诗人的外部世界的、具有意志和实体的对象,这种认识在宋代诗

---

① 蒋寅、张伯伟:《中国诗学》(第八辑),人民文学出版社2003年版,第187页。
② 同上。
③ [日]浅见洋二:《距离与想象——中国诗学的唐宋转型》,金程宇、冈田千穗译,上海古籍出版社2005年版,第418—419页。
④ 同上书,第430页。

学领域引起了各种各样的反响。可以认为,'拾得'诗这种说法也是其中的一部分"。"'拾得'诗句的含义的话,大概暂且可以这样理解:诗人首先从外部世界'拾得'的是作为诗歌素材的'风光'即自然的风景,然后以那种'风光'为素材创作出诗歌。而这一创作过程的简便说法,便是'拾得'诗歌这种说法。"① 然后,他以杨万里、陆游诗中表现诗和诗歌素材存在于外部世界这种观念的诗句为中心进行考察,说明在杨万里、陆游诗的世界充满了"诗""诗歌素材"的说法,这些与"拾得"诗有着密切关系。最后,浅见总结道:"'拾得'一词指的是不经任何劳苦便将某种东西化为己有之义。用钱锺书《谈艺录》中谈论杨万里的话来说,其中自然还包含一种'便易'即轻而易举的倾向。诗是没有必要亲自辛苦地去创作的。之所以如此,那是因为这个世界到处都充满了'诗'或者'诗歌素材',诗人只要将它取出来就可以了。宋代诗人们在谈到'拾得'诗时,其中所表现的不正是这种思考方法吗?'拾得'这一动词,也许正是诗人们的必然选择。"② 以"拾得"一语,将宋代诗学中的"内部"与"外部"关系、诗歌与"诗本""诗材"的关系细腻地进行了分析,解说得很是透彻。

《中国古代文人"卖诗""卖文"的诗学意蕴》则是《诗来自何处?为谁所有?——关于宋代诗学中的"内"与"外"、"己"与"他",以及"钱""货""资本"概念的讨论》一文的深化与补充。后者在讨论中,涉及南宋江湖派诗人之"卖诗(文)"或是"买诗(文)"之事,因此,浅见洋二再撰文探讨"买卖诗文"(将诗文作为商品来对待)对于中国古代的文人来说,有着怎样的影响和意义。

关于中国的"卖文"及相关的"润笔",青木正儿的《支那的卖文》(《青木正儿全集》第七卷,春秋社,1970年)和佐伯富的《士大夫与润笔》(《内田吟风博士颂寿纪念论集》,同朋社,1978年)都有所论述。浅见洋二说明自己对青木、佐伯二氏的文章有所参考,也有异议。他说,"青木、佐伯二氏认为司马相如的《长门赋》是中国最早'卖文'的例子,根据《长门赋》序的叙述,把陈皇后给司马相如的黄金百两看成是《长门赋》的价钱确实有'相如卖赋'一说,但我想提醒注意的是,这种

---

① 沈松勤:《第四届宋代文学国际研讨会论文集》,浙江大学出版社2006年版,第260—264页。

② 同上书,第276页。

说法是唐代才兴起来的。写诗文有金钱授受,不能说明当时就把诗文看成了'买卖'的对象。作诗文涉及金钱授受(如'润笔')和把诗文当作商品即'买卖'的对象,二者有必要区别考虑。我认为《长门赋》序文并没有说司马相如和陈皇后把《长门赋》看成是'买卖'的对象"①。浅见洋二不盲从权威,大胆地提出自己的见解。接着,他提出在考察"卖诗""卖文"现象时,要注意"卖诗(文)"与"润笔"之间的差别:"虽然二者在结果上指的似乎是同一件事,但必须承认它们在性质上是迥然不同的。二者有何不同? 就在于当事者是否将诗文作为商品这种认识上的差别。所谓'润笔'是指作为对诗文创作者的奖励而授予财物之事。我们也许会将授予诗文创作者的财物看作对诗文这一商品所支付的报酬。但是,这些财物却未必就意味着是作为商品的价值支付的。""而另一方面,与此相反,人们在'卖诗(文)''买诗(文)'的时候,当事者的认识中则是明确将诗文作为商品来理解的。"②"润笔"的产生,是与"作文受谢"密切相关的,这是因为:"'作文受谢'这种行为总体上说虽然算不上'恶',但还是笼罩着一种轻微的罪恶感,是一种决非可以自由褒奖、令人持否定态度的行为。也许正因为它不能无所顾忌地脱口而出,所以才产生了'润笔'这一委婉说法。"③

在厘清"作文受谢""润笔""买卖诗文"之间的关系与区别后,浅见洋二又回到特别引人注目的南宋江湖派诗人作品中频繁提到的"卖诗""卖文",从诗句中分析"买卖诗文"对于中国古代的文人来有什么影响,他们的心理又是怎样的? 在分析了一系列诗歌作品后,他总结道:"他们所锐的'卖文''卖诗'是自卑于自己的不遇身世而使用的词语,因此甚至经常带有一些自虐性的倾向。在这里,所谓的自虐性指的是这么一种复杂的自我意识:他们一方面悲哀自己的不幸,一方面有时又戏谑性地冷静而客观地面对这种不幸。"④ 最后,浅见将这种把诗文作为商品来对待的现象与唐宋历史转型联系起来,他说:"我们在本文中所看到的中国的'诗商人'的意识系谱,也是在中世向近世的转换时期发生的。笔者认为,近

---

① [日]浅见洋二:《距离与想象——中国诗学的唐宋转型》,金程宇、冈田千穗译,上海古籍出版社2005年版,第466页。
② 同上书,第467页。
③ 同上书,第473页。
④ 同上书,第482—483页。

世这种时代特质与'诗商人'意识的形成是有着密切关联的。"①

可以说,将古代诗文作品与商品联系起来的考察,在研究史上并不是太多,即使在我国本土也不多见。比较有影响的如王兆鹏的《宋代的"润笔"与宋代文学的商品化》、王水照的《作品、产品与商品——古代文学作品商品化的一点考察》以及谭新红的《宋代的书业贸易与文学的商品价值》。王兆鹏《宋代的"润笔"与宋代文学的商品化》认为:"稿费是文学商品化的一种体现,当它作为一种创作目的而被追求时,能够刺激作家的创作欲望,促进文学的生产;当它作为一种额外的经济来源而补贴作家的生活时,它能够改善作家的生存条件,从而潜移默化地影响作家的创作心态和创作风格。因此,即使是在中国古代社会,稿费也直接或间接地影响着文学的发展进程。""宋代润笔之风的流行和卖文为生现象的出现,表明宋代文学商品化已发展到一定的程度。"② 王水照《作品、产品与商品——古代文学作品商品化的一点考察》也提出:"文学作品与经济利益发生关联始于'润笔'习俗,但此非通过市场渠道的交换行为,其作品是产品而非严格意义上的商品。中唐以后,文学作品逐步变成特殊商品,进入由买卖双方构成的交易市场,使得作品的传播进入一个全新的发展阶段。宋时已形成初步成熟的图书市场,引起人们观念上的变化,也是社会经济转型的表征之一。"③ 谭新红《宋代的书业贸易与文学的商品价值》:"随着雕版印刷术的发展和活字印刷术的发明,宋代的图书贸易呈现出繁荣活跃的局面。文学由抄本时代进入印本时代。书坊主或者是印卖单篇作品,或者是编印成书售卖,文学的商品价值开始得到充分地体现。文学的商品化为读书人提供了一条新的传播文学作品的渠道,不仅扩大了作品的影响,而且对文风的演进、文派的形成也具有某种推进作用。"④ 以上三文从各个方面考察了古代文学作品商品化的历程、对文学发展的影响、在文学传播中的作用等,进一步拓展了古代文学研究的广度和深度。

浅见洋二的研究,从学术传承来看,受日本中国学传统研究的影响甚

---

① [日]浅见洋二:《距离与想象——中国诗学的唐宋转型》,金程宇、冈田千穗译,上海古籍出版社2005年版,第483页。
② 王兆鹏:《宋代的"润笔"与宋代文学的商品化》,《学术月刊》2006年第9期。
③ 王水照:《作品、产品与商品——古代文学作品商品化的一点考察》,《文学遗产》2007年第3期。
④ 谭新红:《宋代的书业贸易与文学的商品价值》,《福州大学学报》2013年第4期。

深,他将汇集其主要研究成果的书命名为"距离与想象——中国诗学的唐宋转型",显然是接承了日本京都学派代表人物内藤湖南的宋代文化"转型论"的观点,以此来考察由唐到宋这"历史性转变"时期诗歌及诗歌理论发生转变的文学历史。同时,因为浅见洋二曾在哈佛大学学习,也接受了西方的学术方法,所以非常自然地将新视角、新理论的研究模式导入他的中国学研究中,以西方的接受学与阐释学理论来分析宋代诗歌模式的构成变化与诗人的情感心态。如此,便将中国传统的诗歌理论与西方现代文学理论对接起来,研究的话语也因此达到传统与现代的结合,既有创新性,又不失中国文学批评的本色。

在研究内容上,浅见洋二善于选取诗论、诗评、诗文作品或其他文献资料,以作品与读者的关系为关注点,以接受理论为研究方法,对处于"变革"时期的唐与宋,其"作品是如何被阅读"的诸事实进行了独到的探讨和阐述。主要考察了"风景与绘画之间的关系""诗与绘画的关系""诗画比较论与同质论""山水诗与历史记载、历史学关系的问题""诗人的内部世界与诗人所处外部世界、自身与他者间的关系""宋代文人的'著题'论及其源流"等宋代诗学中的重要命题,理清了这些诗学观念发展的脉络,有力地论证了唐宋之间诗学观念上的断层与转型。

在研究论题的选择上,浅见洋二善于抓住那些人们司空见惯却又没有认识透彻的诗学术语,细腻缜密地考释相关文献,力图弥合和补充宋代文学转型中产生的距离和断层,以再现文学史的真实面貌。

在论说方式上,浅见洋二既注重纵横穿贯与比较辨识,又注重不同研究内容间的融会贯通,从文学史料出发,以当代文学批评来诠释,不断散发出思想的光芒,启迪着人们的文学研究。

第六节 内山精也的宋诗研究

内山精也,1961年(昭和36年)1月生,文学博士,1988年至1989年,留学于复旦大学,师从王水照,1992年于早稻田大学研究生院文学研究科博士课程修业期满,2009年以《北宋诗研究:士大夫阶层的文学》获早稻田大学文学博士学位。曾任职于横滨市立大学国际文化学部,现为早稻田大学教育综合科学学术院教授,宋代诗文研究会会刊《橄榄》主编。

日本中国学会评议员、全国汉文教育学会评议员、中国诗文研究会会员、宋代诗文研究会会员，主要从事宋代诗文尤其是苏轼诗研究。

内山精也较早的学术工作是参与《先秦汉魏晋南北朝诗作者索引》（东方书店，1984年）、《校注唐诗解释辞典》（大修馆书店，1987年11月）二书的撰写。他在1986年发表的《论苏轼再仕杭州所作的诗——苏轼诗论的声音》（《中国诗文论丛》5，1986年6月），是他关于宋诗研究的第一篇论文，尔后一发不可收拾，写了一系列关于苏轼及其周边诗人的研究文章，大多收录于我国出版的《传媒与真相——苏轼及其周围士大夫的文学》书中。之后，他继续研究与完善，又著成博士学位论文《北宋诗研究：士大夫阶层的文学》（2009年1月）及《苏轼诗研究——宋代士大夫的构成》（研文出版社，2010年10月）。近些年来，内山精也由关注宋代社会士大夫的文学创作转而研究宋元易代之际的江湖诗派，学术活动包括：1. 在早稻田大学每月召开读书会，精读江湖诗人作品，现主要是戴复古的作品，成果汇成《江湖派研究》第一、二、三辑；2. 申报主持日本学术振兴会研究项目"南宋江湖诗派综合研究"（2011—2014），分别在大阪大学（2011）、同志社大学（2012）、早稻田大学（2013）召开了国际学术研讨会；3. 约请中日两国学者聚焦江湖诗人以及由此产生的江湖现象撰写论文，汇编成《南宋的江湖诗人们——中国近世文学的前夜》（勉诚出版社，2015年3月），成为日本学界首部江湖诗人研究专书，也成为中日两国研究者越来越深入紧密交流与合作的标志。

内山精也的宋诗研究，贯穿其中的是以宋代作为士大夫社会的特点，论说宋代士大夫体现在诗文或诗文现象中的心态和审美趋向。其成就主要体现在宋诗文献整理、宋代士大夫的诗歌观研究、宋代士大夫的诗歌研究、宋代江湖诗人研究、宋代士大夫与文化研究、日本宋诗研究学术史研究等方面。

一 宋诗文献整理

古代文学的研究，历来很重视研究资料、文献的整理。这是因为它的研究对象是一种历史遗留的东西，在历史的不断变化中，古代文学研究的文本、材料也会发生很大变化，其中最基本的变化就是越来越少、越来越残缺不全。对于外国的古代文学的研究者而言，除了面对上述的问题，还有因了国度的不同，而带来的获取相关资料的困难，像购买书籍、阅读材料都很不容易。日本的学者略好一点，东京与京都的很多文库都收藏有不少中国的古籍，但还是获取不易，阅读上也有一些困难。因此，日本的古代文学的研究者都很重视相关文献资料的整理。

内山精也亦是如此，他在宋诗文献整理方面最突出的成果就是率领同仁们译注的《宋诗选注》（共四卷，平凡社，2004—2005年）和撰写、译注的《江湖派研究》。

《宋诗选注》为我国国学大师钱锺书所编撰，在我国古典诗歌选本中堪称典范。虽然只是一般诗选，但钱锺书撰写的题解和注释非常独特，显示出他读书破万卷及对宋代史实掌故熟稔于心的学术功底。更难得的是他不落窠臼、自定取舍的创新，这显示出他对宋诗的透彻了解，以及对整个中国诗歌发展流变的全面把握。《宋诗选注》于1957年出版后，日本学者小川环树写了《钱锺书的〈宋诗选注〉》（《中国文学报》10，1959年4月）一文予以推介，认为"宋代文学史的许多部分，也将由于本书的问世而不得不重新认识和改写了"①。但由于语言的障碍，加上宋诗用事造成的自身的艰深，日本学者对此还是很少问津，缺乏了解。所以，1988年开始，内山精也领着"宋诗研究班"（1990年后正式成立为学会，即"宋代诗文研究会"）的同仁们，包括种村和史、保苅佳昭、三野丰浩、矢田博士等，成立"《宋诗选注》读书班"，一起学习研究。他们在读书会上发表的成果即汇成这部书。此书是对我国学术成果的日文译注，所以这本身就成了中日两国学术交流互动的代表与象征，可谓意义非凡。

完成《宋诗选注》的译注后，内山精也马不停蹄，又领着同仁们成立"江湖诗派读书班"，拟将江湖诗派100多位诗人的诗集进行译注。"江湖诗派读书班"现阶段主要译注戴复古诗歌，前阶段成果已汇成《江湖派研究》（第一、二、三辑，2009年、2012年、2014年）。第一辑中有内山精也撰写的《古今体诗中的"近世"萌芽——南宋江湖派研究事始》、王岚撰、内山精也译的《戴复古集编刻流传考》及"江湖诗派读书班"同仁译注的《戴复古五律译注（Ⅰ）》，其中《戴复古五律译注（Ⅰ）》包括对戴复古《秋怀》《晚春次韵》等五律诗32首的译注，译注者有内山精也、梅田雅子等13位日本学者和钱志熙、李珏2位中国学者。第二辑中有罗鹭撰、

---

① [日] 小川环树：《风与云——中国诗文论集》，周先民译，中华书局2005年版，第268页。

会谷佳光译的《〈江湖前·后·续集〉探源》，钱志熙撰、种村和史译的《"四灵"的诗风与宋代温州地域文化的关系》，内山精也的《长淮的诗境（南宋篇）——爱国、忧国的意识形态》及"江湖诗派读书班"同仁译注的《戴复古五律译注（II）》。第三辑则有侯体健撰、种村和史译的《刘克庄的乡绅身份与其文学总体风貌的形成——兼及"江湖诗派"的再认识》，保苅佳昭的《姜白石的词——江湖派诗人的交流中的词的意义——特别是与萧德藻、云间洞天、范成大交往的词》，高桥幸吉的《金末元初非士大夫层的诗歌——杨宏道与河汾诸老》，堀川贵司的《日本中世对"三体诗"的受容》，卞东波撰、高桥幸吉译的《域外汉籍中所见南宋江湖诗人新资料及其价值》及"江湖诗派读书班"同仁译注的《戴复古五律译注（III）》。这些译注及论文的出现，将极大地推动日本学者对江湖诗派的探讨与研究。我们有理由相信，这个宋诗的学术群体，一定会再为学界献出更多的学术精品。

二 宋代士大夫的诗歌观研究

在中国的古代，有个非常特别的"士大夫"阶层，他们在国家的政治、经济、文化等各个领域的事务中都起着非常重要的甚至是主导作用。"士大夫"，从广义来说就是古代知识分子阶层的特殊称谓；从狭义来说则是官僚与知识分子的结合体，并且士大夫这种官僚与知识分子的二重身份构成了中国古代社会独特的政治与文化传统。由于宋代统治者推行"崇文抑武"的政策，士大夫更是在政治上成功地实践了儒家"学而优则仕"的理想，他们以前所未有的政治热情、报国情怀、责任意识，努力去践行自我的立德、立功、立言的人生追求。官僚与知识分子的这种二重结合，在宋代可谓到达了一个顶峰。王水照先生曾在《宋代文学通论》的"绪论"中概括宋代"士大夫之学"的基本特点："政治家、文章家、经术家三位一体，是宋代'士大夫之学'的有机构成。"[1] 认为文士与政客身份的结合，是宋代文学的重要生态特征。

对于宋代的这种转型与变革，日本的内藤湖南提出了宋代"近世说"。日本汉学界很多学者接承内藤湖南的宋代"近世说"，以"士大夫"的命题作为"内藤学说"在文艺史领域的延伸，注重以士大夫作为文艺主体对

---

[1] 王水照：《宋代文学通论》，河南大学出版社1997年版，第27页。

唐宋转型的重大作用。1999年3月，日本的宋史研究者曾经在东京大学文学部召开一次专题讨论会，会议名称是"宋史研究者所见的中国研究之课题——士大夫、读书人、文人或精英"，其主题就是呼唤以"士大夫"为中心的研究。之后，他们陆续在此论题上进行研究探讨，并结集发表研究成果，如《亚细亚游学》7号特集《宋代知识人之诸相》（勉诚社，1999年）、《知识人之诸相——以中国宋代为基点》（勉诚社，2001年）等。

对于以"士大夫"为中心的研究，在中国文学研究者中，以内山精也最为给力。他的专著《传媒与真相——苏轼及其周围士大夫的文学》与《苏轼诗研究——宋代士大夫的构成》，就是围绕着"士大夫"的中心议题的。所以我们从这一部分开始，有三个方面是围绕内山精也这一主题研究来介绍评说的。

这个系列的第一部分就是宋代士大夫的诗歌观，如《论苏轼再仕杭州所作的诗——苏轼诗论的声音》（《中国诗文论丛》，1986年6月）、《苏轼"元轻白俗"辩》（《新释汉文大系季报》101，2004年）、《宋代士大夫的诗歌观——从"苏黄"到江湖派》（《橄榄》13，2005年12月）、《宋代士大夫的诗歌观——从"苏黄"到江西派》（《第四届宋代文学国际研讨会论文集》，2006年）、《宋代士大夫的诗歌观——苏轼的"白俗"之评意味着什么》（《松浦友久博士追悼纪念中国古典文学论集》，研文社，2006年）等文，着眼于宋代诗歌的演变，试图对宋代士大夫理想中的诗歌观念进行阐说，并通过这种理念与实际状况的错位，来分析宋代诗歌史上重要诗风的嬗变与衍化。

在《宋代士大夫的诗歌观——从"苏黄"到江西派》一文中，内山精也首先提出"在北宋中后期发生的如下文化现象，即使对悠久的中国史来说也是令人瞩目的：身为中央的显官，同时又是第一流的学者，又是领袖文坛的作家，此种'官—学—文'三位一体型的知识人连续地出现"[①]，像范仲淹、欧阳修、司马光、王安石、苏轼、苏辙等就是其中的代表人物。那么，为什么这一个时期里集中地产生了多位这样的士大夫呢？内山精也认为："最为根本、最具必然性的一点来说，乃是由于科举制度的改革和录取名额的扩大，令科举开始被认作官僚机构的最为重要的基础而发生作

[①] 沈松勤：《第四届宋代文学国际研讨会论文集》，浙江大学出版社2006年版，第226页。

用。"① 接着，他分析探讨了作为"士大夫诗人"的理想范型，认为"宋代士大夫在官僚身份之外，必定兼具学者与诗人的身份"，三者之间的顺序，则视个人的情况而定，但也有个大致的标准，即"官僚立场第一，学者第二，诗人第三"②。这三者如果放置三端，即构成个反映宋代士大夫理想范型三角形构图，"这个三角形的更被期望的形状，是尽可能地接近于正三角形，而且可以想象，这正三角形的面积越大，就越能得到他人的敬仰"③。

至此，内山精也进入文章主要探讨的两个问题：第一，苏轼为什么对他本应敬慕的白居易的诗作出"白俗"这样的酷评；第二，黄庭坚及江西派为何选择了多用典故的晦涩诗风。内山精也认为，宋代被称为士大夫的时代，科举出身的高级官僚掌握了政权，同时也由他们构成了诗坛的主体，并创造出新的学说。因为这种复合性，宋代士大夫的诗歌创作有一个题材内容上的相反运动模式，即从青年到老年，政治批判诗由多而少，闲适诗由少而多。这是因为："当诗人把自己看作一个士大夫，即站在民众之上领导社会与文化的存在时，作为联系社会与自己的纽带，或者还作为保障此纽带的文化手段，社会、政治批判的题材就理应具有其它题材无法比拟的重要意义。这是他们为了表现作为公共人物的气概而不可缺少的之一。""在积累官界履历的过程中，他们不管自愿与否，都要学习现实社会的运作方式，不再只依理念、理想，以个人的气力来行事（这是引起作风变化的要因二——看破）。在此基础上，再加上公平地降临于所有人身上的从肉体到精神的衰老，使作为诗人的他们更多地转而关心个人的生死问题，以及与个人嗜好相关的事物。"④ 他们诗学观念亦由重现实内容转到重艺术技巧，并有着深深的反"俗"心结。因此，苏轼对白居易诗中学问性要素的缺乏表示不满，而加以"白俗"的酷评。黄庭坚也是出于同样的理由，而嫌恶晚唐诗，并固执地偏好"以学为诗"型的诗歌。苏轼、黄庭坚的这种表现，如果仅仅是个体现象，那只能看作是个人喜好或创作个性，但对于苏轼的评论，"后世的诗人或评论家不但没有非难这个短评，而且一面把这样的评语咏人诗中，一面以此为前提来展开各

---

① 沈松勤：《第四届宋代文学国际研讨会论文集》，浙江大学出版社 2006 年版，第 226 页。
② 同上书，第 229 页。
③ 同上书，第 230 页。
④ 同上书，第 231—233 页。

自的议论"①，而黄庭坚的创作特色，也"被黄庭坚的下一辈所接受、继承，而进一步盛行于北宋末期直至南宋初期"②，这些，是宋代士大夫诗人的共同的选择，也如实地表现了宋代诗人对于其作为士大夫诗人的基本姿态的顽强守护。

他新近出版的著作《苏轼诗研究——宋代士大夫的构成》（研文出版社，2010年10月）也是如此。著作把苏轼个案作为切入点，从宋代士大夫的诗歌观、士大夫社会的观念及其时代背景出发，对苏轼的生平遭遇、诗词创作、社会活动等进行了深入剖析与考察，以"作为士大夫的苏轼""东坡乌台诗案考""苏轼诗的技巧""苏轼周边"四大部分，理性地展现出苏轼以诗文传世，以官入世的典型宋代士大夫形象。

内山精也的论述，为我们勾勒了宋代诗歌史上以士大夫为创作主体的重要诗风的嬗变与衍化，并由此深入宋代的政治、科举、士人心态各个层面，确为高屋建瓴之论。他的研究，昭示出自己对宋诗研究的独特体认和学术智慧，给广大研究者提供了极富启发性的研究方法和研究思想。

三　宋代士大夫的诗歌研究

内山精也对宋代士大夫的诗歌研究，主要抓了几个极为有意思的文学现象，如王安石《明妃曲》的翻案语、郭祥正"李白后身"说、苏轼《题西林壁》的表达意图、东坡《乌台诗案》的流传及黄庭坚与王安石隐性的承传关系等，运用西方接受美学、传播学的方法，考述印刷术作为新兴的传播媒体给文学带来的重大影响，深入挖掘宋代士大夫的审美心态与审美趋向，以小见大，见解十分新颖而生动。

1. 王安石《明妃曲》的相关考述

昭君出塞的感人故事为多愁善感的文人提供了文学的想象空间，有关创作以晋代石崇的《王明君辞》为滥觞③，历代歌咏的作品不绝如缕，唐、宋尤多。唐代如李白的《于阗采花》、杜甫的《咏昭君村》、白居易的《昭君怨》等。宋代更多，通过《全宋诗》检索，两宋时创作以昭君为咏

---

① 沈松勤：《第四届宋代文学国际研讨会论文集》，浙江大学出版社2006年版，第233—234页。
② 同上书，第239页。
③ 王明君即王昭君，名嫱，西汉元帝时的宫女。西晋石崇作《王明君辞并序》时，为避晋文帝司马昭之讳，改称"明君"，后又被称作"明妃"。

写对象的诗人有 80 余位，作品 130 余首。其中王安石的两首《明妃曲》，认识达到新的高度，当时即引起轰动，名家纷纷唱和。像欧阳修、司马光、梅尧臣、曾巩等均有和作，黄庭坚则作题跋称扬："荆公作此篇，可与李翰林、王右丞并驱争先矣。"[1] 但后世更多的是以其"忽夷夏之大防""薄君臣之大义"进行责难，以至形成了对这两首诗的长期"围剿"。这之中，以南宋范冲为代表，[2] 此后，宋代的徐思叔、罗大经，明代的罗洪先，清代的王士禛、赵翼都受范冲言论影响，极力斥责王安石《明妃曲》。1946 年郭沫若写了《王安石的〈明妃曲〉》(《评论报》1946 年第 8 期)，专意为王安石此诗辩护、翻案。邓广铭也在其遗著《北宋政治改革家王安石》一书中，列《为王安石〈明妃曲〉辨诬》一节，进行了考辨和分析。[3] 事实上，围绕王安石诗的争论，不仅仅是两首小诗的解读和评价问题，而是涉及一系列历史、文学和人生的重大问题，非常值得进行更为深入广泛的探讨。

内山精也也抓住这一文学现象，撰写了《王安石〈明妃曲〉考（上）——围绕北宋中期士大夫的意识形态》(《橄榄》5，1993 年 3 月)、《王安石〈明妃曲〉考（下）——兼及北宋中期士大夫的意识形态》(《橄榄》6，1995 年 5 月)，对此进行了较为深入的考察，由此剖析北宋中期士大夫的意识形态。二文均收入中文版的《传媒与真相——苏轼及其周围士大夫的文学》一书。

内山精也首先分析了王安石两首《明妃曲》的内容，因其用典较多，文中一一予以揭示，亦为不易。接着，从诗语、诗句、场面设计的角度，比较了王安石诗作与前人作品间的异同。又归结对于此诗的评价问题主要集中在"君不见咫尺长门闭阿娇，人生失意无南北"，"汉恩自浅胡恩深，人生乐在相知心"两个翻案句，其争议主要在：一是"汉恩自浅胡恩深"等句有无违背儒家伦理的问题；二是对"翻案"的技巧如何评价的问题。关于第二个问题，内山精也认为："在昭君诗的系列中，自中唐以降，'翻

---

[1] 黄庭坚：《山谷题跋》卷二，上海远东出版社 1999 年版。
[2] 范冲："'汉恩自浅胡自深，人生乐在相知心'，然则刘豫不是罪过，汉恩自浅而房恩深也。今之背君父之恩投降为盗贼者，皆合乎安石之意，此所谓坏天下人之心术。孟子曰：'无父无君，是禽兽也'，以胡房有恩而遂忘君父，非禽兽而何！"（见永瑢等《四库全书总目》卷一百五十三"李雁湖《荆公诗注》"）
[3] 邓广铭：《北宋政治改革家王安石》，人民出版社 1997 年版，第 45—49 页。

案'法便屡被使用,给这个系列的诗歌增添了新鲜的色彩。在传统的继承与发展之间,'翻案'法起到了犹如杠杆一般的作用。现在,如果全然否定'翻案'法,全然抹煞包含此法的诗作,则中唐以降的昭君诗便显得索然无味了。所以,就此系列诗歌的实际情况来看,'翻案'的技法具有很大的意义。而王安石《明妃曲》的历史作用,就是紧接白居易的作品之后,将'翻案'法的功过都昭示了出来。它引出了同时代的许多唱和诗,和后世的纷纷议论,这一事实就足以证明其历史作用。"[1]

内山精也最为重视的是第一个争议焦点。对此,他重点探索了王安石寄托在这招来后世猛烈批判的翻案句中的真意,并论及使《明妃曲》获得同时人唱和的北宋中期之言论环境。内山精也提出,王安石该诗创作的直接契机是他经历了和王昭君一样的出塞体验,而其意图则是:在此稍前,王安石奏进的"万言书"被皇帝和朝廷置之不理,引起了他的失望、不满,而寄托于该诗的翻案句中。[2] 检讨历代的评价,可以看出北宋中期的读者都以某种宽阔的胸襟来接受它,而后世则往往采取判断是非或纠弹作者的态度,这反映出的是各个时期士人的言说环境问题。

内山精也的论说,从阐释到分析,从历史到逻辑再到文学,作者以扎实的学术功底和全新的理论视野为基础,把这一聚讼纷纭的诗歌现象予以了提升,从两首小诗出发,探讨了一个时期及至整个封建历史时期文学与政治的方方面面,读来颇多启益。

2. 郭祥正与"和李诗"研究

郭祥正是活跃于元祐诗坛的诗人之一,他所取得的诗歌成就得到了同时代梅尧臣、王安石、苏轼等名人的一致赞誉,梅尧臣说他是太白后身(《采石月赠郭功甫》),王安石称他的诗"豪迈精绝""壮丽俊伟"(《与郭祥正太博书》)等,但因后来涉及王安石和李之仪之事,[3] 以至诗歌后世不传,诗名不显。因此,研究郭祥正的成果并不多。

---

[1] [日]内山精也:《传媒与真相——苏轼及其周围士大夫的文学》,朱刚、益西拉姆译,上海古籍出版社2005年版,第33页。

[2] 同上书,第84页。

[3] 郭祥正拥护王安石变法,并上书奏乞天下大计,称颂王安石。王安石升他为殿中丞。王安石反对派说他谀颂王安石。王安石避嫌,"耻为小人所荐,因极口陈其无行",故而疏离。后《宋史》《四库全书总目》亦称其"小人褊躁",在两派间"乎合乎离",是"不足道"之人。孔凡礼《郭祥正与王安石》(《古籍整理研究》,1988年),全面辨析了历史上郭祥正与王安石的交游、亲疏关系,得出郭王二人始终亲密、不曾交恶之论。

在我国，较早研究郭祥正的论文当数孔凡礼的《郭祥正与王安石》（《古籍整理研究》，1988年），该文全面分析了历史上郭祥正与王安石的交游、亲疏关系，得出郭王二人始终亲密、不曾交恶的结论，郭祥正开始进入大家的视野。随后孔凡礼又作《郭祥正略考》（《文学遗产》增刊第十八辑），考证辨析了郭祥正的生平事迹，揭示了他蒙受千年不白之冤的根源。此后陆续有相关研究问世，如莫砺锋《郭祥正——元祐诗坛的落伍者》（《唐宋诗论稿》，辽海出版社，2001年），毛建军、李进宁《郭祥正和他的诗》（《商丘职业技术学院学报》2003年第1期），毛建军《郭祥正交游与声名辩正》（《昌吉学院学报》2003年第4期），张福勋、王宇《我亦谈诗子深许》（《阴山学刊》2003年第2期），刘培《徘徊在入仕与归隐之间——论郭祥正的骚体创作》（《济南大学学报》2005年第1期），陈军《郭祥正对李白的审美接受》（《安庆师范学院学报》2007年第3期），刘中文《论郭祥正的价值观》（《苏州大学学报》2007年第4期）等，近几年，又有几篇硕士学位论文专论郭祥正诗歌。

从单个学者研究来看，内山精也对郭祥正的研究是较多的，有论文《郭祥正〈青山集〉考（上）》（《橄榄》3，1990年10月），《姑苏纪游——当涂郭祥正关系遗迹调查报告》（《橄榄》11，2002年12月），以及《李白后身郭祥正及其"和李诗"》（《中国文学研究》29，2003年12月）。①

关于郭祥正与"和李诗"的问题，内山精也的研究还是一贯的手法，以小见大，从一个小小的文学现象带出许许多多的问题。

引起内山精也对郭祥正关注的原因，他自己在《李白后身郭祥正及其"和李诗"》一文中说：一是郭祥正不属于北宋后期的两大流派王（安石）门、苏（轼）门之中的任何一派，而是第三类型的诗人，在对北宋后期文学进行总括性、包笼性的把握时，郭祥正诗歌研究是必不可少的重要一环；二是郭祥正的"和李诗"是对次韵这一文学现象研究的初期实例，有其重要的研究价值。②

基于此，内山精也开始了对郭祥正的研究，他首先写了《郭祥正〈青

---

① 中文译本收入《传媒与真相——苏轼及其周围士大夫的文学》，上海古籍出版社2005年版。

② ［日］内山精也：《传媒与真相——苏轼及其周围士大夫的文学》，朱刚、益西拉姆译，上海古籍出版社2005年版，第512页。

山集〉考（上）》与《姑苏纪游——当涂郭祥正关系遗迹调查报告》两文，前者对郭祥正诗集进行了历史的考索，后者则是现存遗踪的访寻，显示了日本学者研究重史实、重实证的特点。

内山精也更为引人注目的成果是《李白后身郭祥正及其"和李诗"》中对于"李白后身"说的分析与思考。该文先提出，从中国诗歌史来看，郭祥正似乎是"北宋众多小诗人之一"，但《青山集》却"以值得夸耀的整整三十卷，实实在在地将一千四百多首古今体诗传至今日"，"单纯从现存作品的多寡来看，他应该是北宋的重要诗人之一"。[①] 他又从传播的角度强调道："他的诗集已经历了将近一千年岁月的考验。——跨越了无数可能存在的散佚的危机，而呈现于我们眼前，这样的事实还不能说明他的诗集的价值吗？"这说明了什么呢？"那结果与其说是纯粹对诗歌的评价，还不如说更多地体现了对其人品的评价。"[②] 从一个较微小的角度揭示出了中国文学评价与研究的特征——强调诗品、文品与人品的统一。

当然，这个问题虽然揭示得非常切中与深刻，但内山精也此文的关注点并不在此，而在于题目所示的"李白后身"说。

文章考察了"李白后身"说的出现、郭祥正以"和李诗"印证"李白后身"的诗歌实践、郭祥正诗中的李白形象、郭祥正模仿李白的诗、被称为"李白后身"的不幸等方面。首先，内山精也考溯了"李白后身"说的最早出处，认为梅尧臣《采石月赠郭功甫》[③] 暗示了郭祥正是李白的转生，从此，"李白后身"说迅速在士大夫间流传。梅尧臣的称赞也客观地决定了郭祥正的命运，郭祥正以后的诗歌实践往往以"和李诗"和模仿李白的诗来证实和扮演着"李白后身"的角色，这其中却"集中了诗人郭祥正的所有的两难境地"：一是"李白的神仙形象与作为肉体的人的郭祥正之间，俨然存在着距离。他若要向外部宣扬作为'李白后身'的自己，势必就不得不追求李白的形象，如此他越强调李白脱俗的形象，自己也就越不得不扮演一种脱离世俗的浮云般的离奇古怪的角色"；二是"以'客

---

① ［日］内山精也：《传媒与真相——苏轼及其周围士大夫的文学》，朱刚、益西拉姆译，上海古籍出版社 2005 年版，第 510 页。

② 同上书，第 511 页。

③ 梅尧臣《采石月赠郭功甫》诗："采石月下闻谪仙，夜披锦袍坐钓船。醉中爱月江底悬，以手弄月身翻然。不应暴落饥蛟涎，便当骑鱼上九天。青山有冢人谩传，却来人间知几年。在昔熟识汾阳王，纳官贳死义难忘。今观郭裔奇俊郎，眉目真似攻文章。死生往复犹康庄，树穴探环知姓羊。"

寓'、'放浪'型诗人的性格特征贯穿一生的李白,和执着地对故乡当涂寄予无限爱情的定居诗人郭祥正,二者之间有着难以填平的差距"。所以说,"在与盛唐完全异质的北宋后期这样一个时代里,要扮演'李白后身',本来就是一个接近无理的要求。尽管如此,还要主动地、极其认真地去扮演的诗人,这就是郭祥正。'李白后身'的评价使年轻的他一举成名了,但是也许可以说,这又一直从反面成为他的巨大的苦恼和两难境地"①。内山精也的分析,辩证地说明了"李白后身"说对于郭祥正诗歌创作与人生的正负面影响。这实际上已不局限于个体诗人的分析,完全转到诗歌流变及时代变迁、人生思考的层面上了。

在我国,也有一篇关于郭祥正对李白接受的论文,即陈军的《郭祥正对李白的审美接受》,该文从生活方式与创作思维方式、诗歌内容与形式、艺术风格三个方面具体讨论郭祥正对李白的接受,认为正是这种接受,从而形成了郭祥正"豪迈精绝"的诗风,并同时指出郭祥正对李白的接受在文学史上有其独特的意义:一是创造性地发现了李白创作中诗与酒的关系,间接地指出醉态就是李白的创作思维方式;二是为学习李白诗提供了一种艺术范式,打破了李白诗不可学的宋人常调;三是通过创作众多诗风酷似李白而有自我个性的作品,对李白诗歌艺术特色进行了有效的彰显。

两者都涉及郭祥正对李白的接受,但侧重点各不相同,《李白后身郭祥正及其"和李诗"》一文偏于这种接受对郭祥正诗歌创作与人生的负面影响,《郭祥正对李白的审美接受》则注重这种接受对郭祥正诗歌创作及诗歌发展的积极效果,二者从不同的侧面丰富了人们对郭祥正对李白接受的认识与理解。

3. 苏轼研究

在内山精也之前关于苏轼及其作品的研究成果数量较多,研究的高起点和累累的硕果已经给人以盛极难继的感觉,但内山精也知难而进,在他看来苏轼还有很多没有触及的领域,很多难点未攻克。基于这样的认识,内山精也意在打破传统的研究格局,尝试用新的模式、新的方法研究苏轼诗歌。可以说,在诗人个案的研究上,苏轼是内山精也关注得最多的了。

---

① [日]内山精也:《传媒与真相——苏轼及其周围士大夫的文学》,朱刚、益西拉姆译,上海古籍出版社2005年版,第528—529页。

苏轼的次韵诗、《题西林壁》诗的表达意图、"乌台诗案"与苏集传播，都是他研究的重要论题。

(1) 关于苏轼的次韵诗

次韵是古体诗词创作的一种方式，即按照原诗之韵和用韵的次序来和诗。北宋时期的元祐诗坛上，次韵诗创作盛极一时，成为一种风尚，苏轼与黄庭坚都是其中的佼佼者。因此，研究苏轼，次韵诗是一个很好的切入点。

内山精也撰写了《苏轼次韵诗考》(《中国诗文论丛》7，1988 年 6 月)、《苏轼次韵诗序说》(《早稻田大学大学院文学研究科纪要》15，1988 年 12 月)、《苏轼次韵词考——以诗词间所呈现的次韵之异同为中心》(《日本中国学会报》44，1992 年 10 月) 等文讨论苏轼的次韵诗。

内山精也认为，次韵流行于中唐的白居易、元稹、刘禹锡等人之间，到宋代以降普遍使用。苏轼的次韵诗几近 800 首，占了其诗作总数的三分之一。在这些次韵诗里，他不但次韵时人诗友的诗，也次韵古人的诗以至自己的诗。而且，"苏轼留下的次韵作品中，还有不止一回，而好几次反复地对同一对象、同一原诗进行次韵的"①，内山精也将之称为"叠次韵"。这种"叠次韵"，表明苏轼运用次韵之多及手法之纯熟，当然，"叠次韵"回数的增多，有时也给人生硬的印象。

接着，内山精也在文中以计量数据确认了次韵诗在苏轼诗歌中的重大意义，探讨了其次韵诗友诗、次韵自作诗、次韵古人诗的手法。因为次韵诗友诗主要在于社交层面，而这方面历来关注很多，因此内山精也特别重视苏轼的次韵自作诗和次韵古人诗。提出，苏轼"在次韵和'叠次韵'的过程中，排除曾经是必不可少的他人的介入，而创造出自我完成型的次韵用法：自己对自己的作品进行次韵"②，这种手法，是苏轼有意识地加以使用的，而这种手法的成立，取消了次韵行为原本具有的社交功能。内山精也细致地考释了苏轼在元祐以降次韵诗的创作情况，得出结论：随着苏轼的不断被流放，次韵的态度并未改变，但"随着环境的变化，跟高水平的诗友们相距越来越远，苏轼失去了原诗的提供者，正是在这种断绝了诗友交往的现实中，因为缺少足以唤起自己（次韵诗）创作欲的高水平的原

---

① [日] 内山精也：《传媒与真相——苏轼及其周围士大夫的文学》，朱刚、益西拉姆译，上海古籍出版社 2005 年版，第 335 页。

② 同上书，第 337 页。

诗，苏轼便不得不把目光转向他所敬慕的古代诗人（陶渊明）之作了"[①]。

在苏轼次韵古人诗中，"和陶诗"是最集中的，也是人们比较关注的。内山精也在文章最后，也将笔墨集中于苏轼次韵诗中最蕴含丰富的"和陶诗"，分析了苏轼写作大量"和陶诗"的意图，他说："因为次韵手法具有使用原诗韵字的特性，所以读者在鉴赏次韵诗时，自然会将它与原诗相互比较。如果原诗已经受到当时诗人高度评价，那么对它进行次韵，可以说同时也就意味着会被拿去跟这样的诗比较，这就包含了一种危险性：稍有差池，便难免会有损此前已经确立起来的自己的诗名，成为一个无谋的行为。……苏轼有这样的自信：即便被拿去跟陶渊明原诗比较，仍足供读者鉴赏。反过来想，苏轼持续创作'和陶诗'，毋宁说是希望被拿去跟陶诗比较的吧。也就是说，通过'和陶诗'这样的实际作品，来让满天下的人都知道，自己乃是陶渊明的真正理解者。""苏轼应该充分认识到，跟原诗形成对比性才是次韵的妙处所在。"[②] 既揭示了苏轼写作大量"和陶诗"的意图，也高度评价了苏轼的诗歌创作能力。

内山精也还分析了次韵的效果，他认为主要有三种：①游戏性、比赛性；②对比鲜明化；③社交交情。苏轼的次韵自作诗主要满足第二种效果，次韵古人诗则可以满足一、二两种效果，次韵诗友诗则可满足一、三两种效果。

（2）关于《题西林壁》诗的表达意图

苏轼的《题西林壁》诗是大家耳熟能详的作品了。该诗是苏轼游观庐山后的总结。诗作先描写庐山变化多姿的面貌，然后借景说理，以"不识庐山真面目，只缘身在此山中"指出观察问题应客观全面。诗歌借助人们向往的庐山形象，以通俗的语言深入浅出地表达哲理，亲切自然又耐人寻味，成为诗歌史上声望极高的一首诗。

可是，它的深刻含义人们真的彻底探知了吗？内山精也《苏轼"庐山真面目"考——围绕〈题西林壁〉的表达意图》（《中国诗文论丛》15，1996年10月）则以小见大，来探求苏轼的人生思考。

文章把诗歌"放在苏轼文学行为的时间轴上，在它与周边作品的关联之中，重新加以论述"，来考察苏轼"何以在庐山的西林寺创作"了这首

[①] ［日］内山精也：《传媒与真相——苏轼及其周围士大夫的文学》，朱刚、益西拉姆译，上海古籍出版社2005年版，第355页。

[②] 同上书，第360—361页。

诗，以及诗歌的表达意图。① 首先，内山精也根据前人编年与编注的苏轼集，列举苏轼所有的庐山诗，得出《题西林壁》诗作于苏轼"庐山之行的最终时点，是庐山诗的结尾之作"的结论；接着，内山精也论说了庐山文化的两种面貌——文学上的名胜地和宗教上的灵山，"这两种面貌可说是浑然一体，形成了一个庐山文化"②。内山精也试图循着这种文化特征，探寻苏轼寻访庐山的意义。他仔细梳理了苏轼对佛教文化的接受及苏轼与众多僧侣的关系，提出："当苏轼谪居黄州时，不光是苏轼的一方在接近佛教，关心庐山，庐山僧侣的一方也在积极地接近苏轼。"③ 而庐山僧侣对于苏轼的接近和欢迎，间接证明了苏轼巨大的影响力，"作为一个被誉为当代第一的诗人，站在庐山面前的苏轼，不管其本人有否自觉，他都必须承担这样一个巨大的课题：总结过去的传统，为'庐山诗'开创历史上的新局面。其结果是，在庐山之行的最后时间内，苏轼咏出了《题西林壁》诗，由此出色地刷新了'庐山诗'的历史"④。内山精也认为，这种刷新，与一位在庐山山麓筑室而居的诗人——陶渊明有关，他虽然没有留下一首纯粹的吟咏庐山的作品，但"无疑是作为定居者而与庐山相对的第一位中国'诗人'"⑤。"苏轼在黄州谪居期间，通过实践性的信仰姿态而加深了对佛教的理解，同时也通过晴耕雨读的实际生活加强了他跟陶渊明的共鸣，进一步开始了将陶渊明式的生活形态付诸现实的行动。"⑥ 这预示了苏轼庐山之行的意义，而《题西林壁》诗的表达意图，"是他置身于跟陶渊明相同的空间时，对陶渊明《饮酒二十五首》其五提出的'真意'，通过自问自答而最终作出的回答"，可以说，"元丰七年的苏轼庐山之行，也是以其谪居时期养成的共感为基础，进一步追求与陶渊明的一体化，而彷徨其间的，一个陶渊明爱好者的心路历程"⑦。

内山精也的著述，广泛联系庐山文化，联系苏轼一生的心路历程来考察《题西林壁》诗的表达意图，将"栖居"哲学境界中苏轼的诗与人生揭

---

① [日] 内山精也：《传媒与真相——苏轼及其周围士大夫的文学》，朱刚、益西拉姆译，上海古籍出版社2005年版，第294页。
② 同上书，第301页。
③ 同上书，第310页。
④ 同上书，第312页。
⑤ 同上书，第313页。
⑥ 同上书，第316页。
⑦ 同上书，第327页。

示出来，较之一般阐述其哲理的论说而言，另辟蹊径，发人深省，引发了人们对苏轼此诗的更为深入的思考。

（3）关于《乌台诗案》与苏集传播①

《乌台诗案》指的是关于苏轼诗案的审判记录，它"详尽地向今人叙说一千年前的北宋后期，被期待着担负时代重任的士大夫究竟因何被弹劾乃至入狱，然后如何被审判"；它又是"一个物证，具体地传达出北宋后期的政治状况"；它也是一个史料，展示出"当时文学与政治之间的紧张关系"。② 所以，学界也有不少关注。如国内学者王学泰的《从乌台诗案看封建专制主义对宋代诗歌创作的影响》（《文学遗产增刊》，1983年）、刘德重的《关于苏轼〈乌台诗案〉的几种刊本》（《上海大学学报》2002年第6期）、周宝荣的《从"乌台诗案"看苏氏兄弟的出版活动》（《河南科技大学学报》2003年第5期）以及莫砺锋的《乌台诗案史话》系列论文等；还有日本学者石本道明的《"乌台诗案"前后苏轼的诗境——关于〈楚辞〉意识》（《国学院杂志》，1989年2月）、《御史台下狱中的苏轼——精神的动摇与黄州》（《汉文学会会报》，1990年10月）和近藤一成的《东坡的犯罪——"乌台诗案"有关背景考察》（《东方学会创立五十周年纪念东方学论集》，1997年5月）等。这些论文大部分是研究"乌台诗案"事件的始末、原因及政治与文学的关系。把《乌台诗案》当作文献文本，从传播、出版的角度来探讨研究的事实上仅有刘德重的论文。

内山精也就是从这个我国学者稍有涉及的角度，来深入探讨"乌台诗案"的，主要论述有：《东坡〈乌台诗案〉流传考——关于北宋末至南宋初士大夫对苏轼作品的收集热》（《横滨市立大学论丛》，1996年3月）、《东坡〈乌台诗案〉考（上、下）——北宋后期士大夫社会中的文学与传播手段》（《橄榄》，1998年7月、2000年12月）、《苏轼的文学与印刷传媒——同时代文学与印刷传媒的邂逅》（《中国古典研究》，2001年12月）、《东坡风气与东坡现象》（《墨》，2002年）。这些论文大多收入《传媒与真相——苏轼及其周围士大夫的文学》一书。

───────

① 在内山精也的论述中，指的都是"乌台诗案"中御史台对苏轼的审判记录，所以我们都是用书名号标示的《乌台诗案》，《传媒与真相——苏轼及其周围士大夫的文学》一书中的"乌台诗案"字样，我们一律改为"《乌台诗案》"。

② ［日］内山精也：《传媒与真相——苏轼及其周围士大夫的文学》，朱刚、益西拉姆译，上海古籍出版社2005年版，第174页。

内山精也的论述主要着眼于案件审理过程中把民间印刷的诗集当作物证的事实，论述了当时的政治与传媒、文学的关系。他认为，《乌台诗案》的最大特点在于"被审判的对象，是一个在当代乃至后世一贯地受到最高评价的诗人，并且审判的内容不是别的，正是出于这第一流诗人之手的诗歌作品。因此，《乌台诗案》从其作为有关审判的资料来看，它的体裁和内容都具有特殊性，是宋代别无其类的书籍"①。《乌台诗案》的这种特殊性，应该是不能和一般文学作品一样传播的，那么它是怎样流传下来的呢？内山精也说："这特殊的审判记录之所以能流传至今，其直接的原因无疑是，它在苏轼死后不久的两宋之交就经多人之手抄录，至晚在南宋初期已经上梓刊行，从而得以保存。"②可是，这毕竟是审判记录，御史台秘藏的机密文书，它又是怎样公开的呢？内山精也通过对一些史料笔记的稽考，提出：一是因为外族的入侵，朝廷处于危机之下，导致了机密文书管理制度的瓦解，有人获取后趁机收藏，这与当时苏轼墨迹收藏热也是有关系的；二是御史台收藏之前，有人偷偷抄写，然后又辗转传写。以上说明了"《乌台诗案》传出的两条途径，一条是原本的流传途径，另一条是作为抄本的流传途径"③，很显然，就社会影响力来说，第二种途径要超过第一种。

内山精也又从传播心理角度分析，"徽宗朝末期'元祐党籍学术禁'的最主要对象就是苏轼的著述。因此，在解禁的当时，它理应被视为象征着徽宗朝以来各种言论禁锢之解放的具体标志。对于当时的士大夫来说，可以公然翻阅苏轼的著作，公然谈论其中的内容，肯定最能让他们切身地感受得到言论环境的自由。于是，不管是否真的是苏轼的热心读者，在这个时期的士大夫间，苏轼的著作获得广泛的关注是不难想象的。在苏轼去世二十余年之后才开始吹起的这股顺风，进一步唤起士大夫们对于当时独一无二的——既有确凿的来历，又是一般人看不到的秘藏公文——《乌台诗案》的关心，那也是极为自然的发展趋势"④。接着他又探索《乌台诗案》外传的社会环境，"北宋'新党'最后的强权人物，镇压'旧党'的

---

① [日] 内山精也：《传媒与真相——苏轼及其周围士大夫的文学》，朱刚、益西拉姆译，上海古籍出版社 2005 年版，第 142—143 页。
② 同上书，第 143 页。
③ 同上书，第 147 页。
④ 同上书，第 155 页。

主谋者蔡京、童贯等的失势,意谓这阻碍《乌台诗案》外传的堡垒已经崩溃。他们的失势,对于士大夫们来说,等于获得了一定的社会保障:他们不会因为仅仅抄写了《乌台诗案》便遭到处罚"①。对促成《乌台诗案》外传以至于流布和出版的社会性动因,内山精也也进行了探讨,他通过几则笔记的记载分析,说明在"元祐党籍学术禁"中苏轼文学的接受史还是在王朝灭亡的前夕迎来了冰雪融化的季节,可见"禁令越是严厉,对苏轼文学艺术的爱好呈反比地增长"②,这也进一步说明,苏轼的文学艺术在北宋末士大夫的精神世界里占有非常特殊的地位。随着苏轼文学接受不断升温,至南宋初期,"苏轼文艺热已经浸透了士大夫社会的各个角落,达到了最高潮。随之,就如一股相当强劲的顺风吹入出版界,所有与苏轼相关的著述都大获刊行,对正规别集中遗漏的各种作品的收集以及注释等工作也加速进行,陆续出版。由此可以判断,《乌台诗案》的上梓,也是被时代所需求并决定的"③。

通过《乌台诗案》的传播事实,内山精也总结道:诗案使我们承受到传播媒介的消极侧面的强烈撞击,但是这并不意味着传播媒介的效力都是消极的,苏轼经过诗案,亲身体验到自己的作品对同时代人的影响力以及传媒的功过,他成为中国文学史上第一个充分体验到传媒功过的诗人。对此,他又在《苏轼的文学与印刷传媒——同时代文学与印刷传媒的邂逅》一文中继续总结"乌台诗案"作为传播媒介的影响:"就其影响力来说,和今天的传播媒介相比,可能微小得难以相提并论。但是,如果同早于北宋前期的时代那种还没有对印刷媒介产生切实体会的状况相比,其差别仍是显著的。""至少说,苏轼以后的诗人,一方面乌台诗案这一片不祥的阴影长久地留在脑海里,另一方面必然在进行创作活动时将印刷媒体的影响力也考虑在内。"④

可以说,内山精也的苏轼研究,都选取了细小常见而又未曾为人们说透的一些问题,不仅考察的角度新颖,而且在文献考释上也极为细致翔实。

---

① [日]内山精也:《传媒与真相——苏轼及其周围士大夫的文学》,朱刚、益西拉姆译,上海古籍出版社2005年版,第155页。
② 同上书,第159页。
③ 同上书,第165页。
④ 同上书,第292页。

4. 黄庭坚与王安石师承关系研究

文学史上"苏黄"并称,其师承关系是时人及后世的共识。但也有些诗话笔记提到黄庭坚师承王安石的。如王直方《王直方诗话》记陈师道之言:"山谷最爱舒王'扶舆渡阳羡,窈窕一川花',谓包含数个意。"① 吴聿《观林诗话》记黄庭坚之言:"余从半山老人得古诗句法云:'春风取花去,酬我以清阴。'"② 李壁注引:"冷斋夜话云,山谷尝见荆公于金陵,因问,'丞相近有何诗'。荆公指壁上所题两句,云'一水护田云云。此近所作也'。"③ 等等。

黄庭坚的师承关系里还有王安石? 内山精也撰文《黄庭坚与王安石——黄庭坚心中的另一师承关系》(《橄榄》10,2001年12月;又见莫砺锋主编《第二届宋代文学国际研讨会论文集》,江苏教育出版社,2003年11月),明确提出黄庭坚心中的另一师承关系是王安石。

内山精也引用了不少相关"王黄"关系记载的资料,包括:①指出两者诗句里的影响关系的记载;②表明黄庭坚对王安石的衷敬之记载;③以"王黄"这个框架为基础展开的评论认识。他认为,这些资料足以说明"宋代人对'王黄'这个源流给予了相当的注意"④。接着,他又详细考察黄庭坚诗文,列"黄庭坚文章里的王安石"与"黄庭坚诗歌里的王安石",从内证的角度说明"王黄"关系。这些包括文章:①关于王安石的书法,11篇;②关于王安石的学问以及文章,5篇;③关于王安石的诗,6篇;④其他,3篇;表现对王安石衷心景仰的诗歌有4首。仔细阅读这些文章,"我们不能在以上20则的有关文章中找出他对王安石的任何具有批判性质的地方。相反,赞扬王的文学、学问和为人的占据了绝大部分内容"⑤,并且,特别有意思的是,"当王安石和苏轼观点相左的时候,黄庭坚往往支持王安石的看法"⑥,通过这个比照,我们可以"清楚认识到王安石在黄庭

---

① 郭绍虞辑:《宋诗话辑佚》,中华书局1980年版,第48页。
② 丁福保辑:《历代诗话续编》,中华书局1983年版,第125页。
③ 李壁注:《王荆公诗注》卷四十三,影印文渊阁《四库全书》本。
④ [日]内山精也:《传媒与真相——苏轼及其周围士大夫的文学》,朱刚、益西拉姆译,上海古籍出版社2005年版,第472页。
⑤ 同上书,第481页。
⑥ 同上。

第四章 日本主要宋诗研究者的学术贡献

坚心中的极高地位"[①]。同样地,在诗歌中"黄庭坚一直高度评价王安石的学问,当时时代的浪潮从新法转向旧法,对新法的创始人王安石的批判也仿佛开始公开化,黄庭坚却毅然坚持着这样的姿态"[②]。内山精也甚至提出,黄庭坚的《题山谷石牛洞》"象征地表明了王安石对于他具有如何重要的存在意义"[③],因为王安石也曾游过石牛洞,并题有《题舒州山谷石牛洞泉穴》一诗,"两人都用了当时唐宋诗人很少使用的诗型——六言绝句。就这点而言,两者之间有着紧密而且牢固的联系"[④],而黄庭坚创作的第二批六言绝句所在地——潜峰阁,也与王安石有关联,是他曾经读书的地方,所以"在黄庭坚制作六言绝句的背景里,无论如何也不能无视王安石的存在"[⑤],"六言绝句这一诗型对于黄庭坚来说,也许可以说是系上'王黄'这样一个心结的重要依凭"[⑥]。

最后,内山精也提出,诗风上苏、黄差异明显,黄与王实一脉相传,他在文中一一比照王安石、苏轼、黄庭坚的诗歌艺术特征,指出:①三人都是进士及第,博览强记,运用典故得心应手;②关于"夺胎换骨、点铁成金"的手法,"王安石多次使用'集句'的手法,苏轼曾尝试创作'集字',并多用'檃括'一法",此手法最终"作为黄庭坚的主张盛传于后世";③黄庭坚、王安石多效法杜甫,苏轼则效法陶渊明更多;④苏轼长于古体,王安石、黄庭坚则近体诗更出色;⑤苏轼用字不尚苦心锻炼,王安石、黄庭坚则精于锻炼。[⑦] 可见,黄庭坚师承王安石远较苏轼要多,其师承实质上是王安石。他并总结说:"在宋代诗歌历史上,创造出更踏实的实质性流派的,实际上不是'苏黄'而是'王黄'。"[⑧]

长期以来,黄、王间的师承关系为学界忽视,虽也有学者提出过,但并无专论出现,内山精也的探讨与结论有令人耳目一新的效果。

---

① [日]内山精也:《传媒与真相——苏轼及其周围士大夫的文学》,朱刚、益西拉姆译,上海古籍出版社2005年版,第481页。
② 同上书,第487页。
③ 同上书,第488页。
④ 同上书,第489页。
⑤ 同上书,第490页。
⑥ 同上书,第491页。
⑦ 同上书,第494—500页。
⑧ 同上书,第507页。

四 "近世"文学与江湖诗人研究

这里的"近世",是日本中国学研究者对中国历史宋元明清900多年历史时期的统称,意谓它是与"近代"相连的具有"近代特质"的胚胎时代。这个观点的主要倡导者是日本的中国学家内藤湖南,他在二十世纪初提出"唐宋变革论",主张宋代是中国近世的发端。[1] 此说发表之后,也引起过许多争论,但在今天的日本,已成为了较为广泛接受的关于中国史时代划分的通说。我国学者也有相关论说,如王水照《重提"内藤命题"》(《文学遗产》2006年第2期)、李庆《关于内藤湖南的"唐宋变革论"》(《学术月刊》2006年第5期)等。将此理论贯通于文学,那么,近世的文学当具有通俗化、大众化的特质,宋代文学是否真的具有通俗化特质?宋代是否可以称作近世的发端?

内山精也的论文《宋诗能否表现近世》是这方面研究的代表性成果。该文原载于日本宋代诗文研究会江湖派研究班《江湖派研究》第一辑(2009年2月)题为《古今体诗领域的"近世"之萌芽——南宋江湖派研究发端》,中文版发表于《第六届宋代文学国际研讨会论文集》(巴蜀书社,2011年)。

内山精也从"近世"说的提出与"近世"的特征谈起,在此基础上,考察古今体诗领域的近世特征。他认为,"古今体诗领域的近世现象,不能专从形式内部去寻求,而应更多地关注另一个重要因素,也就是创作主体方面的变化。换句话说,在士大夫以外,有没有新的诗人阶层诞生,亦即诗人阶层的通俗化现象是否发生,这一点很有必要引起我们的关注"[2]。接着,他展示了他对诗人阶层的考察报告:"北宋的诗坛几乎可以说是士大夫的专场,仅有的例外是九僧等诗僧,魏野、林逋等隐士,但他们的活动方式与晚唐五代或者更早时代的诗僧、隐士无大差别,故不能将他们视为宋代新出现的新型诗人。"[3] 当然,这些诗人是活跃在北宋初期,那么北宋中期呢,其结果也是没有出现通俗化现象,"各种文献中开始记录'诗

---

[1] 内藤湖南:《概括性的唐宋时代观》,《历史与地理》第9卷第5号,1922年5月。后收入《内藤湖南全集》(第八卷),筑摩书房1969年版。

[2] [日]内山精也:《宋诗能否表现近世》,朱刚译,见《第六届宋代文学国际研讨会论文集》,巴蜀书社2011年版,第247页。

[3] 同上。

社'或'吟社'之类的存在,让人预感到古今体诗向民间普及的倾向,但事实上,这些诗社大多以士大夫为中心结成。也就是说,几乎所有诗社都是这样的形态:具有诗名的士大夫外任于地方,或致仕隐居之际,生活在附近的敬慕他们的有志者就集成一个诗歌俱乐部,因此,其性质与南宋末以降不断增加的由非士大夫阶层结成的诗社相异"①。但这时,还是有些端倪出现。一是这些诗社中,已经有民间人士参加,学习作诗,尽管诗作已不可见,但"这等于向我们宣告了新的诗人阶层将要出现的消息,换言之,就是古今体诗的近世化(通俗化)"②。二是女性诗人开始登场。宋代女性诗人人数是唐代的两倍(尽管相比于男性诗人差距很大),也不同于此前的特异身份,她们是出生于士大夫家庭的知识女性。她们的出现,昭示了古今体诗的新作家的诞生,"虽然这些女诗人实际上处于士大夫文化圈内,但严格地说,她们是'非士大夫诗人'。在此意义上,她们也是古近体诗世俗化、通俗化的体现"③。三是非士大夫读者层的存在,这个方面从朱淑真诗歌注本的出现可见一斑。"与同样拥有宋人注本的王安石、'苏黄'等相比,她的诗采用了远为平易的表达方式,典故的种类及其用法也远为寻常。尽管如此,还是有注本出现,这一事实似乎同时说明了爱好其诗的是怎样的读者层。换言之,我们可以设想:这读者层并不是占据士大夫文化中心部位的人,而是处在其周边的,与古代典籍缘分不深的阶层。而且,如从其诗的内容来判断,较之勤于举业的年轻的初学者,那应该更适合于在市井之间过着实际婚姻生活的富裕的壮年读者,自然,其中也包括了所谓的'闺阁'妇女。"④ 这个事例证明,非士大夫读者层在南宋确实是可能存在着。

当然,最能证明古今体诗近世化的便是南宋末期民间诗人群即"江湖派"的出现。内山精也根据张宏生《江湖诗派研究》所列"江湖诗派成员考"一表,提出:"根据此表可以重新确认两点:第一,下层士大夫和布衣共计122名,占全体人员的88%,是相当高的比率;第二,浙江、江

---

① [日]内山精也:《宋诗能否表现近世》,朱刚译,见《第六届宋代文学国际研讨会论文集》,巴蜀书社2011年版,第248页。
② 同上书,第249页。
③ 同上书,第251页。
④ 同上书,第252页。

西、福建、江苏四个地域出身的有 121 名，也占了将近 88% 的高比率。"①其中，第一点说明"'江湖派'名副其实，主要由处在士大夫阶层周边位里的诗人或在野诗人构成。属于'非士大夫阶层'的 62 名中，其行迹稍可了解的只有许棐、徐照、高翥、戴复古、刘过、姜夔以及陈起等非常小的一部分，大多数诗人的生平完全不明，但是，同一时代有这么多的布衣诗人，其姓名和作品能传到后世，这在中国诗歌史上可谓空前之事"②。内山精也进一步提出，可以肯定的是这一大群江湖诗人确实风靡一时，但"进一步对此潮流的发生做出了直接贡献的乃是民间书肆，这一点更具重大的意义"③。

综上，内山精也在文中举北宋后期（诗社）和南宋初期（闺阁诗人）、南宋后期（江湖派）三个例子，来探寻宋诗中的近世现象，前二例如他自己所说显得比较孤立，但最后一例很有说服力，这除了江湖派人多势众外，还因为它依托印刷传媒的时代条件，充分地凸显了自身的存在。可以认为，至晚在江湖派的时代，古今体诗的通俗化已在一定程度上获得了实现。这足以说明，"在南北两宋约三百年的历史将近落幕的那个时期，古今体诗终于在士大夫文化圈的外围获得了新的独立的创作场所"，从这里便可看到古今体诗的通俗化，亦即"近世"的萌芽。④

从二十世纪九十年代以来，南宋的江湖诗人群体开始受到学术界的重视，先后出版发表了多部研究专著和论文，但日本学术界似乎对南宋这一群体关注较少。但近年来，早稻田大学内山精也教授认识到南宋文学这一群体与江湖文学现象的重要性，研究重心由苏轼及其周围士大夫文学的研究转向宋元易代时期的文学，其中特别关注"江湖诗派"等民间诗人的文学创作。他在早稻田大学每月召开精读江湖诗人戴复古的读书会，并申请到一个大型的研究项目"南宋江湖诗派综合的研究"（JSPS 科研费项目，2011—2013），分别在大阪大学（2011）、同志社大学（2012）、早稻田大学（2013）召开了三次国际学术研讨会，出版了《江湖派研究》第一、二、三辑。在此基础上，内山教授邀约中日两国学者围绕南宋的江湖诗人

---

① ［日］内山精也：《宋诗能否表现近世》，朱刚译，见《第六届宋代文学国际研讨会论文集》，巴蜀书社 2011 年版，第 254 页。
② 同上。
③ 同上书，第 260 页。
④ 同上。

以及衍生出来的江湖现象，每人撰写一篇论文，定于2015年由东京的勉诚出版社，作为"亚细亚游学"丛刊之一出版。2015年3月，经过翻译、修改、加工和编辑，由中日26位学者供稿完成的《南宋的江湖诗人们——中国近世文学的前夜》终于出版。此书可谓日本汉学界第一部研究南宋江湖诗人的专书，也是21世纪国际汉学合作的典范，必将推动国际汉学界对南宋江湖诗人进一步关注与研究。

五 宋代士大夫文化与"八景现象"研究

内山精也还从与文学相关的其他文化现象来研究宋代士大夫的文学、文化及其心态，如《宋代八景现象考》（《中国诗文论丛》20，2001年10月）就是从绘画中的"八景"现象来考察的。

"八景"是中国传统文化与自然审美融合的典型表现。五代末北宋初画家李成画了一幅"八景图"，这可能是"八景"之名的正式出现。后来，北宋的宋迪在"八景图"的基础上，绘作了"潇湘八景图"，共八幅，分别名为平沙雁落、远浦帆归、山市晴岚、江天暮雪、洞庭秋月、潇湘夜雨、烟寺晚钟、渔村落照。米芾观后拍案称绝，给每幅画题诗写序，"八景"因此声名大震，"八景"从此受到很多士人的关注，或绘画，或吟诵，或以诗配画，或以画附诗，这些相关的文化组合融入了士人们的思想情感、精神寄托以及审美取向。可以说，两宋是"八景"在名、实及景物形式上大致定型及自然审美精致化的阶段。通过这一现象，可以考察宋代文化的多个侧面。

内山精也看准这一文化符号，通过对八景现象的文化渊源、北宋后期士大夫与绘画、八景图与八景诗、连章组诗的名胜题咏诗及延展到"近世"的"西湖十景"的考察，探讨了其中所蕴含的宋代士大夫独有的主体心性、诗画观、自然观等，揭示出宋代八景现象的文化史意义。

内山精也首先界定"八景现象"，他说："本文所说的'八景现象'是指这样一系列的文化现象：即将某一个地域的八个乃至若干个风景胜地聚合起来，用以四个汉字为主的标题给这些景观加以命名，并以诗歌和绘画的形式对它们进行具体的描绘。"[①] 而"宋代的八景现象，是以士大夫阶

---

① ［日］内山精也：《传媒与真相——苏轼及其周围士大夫的文学》，朱刚、益西拉姆译，上海古籍出版社2005年版，第430页。

层为中心，可以说是限定性的上层文化现象，虽然不像近世、近代那样，是席卷整个市民阶层的大规模文化现象，但是，士大夫所奠立的文化形式，在今天的八景现象里也还顽强地存活着"①。那么，将"八景现象"与士大夫联系起来的中介就是绘画了。

绘画是何时与士大夫有关联的呢？又是怎么发生这种关联的呢？内山精也通过详细的考察，说明：绘画创作长期以来基本上是以宫廷画院为中心的职业画家所独占的领域，但是，一进入北宋后期，像文同、王诜、苏轼、晁补之、宋迪兄弟这样的实际进行绘画创作的士大夫，骤然开始大量涌现。② 为什么在这个阶段士大夫在绘画创作意识上就突然发生了这么显著的变化呢？内山精也从绘画技术、绘画理论及士大夫的生活空间这三个方面来探讨变化的主要原因，他指出：首先，就绘画技术而言，"水墨技法的发展与普及，对这一变化有极大的影响"③，因为彩色绘画的制作，要求有关颜料地的专门知识及自如运用这些知识的高度技术与经验，这一点对士大夫来说则是阻碍他们进行绘画创作的主要原因。而水墨画对他们来说也是能够充分想象的领域，"只要学会了绘画的基本技术，从理论上说任何一个士大夫都能够进行实际的绘画创作。可以说水墨技法的普及，在技术性这一侧面，起到了一下子缩短士大夫与绘画制作间距离的作用"④。其次，就绘画理论而言，"以北宋中后期为界，在士大夫文化中居中心地位的重要人物开始较多地论及绘画这一艺术的本质"⑤，最为典型的当数苏轼，他的"绘画以形似，见与儿童邻"一诗，提出了较之"形似"更重视的"写意"的持论，这种"写意"论，"其结果是起到了消除士大夫面对绘画制作时的心理障碍的重要作用。凭着这一主张，同时代及后世的士大夫们从形式的束缚中获得了一定程度的解放"⑥。再次，就生活空间的变化而言，"北宋的士大夫文化，有强烈的主体意识。也就是说，以自身维持国家的抱负为基础，给以他们为中心的社会、文化的全部构成打上新价值标准的烙印，从中可以认识到他们为社会、文化之先导的明确倾向。所

---

① ［日］内山精也：《传媒与真相——苏轼及其周围士大夫的文学》，朱刚、益西拉姆译，上海古籍出版社2005年版，第433页。
② 同上书，第438页。
③ 同上书，第439页。
④ 同上书，第440页。
⑤ 同上。
⑥ 同上书，第441页。

绘画进入了士大夫文化的文化生活中，绘画也就与诗歌发生了关联，这种关联又蕴含着怎样的文化意蕴呢？内山精也提出，"在文艺领域，士大夫们最重视的是诗文，他们考虑的优先顺序一般是将绘画置于诗文之下"②。因此，我们理应从作为基础的诗文传统来考虑绘画的设想。比如"潇湘八景"，"前半的两个字与后半的两个字，会令人分别联想到明确的文学传统。也就是说，从'潇湘'两字，应该很容易令人联想起《楚辞》以来在这片土地上孕育的独特的文学风俗，从'八景'两字，则应很容易令人联想起以连章组诗形式歌咏一个地方的诗歌传统"③。内山精也认为，"潇湘八景"的形式在北宋后期得以普及后，进入南宋，很快就在潇湘以外的地方诞生了应用这种形式的发展型，如杨万里《题文发叔所藏潘子真水墨江湖八境小轴》、蔡元定《麻沙八景》、罗仲舒《芦江八咏》等，八景现象于是在各地诞生。为宋代八景现象的结局增添光彩的是杭州的"西湖十景"。内山精也提出，"潇湘八景"的世界是虚构的世界，因而适宜在想象的世界里畅然"卧游"，而"西湖十景"却是确实的存在，只要条件具备，任何人都可以享受那里的美好风光。所以说，后起的八景诗发挥着将包含士大夫在内的诗画鉴赏者从屋内吸引至屋外，呼唤他们到实景现场去的媒体功能。

就这样，内山精也在论述中，由画到诗，由"潇湘八景"到各地八景再到"西湖十景"，最后到日本八景，论及画与诗的关联，"八景"文化在日本文化中的渗透与影响，展示了我国古典文化跨越时间、空间和文化的差异，在他国文化世界里绽放的异彩。

六 日本宋诗研究史研究

日本宋诗研究史研究属于学术史的研究，一般来说，学术史的撰写既与学术发展到一定高度有关，也与撰写者的自觉意识有关。一直从事宋代文学研究的内山精也，对宋代文学的学术史也极为关注，体现了其学术研究的自觉。

---

① ［日］内山精也：《传媒与真相——苏轼及其周围士大夫的文学》，朱刚、益西拉姆译，上海古籍出版社2005年版，第442页。
② 同上书，第446页。
③ 同上。

内山精也参与了川合康三主编的《中国文学研究文献要览（1978—2007)》（日外アソシエーツ株式会社，2008年7月）一书的撰写，承担了宋代部分研究文献收集编录工作，为日本及我国的研究者提供了有关文献信息。

另外，内山精也还撰写了《1980年代以降日本的宋代文学研究——以词学与诗文研究为中心》《日本宋代诗文研究会和〈橄榄〉简介》二文，分别由朱刚、益西拉姆译成中文，发表于《宋代文学研究年鉴2006—2007》（武汉出版社，2009年）。其中《1980年代以降日本的宋代文学研究——以词学与诗文研究为中心》一文，将日本战后的研究者划分为四代予以了介绍，并结合日本学校的课程开设与素质教育揭示出四代研究者的特点。接着，内山精也分八十年代以前的研究成果、八十年代以后的选译书和影印资料、词学、诗文的单行研究著作和译注、诗文总论、北宋诗文专论、南宋诗文专论以及诗话研究几个类目介绍日本学者的研究成果，材料翔实，有述有评。他还总结了近年日本宋代文学研究的特征，即跟海外，特别是跟中国大陆和台湾拥有密切的协作关系，认为在中国古典文学研究的各领域中，像宋代文学研究领域那样拥有日中间频繁交流的，恐怕不多。至于个中原因，内山精也指出：第一，宋代文学研究是后起的领域，故能超越国家和地区的差异，容易取得共同的步调，拥有共同的问题意识；第二，目前日本担当宋代文学研究的中坚力量，大都拥有留学中国的经历，他们拥有更多的与中国研究者交流的层面和途径，语言上的障碍也更少；第三，随着因特网的普及，通信技术上发生了革命性的进步，研究者之间信息交换快速、便捷。因此，各国的宋代文学研究，既保存了各个国家和地区特有的个性，也形成了相互刺激、相互切磋的良好的交流与互动局面。这些论述，体现了内山精也对日本宋代文学研究的整体认识与深刻思考。《日本宋代诗文研究会和〈橄榄〉简介》则如题所示，介绍了日本的宋代诗文专门性团体——宋代诗文研究会的成立过程与主要研究活动，以及会刊《橄榄》所刊载的全部论文。其中特别提出的是宋代诗文研究会在推动日中两国学术交流方面的贡献，如在《橄榄》上揭载大陆和台湾学者的学术论文，当有中国学者来到日本的时候，创造机会邀请学者讲演、参加读书会等。

内山精也对日本宋代文学学术史的研究能用学术的眼光，拈出富有价值的问题，进行学理层面的阐发，其研究的起点是比较高的。其中，既有对日本宋代文学研究的历史沿革的回顾，又有对宋代文学研究现代体系建构的思考，既从宋代文学研究本身出发总结宋代文学研究的几个重要理论问题的研究状况及一些代表作家研究情况的介绍，又从研究主体出发，提出研究者应具有的专业修养、思想观念及方法。尽管上述这些研究只是涉及日本宋代文学研究的二十世纪八九十年代这一时段，不具有一定的系统性，但都涵盖了日本宋代文学研究必须涉及的一些重要问题。

内山精也的研究，从学术传承来看，也是日本中国学传统研究的影响很深的，他的专著《传媒与真相——苏轼及其周围士大夫的文学》与《苏轼诗研究——宋代士大夫的构成》，都是围绕着"士大夫"这个中心议题，这是日本京都学派代表人物内藤湖南的宋代"近世说"在文艺史领域的延伸，注重考察士大夫作为文艺主体对唐宋转型的重大作用。同时，因为内山精也曾在复旦大学学习，也接受了中国学者的研究方法，善于将文学现象置放于广阔的历史文化背景中考察。

在研究内容上，内山精也善于选择比较有代表性的文学现象，以小见大，深入挖掘宋代士大夫的审美心态与审美取向，如王安石《明妃曲》的翻案语、郭祥正"李白后身"说、苏轼《题西林壁》的表达意图、"八景现象"等。而关于东坡《乌台诗案》的流传问题，则运用西方接受美学、传播学的方法，考述印刷术作为新兴的传播媒体给文学带来的重大影响，见解十分新颖而生动。

内山精也不仅凭着自己的爱好进行宋代文学的研究，而且有着一种强烈的使命意识，来开展其学术研究与活动，如他创建宋代文学相关的读书会，组织人马进行宋诗文献的整理与建设，以及对日本宋代文学学术史的研究，都非常有益于推动日本学界的宋诗研究，促进了日中两国的学术交流与互动，对宋诗的研究作出了很大的贡献。

第七节　池泽滋子的宋诗研究

池泽滋子，1964 年（昭和 39 年）生，文学博士，早年于庆应义塾大学研究生院文学研究科博士课程修业期满，以《丁谓研究》获得庆应义塾大学博士学位，曾留学于四川大学，师从曾枣庄先生。现任职于中央大学商学部。曾获日本中国学会奖，日本中国学会会员、东方学会会员、宋代诗文研究会会员、和汉比较学会会员、中国艺术研究会会员，主要从事宋代历史文化与宋代文学研究。

池泽滋子宋诗研究的著述大多以中文在我国出版，对我国的研究者颇有获取与阅读之便。其内容主要体现在丁谓研究、吴越钱氏文人群体研究、日本苏轼研究史研究及宋代诗人与宋代文化的相关研究等方面。

一 丁谓研究

丁谓是历史上颇有争议的人物，有的称其为一代名相，有的称其为一代佞臣，列入"五鬼"。即使用"毁誉参半"来说明这种现象，还是评价过高，准确地说，对他的毁应该多于对他的誉。但对于他的文学才华，却得到大家一致的肯定。《宋史·丁谓传》说他："少与孙何友善，同袖文谒王禹偁，禹偁大惊重之，以为自唐韩愈、柳宗元后，二百年始有此作。"[①] 王禹偁并作《赠孙何丁谓》诗称扬道："二百年来子不振，直从韩柳到孙丁。如今便可令修史，二子文章似六经。"[②] 甚至王禹偁在向别人推荐丁谓时，称丁谓为"今之巨儒"[③]。

池泽滋子选择的宋人个案研究便是这位争议不少而有文才的丁谓，写出了《丁谓研究》（巴蜀书社，1998年4月）。池泽滋子的选择，正如曾枣庄在《吴越钱氏文人群体研究》书序中所言，都是历史上有争议的人物。这体现出她选择研究课题的一个特征，正所谓有问题才容易引起争议，有争议才值得研究。

关于丁谓的研究，可以说是比较冷落的，而对于其文学成就，则更是少有关注。池泽滋子《丁谓研究》一书共有六章，其中有五章是论述为人们所忽视的丁谓的文学成就：丁谓青年时代的文学成就、丁谓任地方官时的文学成就、丁谓与《西昆酬唱集》、丁谓在朝的其他文学活动、丁谓晚年的诗文成就等。

对于丁谓青年时代的文学成就，池泽滋子以王禹偁评价的"其文类韩、柳，其诗类杜甫，其性孤特，其行介洁，亦三贤（杜、韩、柳）之俦"贯穿，写了王禹偁与丁谓的交往，分析了丁谓这时期创作的《书异》《大蒐赋》两篇作品，以证王禹偁的评价并非虚美。

[①] 脱脱等：《宋史》卷二八三，影印文渊阁《四库全书》本。
[②] 北京大学古文献研究所：《全宋诗》（第四册），北京大学出版社1991年版，第804页。
[③] 王禹偁：《送丁谓序》，《小畜集》卷十九，影印文渊阁《四库全书》本。

丁谓任地方官时的文学成就，主要以其仕履为线索进行探讨：①分析了丁谓通判饶州时的作品《戏答白积》，认为该作机智过人，幽默风趣。②对于丁谓任福建转运使时的文学，主要论其与茶的关系，认为丁谓是形成宋初茶文化的中心人物，有力地推动了后代茶文化的发展。③丁谓在峡路体量公事、继而任峡路转运使时，创作有《过武陵甘泉寺留题》等诗，诗作内容体现了丁谓内心的矛盾——既热衷官场名利，又向往隐逸生活；诗作擅长写景，用典灵活。④宋大中祥符九年（1016），丁谓罢兵部尚书、参知政事，任知升州，回乡苏州扫墓。其间，写了《虎丘》等作，充满了功成名就、衣锦还乡的喜悦，也有不得栖居故乡的惆怅。

丁谓更多的时间是在朝任职，他在朝期间的文学活动主要有：与西昆派诗人唱和，与日僧寂昭和西湖诗社交往，与宋真宗也有唱和。

因为丁谓参加了西昆酬唱，所以在《西昆酬唱集》中有他创作诗文诗歌，所以有些研究者将丁谓视作西昆派诗人。元代方回《罗寿可诗序》即将其归入西昆派，民国时期梁昆的《宋诗派别论》亦沿其说。对于丁谓与西昆派的归属关系问题，池泽滋子主要从内容和诗风两个方面进行讨论。她认为，丁谓在《西昆酬唱集》中的作品绝不亚于其他作者，他完全可以作西昆体诗。但是从丁谓参与酬唱的作品数量、时间、作品内容来看，《西昆酬唱集》里的作品根本代表不了丁谓的全部诗风。她说："在丁谓五十多年的文学活动中，参加西昆酬唱只有短短两年（周岁只有一年），……其他流传至今的作品也大多是用典较少、明白晓畅的诗文，……代表他最高文学成就的是他晚年贬官到海南岛所作的诗文，更与杨亿、刘筠、钱惟演等典型的西昆派作家的风格相去甚远。"① 因此，丁谓的西昆酬唱只是作为他的社交工具，在他文学活动中只是很小的一部分，并且"丁谓一生的最高文学成就不在西昆酬唱时，而是在他贬官到海南，远离政治斗争旋涡以后"②。池泽滋子还详细分析了丁谓在《西昆酬唱集》中《代意》《咏荷》等诗，提出："五首和诗的内容，只有《代意》为感时之作，其他四首皆是纯粹的咏物诗。虽然西昆体用典较多，讽刺性可以寄寓在典故里。但丁谓怕蒙讥时之名，故回避感时作品的酬唱。"③ 这些分析应该说是符合丁谓的创作事实的。池泽滋子通过详细考察，认为丁谓

---

① ［日］池泽滋子：《丁谓研究》，巴蜀书社1998年版，第145页。
② 同上书，第182页。
③ 同上书，第174页。

只参与了早期的西昆酬唱,并分析其中原因。她认为,这是和丁谓的政治立场有关的:"在西昆酬唱的四年对丁谓来说具有重要意义,是他在朝廷里的政治立场从寇准、杨亿等一边,渐渐移到王钦若一边的时候。这也是他参与早期西昆唱酬而未参与后期唱酬的重要原因。"①

对于池泽滋子认为丁谓不能归属西昆派的论断,张明华《西昆体研究》提出了不同看法,他说:"池泽滋子的这个说法可能也不够准确。因为其《丁谓〈青衿集〉中诗多数存世》一文认为丁谓的《青衿集》中作品大量存世,而《青衿集》现存的 91 首作品呈现的基本上是西昆体的特点。综合池泽滋子的两篇文章考虑,不妨这样考虑问题:既然丁谓《西昆集》和《青衿集》以外的诗歌与此不同,那他完全可以看作白体诗人;既然他在《西昆集》中有几首诗,并且《青衿集》中的诗歌也是西昆体风格,那说他属于西昆派也是正确的。池泽滋子既然认为丁谓《青衿集》中诗多数存世,就不应该否定他属于西昆派。其实,从丁谓的诗歌创作看,他既属白体,又属西昆派,更具体地代表了白体诗人向西昆派的过渡。"②

两国学者的争议,对于更好地辨析丁谓诗歌的创作特征,促进丁谓诗歌研究是大有裨益的。

关于丁谓与日僧寂昭的交往,池泽滋子从 1974 年苏州濂溪坊苏州电池厂夹弄内走廊地下发现的明代普门寺碑谈起,引证普门寺碑文、记载宋代普门寺以及旁边万寿寺情况的相关资料、杨亿《谈苑》等,梳理丁谓与日僧寂昭的交往简况,认为丁谓在任三司使的 8 年(1004—1012)之间,结识寂昭,开始了交往。她提出,丁谓与日僧寂昭的交往主要有三方面:一是寂昭到他的家乡苏州居住;二是分月俸供给寂昭的生活;三是寂昭曾寄诗给丁谓并以黑金水瓶相赠。而寂昭最终决定在丁谓故乡的普门寺度过自己的后半生,说明了二人友谊之深厚。

关于丁谓与西湖诗社的交往,是丁谓中青年文学活动之一,关于这个内容,池泽滋子是从丁谓《西湖结社诗序》入手来探析的。西湖昭庆寺结净行社由宋高僧省常发起。淳化年间,省常住南昭庆寺,"慕庐山慧远之风,继莲社之遗轨,结净行社。当时很多名公仰慕省常之德入社"③。有关结净行社之事,钱易《西湖昭庆寺结净行社集总序》、宋白《大宋杭州西

---

① [日] 池泽滋子:《丁谓研究》,巴蜀书社 1998 年,第 178 页。
② 张明华:《西昆体研究》,人民文学出版社 2010 年版,第 93 页。
③ [日] 池泽滋子:《丁谓研究》,巴蜀书社 1998 年版,第 195 页。

第四章　日本主要宋诗研究者的学术贡献　　275

湖昭庆寺结社碑铭》、孙何《白莲社记》、释智圆《白莲社主碑文》都有记载。根据这些记载，池泽滋子提出，虽然西湖白莲社是继慧远遗风所结，但它还是有别于庐山白莲社，其一是多诗人，其二是多名宦。此社到释智圆作碑文时已活动30余年，入社者多达123人，在当时有着很大的影响。池泽滋子分析道："在很多当权者参与的结社中，孙何和丁谓分别作《记》和《诗序》，这件事本身就证明了孙、丁的文名驰天下。而丁谓的文学活动跟他的政治活动有密切的关系，丁谓作《西湖结社诗序》可能是想利用同西湖白莲社的交往，以加强同朝廷权要的关系，这对扩张他在朝廷的政治实力是很有用的。"[1]

关于丁谓与宋真宗的唱和，池泽滋子首先提出："宋主多好文，宋代诸帝皆能诗，并喜与臣僚唱和，常召两府、两制、三馆词臣赏花、钓鱼、赋诗。"[2] 而丁谓《真宗皇帝御制赐诗跋》也说明了他与宋真宗诗歌唱和的情况，其云："十一日，复对于宣和门，赐御制《入谢日》七言四韵诗一首。十九日，朝辞于长春殿，赐御制《宠行》五言十韵诗，皆俾和进。"[3] 这四首诗皆存世，见《吴郡志》卷十。具体来看："真宗的诗充满了对丁谓的信赖感，而丁谓的次韵除充满对真宗的感激之情外，还充满了自豪感。我们可以想象，位极人臣的丁谓对能以朝廷大员的身份还乡，一定也得意到极点，并被乡人视为英雄。"[4] 这种分析细致生动，知人论世，感悟深刻。

关于丁谓晚年的诗文成就，池泽滋子主要讨论了丁谓的骈文《饭僧疏》、散文《天香传》、对诗文集《知命集》《青衿集》进行考辨及其海南诗的艺术成就。我们主要关注后面两部分有关诗歌研究的内容。

池泽滋子认为，丁谓在岭南的诗文，虽已大量失传，但从很多记载可以得知，丁谓在岭南是仍有旺盛的创作力，著有《知命集》和《青衿集》。她引录了大量材料，包括魏泰《东轩笔录》《吴中纪闻》《诗话总龟·引》《古今诗话》《国老谈苑》及《宋史·艺文志》的相关记载。她提出："无论《知命集》，还是《青衿集》，明、清以来均未见著录，至迟在明代原集已失传。但这两个集子中的诗文并未完全失传，《全宋诗》《全宋文》所收

---

[1] ［日］池泽滋子:《丁谓研究》，巴蜀书社1998年版，第203页。
[2] 同上书，第204页。
[3] 同上书，第205页。
[4] 同上书，第209页。

丁谓诗文，有些就是这两个集子中的诗文。特别是《青衿集》，《诗渊》所收丁谓咏物诗，基本上都是《青衿集》中诗，可能明初仍存世。"① 接着，引录刘克庄《后村诗话》所载《青衿集》的相关内容，认为这段材料表明《青衿集》有如下几个特点：一、"效唐李峤为单题诗"；二、"一句一事，凡一百二十篇"；三、"名《青衿集》，徐坚《初学记》之类"。也就是说，虽为诗集，但可作类书用。② 而明初无名氏编《诗渊》所收丁谓91首咏物诗，就具有《后村诗话》所说的这些特点，应该是《青衿集》诗的大部分，理由在于："从诗的数量来看，现存于《诗渊》中的丁谓咏物诗一共九十一首，虽然不到《后村诗话》所说的一百二十篇，但从宋到明，难免有佚。""从诗体来看，这九十一首丁谓诗跟李峤诗一样，全为五言律诗，从诗题看，也与李诗一样，都是《冠》《桃》《琴》等单题的咏物诗。""从内容看，《诗渊》中的丁谓诗正是'一句一事'，句句用所咏物的具有代表性的典故，可以当作《初学记》之类的类书，供学子用，很切合《青衿集》的书名。"③ 池泽滋子将《诗渊》所收丁谓咏物诗的具体特征，一一与刘克庄《后村诗话》所载《青衿集》的详细情况比对，结论令人信服。

对于丁谓的海南诗，池泽滋子认为，因为《青衿集》中作品是类书式的咏物诗，所以给人印象深刻的应该是《青衿集》以外的诗，这些诗有可能收在《知命集》中。她提出："杜甫夔州诗，苏轼岭南诗，常为人称道，丁谓现存诗也以谪居海南之作为压卷。丁谓岭南诗最突出的特色，一是他对海南风物具有的广泛的兴趣。他把这些风物巧妙地用在诗中，颇富海南特色。二是感情真挚，海南诗之所以能打动人心，迥别于他在朝廷做大官时所作的诗，就在于时时处处吐露真情，而那种泰然自若的风度，开阔豁达的胸襟，也令人佩服。"④ 对丁谓的海南诗赞赏有加。

池泽滋子不因人废诗，对丁谓各时期诗作，能够联系诗歌文本，翔实细致地分析，勾勒出各时期诗作在内容与创作上的特点，加深了大家对这一才子权相的了解，拓展了丁谓研究中文学这一维度的内容。

---

① ［日］池泽滋子：《丁谓研究》，巴蜀书社1998年版，第229页。
② 同上书，第230页。
③ 同上书，第230—231页。
④ 同上书，第249—250页。

二 吴越钱氏文人群体研究

五代、两宋时期，吴越文化得到了全面的发展，而钱氏也保持着在吴越的统治地位。对于这种繁荣昌盛的情形，宋人叶适曾说道："吴越之地，自钱氏时独不被兵，又以四十年都邑之盛，四方流徙，尽集于千里之内，而衣冠贵人不知其几族，故以十州之众，当今天下之半。"[1] 但由于当初钱氏开创吴越国时，是以武力取胜，所以人们论钱氏功业时往往更关注其武功和治国的业绩，而忽略他们在文化上的贡献。事实上，钱氏家族是一个人才辈出的家族，钱氏文人群体在宋初文坛更是璀璨耀目的存在。

对于吴越钱氏文人群体研究的专著，在我国大陆尚未见到。池泽滋子的研究，可以说填补了这项缺憾。池泽滋子对吴越钱氏文人群体的研究，成就主要体现在专著《吴越钱氏文人群体研究》（上海人民出版社，2006年）与一些相关论文中，如《五代吴越国钱氏的文学成就》（《中央大学人文科学研究纪要》44，2002年9月）、《钱易试论——〈西昆酬唱集〉周边文人研究》（《橄榄》11，2002年12月）、《略论北宋钱氏文人群体的文学成就》（《宋代文化研究》11，2002年）、《北宋钱氏文人群的文学成就》（莫砺锋编《第二届宋代文学国际研讨会论文集》，江苏教育出版社，2003年6月）等。由于其论文的观点与著书内容较为一致，我们以其书为主，述论池泽滋子的研究。

《吴越钱氏文人群体研究》一书，共六章，对五代吴越国钱氏及北宋钱氏文人群体的文学成就进行了逐个扫描与论说。其中，北宋时期的钱氏文人有16位。池泽滋子说她"主要利用《全宋诗》《全宋文》和其它一些笔记等文献，初步分析他们的具体作品，研究他们的文学成就，并探讨钱家人在北宋文坛扮演的角色"[2]。池泽滋子对他们的人生经历、生活交游、思想状况、创作成就等进行了具体的考察，探讨他们对北宋和后世文坛的贡献和影响，从一个视角反映了北宋早期社会文事的兴盛以及文人总体的生存状况。之后，选择钱易和钱惟演两个具有代表性的钱氏文学家进行专门研究。

---

[1] 叶适：《叶适集》，刘功纯等点校，中华书局1961年版，第654页。
[2] ［日］池泽滋子：《吴越钱氏文人群体研究》，上海人民出版社2006年版，第28页。

1. 北宋钱氏文人群体的文学成就

《吴越钱氏文人群体研究》的第三章为"北宋钱氏文人群体的文学成就",分论文穆王钱元瓘子钱俨,忠献王钱佐子钱昱,忠逊王钱倧子孙钱昆、钱彦远、钱明逸、钱藻、钱勰、钱龢,忠懿王钱俶子孙钱惟治、钱惟济、钱丕、钱暄、钱景臻、钱景谌等。其论述着眼点主要有:

(1) 诸钱生平与著述考论。由于诸钱在文学史上不甚闻名,对其生平的介绍显得十分必要。池泽滋子根据《宋史》《全宋诗》诗人小传及相关笔记、地方文献,一一考述他们的生平,梳理其主要行迹,十分清晰。诸钱见于《宋史·艺文志》《直斋书录解题》等记载的著作、文集很多,但大多佚散,池泽滋子参以《十国春秋》及同时代人的相关记述,考辨其作品,用功颇深,汇集附录于书后(见附录二"北宋吴越钱氏略系图及钱氏一族著作")。可见出池泽滋子对钱氏家族材料掌握的详尽与清晰,这为她的立论提供了坚实的基础,发扬了日本研究我国古典文学选题小而开掘深的特点,极为不易。

(2) 诸钱与其他文人的交游考述。文人的交游与文学活动密切相关。池泽滋子在研究诸钱的生平与文学创作时,十分重视对诸钱与其他文人交游的考察,如钱勰与苏轼、秦观的交游等。以交游为研究的切入点,能进一步体认研究对象文学成长的环境,了解其如何参与文学活动,进入文学交际圈,以及文人间文学互动的情况。

(3) 诸钱作品分析。诸钱的文学创作主要为诗歌作品,相关的分析与介绍较少。池泽滋子往往录其主要作品,并进行细致分析。这是此章的重头戏。

池泽滋子的评析有三大特色:一是揭示深刻。诸钱创作与西昆体同时,亦有其喜咏史与用典的特征,池泽滋子对其中史实与典故能逐一揭示,并探讨其中的深刻意蕴。如分析钱昆的《题淮阴侯庙》诗,就逐句指出其所用事典:"筑坛拜处恩虽厚"指萧何追韩信,并荐信于汉王刘邦;"蹑足封时虑已深"指项羽围刘邦于荥阳,韩信要挟刘封他为假王,此事已暗藏对韩信的杀机;末二句谓刘邦和越王勾践一样,韩信该学范蠡,在功成名就后泛舟五湖而去,才不致招来杀身之祸。池泽滋子总结道:"此诗之所以被称为'绝唱',就在于它道出了'狡兔死、走狗烹,高鸟尽、良弓藏,敌国破、谋臣亡'的可悲真理。"[①]

[①] [日]池泽滋子:《吴越钱氏文人群体研究》,上海人民出版社 2006 年版,第 32—33 页。

二是由诗及人，很有见地。如她分析钱藻《太平山白云泉》诗道："此诗虽然整体描写的是静谧的景色，但最后两句表明泉水虽不事奔注，却随霖雨下山灌溉良田，正好表现他那淡于名利却又忠于职守的性格。"① 后文将要引述的对钱勰、秦观、苏轼三人诗作的比较也是由诗及人的论说层次。

三是善于比较。诸钱多唱和之作，分析同题诗作的各自不同的寓意与特征，能更好地突出诗人的不同性格与创作特色。如分析钱勰《出省马上有怀蒋颖叔二首》，池泽滋子说明秦观、苏轼也有同题之作，录引三人诗作后，她指出："钱勰的诗体谅战地朋友的艰苦，表示自己过意不去的心情。秦观诗有大无畏的气魄。苏轼开头说'为了解他旅途的疲乏，多准备京师酒'，然后用《庄子·外物篇》'蹄者所以在兔，得兔而忘蹄'的典故，颇带诙谐。三首诗各有各的味道。从这首诗来看，钱勰与苏轼不太一样，也可以窥见他一本正经的性情。"② 三位诗人的性格与诗作特征在比较中凸显了出来。

（4）诸钱文学创作的群体特征。最后，池泽滋子总结诸钱文学创作的共同之处，主要体现在以下四个方面：一是多咏史之作，往往借古讽今；二是敢于抒发颇为犯忌的故国之思；三是多唱和之作；四是以写景抒情之作为最多。③ 可以说，这些特征反映了北宋钱氏文人群体的文学风貌及相互间的影响与促进，也部分地代表了当时文坛的诗歌创作风气。

2. 钱易、钱惟演研究

《吴越钱氏文人群体研究》的第四章、第五章专门讨论了钱氏文人群体的代表诗人钱易与钱惟演。

（1）钱易研究。池泽滋子列钱易的生平、钱易的文学风格（上）、钱易的文学风格（下）、《嵇康小舞词》和《梦越州小江》四节进行论述。她将钱易诗歌创作分为两类风格予以论说。一是西昆体风格的诗歌创作。池泽滋子从苏轼的一首诗谈起，其《金门寺中见李西台与二钱（惟演易）唱和四绝》其四云："五季文章堕劫灰，升平格力未全回。故知前辈宗徐庾，数首风流似玉台。"这是称赏李、钱才华卓越、语出惊人、诗风绮艳，池泽滋子征引查慎行的解释："务为艰涩隐僻，以夸其能"，认为这正是当

---

① ［日］池泽滋子：《吴越钱氏文人群体研究》，上海人民出版社2006年版，第39页。
② 同上书，第44页。
③ 同上书，第54—55页。

时流行的西昆体风格，进而推论钱易诗有西昆体风格。接着，池泽滋子分析钱易与杨亿、刘筠、钱惟演之间的唱和诗，提出："《西昆酬唱集》中虽然没有钱易的作品，但是他和《西昆集》的主要作者杨亿、刘筠、钱惟演都有亲密的关系。可以想象到他们通过文坛的交流，互相影响，形成了共同的文学观。""钱易是能够作西昆体第一流的作品的。"① 二是学前朝各种诗风的诗歌创作。池泽滋子分析了钱易学习唐诗的作品，如裴度、张籍、李贺等，她认为："钱易是当时第一流的西昆体作者，同时他也广泛地学习唐诗，用独特的审美眼光发现新的才华。"② 池泽滋子还逐字逐句地详细分析了钱易的两首长诗《嵇康小舞词》和《梦越州小江》。最后，她总结道："钱易是当今中国文学史上很少提及的名字。但他对宋初文学的贡献是不应该忘记的。他虽未入《西昆酬唱集》，但他和杨亿等人的关系很好，实际曾参与西昆唱和，是西昆体作者，他是'宗徐庾'的前辈之一，其诗也'风流似玉台'。他从新的角度来介绍唐诗，比如对李贺《鬼才绝》的评价。他还写有《拟唐诗》百首，认真学习唐人诗风，努力开拓宋诗的新局面。"③

（2）钱惟演研究。钱惟演是钱氏文人群体中最为杰出的人物，也是池泽滋子该书着笔最多的文人。书中列钱惟演的生平、钱惟演与《西昆酬唱集》、钱惟演的其他诗文酬唱活动、表彰祖先标榜家传、钱惟演洛阳幕府与北宋诗文革新、晚年做地方官时的其他作品六节进行论述，其中二、三、五节是论诗歌创作的。

钱惟演是西昆派的三大领袖之一，在《西昆酬唱集》中，钱惟演作品收入47篇54首。池泽滋子详细列举、分析了钱惟演《西昆酬唱集》中的作品，分列咏史诗、感时述怀诗、艳体诗、应酬诗、咏物诗、咏岁时季节及其他六类进行，分析其在总作品中占的比例、其中首唱酬唱的情况、事典的运用、诗作的特征等，从而得出九条结论：钱惟演作诗与杨亿、刘筠比起来毫不逊色，确实是杨亿所说的"特工于诗"者；主要角色是唱和，很少当领袖的角色；景德三年所作最多，以后参加酬唱少了；参与咏史诗、咏物诗的唱酬多，参与感时述怀诗、艳体诗的少；在用典上很下功夫；与杨、刘二人诗相比洋溢着乐天派性格；首唱的诗少，抒怀的诗也

---

① ［日］池泽滋子：《吴越钱氏文人群体研究》，上海人民出版社2006年版，第62—63页。
② 同上书，第66页。
③ 同上书，第70页。

少；诗中可以看到他对权力的羡慕；多歌颂皇帝的权威。① 接着又从钱惟演的地位、年龄、心态、性格、政治倾向等方面揭示个中原因。所论非常细致深刻，而又切中肯綮。

除了西昆酬唱外，钱惟演还参加多种唱和。在"钱惟演的其它诗文酬唱活动"一节中，池泽滋子探析了钱惟演与诗道、诗僧的酬唱。她认为"吴越钱家后代的文人都很喜爱唱和活动"，"对钱惟演来说，诗文酬唱活动是表现个人才华，扩大名声的很好机会"。② 她将李庚《天台续集》、林表民《天台续集别编》中钱惟演参与唱和诗作的参与人——列出，并比较其异同。文中特别详细分析了真宗参与唱和的《送张无梦归天台山》诗，并指出："与杨亿、刘筠的诗相比较，钱惟演的诗是以四句表达一个意思，并每隔四句换韵的比较长的七言古诗。就内容来看，杨、刘诗以张无梦的修道为主，钱惟演除了称赞张无梦之外，诗中还有'吾君当天坐环极'、'物色异人方侧席'、'威颜咫尺隆宸盼'、'千载宸章焕岩壁'等句子，宣扬皇帝的威风，赞美皇帝的求贤。真宗优惠道士，招来隐士，是真宗崇道活动之一。由此可知，钱惟演在此诗中，尽力迎合着真宗的意图。"③

钱惟演洛阳幕府在文学史上起着重要的作用。在钱惟演任西京留守、欧阳修任留守推官的三年间，形成了一个以钱惟演洛阳幕府为集结地的文人群体，其成员先后有梅尧臣、欧阳修、尹洙、尹源、谢绛、张先、富弼、杨愈、张汝士、张太素、王复、王顾等，群体的创作实际上渐渐地以欧阳修为中心，向着欧阳修倡导的文风转变，因此，成员们此期的文学活动实践，成为了各自文学生涯的良好开端，也成为了北宋诗文风气转变的契机，实现了由西昆派群体到欧阳修群体的历史性移交。因此，钱惟演洛阳幕府文学群及其活动成了近些年来宋诗研究学者较为重视的一个内容。池泽滋子也投身于这个热点中。池泽滋子在第五节"钱惟演洛阳幕府与北宋诗文革新"中，首先参考他人研究成果，列出洛阳文人群一长串成员名单，接着叙述钱惟演在洛阳的一系列文学活动，例如：在双桂楼、池亭、白莲庄等处多次举行宴会，让参加宴会的年轻人进行写作比赛；带领幕府宾友游山玩水，进行文学创作；共赏洛阳牡丹、竹林；等等。池泽滋子认

---

① ［日］池泽滋子：《吴越钱氏文人群体研究》，上海人民出版社2006年版，第125—126页。
② 同上书，第133页。
③ 同上书，第136页。

为，众多文人聚集于此，除了钱惟演创造的上述外部条件外，还与钱惟演个人因素有关，"最重要的是，钱惟演本人的'文人气质'"。"钱惟演把文学才华看得高于一切，非常自豪靠自己的努力达到的'翰林学士'地位。因此他鼓励自己幕府的年轻人努力学习文章是自然的事。""他出身名门，有宽容的性格和高雅的江南文人风格，这也给他的幕府带来了自由自在的空气。"① 揭示得尤为深刻。池泽滋子还追加一部分，写"洛阳幕府文人对钱惟演的怀念"，对前面的内容进一步补足。

池泽滋子此书书末还附录有古今名公题咏、北宋吴越钱氏略系图及钱氏一族著作、钱易年谱与钱惟演年谱，其中《钱惟演年谱》收入吴洪泽等主编的《宋人年谱丛刊》（四川大学出版社，2003年）。这些资料，考辨翔实，极有利于同行的研究与利用。

三 日本苏轼研究史研究

苏轼是中国古代文学史上一颗耀眼的明星，在其生前身后拥有众多的爱好者与研究者，不仅是本国，在国外也一样，同属汉字文化圈的日本和韩国更是如此。池泽滋子选择日本的苏轼研究接受史作为研究内容，参与撰写了曾枣庄主编的《苏轼研究史》（浙江教育出版社，2000年）中的日本部分，还出版了专著《日本的赤壁会和寿苏会》（上海人民出版社，2006年）。

池泽滋子撰写的苏轼研究史为《苏轼研究史》一书的第十章："'颖士声名动倭国'——日本苏轼研究述略"，内容包括：日本镰仓、室町时代（十四至十六世纪）禅僧的苏轼研究；日本江户时代（十七至十九世纪）的苏轼研究；明治以后（十九世纪中叶至现在）的苏轼研究。第一部分主要介绍镰仓、室町时期，五山禅僧笑云清三编的苏诗的讲义录集《四河入海》的成书、版本、其中的苏诗著者和讲苏诗的人，以及王状元《集注分类东坡先生诗》与《四河入海》，《四河入海》的注释和它的意义；第二部分主要介绍、评说江户时期苏轼别集在日本的刊行、苏文注评及其意义、苏诗评注及其意义、《填词图谱》与苏词等；第三部分述评明治以后至现在的苏轼研究，主要有明治、大正时期（1868—1926）所刊行的苏轼

---

① ［日］池泽滋子：《吴越钱氏文人群体研究》，上海人民出版社2006年版，第159—160页。

研究书、主要研究者，昭和时期（1926—1989）所刊行的苏轼研究书、主要研究者、主要研究著作、主要研究论文，平成元年（1989）以后的苏轼研究主要著作、主要论文。池泽滋子以时代先后为纲，系统地研究了日本研究苏轼的情况，着重阐述各代苏轼研究方面新的特色和新的贡献，材料丰富，内容充实。

此外，池泽滋子还发表了相关论文，如《关于〈四河入海〉》（《宋代文化研究》9，2000年）、《日本江户时代的苏轼研究》（《人文科学研究所纪要》42，2001年）等。

池泽滋子的《日本的赤壁会和寿苏会》，主要介绍日本接受苏轼的两种活动：赤壁会和寿苏会。赤壁会是指在江户时期以后的日本各地，文人缘于对苏轼的敬慕，在壬戌年的七月既望或十月之望，模仿他的赤壁之游，举行雅会，赋诗作画。寿苏会出现于日本明治时期以后，在苏轼的生日举行纪念活动。池泽滋子该书将历次赤壁会和寿苏会的诗文影印出来，具体生动地展示日本文人对苏轼的爱好与尊崇。其内容包括：《乙卯寿苏录》《丙辰寿苏录》《丁巳寿苏录》《己未寿苏录》《寿苏集》（影印）、《乐园丛书》卷十五《赤壁会诗歌》（影印）、池内陶所《前后赤壁赋集字诗》（影印）、《赤壁会诗歌》部分日文影印件的翻译、池内陶所手书体集字诗的翻刻、其他赤壁诗文，等等，对研究苏轼诗文在日本的流播情况以及中日文化的交流有重要文献价值。

此外，池泽滋子也发表有相关论文，如《长尾雨山与苏轼》（《现代中国文化的轨迹》，中央大学出版部，2005年3月）、《永井禾原与苏轼——以〈来青阁寿苏诗〉为中心》（《书法文学研究》4，2009年1月）、《作为汉诗人的江木衷——以苏轼"聚星堂雪"次韵诗为中心》（《人文研纪要》77，2013年10月）、《"檀乐会"的诗人与苏轼——关于本田种竹》（《中央大学论集》35，2014年2月）等，为其著书的有益补充。

四 宋代诗人与宋代文化的相关研究

池泽滋子特别关注宋代诗人与宋代文化的关系，进行了一些研究。北宋是个文人情趣丰富多样的时代，文人们往往琴、棋、书、画样样精通，苏轼则是典型的具备各种文人修养的诗人。池泽滋子既研究宋代诗人，又精通音乐文化，她早年在庆应义塾大学学习时即以《〈溪山琴况〉研究》获硕士学位，还发表有《关于〈溪山琴况〉的"和"——从演奏美学角度来研究》(《艺文研究》69,1995年12月)的论文,自然地对宋代诗人与琴、棋、书、画感兴趣。

池泽滋子发表的相关论文有:《苏轼与琴》(《日本中国学会报》48,1996年10月)、《苏东坡与陶渊明的无弦琴——苏轼与琴之一》(《中国典籍与文化》1998年第1期)、《琴与琴枕——苏轼与琴之二》(《中国典籍与文化》1998年第2期)、《苏轼与棋》(《宋代文化研究》10,2001年)、《北宋的文人与琴——关于王禹偁》(《亚细亚游学》126,2009年9月)等,其中《日本中国学会报》《亚细亚游学》为日本的刊物。她在《苏东坡与陶渊明的无弦琴——苏轼与琴之一》一文中说:"鉴于在以往的苏轼研究中对于音乐方面的研究较少,所以我想在本文里对苏轼在琴方面表现出的文人情趣进行研究,希望通过对苏轼琴诗的研究来证明他对琴具有深刻的理解,同时着眼于他寄托在琴上的精神,通过分析他的咏琴诗来说明他所寄托的诸种精神状态,并说明苏轼拓展开的新的意义,证明琴在苏轼文化修养里占着不可缺少的地位。"① 池泽滋子通过细致的分析与比照,认为苏轼继承与发展了古琴与隐逸情怀的对应关系,把陶渊明无弦琴的境界发展到一个更高的层次。其《琴与琴枕——苏轼与琴之二》一文进一步通过苏轼两首《琴枕》诗的分析,具体考察了苏轼视琴为"古郑卫之声"的观点。她认为:"诗中'琴枕'是在形态上没有弦的真正'无弦琴',并且在凉快竹制枕头上睡午觉很容易想起陶渊明隐逸生活的行为。所以苏轼以渊明那样融通无碍的精神作基础,不拘泥儒家的礼教思想,把人真实的感情寄托在琴上。他在这里超越了隐逸思想、儒家思想的范围,在琴上寄寓了人的真实的感情,换言之,注入了更加全面的人的精神情态。这是苏轼在琴上赋予的新的意义,从中也可看出苏轼对琴是具有深刻的理解。"② 这在苏轼研究史上是十分新颖而具穿透力的见解。

总的来看,池泽滋子在丁谓研究、吴越钱氏文人群体研究、日本苏轼研究史研究及宋代诗人与宋代文化相关研究等方面,均取得了不少成就,并显示出其研究特色,如详尽地占有资料、细腻的比较分析、新颖独到的见解等,很值得我们学习与借鉴。池泽滋子的研究,共构出了日本学界宋诗研究的繁荣,对我国的宋诗研究者也有不少启示与参照作用。

---

① [日]池泽滋子:《苏东坡与陶渊明的无弦琴——苏轼与琴之一》,《中国典籍与文化》1998年第1期。
② [日]池泽滋子:《琴与琴枕——苏轼与琴之二》,《中国典籍与文化》1998年第2期。

第五章

日本宋诗研究的展望

二十世纪以来日本的宋诗研究取得了令人瞩目的成绩，特别是八十年代以来，宋诗研究出现了多元化发展的态势，研究队伍不断更新与壮大，研究内容越来越专门化，研究的方法越来越丰富，研究的数量和质量都有着很大程度的提高，研究的领域被大大扩展，为二十世纪日本的宋诗研究画上了一个圆满的句号。这个内容我们在第一章已有介绍。现在，我们要讨论的是：已成为过去时的二十世纪日本宋诗研究有哪些美中不足呢？下一步将有哪些课题需要大家着力研究呢？

一 二十世纪日本宋诗研究的不足

回顾二十世纪以来日本的宋诗学术史，检点一百年间的研究成果，我们可能会有一种深深的满足感，但比起对唐诗的研究，却还是觉得稀薄了一点，不管是研究成果的数量还是质量。因此，宋诗的研究还是有很多不足，也有很多工作需要学者们努力去做。

首先是相关文学史料整理依然薄弱。日本学者的研究态度严谨，重视也擅长资料整理与建设。但宋代诗人数量庞大，身份多样，地域分布广泛，诗歌体裁齐全，作品数量浩繁。尽管日本出版了很多古典文学的系列书籍，如《中国诗人选集》《中国诗人选集二集》《汉诗大系》《中国诗人选》《中国古典选》《中国人物丛书》《中国文明选》《中国古典文学大系》《中国古典文学全集》《中国诗文选》等，其中也包含了不少宋诗方面的集本。但还有大量宋代诗人的作品总集、别集需要整理，其他如年谱、相关研究资料的汇编，都还有待整理编撰。

其次是对诗人研究的不平衡，范围较窄，研究的对象主要集中于梅尧臣、欧阳修、苏轼、黄庭坚、陆游等著名诗人，其中，又以对苏轼的研究为多。即便是宋诗的代表诗人黄庭坚的研究，也缺乏专著，论文数量也不多，所论说的面也不太广。梅尧臣、欧阳修的研究也没有专著，论文数量也不多。至于其他众多的宋代诗人，更不用说了。还有不少诗歌群体、流派，也是无人问津。因此，对于这些，无论是资料搜集，还是创作活动、文坛交游、作品传播等基本事实的研究，都还存在很大的开拓发展空间。

再次是诗歌研究内容的不平衡。在二十世纪，日本学者对宋诗的研究已经涉及宋代各个时期、各种题材的诗歌。但在对宋诗发展史、宋诗艺术的研究方面，还显得有些浅显单薄，没有一部完整的探索宋诗发展的宋诗史，也没有对宋诗本质性的特征进行提炼概括的著作。

最后是对有关文学现象、事件和文学史阶段的研究较为缺乏。目前，日本学者对宋代的士大夫文学、市民文学，文学事件的乌台诗案，文学流派的江湖诗派、诗与绘画的关系等已有所关注，但成果并不是很多，像家族文学群体现象、车盖亭诗案、江湖诗案，还有文学上重要问题的争论，如王禹偁《答张扶书》等，有关研究成果寥寥可数或者直接是无，文士日常的社集和唱酬活动也是很少论及。

由于存在这些方面的不足，迄今为止的宋诗研究总体上显得较零散和细碎，很多学者的研究只是做一些孤立的、零星的工作，没有在政治历史事件与文人活动，诗歌创作与诗学批评，哲学思想史与文学史之间创建有说服力的联系，作出具有思想性和历史深度的文学诠释，这必然会妨碍宋诗研究的内容深入与维面拓展。

二 二十一世纪日本宋诗研究展望

进入二十一世纪，世界文化的建设开始步入一个新的世纪，国与国之间的对话与交流在进一步加强，我国本土的宋诗研究一直呈发展上升态势，日本学者的宋诗研究也必将在这种文化发展态势下继续开拓前行。展望二十一世纪日本学者宋诗研究的发展趋势，应该在以下两个方面不断延伸：传统的延续与新兴的文学增长点。传统的延续方面有宋诗文献研究、士大夫诗歌研究、日中诗歌比较研究等，新兴的文学增长点有以风格流派为特征的文学群体研究，诗迹研究，即文学地理学研究，以文化为背景的综合研究等。

文学文献研究是日本学者的传统研究领域，也是古典文学研究的基础。虽然日本学者研究宋诗文献不如我国本土学者有得天独厚的大量文献所在地条件，但随着国际交往的日益频繁，古籍数据库的建立，网络交往的普及，这种文献的地域壁垒正在被打破，加之日本学者擅长细致的文献研究，又有读书会等形式的集团作战优势，文学文献研究必将取得很多成果，像基本作品的深度整理，专题文献的辑录、编纂，研究资料的辑录、汇编，各类专题索引的编制都是可以大有一番作为的。

日本的士大夫诗歌研究源于内藤湖南的宋代"近世说"，学者们以"士大夫"的命题作为"内藤学说"在文艺史领域的延伸，注重以士大夫作为文艺主体对唐宋转型的重大作用。1999年3月，日本的宋史研究者曾经在东京大学文学部召开一次专题讨论会，会议名称是"宋史研究者所见的中国研究之课题——士大夫、读书人、文人或精英"，其主题就是呼唤以"士大夫"为中心的研究。此后，很多中青年学人陆续在此课题上发表研究成果，像内山精也的专著《传媒与真相——苏轼及其周围士大夫的文学》与《苏轼诗研究——宋代士大夫的构成》，就是围绕着"士大夫"的中心议题的。这一专注宋代创作主体性质的论题，必将在二十一世纪延续下来，产生更多的研究成果。这方面研究的发展，也会弥补上述对诗人研究的不平衡、诗歌研究内容的不平衡的部分不足。

日中诗歌比较研究是日本的中国古典诗歌研究必有的内容。首先，作为一种外国文学研究，学者们本能地会拿这种外国文学与本国文学进行比较；其次，中国文学对日本文学的发展有着深刻的、巨大的影响。因此，日本学者们把研究中国文学对日本文学的影响作为比较文学的一大课题，产生了一系列的成果，如水野平次《白乐天与日本文学》（目黑书店，1930年），太田青丘《日本歌学与中国诗学》（弘文堂书店，1958年），丸山清子《源氏物语与白氏文集》（东京女子大学文学会，1964年）等，宋诗研究方面有渡边益雄《松尾芭蕉与黄山谷》（1949年9月），早川光三郎《苏东坡与日本文学》（1954年7月），近藤启吾《朱子感兴诗与若林强斋感兴诗讲义》（1966年6月），小西甚一《芭蕉与唐宋诗》（1977年），石原清志《中世歌论与江西诗派——黄山谷的诗风》（1988年12月）、《中国诗对中世中期歌论的影响——黄山谷的诗风》（1998年3月），大平桂一《芭蕉与黄山谷》（1998年4月），池泽一郎《新井白石与宋诗——白石汉诗中所见苏轼、唐庚、王安石的影响》（1999年1月），一海知义《河上肇与诗人陆游》（1999年），等等。在二十一世纪，这类论文还在继续，如西冈淳《市川宽斋〈宽斋遗稿〉与唐宋诗人》（2005年3

月)、丹羽博之《王之敬"青毡"逸话与唐宋诗和日本文学》(2007年),中岛贵奈《六如与宋诗:景与诗、诗人的关系》(2008年10月)、《关于六如上人的咏蛙诗:宋诗受容与日本化》(2008年12月),池泽滋子《永井禾原与苏轼——以〈来青阁寿苏诗〉为中心》(2009年1月),石本道明《日本对宋代诗文受容的分期——以折本珍重期为中心》(2011年1月),池泽滋子《关于向山黄村的寿苏诗》(2012年7月)等,可以预见,这一主题仍将是日本学者的主要研究论题。

当然,日本学者的这些"皈依"传统的研究方法或论题,其实并不是简单的单纯的回归,而是在融合了新的思潮、观念、方法后的螺旋式上升与发展,研究的成果能从丰富、坚实的材料基础得出结论,又能做到角度新颖,视野开阔,必将形成一种结合传统的新的学术范式。

对以风格流派为特征的文学群体进行系统工程式的研究,这在我国已取得不少骄人的成绩,如莫砺锋《江西诗派研究》(齐鲁书社,1986年)、蒋寅《大历诗风》(上海古籍出版社,1992年)、张宏生《江湖诗派研究》(中华书局,1994年)等。日本学者这方面的研究比较缺乏,处于起步阶段。近些年,日本学者内山精也由关注宋代社会士大夫的文学创作转而研究宋元易代之际的江湖诗派,他引导着日本学者的研究向"江湖诗派"掘进。例如:①在早稻田大学每月召开读书会,精读江湖诗人作品,成果汇成《江湖派研究》第一、二、三辑;②主持日本学术振兴会研究项目"南宋江湖诗派综合研究"(2011—2014),分别在大阪大学(2011)、同志社大学(2012)、早稻田大学(2013)召开了国际学术研讨会;③约请中日两国学者聚焦江湖诗人以及由此产生的江湖现象撰写论文,汇编成《南宋的江湖诗人们——中国近世文学的前夜》(勉诚出版社,2015年3月),成为日本学界首部江湖诗人研究专书,也成为中日两国研究者越来越深入紧密交流与合作的标志。对以风格流派为特征的文学群体进行系统工程式的研究,能够切实弥补上述对诗人研究的不平衡、诗歌研究内容的不平衡的问题。

作为新兴的文学增长点的诗迹研究,即文学地理学研究,在我国也呈不断上升之势。文学地理学是一门有机融合文学与地理学研究、以文学为本位、以文学空间研究为重心的新兴交叉学科。它的主要内容包括:作家籍贯地理、作家活动地理、作品描写地理、作品传播地理等,通过对这四个内容层面的动态的、立体的、综合的分析研究,既可以更真切地了解文学家的生态环境，又可以复原文学家重构的时空场景，揭示其中隐含的文学家深层的心灵图景，还可以由此考察文学传播与接受的特殊规律，这对于推动中国文学研究的学术创新，不管是个案研究，还是文学史研究，都具有重要学术价值与意义。这方面的著作如梅新林《中国文学地理形态与演变》（复旦大学出版社，2006年）、曾大兴《文学地理学研究》（商务印书馆，2012年）等。日本学者也有一些研究，如内山精也的论文《长淮的诗境——〈诗经〉至北宋末》（《橄榄》15，2008年3月）、《长淮的诗境（南宋篇）——爱国、忧国的意识形态》（《江湖派研究》2，2012年），还有中尾健一郎的著作《古都洛阳与唐宋文人》（汲古书院，2012年）。内山精也是日本宋诗研究的领头人，中尾健一郎是日本宋诗研究的后起之秀，于此，我们可以相信，此方面也会成为日本宋诗研究的一大重要论题。

以文化为背景的综合研究，也是日本学者宋诗研究的增长点。日本学者怀抱着对中国文化的极大兴趣，积极探索，他们大部分人有我国文学文化的根基，有留学中国的经历，他们普遍认同陈寅恪所说"华夏民族文化、历数千载之演进，造极于赵宋之世"[①]的看法，热衷于以宋代文化为背景，运用多种方法，对宋代文学进行多角度、多方位、多层次的综合研究。老一辈学者中吉川幸次郎、小川环树是这样，宋诗研究的中坚力量浅见洋二、内山精也、池泽滋子等都是如此。以文化为背景或从文化的角度切入研究，可以更加开拓文学研究的思维空间，更新研究视角，突破原有的研究范式。这方面研究的拓展，亦能够达成对上述有关文学现象、事件和文学史阶段的研究较为缺乏问题的突破。

展望二十一世纪，日本的宋诗研究依然有无限的发展空间，传统的延续方面有宋诗文献研究、士大夫诗歌研究、日中诗歌比较研究等，新兴的文学增长点有以风格流派为特征的文学群体研究，诗迹研究，即文学地理学研究，以文化为背景的综合研究等。这既是日本宋诗研究的内在承传与发展，也是与我国本土研究相互影响、相互刺激、相互切磋的结果。中日两国的宋诗研究一定会在这种繁荣局面中走向进一步繁荣，你中有我，我中有你，同时又各具特色，大放异彩。

[①] 陈寅恪：《邓广铭宋史职官志考证序》，载《金明馆丛稿二编》，上海古籍出版社1980年版，第245页。

主要参考书目

[日] 石川梅次郎监修，吉田诚夫等编：《中国文学研究文献要览（1945—1977）》，日外アソシエツ株式会社 1979 年版。

[日] 川合康三监修，谷口洋等编：《中国文学研究文献要览——古典文学（1978—2007）》，日外アソシエツ株式会社 2007 年版。

[日] 池田四郎：《日本诗话丛书》，东京文会堂书店 1919 年版。

[日] 青木正儿：《中国文学发凡》，郭虚中译，商务印书馆 1936 年版。

[日] 幸田露伴：《露伴全集》，岩波书店 1950 年版。

[日] 早稻田大学编：《早稻田大学七十年志》（非卖品），早稻田大学，1952 年。

[日] 筧文生：《梅尧臣》，岩波书店 1962 年版。

[日] 吉川幸次郎：《宋诗概说》，岩波书店 1962 年版。

[日] 内藤湖南：《内藤湖南全集》（第八卷），筑摩书房 1969 年版。

[日] 前野直彬：《中国文学史》，东京大学出版会 1975 年版。

[日] 前野直彬：《宋诗鉴赏辞典》，东京堂书店 1977 年版。

[日] 讲谈社编：《中国文史哲学论集：加贺博士退官纪念》，讲谈社 1979 年版。

[日] 松川健二：《宋明的思想诗》，北海道大学大图书刊行会 1982 年版。

[日] 青木正儿：《中国文学概说》，隋树森译，重庆出版社 1982 年版。

[日] 村上哲见：《圆熟诗人——陆游》，集英社 1983 年版。

[日] 横田辉俊：《天才诗人苏东坡》，集英社 1983 年版。

[日] 吉川幸次郎：《吉川幸次郎全集》，筑摩书房 1984 年版。

[日] 河上肇：《河上肇全集》，岩波书店 1984 年版。

[日] 船津富彦：《唐宋文学论》，汲古书院 1986 年版。

[日] 前野直彬：《宋诗鉴赏辞典》，田德毅译，吉林教育出版社 1987

年版。

［日］吉川幸次郎：《宋元明诗概说》，李庆等译，中州古籍出版社 1987 年版。

［日］吉川幸次郎：《中国文学史》，陈顺智、徐少舟译，四川人民出版社 1987 年版。

［日］吉川幸次郎：《中国诗史》（筑摩书房 1967 年版为底本），章培恒等译，安徽文艺出版社 1988 年版。

［日］铃木虎雄：《中国诗论史》，许总译，广西人民出版社 1989 年版。

［日］小尾郊一：《中国文学中所表现的自然与自然观》，邵毅平译，上海古籍出版社 1989 年版。

［日］越野三郎：《陆放翁——诗传》，3A 网络出版社 1996 年版。

［日］市河宽斋：《陆诗考实——本传年谱》，朋友书店 1996 年版。

［日］小川环树：《小川环树著作集》，筑摩书房 1997 年版。

［日］池泽滋子：《丁谓研究》，巴蜀书社 1998 年版。

［日］吉川幸次郎：《宋元明诗概说》，李庆等译，中州古籍出版社 1999 年版。

［日］内藤湖南、青木正儿：《两个日本汉学家的中国纪行》，王青译，光明日报出版社 1999 年版。

［日］吉川幸次郎：《我的留学记》，钱婉约译，光明日报出版社 1999 年版。

［日］小林义广：《欧阳修及其生涯和宗族》，创文社 2000 年版。

［日］吉川幸次郎：《中国诗史》，章培恒等译，复旦大学出版社 2001 年版。

［日］仓石武四郎：《仓石武四郎中国留学记》，荣新江、朱玉麒辑注，中华书局 2002 年版。

［日］筧文生：《唐宋文学论考》，创文社 2002 年版。

［日］山本和义：《诗人与造物——苏轼论考》，研文社 2002 年版。

［日］小川环树：《风与云——中国诗文论集》，周先民译，中华书局 2005 年版。

［日］内山精也：《传媒与真相——苏轼及其周围士大夫的文学》，朱刚、益西拉姆译，上海古籍出版社 2005 年版。

［日］浅见洋二：《距离与想象——中国诗学的唐宋转型》，金程宇、冈田

千穗译，上海古籍出版社 2005 年版。

［日］高津孝：《科举与诗艺——宋代文学与士人社会》，潘世圣等译，上海古籍出版社 2005 年版。

［日］东英寿：《复古与创新——欧阳修散文与古文复兴》，王振宇、李莉等译，上海古籍出版社 2005 年版。

［日］保苅佳昭：《新兴与传统——苏轼词论述》，上海古籍出版社 2005 年版。

［日］兴膳宏：《中国古典文化景致》，李寅生译，中华书局 2005 年版。

［日］池泽滋子：《吴越钱氏文人群体研究》，上海人民出版社 2006 年版。

［日］松浦友久博士追悼纪念中国古典文学论集刊行会编：《松浦友久博士追悼纪念中国古典文学论集》，研文社 2006 年版。

［日］筧文生、筧久美子：《唐宋诗文的艺术世界》，卢盛江、刘春林编译，中华书局 2007 年版。

［日］浅见洋二：《中国的诗学认识——从中世到近世的转换》，创文社 2008 年版。

［日］一海知义：《陶渊明·陆放翁·河上肇》，彭佳红译，中华书局 2008 年版。

［日］横山伊势雄：《宋代文人的诗与诗论》，创文社 2009 年版。

［日］小川环树：《论中国诗——唱颂中国诗歌之古韵古致》，谭汝谦、陈志诚、梁国豪译，贵州人民出版社 2009 年版。

［日］内山精也：《苏轼诗研究——宋代士大夫诗人的结构》，研文社 2010 年版。

［日］中尾健一郎：《古都洛阳与唐宋文人》，汲古书院 2012 年版。

［日］山本和义：《理与诗情：中国文学的世界》，研文社 2012 年版。

［日］前野直彬：《中国文学史》，骆玉明、贺圣遂译，复旦大学出版社 2012 年版。

［日］堀川贵司、浅见洋二编：《沧海中被交换的诗文》，汲古书院 2012 年版。

［日］山本和义：《诗人与造物——苏轼论考》，张剑译，中国社会科学出版社 2013 年版。

［日］原田爱：《苏轼文学的继承与苏氏一族——以和陶诗为中心》，中国书店出版社 2015 年版。

［日］内山精也：《南宋的江湖诗人们——中国近世文学的前夜》，勉诚出版社2015年版。

［日］日本东方学会编：《东方学》第1—110辑，1951—2005年版。

［日］京都大学文学部编：《中国文学报》第1—73期，1954—2010年版。

［日］宋代诗文研究会编：《橄榄》第1—17期，1993—2010年版。

［日］日本宋代文学学会编：《日本宋代文学学会》第1—2集，2014—2015年版。

［日］绿川英树：《梅尧臣与北宋诗坛研究》，博士学位论文，南京大学，2002年。

［美］伯顿·华生：《中国抒情诗歌》，哥伦比亚大学出版社1971年版。

［美］雷·韦勒克、奥·沃伦撰：《文学理论》，刘象愚、邢培明、陈圣生、李哲明译，生活·读书·新知三联书店1984年版。

［美］费正清：《费正清中国回忆录》，陆惠勤等译，知识出版社1991年版。

［德］W. 顾彬：《中国文人的自然观》，马树德译，上海人民出版社1990年版。

永瑢等：《四库全书总目》，中华书局1965年版。

脱脱等：《宋史》，影印文渊阁《四库全书》本。

李焘：《续资治通鉴长编》，影印文渊阁《四库全书》本。

胡云翼：《宋诗研究》，商务印书馆1933年版。

刘麟生：《中国诗词概论》，世界书局1933年版。

柯敦伯：《宋文学史》，商务印书馆1934年版。

梁启超：《饮冰室合集》，上海中华书局1936年版。

梁昆：《宋诗派别论》，商务印书馆1938年版。

李易：《陆游诗选》，人民文学出版社1957年版。

钱锺书：《宋诗选注》，人民文学出版社1958年版。

李贽：《焚书》，中华书局1961年版。

叶适：《叶适集》，刘功纯等点校，中华书局1961年版。

中国科学院文学研究所编：《中国文学史》，人民文学出版社1962年版。

赵翼：《瓯北诗话》，霍松林、胡主佑校点，人民文学出版社1963年版。

欧阳修、宋祁：《新唐书》，中华书局1975年版。

朱东润：《梅尧臣传》，中华书局1979年版。

严绍璗：《日本的中国学家》，中国社会科学出版社 1980 年版。
郭绍虞：《宋诗话辑佚》，中华书局 1980 年版。
郭绍虞、王文生：《中国历代文论选》，上海古籍出版社 1980 年版。
朱东润编年校注：《梅尧臣集编年校注》，上海古籍出版社 1980 年版。
刘守宜：《梅尧臣诗之研究及其年谱》，（台北）文史哲出版社 1980 年版。
欧小牧：《陆游年谱》，人民文学出版社 1981 年版。
缪钺：《诗词散论》，上海古籍出版社 1982 年版。
苏轼撰：《苏轼诗集》，王文诰辑注，孔凡礼点校，中华书局 1982 年版。
郭绍虞：《清诗话续编》，富寿荪校点，上海古籍出版社 1983 年版。
丁福保辑：《历代诗话续编》，中华书局 1983 年版。
厉鹗编：《宋诗纪事》，上海古籍出版社 1983 年版。
朱靖华：《苏轼新论》，齐鲁书社 1983 年版。
朱东润：《中国文学论集》，中华书局 1983 年版。
罗大经撰：《鹤林玉露》，王瑞来点校，中华书局 1983 年版。
齐治平：《唐宋诗之争概论》，岳麓书社 1984 年版。
钱锺书：《谈艺录》（补订本），中华书局 1984 年版。
王水照：《唐宋文学论集》，齐鲁书社 1984 年版。
梁容若：《中日文化交流史论》，商务印书馆 1985 年版。
于北山：《陆游年谱》，上海古籍出版社 1985 年版。
钱锺书：《管锥编》，中华书局 1986 年版。
吴之振等编：《宋诗钞》，中华书局 1986 年版。
方回：《瀛奎律髓》，上海古籍出版社 1986 年版。
欧阳修：《欧阳修全集》，中国书店 1986 年版。
苏轼：《苏轼文集》，孔凡礼校注，中华书局 1986 年版。
李庆甲：《〈瀛奎律髓〉汇评》，上海古籍出版社 1986 年版。
莫砺锋：《江西诗派研究》，齐鲁书社 1986 年版。
吕留良、吴之振选编：《宋诗钞》，中华书局 1986 年版。
王桂编著：《日本教育史》，吉林教育出版社 1987 年版。
谢桃坊：《苏轼诗研究》，巴蜀书社 1987 年版。
朱自清著，蔡清富等编选：《朱自清选集》，河北教育出版社 1989 年版。
刘柏青、张连第、王鸿珠：《日本学者中国文学研究译丛》（第五辑），吉林教育出版社 1990 年版。

程千帆著，张伯伟编：《程千帆诗论选集》，陕西人民出版社1990年版。
北京大学古文献研究所编：《全宋诗》，北京大学出版社1991—1998年版。
程千帆、吴新雷：《两宋文学史》，上海古籍出版社1991年版。
陈衍评点，曹中孚校注：《宋诗精华录》，巴蜀书社1992年版。
许总：《宋诗史》，重庆出版社1992年版。
周勋初：《当代学术研究思辨》，南京大学出版社1993年版。
张毅：《宋代文学思想史》，中华书局1995年版。
韩经太：《宋代诗歌史论》，吉林教育出版社1995年版。
张宏生：《江湖诗派研究》，中华书局1995年版。
章培恒、骆玉明：《中国文学史》，复旦大学出版社1996年版。
袁行霈：《中国诗歌艺术研究》（增订本），北京大学出版社1996年版。
程毅中：《宋人诗话外编》，国际文化出版公司1996年版。
王水照：《宋代文学通论》，河南大学出版社1997年版。
周裕锴：《宋代诗学通论》，巴蜀书社1997年版。
邓广铭：《北宋政治改革家王安石》，人民出版社1997年版。
吴文治：《宋诗话全编》，凤凰出版社1998年版。
莫砺锋：《推陈出新的宋诗》，辽海出版社1998年版。
陈衍：《石遗室诗话》，辽宁教育出版社1998年版。
王友胜：《苏诗研究史稿》，岳麓书社2000年版。
程杰：《北宋诗文革新研究》，内蒙古教育出版社2000年版。
霍松林：《唐音阁论文集》，河北教育出版社2001年版。
王水照：《新宋学》（第1—3辑），上海辞书出版社2001—2005年版。
李庆：《日本汉学史》，上海外语教育出版社2002年版。
黄宝华、文师华：《中国诗学史》（宋金元卷），鹭江出版社2002年版。
吕肖奂：《宋诗体派论》，四川民族出版社2002年版。
李泽厚：《美的历程》，天津社会科学院出版社2003年版。
周裕锴：《中国古代阐释学研究》，上海人民出版社2003年版。
蒋寅、张伯伟：《中国诗学》（第八辑），人民文学出版社2003年版。
张哲俊：《吉川幸次郎研究》，中华书局2004年版。
胡云翼著，刘永翔、李露蕾编：《胡云翼说诗》，华东师范大学出版社2004年版。
钱锺书：《宋诗纪事补正》，生活·读书·新知三联书店2005年版。

陈新:《全宋诗订补》,大象出版社2005年版。

黄霖:《20世纪中国古代文学研究史》,东方出版中心2006年版。

羊列荣:《20世纪中国古代文学研究史》(诗歌卷),东方出版中心2006年版。

沈松勤:《第四届宋代文学国际研讨会论文集》,浙江大学出版社2006年版。

朱政惠:《海外中国学评论》(第1—4辑),上海古籍出版社2006—2011年版。

朱东润:《陆游传》,人民文学出版社2007年版。

黄进德:《欧阳修评传》,南京大学出版社2007年版。

欧明俊:《陆游研究》,上海三联书店2007年版。

钱婉约:《从汉学到中国学》,中华书局2007年版。

周裕锴:《宋代诗学通论》,上海古籍出版社2007年版。

蒋寅编译:《日本学者中国诗学论集》,凤凰出版社2008年版。

陈衍:《宋诗精华录》,上海古籍出版社2008年版。

严绍璗:《日本中国史稿》,学苑出版社2009年版。

朱东润:《朱东润自传》,人民文学出版社2009年版。

刘扬忠、王兆鹏:《宋代文学研究年鉴(2006—2007)》,武汉出版社2009年版。

臧佩红:《日本近现代教育史》,世界知识出版社2010年版。

张明华:《西昆体研究》,人民文学出版社2010年版。

袁枚:《随园诗话》,王英志校,凤凰出版社2011年版。

顾伟列:《20世纪中国古代文学国外传播与研究》,华东师范大学出版社2011年版。

郭英德:《多维视角:中国古代文学史的立体建构》,北京师范大学出版社2011年版。

周裕锴:《第六届宋代文学国际研讨会论文集》,巴蜀书社2011年版。

附录　日本学者宋诗研究的主要论著论文

本附录根据日本学者百余年来对宋诗研究的演变发展情况，将其历史进程大致界划为缓慢起步期（二十世纪前半期）、稳步发展期（二十世纪五十年代）、渐次展开期（二十世纪六七十年代）、持续繁盛期（二十世纪八十年代以降），对各时期的主要研究论著、论文列示如下，以"※"标示在中国大陆所出版论著与发表论文，从中亦可看出中日两国学术交流的情况。

一　缓慢起步期（二十世纪前半期）

1903 年

论著：

《王安石》，吉田宇之助，民友社，1903 年

1907 年

论著：

《苏东坡诗醇》（六卷），近藤元粹（编），青木嵩山堂书店，1907 年 1 月

1910 年

论著：

《苏东坡诗集评释》，井口驹北堂书店，1910 年

1911 年

论著：

《新释评注苏东坡诗选》，土屋弘（编），有朋堂书店、鼎堂书店，1911 年

1917 年

论著：

《苏诗选详解》，土屋弘（编），明治书店，1917 年 1 月

1928 年

论著：

《国译苏东坡诗集》（《续国译汉文大成》13—17），岩垂宪德、释清潭、久保天随（译注），国民文库刊行会，1928—1931 年

1935 年

论著：

《苏东坡》，矢板重山，三乐书房，1935 年 10 月

论文：

《关于〈诗经〉"六义"说的朱子解释法》，斋藤护一，《汉学会杂志》3—1，1935 年

1939 年

论著：

《苏东坡》，上村忠治，春秋社，1939 年 8 月

1942 年

论文：

《黄山谷的诗风及其时代》，土屋泰久，《大东文化学报》7、8 合辑，1942 年

1943 年

论著：

《详解苏东坡诗集》，大槻彻心（选译），京文社书店，1943 年 8 月

1947 年

论文：

《杜甫与陆游》，今田哲夫，《大华艺文》（日本印刷文化振兴会）1，1947 年 10 月

1948 年

论著：

《范仲淹》（《中华六十名家言行录》），吉田清治，弘文堂书店，1948 年

《范成大》(《中华六十名家言行录》),小川环树,弘文堂书店,1948年

《陆游》(《中华六十名家言行录》),今田哲夫,弘文堂书店,1948年

《姜夔》(《中华六十名家言行录》),中田勇次郎,弘文堂书店,1948年

1949年

论著:

《陆放翁鉴赏》(上、下),河上肇,三一书房,1949年

论文:

《松尾芭蕉与黄山谷》,渡边益雄,《国语与国文学》(东京大学)26—9,1949年9月

二 稳步发展期(二十世纪五十年代)

1950年

论著:

《陆放翁诗解》(上、中、下),铃木虎雄,弘文堂书店,1950—1954年

论文:

《北宋时期殿试的试题与其变迁》,荒木敏一,《羽田博士颂寿纪念东洋史论丛》(东洋史研究会),1950年

《论欧阳修》,内藤戊申,《羽田博士颂寿纪念东洋史论丛》(东洋史研究会),1950年

《苏东坡与海南岛》,幸田露伴,《露伴全集》(岩波书店)15,1950年

《苏子瞻、米元章》,幸田露伴,《露伴全集》(岩波书店)16,1950年

《各种诗禅相关之论说》,铃木虎雄,《日本学士院纪要》8—1,1950年3月

1951年

论文:

《苏东坡的心境(1)》,小仓正恒,《雅友》(雅友社)2,1951年6月

《苏东坡的心境(2)》,小仓正恒,《雅友》(雅友社)3,1951年9月

《苏东坡的心境（3）》，小仓正恒，《雅友》（雅友社）4，1951 年 10 月

《朱子的诗》，斋藤勇，《东京女子大学学报》，1951 年 7 月

《陆放翁的爱国之心》，古岛琴子，《历史评论》（历史科学协议会）33，1951 年 12 月

《陆放翁的田园诗》，风见章，《农民文学》（农民文化协会）4，1951 年 12 月

《中世纪表现意识与宋代诗论》，小西甚一，《国语》（东京教育大学）1—1，1951 年 10 月

1952 年

论文：

《宋代文化的一个侧面》，宫崎市定，《墨美》（墨美社）10，1952 年 3 月

《关于宋诗》，吉川幸次郎，《墨美》（墨美社）10，1952 年 3 月

1953 年

论文：

《宋代的士风》，宫崎市定，《史学杂志》（日本史学会）62—2，1953 年 2 月

《苏东坡的诗文用语研究》，小川环树，《各个研究及助成研究报告集录（昭和 27 年度）哲·史·文学编》，1953 年

《中世纪文学论的新展开与宋代诗话》，芳贺幸四郎，《史潮》（大塚史学会）48，1953 年 3 月

1954 年

论著：

《陆放翁诗解》（上、下），铃木虎雄，弘文堂书店，1954 年

论文：

《苏东坡诗文用语之研究》，小川环树，《各个研究及助成研究报告集录（昭和 29 年度）哲·史·文学编》，1954 年

《苏东坡的文艺》，小川环树，《书道全集月报》（平凡社）1，1954 年

《海南岛时期的苏东坡》，田中克己，《帝塚山学院短期大学研究年报》2，1954 年 12 月

《苏东坡与日本文学》，早川光三郎，《斯文》（斯文会）10，1954 年

7月

《苏东坡的海南岛之贬谪》，寺冈谨平，《雅友》（雅友社）17，1954年6月

《论苏轼与白居易相通的性格》，大西德治郎，《国语》（香川大学）7，1954年10月

《对句中语词的情绪价值——以〈诗人玉屑〉"唐人句法"为中心的考察》，谷川英则，《汉文学会会报》（东京教育大学）15，1954年6月

1955年

论文：

《宋代的闺秀诗人》，中田勇次郎，《东方文艺会报》（东方文艺会）14，1955年6月

《诗中比喻的工拙与雅俗——苏东坡》，小川环树，《中国文学报》（京都大学文学部）2，1955年4月

《东坡管见》，大西德治郎，《香川中国学会报》（香川中国学会）1，1955年4月

《陆游诗中所表现的社会现实》，田中佩刀，《斯文》（斯文会）12，1955年3月

《良基与宋代诗论》，小西甚一，《语文》（大阪大学）14，1955年3月

《关于诗话中所见"的对"、"切对"》，古田敬一，《铃峰女子短大研究集报》2，1955年9月

1956年

论文：

《苏东坡古诗用韵考》，小川环树，《京都大学文学部五十周年纪念论集》，1956年

《关于诗话中所见的虚实对》，古田敬一，《铃峰女子短大研究集报》3，1956年10月

《藤村与诗话》，芳贺和子，《宫城学院女子大学研究论文集》10，1956年12月

《从〈诗集传（国风）〉所看到的朱子思想》，友枝龙太郎，《东京支那学报》（东京支那学会）3，1956年6月

《良基诗歌论与〈诗人玉屑〉——以"字眼"说为中心》，增田欣，

《文学·语学季刊》（三省堂书店）2，1956 年 12 月

1957 年

论著：

《中国文学的对句艺术》，古田敬一，广岛大学文学部中国文学研究室，1957 年

论文：

《欧小牧的〈爱国诗人陆游〉》，小川环树，《中国文学报》（京都大学文学部）7，1957 年 10 月

《宋明清三朝的诗坛与诗派》，菅谷军次郎，《宫城学院女子大学研究论文集》11，1957 年

《围绕〈六一居士诗话〉的各种问题》，船津富彦，《东洋文学研究》（早稻田大学东洋文学会）6，1957 年 12 月

1958 年

论著：

《苏东坡全集索引》，佐伯富，汇文堂书店，1958 年 4 月

论文：

《诗话中所看到的对句批评——奇对、工对、佳对》，古田敬一，《支那学研究》（广岛支那学会），1958 年 8 月

1959 年

论文：

《宋代演剧管窥——从陆游、刘克庄诗所见相关资料》，岩城秀夫，《中国文学报》（京都大学文学部）19，1959 年 4 月

《钱锺书的〈宋诗选注〉》，小川环树，《中国文学报》（京都大学文学部）10，1959 年 4 月

《试论禅给宋代诗论的影响》，横山伊势雄，《汉文学会会报》（东京教育大学）18，1959 年 6 月

《关于王安石评价系谱的考察》，东一夫，《东京学艺大学研究报告》10，1959 年 3 月

《〈沧浪诗话〉渊源考》，船津富彦，《东洋文学研究》（早稻田大学东洋文学会）7，1959 年 2 月

三　渐次展开期（二十世纪六七十年代）

1960 年

论文：

《苏轼诗论稿》，山本和义，《中国文学报》（京都大学文学部）13，1960 年 10 月

《朱东润的〈陆游传〉》，小川环树，《中国文学报》（京都大学文学部）13，1960 年 10 月

《〈沧浪诗话〉对近世歌论的影响》，国崎望久太郎，《立命馆文学》（立命馆大学人文学会）180，1960 年 6 月

1961 年

论文：

《北宋名人的姻戚关系——关于晏殊与欧阳修等人》，清水茂，《东洋史研究》（京都大学东洋史研究会）20—3，1961 年 12 月

《大自然对人类怀好意吗？——宋诗的拟人法》，小川环树，《无限》（政治公论社）8，1961 年 9 月

《〈渭南文集·剑南诗稿〉版本考》，佐藤保，《中国文学研究》（早稻田大学中国文学会）2，1961 年 12 月

《关于诗话中看到的宋人评论意识》，横山伊势雄，《汉文教室》（大修馆书店）52，1961 年 1 月

《关于东坡的诗画论》，船津富彦，《东方学》（日本东方学会）21，1961 年 3 月

1962 年

论著：

《宋诗概说》（《中国诗人选集二集》1），吉川幸次郎，岩波书店，1962 年

《梅尧臣》（《中国诗人选集二集》3），筧文生（注），岩波书店，1962 年 10 月

《苏轼》（《中国诗人选集二集》5、6），小川环树（注），岩波书店，1962 年 3 月、12 月（修订版：岩波书店，1983 年 12 月）

《王安石》（《中国诗人选集二集》4），清水茂（注），岩波书店，1962 年

《陆游》(《中国诗人选集二集》8),一海知义(注),岩波书店,1962年

论文:

《李义山的诗与西昆体》,薮木茂,《中国中世文学研究》(广岛大学中国中世文学研究会)2,1962年12月

《东坡诗中独特的色彩》,仓光卯平,《西南学院大学文理论集》2—2,1962年

《苏东坡的生涯及其诗》,小川环树,《苏轼(上)》(岩波书店),1962年3月

《放翁与杜甫》,一海知义,《中国文学报》(京都大学文学部)17,1962年10月

《陆游心目中的杜甫》,前野直彬,《中国文学报》(京都大学文学部)17,1962年10月

《陆游年谱》,一海知义,《中国诗人选集二集》(岩波书店)8,1962年

《此身合是诗人未——诗人的自觉:陆游》,小川环树,《中国诗人选集二集·梅尧臣(附录)》,1962年10月

《朱东润的〈陆游研究〉、于北山的〈陆游年谱〉》,小川环树,《中国文学报》(京都大学文学部)16,1962年8月

1963年

论著:

《黄庭坚》(《中国诗人选集二集》7),荒井健(注),岩波书店,1963年

论文:

《朱子斋居感兴诗管见(1)》,佐藤仁,《九州中国学会报》(九州中国学会)9,1963年5月

《朱熹〈楚辞集注〉的著作动机——站在楚辞评价的历史上》,林田慎之助,《九州中国学会报》(九州中国学会)9,1963年5月

《宋诗概说》(介绍),宫崎市定,《东洋史研究》22—1,1963年7月

1964年

论著:

《苏东坡》(《汉诗大系》17),近藤光男(选译),集英社,1964—

1968 年

《陆游》(《汉诗大系》19)，前野直彬（选译），集英社，1964 年

论文：

《宋代椠本的禁输与日本的流传》，森克己，《岩井博士古稀纪念典籍论集》，1964 年

《梅尧臣论》，筧文生，《东方学报》（创立三十五周年纪念论集）（京都大学人文科学研究所）36，1964 年 10 月

《苏轼与佛教》，竺沙雅章，《东方学报》（创立三十五周年纪念论集）（京都大学人文科学研究所）36，1964 年 10 月

《论苏东坡诗的源流——以与白乐天诗的关系为中心》，西野贞治，《日本中国学会报》（日本中国学会）16，1964 年 12 月

《苏东坡与白香山（上）》，堤留吉，《东洋文学研究》（早稻田大学东洋文学会）12，1964 年 3 月

《关于东坡诗王状元集注本》，西野贞治，《人文研究》（大阪市立大学）15—6，1964 年 7 月

《施宿编〈东坡先生年谱〉的发现》，仓田淳之助，《东方学报》（京都大学人文科学研究所）36，1964 年 10 月

1965 年

论著：

《宋诗选》(《汉诗大系》)，辛岛骁、今关天彭，集英社，1965 年

《苏诗佚注》，小山环树、仓田淳之助（编），京都大学人文科学研究所，1965 年

论文：

《论苏轼及其门下诸人的游戏诗》，西野贞治，《人文研究》（中国语·中国文学）（大阪市立大学）16—5，1965 年 6 月

《苏轼的和陶诗（上）——与陶渊明的关系》，合山究，《中国文艺座谈会纪要》（九州大学中国文学研究会）15，1965 年 7 月

《苏东坡与白香山（下）》，堤留吉，《东洋文学研究》（早稻田大学东洋文学会）13，1965 年 3 月

《诗与史学——论苏轼的思想》，仓田淳之助，《东洋史研究》（京都大学东洋史研究会）24—1，1965 年 6 月

《〈宋诗钞〉的选编理据——以"人"存"史"》，汤浅幸孙，《中国文

学报》（京都大学）20，1965年4月

《有关诗禅相关之论》，加地哲定，《中国佛教文学研究》（加地哲定著作刊行会发行），1965年10月

《关于梅尧臣的诗论》，横山伊势雄，《汉文学会会报》（东京教育大学）24，1965年6月

1966年

论著：

《文天祥》，梅原郁，人物往来社，1966年

《宋诗》（《汉诗大系》16），青木正儿，集英社，1966年

《苏东坡》（《中国诗人选》5），近藤光男（选译），集英社，1966年

论文：

《王安石与佛教——以隐居钟山时期为中心》，安藤智信，《东方宗教》28，1966年11月

《关于东坡诗赵次公注》，仓田淳之助，《御茶水女子大学人文科学纪要》19，1966年3月

《苏东坡诗论》，仓田淳之助，《东洋文化》（无穷会）13，1966年4月

《苏东坡诗所表现出的对宗教的倾心》，仓光卯平，《西南学院大学文理论集》6—2，1966年2月

《朱子感兴诗与若林强斋感兴诗讲义》，近藤启吾，《艺林》（艺林会）17—3，1966年6月

《诗人与词——白居易和陆游》，田森襄，《琦玉大学教养学部纪要》1，1966年3月

《关于宋代诗论中的"平淡之体"》，横山伊势雄，《汉文学会会报》（东京教育大学）20，1966年6月

《苏东坡文章观的一个侧面》，阿部兼也，《汉文教室》（大修馆书店）77，1966年6月

1967年

论著：

《宋诗选》（《中国古典选》18），入谷仙介，朝日新闻社，1967年

《宋诗选》（《筑摩丛书》74），小川环树，筑摩书房，1967年3月

《苏东坡》（《中国人物丛书》2），竺沙雅章，人物往来社，1967年

《黄山谷》（《汉诗大系》12），仓田淳之助（译注），集英社，1967年

论文：

《宋诗的情况》，吉川幸次郎，吉川幸次郎著，高桥和巳编《中国诗史》（筑摩书房），1967年

《关于苏轼》，吉川幸次郎，吉川幸次郎著，高桥和巳编《中国诗史》（筑摩书房），1967年

《诗人与药铺——关于黄庭坚》，吉川幸次郎，吉川幸次郎著，高桥和巳编《中国诗史》（筑摩书房），1967年

《关于陆游》，吉川幸次郎，吉川幸次郎著，高桥和巳编《中国诗史》（筑摩书房），1967年

《关于诗话》，船津富彦，《中国文化丛书4·文学概论》（大修馆书店），1967年9月

《宋代文艺中的"俗"概念——以苏轼、黄庭坚为中心》，合山究，《九州中国学会报》（九州中国学会）13，1967年5月

《苏轼的文学思想——"性命自得"与"自然随顺"》，合山究，《中国文艺座谈会纪要》（九州大学）16，1967年2月

《陈师道的诗与诗论》，横山伊势雄，《汉文学会会报》（东京教育大学）26，1967年6月

《〈楚辞集注〉中所表现的朱熹的思想》，山根三芳，《广岛大学文学部纪要》27—1，1967年12月

《〈沧浪诗话〉研究》，横山伊势雄，《东京教育大学文学部纪要》（国文学汉文学论丛12）62，1967年3月

1968年

论著：

《苏诗佚注》，小川环树、仓田淳之助（编），明德社，1968年

《宋人传记索引》，宋史提要编纂协力委员会，东洋文库，1968年

论文：

《宋代诗人及作品概说》，小川环树，《宋诗选》（筑摩书房），1968年3月

《邵雍的生涯与诗》，上野日出刀，《吉川博士退休纪念中国文学论集》，1968年

《苏轼的文人活动及其要因》，合山究，《九州中国学会报》（九州中

国学会）14，1968年5月

《论东坡诗中的买田语》，西野贞治，《人文研究》（中国语·中国文学）（大阪市立大学）19—10，1968年3月

《诗与词之间——苏东坡》，村上哲见，《东方学》（日本东方学会）35，1968年1月

《黄山谷的性格》，仓田淳之助，《吉川博士退休纪念中国文学论集》，1968年

《诗话中有关对句的批评——奇对、工对、佳对》，古田敬一，《支那学研究》（广岛支那学会）20，1968年

1969年

论著：

《唐宋诗鉴赏》，泽口刚雄，福村社，1969年

论文：

《雅号的流行与宋代文人意识的形成》，合山究，《东方学》（日本东方学会）37，1969年3月

《论苏轼的隐逸思想——以与陶渊明的关系为中心》，横山伊势雄，《东京教育大学文学部纪要》72，1969年3月

《关于黄山谷的〈演雅〉诗》，荒井健，《橘女子大学研究年报》2，1969年9月

《陆游的诗》，铃木三八男，《斯文》（斯文会）58，1969年10月

《陆游诗中的"愤激"与"闲适"》，横山伊势雄，《汉文学会报》（东京教育大学）28，1969年9月

1970年

论著：

《唐宋诗集》，前野直彬，平凡社，1970年

《宋代文集索引》，佐伯富，东洋史研究会，1970年

论文：

《宋诗的学问性》，合山究，《中国文学论集》（九州大学中国文学会）（创刊号），1970年5月

《苏轼任职杭州通判时期的交友》，西野贞治，《人文研究》（中国语·中国文学）（大阪市立大学）21—4，1970年3月

《论中唐至北宋末年对杜甫的接受》，黑川洋一，《四天王寺女子大学

纪要》3，1970年12月

《关于吕本中〈江西诗社宗派图〉》，合山究，《九州中国学会报》（九州中国学会）16，1970年5月

1971年

论著：

《宋诗选》，入谷仙介，朝日新闻社，1971年

论文：

《北宋士大夫的徙居与买田——以东坡尺牍为主要资料》，竺沙雅章，《史林》（京都大学史学研究会）54—2，1971年3月

《与赠答品相关的诗中所见宋代文人有趣的交游生活》，合山究，《中国文学论集》（九州大学中国文学会）2，1971年

《黄庭坚诗论考——以用典论为中心》，横山伊势雄，《东京教育大学文学部纪要》82，1971年3月

1972年

论著：

《苏东坡诗集》（《中国的诗集》8），金冈照光（译），角川书店，1972年

《苏东坡集》（《中国文明选》2），小川环树、山本和义，朝日新闻社，1972年

《苏东坡》，小川环树，朝日新闻社，1972年

《沧浪诗话》（译注），荒井健，朝日新闻社，1972年

论文：

《宋代诗人论李白与杜甫》，横山伊势雄，《汉文研究札记1·李白与杜甫》（尚学图书社），1972年5月

《关于苏轼的政治批判诗》，横山伊势雄，《汉文学会会报》（东京教育大学）31，1972年6月

《关于东坡的戏谑诗》，仓田淳之助，《鸟居久靖先生花甲纪念论集中国的言语与文学》，1972年

《苏轼与元祐党争旋涡中的人》，西野贞治，《人文研究》（中国语·中国文学）（大阪市立大学）23—3，1972年1月

《关于东坡居士》，中村文峰，《中国文学论考》（二松学舍大学）1，1972年12月

《关于诗话》，伊藤正文，《文学论集》（朝日新闻社），1972 年 5 月

《朱熹的苏学批判——序说》，合山究，《中国文学论集》（九州大学中国文学会）3，1972 年

《〈沧浪诗话（诗辩·诗法·诗评)〉译注》，荒井健，《文学论集》（《中国文明选》13）（朝日新闻社），1972 年 5 月

1973 年

论著：

《宋·元·明·清诗集》（《中国古典文学大系》19），前野直彬（编译），平凡社，1973 年

《苏轼》（《中国诗文选》19），山本和义（译注），筑摩书房，1973 年

《黄山谷》，仓田淳之助，明德社，1973 年

《陆游诗集》（《中国的诗集》9），石川忠久（译），角川书店，1973 年

论文：

《东坡诗论考——作词的场合与作品分析》，横山伊势雄，《文学部纪要》（东京教育大学）18，1973 年 3 月

《论苏轼〈南行集〉中的诗》，横山伊势雄，《汉文学会会报》（东京教育大学）32，1973 年 6 月

《有关市河宽斋的〈陆诗考实〉》，杉村英治，《东洋文化》（无穷会）33，1973 年

《陆游年谱》，石川忠久，《中国的诗集》（角川书店）9，1973 年

《历代对杜牧诗的欣赏——晚唐至宋代》，山内春夫，《府立学校教员研究论文集》（大阪府教育委员会），1973 年

《〈苕溪渔隐丛话〉札记》，船津富彦，《东洋大学纪要》（文学部篇）27，1973 年 12 月

《〈沧浪诗话〉与〈潜溪诗眼〉——宋代诗论札记》，荒井健，《东方学报》（京都大学人文科学研究所）44，1973 年 2 月

1974 年

论著：

《陆游》（《中国诗文选》20），小川环树，筑摩书房，1974 年

《朱子集》（《中国文明选》3），吉川幸次郎、三浦国雄（注），朝日新闻社，1974 年

论文：

《宋代文人思想——论欧阳修》，羽床正范，《北九州大学文学部纪要》12，1974 年 12 月

《王安石的诗与诗论》，横山伊势雄，《高校通信·东书国语》（东京书籍社）133，1974 年 9 月

《苏东坡的自然观》，合山究，《目加田诚博士古稀纪念中国文学论集》（龙溪书舍），1974 年

《苏轼岭外诗考》，山本和义，《入矢教授、小川教授退休纪念中国文学语学论集》，1974 年

《苏东坡文学的"以俗为雅"》，合山究，《中国文学论集》（九州大学中国文学会）4，1974 年 5 月

《论朱子的诗》，上野日出刀，《入矢教授、小川教授退休纪念中国文学语学论集》，1974 年

《陆游的诗学——特别是其与陆佃学问的关系》，《东方学会报》（东方学会）25，1974 年 1 月

《关于诗话辑本》，仓田淳之助，《入矢教授、小川教授退休纪念中国文学语学论集》，1974 年 10 月

《对宋代诗画一体观的考察》，羽床正范，《北九州大学文学部纪要》11，1974 年 8 月

《关于欧阳修〈毛诗本义〉》，坂田新，《诗经研究》（日本诗经学会）1，1974 年 10 月

《朱子的文艺论》，林田慎之助，《朱子学入门》（明德社），1974 年 7 月

1975 年

论著：

《增刊校正王状元集注分类东坡先生诗》（《和刻本汉诗集成·宋诗篇》1、2），长泽规矩也（编），汲古书院，1975 年

《苏东坡诗选》（《岩波文库》），小川环树、山本和义（选），岩波书店，1975 年

《苏东坡绝句》，村濑石斋（选），田能村孝宪（订），汲古书院，1975 年 11 月

论文：

《诗人之"狂"——苏轼》，横山伊势雄，《汉学会会报》（东京教育大学）34，1975年6月

《论黄山谷居士》，中村文峰，《中国文学论考》3，1975年5月

《徽宗时的宇文虚中》，小栗英一，《人文论集》（静冈大学）26，1975年12月

1976年

论著：

《施注苏诗索引》（卷之一），京都读书会，1976年1月

《及辰园往来——苏东坡杂感》，佐藤佐太郎，求龙堂书店，1976年4月

《和靖先生诗集》（《和刻本汉诗集成·宋诗篇》1），长泽规矩也（编），汲古书院，1976年

《东坡先生诗集》（《和刻本汉诗集成·宋诗篇》3）（新王注本），长泽规矩也（编），汲古书院，1976年

《后山诗注》（《和刻本汉诗集成·宋诗篇》3），长泽规矩也（编），汲古书院，1976年

《简斋诗集》（《和刻本汉诗集成·宋诗篇》4），长泽规矩也（编），汲古书院，1976年

《陆放翁诗集》（《和刻本汉诗集成·宋诗篇》5），长泽规矩也（编），汲古书院，1976年

《沧浪诗话》（译注），市野泽寅雄，明德社，1976年7月

论文：

《欧阳修与梅尧臣——关于他们的形象》，羽床正范，《北九州大学文学部纪要》15，1976年

《苏轼〈望湖楼醉书〉诗考》，山本和义，《南山国文论集》（南山大学国语学国文学会）1，1976年

《朱熹与陆游》，佐藤仁，《小尾博士退休纪念中国文学论集》，1976年

《红叶与陆游》，尾形国治，《国文学解释与教材研究》（学灯社）21—13，1976年10月

《靖康之变前夜的宇文虚中》，小栗英一，《人文论集》（静冈大学）27，1976年12月

1977 年

论著：

《宋诗鉴赏辞典》，前野直彬（主编），东京堂书店，1977 年

论文：

《王安石〈唐百家诗选〉小论》，西村富美子，《四天王寺女子大学纪要》10，1977 年

《宋代诗人论白乐天——以苏轼为中心》，横山伊势雄，《汉文研究札记 7·白乐天与〈白氏文集〉》（尚学图书社），1977 年 5 月

《苏轼作品小论——关于苏诗素材与苏公堤、西湖诗》，朝仓尚，《冈山大学教养部纪要》13，1977 年 3 月

《苏东坡书简的传来与〈东坡集〉诸本的系谱》，村上哲见，《中国文学报》（京都大学文学部）27，1977 年 4 月

《河上肇咏放翁诗》，一海知义，《近代》（神户大学）52，1977 年 5 月

《"隐"、"秀"表现中知觉、语言之研究——以宋代诗话为中心》，冈本不二明，《中国文学报》28，1977 年 10 月

1978 年

论著：

《宋诗（附金）》（《中国名诗鉴赏》8），佐藤保（编），明治书院，1978 年

《苏东坡》（林语堂著），合山究（译），明德社，1978 年

《苏东坡诗集》（1—6），久保天随、释清潭、岩垂宪德（译注），日本图书中心，1978 年 9 月

《三体诗》（《中国古典诗选》），村上哲见，朝日新闻社，1978 年 9 月

论文：

《梅花与返魂——论苏轼表现在诗中的再起的决心》，岩城秀夫，《日本中国学会报》（日本中国学会）30，1978 年 10 月

《北宋时期诗话关于典故运用的论说》，船津富彦，《东洋学论丛》（佛教学科中国哲学文学篇 3）（东洋大学文学部）31，1978 年 3 月

《齐物与观物》，松川健二，《北海道大学人文科学论集》14，1978 年 3 月

《矛盾与实事：河上肇与陆放翁》，一海知义，《文学》（岩波书店）

46—7，1978 年 7 月

1979 年

论文：

《南宋初期对王安石的评价》，近藤一成，《东洋史研究》（东洋史学会）125，1991 年

《苏轼诗的修辞——譬喻、拟人法、典故》，横山伊势雄，《中国文史哲学论集：加贺博士退官纪念》（讲谈社），1979 年 3 月

《诗作的虚构与意味——从苏轼〈前赤壁赋〉入手》，藤田一美，《美学》（日本美学会）29—4，1979 年 3 月

《诗人与造物——苏诗札记》，山本和义，《学术界》（文学·语学编）27，1979 年 10 月

《黄山谷与超俗》，塘耕次，《森三树三郎博士颂寿纪念东洋学论集》（朋友书店），1979 年 12 月

《河上肇的陆游研究》，一海知义，《思想》（岩波书店）664，1979 年 10 月

《思想的人与行动的人——朱子与辛弃疾》，村上哲见，《人类知识遗产月报》（讲谈社），1979 年 8 月

《南宋文人——姜白石》，村上哲见，中田勇次郎（编）《中国书论大系月报》（二玄社）5，1979 年 6 月

《〈六一诗话〉译注（1）》，丰福健二，《武库川国文》（武库川女子大学国文学会）16，1979 年 11 月

《语言与身体——朱熹的文学论》，冈本不二明，《日本中国学会报》（日本中国学会）31，1979 年 10 月

四　持续繁盛期（二十世纪八十年代以降）

1980 年

论文：

《诗人的长啸——苏诗札记》，山本和义，《南山国文论集》（南山大学国语学国文学会）4，1980 年 3 月

《系风捕影——苏东坡的诗》，横山伊势雄，《高校通信·东书国语》（东京书籍社）198，1980 年 7 月

《关于苏轼〈故周茂叔先生濂溪〉诗》，松川健二，《北海道大学人文

科学论集》16，1980年3月

《黄山谷的晚年——以书简为主要资料》，塘耕次，《爱知教育大学研究报告》（人文·社会科学）29，1980年3月

《关于朱熹〈鹅湖寺和陆子寿〉》，松川健二，《中国哲学》（北海道中国哲学会）9，1980年8月

《〈六一诗话〉译注》，丰福健二，《武库川女子大学纪要》（文学部编）28，1980年

《〈六一诗话〉译注（2）》，丰福健二，《武库川国文》（武库川女子大学国文学会）17，1980年3月

《〈六一诗话〉译注（3）》，丰福健二，《武库川国文》（武库川女子大学国文学会）18，1980年11月

1981年

论著：

《苏轼研究目录（论文之部）》，吉井和夫，京都（私人出版），1981年1月

论文：

《邵雍诗中的陶渊明》，上野日出刀，《竹内照夫博士古稀纪念中国学论文集》（北海道大学文学部中国哲学研究室），1981年9月

《造物的各异形态——苏诗札记》，山本和义，《南山国文论集》（南山大学国语学国文学会）5，1981年3月

《陆游与萤》，入谷仙介，《野草》（中国文艺研究会）27，1981年4月

《村医者、寺子屋、村芝居——陆放翁田园诗札记（1）》，一海知义，《近代》（神户大学）57，1981年12月

《关于〈六一诗话〉的原文》，丰福健二，《武库川女子大学纪要》28，1981年2月

《朱熹〈楚辞集注〉考》，小南一郎，《中国文学报》（京都大学文学部）33，1981年10月

《朱熹〈鹅湖寺和陆子寿〉诗》，松川健二，《中国哲学》9，1981年8月

《〈沧浪诗话〉——抒情传统的恢复》，横山伊势雄、伊藤漱平（编）《中国的古典文学——作品选读》（东京大学出版会），1981年4月

《严羽〈沧浪诗话〉——传统的回归及其再构成》，樱田芳树、伊藤漱平（编）《中国的古典文学——作品选读》（东京大学出版会），1981年4月

1982年

论著：

《陆放翁鉴赏》（《河上肇全集》20），一海知义（编），岩波书店，1982年

《宋明的思想诗》，松川健二，北海道大学大图书刊行会，1982年

论文：

《唐宋拜月考》，吉田隆英，《日本中国学会报》（日本中国学会）34，1982年10月

《宋诗中的女性形象与女性观——献给所爱女性的诗歌》，佐藤保，《中国文学的女性形象》（石川忠久编，汲古书院），1982年3月

《〈南行集〉及其周边——苏诗札记》，山本和义，《南山国文论集》（南山大学国语学国文学会）6，1982年3月

《〈庐山高〉志疑》，猪口笃志，《大东文化大学汉学会志》21，1982年

《黄州时期的苏轼与〈赤壁赋〉》，山本和义，《书论》（书论研究会）20，1982年11月

《苏东坡及其名声》，佐伯富，《书论》（书论研究会）20，1982年11月

《苏东坡与陆放翁》，村上哲见，《书论》（书论研究会）20，1982年11月

《黄庭坚诗中对"物"的思考——格物与题画诗》，大野修作，《鹿儿岛大学研究报告》（第1分册）18，1982年9月

《陆游诗的一面：从诗中所见"鸟"、"鸦"的视点》，森上幸义，《国语国文研究与教育》（熊本大学）10，1982年1月

《"风雩言志"考——关于朱熹的文学与哲学的统一》，横山伊势雄，《筑波中国文化论丛》（筑波大学）1，1982年3月

《〈六一诗话〉译注（5）》，丰福健二，《武库川国文》（武库川女子大学国文学会）20，1982年11月

1983 年

论著：

《求道与悦乐——中国的禅与诗》，入矢义高，岩波书店，1983 年 1 月

《天才诗人苏东坡》（《中国诗人——其诗与生涯》11），横田辉俊，集英社，1983 年 7 月（有谭继山中文译本，万盛出版社，1983 年）

《苏东坡》（《研文选书》16），田中克己，研文社，1983 年 3 月

《苏轼》（上、下）（修订版），小川环树，岩波书店，1983 年 12 月

《苏轼》（《中国诗文选》19），山本和义（译注），筑摩书房，1983 年

《苏东坡诗集（1）》，小川环树、山本和义（译注），筑摩书房，1983 年

《圆熟诗人陆游》（《中国诗人——其诗与生涯》12），村上哲见，集英社，1983 年 6 月

《陆游》（《中国诗文选》20），小川环树，筑摩书房，1983 年

论文：

《苏轼诗中所表现的桃花源与仇池》，吉井和夫，《文艺论丛》（大谷大学文艺学会）20，1983 年 3 月

《〈南行集〉中的苏轼诗——苏诗札记》，山本和义，《南山国文论集》（南山大学国语学国文学会）7，1983 年 3 月

《和刻本〈汉诗集成〉所收〈苏东坡绝句〉〈名公妙选陆放翁诗集〉的底本》，高桥均，《汲古》（汲古书院）3，1983 年 5 月

《苏轼的诗与人名》，山本和义，《ちくま》（筑摩书房）144，1983 年

《宋代文人的游戏——关于苏轼的诗》，横山伊势雄，《中国的古典·唐宋八家文（下）》（学习研究社）31，1983 年

《〈黄庭坚集〉中的诗文之体》，大野修作，《鹿儿岛大学研究报告》（第 1 分册）19，1983 年 9 月

《朱淑真的"断肠诗"与〈断肠诗集〉》，水元日子，《大东文化大学中国学论集》5，1983 年

《陆放翁读陶诗小考》，一海知义，《小尾博士古稀纪念中国学论集》（汲古书院），1983 年 10 月

《关于陆游梦诗的相关考察》，入谷仙介，《小尾博士古稀纪念中国学论集》（汲古书院），1983 年 10 月

《陆游〈剑南诗稿〉的构成及其形成过程》，村上哲见，《小尾博士古

稀纪念中国学论集》（汲古书院），1983年10月

《〈六一诗话〉的形成》，丰福健二，《小尾博士古稀纪念中国学论集》（汲古书院），1983年10月

《〈六一诗话附录〉札记（上）》，丰福健二，《武库川国文》（武库川女子大学国文学会）21，1983年3月

《欧阳修文学理论中的"理"——以其诗话为中心》，增子和男，《中国诗文论丛》（中国诗文研究会）2，1983年6月

《严羽的诗学》，林田慎之助，《小尾博士古稀纪念中国学论集》（汲古书院），1983年10月

1984年

论著：

《苏东坡诗集（2）》，小川环树、山本和义（译注），筑摩书房，1984年

《陆游·高启》（《新修中国诗人选集》7），一海知义、入谷仙介（注），岩波书店，1984年

《陆游〈剑南诗稿〉诗题索引》，村上哲见，奈良女子大学中国文学会，1984年

论文：

《关于西昆体的余派》，高桥明郎，《中国文化——研究与教育》（中国文化学会）42，1984年

《欧阳修研究的现状与课题》，小林义广，《东海大学纪要》（文学部）42，1984年

《扬州时期苏轼的和陶诗》，今场正美，《学林》（立命馆大学中国艺文研究会）4，1984年7月

《苏轼的水与世界观》，泷本正史，《东洋学集刊》（东北大学文学部）53，1984年11月

《围绕欧阳修诗论的几个问题》，船津富彦，《东洋学论丛》（东洋大学文学部）9，1984年3月

《〈六一诗话附录〉札记（中）》，丰福健二，《武库川国文》（武库川女子大学国文学会）23，1984年3月

1985年

论著：

《王安石——浊流砥柱》(《中国的人物与思想》)，三浦国雄，集英社，1985年1月

《朱子——少年易老学难成》(《中国的人物与思想》)，佐藤仁，集英社，1985年1月

论文：

《瓶中梅的诗——宋人的美意识》，岩城秀夫，《古田教授退官纪念中国文学语学论集》(东方书店)，1985年7月

《欧阳修的诗》，佐藤保，《御茶水女子大学中国文学会报》4，1985年4月

《关于蓬左文库本〈王荆文公诗笺注〉》，高津孝，《东方学》(日本东方学会) 69，1985年1月

《惠州时期苏轼的和陶诗》，今场正美，《学林》(立命馆大学中国艺文研究会) 5，1985年1月

《洋川园池诗考——苏诗札记》，山本和义，《南山国文论集》(南山大学国语学国文学会) 9，1985年3月

《〈苏诗佚注〉中〈东坡先生年谱〉与蓬左文库藏古钞本》，仓田淳之助，《御茶水女子大学中国文学会报》4，1985年4月

《朱弁论》，小栗英一，《人文论集》(静冈大学人文学部) 36，1985年

《"水与冰的比喻"试探（上）——张载诗歌比喻的渊源》，大岛晃，《上智大学国文学科纪要》1，1985年

《"水与冰的比喻"试探（下）——张载诗歌比喻的渊源》，大岛晃，《上智大学国文学科纪要》2，1985年

《〈六一诗话附录〉札记（下）》，丰福健二，《武库川国文》(武库川女子大学国文学会) 25，1985年3月

《"隐"、"秀"表现中知觉、语言之研究——以宋代诗话为中心》，冈本不二明（著），马振方（译），《中国文艺思想史论丛》(北京大学出版社)（二），1985年9月

1986年

论著：

《唐宋文学论》，船津富彦，汲古书院，1986年3月

《苏东坡诗集（3）》，小川环树、山本和义（译注），筑摩书房，

1986 年

《苏东坡》（上、下）（林语堂著），合山究（译），讲谈社，1986 年、1987 年

《宋名臣言行录》（《中国的古典》），梅原郁（译注），讲谈社，1986 年

论文：

《欧阳修的诗（承前）》，佐藤保，《御茶水女子大学中国文学会报》5，1986 年 4 月

《欧阳修的学问与艺术论》，宇佐美文理，《中国思想史研究》（京都大学文学部）9，1986 年

《关于苏诗的注与年谱》，西野贞治，《神田喜一郎博士追悼中国学论集》（二玄社），1986 年 12 月

《两足院本〈东坡集〉初探》，吉井和夫，《神田喜一郎博士追悼中国学论集》（二玄社），1986 年 12 月

《两足院本〈东坡集〉校勘记（1）——东坡和陶诗（上）》，吉井和夫，《文艺论丛》（大谷大学文艺学会）27，1986 年

《海南岛时期苏轼的和陶诗》，今场正美，《学林》（立命馆大学中国艺文研究会）7，1986 年 1 月

《东坡诗札记——关于〈郑州西门〉》，村上哲见，《东洋学集刊》（东北大学文学部）55，1986 年 5 月

《论苏轼再仕杭州所作的诗——苏轼诗论的声音》，内山精也，《中国诗文论丛》（中国诗文研究会）5，1986 年 6 月

《黄山谷——其诗与生涯》，横山伊势雄，《书道艺术》（日本美术社），1986 年 7 月

《夔州时期的陆游》，入谷仙介，《中国诗人论——冈村繁教授退官纪念论集》（汲古书院），1986 年 10 月

《再论陆游〈剑南诗稿〉——附〈谓南文集〉杂记》，村上哲见，《神田喜一郎博士追悼中国学论集》（二玄社），1986 年 12 月

1987 年

论著：

※《宋元明诗概说》，吉川幸次郎（李庆等译），中州古籍出版社，1987 年

论文：

《梅尧臣与晏殊》，河口音彦，《宇部国文研究》（宇部短期大学国语国文学会）18，1987年3月

《欧阳修贬谪夷陵与古文复兴运动》，东英寿，《中国文学论集》（九州大学中国文学会）16，1987年

《苏轼诗中所表现的人生观》，山本和义，《南山国文论集》（南山大学国语学国文学会）11，1987年3月

《苏东坡与屈原——以苏东坡留滞荆州时的作品为中心》，石本道明，《国学院杂志》（国学院大学）88—5，1987年5月

《扬雄〈酒箴〉与苏轼》，泷本正史，《东洋学集刊》（东北大学文学部）57，1987年5月

《关于苏诗的注和年谱》，西野贞治，《神田论集》，1987年

《黄庭坚的书简》，塘耕次，《爱知教育大学研究报告》（人文·社会科学）36，1987年2月

《苏轼与黄庭坚——自然主义与古典主义》，横山伊势雄，伊藤虎丸、横山伊势雄（编）《中国的文学论》（汲古书院），1987年9月

《再谈陆游的〈剑南诗稿〉》，村上哲见，《神田论集》，1987年

《欧阳修的诗经学》，江口尚纯，《诗经研究》12，1987年

《欧阳修〈诗本义〉版本的诸问题》，增子和男，《神奈川大学附属学校研究纪要》1，1987年

1988年

论著：

《苏轼集》，大野修作、吉井和夫、藤原有仁，二玄社，1988年、1990年

《宋代诗词》，山本和义、大野修作、中原健二（编译），角川书店，1988年

论文：

《北宋文学史的展开与"太学体"》，高津孝，《鹿大史学》（鹿儿岛大学）36，1988年

《潇湘迷津渡者及其作品》，大塚秀高，《埼玉大学纪要》24，1988年

《诗语"春归"考》，中原健二，《东方学》（日本东方学会）75，1988年1月

《千家诗儿说（1）》，成濑哲生，《德岛大学教养部纪要》（人文·社会科学）23，1988年3月

《钱锺书〈宋诗选注〉序译注稿（上）》，内山精也，《橄榄》（宋诗研究班）（创刊号），1988年4月

《钱锺书〈宋诗选注〉译注（Ⅰ）》，宋诗研究班，《橄榄》（创刊号）（日本宋代诗文研究会），1988年4月

《欧阳修试论——理·人情·自然·简易》，土田健次郎，《中国——社会与文化》3，1988年

《欧阳修对孟子的受容——其经学复古与排佛论基调的中心》，近藤正则，《东洋文化》61，1988年

《杨亿诗论——〈武夷新集〉与〈西昆酬唱集〉》，高田和彦，《学林》（立命馆大学中国艺文研究会）11，1988年11月

《林逋的诗风——以"平淡"为中心》，伊藤达欧，《汉文学会会报》33，1988年2月

《梅尧臣的悼亡诗》，森山秀二，《汉学研究》（日本大学中国学会）26，1988年3月

《欧阳修〈居士集〉的编纂意图》，东英寿，《中国文学论集》（九州大学中国文学会）17，1988年12月

《两足院本〈东坡集〉校勘记（2）——东坡和陶诗》（下），吉井和夫，《文艺论丛》（大谷大学文艺学会）30，1988年

《苏轼次韵诗考》，内山精也，《中国诗文论丛》（中国诗文研究会）7，1988年6月

《苏轼次韵诗序说——以其在文学史上的意义为中心》，内山精也，《早稻田大学大学院文学研究科纪要（别册）》（文学·艺术编）15，1988年12月

《中世歌论与江西诗派——黄山谷的诗风》，石原清志，《文学史研究》（大阪市立大学国语国文学研究室）29，1988年12月

《论黄山谷诗歌中的超俗思想（上）》，野岛进，《汉文教室》（大修馆书店）159，1988年

《论黄山谷诗歌中的超俗思想（下）》，野岛进，《汉文教室》（大修馆书店）160，1988年

《关于〈朱淑真集〉的两种版本——冀勤女士的介绍》，村越贵代美，

《汲古》（汲古书院）14，1988年12月

《朱晦庵的人物群像及其思想的一个侧面——奏、疏、书、诗》，宇野直人，《中国文学研究》（早稻田大学中国文学会）14，1988年

《哲学家的侧面——朱子的诗与诗论》，水元日子、鹫野正明、宇野直人，《汉文教室》（大修馆书店）160，1988年

《陆放翁诗三则（1）》，一海知义，《中国语》（大修馆书店）346，1988年

《陆放翁诗三则（2）》，一海知义，《中国语》（大修馆书店）347，1988年

《陆放翁诗三则（3）》，一海知义，《中国语》（大修馆书店）348，1988年

《河上肇的诗歌与陆放翁》，一海知义，《近代》（神户大学）64，1988年6月

《关于诗话》，船津富彦，《日本汉学》（大修馆书店），1988年

《欧阳修的文学理论——关于〈梅圣俞诗集序〉》（1），高桥明郎，《香川大学教育学部研究报告》（第1部）72，1988年1月

《关于〈韵语阳秋〉的传本》，芳村弘道，《学林》（立命馆大学中国艺文研究会）11，1988年11月

1989年

论著：

《苏轼·陆游》（《中国古典鉴赏》21），村上哲见、浅见洋二，角川书店，1989年2月

论文：

《钱锺书〈宋诗选注〉序译注稿》（下），内山精也，《橄榄》（日本宋代诗文研究会）2，1989年9月

《钱锺书〈宋诗选注〉译注》（Ⅱ），宋诗研究班，《橄榄》（日本宋代诗文研究会）2，1989年9月

《〈寇准诗集〉校勘试稿》，清水邦一，《橄榄》（日本宋代诗文研究会）2，1989年9月

《关于范仲淹的几个问题》，福田殖，《文学论辑》（九州大学教养部）35，1989年12月

《梅尧臣的晚年》，河口音彦，《宇部国文研究》（宇部短期大学国语

国文学会）20，1989 年 3 月

《欧阳修与梅尧臣的酬唱诗——从二人酬唱诗看欧阳修（其一）》，保苅佳昭，《橄榄》（日本宋代诗文研究会）2，1989 年 9 月

《欧阳修的生平与疾病》，小林义广，《东海史学》（东海大学史学会）24，1989 年

《被伪装的教材——〈偶成〉诗的周围》，柳濑喜代志，《国语教育月刊》（东京法令出版）7，1989 年

《"乌台诗案"前后苏轼的诗境——关于〈楚辞〉意识》，石本道明，《国学院杂志》（国学院大学）90—2，1989 年 2 月

《苏东坡词中所表现出的"狂"》，保苅佳昭，《汉学研究》（日本大学中国学会）27，1989 年 3 月

《论苏轼的"河豚"诗文》，泷本正史，《汉文教室》（大修馆书店）163，1989 年

《苏轼买田考》，泷本正史，《研究集录》（埼玉县高等学校国语科教育研究会）29，1989 年

《论蜡梅诗——以黄山谷为中心》，大桥靖，《大谷大学大学院研究纪要》6，1989 年 12 月

《论王直方》，大桥靖，《文艺论丛》（大谷大学文艺研究会）33，1989 年

《惠洪〈石门文字禅〉的文学世界》，大野修作，《禅学研究》（花园大学）67，1989 年 10 月

《葛立方传考》，中森健二，《学林》（立命馆大学中国艺文研究会）12，1989 年 3 月

《论陈与义的诗与诗法》，横山伊势雄，《人文科学研究》（新潟大学）74，1989 年 1 月

《〈剑南诗稿〉中的诗人形象——"狂放"诗人陆放翁》，西冈淳，《中国文学报》（京都大学文学部）40，1989 年 10 月

《吕祖谦〈吕氏家塾读诗记〉序说》，江口尚存，《诗经研究》（日本诗经学会）14，1989 年

《欧阳修的文学理论——关于〈梅圣俞诗集序〉》（2），高桥明郎，《香川大学教育学部研究报告》（第 1 部）75，1989 年 1 月

《芭蕉与〈诗人玉屑〉——关于杜甫的受容》，塚越义幸，《日本文学

论究》48，1989年3月

《〈韵语阳秋〉引用诗句索引》（1），荻原正树，《学林》（立命馆大学中国艺文研究会）13，1989年

1990年

论著：

《宋诗概说》，吉川幸次郎，岩波书店，1990年9月

《王安石》，佐伯富，中央公论社，1990年3月

《苏东坡》，石川忠久（编），日本放送出版协会，1990年1月

《苏东坡诗集（4）》（未完），小川环树、山本和义（译注），筑摩书房，1990年

《黄庭坚集》，大野修作、松田光次、福本雅一，二玄社，1990年

论文：

《钱锺书〈宋诗选注〉译注》（Ⅲ），宋代诗文研究会，《橄榄》（日本宋代诗文研究会）3，1990年10月

《〈寇准诗集〉校勘试稿》（Ⅱ），清水邦一，《橄榄》（日本宋代诗文研究会）3，1990年10月

《关于〈西昆酬唱集〉中所收咏史诗〈宋玉〉》，高田和彦，《学林》（立命馆大学中国艺文研究会）14、15，1990年7月

《郭祥正〈青山集〉考（上）》，内山精也，《橄榄》（日本宋代诗文研究会）3，1990年10月

《欧阳修与西昆派——围绕杨亿评价的问题》，森山秀二，《沼尻博士退休纪念中国学论集》（汲古书院），1990年11月

《欧阳修的悼亡诗——围绕悼亡的问题》，森山秀二，《立正大学教养部纪要》（人文·社会科学篇）24，1990年

《关于欧阳修诗的评价标准》，增子和男，《中国文学研究》（早稻田大学中国文学会）16，1990年12月

《欧阳修诗译注稿》（1），保苅佳昭，《橄榄》（日本宋代诗文研究会）3，1990年10月

《苏东坡的文学——关于其多面性》，小川环树，《书道研究》（萱原书房）4—11，1990年

《苏东坡"题跋"小考》，长尾秀则，《国学院大学大学院文学研究科论集》17，1990年3月

《御史台下狱中的苏轼——精神的动摇与黄州》，石本道明，《汉文学会会报》（国学院大学）36，1990年10月

《苏东坡与赤壁》，大地武雄，《新汉文教育》（日本汉文教育学会）11，1990年11月

《苏轼的"顺"、"逆"思想——"三教合一"论的核心》，田中正树，《文化》（东北大学文学会）54—1、2（通310、311），1990年

《从诗中看苏东坡的书法论》，村上哲见，《书道研究》（萱原书房）4—11，1990年

《汴京时期的黄山谷》，塘耕次，《佐藤匡玄博士颂寿纪念·东洋学论集》（朋友书店），1990年3月

《洪皓与洪迈》，铃木靖，《法政大学教养部纪要》（人文科学篇）74，1990年2月

《杨诚斋的诗》，西冈淳，《中国文学报》（京都大学文学部）42，1990年10月

《陆游〈醉中吟〉初探——任职蜀中时的诗与心情》，石本道明，《国学院杂志》（国学院大学）91—4，1990年4月

《晁说之的诗序批判——以其与王安石诗经学的关联为主》，江口尚纯，《东洋思想与宗教》（早稻田大学东洋哲学会）7，1990年6月

《关于姜夔〈诗说〉》，松尾肇子，《中京大学教养论丛》31—3，1990年

《宋元评点考》，高津孝，《人文学科论集》（鹿儿岛大学法文学部）31，1990年3月

1991年

论著：

《朱子绝句全译注》（第1册），宋元文学研究会，汲古书院，1991年

论文：

《最近10年间中国的宋诗研究动向》，大西阳子，《橄榄》（日本宋代诗文研究会）4，1991年12月

《钱锺书〈宋诗选注〉译注》（Ⅳ），宋代诗文研究会，《橄榄》（日本宋代诗文研究会）4，1991年12月

《咏梅诗概观》，宇野直人，《朱子绝句全译注》（汲古书院）1，1991年

《千家诗儿说》（4），成濑哲生，《德岛大学教养部纪要》（人文·社会科学）26，1991年

《宋诗中所表现的宋代茶文化》，高桥忠彦，《东洋文化研究所纪要》（东京大学东洋文化研究所）115，1991年3月

《诗与词——关于中国诗的正统意识》，村上哲见，片野达郎（编）《正统与异端——天皇·天·神》（角川书店），1991年2月

《〈寇准诗集〉校勘试稿》（Ⅲ），清水邦一，《橄榄》（日本宋代诗文研究会）4，1991年12月

《关于西昆派文人丁谓——以与王禹偁古文运动的关联为中心》，东英寿，《鹿儿岛大学文科报告（第1分册）》（鹿儿岛大学教养部）27，1991年9月

《欧阳修诗译注稿》（2），保苅佳昭，《橄榄》（日本宋代诗文研究会）4，1991年12月

《东坡应举考》，近藤一成，《史观》（早稻田大学史学会）125，1991年

《关于苏轼的悼亡诗》，泷本正史，《汉文教室》（大修馆书店）168，1991年

《论黄山谷之贬谪黔州》，大桥靖，《文艺论丛》（大谷大学文艺研究会）37，1991年9月

《王安石的文学观——关于其初期诗的"志常在民"》，近藤正则，《东洋研究》（大东文化大学东洋研究所）101，1991年12月

《杨万里的诗论与诗——以其近体诗为中心》，横山伊势雄，《镰田正博士八十寿纪念汉文学论集》（大修馆书店），1991年1月

《〈韵语阳秋〉引用语句索引》（2），萩原正树，《学林》（立命馆大学中国艺文研究会）16，1991年

《〈韵语阳秋〉引用语句索引》（3），萩原正树，《学林》（立命馆大学中国艺文研究会）17，1991年

1992年

论著：

《陶渊明与文天祥》，吉原重久，近代文艺社，1992年8月

论文：

《梅花与返魂》（二），岩城秀夫，《中国人的审美意识》（创文社），

1992 年

《"湘南（潇湘）"考——文学作品与宋迪〈八景图〉》，山内春夫，《大谷女子大国文》（大谷女子大学）22，1992 年 3 月

《宋初行卷考》，高津孝，《人文学科论集》（鹿儿岛大学法文学部）36，1992 年 10 月

《皆川淇园所见的欧阳修——江户时期对欧阳修评价的相关考察》，东英寿，《鹿儿岛大学文科报告（第 1 分册）》（鹿儿岛大学教养部）28，1992 年 9 月

《贬谪黄州时期的苏轼——从"杜门"到"自新"》，石本道明，《国学院杂志》（国学院大学）93—1，1992 年 1 月

《关于苏轼诗中的避讳韵字——以〈礼部韵略〉之"韵略条式"为中心》，水谷诚，《中国诗文论丛》（中国诗文研究会）11，1992 年 10 月

《苏轼次韵词考——以其诗词间所表现的次韵异同为中心》，内山精也，《日本中国学会报》（日本中国学会）44，1992 年 10 月

《东坡咏竹诗管窥——以黄州时期为中心》，石本道明，《国学院中国学会报》（国学院大学）38，1992 年 10 月

《范成大的纪行诗——以与纪行文〈石湖三录〉的关联为中心》，大西阳子，《名古屋大学中国语学文学论集》5，1992 年 6 月

《〈陆诗考实〉探访琐记》，一海知义，《未名》（神户大学中文研究会）10，1992 年

《陆游诗中的"愁破"》，小田美和子，《中国中世文学研究》（广岛大学中国中世文学研究会）23，1992 年 10 月

《陆游研究书志》（1），野原康宏，《未名》（神户大学中文研究会）10，1992 年

《关于"平淡"——与唐诗和宋诗相关的几点内容》，和田英信，《信州大学教养部纪要》26，1992 年 2 月

《宋代诗歌及诗论中的"意"——以苏轼为中心》，横山伊势雄，《中国文化——研究与教育》（大冢汉文学会）50，1992 年

※《〈沧浪诗话〉——抒情的回归》，横山伊势雄（张寅彭译），《中国文学研究》1992 年第 3 期

1993 年

论著：

《词与文学》，田中谦二，汲古书院，1993年3月

《苏东坡诗话集》，丰福健二，朋友书店，1993年

论文：

《钱锺书〈宋诗选注〉译注》（Ⅴ），宋代诗文研究会，《橄榄》（日本宋代诗文研究会）5，1993年3月

《钱锺书〈王安石论〉译注》，矢田博士，《橄榄》（日本宋代诗文研究会）5，1993年3月

《关于欧阳修的文本及其形成过程》，森山秀二，《立正大学教养部纪要》（人文·社会科学篇）27，1993年

《王安石〈明妃曲〉考（上）》——围绕北宋士大夫的意识形态，内山精也，《橄榄》（日本宋代诗文研究会）5，1993年3月

《王安石的晚年——半山园与完林寺》，木田知生，《东洋史苑》（龙谷大学东洋史学研究会）40、41，1993年3月

《与成寻有关的宋人——成寻与苏东坡》，藤善真澄，《关西大学东西学术研究所纪要》26，1993年3月

《苏轼的自然描写——关于任职杭州通判时期的诗》，汤浅阳子，《中国文学报》（京都大学文学部）46，1993年4月

《苏轼诗中的上、去通押——以其韵字声母的考察为中心》，水谷诚，《中国诗文论丛》（中国诗文研究会）12，1993年10月

《苏轼诗中的韩愈——以贬谪黄州时期为中心》，泷本正史，《汉文教室》（大修馆书店）174，1993年

《秦观年谱考（上）》，后藤淳一，《中国诗文论丛》（中国诗文研究会）12，1993年10月

《范成大〈四时田园杂兴〉选译》（1），河野绿，《南山国文论集》17，1993年3月

《论南宋洪适〈拟古十三首〉的拟作效果》，铃木敏雄，《中国中世文学研究》（日本中国中世文学研究会）24，1993年5月

《从诗品到诗话》，兴膳宏，《中国文学报》（京都大中国文学会）47，1993年10月

《苏轼"穷"与"工"的理论》，高桥明郎，《中国文化——研究与教育》（中国文化学会）51，1993年

《苏辙的诗经学》，江口尚纯，《静冈大学教育学部研究报告》（人

文·社会科学篇）44，1993 年

1994 年

论著：

《黄庭坚》，中田勇次郎，二玄社，1994 年

《朱子绝句全译注》（第 2 册），宋元文学研究会，汲古书院，1994 年

论文：

《宋明道学诗的几个问题》，福田殖，《文学论辑》（九州大学教养部文学研究会）39，1994 年 1 月

《论苏轼的"怪石"诗文》，泷本正史，《汉文教室》（大修馆书店）177，1994 年

《苏轼的吏隐——以任知密州时期为中心》，汤浅阳子，《中国文学报》（京都大学文学部）48，1994 年 4 月

《对〈苏轼诗中的上、去通押〉一文的订补》，水谷诚，《中国诗文论丛》（中国诗文研究会）13，1994 年 10 月

《黄庭坚传记研究》，中田勇次郎，《文艺论丛》（大谷大学文艺研究会）42，1994 年 3 月

《诗人与理想——陆游与独隐》，西冈淳，《爱媛大学法文学部论集》（文学科编）27，1994 年

《关于诗僧参寥子》，西野贞治，《中国文学论丛——平野显照教授退休特集》[《文艺论丛》（大谷大学文艺研究会）42]，1994 年

《秦观年谱考（中之 1）》，后藤淳一，《中国诗文论丛》（中国诗文研究会）13，1994 年 10 月

《陆游研究书志》（2），野原康宏，《未名》（神户大学中文研究会）12，1994 年

《范成大〈四时田园杂兴〉选译》（2），河野绿，《南山国文论集》18，1994 年 3 月

《范成大〈四时田园杂兴〉抄解》，山本和义、河野绿，《学术界》（文学·语学编）（南山大学）57，1994 年

《刘后村与南宋士人社会》，中砂明德，《东方学报》（京都大学人文社会科学研究所）66，1994 年 3 月

《张九成〈论语百篇诗〉——充满禅味的思想诗》，松川健二，《论语思想史》（汲古书院），1994 年

《张南轩遗迹》，高畑常信，《东京学艺大学纪要》（人文科学）45，1994 年

《朱子的韩愈观》，若槻俊秀，《文艺论丛》（大谷大学文艺研究会）42，1994 年 3 月

※《黄庭坚》，市川桃子（李寅生译），《河池师专学报》1994 年第 2 期

1995 年

论著：

《范仲淹》，竺沙雅章，白帝社，1995 年 10 月

论文：

《宋代诗人年谱目录稿（北宋编）——〈宋诗选注〉所收诗人别集：宋代文学研究文献目录（4）》，石本道明，《橄榄》（日本宋代诗文研究会）6，1995 年 5 月

《钱锺书〈宋诗选注〉译注（Ⅵ）》，宋代诗文研究会，《橄榄》（日本宋代诗文研究会）5，1995 年 5 月

《关于宋代吉州欧阳氏家族》，小林义广，《东海大学纪要》（文学部）64，1995 年

《"芳草"考（3）——邵雍与"芳草"》，森博行，《大谷女子大学纪要》30—1，1995 年 10 月

《王安石与佛教的问题》，木田知生，《小田义久博士还历纪念东洋史论集》，1995 年 7 月

《王安石〈明妃曲〉考（下）——兼及北宋中期士大夫的意识形态》，内山精也，《橄榄》（日本宋代诗文研究会）6，1995 年 5 月

《秦观年谱考（中之 2）》，后藤淳一，《中国诗文论丛》（中国诗文研究会）14，1995 年 10 月

《苏轼试论——对小川译文的疑问》，长谷川光昭，《广岛女子大学文学部纪要》30，1995 年 2 月

《论黄庭坚诗中出现的"名人"——"换骨夺胎"法之辨》，大野修作，《女子大国文》（京都女子大学国文学会）117，1995 年 6 月（又见《中唐文学会报》2，1995 年 9 月）

《才女的哀叹——论朱淑真的"忧愁"主题》，村越贵代美，《学艺国语国文学》（东京学艺大学国语国文学会）27，1995 年 3 月

《范成大的诗风——以组诗为中心》,西冈淳,《爱媛大学法文学部论集》(文学科编) 29, 1995 年

《范成大参加科举考试时期的诗作》,青山宏,《汉学研究》(日本大学中国学会) 33, 1995 年 3 月

《陆游与夫人唐氏》,田中佩刀,《明治大学教养论集》274, 1995 年 1 月

《对陆游诗中"痴顽"的考察》,森上幸义,《东洋文化》(无穷会)复刊 75, 1995 年

《陆游诗中的"散才"、"散人"——退却的美学》,森上幸义,《国语国文研究与教育》(熊本大学) 31, 1995 年

《晁端友年谱略稿》,矢田博士,《橄榄》(日本宋代诗文研究会) 6, 1995 年 5 月

《张南轩〈城南二十首杂咏〉与朱子〈奉同张敬夫城南二十首杂咏〉译注》,高畑常信,《东京学艺大学纪要》(人文科学) 46, 1995 年 2 月

《唐宋诗比较论的确立与〈沧浪诗话〉》,和田英信,《东洋学集刊》(东北大学中国文史哲学研究会) 74, 1995 年 11 月

《王世贞的苏轼观——兼及由此而得的几点思考》,材木谷敦,《中国文学研究》(早稻田大学中国文学会) 21, 1995 年 12 月

《〈四库全书〉的解题——以朱淑真〈断肠集〉〈断肠词〉之"提要"为例》,村越贵代美,《图书馆情报大学研究报告》14—1, 1995 年

1996 年

论著:

《苏东坡》(《中国名诗鉴赏》7),近藤光男,小泽书店,1996 年

《陆诗考实——本传年谱》,市河宽斋,朋友书店,1996 年 5 月

《陆放翁——诗传》,越野三郎,3A 网络出版社,1996 年 12 月

《朱熹诗集传全注释》(1),吹野安、石本道明,明德社,1996 年

论文:

《邵雍与"太平"——"芳草"余论》,森博行,《大谷女子大学纪要》30—2, 1996 年 3 月

《东坡〈乌台诗案〉流传考——围绕北宋末至南宋初士大夫对苏轼作品的收集热》,内山精也,《横滨市立大学论丛》(人文科学系列) 47—3, 1996 年 3 月

《苏轼的观物》，汤浅阳子，《中国文学报》（京都大学文学部）52，1996 年 4 月

《苏轼与琴》，池泽滋子，《日本中国学会报》（日本中国学会）48，1996 年 10 月

《苏轼"庐山真面目"考——关于〈题西林壁〉的表现意图》，内山精也，《中国诗文论丛》（中国诗文研究会）15，1996 年 10 月

《关于苏轼贬谪黄州时所作的〈江城子〉》，保苅佳昭，《综合文化研究》（日本大学商学研究会）2—2，1996 年 11 月

《苏轼自号"东坡"的意味》，正木佐枝子，《中国文学论集》（九州大学中国文学会）25，1996 年 12 月

《对所谓"汉籍纸背文书"及书籍版刻过程的考察——以宋版〈王文公文集〉为例》，盐井克典，《汉籍》6，1996 年 12 月

《朱彝尊与黄庭坚》，谷口匡，《中国古典研究》（中国古典研究会）41，1996 年 12 月

《成都时期陆游与范成大的交游》，三野丰浩，《日本中国学会报》（日本中国学会）48，1996 年 10 月

《〈岁寒堂诗话〉的诗人论——以杜甫与白居易为中心》，兴膳宏，《东方学》（日本东方学会）92，1996 年 7 月

※《梅尧臣的诗论——兼正梅尧臣"学唐人平淡处"之论》，横山伊势雄（张寅彭译），《苏州大学学报》（哲学社会科学版）1996 年第 2 期

1997 年

论著：

《黄山谷》（《汉诗选》12），仓田淳之助（译注），集英社，1997 年

《朱熹诗集传全注释》（3），吹野安、石本道明，明德社，1997 年

《朱熹诗集传全注释》（4），吹野安、石本道明，明德社，1997 年

《朱熹诗集传全注释》（5），吹野安、石本道明，明德社，1997 年

论文：

《论欧阳修的诗——着眼于"以文为诗"的特点》，东英寿，《人文学科论集》（鹿儿岛大学法文学部）46，1997 年 11 月

《唐宋诗人与酒：白居易与苏东坡》，西冈淳，《爱媛大学法文学部论集》（人文科学编）3，1997 年 4 月

《苏轼的题跋与〈东坡外集〉》，丰福健二，《古田敬一教授颂寿纪念

中国学论集》（汲古书院），1997年3月

《东坡的犯罪——"乌台诗案"有关背景考察》，近藤一成，《东方学会创立五十周年纪念东方学论集》，1997年5月

《苏轼的归田与买田》，汤浅阳子，《中国文学报》（京都大学文学部）54，1997年4月

《闺秀诗人的系谱（5）——宋代才媛李清照与朱淑真》，小林彻行，《中国月刊》（大修馆书店）8—8，1997年8月

《陆游"纪年"诗考》，盐见邦彦，《名古屋大学中国语学文学论集》10，1997年12月

《内阁本〈庐山记〉所收诗的本文及其校异与所存在的问题》，泽崎久和，《福井大学教育学部纪要》（第1部 人文科学）48，1997年

《曾巩的文学理论》，高桥明郎，内山知也博士古稀纪念会编《中国文人论集》（明治书院），1997年5月

※《陈师道的诗与诗论》（张寅彭译），横山伊势雄，《阴山学刊》（包头师范学院）1997年第2期

※《论朱熹的文学哲学一体观》，横山伊势雄（张寅彭译），《古代文学理论研究》（第十八辑），上海古籍出版社，1997年7月

1998年

论著：

《宋诗鉴赏辞典》，前野直彬，东京堂书店，1998年9月

《朱熹诗集传全注释》（6），石本道明、吹野安，明德社，1998年

《朱熹诗集传全注释》（7），石本道明、吹野安，明德社，1998年

《朱子绝句全译注》（第三册），宋元文学研究会，汲古书院，1998年

※《丁谓研究》，池泽滋子，巴蜀书社，1998年4月

论文：

《钱锺书〈宋诗选注〉译注（Ⅶ）》，宋代诗文研究会，《橄榄》（日本宋代诗文研究会）7，1998年7月

《钱锺书〈苏轼论〉译注》，矢田博士，《橄榄》（日本宋代诗文研究会）7，1998年7月

《"荔枝"札记（承前）——以宋诗为中心》，后藤秋正，《北海道教育大学纪要》（第1部A 人文科学篇）48—2，1998年2月

《林逋梅花诗考——诗话与文学》，森博行，《小川修三先生退职纪念

论文集》，1998年3月

《丁谓与〈西昆酬唱集〉》，池泽滋子，《日本中国学会报》（日本中国学会）50，1998年10月

《欧阳修的后半生与宗族》，小林义广，《东海大学纪要》（文学部）70，1998年

《欧阳修与尹洙》，东英寿，《鹿大史学》（鹿儿岛大学）46，1998年

《洛阳时期的欧阳修》，东英寿，《人文学科论集》（鹿儿岛大学法文学部）48，1998年12月

《王安石与道教——以对"太一"信仰的关联为中心》，砂山稔，《日本中国学会创立五十年纪念论文集》（汲古书院），1998年10月

《王安石的咏史诗——以其人物评价为视点》，木村直子，《中国学研究论集》（广岛中国学学会）1，1998年4月

《词人之诗——以秦观〈春日〉诗为例》，后藤淳一，《中国文学研究》（早稻田大学中国文学会）24，1998年12月

《苏东坡与王安石——关于"新法"的角逐》，近藤一成，《中国月刊》（大修馆书店）9—11，1998年11月

《苏轼与李常——关于黄州寒食诗写作的背景与初期的传承》，中田伸一，《小山工业高等专门学校研究纪要》30，1998年3月

《东坡〈乌台诗案〉考（上）——北宋后期士大夫社会中的文学与传播手段》，内山精也，《橄榄》7，1998年7月

《关于苏轼的和陶诗》，末葭敏久，《中国学研究论集》（广岛中国学学会）2，1998年10月

《苏东坡及其时代》，竺沙雅章，《中国月刊》（大修馆书店）9—11，1998年11月

《苏东坡的"诗"——"理"与诗情》，山本和义，《中国月刊》（大修馆书店）9—11，1998年11月

《芭蕉与黄山谷》，大平桂一，《文学》（岩波书店）9—2，1998年4月

《中国诗对中世中期歌论的影响——黄山谷的诗风》，石原清志，《佛教文学》（佛教文学会）22，1998年3月

《市河宽斋的〈陆放翁年谱〉》，一海知义，《日本中国学会创立五十年纪念论文集》（汲古书院），1998年10月

《雨之诗人陆放翁》，三野丰浩，《爱知大学文学论丛》116，1998年2月

《〈剑南诗稿〉口语语汇索引稿》，盐见邦彦，《岛大言语文化：岛根大学法文学部纪要》（言语文化学科编）5，1998年7月

《宋末元初的咏物诗——以张炎〈词源〉为中心》，松尾肇子，《岐阜经济大学论集》（岐阜经济大学学会）32—1，1998年6月

《欧阳修〈六一诗话〉在宋代诗话中的意义》，兴膳宏，《日本中国学会创立五十年纪念论文集》（汲古书院），1998年10月

《苏轼岭海时期的"悟达"诗学》，加藤国安，《东洋古典学研究》（东洋古典学研究会）6，1998年9月

《宋三家的"尚意论"》，大野修作，《书的宇宙》（二玄社）14，1998年

※《从宋代诗论看宋诗的"平淡体"》，横山伊势雄（张寅彭译），《文艺理论研究》1998年第3期

※《丁谓不应归入西昆派——评丁谓与〈西昆酬唱集〉》，池泽滋子，《四川大学学报》（哲学社会科学版）1998年第4期

※《关于苏轼的和陶诗》，横山伊势雄（张寅彭译），《阴山学刊》1998年第2期

※《苏东坡与陶渊明的无弦琴——苏轼与琴之一》，池泽滋子，《中国典籍与文化》1998年第1期

※《琴与琴枕——苏轼与琴之二》，池泽滋子，《中国典籍与文化》1998年第2期

※《关于陆游诗的"愤激"与"闲适"（上）》，横山伊势雄（张寅彭译），《古典文学知识》1998年第3期

※《关于陆游诗的"愤激"与"闲适"（下）》，横山伊势雄（张寅彭译），《古典文学知识》1998年第5期

1999年

论著：

《宋学的形成与展开》，小岛毅，创文社，1999年

《朱熹诗集传全注释》（9），石本道明、吹野安，明德社，1999年

论文：

《面向史料论的文学研究——宋代文人的诗与诗学》，浅见洋二，《亚

细亚游学 7·特集：宋代知识分子的众生相》（勉诚社），1999 年 8 月

《钱锺书〈宋诗选注〉译注（Ⅷ）》，宋代诗文研究会，《橄榄》（日本宋代诗文研究会）8，1999 年 12 月

《"醉翁"之乐——欧阳修文学所表现出的吏隐》，汤浅阳子，《人文论丛·三重大学人文学部文化学科研究纪要》16，1999 年 3 月

《关于沈约对欧阳修的影响》，井口博文，《早稻田大学文学研究科纪要（第二分册）》45，1999 年 2 月

《新井白石与宋诗——白石汉诗中所见苏轼、唐庚、王安石的影响》，池泽一郎，《明治大学教养论集》317，1999 年 1 月

《苏轼诗歌对佛教典故的受容——以〈维摩经〉、〈楞严经〉为中心》，汤浅阳子，《中国文学报》（京都大学文学部）59，1999 年 10 月

《苏轼咏写超然台的诗词——以熙宁九年诗祸事件而论》，保苅佳昭，《日本中国学会报》（日本中国学会）51，1999 年 10 月

《关于苏轼的"痴"——以顾恺之的"痴绝"为中心》，池泽滋子，《橄榄》（日本宋代诗文研究会）8，1999 年 12 月

《黄庭坚的生涯》，塘耕次，《云雀野：丰桥技术科学大学人文科学系纪要》21，1999 年 3 月

《淳熙五年的陆游、范成大、杨万里》，三野丰浩，《爱知大学文学论丛》108，1999 年 2 月

《范成大与杨万里的诗歌唱酬》，三野丰浩，《爱知大学文学论丛》120，1999 年 12 月

《朱熹〈偶成〉诗与蔡温——关于〈琉球咏诗〉及〈伊吕波歌并诗文缀〉所载蔡温的汉诗》，花城可裕，《南岛史学》（南岛史学会）54，1999 年 11 月

《陆游诗所表现出的"太平"景象——陆游晚年的一个侧面》，森博行，《大谷女子大学纪要》33—2，1999 年 3 月

《关于陆游诗的相关考察》，田中佩刀，《明治大学教养论集》323，1999 年 9 月

《河上肇与诗人陆游》，一海知义，《京都民报》1999 年 5 月 23 日，1999 年

《欧阳修〈诗话〉的表现形式》，和田英信，《御茶水女子大学中国文学会报》18，1999 年 4 月

《关于〈诗经〉之孔子删定说——以宋代的"删诗"说为中心》,江口尚纯,《诗经研究》(日本诗经学会)24,1999年12月

《季本的诗经学观》,西口智也,《早稻田大学大学院文学研究科纪要》(第1分册)45,1999年

《陆游的诗论》,西冈淳,《南山国文论集》(南山大学国语学国文学会)23,1999年9月

2000年

论著:

《欧阳修的生涯及其宗族》,小林义广,创文社,2000年

《四库提要北宋五十家研究》,筧文生、野村鲇子,汲古书院,2000年2月

《壶中天醉步——读中国的饮酒诗》,沓掛良彦,大修馆书店,2002年4月

《苏东坡全诗集》,岩垂宪德、释清潭、久保天随译注,日本图书中心,2000年

※《苏轼研究史》,池泽滋子(参著),浙江教育出版社,2000年

论文:

《钱锺书〈宋诗选注〉译注(IX)》,宋代诗文研究会,《橄榄》(日本宋代诗文研究会)9,2000年12月

《关于宋代文学》,内山精也,《中国月刊》(大修馆书店)10—10,2000年

《宋代"纪年"诗考》,盐见邦彦,《立命馆文学》(立命馆大学人文学会)563,2000年2月

《北宋中期的士大夫与宗族》,小林义广,《创文》(创文社)427,2000年12月

《哀悼宠物的文学——从皮日休到梅尧臣》,坂井多穗子,《中唐文学会报》(日本中唐文学会)7,2000年

《关于林和靖〈山园小梅〉诗中的鸟与蝶》,宇野直人,《村山吉广教授古稀纪念·中国古典学论集》(汲古书院),2000年3月

《白乐天与林和靖》,丹羽博之,《亚细亚游学》(勉诚社)12,2000年1月

《中国的隐者(6)——林逋》,井波律子,《书话》(文艺春秋社)

6—6，2000 年 6 月

《宋代禅林对苏轼的评价——以作为文学家的苏轼为中心》，长谷川泰生，《花园大学文学部研究纪要》32，2000 年

《苏轼诗中对诗僧的评价——以释道潜为中心》，汤浅阳子，《人文论丛·三重大学人文学部文化学科研究纪要》17，2000 年 3 月（又见《兴膳教授退官纪念中国文学论集》，汲古书院，2000 年）

《关于次韵诗中的韵字——以苏轼"和陶诗"为中心》，末葭敏久，《中国学研究论集》（广岛中国学学会）5，2000 年 4 月

《东坡〈乌台诗案〉考（下）——北宋后期士大夫社会的文学与传播手段》，内山精也，《橄榄》9，2000 年 12 月

《苏东坡与写经（1）：〈般若心经〉、〈如意轮陀罗尼经〉》，吉井和夫，《西山学报》（京都西山大学）48，2000 年 10 月

《杨万里诗歌的口语表现》，盐见邦彦，《岛大言语文化》（岛根大学）9，2000 年 7 月

《陆游咏写的人——对命运的共同感受》，西冈淳，《兴膳教授退官纪念中国文学论集》（汲古书院），2000 年 3 月

《陆游与杨万里的诗歌唱和（上）》，三野丰浩，《爱知大学文学论丛》121，2000 年 2 月

《陆诗四首注释札记》，中岛和歌子，读游会编《读游会百回纪念文集》，2000 年 11 月

《标题的诗学——沈约、王昌龄、司空图以及连接宋代"著题"论的诗》，浅见洋二，《中国文人的思考与表现——村上哲见先生古稀纪念》（汲古书院），2000 年

《诗话的确立及其变容》，和田英信，《村上哲见先生古稀纪念中国文人的思考与表现》（汲古书院），2000 年

《作为欧阳修〈诗本义〉摇篮的〈毛诗正义〉》，种村和史，《橄榄》（日本宋代诗文研究会）9，2000 年 12 月

《〈岁寒堂诗话〉对杜诗的评论》，兴膳宏，《村山吉广教授古稀纪念中国古典学论集》（汲古书院），2000 年 3 月

《〈四库提要〉的北宋文学史观》，野村鲇子，《立命馆文学》（立命馆大学人文学会）563，2000 年 2 月

《关于段昌武〈毛诗集解〉——其概观与宋代诗序说之一斑》，江口尚

纯,《静冈大学教育学部研究报告》(人文·社会科学篇) 51, 2000 年

2001 年

论著:

《苏东坡100选》,石川忠久,日本放送出版协会,2001年1月

论文:

《明代苏学与科举》,高津孝,《九州中国学会报》39,2001年

《宋代八景现象考》,内山精也,《中国诗文论丛》(中国诗文研究会) 20,2001年10月

《壶中天醉步——读中国的饮酒诗 (20): 宋诗诸家 (上)》,枯骨闲人,《中国月刊》(大修馆书店) 12—5, 2001年5月

《壶中天醉步——中国的饮酒诗 (21): 宋诗诸家 (下)》,枯骨闲人,《中国月刊》(大修馆书店) 12—6, 2001年6月

《钱锺书〈宋诗选注〉译注 (X)》,宋代诗文研究会,《橄榄》(日本宋代诗文研究会) 10, 2001年12月

《关于梅尧臣的赠受品诗》,坂井多穗子,《中唐文学会报》(日本中唐文学会) 8, 2001年

《〈鲁山山行〉的第二联与第三联: 围绕"随处改""迷"的表现》,白井澄世,《东京大学中国语中国文学研究室纪要》4, 2001年4月

《梅尧臣的生涯与〈梅尧臣集〉的版本》,千叶贵,《东京大学中国语中国文学研究室纪要》4, 2001年4月

《〈鲁山山行〉以前有关鲁山的诗文》,山崎蓝,《东京大学中国语中国文学研究室纪要》4, 2001年4月

《关于唐宋诗中的野情 (读梅尧臣〈鲁山山行〉)》,宇都健夫,《东京大学中国语中国文学研究室纪要》4, 2001年4月

《从生物学角度看〈鲁山山行〉中的"熊"(读梅尧臣〈鲁山山行〉)》,宇都健夫,《东京大学中国语中国文学研究室纪要》4, 2001年4月

《"熊""罴"的相互作用 (读梅尧臣〈鲁山山行〉)》,荒木达雄,《东京大学中国语中国文学研究室纪要》4, 2001年4月

《〈鲁山山行〉中的"云": 与鸡声关系的开始 (读梅尧臣〈鲁山山行〉)》,梶村永,《东京大学中国语中国文学研究室纪要》4, 2001年4月

《开山 (读梅尧臣〈鲁山山行〉)》,户仓英美,《东京大学中国语中国

文学研究室纪要》4，2001年4月

《关于"熊升树"的"升"——读梅尧臣〈鲁山山行〉》，大山洁，《东京大学中国语中国文学研究室纪要》4，2001年4月

《南宋本〈欧阳文忠公集〉的形成过程》，东英寿，《人文学科论集》（鹿儿岛大学法文学部）53，2001年

《论元刊本〈欧阳文忠公集〉》，森山秀二，《经济学季报》（立正大学经济学会）51—1，2001年10月

《关于天理本〈欧阳文忠公集〉》，东英寿，《中国文学论集》（九州大学中国文学会）30，2001年

《关于欧阳衡〈欧阳文忠公全集〉——中华书局〈欧阳修全集〉的底本选择问题》，东英寿，《橄榄》（日本宋代诗文研究会）10，2001年12月

《苏轼的文学与印刷传媒——同时代文学与印刷传媒的邂逅》，内山精也，《中国古典研究》（中国古典研究会）46，2001年12月

《苏东坡与乳母》，野村鲇子，《奈良女子大学文学部研究年报》45，2001年

《苏东坡〈春夜〉诗的受容——以俗文艺为中心》，杉下元明，《和汉比较文学》（和汉比较文学会）26，2001年2月

《苏轼诗对禅语的受容》，汤浅阳子，《人文论丛·三重大学人文学部文化学科研究纪要》18，2001年3月

《壶中天醉步——读中国饮酒诗（19）：苏轼》，枯骨闲人，《中国月刊》（大修馆书店）12—4，2001年4月

《关于苏轼〈石芝〉诗》，泷本正史，《新汉字汉文教育》（日本汉文教育学会）32，2001年5月

《苏轼与"羽扇纶巾"》，中原健二，《中国言语文化研究》（佛教大学中国言语文化研究会）1，2001年7月

《日本江户时代的苏轼研究》，池泽滋子，《人文研究纪要》（中央大学人文科学研究所）42，2001年

《苏轼〈和陶诗〉译注——〈和陶饮酒二十首〉（1）》，末葭敏久，《中国学研究论集》（广岛中国文学会）8，2001年12月

《黄庭坚与王安石——黄庭坚心中的另一师承关系》，内山精也，《橄榄》（日本宋代诗文研究会）10，2001年12月

《黄庭坚的文人生活与左迁》，塘耕次，《教养与教育：共通科目研究交流志》（爱知教育大学）1，2001年

《钱锺书〈宋诗选注〉"黄庭坚论"译注》，佐藤浩一，《橄榄》（日本宋代诗文研究会）10，2001年12月

《惠洪〈石门文字禅〉的文学世界》，大野修作，《书论与中国文学》（研文社），2001年2月

《杨诚斋的放翁观——酬唱诗及其周边》，西冈淳，《南山大学日本文化学科论集》1，2001年3月

《关于赵师秀辑〈二妙集〉——姚合、贾岛的评价及相关内容》，玉城要，《作新国文》（作新学院女子短期大学国文学会）13，2001年

《姜夔〈除夜自石湖归苕溪〉十首浅释》，三野丰浩，《爱知大学文学论丛》（爱知大学文学会）124，2001年7月

《南宋福建中部地域社会与士人——以刘克庄的日常活动与行动范围为中心》，小林义广，《东海史学》（东海大学史学会）36，2001年

《诗来自何处？为谁所有？——关于宋代诗学中的"内"与"外"，"己"与"他"，以及"钱"、"货"、"资本"概念的讨论》，浅见洋二，《知识分子的众生相——以中国宋代为基点》（勉诚社），2001年

《"成熟"与"老"的诗学认识——从杜甫到欧、梅》，绿川英树，《中国文学报》（京都大学文学部）63，2001年10月

《关于刘敞〈七经小传〉——特别以其对〈诗经〉的论说为中心》，江口尚纯，《诗经研究》（日本诗经学会）26，2001年12月

《王质的诗序批判》，江口尚纯，《中国古典研究》（中国古典研究会）45，2001年3月

《苏辙〈诗集传〉与朱熹〈诗集传〉》，石本道明，《国学院杂志》（国学院大学出版部）102—10，2001年10月

《金末对黄庭坚的批判——以李纯甫、王若虚、元好问为例》，高桥幸吉，《橄榄》（日本宋代诗文研究会）10，2001年12月

※《关于宋代文学理论和经学理论的关系》，甲斐胜二，王水照主编《首届宋代文学国际研讨会论文集》（复旦大学出版社），2001年

※《宋人与作为政治家的柳宗元》，副岛一郎，王水照主编《首届宋代文学国际研讨会论文集》（复旦大学出版社），2001年

※《标题的诗学：论宋代文人的"著题"论及其源流》，浅见洋二，

王水照主编《首届宋代文学国际研讨会论文集》（复旦大学出版社），2001年

※《标题的诗学：论宋代文人的"著题"论及其源流》，浅见洋二，《新宋学》（第1辑），上海辞书出版社，2001年10月

※《苏轼文学与传播媒介——以〈乌台诗案〉为中心》，内山精也，王水照主编《首届宋代文学国际研讨会论文集》（复旦大学出版社），2001年

※《苏轼文学与传播媒介——试论同时代文学与印刷媒体的关系》，内山精也（益西拉姆译），《新宋学》（第一辑），上海辞书出版社，2001年

※《关于天理本〈欧阳文忠公集〉的形成过程及其特征》，东英寿，王水照主编《首届宋代文学国际研讨会论文集》（复旦大学出版社），2001年

※《略论〈岁寒堂诗话〉对杜甫与白居易诗歌的比较评论》，兴膳宏（李寅生译），《杜甫研究学刊》2001年第1期

2002年

论著：

《潇湘八景——诗歌与绘画中的日本化状况》，堀川贵司，临川书店，2002年5月

《诗人与泪——唐宋诗词论》，森博行，星云社，2002年3月

《唐宋文学论考》，筧文生，创文社，2002年6月

《诗人与造物——苏轼论考》，山本和义，研文社，2002年10月

《南宋学研究》，吉原文昭，研文社，2002年12月

《朱熹门人集团形成之研究》，市来津由彦，创文社，2002年

论文：

《钱锺书〈宋诗选注〉译注（XI）》，宋代诗文研究会，《橄榄》（日本宋代诗文研究会）11，2002年12月

《钱易试论——〈西昆酬唱集〉周边文人研究》，池泽滋子，《橄榄》（日本宋代诗文研究会）11，2002年12月

《关于蜡梅诗》，中尾弥继，《佛教大学大学院纪要》29，2002年

《寓意死亡的日常风景的具体化表现——以梅尧臣为例》，大西阳子，佐藤保、宫尾正树编《悲哀——与死相关的中国文学》（汲古书院），2002

年 10 月

《文字之乐——梅尧臣晚年的唱和活动与"乐"的共同体》,绿川英树,《中国文学报》(京都大学文学部) 65,2002 年 10 月

《送别与食——以梅尧臣〈送苏子美〉为中心》,坂井多穗子,《橄榄》(日本宋代诗文研究会) 11,2002 年 12 月

《〈欧阳修全集〉的最佳文本——李逸安点校〈欧阳修全集〉全六卷》,东英寿,《东方》(东方书店) 251,2002 年 1 月

《李逸安点校的〈欧阳修全集〉及其底本选择问题》,东英寿,《东方》(东方书店) 258,2002 年 8 月

《欧阳修与邵雍——关于地上的仙界》,森博行,《大谷女子大学纪要》36,2002 年 1 月

《王安石诗译注 (1)》,木村直子,《中国学研究论集》(广岛中国学学会) 10,2002 年 12 月

《元结与邵雍——关于地上的仙界》,森博行,《大谷女子大国文》(大谷女子大学) 32,2002 年 3 月

《钟山的情景——王安石诗考》,汤浅阳子,《人文论丛·三重大学人文学部文化学科研究纪要》19,2002 年 3 月

《姑苏纪游——当涂郭祥正关系遗迹调查报告》,内山精也,《橄榄》(日本宋代诗文研究会) 11,2002 年 12 月

《东坡风气与东坡现象》,内山精也,《墨》(艺术新闻社) 154,2002 年

《日本中世绘画中的陶渊明与苏轼》,救仁乡秀明,《东京国立博物馆纪要》38,2002 年

《关于苏轼的诗、画、食》,保苅佳昭,《文人之眼》(里文社) 1,2002 年 2 月

《苏轼及其时代》,内山精也,《文人之眼》(里文社) 1,2002 年 2 月

《苏东坡与文同》,河村晃太郎,《关西大学中国文学会纪要》23,2002 年 3 月

《苏轼〈和陶诗〉译注——〈和陶饮酒二十首〉(2)》,末葭敏久,《中国学研究论集》(广岛中国学学会) 10,2002 年 12 月

《东坡〈寒食诗卷〉与宋代士大夫》,近藤一成,《早稻田大学大学院文学研究科纪要》48,2002 年

《苏辙生母的相关考察——苏轼〈保姆杨氏墓志铭〉与杨献之〈保姆墓志〉》，野村鲇子，《橄榄》（日本宋代诗文研究会）11，2002年12月

《〈黄山谷诗集注〉外集及别集注所引白氏诗文的本文》，神鹰德治、山口谣司，《文艺研究》（明治大学文艺研究会）88，2002年

《关于朱子的道学诗》，福田殖，《比较文化年报》（久留米大学院比较文化研究科）11，2002年

《退守的英雄——辛弃疾》，村越贵代美、佐藤保、宫尾正树编《悲哀啊！——面向死亡的中国文学》（汲古书院），2002年10月

《论"拾得"诗歌现象以及"诗本"、"诗材"、"诗料"问题——以杨万里、陆游为中心》，浅见洋二，《橄榄》（日本宋代诗文研究会）11，2002年12月

《陆游咏怀诗初探》，西冈淳，《学术界》（文学·语学编）71，2002年1月

《文学的历史学——宋代诗人年谱、编年诗文集及"诗史"说》，浅见洋二，川合康三编《中国的文学史观》（创文社），2002年

《关于欧阳修〈诗本义〉——以"人情"为中心》，土屋裕史，《中央大学大学院研究年报》（文学研究科篇）32，2002年

《苏轼的自然观》，泷本正史，《新汉字汉文教育》（日本汉文教育学会）35，2002年

《关于"梦中得句"》，浅见洋二，《中国读书人的政治与文学·林田慎之助博士古稀纪念论集》（创文社），2002年10月

2003年

论著：

※《丁谓年谱》，池泽滋子，吴洪泽等主编《宋人年谱丛刊》1，四川大学出版社，2003年

※《钱惟演年谱》，池泽滋子，吴洪泽等主编《宋人年谱丛刊》1，四川大学出版社，2003年

论文：

《李白后身郭祥正与"和李诗"》，内山精也，《中国文学研究》（早稻田大学中国文学会）29，2003年12月

《关于杨亿〈武夷新集〉所收的诗——创作时期与作品特征》，高田和彦，《学林》（立命馆大学中国艺文研究会）36、37，2003年3月

《王安石诗作对唐诗的受容》，汤浅阳子，《人文论丛·三重大学人文学部文化学科研究纪要》20，2003年3月

《司马光、邵雍交游录（前）》，森博行，《大谷女子大国文》33，2003年3月

《海南岛与广东省的苏东坡遗迹》，高畑常信，《香川大学国文研究》28，2003年

《苏东坡的酒与艺术（1）》，矢渊孝良，《言语文化论丛》（金泽大学外国语教育研究中心）7，2003年3月

《苏轼的咏画诗（1）——以熙宁年间为中心》，和田英信，《御茶水女子大学中国文学会报》22，2003年4月

《关于〈苏洵苏轼诗检索〉》，末葭敏久，《中国古典文学研究》（广岛大学）1，2003年12月

《黄庭坚的晚年》，塘耕次，《爱知教育大学研究报告》（人文·社会科学）52，2003年3月

《李清照形象的变迁——关于其再嫁》，松尾肇子，《女性史学》（女性史综合研究会）13，2003年

《家庭的情景——关于李清照〈金石录后序〉》，西上胜，《山形大学纪要》（人文科学）15—2，2003年2月

《关于成语"桂林山水甲天下"的用典出处——王正功的诗与范成大、柳宗元的评论》，户崎哲彦，《岛大言语文化》（岛根大学）14，2003年1月

《南宋画院诗书画"三绝"的视点》，藤田伸也，《人文论丛》（三重大学人文学部文化学科）20，2003年3月

《杨万里〈朝天续集〉札记》，西冈淳，《南山大学日本文化学科论集》3，2003年3月

《〈诗人玉屑〉对伊藤仁斋诗论的影响》，清水彻，《日本中国学会报》（日本中国学会）55，2003年

※《诗来自何处？为谁所有？——关于宋代诗学中的"内"与"外"、"己"与"他"，以及"钱""货""资本"概念的讨论》，浅见洋二，《中国诗学》（第八辑）（人民文学出版社），2003年

※《梅尧臣与黄庭坚——兼论北宋诗坛"怪巧"风格的嬗变》，绿川英树，《中国诗学》（第八辑）（人民文学出版社），2003年6月

※《黄庭坚与王安石——黄庭坚心中的另一个师承关系》，内山精也（益西拉姆译），《第二届宋代文学国际研讨会论文集》，江苏教育出版社，2003 年

2004 年

论著：

《宋诗选注》（1），内山精也等译，平凡社，2004 年 1 月

《宋诗选注》（2），内山精也等译，平凡社，2004 年 5 月

《宋诗选注》（3），内山精也等译，平凡社，2004 年 12 月

《陆放翁鉴赏》，河上肇著，一海知义校注，岩波书店，2004 年 9 月

《陆游 100 选》，石川忠久，日本放送出版协会，2004 年

《一海知义的汉诗道场》，一海知义编，岩波书店，2004 年 3 月

论文：

《苏舜钦诗论——兼及对其个性的考察》，北野元美，《中唐文学会报》（日本中唐文学会）11，2004 年 10 月

《王安石与欧阳修》，井泽耕一，《关西大学中国文学会纪要》25，2004 年 3 月

《梅尧臣的绘画鉴赏》，汤浅阳子，《人文论丛·三重大学人文学部文化学科研究纪要》21，2004 年 3 月

《邵雍诗中所表现的对白居易（前）的受容与批判》，森博行，《大谷女子大学纪要》38，2004 年 2 月

《司马光、邵雍交游录（中）》，森博行，《大谷女子大国文》34，2004 年 3 月

《苏洵晚学》，西上胜，《山形大学纪要》（人文科学）15—3，2004 年 2 月

《苏轼与棋》，池泽滋子，《艺文研究》（庆应义塾大学艺文学会）87，2004 年

《论苏轼〈舟中夜起〉诗》，川合康三，《文艺论丛》（大谷大学文艺研究会）62，2004 年 3 月

《三苏〈南行集〉卷名考》，石塚敬大，《国学院中国学会报》（国学院大学中国学会）50，2004 年 12 月

《关于覆宋本〈东坡先生和陶渊明诗〉》，末葭敏久，《中国中世文学研究》（广岛大学中国中世文学研究会）45、46 合并号，2004 年

《苏轼〈和陶诗〉译注——〈和陶饮酒二十首〉(3)》,末茛敏久,《中国学研究论集》(广岛中国文学会)13,2004年4月

《苏东坡与写经(2):〈华严经〉、〈维摩经〉》,吉井和夫,《西山学报》(京都西山大学)49,2004年5月

《关于黄庭坚〈六月十七日昼寝〉创作年代的考察》,高芝麻子,《东方学》(日本东方学会)107,2004年1月

《接伴使:杨万里的旅程与诗——〈朝天续集〉的世界》,西冈淳,《未名》(神户大学中文研究会)22,2004年3月

《关于〈杨文节公集〉》,斋藤茂,《文艺论丛》(大谷大学文艺研究会)62,2004年3月

《杨万里〈朝天续集〉札记(续)》,西冈淳,《南山大学日本文化学科论集》4,2004年3月

《关于汪元量〈湖州歌〉九十八首》,稻垣裕史,《中国文学报》(京都大学文学部)67,2004年4月

※《诗与"本事"、"本意"以及"诗谶"——论中国古代文学作品接受过程中的文本与语境的关系》,浅见洋二,《唐代文学研究》(第十辑)(广西师范大学出版社),2004年

《〈诗本义〉中所见欧阳修的比喻说——以"传笺"与"正义"的比较为视点》,种村和史,《艺文研究》(庆应义塾大学艺文学会)87,2004年

《欧阳修、司马光、刘攽的诗话著作》,丰福健二,《中国中世文学研究》(广岛大学中国中世文学研究会)45、46,2004年10月

《诗的结构的理解与"诗人的视点"——王安石〈诗经新义〉的解释理念与方法》,种村和史,《橄榄》(日本宋代诗文研究会)12,2004年9月

《对王安石〈诗义〉的考察——以与朱熹〈诗〉解释的关系为视点》,井泽耕一,《诗经研究》(日本诗经学会)29,2004年12月

※《金末元初文人论黄庭坚》,高桥幸吉,《民族文学研究》2004年第3期

※《苏轼次韵词考——以诗词间所呈现的次韵之异同为中心》,内山精也(金育理译),《中国韵文学刊》2004年第4期

※《苏轼次韵词考——以诗词间所呈现的次韵之异同为中心》,内山

精也（金育理译），《第三届宋诗词国际学术研讨会论文集》，中国社会出版社，2004年

2005年

论著：

《宋诗选注》（4），内山精也等译，平凡社，2005年5月

《中国古典诗学之路》（《松浦友久著作集》Ⅳ），松浦友久，研文出版社，2005年

《苏东坡诗学研究》，河村晃太郎，自印，2005年9月

※《距离与想象——中国诗学的唐宋转型》，浅见洋二著，金程宇、冈田千穗译，上海古籍出版社，2005年8月

※《科举与诗艺——宋代文学与士人社会》，高津孝著，潘世圣等译，上海古籍出版社，2005年8月

※《传媒与真相——苏轼及其周围士大夫的文学》，内山精也著，朱刚、益西拉姆译，上海古籍出版社，2005年8月

※《复古与创新——欧阳修散文与古文复兴》，东英寿著，王振宇、李莉等译，上海古籍出版社，2005年8月

※《新兴与传统——苏轼词论述》，保苅佳昭著，上海古籍出版社，2005年12月

论文：

《关于宋元时代建阳与庐陵的分集本出版》，土肥克己，《东方学》（日本东方学会）109，2005年1月

《中国近世文艺批评的相关考察——以"化工"为中心》，后藤英明，《都留文科大学研究纪要》62，2005年

《北宋初期对韩愈的继承》，志野好伸，《明治大学教养论集》396，2005年9月

※《略论林和靖〈山园小梅〉诗的鸟、蝶意向》，宇野直人，《日本学者论中国古典文学——村山吉广教授古稀纪念集》（巴蜀书社），2005年6月

《作者的梦、读者的梦——关于宋诗的解释学》，浅见洋二，《文艺论丛》（大谷大学文艺研究会）64，2005年3月

《〈南岳唱酬集〉成书考》，后藤淳一，《中国诗文论丛》（中国诗文研究会）24，2005年12月

《市川宽斋〈宽斋遗稿〉与唐宋诗人》，西冈淳，《南山大学日本文化学科论集》5，2005年3月

《"形似"的变容——从语言与物的关系看宋诗的日常性》，浅见洋二，《中国——社会与文化》（中国社会文化学会）20，2005年6月

《欧阳修的美丑意识及其表现——对韩愈诗"丑恶之美"的受容》，绿川英树，《神户外大论丛》（神户外国语大学）56—7，2005年12月

《关于王安石以诗首二字为篇题的若干问题的考察》，森山秀二，《经济学季报》（立正大学经济学会）54—3、4，2005年3月

《王安石诗译注（2）》，木村直子，《中国学研究论集》（广岛中国学学会）15，2005年4月

《关于王安石的"超然"》，栗田阳介，《国学院杂志》106—11，2005年

《邵雍诗中所表现的对白居易（后）的受容与批判》，森博行，《大谷女子大学纪要》39，2005年2月

《司马光、邵雍交游录（下之上）》，森博行，《大谷女子大国文》35，2005年3月

《苏东坡的绘画与诗文》，河村晃太郎，《关西大学东西学术研究所纪要》38，2005年4月

《苏东坡与王安石新法》，河村晃太郎，《关西大学哲学》25，2005年10月

《苏轼的"自新"记录——关于黄州三年间的"正月二十日"诗》，山口若菜，《筑波中国文化论丛》（筑波大学）25，2005年

《关于苏轼与苏辙关系的诗词》，保苅佳昭，《橄榄》（日本宋代诗文研究会）13，2005年12月

《苏东坡与写经（3）：〈圆觉经〉、〈楞严经〉、〈楞伽经〉》，吉井和夫，《西山学报》（京都西山大学）50，2005年3月

《苏轼与"棋"》，池泽滋子，《艺文研究》（庆应义塾大学艺文学会）87，2004年

《关于苏轼的史论》，西上胜，《东北大学中国语学文学论集》10，2005年11月

《长尾雨山与苏轼》，池泽滋子，中央大学人文科学研究所编《现代中国文化的轨迹》（中央大学出版部），2005年3月

《苏辙与屈原——以制科为中心》，石塚敬大，《国学院杂志》（国学院大学综合企划部）106—11，2005年11月

《青蚕吐秋丝——秦观"秋日"、"青蚕"辨》，矢田博士，《橄榄》（日本宋代诗文研究会）13，2005年12月

《关于陈与义的南渡》，中尾弥继，《中国言语文化研究》（佛教大学中国言语文化研究会）5，2005年7月

《"菰"之本草学：陆游诗所咏菰草考序说》，涉泽尚，《福岛大学研究年报》1，2005年

《关于陆游的茶诗》，中村孝子，《橄榄》（日本宋代诗文研究会）13，2005年12月

《六如与陆游》，中岛贵奈，《国语与教育》（长崎大学国语国文学会）30，2005年12月

《姚鼐〈今体诗钞〉中收录陆游七言律诗的情况》，三野丰浩，《爱知大学文学论丛》（爱知大学文学会）132，2005年7月

《〈剑南诗稿〉中收录陆游绝句的情况》，三野丰浩，《言语与文化》（爱知大学语学教育研究室）13，2005年7月

《〈宋诗选注〉中收录陆游诗作的情况》，三野丰浩，《橄榄》（日本宋代诗文研究会）13，2005年12月

《中国古代文人"卖诗"、"卖文"的诗学意蕴》，浅见洋二，《中国学的十字路——加地伸行博士古稀纪念论集》（研文社），2006年4月

《欧阳修〈六一诗话〉的文体特色》，东英寿，《中国文学论集》（九州大学中国文学会）34，2005年

《宋代士大夫的诗歌观——从"苏黄"到江湖派》，内山精也，《橄榄》（日本宋代诗文研究会）13，2005年12月

《"换骨夺胎"考》，长尾直茂，《汉文学·解释与研究》（汉文学研究会）8，2005年12月

※《"诗中有画"与"著壁成绘"——从两种王维诗评看中国古代的诗画论》，浅见洋二，《唐代文学研究》（第十一辑），广西师范大学出版社，2006年

※《作者之梦与读者之梦——以宋代诗的解释学为中心》，浅见洋二（尚永亮译），《长江学术》（第八辑），2005年6月

※《略论林和靖〈山园小梅〉诗的鸟、蝶意向》，宇野直人，《日本

学者论中国古典文学——村山吉广教授古稀纪念集》（巴蜀书社），2005年6月

※《略论〈岁寒堂诗话〉对杜甫诗歌的评论》，兴膳宏（李寅生译），《日本学者论中国古典文学——村山吉广教授古稀纪念集》（巴蜀书社），2005年6月

2006年

论著：

《宋诗概说》，吉川幸次郎，岩波书店，2006年2月

《四库提要南宋五十家研究》，筧文生、野村鮎子，汲古书院，2006年2月

※《吴越钱氏文人群体研究》，池泽滋子，上海人民出版社，2006年

论文：

《四川药市与唐宋文学》，冈崎由美，《亚细亚地域文化学的发展》（雄山阁书店），2006年11月

《歌的倾向与宋元时期的体裁论》，土肥克己，《日本中国学会报》（日本中国学会）58，2006年10月

《关于北宋时期出版物所见诗迹的观点》，松尾幸忠，《松浦友久博士追悼纪念·中国古典文学论集》（研文社），2006年3月

《宋诗自注所引白居易关系资料（1）——王禹偁、宋庠》，泽崎久和，《白居易研究年报》（白居易研究会）7，2006年

《关于南宋地方志中所见诗迹的观点》，松尾幸忠，《中国文学研究》（早稻田大学中国文学会）32，2006年12月

《论梅尧臣诗的"平淡"》，汤浅阳子，《人文论丛·三重大学人文学部文化学科研究纪要》23，2006年3月

《对作为隐者的白居易批判之诗——关于邵雍〈放言〉诗》，森博行，《白居易研究年报》（白居易研究会）7，2006年

《邵雍诗中所表现出的养生术》，森博行，《中国文学报》（京都大学文学部）71，2006年4月

《司马光、邵雍交游录（下之下）》，森博行，《大谷女子大国文》36，2006年3月

《苏轼的"自新"记录：关于黄州三年间的"正月二十日"诗》，《筑波中国文化论丛》（筑波大学中国文化研究中心）25，2006年3月

《论苏轼有关打鼾的诗》，山口若菜，《日本中国学会报》（日本中国学会）58，2006年10月

《三苏〈南行集〉内实考》，石塚敬大，《国学院中国学会报》（国学院大学中国学会）52，2006年12月

《朱子诗作活动中所体现出的陶渊明观》，宇野直人，《松浦友久博士追悼纪念中国文学论集》（研文社），2006年3月

《杨万里诗中对"荷"的表现及特征》，朴美子，《文学部论丛》（熊本大学文学部）90，2006年3月

《关于辛弃疾的官历》，村上哲见，《风絮》（日本宋词研究会）2，2006年3月

《关于陆游的"柳暗花明"——兼论先行用例》，后藤秋正，《札幌国语研究》（北海道教育大学札幌校国语国文学科）11，2006年

《〈宋诗别裁集〉中收录陆游七言绝句的情况》，三野丰浩，《言语与文化》（爱知大学语学教育研究室）15，2006年7月

《万里集九与宋诗》，内山精也，《亚细亚游学》（勉诚社）93，2006年11月

《宋代士大夫的诗歌观——苏轼的"白俗"之评意味着什么》，内山精也，《松浦友久博士追悼纪念中国古典文学论集》（研文社），2006年3月

《西游诗人赖山阳与〈杜韩苏古诗钞〉》，谷口匡，《亚细亚游学》（勉诚出版社）93，2006年11月

《中国诗话与日本诗话》，和田英信，《御茶水女子大学中国文学会报》25，2006年4月

《朱熹的诗经学研究——朱熹的诗经观》，重野宏一，《国士馆大学汉学纪要》9，2006年

《关于方回对梅尧臣的评价》，绿川英树，《神户外大论丛》（神户外国语大学）57，2006年6月

※《宋代士大夫的诗歌观——从苏黄到江西派》，内山精也，沈松勤主编《第四届宋代文学国际研讨会论文集》（浙江大学出版社），2006年1月

※《论"拾得"诗歌现象以及"诗本""诗材""诗料"问题——以杨万里、陆游为中心》，浅见洋二，沈松勤主编《第四届宋代文学国际研讨会论文集》（浙江大学出版社），2006年1月

※《欧阳修〈六一诗话〉文体的特色》，东英寿，沈松勤主编《第四届宋代文学国际研讨会论文集》（浙江大学出版社），2006年1月

2007年

论著：

《中国古典诗歌植物描写研究》，市川桃子，汲古书院，2007年2月

※《唐宋诗文的艺术世界》，笕文生、笕久美子（卢盛江、刘春林编译），中华书局，2007年

论文：

《"焚弃"与"改定"——围绕唐宋时期别集的编纂与定本的制定》，浅见洋二，《立命馆文学》（立命馆大学人文学会）598，2007年2月

《宋诗自注所引白居易关系资料（2）——北宋诗》，泽崎久和，《白居易研究年报》（白居易研究会）8，2007年

《关于宋代的醭醸诗》，中尾弥继，《橄榄》（日本宋代诗文研究会）14，2007年3月

《重修北宋国子监本〈李善注文选〉序说》，冈村繁，《立命馆文学》（立命馆大学人文学会）598，2007年2月

《梅尧臣的咏鸟虫诗》，汤浅阳子，《人文论丛·三重大学人文学部文化学科研究纪要》24，2007年3月

《"闲人"与自然观赏——关于苏轼在黄州时期的题跋》，西上胜，《山形大学纪要》（人文科学）16—2，2007年2月

《苏轼〈和陶诗〉译注——〈和陶饮酒二十首〉（4）》，末荿敏久，《中国学研究论集》（广岛中国文学会）19，2007年12月

《苏轼诗注解（1）》，山本和义、蔡毅、中裕史，《学术界》（文学·语学编）82，2007年6月

《〈东坡易传〉与十二生肖卦》，塘耕次，《文艺论丛》（大谷大学文艺学会）68，2007年3月

《苏东坡与立碑》，吉井和夫，《文艺论丛》（大谷大学文艺学会）68，2007年3月

《范成大〈石湖大全集〉的亡佚与〈石湖居士诗集〉的形成》，户崎哲彦，《岛大言语文化》（岛根大学）23，2007年10月

《陆游与晁氏》，笕文生，《橄榄》（日本宋代诗文研究会）14，2007年3月

《陆游的私事》，佐藤菜穗子，《文艺论丛》（大谷大学文艺研究会）68，2007年3月

《关于徐照的五言绝句》，三野丰浩，《爱知大学文学论丛》（爱知大学文学会）136，2007年7月

《赵师秀的五言律诗〈雁荡宝冠寺〉与〈薛氏瓜庐〉》，三野丰浩，《言语与文化》（爱知大学语学教育研究室）17，2007年7月

《论"永嘉四灵"的七言绝句》，三野丰浩，《橄榄》（日本宋代诗文研究会）14，2007年3月

《王之敬"青毡"逸话与唐宋诗和日本文学》，丹羽博之，《大手前大学论集》8，2007年

《关于王十朋编〈楚东唱酬集〉——与南宋初期政治状况的关联》，甲斐雄一，《中国文学论集》（九州大学中国文学会）36，2007年

《〈毛诗正义〉与王安石的〈诗义〉——唐至北宋经书解释的展开》，井泽耕一，《诗经研究》（日本诗经学会）32，2007年12月

《稳健的内容——苏辙〈诗集传〉在北宋诗经学史上的位置（兼及与欧阳修〈诗本义〉的关系）》，种村和史，《橄榄》14，2007年3月

※《"焚弃"与"改定"——论宋代别集的编纂或定本的制定》，浅见洋二（朱刚译），《中国韵文学刊》2007年第3期

※《关于宋明道学诗的二三问题》，福田殖（陈敦平译），《金山》（江苏镇江市文联）2007年第6期

2008年

论著：

《中国的诗学认识——从中世到近世的转换》，浅见洋二，创文社，2008年2月

※《陶渊明·陆放翁·河上肇》，一海知义（彭佳红译），中华书局2008年

※《日本学者中国诗学论集》，蒋寅编译，凤凰出版社，2008年

论文：

《宋代的宫廷文学》，浅见洋二，《王朝文学与东亚的宫廷文学》，竹林舍书店，2008年5月

《中国诗学中的"近代"——"焚弃"与"改定"余说》，浅见洋二，《创文》（创文社），2008年7月

《六如与宋诗：景与诗、诗人的关系》，中岛贵奈，《国文学解释与鉴赏》（至文堂书店）73—10，2008年10月

《关于六如上人的咏蛙诗：宋诗受容与日本化》，中岛贵奈，《国语与教育》（长崎大学）33，2008年12月

《长淮的诗境——从〈诗经〉到北宋末》，内山精也，《橄榄》（日本宋代诗文研究会）15，2008年3月

《关于"为地"在南宋的诗语化——散文词汇被采用于诗歌中其含义和用法上的特征》，阿部顺子，《橄榄》15，2008年3月

《宋诗自注所引白居易关系资料（3）——南宋诗》，泽崎久和，《白居易研究年报》（白居易研究会）9，2008年

《怪奇：欧阳修与苏舜钦对韩门文学的受容》，汤浅阳子，《人文论丛·三重大学人文学部文化学科研究纪要》25，2008年3月

《梅尧臣〈武陵行〉中叙事的技法》，水津有理，《御茶水女子大学中国文学会报》27，2008年4月

《关于邵雍的〈洗竹〉诗：邵雍与白居易、陈献章的关联》，森博行，《文艺论丛》（大谷大学文艺学会）71，2008年9月

《苏轼诗注解（2）》，山本和义、蔡毅、中裕史，《学术界》（文学·语学编）83，2008年1月

《苏轼诗注解（3）》，山本和义、蔡毅、中裕史，《学术界》（文学·语学编）84，2008年6月

《二苏〈岐梁唱和诗集〉考（上）》，石塚敬大，《国学院中国学会报》（国学院大学中国学会）54，2008年12月

《苏轼文集的编纂与苏过》，原田爱，《中国文学论集》37，2008年

《黄庭坚诗注的形成与黄䥴〈山谷年谱〉——以真迹、石刻的活用为中心》，浅见洋二，《东洋学集刊》（中国文史哲研究会）100，2008年

《稳健的内容——苏辙〈诗集传〉在北宋诗经学史上的位置及其三小序对汉唐诗经学的认识（补订）》，种村和史，《庆应义塾大学日吉纪要》1，2008年3月

《关于陆游的梅花绝句》，三野丰浩，《言语与文化》（爱知大学语学教育研究室）18，2008年1月

《〈宋诗精华录〉中收录曾几作品的情况》，三野丰浩，《爱知大学文学论丛》（爱知大学文学会）137，2008年2月

《〈宋诗精华录〉中收录徐照作品的情况》，三野丰浩，《言语与文化》（爱知大学语学教育研究室）19，2008年7月

《〈宋诗钞〉中收录徐玑七言绝句的情况》，三野丰浩，《爱知大学文学论丛》（爱知大学文学会）138，2008年8月

《陆游蜀中乐府考》，西冈淳，《南山大学日本文化学科论集》（南山大学日本文化学科）8，2008年3月

《"王状元"与福建——南宋文人王十朋与〈王状元集百家注东坡先生诗〉的注释者》，甲斐雄一，《中国文学论集》（九州大学中国文学会）37，2008年

《〈千家诗〉与宇都宫遁庵〈千家诗详解〉》，长尾直茂，《汉文学解释与研究》（汉文学研究会）10，2008年3月

《刘辰翁的评点活动与元代初期的文学》，奥野新太郎，《中国文学论集》（九州大学中国文学会）37，2008年

《关于〈沧浪诗话〉"兴趣"论的先行研究》，须山哲治，《艺文研究》（庆应义塾大学艺文学会）94，2008年

2009年

论著：

《宋代文人的诗与诗论》，横山伊势雄，创文社，2009年7月

《凤鸣中华——中国文学中的"狂"》，佐藤保编，汲古书院，2009年7月

论文：

《〈宋诗别裁集〉收录宋初期诗人七言绝句的情况》，三野丰浩，《言语与文化》（爱知大学语学教育研究室）20，2009年1月

《北宋的文人与琴——关于王禹偁》，池泽滋子，《亚细亚游学》126，2009年9月

《墨竹与文学》，西上胜，《东北大学中国语学文学论集》（东北大学文学部中国文学研究室）14，2009年11月

《关于墨戏》，西上胜，《山形大学纪要》17—2，2011年2月

《梅尧臣对"谑"的喜好——以"谑"字的用例为中心》，坂井多穗子，《白山中国学》（东洋大学中国学会）15，2009年1月

《梅尧臣后半生的交友诗——关于裴君与宋敏修》，坂井多穗子，《东洋大学中国哲学文学科纪要》17，2009年

《司马光与欧阳修》，中尾健一郎，《日本文学研究》（梅光学院大学日本文学会）44，2009年1月

《欧阳修与母亲郑氏》，小林义广，《名古屋大学东洋史研究报告》33，2009年

《王安石〈盆诗〉的世界》，和田英信，《中唐文学会报》（中唐文学会）16，2009年

《永井禾原与苏轼——以〈来青阁寿苏诗〉为中心》，池泽滋子，《书法汉学研究》（艺术生活社）4，2009年1月

《苏轼诗注解（4）》，山本和义、蔡毅、中裕史，《学术界》（文学·语学编）85，2009年1月

《苏东坡诗集补（1）》，小川环树、山本和义，《橄榄》（日本宋代诗文研究会）16，2009年3月

《苏轼诗注解（5）》，山本和义、蔡毅、中裕史，《学术界》（文学·语学编）86，2009年6月

《夜雨对床——苏轼兄弟的关系》，加纳留美子，《日本中国学会报》61，2009年

《苏东坡与〈金刚经〉——写经及其他》，吉井和夫，《京都西山短期大学学报》（京都西山短期大学）4，2009年

《苏黄题画跋与画家传的形成》，西上胜，《中国文史论丛》（中国文史研究会）5，2009年3月

《苏轼曾孙与南宋初期的出版》，原田爱，《橄榄》16，2009年3月

《黄庭坚诗释析：年谱、世系与到十七岁为止的足迹》，加藤国安，《名古屋大学中国语学文学论集》21，2009年

《邵雍诗与白居易二题》，森博行，《大阪大谷大学纪要》（大阪大谷大学志学会）43，2009年2月

《邵雍诗的韵律——关于〈旋风吟二首〉》，森博行，《汲古》（汲古书院）55，2009年6月

《江南的倦客狂言——周邦彦》，村越贵代美，佐藤保编《凤啊凤——中国文学中的"狂"》，汲古书院，2009年7月

《关于范成大的〈鄂州南楼〉诗》，三野丰浩，《言语与文化》（爱知大学语学教育研究室）21，2009年7月

《〈宋诗钞〉收录陆游六言绝句的情况》，三野丰浩，《爱知大学文学

论丛》（爱知大学文学会）139，2009年2月

《从"校勘"到"生成论"：关于宋代诗文集的校注特别是苏黄诗注中真迹与石刻的利用》，浅见洋二，《东洋史研究》（东洋史研究会）68（1），2009年6月

《欧阳修诗文集的决定版——洪本健〈欧阳修诗文校笺〉》，东英寿，《东方》（东方书店）345，2009年11月

《〈鹤林玉露〉中所见对朱子的尊崇观念》，后藤淳一，《中国诗文论丛》28，2009年12月

《元代文学中的"采诗"——围绕刘辰翁佚稿〈兴观集〉〈古今诗统〉》，奥野新太郎，《九州中国学会报》47，2009年

《狂士是忠臣吗——郑思肖的执着与南宋遗民》，大西阳子，佐藤保编《凤啊凤——中国文学中的"狂"》，汲古书院，2009年7月

※《1980年代以降日本的宋代文学研究——以词学与诗文研究为中心》，内山精也《宋代文学研究年鉴（2006—2007）》，武汉出版社，2009年

※《日本宋代诗文研究会和〈橄榄〉简介》，内山精也，《宋代文学研究年鉴（2006—2007）》，武汉出版社，2009年

※《长淮诗境——〈诗经〉至北宋末之演变》，内山精也，《第五届宋代文学国际研讨会论文集》，暨南大学出版社，2009年

※《论陆游的茶诗》，中村孝子，《第五届宋代文学国际研讨会论文集》，暨南大学出版社，2009年

2010年

论著：

《苏轼诗研究——宋代士大夫诗人的构成》，内山精也，研文出版社，2010年10月

《汉诗与人生》，石川忠久编著，文艺春秋社，2010年

《中国名诗集》，井波律子编著，岩波书店，2010年

论文：

《"旧欢"与"清欢"：五代北宋文学的一个断面》，森博行，《大阪大谷大学纪要》（大阪大谷大学志学会）44，2010年2月

《北宋耆老会考》，中尾健一郎，《东洋古典学研究》（东洋古典学研究会）30，2010年10月

《唐宋诗词中瑟的形象》，长井尚子，《风絮》6，2010年

《中国宋代"生成论"的形成——从欧阳修〈集古录跋尾〉到周必大〈欧阳文忠公集〉》，浅见洋二，《文学》（岩波书店）11—5，2010年9月

《北宋中期杜诗的受容》，汤浅阳子，《人文论丛·三重大学人文学部文化学科研究纪要》27，2010年

《系年考据的困难——司马光撰，李之亮笺注〈司温公集编年笺注〉》，中尾健一郎，《东方》（东方书店）356，2010年10月

《编写力作的背后——关于李之亮笺注〈欧阳修集编年笺〉的杜撰》，东英寿，《东方》347，2010年1月

《关于近年出版的三种欧阳修全集》，东英寿，《橄榄》（宋代诗文研究会）17，2010年3月

《葵花寄寓的诚意：司马光的场合》，宇野直人，《新汉字汉文教育》（全国汉文教育学会）50，2010年

《关于苏轼左迁黄州时期期的诗——以外甥安节的送诗为中心》，山上惠，《待兼山论丛（文学篇）》44，2010年

《杨万里〈天问天对解〉初探》，石本道明，《国学院杂志》111—2，2010年2月

《杨万里"初二日苦热"诗首两句解释考》，矢田博士，《橄榄》17，2010年3月

《陆游与四川人士的交流——与范成大赴任成都的关联》，甲斐雄一，《日本中国学会报》62，2010年

《淳熙三年陆游经历相关考察——为什么钱大敢领取六月的祠禄》，三野丰浩，《爱知大学文学论丛》（爱知大学文学会）141，2010年2月

《市河宽斋撰〈陆游年谱〉释文》，滨中仁，《未名》28，2010年

《关于宋代吉州周氏一族——以周必大为中心》，小林义广，《东海大学文学部学报》94，2010年

《道德坊中第一家——邵雍"安乐窝"的所在地》，森博行，《大阪大谷大学国文》（大阪大谷大学日本语日本文学会）43，2010年3月

《〈沧浪诗话〉的"兴趣"——以"兴"概念为中心》，须山哲治，《大东文化大学汉学会志》49，2010年

《刘辰翁的评点与"情"》，奥野新太郎，《日本中国学会报》62，2010年

《一休与中国诗人们（苏轼·黄庭坚）》，稻田浩治，《金泽大学国语国文》（金泽大学国语国文学会）35，2010年3月

《举业与作诗——元初停止科举与江南作诗热的勃兴》，奥野新太郎，《中国文学论集》（九州大学中国文学会）39，2010年

2011年

论文：

《日本对宋代诗文受容的分期——以摺本珍重期为中心》，石本道明，《国学院杂志》112—1，2011年1月

《北宋洛阳士大夫与唐代的遗构——以梅尧臣与司马光为中心》，中尾健一郎，《梅光学院大学论集》44，2011年

《北宋时期对李白诗歌的批评》，汤浅阳子，《人文论丛·三重大学人文学部文化学科研究纪要》28，2011年

《关于周必大原刻本〈欧阳文忠公集〉第一百五十三卷》，东英寿，《中国文学论集》40，2011年

《关于李之亮笺注〈欧阳修集编年笺〉的问题点》，东英寿，《比较社会文化》（九州岛大学大学院比较社会文化学府）17，2011年3月

《苏东坡与罗汉信仰》，吉井和夫，《京都西山短期大学学报》（京都西山短期大学）6，2011年

《东坡祠考》，吉井和夫，《西山学报》（京都西山大学），2011年

《苏轼的咏画诗——以元祐年间为中心》，和田英信，《御茶水女子大学中国文学会报》30，2011年4月

《苏轼咏梅诗考——梅花的"魂"》，加纳留美子，《日本中国学会报》63，2011年

《苏轼作品中对饮食的描绘》，池间里代子，《流通经济大学社会学部论丛》22—1，2011年10月

《苏辙对苏轼"和陶诗"的继承》，原田爱，《日本中国学会报》63，2011年

《黄庭坚〈外集〉、〈外集诗注〉、〈外集补〉考：与宫内厅内阁文库藏宋元刻本的关联》，加藤国安，《名古屋大学中国语学文学论集》23，2011年

《孩子的情景、田园的忧郁：关于杨万里的诗》，浅见洋二，《创文》（创文社）1，2011年

《〈宋诗选注〉对历代选本的收录情况》，三野丰浩，《橄榄》18，

2011 年 3 月

《关于〈瀛奎律髓〉中所收的陆放翁作品》，三野丰浩，《言语与文化》21，2011 年 7 月

《陆游赴任严州与〈剑南诗稿〉的刊刻》，甲斐雄一，《橄榄》18，2011 年 3 月

《陆游之入蜀国及其同时代的评价：以宋代对杜甫诗的评价为线索》，甲斐雄一，《中国文学论集》（九州大学中国文学会）40，2011 年

《市河宽斋著〈陆诗考实〉入蜀诗卷释文》，滨中仁，《未名》29，2011 年 3 月

《朱敦儒词中的邵雍》，森博行，《中国文学报》80，2011 年 4 月

《关于宋代诗论中"兴"的意味——以〈沧浪诗话〉"兴味"的理解为线索》，须山哲治，《艺文研究》（庆应义塾大学艺文学会）100，2011 年

2012 年

论著：

《古都洛阳与唐宋文人》，中尾健一郎，汲古书院，2012 年

《理与诗情：中国文学的世界》（《研文选书》114），山本和义，研文社，2012 年 7 月

《沧海中被交换的诗文》（《东亚海域丛书》13），堀川贵司、浅见洋二编，汲古书院，2012 年 10 月

论文：

《〈四库提要〉对宋代总集的评价》，野村鲇子，《叙说》（奈良女子大学）39，2012 年 3 月

《如何看待宋初的诗风：欧阳修的视点》，汤浅阳子，《人文论丛·三重大学人文学部文化学科研究纪要》29，2012 年 3 月

《欧阳修书简九十六篇发现记（上）：九十六篇为什么被忘记了》，东英寿，《东方》（东方书店）376，2012 年 6 月

《欧阳修书简九十六篇发现记（中）：如何发现的》，东英寿，《东方》（东方书店）377，2012 年 7 月

《欧阳修书简九十六篇发现记（上）：日本、中国的反响》，东英寿，《东方》（东方书店）378，2012 年 8 月

《关于欧阳修书简九十六篇的发现》，东英寿，《日本中国学会报》64，

2012 年 12 月

《宋代的水仙花：从诗词看黄庭坚的影响》，中尾弥继，《中国言语文化研究》12，2012 年 8 月

《关于三苏出生的俗谣》，吉井和夫，《西山学苑研究纪要》（京都西山短期大学）7，2012 年

《苏轼"和陶诗"与苏氏一族：苏轼给子孙后代留下的东西》，原田爱，《九州中国学会报》50，2012 年

《苏辙后裔与苏辙文集的编撰》，原田爱，《中国文学论集》（九州大学中国文学会）41，2012 年

《关于向山黄村的寿苏诗》，池泽滋子，《书法汉学研究》11，2012 年 7 月

《黄庭坚诗释析（二）：叔祖、叔父的隐士咏》，加藤国安，《名古屋大学中国语学文学论集》24，2012 年

《雨的情景：陈与义咏雨诗与杜甫》，绿川英树，《中国文学报》83，2012 年 10 月

《市河宽斋著〈陆诗考实〉出蜀诗卷释文》，滨中仁，《未名》30，2012 年 3 月

《日本人读陆游：关于〈增续陆放翁诗选〉所收的绝句》，甲斐雄一，《亚细亚游学》152，2012 年第 5 期

《南宋晚期吉州士人的地域社会与宗族：以欧阳守道为例》，小林义广，《名古屋大学东洋史研究报告》34，2012 年

《宋代地方官与民众：以真德秀为中心》，小林义广，《研究论集》（河合文化教育研究所）10，2012 年 12 月

《清风明月无人管》，中尾健一郎，《亚细亚游学》152，2012 年 5 月

《诗仙堂的邵雍：丈山与罗山》，森博行，《大阪大谷大学国文》（大阪大谷大学日本语日本文学会）42，2012 年 3 月

《邵雍〈欢喜吟〉的周边》，森博行，《中国文学报》82，2012 年 4 月

《长淮的诗境（南宋篇）——爱国、忧国的意识形态》，内山精也，《江湖派研究》（江湖派研究会）第 2 辑，2012 年

《宋末元初的文学言语：晚唐体的宿命》，内山精也，《日本中国学会报》64，2012 年

《梅尧臣、苏舜钦研究论著目录》，绿川英树，《橄榄》19，2012 年

9 月

2013 年

论著：

《四库提要宋代总集研究》，笕文生、野村鲇子，汲古书院，2013 年 1 月

※《隐逸与文学——以陶渊明与沈约为中心》（李寅生译），今场正美，湘潭大学出版社，2013 年 3 月

※《诗人与造物——苏轼论考》（张剑译），山本和义，中国社会科学出版社，2013 年 5 月

论文：

《关于欧阳修新发现的书简：新发现书简 35〈又（与孙威公）〉、42〈与刘侍读〉、69〈与杜郎中〉、70〈又与杜郎中〉四篇与通行本书简内容的重复》，东英寿，《比较社会文化》（九州岛大学大学院比较社会文化学府）19，2013 年

《苏轼〈南行集〉考》，汤浅阳子，《人文论丛·三重大学人文学部文化学科研究纪要》30，2013 年 3 月

《苏轼与蜀地的姻亲：以程氏一族为中心》，原田爱，《九州中国学会报》52，2014 年

《作为汉诗人的江木衷——以苏轼"聚星堂雪"次韵诗为中心》，池泽滋子，《人文研纪要》77，2013 年 10 月

《朱子绝句研究：〈文集〉卷五》，宇野直人，《共立女子大学·共立女子短期大学综合文化研究所纪要》19，2013 年 2 月

《杨万里的喜雨诗》，坂井多穗子，《东洋大学中国哲学文学科纪要》21，2013 年

《福建省的诗迹：文献中所见的武夷山》，松尾幸忠，《岐阜大学区域研究学院学报》33，2013 年

《武夷山的诗迹化：以北宋初期为中心》，松尾幸忠，《中国诗文论丛》32，2013 年 12 月

※《长淮诗境（南宋篇）——爱国、忧国的意识形态》，内山精也，《第七届宋代文学国际研讨会论文集》（河南大学出版社），2013 年 8 月

《中国古典诗学中"趣"范畴相关的先行研究与"X +趣"形式的范畴的用例：以对〈沧浪诗话〉的"兴趣"范畴的理解为前提》，须山哲

治,《艺文研究》(庆应义塾大学艺文学会) 105, 2013 年

※《宋代"生成论"的形成——从欧阳修〈集古录跋尾〉到周必大〈欧阳文忠公集〉》, 浅见洋二,《第七届宋代文学国际研讨会论文集》(河南大学出版社), 2013 年 8 月

※《中国国家图书馆藏南宋本〈欧阳文忠公集〉考》, 东英寿,《第七届宋代文学国际研讨会论文集》(河南大学出版社), 2013 年 8 月

2014 年

论文：

《"众乐"及其变奏：北宋中期地方官的娱乐》, 汤浅阳子,《人文论丛·三重大学人文学部文化学科研究纪要》31, 2014 年

《邵雍的归谬法：关于〈死生吟〉》, 森博行,《大阪大谷大学纪要》(大阪大谷大学志学会) 48, 2014 年 2 月

《山口素堂的汉诗与邵雍》, 森博行,《汲古》(汲古书院) 66, 2014 年 12 月

《"檀乐会"的诗人与苏轼——关于本田种竹》, 池泽滋子,《中央大学论集》35, 2014 年 2 月

《苏东坡诗对〈维摩经〉的接受》, 吉井和夫,《西山学苑研究纪要》(京都西山短期大学) 9, 2014 年

《苏轼与蜀地的姻亲：以程氏一族为中心》, 原田爱,《九州中国学会报》52, 2014 年

《雨中的花：陈与义咏雨诗与杜甫（2）》, 绿川英树,《中国文学报》83, 2014 年 10 月

《眼中历历与〈豳风〉所见：陆游诗称作乐土的农村》, 浅见洋二,《怀德》(怀德堂纪念会) 82, 2014 年 1 月

《将军与道士——陆游蜀中诗札记》, 西冈淳,《南山大学日本文化学科论集》(南山大学日本文化学科) 14, 2014 年 3 月

《关于〈名公妙选陆放翁集〉》, 甲斐雄一,《中国文学论集》(九州大学中国文学会) 43, 2014 年

《严粲诗缉所引朱熹诗说考》,《庆应义塾大学日吉纪要·中国研究》7, 种村和史, 2014 年

《宋代文学研究的新起点：日本宋代文学学会第一次会议报告》, 浅见洋二,《东方》405, 2014 年 11 月

《姜白石的词——江湖派诗人的交流中的词的意义——特别是与萧德藻、云间洞天、范成大交往的词》，保苅佳昭，《江湖派研究》（江湖派研究会）第3辑，2014年

《金末元初非士大夫层的诗歌——杨宏道与河汾诸老》，高桥幸吉，《江湖派研究》（江湖派研究会）第3辑，2014年

《日本中世对"三体诗"的受容》，堀川贵司，《江湖派研究》（江湖派研究会）第3辑，2014年

《〈沧浪诗话〉中"兴趣"范畴的"趣"与"别趣"范畴》，须山哲治，《中国美学范畴研究论集》2，2014年3月

《杨万里与"诗债"》，浅见洋二，《日本宋代文学学会》（日本宋代文学学会）第1集，2014年

《关于〈名公妙选陆放翁诗集〉中所收的陆游诗》，甲斐雄二，《日本宋代文学学会》（日本宋代文学学会）第1集，2014年

2015年

论著：

《苏轼文学的继承与苏氏一族——以和陶诗为中心》，原田爱，中国书店出版社，2015年3月

《南宋的江湖诗人们——中国近世文学的前夜》，内山精也主编，勉诚出版社，2015年3月

论文：

《丁谓与茶》，池泽滋子，《中央大学论集》36，2015年2月

《南宋江湖诗人研究的现状》，内山精也，《南宋的江湖诗人们——中国近世文学的前夜》（内山精也主编），勉诚出版社，2015年3月

《江湖诗人与儒学——以诗经学为例》，种村和史，《南宋的江湖诗人们——中国近世文学的前夜》（内山精也主编），勉诚出版社，2015年3月

《谒客的诗》，阿部顺子，《南宋的江湖诗人们——中国近世文学的前夜》（内山精也主编），勉诚出版社，2015年3月

《江湖诗人与咏梅诗——对花的爱好与出版文化》，加纳留美子，《南宋的江湖诗人们——中国近世文学的前夜》（内山精也主编），勉诚出版社，2015年3月

《江湖诗人的词》，保苅佳昭，《南宋的江湖诗人们——中国近世文学的前夜》（内山精也主编），勉诚出版社，2015年3月

《"鉴定士"刘克庄的诗文创作观》,东英寿,《南宋的江湖诗人们——中国近世文学的前夜》(内山精也主编),勉诚出版社,2015年3月

《刘克庄与故乡＝田园》,浅见洋二,《南宋的江湖诗人们——中国近世文学的前夜》(内山精也主编),勉诚出版社,2015年3月

《江湖诗祸》,原田爱,《南宋的江湖诗人们——中国近世文学的前夜》(内山精也主编),勉诚出版社,2015年3月

《洪迈的苏集编写的视线(南宋的隐藏的畅销书〈夷坚志〉的世界)——(充满魅力的南宋文人们)》,原田爱,《亚细亚游学》181,2015年4月

《陈起与江湖诗人的交流》,甲斐雄一,《南宋的江湖诗人们——中国近世文学的前夜》(内山精也主编),勉诚出版社,2015年3月

《江湖诗人诗集的准入——以许棐和戴复古为例》,内山精也、王岚,《南宋的江湖诗人们——中国近世文学的前夜》(内山精也主编),勉诚出版社,2015年3月

《〈草堂诗余〉的形成背景——宋末元初的词选集·分类注释本与福建》,藤原祐子,《南宋的江湖诗人们——中国近世文学的前夜》(内山精也主编),勉诚出版社,2015年3月

《〈咸淳临安志〉的编者潜说友——南宋末期临安与士人们》,小二田章,《南宋的江湖诗人们——中国近世文学的前夜》(内山精也主编),勉诚出版社,2015年3月

《〈梦梁录〉的世界与江湖诗人们》,中村孝子,《南宋的江湖诗人们——中国近世文学的前夜》(内山精也主编),勉诚出版社,2015年3月

《临安与江浙诗社》,河野贵美子,《南宋的江湖诗人们——中国近世文学的前夜》(内山精也主编),勉诚出版社,2015年3月

《转折的出现与刘辰翁评点》,奥野新太郎,《南宋的江湖诗人们——中国近世文学的前夜》(内山精也主编),勉诚出版社,2015年3月

《金末元初的"江湖派"诗人——杨宏道与房皞》,高桥幸吉,《南宋的江湖诗人们——中国近世文学的前夜》(内山精也主编),勉诚出版社,2015年3月

《金元交替与华北士人》,饭山知保,《南宋的江湖诗人们——中国近世文学的前夜》(内山精也主编),勉诚出版社,2015年3月

《从诗法到诗格——〈三体诗〉及其抄物与〈联珠诗格〉》,堀川贵

司,《南宋的江湖诗人们——中国近世文学的前夜》(内山精也主编),勉诚出版社,2015年3月

《近世后期诗坛与南宋诗——性灵派批判的反应》,池泽一郎,《南宋的江湖诗人们——中国近世文学的前夜》(内山精也主编),勉诚出版社,2015年3月

《诗人的梦,诗人的死:围绕苏轼与郑侠的故事》,浅见洋二,《亚细亚游学》181,2015年4月

《周必大关于〈欧阳文忠公集〉编纂的书简》,东英寿,《日本宋代文学学会报》1,2015年5月

《欧阳修书简中的季节性词语》,东英寿,《九州大学全球综合科学研究所学报》22,2015年12月

《段昌武毛诗集解所引朱熹诗说考》,《庆应义塾大学日吉纪要·中国研究》8,种村和史,2015年

《围绕着〈集古录〉的人们》,汤浅阳子,《人文论丛·三重大学人文学部文化学科研究纪要》32,2015年

《北宋中期对白居易闲居的受容》,汤浅阳子,《白居易研究年报》15,2015年

《南宋的诗人白玉蟾对白居易的接受:以〈琵琶行〉的创作为中心》,中尾健一郎,《白居易研究年报》15,2015年

《南宋中期自撰诗集的生前刊行——宋代士大夫对诗人的认知及其变质》,内山精也,《日本宋代文学学会》(日本宋代文学学会)第2集,2015年

※《关于日本所藏〈名公妙选陆放翁诗集〉》,甲斐雄一,《绍兴文理学院学报》2015年第6期

后 记

本书是 2011 年度国家社会科学基金项目"二十世纪以来日本学者的宋诗研究"的结项成果，也是国家社会科学基金重大项目"二十世纪以来日本学者中国古典诗学研究目录汇编与学术史考察"的阶段性成果之一。

2008 年 8 月，幸得复旦大学黄霖先生引荐，日本早稻田大学冈崎由美先生接纳，我作为日本学术振兴会外国人特别研究员，开始了在日本早稻田大学的访学生涯。尽管两年的光阴转瞬即逝，其中还有语言的障碍，生活的不习惯等，但还是抓紧时间积累了日本研究中国古典文学学术史的一些资料，尤其是当时比较关注的宋诗学术史方面的内容，这为申报获批上述项目及相关的研究打下了坚实的基础。

虽然有前期的丰厚积累，本书写起来还是不太容易，主要是想跨越一般介绍与评述日本学者宋诗研究成果的层面，努力将对日本学者宋诗研究的历程、成就、特征与不足的探讨置放到中外学术交流与比照的视野中去，这是对本人学术水平的极大挑战。因此，书稿尽管完成了，却仍感到困惑与忐忑。

在日访学期间，早稻田大学冈崎由美先生、内山精也先生，国学院大学吴鸿春先生，"江湖诗派读书会"的各位同道，他们既在学术上指导帮助我，也在生活等方面关怀我，使我在异国他乡的访学生活充满了温暖的回忆。

项目研究期间，在我为获取日本学者研究信息与材料发愁时，大阪大学的浅见洋二先生邀请我加入"日本宋代文学研究会"，并给我邮来会刊与相关资料，雪中送炭，解决了我研究中的大难题，在此特致谢忱！

本书出版过程中，刘艳女史热心帮助、认真编校，在此亦致谢忱！

邱美琼
2019 年 12 月